ATLAS

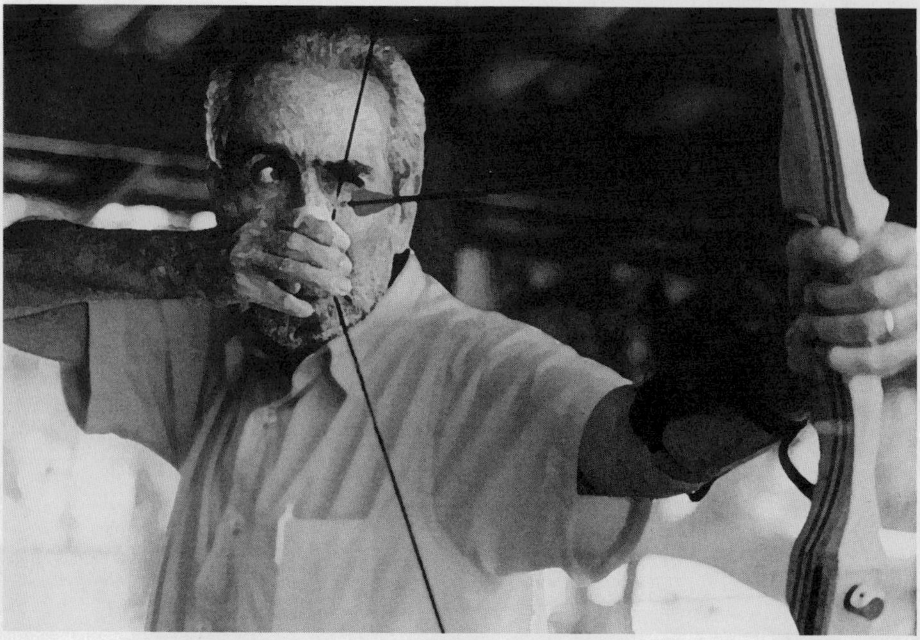

O Arqueiro

Geraldo Jordão Pereira (1938-2008) começou sua carreira aos 17 anos, quando foi trabalhar com seu pai, o célebre editor José Olympio, publicando obras marcantes como *O menino do dedo verde*, de Maurice Druon, e *Minha vida*, de Charles Chaplin.

Em 1976, fundou a Editora Salamandra com o propósito de formar uma nova geração de leitores e acabou criando um dos catálogos infantis mais premiados do Brasil. Em 1992, fugindo de sua linha editorial, lançou *Muitas vidas, muitos mestres*, de Brian Weiss, livro que deu origem à Editora Sextante.

Fã de histórias de suspense, Geraldo descobriu *O Código Da Vinci* antes mesmo de ele ser lançado nos Estados Unidos. A aposta em ficção, que não era o foco da Sextante, foi certeira: o título se transformou em um dos maiores fenômenos editoriais de todos os tempos.

Mas não foi só aos livros que se dedicou. Com seu desejo de ajudar o próximo, Geraldo desenvolveu diversos projetos sociais que se tornaram sua grande paixão.

Com a missão de publicar histórias empolgantes, tornar os livros cada vez mais acessíveis e despertar o amor pela leitura, a Editora Arqueiro é uma homenagem a esta figura extraordinária, capaz de enxergar mais além, mirar nas coisas verdadeiramente importantes e não perder o idealismo e a esperança diante dos desafios e contratempos da vida.

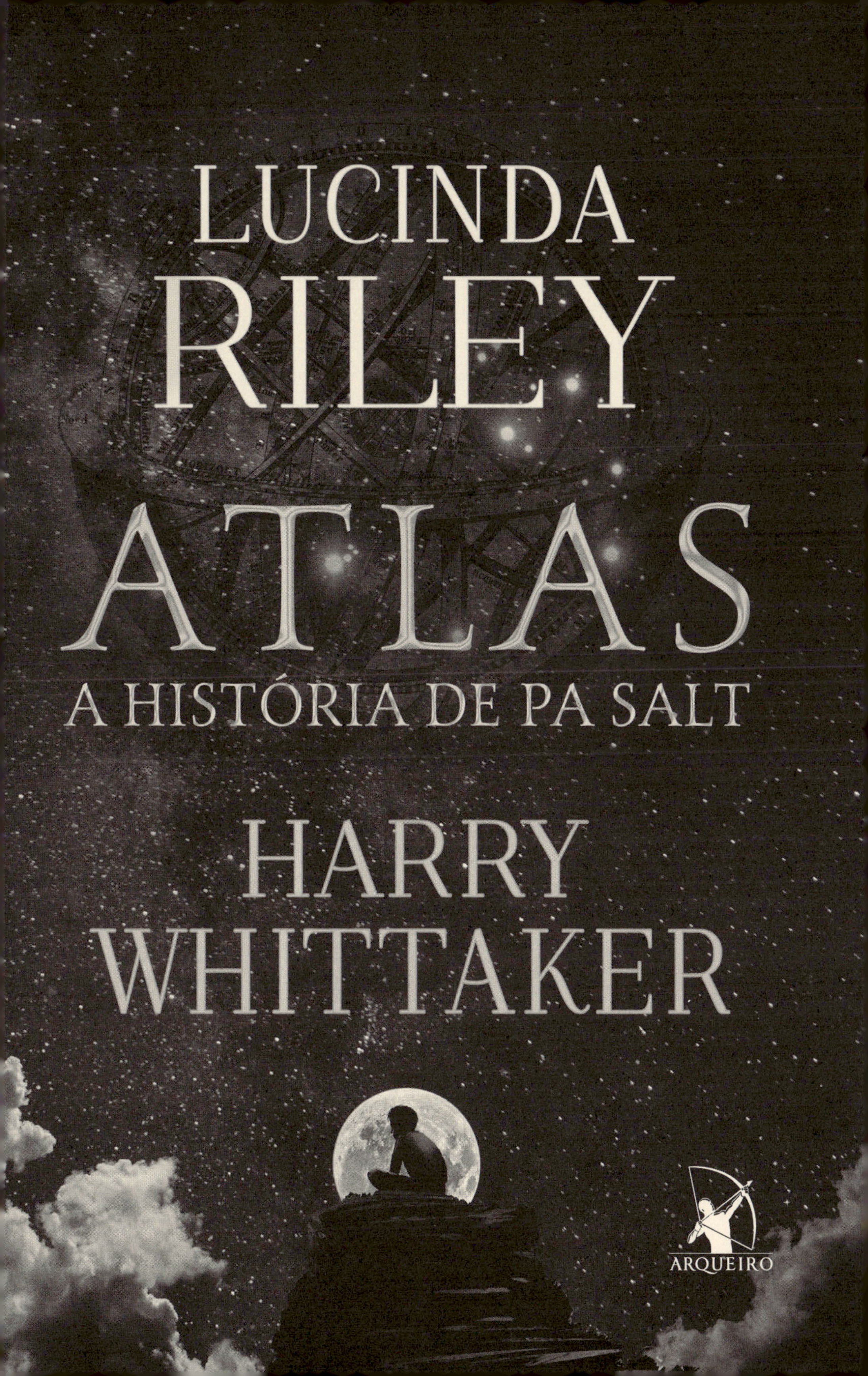
LUCINDA
RILEY
ATLAS
A HISTÓRIA DE PA SALT
HARRY
WHITTAKER
ARQUEIRO

Título original: *Atlas: The Story of Pa Salt*

tradução: Simone Reisner
preparo de originais: Beatriz D'Oliveira
revisão: Midori Hatai e Rachel Rimas
diagramação: Valéria Teixeira
capa: James Annal
imagens de capa: Shutterstock
adaptação de capa: Natali Nabekura
impressão e acabamento: Lis Gráfica e Editora Ltda.

CIP-BRASIL. CATALOGAÇÃO NA PUBLICAÇÃO
SINDICATO NACIONAL DOS EDITORES DE LIVROS, RJ

R43a
Riley, Lucinda, 1965-2021
Atlas : a história de Pa Salt / Lucinda Riley, [Harry Whittaker ; tradução Simone Reisner]. - 1. ed. - São Paulo : Arqueiro, 2023.
672 p. ; 23 cm. (As Sete Irmãs ; 8)

Tradução de: Atlas: the story of Pa Salt
ISBN 978-65-5565-447-9

1. Ficção irlandesa. I. Whittaker, Harry. II. Reisner, Simone. III. Título. IV. Série.

23-83100 CDD: 828.99153
CDU: 82-3(417)

Gabriela Faray Ferreira Lopes - Bibliotecária - CRB-7/6643

Editora Arqueiro Ltda.
Rua Funchal, 538 – conjuntos 52 e 54 – Vila Olímpia
04551-060 – São Paulo – SP
Tel.: (11) 3868-4492 – Fax: (11) 3862-5818
E-mail: atendimento@editoraarqueiro.com.br
www.editoraarqueiro.com.br

Lucinda dedica este romance
aos seus leitores no mundo todo.

Eu o dedico à minha mãe, Lucinda,
que me inspirou em todos os sentidos.

– H. W.

Prefácio

Caro leitor,

Permita que eu me apresente. Meu nome é Harry e sou o filho mais velho de Lucinda Riley. Imagino que não, mas talvez você tenha ficado surpreso ao ver dois nomes na capa deste tão esperado romance.

Pouco antes do lançamento de *A irmã desaparecida*, em 2021, Lucinda anunciou que haveria um oitavo e último volume "surpresa" da série As Sete Irmãs, que contaria a história do enigmático Pa Salt. Em sua nota, no final do sétimo livro, ela escreveu: "Ele está na minha cabeça há oito anos, e mal posso esperar para finalmente colocá-lo no papel."

Infelizmente, mamãe morreu em junho de 2021 na luta contra um câncer no esôfago, diagnosticado em 2017. Talvez você esteja imaginando que ela nunca teve chance de escrever nada do oitavo livro. Mas o destino funciona de maneiras misteriosas. Em 2016, mamãe foi até Hollywood para conversar com uma produtora interessada em adquirir os direitos cinematográficos de As Sete Irmãs. Como era de se esperar, a equipe estava muito interessada em saber como ela idealizava o final da série – para o qual ainda faltavam quatro livros.

Dessa forma, mamãe foi obrigada a organizar suas ideias fragmentadas em um documento. Para os potenciais produtores, ela escreveu trinta páginas de diálogos do roteiro, que ocorrem no clímax da série. Tenho certeza de que não preciso convencer você de quanto essas páginas eram magníficas, repletas de drama, suspense... e uma enorme surpresa.

Além disso, os fãs da série saberão que Pa Salt faz uma aparição em cada um dos livros. Mamãe manteve uma linha do tempo com todos os movimentos do personagem ao longo das décadas, formando um guia abrangente para os leitores. Assim, Lucinda colocou no papel muito mais do que se poderia imaginar.

Em 2018, mamãe e eu criamos a série infantil Anjos da Guarda e escrevemos quatro livros juntos. Durante esse tempo, ela me pediu que completasse a série As Sete Irmãs se o pior acontecesse. Nossas conversas sempre permanecerão privadas, mas gostaria de salientar que fui um plano B bem estabelecido caso o impensável ocorresse. E foi, sem dúvida, impensável. Não acredito que mamãe tenha considerado que iria, *de fato*, morrer. Várias vezes, ela desafiou as leis da ciência e da natureza e se recuperou quando estava à beira do abismo. Mamãe sempre foi mesmo um pouco mágica.

Depois de sua morte, não havia dúvida de que eu manteria minha palavra. Muitas pessoas me perguntaram sobre a pressão da tarefa. Afinal, *Atlas* promete revelar segredos sobre os quais os leitores elaboraram teorias durante uma década. No entanto, sempre enxerguei esse processo como um tributo. Completei a tarefa para minha melhor amiga, para minha heroína. Portanto, não houve nenhuma pressão e acabei fazendo tudo por amor. Imagino que algumas pessoas ficarão obcecadas, ávidas para saber quais elementos da trama são de minha mãe e quais são meus, mas não acho que isso seja importante. Colocando de uma maneira simples, a história é o que é. E eu sei que você vai ficar satisfeito e vai se emocionar no final deste livro. Mamãe se certificou disso.

Indiscutivelmente, a maior conquista de Lucinda é que ninguém identificou corretamente a força motriz secreta por trás da série – e houve *milhares* de teorias. *Atlas* irá recompensar aqueles que amaram os romances desde o início, mas há também uma nova história a ser contada (embora sempre tenha estado lá, escondida silenciosamente entre os milhares de páginas anteriores). Talvez meu trabalho tenha sido apenas dissipar a cortina de fumaça...

Trabalhar em *Atlas* foi o maior desafio e o maior privilégio de minha vida. É o presente de despedida de Lucinda Riley, e estou muito animado em entregá-lo a você.

Harry Whittaker, 2023

Há mais coisas entre o céu e a terra, Horácio,
do que supõe a sua vã filosofia.

William Shakespeare

Personagens

ATLANTIS

Pa Salt – *pai adotivo das irmãs*

Marina (Ma) – *tutora das irmãs*

Claudia – *governanta de Atlantis*

Georg Hoffman – *advogado de Pa Salt*

Christian – *capitão da lancha da família*

AS IRMÃS D'APLIÈSE

Maia

Ally (Alcíone)

Estrela (Astérope)

Ceci (Celeno)

Tiggy (Taígeta)

Electra

Merry (Mérope)

Prólogo

Tobolsk, Sibéria, 1925

Quando o vento cortante levantou uma onda de neve diante dos dois meninos, eles puxaram com firmeza os casacos de pele puídos ao redor do rosto.

– Vamos! – gritou o mais velho. Embora tivesse acabado de completar 11 anos, sua voz já era áspera e rouca. – Já está bom. Vamos voltar para casa.

O menino mais novo, de apenas 7, pegou a pilha de lenha que estavam coletando e correu atrás do mais velho, que se afastava. Quando estavam a meio caminho de casa, as crianças perceberam um leve chiado vindo das árvores. O mais velho parou.

– Você ouviu isso? – perguntou.

– Sim – respondeu o outro. Seus braços doíam com o peso da madeira, e, embora estivessem parados havia apenas um instante, ele começou a tremer. – Podemos ir para casa, por favor? Estou cansado.

– Para de choramingar – ordenou o mais velho, com rispidez. – Vou investigar.

Ele foi até as raízes de uma bétula ali perto e se ajoelhou. Relutante, o mais novo o seguiu.

Diante deles, contorcendo-se impotente na terra dura, havia um filhotinho de pardal não muito maior do que uma moeda.

– Ele caiu do ninho. – O menino mais velho suspirou. – Ou... Escuta.

Os dois meninos ficaram parados em silêncio em meio à neve e, depois de algum tempo, ouviram um som agudo vindo do alto.

– Arrá! Isso é um cuco.

– O passarinho do relógio?

– Isso. Mas eles não são muito legais. O cuco põe seus ovos nos ninhos de outros passarinhos. Então, quando o filhote sai do ovo, ele empurra os outros filhotes para fora. – Ele fungou. – Foi isso que aconteceu com ele.

– Ah, não. – O menino menor se abaixou e usou o dedo mindinho para acariciar suavemente a cabeça do pássaro. – Está tudo bem, meu amigo, estamos aqui agora.

Ele olhou para o outro.

– Talvez, se subirmos na árvore, a gente consiga colocá-lo de volta. – O garoto tentou enxergar o ninho. – Deve estar bem no alto.

Um barulho nauseante soou no chão da floresta. Ele olhou para baixo e viu que o mais velho havia esmagado o filhote com a bota.

– O que você fez? – gritou o menino, horrorizado.

– A mãe não o teria aceitado. Melhor matá-lo logo.

– Mas... você não tinha como saber. – Lágrimas começaram a aflorar nos olhos castanhos do menino. – Podíamos ter tentado.

O mais velho levantou a mão para calar os protestos.

– Não adiantaria tentar. É só perda de tempo. – Ele voltou a descer a colina. – Vamos embora. Vamos voltar.

O menino mais novo se abaixou e olhou para o filhotinho sem vida.

– Desculpa pelo meu irmão – disse o garoto, chorando. – Ele está sofrendo. Ele não queria fazer isso.

Diário de Atlas

1928–1929

1

Boulogne-Billancourt, Paris, França

Ganhei um diário de presente de monsieur e madame Paul Landowski. Eles me disseram que, apesar de eu não falar, poderia escrever. Acham que seria uma boa ideia se eu tentasse anotar meus pensamentos nele. A princípio, pensaram que eu fosse aparvalhado, que não tinha inteligência, o que, em muitos aspectos, é verdade. Ou, mais precisamente, talvez eu a tenha apenas esgotado, usando-a para sobreviver por tanto tempo. Ela está exaurida, e eu também.

Então eles me pediram para escrever porque sabiam que eu tinha ao menos alguma noção das coisas. Primeiro, pediram que eu escrevesse meu nome, idade e de onde eu vim, mas aprendi há muito tempo que registrar tais coisas em papel pode colocar uma pessoa em apuros, e não desejo nunca mais estar em apuros. Nunca mais. Então me sentei à mesa da cozinha e copiei um poema que papai me ensinou. Claro, não revelava por onde eu tinha passado antes de me encontrarem debaixo de uma cerca viva no jardim de sua casa. Também não era um dos meus favoritos, mas senti que as palavras combinavam com meu humor e seriam suficientes para mostrar àquele casal gentil – que o destino tinha lançado em meu caminho quando a morte já estava batendo à minha porta – que eu era capaz de me comunicar. Então, escrevi:

Hoje eu vi
a lua e, em seguida,
as Plêiades
descerem.

A noite agora
está na metade; a juventude
se vai, estou
na cama sozinho.

Escrevi em francês, inglês e alemão; nenhuma dessas era a língua que eu usava desde que aprendera a falar (sou capaz de falar, é claro, mas, assim como as palavras no papel, qualquer coisa pronunciada – especialmente sem pensar – pode ser usada contra você). Admito ter gostado do olhar de surpresa no rosto de madame Landowski enquanto lia o que eu tinha escrito, mesmo que fosse inútil para ajudá-la a descobrir quem eu era ou a quem eu pertencia. Quando depositou com força uma tigela de comida à minha frente, Elsa, a empregada, exibia uma expressão que sugeria que eu deveria ser enviado de volta o mais depressa possível para o lugar de onde tinha vindo.

Para mim, não é difícil ficar sem falar. Faz mais de um ano que saí da casa onde morava desde que me entendia por gente. E, mesmo naquele tempo, eu só usava a voz quando era absolutamente necessário.

De onde estou escrevendo, posso olhar através da pequena janela do sótão. Mais cedo, vi as crianças dos Landowskis subindo pelo caminho. Elas tinham ido à escola e pareciam muito elegantes em seus uniformes – Françoise, de luvas brancas e chapéu de palha, seus irmãos usando camisas brancas e blazers. Apesar de ouvir monsieur Landowski reclamar com frequência da falta de dinheiro, a casa grande, o belo jardim e os lindos vestidos das senhoras me dizem que ele deve ser de fato muito rico.

Eu também já mastiguei meu lápis, um hábito do qual papai tentou me livrar colocando todos os tipos de sabores terríveis na ponta dos meus. Uma vez, ele me disse que o sabor do dia era até bom, mas era veneno, então, se eu o colocasse perto da boca, morreria. Ainda assim, enquanto pensava na tradução que ele me dera para decifrar, o lápis foi direto para a boca. Ouvi um grito assim que ele me viu e fui arrastado para fora pelo pescoço. Ele encheu minha boca de neve e depois me fez cuspir. Eu não morri, mas sempre me pergunto se era apenas um truque para me assustar e me fazer parar ou se a neve e a cuspida realmente me salvaram.

Mesmo que eu me esforce para me lembrar dele, faz muitos anos desde a última vez que o vi, e ele está desaparecendo da minha mente...

Talvez seja melhor assim. Sim, talvez de muitas maneiras seja melhor que eu me esqueça de tudo o que se passou. Então, se eles me torturarem, não terei nada para revelar. E, se monsieur e madame Landowski acham que escreverei sobre essas coisas neste diário que me deram tão gentilmente, confiando na pequena fechadura e na chave que posso guardar em minha bolsa de couro, estão muito enganados.

– Um diário é um lugar no qual você pode escrever qualquer coisa que sinta ou que pense – explicou madame Landowski com suavidade. – É também um lugar de privacidade, apenas para os seus olhos. Prometo que nunca vamos ler.

Assenti enfaticamente, em seguida tentei expressar minha gratidão com um sorriso e corri para meu quarto, no sótão. Eu não acredito nela. Sei, por experiência própria, que tanto fechaduras quanto promessas podem ser quebradas com facilidade.

Juro pela vida de sua amada mãe que voltarei para buscá-lo... Reze por mim, espere por mim...

Nem mesmo sacudindo a cabeça eu consigo tirar da memória as últimas palavras que papai me disse. Embora outras palavras que gostaria de lembrar flutuem como sementes de dente-de-leão para longe do meu cérebro no segundo em que tento agarrá-las, essas frases se recusam a sair da minha cabeça, por mais que eu tente.

O diário é de couro, as páginas são feitas do mais fino papel. Deve ter custado aos Landowskis pelo menos 1 franco (que é como eles chamam o dinheiro por aqui), e a intenção deles era me ajudar, então vou usá-lo. Além disso, mesmo que eu não tenha desaprendido a falar, em minha longa jornada muitas vezes me perguntei se eu desaprenderia a escrever. Sem papel ou lápis por perto, uma das distrações que eu tinha nas noites congelantes de inverno era recitar poemas em minha cabeça e então me imaginar, com os "olhos da mente", escrevendo as palavras.

Eu gosto muito dessa expressão: olhos da mente. Papai chamava de janela para a imaginação e, quando não estava recitando poesia, muitas vezes eu desaparecia naquele lugar cavernoso que ele dizia não ter limites. Que era tão grande quanto se desejasse que fosse. Homens de mente pequena, ele acrescentara, tinham imaginação limitada.

E mesmo que os bondosos Landowskis, que estão se provando ser meus salvadores, cuidem do meu exterior, eu ainda preciso desaparecer dentro de mim, fechar os olhos com força e pensar em coisas que jamais poderiam ser escritas, pois nunca poderei confiar em outro ser humano novamente.

Além disso, o que os Landowskis ganhariam se lessem isto?, pensei, e parte de mim tinha certeza de que eles tentariam, apenas por curiosidade, se por nenhum outro motivo. *Apenas um diário que começou no dia em que eu já tinha feito minhas últimas orações.*

Na verdade, talvez eu nunca tenha feito as orações; estava tão delirante de febre, fome e exaustão que talvez tenha sonhado – de qualquer forma, aquele foi o dia em que pus os olhos no rosto feminino mais bonito que já tinha visto.

Enquanto escrevia um pequeno parágrafo factual sobre como a bela senhora tinha me acolhido, sussurrando palavras de carinho e me permitindo dormir dentro de uma casa pela primeira vez em Deus sabe quanto tempo, pensei em como ela estava triste na última vez que eu a vira. Desde então, descobri que o nome dela era Izabela – apelidada de Bel. Ela e o assistente de ateliê de Landowski, monsieur Brouilly (que me pediu para chamá-lo de Laurent, embora em meu estado atual de mutismo eu não o chamasse de nada), estavam loucamente apaixonados. E naquela noite, quando parecia triste, ela tinha vindo dizer adeus. Não só para mim, mas para ele também.

Mesmo sendo muito jovem, eu já havia lido muito sobre o amor. Depois que papai partiu, interessei-me por seus livros e aprendi algumas coisas extraordinárias sobre o modo de ser dos adultos. No início, eu presumira que o ato físico que estava sendo descrito deveria, em alguns aspectos, tornar a história uma comédia, mas depois, quando vi aquilo ser repetido por vários autores que eu sabia com absoluta certeza não serem humoristas, percebi que devia ser verdade. Eu definitivamente não escreveria sobre *aquilo* no meu diário!

Uma risada baixinha escapou dos meus lábios e dei um tapa na minha boca. Soou muito estranho, porque uma risada expressava algum nível de felicidade. Uma resposta natural do corpo físico.

– Meu Deus... – sussurrei.

Foi esquisito ouvir minha própria voz, que parecia mais profunda do que da última vez que eu tinha pronunciado qualquer palavra. Ninguém me ouviria ali, no sótão; ambas as criadas estavam lá embaixo esfregando, polindo e lavando um sem-fim de roupas, que depois acabariam penduradas nos fundos da casa. De qualquer forma, mesmo que ninguém pudesse me ouvir ali, eu não deveria adquirir aquele hábito, porque, se eu risse, daria a entender que eu tinha uma voz e, sem dúvida, seria capaz de falar. Tentei pensar em coisas que me deixassem triste, o que realmente me pareceu muito estranho, pois a única coisa que me permitira – contra todas as probabilidades – chegar à França fora desaparecer em minha imaginação e ter pensamentos felizes. Pensei nas duas criadas, que eu sempre ouvia tagarelando através da parede fina que nos separava à noite. Elas reclamavam que o pagamento era terrível, a jornada de trabalho era muito longa, os colchões eram encaroçados e o quarto no sótão ficava congelante no inverno. Eu sentia vontade de bater na parede fina e gritar que elas deveriam ser gratas por haver uma parede separando-as de mim, por sua família não morar toda em um único quarto, por *terem* salários, por mais baixos que fossem. E quanto aos quartos frios no inverno... bem, eu tinha estudado o clima da França e, mesmo que morássemos no Norte, a ideia de poucos graus abaixo de zero ser um problema me dava vontade de rir de novo.

Terminei o primeiro parágrafo do meu novíssimo diário "oficial" e o li para mim mesmo, fingindo que era monsieur Landowski quem estava lendo, com sua barba engraçada e seu bigode grande e espesso.

Moro em Boulogne-Billancourt. Fui acolhido pela família Landowski. Seus nomes são monsieur e madame Paul e Amélie Landowski e seus filhos são Nadine (20), Jean-Max (17), Marcel (13) e Françoise (11). Todos são muito gentis comigo. Me contaram que fiquei muito doente e que vou levar um tempo para recuperar as forças. As criadas se chamam Elsa e Antoinette, e a cozinheira é Berthe. Ela está sempre me oferecendo os doces incríveis que faz, para me engordar, diz ela. Na primeira vez que me deu um prato cheio, eu comi tudo e acabei passando muito mal cinco minutos depois. Quando o médico veio me ver, disse a Berthe que meu estômago tinha encolhido por causa da desnutrição e que ela deveria me dar porções menores ou eu poderia ficar muito doente de novo e morrer. Acho que isso chateou Berthe, mas parece que agora estou quase comendo direito outra vez e espero que eu possa aproveitar a comida dela. Ainda não conheci um membro da equipe de empregados, mas a família fala muito dela. É madame Evelyn Gelsen, a governanta. Ela está de férias, visitando o filho, que mora em Lyon.

Estou preocupado, acho que a família está tendo muitos gastos comigo, com toda a comida que agora como, fora que o médico precisa vir me visitar. Sei como médicos podem ser caros. Eu não tenho dinheiro nem trabalho e não consigo imaginar uma forma de pagar a eles. É claro que eles devem esperar isso, é a coisa certa a fazer. Não sei quanto tempo vou poder ficar aqui, mas tento aproveitar todos os dias em sua linda casa. Agradeço ao Senhor por sua bondade e rezo por eles todas as noites.

Mordi a ponta do lápis enquanto assentia, satisfeito. Eu tinha usado uma linguagem relativamente simples, para me fazer parecer um garoto normal. Não ia deixá-los descobrir o tipo de educação que eu havia recebido. Depois que papai partiu, dei o máximo para continuar com minhas lições, como ele insistira tanto, mas, sem ele como guia, foi muito mais difícil.

Tirando uma linda folha de papel em branco da gaveta da velha mesa – para mim, ter uma gaveta e um espaço de escrita todo meu ia além de qualquer luxo que eu jamais imaginara –, comecei a escrever uma carta.

Ateliê Landowski
Rue Moisson Desroches
Boulogne-Billancourt
7 de agosto de 1928

Queridos monsieur e madame Landowski,

Obrigado pelo presente. É o diário mais bonito que já tive e vou escrever nele todos os dias, como me pediram.

E obrigado por me acolherem em sua casa.

Eu estava prestes a adicionar o educado "Atenciosamente" e meu nome, mas parei. Dobrei o papel cuidadosamente em duas partes, depois em quatro, e escrevi os nomes deles na frente. Na manhã seguinte, eu o colocaria na salva de prata, onde ficavam as correspondências.

Mesmo que não tivesse chegado ao lugar que havia planejado, eu estava perto o suficiente. Comparado com a distância que eu já havia percorrido, era o equivalente a um passeio ao longo da Rue Moisson Desroches. Porém, eu ainda não queria ir embora. Como o médico dissera a Berthe, eu precisava recuperar minhas forças, não só do corpo, mas também da mente. Mesmo que o médico não tivesse notado, eu poderia ter dito a ele que a pior coisa não havia sido o castigo físico que eu sofrera, mas o medo que ainda se agarrava dentro de mim. Provavelmente por terem se cansado de reclamar de todos na casa, as duas criadas me contaram que eu gritava à noite, acordando-as. Durante a minha longa jornada, eu tinha me acostumado tanto a isso e me sentia tão exausto que conseguia adormecer novamente de imediato, mas ali, descansado e aquecido em minha própria cama, me tornara mais sensível. Com frequência, eu não conseguia voltar a dormir depois que os pesadelos chegavam. Eu nem tinha certeza de que "pesadelos" era a palavra correta para descrevê-los, já que tantas vezes minha mente cruel me fazia reviver coisas que me tinham acontecido.

Eu me levantei e fui até a minha cama, com o diário em mãos. Deitei-me embaixo do lençol e do cobertor que nem eram necessários, pois o clima naquele momento estava *sufocante*. Peguei o diário e o enfiei dentro do meu pijama, ajeitando-o contra a parte interna da coxa. Então, removi a sacolinha de couro que pendia do meu pescoço e guardei-a contra a minha outra coxa. Se minha longa viagem havia me ensinado alguma coisa, eram os esconderijos mais seguros para coisas tão preciosas.

Fiquei ali deitado no colchão – Elsa e Antoinette haviam reclamado dele, mas para mim era como dormir em uma nuvem de asas de anjos –, fechei os olhos, fiz uma oração rápida para meu pai e minha mãe, onde quer que ela estivesse no céu, e tentei pegar no sono.

Mas um pensamento me incomodava enquanto eu tentava adormecer. Por mais que odiasse admitir, havia outra razão para eu escrever minha carta de agradecimento aos Landowskis. Mesmo sabendo que deveria continuar minha jornada, eu não estava pronto para abrir mão da sensação mais maravilhosa de todas: a segurança.

2

— Então, o que você acha dele, meu jovem? – perguntou-me monsieur Landowski, enquanto eu olhava nos olhos de Nosso Senhor. Na verdade, apenas em um deles, que era quase tão grande quanto eu.

Ele tinha acabado de dar os últimos retoques na cabeça daquele que, no Brasil, era chamado de Cristo Redentor, e que eu chamava de Jesus Cristo. Monsieur Laurent Brouilly me dissera que a estátua ficaria no topo de uma montanha, na cidade do Rio de Janeiro. Teria 30 metros de altura quando todas as peças tivessem sido montadas. Eu vira as versões em miniatura da escultura acabada e sabia que o Cristo brasileiro (e francês) ficaria com os braços abertos, abraçando a cidade abaixo dele. O interessante é que, de longe, ele se assemelharia a uma cruz. Como eles levariam a estátua até o alto e a montariam tinha sido motivo de grandes discussões e muitas preocupações nas últimas semanas. Monsieur Landowski parecia ter muitas cabeças com as quais se preocupar, porque também trabalhava na escultura de um homem chinês chamado Sun Yat-sen e estava atormentado por causa dos olhos. Ele era perfeccionista.

Durante os dias longos e quentes de verão, fui atraído para o ateliê de monsieur Landowski, me esgueirando e me escondendo atrás das muitas pedras espalhadas no chão, esperando para serem moldadas. A oficina normalmente era movimentada, cheia de aprendizes e assistentes que, como Laurent, estavam lá para aprender com o grande mestre. A maioria me ignorava, mas mademoiselle Margarida sempre me dirigia um sorriso quando chegava de manhã. Ela era uma grande amiga de Bel, então eu sabia que era uma das mais confiáveis.

Monsieur me viu no ateliê um dia e, como qualquer pai, me repreendeu por não pedir permissão antes de entrar. Balancei a cabeça e postei as mãos à frente do corpo, recuando em direção à porta, mas o amável monsieur relaxou e acenou para que eu me aproximasse.

– Brouilly me contou que você gosta de observar enquanto trabalhamos. Isso é verdade?

Eu assenti.

– Bem, então não há necessidade de se esconder. Contanto que jure nunca tocar em nada, você é bem-vindo, garoto. Eu só queria que meus próprios filhos demonstrassem tanto interesse quanto você na minha profissão.

A partir daquele momento, recebi autorização para me sentar à mesa de cavalete com um indesejado pedaço de pedra-sabão e recebi meu próprio conjunto de ferramentas.

– Observe e aprenda, garoto, observe e aprenda – aconselhou Landowski.

E foi o que eu fiz. Não que bater o martelo no cinzel no meu pedaço de rocha fizesse alguma diferença. Por mais que eu tentasse moldá-lo nas formas mais simples, sempre acabava com um amontoado de entulhos na minha frente.

– Então, garoto, o que você acha? – perguntou monsieur Landowski, gesticulando para a cabeça do Cristo.

Assenti vigorosamente, como sempre me sentindo culpado por aquele homem tão gentil, que tinha me acolhido, ainda tentar obter alguma resposta vocal de minha parte. Ele merecia uma apenas por sua perseverança, mas eu sabia que, assim que abrisse a boca, estaria em perigo.

Sabendo que eu era capaz de escrever e de entender o que me diziam, madame Landowski tinha me dado uma pilha de pedaços de papel.

– Então, se eu lhe fizer uma pergunta, você pode escrever a resposta, certo?

Eu assenti e, a partir daí, a comunicação passou a ser muito simples.

Em resposta à pergunta de monsieur Landowski, tirei meu lápis do bolso do short, escrevi uma palavra que tomou quase toda a página e entreguei a folha a ele.

Ele riu enquanto lia.

– "*Magnifique*", hein? Ora, obrigado, jovem senhor, e vamos esperar que a sua resposta seja a que o Cristo receberá quando estiver orgulhosamente no topo da montanha do Corcovado, do outro lado do mundo. *Se* conseguirmos levá-lo até lá...

– Tenha fé, senhor – rebateu Laurent atrás de mim. – Bel me disse que os preparativos para o uso da ferrovia funicular estão bem adiantados.

– É mesmo? – Monsieur Landowski levantou uma de suas espessas sobrancelhas grisalhas. – Você parece saber mais do que eu. Heitor da Silva Costa diz que vamos discutir como enviar minha escultura e depois montá-la, mas essa conversa parece nunca acontecer. Já é hora do almoço? Preciso de um pouco de vinho para acalmar meus nervos. Estou começando a sentir que esse projeto do Cristo talvez seja o fim da minha carreira. Eu fui um tolo por ter aceitado uma loucura dessas.

– Vou buscar a comida – respondeu Laurent, indo até a minúscula cozinha, da qual vou me lembrar para sempre de cada detalhe, pois foi meu primeiro porto seguro desde que saíra de casa, havia muitos meses.

Sorri enquanto via Laurent abrir uma garrafa de vinho. Às vezes, quando acordava cedo demais, eu ia silenciosamente até o ateliê ao amanhecer só para ficar em meio à beleza que ele continha. Eu me sentava lá e pensava em como papai teria rido do fato de que, entre todos os lugares onde eu poderia ter ido parar, como a fábrica da Renault a poucos quilômetros dali, havia acabado em um local que ele mesmo teria chamado de templo artístico. Tinha certeza de que isso, de alguma forma, iria lhe agradar.

Naquela manhã, enquanto estava sentado entre as pedras e olhava para o rosto gentil do Cristo, havia escutado um barulho vindo da sala atrás da cortina, onde fazíamos nossas refeições. Fui até lá na ponta dos pés, dei uma espiada e vi um par de pés despontando de baixo da mesa. O som nada mais era do que o ronco suave de Laurent. Desde que Bel voltara para o Brasil, eu havia notado que ele parecia beber mais na parte da manhã, ficando com os olhos vermelhos e anuviados, a pele cinzenta, como se fosse vomitar a qualquer momento. (E eu tinha adquirido *muita* experiência em perceber quando um homem ou uma mulher tinham passado bastante dos limites normais.)

Enquanto o observava servindo um bom copo para si mesmo, eu me preocupei com seu fígado, que, segundo papai me explicara, era a parte mais afetada pela bebida. Mas não era só o fígado de Laurent que me preocupava: era o seu coração também. Mesmo sabendo que era impossível o órgão ser partido de verdade, algo dentro do homem tinha se quebrado. Talvez algum dia eu fosse entender seu desejo de afogar a dor na bebida.

– *Santé!* – brindaram os dois homens, batendo suas taças.

Quando eles se sentaram à mesa, eu me fiz útil na cozinha, coletando o pão, o queijo e os tomates vermelhos bulbosos que a senhora que morava mais adiante cultivava em sua horta.

Eu sabia disso porque tinha visto Evelyn, a governanta, aparecer na cozinha com uma caixa cheia de frutas e verduras. Como ela não era magra e estava quase ultrapassando a meia-idade, eu correra pela sala para tirar a caixa das mãos dela.

– Meu Deus, hoje está muito quente – disse a mulher, ofegante, enquanto se sentava pesadamente em uma das cadeiras de madeira.

Peguei um copo d'água antes mesmo de ela pedir e, tirando um papel e um lápis do bolso, escrevi uma pergunta.

– Por que eu não mando as criadas? – leu ela e, em seguida, olhou para mim. – Porque, garotinho, nenhuma delas saberia distinguir um pêssego podre de um perfeito. São meninas da cidade, sem nenhuma noção de frutas e vegetais frescos.

Pegando o papel de volta, escrevi outra frase:

Da próxima vez, vou com você para carregar a caixa.

– É muito cortês de sua parte, meu jovem. Se o tempo continuar assim, acho que vou aceitar sua oferta.

O tempo se manteve, e eu fui com ela para ajudar. No caminho, ela tagarelou sobre o filho, contando, com muito orgulho, que ele estava na universidade estudando para se formar em engenharia.

– Ele vai ser importante nessa vida um dia, você vai ver – acrescentou a governanta, enquanto passávamos pelos legumes espalhados na barraca. Eu ia ao lado segurando a caixa para ela colocar os vegetais que passavam por seu escrutínio.

De todos na casa dos Landowskis, Evelyn era a minha pessoa favorita, embora eu tivesse temido o seu retorno depois de ouvir as conversas das empregadas sobre a volta do "dragão". Eu fora apresentado a ela como "o menino sem nome, que não consegue falar". (Tinha sido Marcel, o filho de 13 anos dos Landowskis, quem dissera isso. Eu sabia que ele me olhava com suspeita, o que eu até entendia – seria impossível que minha chegada repentina agradasse a todos na família.) No entanto, Evelyn apenas apertara minha mão estendida e me dera um sorriso afetuoso.

– Quanto mais gente, melhor, é o que eu digo. De que adianta ter uma casa grande como esta e não encher todos os quartos? – disse ela, dando uma piscadela.

Mais tarde, naquele mesmo dia, quando percebeu que eu estava de olho no que sobrara da *tarte* do almoço, ela cortou uma fatia para mim.

De fato era estranho eu e uma senhora de meia-idade termos forjado algum tipo de laço secreto e silencioso (da minha parte, pelo menos). Havia algo de familiar em seu olhar, algo que me dizia que ela havia sofrido muito. Talvez ela também tivesse reconhecido algo semelhante em mim.

A única maneira de garantir que ninguém na casa reclamasse de mim era me tornando invisível (para os filhos dos Landowskis e, em menor grau, para o casal) ou ser muito solícito para aqueles necessitados, basicamente os serviçais. Assim, Evelyn, Berthe, Elsa e Antoinette acabaram percebendo que tinham um ajudante útil por perto sempre que precisavam. Em casa, era eu quem costumava limpar o pequeno espaço que nos abrigava. Mesmo quando era muito pequeno, eu sempre tive essa ansiedade de garantir que tudo estivesse em seu devido lugar. Papai tinha notado que eu gostava de ordem, não de caos, e brincara que um dia eu seria uma ótima esposa. Em minha antiga casa, isso fora impossível, porque todas as atividades aconteciam no mesmo cômodo, mas ali, na casa dos Landowskis, a ordem inerente do local me emocionava. Talvez meu trabalho favorito fosse ajudar Elsa e Antoinette a recolher lençóis e roupas do varal. As duas criadas riam da minha necessidade de me certificar de que cada canto dos tecidos se encaixasse perfeitamente, e eu não conseguia deixar de enfiar meu nariz em qualquer item de roupa, pois queria sentir o cheiro de limpo, que para mim era melhor do que qualquer perfume.

Enfim, depois de ter cortado os tomates com a mesma precisão com a qual dobrava a roupa limpa, fui me juntar a monsieur Landowski e Laurent à mesa. Observei enquanto partiam a baguete fresca e cortavam uma fatia de queijo, e quando monsieur Landowski indicou que eu deveria fazer o mesmo, compartilhei da refeição. Papai sempre me contara como a comida francesa era maravilhosa, e estava certo. No entanto, quando passaram meus surtos de doença, durante os quais eu enfiava qualquer coisa que me dessem goela abaixo, como se fosse a última refeição que me ofereceriam, comecei a comer como o cavalheiro que eu tinha sido criado para ser, não como um selvagem, como ouvi Berthe dizer uma vez.

Eles ainda conversavam sobre o Cristo e os olhos de Sun Yat-sen, mas eu não me importava. Eu descobrira que monsieur Landowski era um verdadeiro artista – ele havia ganhado a medalha de ouro na competição artística dos

Jogos Olímpicos e era aparentemente famoso ao redor do mundo por seus dons. O que eu mais admirava nele era o fato de a fama não o ter mudado. Ou pelo menos imaginava que não, porque ele trabalhava sempre que podia, muitas vezes perdendo o jantar. Madame Landowski o repreendia, porque seus filhos precisavam vê-lo, assim como ela. Sua atenção aos detalhes e seu perfeccionismo, quando poderia ter mandado Laurent finalizar seu trabalho, me inspiravam. Qualquer que fosse minha profissão no futuro, prometi a mim mesmo que sempre me dedicaria ao máximo, como ele.

– E você, garoto? Garoto?

Mais uma vez me arranquei dos meus pensamentos. Era um lugar que eu tinha me acostumado tanto a habitar que levaria algum tempo para notar que as pessoas demonstravam qualquer interesse em mim.

– Você não estava prestando atenção, certo?

Com uma expressão arrependida, balancei a cabeça.

– Perguntei se você acha que os olhos de Sun Yat-sen já estão bons. Eu lhe mostrei a fotografia dele, lembra?

Peguei meu lápis, pensando cuidadosamente em minha resposta. Fui ensinado a sempre dizer a verdade, mas também precisava ser diplomático. Escrevi as palavras de que precisava, depois passei o papel para ele.

Quase, senhor.

Landowski tomou um gole de seu vinho, em seguida inclinou a cabeça para trás e riu.

– Certeiro, garoto, certeiro. Então, esta tarde, vou tentar mais uma vez.

Quando os dois homens acabaram de comer, retirei o pão e o queijo que sobraram. Então, coei o café para eles, do jeito que eu sabia que monsieur Landowski gostava. Enquanto fazia isso, enfiei os restos do pão e do queijo no bolso do meu short. Ainda não havia conseguido me livrar desse hábito – nunca se sabe quando o fornecimento de comida pode ser cortado. Depois de ter servido o café, fiz um sinal com a cabeça e voltei ao meu sótão. Guardei o pão e o queijo na gaveta da mesa. Na maioria das vezes, as sobras que eu colocava lá eram secretamente jogadas fora na manhã seguinte, na lixeira externa. Mas, como eu disse, nunca se sabe.

Depois de lavar as mãos e pentear o cabelo, desci as escadas para começar meu turno como assistente à tarde. Naquele dia eu iria polir a prataria, uma tarefa na qual até Evelyn tinha dito que eu era bom, por causa da minha precisão e paciência. Meu rosto se iluminou com o orgulho de alguém que não recebia elogios havia muito tempo. O brilho não durou muito, porém, porque ela parou à porta e se virou para Elsa e Antoinette, que estavam recolocando as facas e garfos em seus leitos de veludo.

– Talvez ambas pudessem aprender com as habilidades do rapazinho – disse ela, e depois saiu, deixando Elsa e Antoinette olhando irritadas para mim.

Mas, como as duas eram preguiçosas e impacientes, apreciaram a ideia de me entregar a tarefa do polimento. Eu adorava me sentar na paz da grande sala de jantar, diante da mesa de mogno, que estava sempre lustrosa e brilhante, minhas mãos ocupadas e minha mente livre para vagar por onde quisesse.

O pensamento dominante em minha mente naquele momento, e em quase todos desde que meu corpo e meus sentidos começaram a se recuperar, era como eu poderia ganhar dinheiro. Por mais bondosos que fossem os Landowskis, eu sabia que estava à mercê de sua generosidade. Naquela noite mesmo, eles poderiam me dizer que, por qualquer razão, meu tempo com eles havia acabado. Mais uma vez, eu seria lançado em uma rua desconhecida, vulnerável e sozinho. Instintivamente, meus dedos procuraram a sacolinha de couro que eu trazia debaixo da camisa. O toque dela e sua forma familiar me confortaram, mesmo que eu soubesse que o que ela continha não era meu para ser vendido. O fato de ter sobrevivido à viagem fora um milagre, mas sua presença era uma bênção e uma maldição. Aquela sacola era a única razão pela qual eu estava em Paris, vivendo sob o teto de estranhos.

Ao terminar de polir o bule de prata, decidi que só havia uma pessoa na casa em quem confiava o suficiente para pedir conselhos. Evelyn vivia no que a família chamava de "chalé", mas, na realidade, era apenas uma extensão da casa principal, com dois quartos. Como Evelyn me contara uma vez, ela pelo menos tinha suas instalações privadas de banheiro e, o mais importante, sua própria porta da frente. Eu ainda não tinha visto o interior, mas, naquela noite depois do jantar, eu reuniria coragem e bateria à sua porta.

❁ ❁ ❁

Da janela da sala de jantar, vi Evelyn sair para o chalé – ela sempre ia embora assim que o prato principal era servido, deixando as duas criadas encarregadas da sobremesa e da lavagem da louça. Comi minha ceia enquanto ouvia as conversas da família. Nadine, a filha mais velha, ainda não havia se casado e eu a via muitas vezes saindo de casa com um cavalete, pincéis e uma paleta. Nunca tinha visto nenhuma de suas pinturas, mas sabia que ela também projetava cenários de peças de teatro. Nunca havia assistido a uma, e é claro que não podia conversar com ela sobre seu trabalho. Como ela passava pouco tempo na casa e parecia muito envolvida em sua própria vida, pouco me notava, oferecendo-me apenas um sorriso ocasional se nossos caminhos se cruzassem no início da manhã. E havia Marcel, que um dia se interpôs em meu caminho, estufou o peito, colocou as mãos nos quadris e disse que não gostava de mim. Isso, é claro, era uma bobagem, porque ele não me conhecia, mas eu o ouvi me chamando de "puxa-saco" para a irmã mais nova, Françoise, quando ajudei na cozinha antes do jantar. Entendia como ele se sentia: o fato de seus pais acolherem um garoto maltrapilho, que tinha sido encontrado em seu jardim e que se recusava a falar, teria deixado qualquer um desconfiado.

No entanto, eu o perdoei quando ouvi, pela primeira vez, a melodia de uma bela música que se infiltrou na cozinha, vindo de uma sala lá embaixo. Parei o que estava fazendo e fiquei imóvel, maravilhado. Embora papai tivesse tocado para mim tudo o que sabia em seu violino, eu nunca tinha ouvido o som que as teclas de piano eram capazes de fazer quando eram habilmente manuseadas por um ser humano. E era glorioso. Desde então, fiquei um pouco obcecado com os dedos de Marcel, imaginando como eles conseguiam cruzar as teclas do piano tão depressa e em tão perfeita ordem. Tive que me treinar para desviar os olhos. Um dia, eu me encheria de coragem e pediria para vê-lo tocar. Por mais que ele não gostasse de mim, eu o considerava um mágico.

Seu irmão mais velho, Jean-Max, parecia indiferente à minha presença, já que beirava a idade adulta. Eu sabia pouco sobre o que ele fazia quando saía de casa, mas uma vez ele tentara me ensinar a jogar petanca, o passatempo nacional da França. O jogo envolvia jogar bolas no cascalho no pátio dos fundos, e eu aprendi com facilidade.

E havia Françoise, a filha mais nova dos Landowskis, pouco mais velha do que eu. Ela se mostrara amigável quando cheguei, embora muito tímida. Fiquei satisfeito ao receber dela um doce no jardim, algum tipo de vareta açucarada. Ela não falou uma palavra sequer e nos sentamos lado a lado, lambendo as respectivas guloseimas e vendo as abelhas coletarem néctar. Ela praticava piano junto com Marcel e gostava de pintar como Nadine. Eu costumava vê-la sentada diante de um cavalete, de frente para a casa. Não tinha ideia se ela era boa ou não, porque jamais vira o que quer que ela tivesse pintado, mas suspeitava que era obra dela uma bela vista pastoral, retratando um campo e um rio, que ficava no corredor de baixo. Nunca nos tornaríamos grandes amigos, é claro – devia ser muito chato passar tempo com alguém com quem não dá para conversar –, mas ela muitas vezes sorria para mim, e eu podia ver simpatia em seu olhar. De vez em quando – normalmente domingo, quando monsieur Landowski estava livre –, a família jogava petanca ou fazia piquenique. Sempre me convidavam para participar, mas eu recusava, por respeito ao tempo em família deles, e porque aprendi, da maneira mais difícil, o que o ressentimento era capaz de provocar.

Depois do jantar, ajudei Elsa e Antoinette com a louça e, quando todos haviam se recolhido aos seus quartos, saí discretamente pela porta da cozinha e corri pelos fundos da casa, para que ninguém me visse.

Parado à porta da frente de Evelyn, meu coração batia forte no peito. Teria sido um erro? Será que eu deveria voltar e esquecer tudo aquilo?

– Não – sussurrei.

Eu precisava confiar em alguém em algum momento. Os instintos que me mantiveram vivo por tanto tempo me diziam que era o certo a fazer.

Estendi a mão trêmula na direção da porta e dei uma batida tímida. Não houve resposta – é claro que não; só quem estivesse imediatamente do outro lado daquele pedaço de madeira poderia ter ouvido. Então, bati mais forte. Em poucos segundos, vi a cortina da janela ser levantada, e a porta se abriu.

– Ora, o que temos aqui? – disse Evelyn, sorrindo. – Entre, entre. Não é sempre que tenho visitas, pode ter certeza. – Ela riu.

Então adentrei o cômodo mais aconchegante que eu já vira. Embora tivessem me contado que aquele espaço costumava ser a garagem de monsieur Landowski e era apenas um quadrado cimentado, para onde quer que eu olhasse havia algo belo. Duas poltronas estofadas rodeavam a sala, e colchas bordadas bem coloridas se estendiam sobre elas. Retratos de família e naturezas-mortas pontilhavam as paredes, e um arranjo de flores enfeitava a mesa de mogno, perto da janela. Havia uma pequena porta, que eu presumi que levava ao quarto e ao banheiro, e uma pilha de livros em uma prateleira acima de um aparador cheio de xícaras de porcelana e copos.

– Sente-se, rapaz – disse Evelyn, apontando para uma das poltronas e removendo algum tipo de bordado da outra. – Posso lhe oferecer uma limonada? É uma receita minha.

Assenti com entusiasmo. Eu nunca tinha provado limonada antes de ir para a França e não me cansava de bebê-la agora que tinha experimentado. Observei-a ir até a cômoda e pegar dois copos. Ela serviu o líquido amarelo leitoso de um jarro cheio de gelo.

– Pronto – disse, e se sentou, sua grande figura quase ocupando todo o assento. – *Santé!* – Ela ergueu o copo.

Eu ergui o meu também, mas não falei nada, como sempre.

– Então – perguntou Evelyn –, como posso ajudá-lo?

Eu já havia escrito o que queria perguntar e tirei o papel do bolso, entregando-o a ela.

Evelyn leu e ergueu os olhos.

– Como você pode ganhar algum dinheiro? É isso que você está me perguntando?

Assenti.

– Bem, meu rapaz, não sei se tenho uma resposta para isso. Eu teria que pensar. Mas por que você acha que precisa ganhar dinheiro?

Fiz sinal para que ela virasse a folha.

– "Para o caso de os bondosos Landowskis decidirem que não têm mais lugar para mim" – leu ela em voz alta. – Bem, dado o sucesso de monsieur e a quantidade de comissões que ele está recebendo, acho muito improvável que eles tenham que se mudar para uma casa menor. Então, sempre vão ter espaço para você aqui. Mas acho que sei o que você quer dizer. Está com medo porque eles podem um dia simplesmente mandá-lo embora, é isso?

Assenti vigorosamente.

– E você seria apenas mais um jovem órfão faminto nas ruas de Paris. Aliás, tenho uma pergunta muito importante: você é órfão? Sim ou não é suficiente.

Balancei a cabeça com o mesmo vigor de segundos antes.

– Onde estão seus pais?

Ela me devolveu o papel e escrevi a resposta.

Não sei.

– Entendo. Pensei que você poderia tê-los perdido na Grande Guerra, mas ela terminou em 1918, talvez você seja muito jovem para que seja esse o caso.

Dei de ombros, tentando manter a expressão neutra. O problema da bondade é que ela pode fazer você baixar a guarda, e eu sabia que não deveria fazer isso, de jeito nenhum. Evelyn me encarou em silêncio.

– Eu sei que você pode falar se quiser, meu rapaz. Aquela brasileira que estava aqui contou que você agradeceu a ela em um francês perfeito na noite em que o encontrou. A questão é: por que você não fala? O único motivo em que consigo pensar... a menos que você tenha ficado mudo desde então, o que duvido muito... é que você está com medo de confiar em alguém. Estou certa?

Eu fiquei arrasado... Queria dizer que sim, que ela estava absolutamente certa, me jogar naqueles braços reconfortantes, ser abraçado e revelar tudo a Evelyn, mas sabia que ainda... *ainda* não podia. Indiquei que precisava do papel, escrevi algumas palavras e o devolvi.

Eu estava com febre. Não me lembro de ter falado com Bel.

Evelyn leu, então sorriu para mim.

– Eu entendo, meu rapaz. Sei que está mentindo, mas, seja lá qual for o trauma pelo qual passou, ele o fez parar de confiar nos outros. Talvez um dia, quando nos conhecermos melhor, eu lhe conte um pouco da minha vida. Fui enfermeira durante a Grande Guerra. O sofrimento que eu vi lá... jamais vou me esquecer. E sim, vou ser sincera, por um tempo isso me fez perder minha fé... e confiança... na natureza humana. E também em Deus. Você acredita em Deus?

Assenti de maneira menos vigorosa. Em parte porque não sabia se ela ainda era uma mulher religiosa depois de seu lapso de fé, em parte porque eu mesmo não tinha certeza.

– Talvez você esteja no mesmo ponto em que eu estava naquela época. Levei muito tempo para voltar a confiar em qualquer coisa. Sabe o que trouxe de volta minha fé e confiança? O amor. Amor pelo meu querido filho. E tudo se acertou depois disso. Claro, o amor vem de Deus, ou seja lá como você prefere chamar o espírito que une todos nós, humanos, em uma teia invisível. Mesmo que às vezes sintamos que Ele nos abandonou, Ele nunca abandona. De qualquer forma, eu não tenho uma resposta para a sua pergunta, infelizmente. Há muitos garotos como você nas ruas de Paris, que sobrevivem de maneiras que eu nem quero imaginar. Mas... meu Deus, queria que você pudesse confiar em mim ao menos para dizer seu nome. Garanto a você que monsieur e madame Landowski são pessoas boas, gentis, e jamais o expulsariam de casa.

Indiquei que precisava do papel de novo e, assim que terminei de escrever, eu o devolvi.

Então o que eles vão fazer comigo?

– Bem, se você falasse, eles permitiriam que você vivesse aqui por tempo indeterminado e o mandariam para a escola, como seus outros filhos. Mas, do jeito que está – ela deu de ombros –, isso não é possível, não é? É improvável que qualquer escola aceite um garoto mudo, não importa o nível de instrução que ele tenha. Eu apostaria, pelo que sei de você, que recebeu boa educação e gostaria de continuar estudando. Estou certa?

Fiz uma boa imitação de um dar de ombros francês, que todos na casa pareciam ser especialistas em executar.

– A única coisa de que não gosto é mentira, meu jovem – repreendeu Evelyn de súbito. – Sei que você tem suas razões para ficar em silêncio, mas pode ao menos ser sincero. Você deseja ou não continuar sua educação?

Aquiesci com certa relutância.

Evelyn bateu com a mão na própria perna.

– Bem, então é isso. Você precisa decidir se está preparado para começar a falar, pois isso tornaria o seu futuro na casa dos Landowskis muito mais seguro. Você seria uma criança normal, que iria para uma escola normal, e eu sei que eles continuariam a acolhê-lo na família. – Evelyn bocejou. – Tenho que acordar cedo amanhã, mas gostei desta noite e da sua companhia. Por favor, sinta-se livre para bater à minha porta sempre que quiser.

Levantei-me imediatamente, acenando meu agradecimento e então me dirigindo à porta. Evelyn se pôs de pé e me seguiu. Quando estava prestes a girar a maçaneta, senti mãos gentis em meus ombros, que me viraram e me puxaram para si.

– Um pouquinho de amor é tudo de que você precisa, *chéri* – disse a governanta. – Agora, vá descansar.

3

26 de outubro de 1928

Hoje a lareira foi acesa na sala de jantar, antes de servirem a comida. É empolgante ver uma, embora eu não entenda por que todo mundo reclama tanto do frio. A família toda está bem de saúde e muito ocupada. Monsieur Landowski está preocupado com o transporte de sua preciosa escultura do Cristo para o Rio de Janeiro. Ele também tem que terminar Sun Yat-sen. Eu tento ajudar com as tarefas da casa o máximo que posso, por isso espero que me considerem útil, e não um fardo. Estou muito feliz com meu novo conjunto de roupas de inverno, que antes eram de Marcel. O tecido da camisa, do short e do suéter é muito delicado e macio. Madame Landowski gentilmente decidiu que, mesmo que eu não vá para a escola no momento, porque sou mudo, eu ainda deveria ter uma educação. Ela me passou algumas questões de matemática, bem como um teste de ortografia. Eu me esforcei muito para encontrar as respostas certas. Estou feliz e grato por estar com pessoas gentis, nesta ótima casa.

Baixei minha caneta, fechei e tranquei meu diário, torcendo para que olhos curiosos não fossem capazes de encontrar nenhum problema no que eu havia escrito. Então, enfiei a mão na gaveta e peguei o pequeno maço de papéis que eu havia cortado do mesmo tamanho das páginas do diário. Aqueles eram os papéis em que eu documentava meus *verdadeiros* pensamentos. A princípio, escrevi no diário apenas para agradar àqueles que me deram de presente, caso me perguntassem se eu o estava usando. Mas descobri que não poder expressar meus verdadeiros pensamentos e sentimentos estava se tornando cada vez mais difícil e eu precisava de uma forma de extravasá-los. Um dia, decidi que, quando não estivesse mais vivendo com os Landowskis, eu poderia colocar aquelas folhas em suas seções adequadas, fornecendo uma imagem muito mais sincera da minha vida.

Acho que foi Evelyn que tornou mais difícil a decisão de ir embora, porque, desde que ela pediu que a visitasse sempre que eu quisesse, aceitei o convite. Acreditei que ela nutria por mim algum tipo de sentimento maternal, que parecia real e verdadeiro. Nas semanas anteriores eu havia me sentado muitas vezes com ela em seu quarto aconchegante e ouvira sobre sua vida, que, como eu suspeitava, continha muito sofrimento. Seu marido e seu filho mais velho jamais retornaram da Grande Guerra. Eu havia aprendido muito sobre o conflito desde que viera para a casa dos Landowskis, mas, como nasci em 1918, não vivenciei aquele período. Eu tremia ao ouvir Evelyn me contar sobre os milhares de homens que morreram no campo de batalha gritando de dor, pois seus corpos tinham se despedaçado ao saírem das trincheiras.

– O que mais me entristece é o fato de que meus amados Anton e Jacques morreram sozinhos, sem ninguém para confortá-los.

Os olhos de Evelyn se encheram de lágrimas e estendi a mão para ela. O que eu realmente queria era dizer coisas como "Eu sinto muito. Deve ser tão difícil para você. Eu também perdi todos que amava...".

Ela explicou que era por isso que sentia tanto orgulho do único filho que a vida lhe deixara e o protegia tanto. Se ela o perdesse, enlouqueceria. Quis dizer a ela que eu havia enlouquecido, mas, para minha surpresa, estava lentamente me recuperando.

Era cada vez mais difícil me manter em silêncio, especialmente porque eu sabia muito bem que, se falasse, eu seria enviado para a escola. E, acima de tudo, eu queria continuar minha educação. Por outro lado, eles fariam perguntas sobre a minha história, coisas que eu simplesmente não poderia responder. Ou teria que mentir, mas aquelas pessoas tão boas, que me levaram para sua casa, me vestiram e me alimentaram, mereciam mais que isso.

❂ ❂ ❂

– Entre, entre! – convidou Evelyn, quando abri a porta da frente de sua casa.

Eu sabia que ela tinha uma perna problemática, que eu achava que doía mais do que ela admitia sentir. Eu não era o único preocupado com a posição que ocupava na casa dos Landowskis.

– Prepare o chocolate, por favor, meu rapaz. Está tudo pronto para você – acrescentou ela.

Fiz o que ela pediu, sentindo o aroma maravilhoso de chocolate, que tenho certeza de que já havia provado em algum momento do meu passado, mas que agora também não me cansava de beber. A hora do chocolate com Evelyn estava rapidamente se tornando meu momento favorito do dia.

Peguei as duas canecas e coloquei uma delas na mesinha ao lado de Evelyn e a outra sobre a lareira, onde um pequeno fogo queimava na grade. Sentando-me, abanei o rosto com a mão, quase tonto pelo calor.

– Você veio de um lugar muito frio, não é?

Evelyn me olhou rapidamente e percebi que ela estava em busca de informações, esperando que eu baixasse a guarda.

Peguei meu chocolate e bebi para provar que podia tolerar uma bebida quente no meu corpo quente, apesar de estar desesperado para tirar o pulôver de lã.

– Ah, um dia você vai me responder. – Ela sorriu. – Mas por enquanto você continua sendo um *enigma*.

Olhei para ela com curiosidade. Nunca tinha ouvido essa palavra, mas soava interessante.

– Enigma significa que ninguém sabe com certeza quem você é – explicou ela. – O que o torna instigante, pelo menos por um tempo. Mas depois acaba ficando bastante monótono.

Ai! Aquilo doeu.

– Enfim... perdoe-me a frustração. É só porque me preocupo com você. A paciência de monsieur e madame Landowski pode, em algum momento, acabar. Eu os ouvi conversando outro dia, enquanto limpava a sala de visitas. Eles estão pensando em mandá-lo a um psiquiatra. Você sabe o que é isso?

Balancei a cabeça.

– É um médico da mente. Ele faz perguntas e decide sobre o seu estado mental e as razões para sua condição. Por exemplo, se você tem algum problema mental, talvez precise ser internado em algum tipo de hospital.

Meus olhos se arregalaram de pavor. Eu sabia exatamente o que ela queria dizer. Um de nossos antigos vizinhos, que às vezes gritava e uma vez saiu andando nu pela rua principal da cidade, tinha sido levado para o que eles chamavam de "hospício". Aparentemente, eram lugares horríveis. Cheios de homens e mulheres gritando e berrando ou sentados, olhando para o nada, como se já estivessem mortos.

– Desculpe, eu não deveria ter dito isso – disse Evelyn. – Sabemos que você não é louco e, na verdade, apenas esconde sua inteligência. Eles só pensaram em mandá-lo a um psiquiatra para descobrir por que você não quer se comunicar, quando sabemos que pode.

Como sempre, balancei a cabeça com firmeza. Todos haviam recebido a mesma resposta: que eu estava com febre e não me lembrava de ter falado com Bel. Não era totalmente uma mentira.

– Eles estão tentando ajudá-lo, meu querido, não machucá-lo. Por favor, não fique tão aterrorizado. Olhe – disse Evelyn, pegando um pacote marrom ao lado de sua cadeira –, isto é para você, para o inverno.

Peguei o embrulho das mãos dela e tive a sensação de que era meu aniversário. Fazia muito tempo que eu não ganhava um presente. Desejava apreciá-lo um pouco mais antes de desembrulhá-lo, mas Evelyn me encorajou a rasgar o papel. Dentro havia um cachecol listrado colorido e uma touca de lã.

– Experimente-os, meu rapaz. Veja se lhe servem.

Mesmo estando quente como uma fornalha ali dentro, eu obedeci. O cachecol serviu perfeitamente – como não serviria? Mas a touca era um pouco grande, e na primeira vez que a puxei, ela caiu sobre meus olhos.

– Me dê aqui – pediu Evelyn, e dobrou a frente da touca. – Pronto. Assim vai ficar bom. O que acha?

Que eu posso morrer de calor se usar isso por mais tempo...

Assenti com entusiasmo, levantei-me, fui até ela e lhe dei um abraço. Quando me afastei, percebi que meus olhos estavam cheios de lágrimas.

– Ah, não seja bobo, você sabe quanto eu amo fazer tricô. Fiz centenas desses para nossos rapazes que estavam no front.

Virei-me e voltei para a minha cadeira, as palavras "muito obrigado" pairando em meus lábios, mas eu os mantive apertados. Tirei a touca e o cachecol, dobrei-os e os embrulhei de volta no papel marrom.

– Agora é hora de você e eu irmos para a cama – observou ela, olhando para o relógio pendurado na lareira, acima do fogo. – Mas antes quero lhe contar que hoje recebi uma notícia maravilhosa. – Ela indicou uma carta atrás do relógio. – Essa carta é do meu filho, Louis. Ele vem me visitar no meu dia de folga. Não é ótimo?

Mais uma vez assenti com entusiasmo, mas por dentro percebi que uma parte de mim tinha ciúmes daquele magnífico Louis, que aos olhos da mãe nunca fazia nada de errado. Pensei que talvez eu o acabasse odiando.

– Eu gostaria que você viesse conhecê-lo. Ele vai me levar para almoçar, e estaremos de volta às três e meia. Por que não vem cumprimentá-lo às quatro?

Aquiesci e tentei não parecer tão mal-humorado quanto me sentia. Com um pequeno aceno e um grande sorriso ao dar tapinhas no meu presente, saí do quarto dela. Eu me aconcheguei na cama, me sentindo inquieto tanto em relação àquele concorrente com quem eu disputaria os afetos de Evelyn quanto ao que ela dissera sobre o psiquiatra com quem os Landowskis poderiam me obrigar a me consultar.

Não dormi bem naquela noite.

❁ ❁ ❁

No domingo à tarde, lavei o rosto na bacia que me era fornecida todos os dias por uma criada. No sótão, não tínhamos "banheiros" (Elsa e Antoinette também reclamavam disso, porque tinham que descer à noite quando precisavam fazer suas necessidades). Escovei o cabelo e decidi que não usaria um suéter de lã, porque, com o filho lá, Evelyn provavelmente acenderia um grande fogo na lareira. Desci, saí pela porta da cozinha e comecei minha caminhada habitual em direção à casa dela. Então, um som me fez parar de repente. Ouvi e fechei os olhos, meus lábios formando um sorriso porque não conseguiam fazer outra coisa. Afinal, eu conhecia a música, e ela estava sendo tocada não por um homem como meu pai, mas por alguém que praticara por muitos anos.

Quando a música parou, eu me recompus. Alcancei a porta de Evelyn e bati. Logo ela foi aberta por um rapaz alto e magro, que eu sabia ter 19 anos.

– Olá – cumprimentou ele, com um sorriso. – Você deve ser o menino perdido que veio morar aqui desde a minha última visita.

Ele me levou para dentro e meus olhos correram pela sala em busca do instrumento que o jovem estava tocando um minuto antes. O violino estava sobre a cadeira em que eu costumava me sentar, e não pude deixar de notá-lo.

– Olá – disse Evelyn. – Este é Louis, meu filho.

Eu assenti, mas meus olhos não conseguiam se afastar daquele simples pedaço de madeira que tinha sido magicamente transformado de uma árvore em um instrumento capaz de produzir os sons mais gloriosos da Terra. Na minha opinião, pelo menos.

– Você ouviu meu filho tocar?

Evelyn percebera a maneira como eu olhava para o violino.

Eu aquiesci, cada pedacinho de mim querendo pegar o instrumento, colocá-lo confortavelmente sob o meu queixo, levantar o arco e tirar as notas dele.

– Você gostaria de segurá-lo?

Olhei para Louis, que me lembrava sua mãe, com o mesmo sorriso gentil. Assenti de forma veemente. Ele me entregou o violino e eu o peguei com a mesma reverência com que seguraria o Velocino de Ouro. Então, quase automaticamente, posicionei o instrumento sob o queixo.

– Então você toca – comentou Louis.

Não foi uma pergunta, mas uma declaração.

Aquiesci outra vez.

– Vamos ouvi-lo – sugeriu ele, pegando o arco e entregando-o para mim.

Como eu ouvira Louis tocar, sabia que o instrumento estava perfeitamente afinado, mas passei o arco pelas cordas de qualquer maneira, tentando senti-las. Era mais pesado do que o que papai e eu costumávamos tocar, mais sólido, e me perguntei se seria capaz de tirar notas dele. Fazia tanto tempo desde a última vez que eu segurara um violino. Fechando os olhos, fiz o que papai sempre me ensinou e comecei a acariciar as cordas. Antes de começar, eu nem tinha certeza do que tocaria, mas a bela melodia de "Allemande", de Bach, da *Partita para violino nº 2,* começou a fluir de mim. Fui pego de surpresa quando terminei e então houve silêncio. E aplausos.

– Bem, por essa eu não esperava – ouvi Evelyn dizer, enquanto se abanava com seu leque.

– Monsieur... – começou Louis. – É, bem... Isso foi impressionante para um garoto da sua idade. Diga-me, onde aprendeu a tocar?

Eu não ia largar o violino para escrever a resposta num pedaço de papel, então apenas dei de ombros, esperando que me pedissem para tocar outra coisa.

– Eu lhe disse, Louis, ele não fala.

– O que falta a ele no departamento de cordas vocais é compensado pela música que ele toca no violino. – Louis sorriu para a mãe e em seguida se virou para mim. – Você é excepcional, sinceramente, para uma criança. Aqui, deixe-me pegá-lo para você vir se sentar e tomar uma xícara de chá.

Quando Louis se aproximou, uma parte de mim simplesmente queria apertar o violino contra o peito, se virar e sair correndo.

– Não se preocupe, rapazinho – garantiu Evelyn. – Agora que eu sei que você sabe tocar tão lindamente, vou encorajá-lo a fazer isso sempre. O violino era do meu marido, sabe? Ele também tocava muito bem. Então o violino fica aqui comigo, debaixo da minha cama. Você pode guardá-lo para mim? – pediu, apontando para o estojo no chão.

Enquanto Louis preparava o chá, coloquei o violino com cuidado em seu ninho. O nome do luthier estava impresso no interior da parte superior da caixa. Eu nunca tinha ouvido falar dele, mas isso não importava. A qualidade do som podia não ser tão boa quanto a do instrumento de meu pai, mas serviria. Qualquer violino serviria. Evelyn não pediu que ele guardasse o estojo, então eu o deixei ao meu lado enquanto tomávamos chá, e ouvi Louis conversar com a mãe sobre o curso que estava fazendo.

– Talvez um dia eu acabe projetando o próximo carro da Renault – observou ele.

– Bem, se isso acontecer, eu ficaria muito orgulhosa e também adoraria o fato de você morar aqui por perto, e não em Lyon, que é tão longe.

– Não é por muito tempo. Falta apenas um ano e meio para eu me formar, então escreverei cartas para todas as fábricas de automóveis e verei qual delas decidirá que precisa de mim e das minhas habilidades.

– Desde pequenininho, Louis é obcecado por carros – explicou Evelyn. – Não havia muitos nas ruas naquele tempo, mas ele desenhava o que imaginava ser um veículo moderno e, sabe, eles são muito parecidos com o estilo que as fábricas de automóveis estão produzindo agora. Claro, essas coisas são apenas para os ricos...

– Ah, mas logo isso vai mudar, *maman*. Um dia, cada família terá um, inclusive eu.

– Bem, não há nada de errado em sonhar, não é? – respondeu Evelyn, com carinho. – Agora, rapazinho, você consegue terminar esse bolo ou Louis deve colocá-lo na lata para amanhã?

Decidi que ainda tinha espaço na barriga e peguei a última fatia do prato.

– Então, quais são as coisas que você mais ama? – perguntou Louis.

Peguei meu pedaço de papel e escrevi três palavras:

Comida!

Violino.

Livros.

Adicionei *leitura* entre parênteses e lhe entreguei a resposta.

– Entendi. – Louis sorriu para mim depois de ler. – Eu certamente vi os dois primeiros em ação hoje. Você alguma vez já falou?

Sem hesitar, decidi dizer a verdade e assenti.

– Posso perguntar o que aconteceu para você se calar?

Eu dei de ombros e balancei a cabeça.

– Bem, esse assunto não cabe a nós, não é? – interrompeu-o Evelyn. – Ele vai contar quando estiver pronto, não vai?

Assenti, em seguida baixei a cabeça, demonstrando tristeza. Minhas habilidades de atuação estavam cada vez melhores, mesmo sem poder usar a voz.

– Por que você não atiça o fogo, Louis? As noites estão começando a esfriar. – Evelyn estremeceu de repente. – Eu não gosto do inverno. Você gosta, rapazinho?

Balancei a cabeça com veemência.

– Pelo menos o Natal traz luz para nossas casas e nossos corações. É um evento para aguardar ansiosamente. Você gosta do Natal?

Eu a encarei, então fechei os olhos enquanto me vinha à mente a lembrança de um dia em que o fogo queimava intensamente e o menor dos presentes já havia sido distribuído entre nós, depois da missa. Carne para nossa ceia e algumas iguarias especiais tinham sido preparadas. Apreciei a recordação, embora ela surgisse na minha mente como uma figura em um livro, como se não me pertencesse.

– Espero que eu possa pagar a tarifa para vir aqui ver você, *maman*. Vou economizar o máximo que puder – prometeu Louis.

– Eu sei que vai, *chéri*. É claro – acrescentou Evelyn, dirigindo-se a mim também – que é a época mais movimentada do ano por aqui. Monsieur Landowski gosta de oferecer festas para os amigos, então talvez seja melhor deixar para depois do Natal, quando as tarifas de trem talvez estejam mais baratas.

– Talvez, mas veremos. Bem, eu odeio dizer isso, mas preciso me preparar para voltar.

– Claro – concordou Evelyn, embora eu pudesse ver a tristeza em seus olhos. – Deixe-me embalar um pouco de comida para a viagem.

– *Maman,* não se preocupe, por favor – pediu Louis, fazendo sinal para que ela não se levantasse da cadeira. – Nosso almoço foi farto, e estou tão empanturrado de bolo que só devo sentir fome muito depois de chegar em casa, acredite. *Maman* gosta de alimentar as pessoas, como você já deve ter notado – acrescentou ele para mim.

Levantei-me, porque não queria atrapalhar o que obviamente era uma triste despedida entre mãe e filho. Abracei Evelyn e apertei a mão de Louis.

– Foi muito bom conhecê-lo. E obrigado por fazer companhia a *maman.* Ela precisa de um pintinho para esconder sob as asas, não é? – Louis sorriu.

– Você me conhece bem demais. – Evelyn riu. – Adeus, rapazinho, até amanhã.

– Quem sabe da próxima vez que eu vier, você já tenha contado seu nome – comentou Louis, enquanto eu me dirigia à porta.

Voltei para casa pensando no que Louis tinha dito. Era algo que eu havia considerado muitas vezes desde que decidira parar de falar. O fato é que eu nunca mais revelaria meu nome verdadeiro a ninguém, nunca mais. Isso significava que eu poderia escolher qualquer um que quisesse. Não que fosse melhor do que o meu nome de verdade, mas era interessante pensar em como eu gostaria de me chamar. O problema é que, quando você *já tem* um nome, mesmo que seja o pior do mundo, ele pertence a você. E muitas vezes é a primeira coisa que as pessoas sabem a seu respeito. Então, tentar se desvencilhar dele era muito mais difícil do que parecia. Eu tinha sussurrado muitos para mim nas últimas semanas, porque não era muito legal as pessoas não saberem como se dirigir a mim. Ajudaria se eu tivesse um nome, e que ele fosse fácil de escrever. No entanto, o nome certo não se apresentava nunca, por mais que eu tentasse.

Depois de cortar uma boa fatia de baguete e passar geleia (a família servia a si mesma no domingo à noite), subi até o sótão e me sentei na cama, vendo a noite cair pela minha pequena janela. Então, peguei o meu diário para adicionar um par de linhas ao meu parágrafo anterior.

Acabei de tocar violino pela primeira vez em muito tempo. Foi a experiência mais maravilhosa sentir o arco em minhas mãos novamente e ser capaz de tirar notas do instrumento...

Meu lápis estava pairando no ar quando percebi que tinha acabado de encontrar o nome perfeito.

4

– A estátua finalmente está terminada. – Aliviado, monsieur Landowski bateu em sua bancada. – Mas agora o brasileiro maluco quer que eu faça um modelo em escala da cabeça e das mãos de seu Cristo. A cabeça terá cerca de 4 metros de altura, então vai ocupar quase todo o estúdio. Os dedos praticamente alcançarão as vigas. Todos nós aqui no ateliê literalmente experimentaremos a mão de Cristo sobre nós – brincou ele. – Então, segundo me disse o Sr. Da Silva Costa, quando eu terminar, ele vai trinchar minhas criações como pedaços de carne bovina, a fim de enviá-las para o Rio de Janeiro. Nunca trabalhei assim. – Ele suspirou. – Mas talvez eu deva confiar em sua loucura.

– Talvez você não tenha escolha – concordou Laurent.

– Bem, isso paga as contas, Brouilly, embora eu não possa aceitar mais encomendas até que a cabeça e as mãos de Nosso Senhor estejam fora de meu ateliê. Simplesmente não haveria espaço. Então, vamos começar. Traga os moldes que você fez das mãos daquelas duas senhoras há alguns meses. Preciso usar algo como base.

Laurent seguiu em direção ao depósito para pegar os moldes, e decidi que era hora de sair. Dava para sentir a tensão daqueles homens. Fui para o lado de fora e me sentei no banco de pedra, olhando para o belo e claro céu noturno. Estremeci de repente, sentindo-me feliz, pela primeira vez, por estar usando meu suéter de lã. Haveria geada à noite, mas não achei que nevaria. Virei a cabeça para olhar o ponto certo no céu, sabendo que era novembro, a época do ano em que aquelas que me guiaram até ali, para minha nova casa, apareceriam no Hemisfério Norte. Eu já as tinha visto algumas vezes, quando piscavam fracamente, e elas costumavam ficar obscurecidas pelas nuvens, mas naquela noite...

Ouvi passos se aproximando e me sobressaltei como sempre. Tentei descobrir quem era. A silhueta familiar de Laurent surgiu, e ele se sentou ao meu lado, enquanto eu continuava a olhar para o alto.

– Você gosta de estrelas?

Abri um sorriso e assenti.

– Ali está o Cinturão de Órion. – Laurent apontou para o céu noturno. – E perto dele estão as Sete Irmãs, juntas, formando um aglomerado. Com seus pais, Atlas e Pleione, cuidando delas.

Segui seus dedos enquanto ele traçava as linhas entre as estrelas, não ousando encará-lo, para que não percebesse minha surpresa.

– Meu pai se interessava muito por astronomia e tinha um telescópio em uma das salas do sótão – explicou Laurent. – Às vezes, ele o levava para o telhado em noites claras e me ensinava sobre as estrelas. Uma vez, vi uma estrela cadente e achei que era a coisa mais mágica que já tinha visto. – Ele inspecionou meu rosto bem de perto. – Você tem pai e mãe?

Mantive meu olhar treinado nas estrelas, fingindo não tê-lo ouvido.

– Bem, já vou embora. – Ele afagou minha cabeça. – Boa noite.

Eu o observei se afastar e percebi que aquilo fora o mais próximo que eu chegara (depois do episódio do violino, pelo menos) de falar. De todas as estrelas que ele poderia ter nomeado, em todas as constelações... Eu sabia que elas eram famosas, mas de alguma forma sempre senti que eram o *meu* segredo e não tinha certeza de que gostava do fato de que alguém mais também as considerava especiais.

Basta procurar as Sete Irmãs, as Plêiades, meu filho. Elas sempre estarão lá, em algum lugar, cuidando e protegendo você quando eu não puder...

Eu conhecia de cor as histórias de cada uma delas. Quando eu era muito menor, ouvia meu pai contar sobre as antigas maravilhas. Eu sabia que elas não eram apenas criaturas da mitologia grega, mas de muitas lendas em todo o mundo, e, na minha cabeça, eram reais: sete mulheres cuidando de mim. Enquanto outras crianças aprendiam sobre anjos que as envolviam em suas asas, eu tinha Maia, Alcíone, Astérope, Celeno, Taígeta, Electra e Mérope como mães. Eu me sentia sortudo por ter sete delas, porque, mesmo que uma não estivesse brilhando com tanta força em uma noite em particular, as outras estavam. Cada uma tinha qualidades diferentes, forças diferentes. Algumas vezes pensei que, se fosse possível juntá-las, talvez formassem a mulher perfeita, como a Santa Mãe. E mesmo que eu estivesse mais crescido agora, a fantasia de as irmãs serem reais e virem em meu socorro quando eu precisasse delas não havia desaparecido, porque eu não permitia. Olhei para elas de novo, me levantei e corri até meu quarto no sótão para observar pela janela. E sim... SIM! Elas eram visíveis dali também.

Aquela deve ter sido a melhor noite de descanso que tive depois de muito tempo, sabendo que minhas guardiãs estavam ali, brilhando sobre mim e me protegendo.

❂ ❂ ❂

A notícia de que eu sabia tocar violino se espalhara pela casa.

– Eles querem ouvir você tocar – avisou Evelyn. – E você vai se apresentar neste domingo.

Fiz beicinho, mais de medo do que de aborrecimento. Uma coisa era tocar para Evelyn, uma governanta, outra era tocar para a família Landowski, especialmente para Marcel, um pianista tão talentoso.

– Não se preocupe, você pode usar isso para praticar – disse Evelyn, entregando-me o violino. – Venha durante o dia, quando todos estão ocupados. Não que você precise ensaiar, meu querido, mas talvez isso o deixe mais tranquilo. Você sabe muitas peças de cor?

Eu assenti.

– Então escolha duas ou três – aconselhou ela, embora eu não entendesse o porquê.

E assim, nos dias seguintes, eu ia para o chalé de Evelyn enquanto ela trabalhava na casa principal, certificava-me de que todas as janelas estivessem fechadas, em caso de haver ouvidos curiosos, e tocava todas as minhas peças favoritas. Evelyn tinha razão: eu estava enferrujado, meus dedos tinham perdido um pouco da agilidade, possivelmente por terem sofrido em minha jornada até ali. Depois de pensar com cuidado, selecionei três peças. A primeira porque soava impressionante, mas na verdade era bastante simples de tocar. A segunda porque era uma peça de técnica difícil, no caso de algum membro da família ter conhecimento suficiente de violino para julgar minhas habilidades. E a última porque provavelmente era minha peça para violino favorita, e eu adorava tocá-la.

A "apresentação" aconteceria antes do almoço, no domingo. Até os criados tinham sido convidados para assistir. Tenho certeza de que os Landowskis estavam apenas sendo gentis, tentando garantir que eu me sentisse especial, mas tive a sensação de estar sendo testado, algo que não me agradou nem um pouco. Quaisquer que fossem suas razões, e eu estava certo de que as intenções *eram* boas, eu sabia que não tinha escolha a não ser tocar. Era de fato assustador, pois eu só havia tocado para as pessoas da minha casa e só a opinião de papai realmente importara para mim. Porém, entre aqueles ouvintes estavam um famoso escultor e sua família talentosa, e alguns tinham grande conhecimento musical.

Não dormi bem na noite anterior; me revirei na cama, desejando poder correr até a casinha de Evelyn, onde poderia praticar e praticar, até que o violino se tornasse uma extensão das minhas mãos, que era como papai tinha dito que deveria ser.

Passei a manhã de domingo tocando até meus dedos quase caírem, então Evelyn veio me encontrar e me disse para subir e trocar de roupa. Na cozinha, ela me deu o que chamou de "lambida e cuspida", o que significava molhar meu cabelo e escová-lo para trás, bem como passar a flanela no meu rosto.

– Muito bem. Você está pronto. – Ela sorriu e depois me puxou para um abraço. – Apenas pense em quanto estou orgulhosa de você.

Então, ela me soltou e eu vi lágrimas em seus olhos.

Fui recebido na sala de visitas, onde a família estava reunida em torno da lareira, o fogo queimando bem alto. Todos seguravam taças de vinho e me posicionei diante deles.

– Não precisa ficar nervoso, hein? Basta tocar quando estiver pronto – aconselhou monsieur Landowski.

Postei o violino sob o queixo e o ajeitei até que estivesse confortável. Então, fechei os olhos e pedi a todos aqueles que papai disse que estavam me protegendo – inclusive ele – que se reunissem ao meu redor. Em seguida, levantei o arco e comecei a tocar.

Quando terminei a última peça, houve o que me pareceu ser um silêncio sepulcral. Toda a minha confiança tinha desaparecido. O que papai sabia? E a governanta e seu filho engenheiro? Senti uma onda rubra de constrangimento começando a se espalhar pelo meu rosto e quis fugir e chorar. Em meu desespero, devo ter bloqueado minha audição, porque, alguns segundos depois, voltei a mim e ouvi os aplausos. Até Marcel parecia animado e impressionado.

– Bravo, meu jovem! Bravo! – exclamou monsieur Landowski. – Uma pena que você não pode dizer onde aprendeu a tocar assim. Ou vai dizer? – perguntou ele, com um olhar quase suplicante.

– Você é muito, muito bom, especialmente para a sua idade – comentou Marcel, me elogiando e me tratando com condescendência ao mesmo tempo.

– Muito bem – comentou madame Landowski, dando-me tapinhas no ombro, me oferecendo um de seus pequenos sorrisos afetuosos. – Agora está na hora de almoçar – acrescentou ela quando um sino tilintou no corredor.

Durante a entrada da refeição, não paravam de falar sobre a minha incrível proeza. E, ao longo do prato principal, a família se divertiu fazendo perguntas que eu pudesse responder com movimentos de cabeça. Ainda que uma parte de mim se sentisse desconfortável por eles tratarem minha vida pregressa como um mero jogo, eu sabia que ninguém fazia isso por mal. Quando não queria responder a uma das perguntas, eu simplesmente não mexia a cabeça.

– Temos que contratar algumas lições, meu jovem – disse monsieur Landowski. – Eu tenho um amigo no *conservatoire*. Rachmaninoff há de conhecer um bom professor.

– Papai, o *conservatoire* só aceita alunos bem mais velhos – interveio Marcel.

– Ah, mas este aqui não é um aluno qualquer. Nosso jovem amigo tem um talento excepcional. Idade não é barreira para o talento. Vou ver o que posso fazer – retrucou Landowski com uma piscadela.

Eu vi Marcel fazer uma expressão aborrecida.

Depois da sobremesa, pouco antes de todos se levantarem, tomei uma decisão. Eu queria desesperadamente dar a monsieur Landowski um presente por tudo o que ele tinha feito por mim. Então, peguei um pouco de papel e escrevi algumas palavras. Quando todos estavam se levantando da mesa, estendi a mão para impedi-lo. Então, com as mãos tremendo um pouco, entreguei-lhe o papel. Eu o observei enquanto lia as quatro palavras.

– Ora, ora, ora. – Ele riu. – Depois de sua performance mais cedo, é como se fosse o destino. Presumo que você tenha esse apelido por causa do seu talento com o arco do violino. "Bow"...

Assenti.

– Muito bem, então vou informar a família. Obrigado por confiar isso a nós. Entendo como é difícil para você.

Eu saí para o corredor, depois corri para o sótão. Encarei meu rosto em frente ao espelho. Então abri a boca para dizer as palavras:

– Meu nome é Bo.

❋ ❋ ❋

Aparentemente haviam me encontrado um professor de violino, e eu deveria ir a Paris depois do Natal e tocar para ele. Eu não sabia dizer o que me deixava mais empolgado: tocar para um violinista profissional ou ir até a cidade com Evelyn.

– Paris – disse baixinho, deitado sob as cobertas.

Evelyn tinha ordenado que as empregadas providenciassem um cobertor de lã mais grosso, e ficar aconchegado na cama, aquecido sob as cobertas, se tornara um dos melhores momentos do meu dia. Eu também estava com uma sensação engraçada na barriga, que me lembrava de ter sentido antes, quando era muito mais novo e meu coração não estava cheio de medo. Era como se uma pequena bolha estivesse subindo da barriga para o peito, fazendo meus lábios se curvarem em um sorriso. A palavra que descrevia esse sentimento era, pensei, *empolgação*. Era algo que eu quase não me atrevia a sentir, pois levava à felicidade, e eu não queria me sentir feliz demais, senão alguma coisa horrível poderia acontecer, como os Landowskis decidirem que não me queriam mais sob seu teto, e então seria ainda mais difícil enfrentar a infelicidade de estar sozinho, sem dinheiro e faminto outra vez. O violino havia me salvado, me tornara ainda mais "intrigante", como monsieur Landowski dissera a Laurent no dia seguinte, no ateliê (eu tive que procurar a palavra "intrigante" no dicionário, porque ela não estava no meu vocabulário).

Então, se eu quisesse ficar, teria que continuar sendo o mais intrigante possível, além de útil, o que na verdade era bastante cansativo. Os planos para o Natal estavam bem encaminhados, com muitos sussurros secretos sobre presentes. Isso me deixava muito receoso, pensando que ganharia presentes, já que a família era tão gentil, mas eu não tinha dinheiro para comprar nada para ninguém. Consultei Evelyn sobre isso em uma das minhas visitas.

Ela leu *Como posso conseguir dinheiro para presentes?*, depois olhou para mim e pude ver que estava pensando na resposta.

– Eu poderia lhe emprestar alguns centavos, assim você compraria um presentinho para todos, mas sei que você recusaria e que os Landowskis se perguntariam sobre a origem do dinheiro... se é que você me entende – disse ela, revirando os olhos.

Pelo que entendi, eles poderiam suspeitar que eu roubara, e isso não ajudaria em nada na minha missão de agradar.

Evelyn me pediu que esquentasse o chocolate enquanto ela refletia, e eu obedeci. Quando coloquei a caneca ao lado dela, dava para ver que a governanta conseguira formular algum plano.

– Você passa um bom tempo tentando esculpir pedras no ateliê, certo?

Eu assenti, em seguida peguei meu papel e escrevi: *Mas sou muito ruim.*

– Bem, quem poderia ser bom, exceto um gênio como monsieur Landowski? Mas você tem praticado criar formas, então eu estava pensando que talvez devesse tentar um material mais fácil, como madeira, e ver se consegue esculpir um pequeno presente de Natal para cada membro da família. Isso agradaria a monsieur Landowski, pois ele sentiria que os meses que você passou observando-o e aprendendo lhe deram uma habilidade útil.

Assenti, empolgado. Mesmo não tendo recebido nenhuma educação formal, Evelyn às vezes tinha as melhores ideias.

Então, saí e fui pegar um pouco de madeira na pilha no celeiro e, todas as manhãs, antes que todos se levantassem, eu me sentava à mesa de cavalete e praticava. Evelyn também estava certa sobre usar madeira em vez de pedra. Era como aprender a tocar um apito de lata em vez de uma flauta. Além disso, eu tinha visto outros fazerem isso em minha antiga casa.

Minha antiga casa... era assim que eu começava a pensar nela agora.

Nas três semanas antes do Natal, consegui esculpir para cada pessoa da família o que eu esperava que fosse uma lembrancinha atenciosa, que eles fossem apreciar. A de monsieur Landowski levou mais tempo, pois eu queria esculpir uma réplica de madeira de sua amada estátua do Cristo. Na verdade, gastei nela a mesma quantidade de tempo que dispensei para todas as outras peças juntas.

Ele havia passado por um momento difícil nas últimas semanas, quando o arquiteto do Cristo lhe dissera que a única maneira de enviar o que eu chamava de "casaco do Cristo" (o concreto que iria sustentá-lo junto com suas entranhas) seria cortando-o em pedaços. Pelo que ouvi, assim haveria menos chance de uma parte da escultura rachar durante a longa viagem da França até o Brasil. Monsieur Landowski ficou terrivelmente aflito, porque sentia que deveria acompanhar sua preciosa escultura para cuidar dela na viagem, mas era uma longa jornada de ida e volta – tempo que ele não podia dispensar, pois Sun Yat-sen e seus olhos ainda não o haviam deixado satisfeito.

Eu tinha pensado na solução perfeita para todos: Laurent deveria ir como babá do Cristo. Isso não só significaria que o Sr. Landowski ficaria em casa, mas que Laurent talvez pudesse ver sua amada no Rio... o que o deixaria mais feliz e o impediria de passar as noites nas ruas de Montparnasse (um lugar que eu estava desesperado para conhecer, embora monsieur Landowski sempre reclamasse que estava cheio de aspirantes a artistas, mendigos e ladrões). Eu estava prestes a sugerir isso, quando felizmente Laurent teve a mesma ideia e a sugeriu ele mesmo. Monsieur Landowski ficou em dúvida a princípio, porque era nítido que, nos últimos tempos, Laurent não vinha se mostrando muito confiável. Mas, depois de jurar várias vezes que dormiria no porão com os pedaços do Cristo, se necessário, e que não tocaria em uma gota de álcool enquanto o Cristo estivesse sob seus cuidados, todo mundo pareceu concordar que era a melhor solução. Era lindo ver o brilho de expectativa nos olhos de Laurent, e eu realmente esperava que um dia também tivesse a sorte de experimentar um amor assim, que o iluminava por dentro quando ele pensava em rever seu lindo anjo, Bel.

Prazer e dor, pensei, enquanto embrulhava cuidadosamente minha própria escultura do Cristo no papel marrom que Evelyn me dera.

– Você não está perfeito, mas pelo menos está inteiro. – Sorri para ele enquanto dobrava o papel sobre seu rosto não muito simétrico.

Assim que terminei de embrulhar todas as esculturas, guardei-as em minha cômoda. Então, vendo que a noite caía, desci as escadas e fui, na ponta dos pés, ver o abeto que tinha sido trazido mais cedo, pois era véspera de Natal. Observei os membros da família pendurarem pinhas com fitas em seus galhos, e todos nós tínhamos deixado um par de nossos sapatos sob a árvore para *Père Noël* encher com presentes. Monsieur Landowski me contou que era uma tradição francesa muito antiga e que os adultos também gostavam de seguir. Então, eles prenderam velas nas pontas dos galhos e, quando o crepúsculo caiu, elas foram acesas. Era a coisa mais bonita que eu já vira, especialmente no escuro.

– Ainda olhando para ela, menino?

A voz da pessoa em quem eu tinha acabado de pensar me fez pular. Eu me virei e vi monsieur Landowski, que ainda não tinha se acostumado a me chamar pelo meu novo nome.

– Sempre penso na música de Tchaikovsky quando olho para a árvore, na véspera de Natal. Você conhece a partitura do *Quebra-Nozes*?

Fiz um gesto com a mão para indicar que sim, conhecia, mas não muito bem. Papai não era um grande admirador de Tchaikovsky. Sempre reclamava que ele escrevia sua música para agradar ao público, em vez de dar a suas partituras um nível mais técnico.

– Aposto que você não sabia que, quando estava em Paris, Tchaikovsky possuía um instrumento chamado celesta, algo entre um piano e um sino, devido ao som que faz. Ela inspirou sua "Dança da Fada Açucarada".

Eu não sabia disso e assenti, animado, querendo que a conversa continuasse.

– Você sabe tocar a *Abertura*?

Dei de ombros para indicar um talvez – porque é claro que eu era capaz de tocá-la, mas precisaria praticar.

– Talvez isso o ajude a se lembrar. Eu estava subindo para encontrá-lo e lhe entregar. Achei que poderia ficar constrangido se eu lhe desse na frente da família.

À luz fraca da árvore, vi surgir um estojo de violino que ele estava escondendo às costas e agora me oferecia.

– Meus pais me deram quando eu era criança, mas temo que nunca tenha demonstrado muita aptidão. No entanto, eu o guardei, como fazemos com os presentes que ganhamos dos pais. Valor sentimental... você sabe.

Eu sabia e, por um instante, me senti preso entre a tristeza por tudo que eu tinha sido forçado a abandonar quando parti e a alegria iminente do que monsieur Landowski estava me oferecendo.

– Pegue, ele ficará melhor em mãos talentosas como as suas do que guardado no alto do meu guarda-roupa, juntando poeira.

Abri a boca sem perceber, tão completamente arrebatado por sua generosidade e pelas possibilidades que se abriam para mim com meu próprio violino que quase falei. Olhei para o instrumento descansando nas minhas mãos e o beijei, depois me aproximei de monsieur e lhe dei um abraço constrangido. Após alguns segundos, ele me afastou delicadamente pelos ombros.

– Talvez, um dia você realmente consiga confiar em mim e dizer as palavras de gratidão que estão quase escapando de sua boca. Por enquanto, feliz Natal.

Eu assenti vigorosamente e o observei sair da sala.

Eu sabia que as empregadas ainda estavam na cozinha, tomando uma bebida que cheirava a petróleo e cantando canções que, para mim, não soavam muito natalinas. Então, quando fui para o sótão, coloquei o estojo em minha cama e o abri, o coração batendo rápido contra o peito. Lá dentro estava um violino que tinha sido feito para uma criança como eu. Seria muito mais fácil de tocar do que a versão adulta, que Evelyn gentilmente me emprestara. Analisando-o, pude ver os sinais da idade em sua superfície – o arranhão estranho no brilho da nogueira e a poeira cobrindo as cordas.

Sentei-me, removi o instrumento do estojo com toda a reverência, levei-o até a altura da boca e soprei, observando as partículas de poeira se libertarem de sua prisão e dançarem em torno do meu quarto. Eu abriria minha janela e as soltaria na manhã seguinte. Em seguida, tirei meu lenço do bolso e limpei as cordas. Peguei o arco e posicionei o violino sob o queixo. Não poderia ter ficado mais confortável. Em seguida, levantei o arco, fechei os olhos e toquei.

Meu coração quase saltou do peito e se juntou à poeira quando ouvi o som suave de um violino de boa fabricação. Sim, as cordas precisavam de afinação, depois de anos de negligência, mas isso era simples. Inspirado pela história de monsieur Landowski sobre *O Quebra-Nozes*, toquei os primeiros acordes da *Abertura*. Então, ri alto e dancei ao redor do quarto, tirando uma música folclórica alegre que costumava tocar em casa, quando as coisas ficavam mais difíceis do que o habitual. Ofegante de emoção, senti-me, de repente, sem forças, e tive que me deitar na cama enquanto minha cabeça se estabilizava, então bebi um pouco de água da jarra que ficava no armário ao meu lado.

E pensar que no ano anterior, naquela mesma época, achei que nunca mais veria outro Natal, mas ali estava eu, com um final feliz, exatamente como Clara, quando percebe que tudo o que tinha visto era um sonho. Ou talvez fosse um novo começo.

Friccionei o arco uma última vez no... *meu* violino, em seguida coloquei-o de volta no estojo e o guardei sob os lençóis, na parte inferior, para que meus dedos dos pés pudessem tocá-lo. Acomodando-me nos travesseiros, sorri e disse:

– Eu sou o Bo, e *terei* um final feliz.

5

Depois do que foi um período muito alegre na casa dos Landowskis, especialmente a festa na véspera de Ano-Novo, quando monsieur Landowski convidou muitos de seus amigos artistas, comecei a contar os dias até a audição com meu possível professor de violino. Ninguém se importara em mencionar seu nome nem eu me importara com isso, pois, se ele trabalhava no *conservatoire* onde estivera Rachmaninoff, só podia ser fantástico.

Passei o máximo de tempo que pude praticando, com tanta frequência que acabei levando uma bronca das criadas. Elas disseram que meus "berros" naquela "coisa" as obrigavam a enfiar a cabeça debaixo dos travesseiros e que, afinal, já passava da meia-noite!

Pedi desculpas quando olhei o relógio e percebi que elas tinham razão e que eu havia perdido totalmente a noção do tempo.

O grande dia chegou, e Evelyn entrou no meu quarto para me oferecer um blazer cinza de Marcel para vestir sobre a camisa e o pulôver de lã.

– Certo, agora precisamos ir andando. O ônibus passa na hora em que quer, nunca segue a tabela de horários.

Ela falou sem parar enquanto seguíamos caminhando pela estrada e alcançávamos a aldeia, mas eu não estava prestando muita atenção, nem mesmo quando ela começou a andar de um lado para outro, frustrada, comentando com os outros que também aguardavam que os ônibus não eram nada confiáveis e como era ridículo que Boulogne-Billancourt fabricasse carros e aviões e ainda assim fosse incapaz de fazer com que os ônibus seguissem os horários. Eu estava com a cabeça em outro lugar, vendo as notas na mente, tentando me lembrar do que papai me ensinara todos aqueles anos antes sobre "viver a música" e sentir sua alma. Enquanto seguíamos em direção ao centro de Paris, a cidade sobre a qual papai tanto falava, fechei os olhos, sabendo que haveria outro momento para visitá-la e assimilar sua beleza. Por enquanto, tudo o que importava era o violino pousado no meu joelho e as notas que eu ia tirar dele.

– Vamos, rapazinho, ande logo – repreendeu-me Evelyn, porque eu insistira em segurar o violino com as duas mãos apertadas no peito, impedindo-a de me puxar pela mão.

Percebi que havia muita gente nas calçadas largas, algumas árvores, e... sim! Uma construção que era instantaneamente reconhecível! A Torre Eiffel. Eu ainda podia vê-la quando Evelyn parou.

– Chegamos, Rue de Madrid, número 14. Vamos entrar.

Olhei para o grande edifício de arenito que se estendia por quase toda a rua e contei três andares de janelas altas e o que pareciam ser níveis menores no sótão, logo acima. Uma placa de bronze anunciava que aquele era, de fato, o famoso Conservatório de Paris.

Na verdade não entramos de imediato; ainda tive que esperar até que Evelyn retocasse o batom e arrumasse o cabelo que escapava do seu melhor chapéu. Dentro do edifício, havia uma grande sala de espera, repleta de retratos de antigos compositores. No meio do piso de madeira polida havia uma mulher em um balcão redondo, com quem Evelyn se adiantou para falar. A luz se derramava através das janelas que davam para a rua e o que parecia ser um grande parque ao fundo.

Fiquei muito feliz quando a senhora de aparência severa na recepção finalmente assentiu e pediu que nos apresentássemos na sala 4, no segundo andar. Ela apontou para o que lembrava uma gaiola onde se poderia prender um urso e, quando rumei para as escadas que ficavam ao lado da tal jaula, Evelyn me puxou em direção à estrutura e apertou um botão na lateral.

– Se acha que vou subir dois lances de escadas quando há um elevador disponível, você só pode estar louco.

Eu queria perguntar a ela o que era um "elevador", mas então vi uma caixa descer dentro da gaiola, e a palavra fez todo sentido. Ainda que parecesse empolgante, eu não quis me arriscar. Apontei para as escadas e comecei a subir dois degraus de cada vez. Não havia sinal de Evelyn quando cheguei ao lado de outra gaiola, que era igual à do andar térreo, e suspeitei que o pior tivesse acontecido, mas de repente ouvi um zumbido e a outra caixa surgiu do chão. A porta se abriu e lá estava Evelyn, puxando a grade e saindo em segurança, como se não tivesse sido nada.

– Então você nunca viu um desses, hein? – perguntou ela.

Balancei a cabeça, ainda maravilhado com aquele milagre.

– Quem sabe você não desce comigo quando formos embora? Assim você terá algo divertido para fazer depois, não importa qual seja o resultado. Agora precisamos encontrar a sala 4.

Evelyn foi em direção a um corredor, de onde pude ouvir o som de diferentes instrumentos sendo tocados atrás de portas fechadas. Paramos na frente da sala 4 e Evelyn bateu rapidamente à porta. Não houve resposta. Depois de alguns bons segundos, ela bateu de novo.

– Ninguém em casa.

Ela deu de ombros, então girou a maçaneta o mais devagar e silenciosamente que pôde e empurrou a porta até que houvesse espaço para sua cabeça – ou, devo dizer, seu chapéu – espiar o lado de dentro.

– Não, ninguém aqui. Vamos ter que esperar, não é?

E então nós esperamos, e sei que as pessoas exageram quando dizem que algum momento foi o mais feliz ou infeliz, ou o mais demorado de sua vida, mas, de fato, o longo tempo que passei ali fora da sala 4, esperando pela pessoa que me diria se eu era bom o suficiente para estudar no conservatório, realmente passou muito devagar. Ainda mais irritante era o fato de que eu ainda podia ver o elevador dali e, cada vez que ele rosnava para subir e liberava um passageiro, eu imaginava que *aquela* era a pessoa que iria decretar o meu destino. No entanto, todos andavam para o outro lado ou passavam direto por nós.

– Ora, que coisa! – exclamou Evelyn, e pude ver que ela estava transferindo o peso de uma perna para outra porque sentia dores depois de tanto tempo em pé. – Seja lá quem for esse professor, é claramente mal-educado.

Finalmente, quando ela estava resmungando sobre irmos embora porque era provável que tinha acontecido algum engano, uma porta ao longo do corredor se abriu. Em seguida, um homem jovem, magro, de pele muito branca e cabelos escuros apareceu. Ele caminhou em nossa direção, parecendo um pouco bêbado, e parou na nossa frente.

– Por favor, perdoem-me, eu estava dando aula para um aluno antes de você, então decidi descansar um pouco. Temo que tenha pegado no sono.

Ele estendeu a mão para Evelyn e, relutante, ela o cumprimentou.

– Madame, *petit monsieur*, por favor, perdoem-me. Eu trabalho muitas horas aqui, e o sono é algo que muitas vezes me abandona à noite. Mas, madame, agora que me entregou seu precioso protegido, por que não desce pelo elevador e espera no hall de entrada, onde há uma cadeira confortável? Diga a Violetta que Ivan pediu a ela para lhe servir um chá ou café, o que for de sua preferência.

Ela pareceu aliviada, mas um pouco relutante em me deixar com um homem que obviamente considerava muito estranho, porém, por fim, a dor nos pés venceu e ela concordou.

– Assim que terminar, desça imediatamente, entendeu, Bo?

Eu assenti.

– O senhor sabe que ele não fala? – acrescentou ela para monsieur Ivan.

– Sim, mas é a música que vai falar por ele, não é mesmo?

Sem outro comentário, ele abriu a porta e fez sinal para que eu entrasse.

Até mesmo enquanto escrevia em meu diário, mais tarde naquela noite – e logo depois em meu diário secreto, do qual isto aqui faz parte –, eu tinha apenas memórias vagas do tempo que passei com monsieur Ivan. Sei que primeiro ele me fez tocar o que chamou de "peças festivas", depois colocou uma partitura para testar minha leitura, em seguida pegou o próprio violino e tocou uma série de escalas e arpejos, que tive que reproduzir. Tudo isso pareceu acontecer muito rápido. Depois ele me levou a uma pequena mesa de madeira com cadeiras ao redor e pediu que eu me sentasse.

Ao puxar uma cadeira, praguejou e olhou para o dedo. Então, disse outra coisa, e me dei conta de que ele estava falando em russo.

– Bem, estou com uma farpa que vou ter que tirar hoje à noite, em casa. As menores coisas podem causar a maior dor, não é mesmo?

Eu aquiesci, porque não faria nenhuma diferença se concordasse ou não. Eu queria agradar àquele homem mais do que a qualquer outra pessoa desde que papai tinha partido.

– Como vamos nos comunicar se você não fala?

Já preparado, tirei meu papel de rascunho do bolso, junto com o lápis.

– Seu nome é Bo?

Sim, escrevi.

– Quantos anos você tem?

Dez.

– Onde estão seus pais?

Minha mãe morreu e não sei onde meu pai está.

– De onde você veio?

Não sei.

– Eu não acredito em você, *petit monsieur*, e já tenho minhas suspeitas, mas você mal me conhece, e nós, *émigrés*, não gostamos de dar informações pessoais a qualquer um, correto?

Sim, escrevi, comovido por ele entender e não me achar estranho, como todo mundo.

– Quem ensinou você a tocar violino?

Papai.

– Quanto tempo faz desde a sua última aula?

Tentei pensar, mas não tinha certeza, então escrevi: *Três ou quatro anos.*

– Eu jamais conheci uma pessoa tão jovem com tanta habilidade. É extraordinário, na verdade. Sua musicalidade vem naturalmente, escondendo as falhas de seu conhecimento técnico. Fiquei impressionado que seu nervosismo não o atrapalhou, embora eu imagine que esta chance de estudar no conservatório signifique muito para você.

Sim, escrevi.

– Hum...

Eu o observei esfregar a mão no queixo, enquanto pensava se valia a pena me ensinar.

– Como você pode imaginar, muitos pais vêm até mim com seus filhos gênios, meninos e meninas que tiveram os melhores violinos e professores e que são forçados a praticar durante horas. Mesmo que sejam tecnicamente muito mais brilhantes do que você, muitas vezes sinto que não dedicam a alma à música. Em outras palavras, eles são como animais adestrados, uma simples extensão dos egos de seus pais. Esse definitivamente não é o seu caso, em parte porque você não tem pais, e seu tutor é um homem que dificilmente precisa de uma criança que não lhe pertence para impressionar seus amigos quando ele *próprio* é tão impressionante. Então... mesmo que haja falhas na maneira como você toca e... Sem querer desrespeitar seu pai, mas ele não era profissional, certo?

Balancei a cabeça, *sentindo-me* desrespeitado, não importava o que monsieur Ivan dissesse.

– Não fique tão triste, *petit monsieur*, por favor. Posso ver que ele ensinou com amor. E, por sua vez, ele encontrou um talento muito maior do que o dele próprio e queria alimentá-lo. Em que escola você está estudando no momento?

Nenhuma. Não falo, então não posso ir.

– Mesmo que não seja da minha conta, isso não é bom. Sei que você pode falar, não só porque me disseram isso, mas pela maneira instintiva com que você se impede de me responder desde que começamos nossa conversa. Acho que você está cercado por pessoas boas, gentis, e quaisquer que tenham sido as coisas terríveis que lhe aconteceram no passado, que o deixaram tão ferido a ponto de você não se atrever a se comunicar, espero que, para o seu bem, em algum momento próximo você decida falar. Mas não importa, digo isso apenas como alguém que sofreu muito desde que deixou a Rússia. Tanto sofrimento, tantas guerras em apenas 10 anos de vida... você... e eu... somos ambos o resultado disso. Um conselho, meu jovem amigo: não deixe as pessoas más vencerem, certo? Elas já tiraram tanto de você: seu passado, sua família. Não deixe que tirem também seu futuro.

Para meu constrangimento, meus olhos se encheram de lágrimas. Assenti lentamente e estendi a mão para pegar meu lenço.

– Ah, eu o fiz chorar, peço desculpas. Às vezes, tomo liberdade demais com minhas palavras. A boa notícia é que, já que você não está estudando, será muito mais fácil encaixá-lo nos meus horários. Agora, deixe-me ver...

Eu o vi tirar uma agenda fina do bolso do casaco e virar as páginas anotadas, que não eram muitas, porque estávamos apenas em janeiro.

– Então, começaremos com duas lições por semana. Posso marcar às onze horas nas terças-feiras e às duas horas nas sextas. Vamos ver como as coisas vão se desenrolar, mas tenho um bom pressentimento sobre você. É verdade, tenho mesmo. Então, vou levá-lo até sua acompanhante. Ela parece ser uma mulher gentil – afirmou ele, levantando-se para sair da sala e indo em direção ao elevador.

Assenti.

Então eu me lembrei, escrevendo algumas palavras às pressas.

Quanto por cada aula?

– Vou falar com monsieur Landowski, mas nós, *émigrés*, devemos ajudar uns aos outros, certo?

Ele me deu um tapinha nas costas com tanta força que eu quase caí na caixa dentro da gaiola. Ele puxou a grade e a fechou, apertou um botão e nós descemos. Eu me perguntei se era assim que os pássaros se sentiam quando voavam, mas, por algum motivo, duvidava de que fosse o caso. Ainda assim foi divertido, e eu fiquei ansioso para repetir aquilo duas vezes por semana. *Se* monsieur Landowski e monsieur Ivan chegassem a um acordo em relação ao preço.

– Madame, seu menino foi um triunfo! Darei aulas para ele, com certeza, às onze horas das terças-feiras e às duas horas das sextas. Diga a monsieur Landowski que telefonarei para discutirmos os detalhes. Boa viagem de volta para casa.

Em seguida, com uma piscadela e um sorriso, monsieur Ivan caminhou de volta para o elevador.

Merry

Em trânsito: Dublin para Nice

Junho de 2008

6

Fechei as páginas do velho diário de couro e olhei através da janela do jatinho. Minha intenção de dormir havia desaparecido depois de ler a carta, que me guiou até o diário pousado no meu colo. O homem que alegava ser meu pai – Atlas – a escrevera com profundo pesar.

Não tenho palavras para expressar, ou começar a explicar, o amor que sempre tive por você desde que soube da sua iminente chegada. Também não consigo lhe contar nesta carta como não medi esforços para encontrar você e a sua mãe, que foram tiradas de mim com enorme crueldade antes do seu nascimento...

A exaustão emocional das últimas semanas desabou sobre mim, e senti meus olhos se encherem de lágrimas. Naquele momento, não desejei nada mais do que um abraço de Jock, meu marido, que parecia ter sido tirado de mim no exato momento em que eu mais precisava dele.

– Se pelo menos você estivesse aqui... – Sequei os olhos com um dos guardanapos de seda disponibilizados no bolso lateral do luxuoso assento de couro. – Você ia amar esse tratamento cinco estrelas, disso eu tenho certeza.

A carta de Atlas prometera que seu diário conteria as respostas quanto à minha verdadeira origem, mas ele era demasiado longo. Depois de ler a primeira seção, eu não estava nem um pouco mais perto de entender a história ou como eu me encaixava nela. Quem quer que fosse meu "pai", ele claramente tivera uma vida e tanto. Embora a abertura do diário tivesse sido escrita por uma criança de 10 anos, sua voz era carregada de maturidade e sabedoria, como se o menino fosse habitado por uma alma antiga.

Balancei a cabeça, me dando conta de que o padrão das últimas semanas estava se repetindo. Toda vez que eu parecia estar chegando perto da verdade sobre meu passado, mais mistérios surgiam. Por que o garoto estava fingindo ser mudo? Por que ele achava que não podia revelar seu nome verdadeiro? E o que o tinha levado a ser descoberto, sozinho, sob uma cerca viva, nos arredores de Paris? Parecia que o diário de Atlas começara tarde demais para eu entender a situação por completo.

No entanto, acho que, se era para se ver diante da porta de alguém, a casa do famoso escultor responsável por uma das novas Sete Maravilhas do Mundo – o Cristo Redentor – não era uma má opção.

Suspirei, achando um tanto estranho que Atlas tivesse confiado a história de sua vida a mim, a suposta filha biológica que ele nunca tinha conhecido, antes de permitir que suas amadas filhas adotivas a lessem. Eram elas, claro, que haviam conhecido e amado tanto o seu "Pa Salt". Será que não mereciam descobrir seus segredos primeiro?

Tentei inibir as contrações em meu estômago enquanto contemplava minha situação. Ali estava eu, voando em um jatinho, para me juntar a um bando de estranhos em um superiate, rumo a uma peregrinação para depositar uma coroa de flores em homenagem a um homem com quem eu, até o momento, não sentia nenhuma conexão. Sim, eu conhecera algumas das pessoas brevemente, mas não o suficiente para acalmar meus nervos. Eu nem tinha certeza de que as outras mulheres sabiam que eu era, ao que tudo indicava, geneticamente relacionada ao seu pai adotivo. Isso, juntamente com o fato de Atlas ter decretado que eu deveria ser a primeira a ler seu diário, tinha o potencial de fazer as irmãs ficarem ressentidas.

Tentei me confortar lembrando que elas tinham sido a família que fizera de tudo para *me* encontrar, e não o contrário.

– Elas querem você lá, Merry – disse a mim mesma.

Claro, a maior fonte do conforto vinha do fato de saber que eu estava voando também ao encontro de meus próprios filhos, Jack e Mary-Kate, que já estavam a bordo do *Titã*. Eu sabia o quão emocionados eles ficariam com minha decisão de me juntar a eles no cruzeiro. Mesmo que as seis irmãs se revelassem completas lunáticas, pelo menos meus filhos estariam lá para me proteger e me manter sã durante a viagem. Aparentemente, o cruzeiro duraria seis dias no total – três dias para navegar o *Titã* de Nice até Delos e colocar a coroa de flores, e três dias para voltar. Além disso, se a situação fosse mais desafiadora do que eu pudesse aguentar, sempre poderia "abandonar o navio" na ilha vizinha de Mykonos, que ostentava um aeroporto internacional.

Houve uma batida às portas do painel, que tinha sido puxado de ambos os lados da cabine para formar uma divisória entre a frente e a parte de trás da aeronave.

– Ah... olá? – falei, sendo arrancada de meus pensamentos.

O painel foi aberto e a figura alta e bronzeada de Georg Hoffman apareceu. Ainda vestido de forma imaculada em seu terno escuro. Ao que parecia ele não tinha nem mesmo afrouxado a gravata durante o voo de três horas.

– Boa noite, Merry. Ou devo dizer bom dia? – Seus olhos se moveram para o cobertor e o travesseiro que tinham sido entregues a mim pelo comissário de bordo, ambos intocados, pousados no assento vizinho. – Ah. Acho que você não descansou muito. Você... abriu o pacote?

– Sim, Georg. Eu li a carta e, claro, comecei a ler o diário. É muito longo... como tenho certeza de que você já sabe.

A sombra de um sorriso surgiu sob o bigode de Georg.

– Eu o carreguei comigo por um longo tempo, mas, juro a você, nunca abri. Não cabia a mim.

– Você está me dizendo que realmente não tem ideia da história de Atlas?

– Ah, não, eu não disse isso. Só disse que não li o diário. – Georg hesitou. – Eu conheço... *conhecia* Atlas, seu pai, muito bem. Ele era o homem mais corajoso e gentil que já tive o privilégio de encontrar.

– Quanto tempo até aterrissarmos?

– O piloto acabou de me avisar que começaremos nossa descida em Nice em alguns instantes. Haverá um carro nos esperando para nos levar diretamente ao porto onde o *Titã* está ancorado.

Olhei pela janela da cabine.

– Ainda está escuro, Georg. Que horas são?

Ele verificou o relógio e arqueou as sobrancelhas.

– Quase três e meia aqui na França. Peço desculpas, eu entendo o turbilhão que isso deve ser para você.

– Definitivamente. Ainda não sei se essa é a coisa certa a fazer. Quero dizer, as outras filhas sabem que... bem... pelo que entendi... que eu sou a filha biológica?

Georg baixou os olhos.

– Não, eu... Elas acham que Atlas se referia a você como "a irmã desaparecida" porque tentou adotá-la e não conseguiu. Devo confessar que, por mais estranho que possa parecer, elas nem mesmo têm conhecimento do nome verdadeiro dele. Como sabe, ele sempre foi chamado por suas filhas de "Pa Salt".

– Meu Deus do céu, Georg. – Descansei a testa entre o polegar e o dedo indicador. – Mas lembro que, quando a conheci, Tiggy tinha desvendado o anagrama. – Olhei para ele. – Pelo menos um deles! – acrescentei, com uma boa dose de sarcasmo.

Georg assentiu.

– Você precisa entender, Merry, que sou apenas um empregado. Mesmo que eu tenha conhecido seu pai por quase toda a minha vida e o considerasse um amigo querido, é meu dever seguir suas ordens, mesmo depois de sua morte.

– E, ainda assim, você parece saber tudo sobre mim, Georg. Você sabia onde me encontrar. Você sabe que, ao que tudo indica, sou descendente de Atlas. E você diz que tudo isso veio à tona nas últimas semanas?

– Eu... Sim.

Georg se remexeu, parecendo desconfortável.

– Então, dado o fato de que Atlas está morto há um ano, de onde foi que você tirou todas essas informações? Quem lhe contou sobre o anel com o qual eu fui encontrada? – A exaustão e a frustração das últimas semanas estavam começando a transbordar. – E quanto a Argideen House? Como você descobriu que foi lá que eu nasci?

Georg pegou seu lenço do bolso e secou a testa.

– Merry, essas são excelentes perguntas, e prometo que serão respondidas. Mas não por mim.

Aquela não era uma reposta nem um pouco satisfatória.

– Quero dizer, sem querer ofender as irmãs – disse Merry –, mas elas nunca se questionaram por que aquele homem estranho decidiu adotar seis garotas e batizá-las em homenagem às Sete Irmãs? E que seu sobrenome, D'Aplièse, é um anagrama de Plêiades?

– Muitas vezes. Como você perceberá quando conhecê-las, todas as moças são tão inteligentes quanto o homem que as criou. Elas simplesmente aceitaram a palavra dele quando explicou que seus nomes homenageavam sua constelação favorita e que seu sobrenome era um reflexo do amor do pai pelos céus. Elas não perceberam a conexão, porém, de terem sido chamadas assim por serem filhas de Atlas.

Fechei os olhos, cada vez menos atraída pela perspectiva de entrar em um conto de fadas feito especialmente para mim a bordo do *Titã*.

– Até que ponto do diário você chegou? – perguntou ele.

– Não muito longe. Atlas é só um garotinho. Ele foi acolhido pelo escultor e sua família.

Georg assentiu.

– Entendi. Há muito que entender. Eu prometo a você, Merry, que quanto mais você ler, mais clara a imagem se tornará. Você vai entender quem ele era, quem você é... e por que ele adotou as seis meninas.

– Bem, esse é o ponto, Georg. Não sei se é certo eu ser a primeira a lê-lo. Como você mesmo disse, as outras seis garotas foram criadas por Atlas. Elas o amavam. Eu nem mesmo o conhecia. Acho que elas deveriam ter acesso ao diário antes de mim.

– Eu... compreendo, Merry. Essa deve ser uma situação muito difícil para você. Mas, por favor, entenda que era o desejo de Atlas que você conhecesse a história dele assim que conseguíssemos encontrá-la. Porque é a sua história também. Atlas carregou durante a vida inteira a culpa por você acreditar que ele a tinha abandonado, o que não poderia estar mais longe da verdade. Só que... eventos colidiram, o que, por alguma razão, sempre parece acontecer. Eu não poderia ter previsto que conseguiríamos localizá-la no momento exato em que as outras irmãs planejavam depositar uma coroa de flores para marcar o aniversário da morte dele. – O sorriso voltou ao rosto de Georg. – Pode-se dizer que as estrelas se alinharam.

– Bem, você pode enxergar dessa forma. Eu sinto mais como se elas estivessem ricocheteando do que se alinhando. A carta diz que minha mãe desapareceu e que Atlas nem mesmo sabia se ela estava viva ou morta. Então, suponho que ele não soubesse nada sobre eu ter sido abandonada na porta do padre O'Brien?

Georg balançou a cabeça.

– Não. Mais uma vez, só posso aconselhá-la que leia o diário. Para que as outras irmãs entendam por que foram adotadas, elas devem primeiro entender quem você é.

– Você já ouviu falar da Parábola do Filho Pródigo, Georg?

– Já ouvi falar, mas devo admitir que...

– No evangelho de Lucas, Jesus conta a história de um filho que pede ao pai que sua herança seja adiantada e depois a desperdiça de forma imprudente, vivendo uma vida de luxo e prazeres. Quando fica sem dinheiro, ele volta para o pai e pede desculpas, mas, em vez de ter raiva, o pai fica muito feliz com seu retorno e faz um banquete em sua honra. Mas você sabe qual é a parte mais relevante da história, Georg? O irmão do filho pródigo não está nem um pouco entusiasmado com seu retorno. Afinal, ele permaneceu lealmente ao lado do pai ao longo dos anos e não recebeu nenhuma recompensa por isso. Eu não quero ser a filha pródiga, se é que você me entende.

Georg franziu a testa, parecendo confuso diante da minha postura firme.

– Merry, por favor, entenda que as meninas não poderiam estar mais animadas para recebê-la na família, se assim você quiser. Elas sabem quanto o pai ansiava por encontrar a irmã desaparecida, e garanto que você não vai receber nada menos do que amor por parte das filhas de Atlas. Sei que já encontrou Tiggy e Estrela. Você sentiu alguma coisa além de amor e empolgação por parte de alguma delas?

Abri um compartimento de couro creme à minha esquerda, peguei uma das garrafas de água e abri.

– Tiggy foi muito agradável. E é em grande parte por isso que estou sentada aqui, neste avião. Mas Estrela fingiu ser uma tal de lady Sabrina e mentiu para extrair informações de mim. A questão, Georg, é que eu sei melhor do que muita gente o que a amargura de uma disputa familiar pode causar. E se algumas das irmãs estiverem felizes em saber que "Pa Salt" tem uma filha biológica, mas outras não? – Eu me lembrei de novo da recente revelação de que compartilhava uma avó, Nula, com o homem que originalmente me fizera fugir da Irlanda, Bobby Noiro. – Quero dizer, pelas minhas conversas com Mary-Kate, fiquei sabendo que uma delas é uma supermodelo, Electra, que nem sempre foi conhecida por ter uma... personalidade muito amável.

Tomei um grande gole d'água.

– Eu lhe asseguro, Merry, que todas as irmãs percorreram a própria jornada de autodescoberta durante o último ano. Tem sido um grande privilégio ver cada uma delas amadurecer e se transformar em seres humanos admiráveis. Todas... – Observei Georg engolir em seco, claramente lutando contra a emoção. – Todas elas chegaram a uma percepção que a maioria de nós só alcança muito mais tarde na vida... a de que ela é muito curta.

Suspirei e esfreguei os olhos.

– Você me contou que Atlas era um homem bom e sábio. Bem, se eu recebi parte dessa sabedoria através da herança genética, talvez precise exercitar um pouco dela agora, em sua ausência. Como você diz, Georg, era desejo de Atlas que eu lesse sua história assim que eu fosse encontrada. E é o que vou fazer. Mas eu gostaria que você tirasse seis cópias do diário para as outras garotas. Para que possamos ler sobre nosso pai simultaneamente.

Georg me encarou e, por trás de seu olhar, percebi as engrenagens girando em seu cérebro. Por alguma razão, ele estava determinado a seguir os desejos de Atlas à risca. O que será que ele não estava me contando?

– Sim... sim, isso pode ser uma boa ideia. A decisão é sua, Merry.

– Embora eu imagine que encontrar um serviço de fotocópia às quatro da manhã no sul da França possa ser um desafio.

– Ah, não se preocupe. O *Titã* está totalmente equipado com todas as conveniências modernas. Há um escritório a bordo, com computadores e várias impressoras industriais. E ainda bem, pois o diário contém... informações pessoais. Eu não poderia arriscar que ele caísse em mãos erradas.

– Um escritório completo a bordo? Meu Deus, eu imaginaria que o objetivo de um superiate seria relaxar e se afastar das tensões da rotina! Bem, eu digo "rotina", mas se você possui um superiate, então só Deus sabe o que "rotina" pode significar para você, de qualquer forma. Diga-me, Georg, o que Atlas fez para acumular tanto dinheiro?

Georg deu de ombros e apontou para o diário de couro desgastado que descansava em meu colo.

– As respostas estão aí dentro.

Houve outra batida no painel e o comissário de bordo apareceu.

– Sinto muito interromper, mas o capitão pediu que se preparem para o pouso. Poderiam, por gentileza, apertar seus cintos de segurança? Vamos aterrissar em Nice em apenas alguns minutos.

– Sim, é claro, obrigado – respondeu Georg. – Bem, então talvez você queira deixar o diário temporariamente de volta aos meus cuidados, e vou providenciar para que seis cópias sejam feitas assim que embarcarmos no *Titã*.

Entreguei-lhe o diário, mas guardei a carta. Georg abriu um grande sorriso.

– Não há nada a temer, Merry. Eu juro.

– Obrigada, Georg. Vejo você quando estivermos em terra.

Ele voltou para seu lugar, e eu olhei pela janela mais uma vez. Enquanto o jato descia, vi a luz do sol que ainda nascia dançar sobre as ondas azuis do mar Mediterrâneo. Torci para que fosse um pouco mais quente do que a água do Atlântico, na praia de Inchydoney, em West Cork. Recostei-me no assento e fechei os olhos, imaginando como aquele garotinho, encontrado sob uma cerca viva em Paris, acabou se tornando o meu progenitor.

7

Titã

Ally encarou o teto polido de mogno que adornava todas as cabines a bordo do *Titã*. Ela achava engraçado até mesmo usar o termo "cabine", já que estava acostumada a dormir em barcos de menos de 8 metros, perto de homens suados e corpulentos. Os quartos a bordo do *Titã* eram mais parecidos com a suíte presidencial no Grand Hotel, em Oslo. Além disso, o iate estava em perfeito estado. Mesmo que não tivesse sido usado pela família durante a maior parte do ano anterior, ele ainda era tripulado pela leal equipe de Pa, que continuava a manter os mais altos padrões. Ally imaginava que eles deviam ser remunerados pelo fundo que Pa tinha estabelecido antes de sua morte. Como em tantos outros aspectos do mundo de Pa Salt, as coisas simplesmente... aconteciam, e Ally quase nunca as questionava.

Um raio de sol penetrou por uma pequena abertura nas cortinas e iluminou seu rosto. Ela se perguntou quanto tempo restaria até que Bear começasse a chorar no berço aos pés da cama, sinalizando o início de seu dia.

Pelos seus cálculos, dormira pouco mais de meia hora na noite anterior. Embora o movimento suave do mar Mediterrâneo em junho não deixasse o iate muito agitado, ela estava tão sintonizada com a sensação da água sob o barco que sentia quando cada pequena onda o atingia. Tudo isso, junto com a cacofonia de pensamentos girando em sua mente, dificilmente seria a combinação perfeita para descansar. A situação em que se encontrava já era tensa o suficiente, com suas irmãs reunidas para prestar formalmente seus respeitos a Pa. Mas, para Ally, havia muito mais coisas para compreender.

Afinal, fora ela quem vira o *Titã* ao largo da costa de Delos logo após a morte de Pa. Ela se lembrava de estar deitada no convés do barco de Theo, *Netuno*, quando ele lhe disse, animado, que seu amigo tinha avistado um superiate Benetti de seu catamarã, com um nome que ela provavelmente ia reconhecer. Ally se tremera de nervosismo com a ideia de apresentar Theo a Pa. Mas, sabendo que já estava completamente apaixonada, não viu sentido em adiar o inevitável. Então mandou uma mensagem de rádio para o *Titã*, esperando ouvir a voz comedida do capitão Hans, mas não recebeu nenhuma resposta. Na verdade, parecia que quem estava pilotando o iate havia tomado a decisão de se afastar dela o máximo e o mais depressa possível.

– Parece que seu pai está fugindo de você – comentou Theo.

Quando Georg e Ma informaram às irmãs que, na ocasião de sua morte, Pa havia solicitado um enterro privado no mar (para não afligir suas filhas), Ally presumira que havia esbarrado, sem querer, no funeral. Na verdade, ela até se sentira culpada por atrapalhar os últimos desejos do pai. No entanto, considerando os acontecimentos recentes, ela estava começando a questionar a narrativa que lhe havia sido transmitida.

Ela recordou que o *Titã* não fora o único navio ancorado na costa de Delos naquele dia. Quando o amigo de Theo fez a chamada de rádio para relatar sua presença, ele mencionou a existência de um segundo "palácio flutuante" ao lado: o *Olimpo*, o iate do infame Kreeg Eszu, dono da Lightning Communications. Estranhos também haviam sido os relatos da morte do magnata naquele mesmo dia, o que gerou manchetes em todo o mundo. Seu corpo tinha surgido na costa, resultado de um aparente suicídio. Ally de repente se sentiu enjoada. Por que não examinara aquilo com mais atenção?

Aquele não era o único fato estranho que parecia ligar Pa Salt a Kreeg Eszu. As coordenadas de Merry – que haviam sido descobertas recentemente pelas irmãs gravadas na esfera armilar – apontavam para Argideen House, em West Cork, na Irlanda. Era bastante inquietante o fato de que Ally tinha acabado de saber através de Jack que a casa era propriedade de um tal "Eszu". Embora o prédio tivesse sido abandonado havia muito tempo, aquele era o nome registrado do último proprietário.

O que Ally descartara como uma coincidência bizarra no ano anterior estava, de repente, começando a entrar no reino do mistério. Não era segredo que o filho de Kreeg, Zed, tinha um fascínio pelas irmãs D'Aplièse que beirava a obsessão. A maneira como ele tinha atraído Maia, ainda adolescente, para seus braços, usando sua boa aparência e seu falso charme, para depois abandoná-la num momento de necessidade, ainda deixava Ally profundamente irritada. Parecia que Zed havia decidido magoar sua irmã de propósito. Ally nunca duvidou que a mudança de foco do "cafajeste", como se referia a ele, para Electra tinha sido planejada. Sem dúvida, Zed calculara que, se alguma das irmãs de Maia o aceitaria como amante depois de tudo que fizera, essa pessoa só poderia ser Electra. Para um predador como Zed, a vulnerabilidade induzida por um estilo de vida regado a bebida e drogas era muito tentadora para ignorar. Fazia sentido que ele mirasse em Tiggy também. A inclinação dela em ver o bem inerente em todos, juntamente com sua tendência a mergulhar no reino espiritual, tinha, no passado, permitido que tirassem proveito dela. Ally estava eternamente agradecida por Tiggy não ter sido enganada pelos avanços de Zed e ter encontrado o incrível Charlie Kinnaird.

Ally tinha certeza de que Pa nunca havia mencionado o nome Eszu. Na verdade, essa fora uma das primeiras perguntas que ela fizera a Maia em seu retorno a Atlantis, a casa da família, um ano antes.

– Tenho certeza de que não há nenhuma ligação – insistira Maia. – Eles nem se conheciam. Delos é apenas uma ilha muito bonita, um destino comum.

Ally estava começando a temer que a resposta rápida de Maia se devesse a algo além da negação diante da tristeza de sua situação em particular. Ally se culpava por não questionar a presença do *Olimpo*. No fim das contas, o que sabiam sobre a vida de Pa, além dos limites de sua casa e seu iate? Durante toda a vida, elas conheceram pouquíssimos de seus amigos e parceiros de negócios. Certamente não seria tão impossível que Pa Salt e Kreeg Eszu se conhecessem.

Ally fechou os olhos, esperando poder se forçar a uma ou duas horas de sono. Como sempre fazia quando estava ansiosa, imaginou a voz profunda e suave do pai. Sua mente voltou para Atlantis, onde, quando era pequena, vira Pa deslizar através das águas do lago Genebra em seu Laser nos fins de semana. A maneira como o barco elegante cortava o lago em dias calmos, criando apenas uma leve ondulação sobre a água espelhada, parecia resumir o próprio Pa. Ele sempre fora um pilar de força e poder e, ainda assim, parecia passear pelo mundo com a graça e a serenidade que todos ao seu redor admiravam profundamente.

Uma vez, em um fim de semana de outono, Pa viu Ally na costa observando seu barco com admiração e levou o Laser até o cais de madeira que se projetava do jardim.

– Olá, minha *petite princesse*. Está muito frio aqui fora. Acho que Maia está lendo na sala de visitas. Você não gostaria de se juntar a ela para se aquecer?

– Não, Pa. Eu amo ver você no barco.

– Ah. – Ele deu seu típico sorriso afetuoso para Ally, um que nunca falhava em melhorar o humor da menina, não importava quais problemas aquele dia tivesse trazido. – Bem, então talvez você queira ser o meu primeiro-oficial?

– Ma diz que é muito perigoso.

– Então é uma sorte que ela esteja ocupada, ajudando Claudia a preparar o jantar de hoje – argumentou ele com uma piscadela. Pa ergueu Ally do cais em seus braços musculosos, fazendo-a sentir-se leve como uma pena, e sentou-a em seu colo. – Agora, você deve ter visto que, quando o barco faz uma curva, ele se inclina para um lado. Quando eu preciso ir para o outro lado, tenho que me mover para o outro lado do barco, enquanto agacho sob esta vela.

– Sim, Pa! – dissera Ally com entusiasmo.

– Excelente.

Ele começou a remover o próprio colete salva-vidas laranja e a amarrá-lo em torno de Ally. Naturalmente, o colete envolveu todo o corpo da menina, e Pa riu, prendendo as alças o mais firmemente possível.

– E você, Pa?

– Ora, não se preocupe comigo, pequenina. O vento está fraco, e nós vamos nos mover bem devagar. Está vendo essa pequena depressão aqui? – Ele indicou um pequeno espaço no casco branco. – Acho que é do seu tamanho, não é?

Ally assentiu e entendeu que deveria se posicionar no centro do barco.

– Tudo que você tem que fazer é olhar para a frente e estender os braços para conseguir se equilibrar. Vamos fazer um grande círculo que nos trará de volta aqui para o cais, o que significa que só vou me inclinar para a esquerda. Esse é o lado. Vê? – Ally anuiu, a empolgação percorrendo seu corpinho. – Tudo bem, então.

Ele levantou a perna do cais e o Laser começou a flutuar. Pa agarrou a grande alça preta que, como Ally tinha observado, era o método principal para pilotar a embarcação.

– A gente não está se movendo, Pa – disse Ally, um pouco decepcionada.

– Nem tudo está sob o controle do marinheiro, Ally. Precisamos esperar por uma brisa.

Naquele mesmo instante, Ally sentiu uma onda puxar o Laser para longe do cais. O vento começou a correr através de seus espessos cabelos ruivos, e seu coração acelerou.

– Aqui vamos nós! – gritou Pa.

Ally lembrou-se da alegria de estar tão perto da água, o Laser movendo-se através do lago parado, impulsionado por nada além do ar que os cercava. Ela olhou para trás, para o magnífico castelo de contos de fadas que era Atlantis. As montanhas cobertas de neve subiam íngremes atrás da casa rosa-pálido, e Ally se sentiu muito sortuda por viver em um lugar tão mágico.

– Vou aumentar a curva agora – avisou Pa. – Isso significa que o barco vai se inclinar um pouco mais para mim. Lembre-se de levantar os braços, para ajudar. – Ally obedeceu. – Perfeito, Ally, perfeito!

Pa sorriu ao ver como Ally se adaptava com perfeição às mudanças de ângulo e elevação.

O sol brilhava na superfície da água espelhada, e Ally permitiu-se fechar os olhos. Naquele dia, sentiu pela primeira vez a sensação de liberdade que retornava sempre que estava na água. Quando Pa deslizou com habilidade o Laser em direção ao cais e garantiu que Ally subisse em segurança, o sorriso no rosto da filha lhe disse tudo.

– Então, minha *petite princesse*, você também consegue sentir... não há nada como estar no lago aberto. É o melhor lugar do mundo para refletir.

– É por isso que você vem tanto aqui?

Ele riu calorosamente.

– Talvez não seja uma coincidência. As coisas raramente são. – Seu olhar deixou Ally e se aventurou para o outro lado do lago. Às vezes, os olhos de Pa ficavam nublados, e Ally sentia que sua mente o estava levando para outro lugar. – Coincidência significa apenas que há uma conexão esperando para ser descoberta. – Pa olhou para Ally. – Desculpe, pequenina... É que eu fico muito feliz em saber que você tem o mesmo amor por velejar que seu Pa.

– Você acha que eu poderia fazer algumas aulas? – perguntou Ally, com timidez.

– Hum, acho que isso pode ser arranjado. Contanto que não atrapalhe as suas aulas de flauta – respondeu ele, dando outra piscadela.

– É claro, Pa! Você acha que um dia eu vou ser tão boa quanto você?

– Não, Ally. Acho que você vai ser melhor. Agora, vá para dentro e se aqueça. E não conte a Ma sobre nosso pequeno passeio!

– Não vou dizer nada, Pa – prometeu Ally, desvencilhando-se do colete salva-vidas e correndo pelo cais em direção aos torreões de Atlantis.

O som de Bear balbuciando despertou Ally de seu sonho. Ela esfregou os olhos, feliz por finalmente ter conseguido descansar um pouco, saiu da cama e caminhou até o berço. A visão da mãe fez Bear levantar os bracinhos e dar um pequeno grito de alegria.

– Bom dia para você também – disse Ally, tirando o filho do berço. – Estamos com fome hoje, cavalheiro? Temo que o menu do café da manhã não seja muito variado.

Ela desabotoou habilmente a blusa do pijama e Bear mamou satisfeito, enquanto Ally olhava para fora da janela da cabine.

Não podia deixar de sentir uma tempestade de culpa formando-se em seu interior. Fora um prazer inegável ver Jack outra vez. A visão dele passeando pelo sol do convés no dia anterior fora suficiente para confirmar que seus sentimentos por ele não só existiam, mas eram intensos. No entanto, ali estava ela, prestes a navegar para o local exato onde um ano antes tinha sido tão esmagadoramente feliz com Theo. Se ele pudesse estar ali com ela, aquela viagem teria sido muito mais fácil. Ally não era dada à autopiedade, mas estava consciente de que era a única das irmãs que não tinha alguém em quem confiar ou para lhe dar forças. Embora estivesse genuinamente feliz em ver as irmãs e seus parceiros a bordo do *Titã*, isso era como esfregar sal na ferida ainda muito recente da morte cruel e precoce de Theo.

Até Electra conseguiu encontrar um advogado de direitos humanos!, pensou Ally, rindo, sabendo que a zombaria era resultado de amor fraternal, não de amargura.

Ela olhou para Bear, que tinha os olhos suaves de Theo e indícios de seus indisciplinados cabelos castanhos.

Meu Deus, que bagunça.

Ally pensou que provavelmente havia destruído qualquer chance de um futuro relacionamento com Jack ao não mencionar o filho. A expressão intrigada em seu rosto quando ela o apresentou a Bear no dia anterior fora suficiente para lhe dizer que não havia sido a coisa certa a fazer.

– Ele deve achar que sou uma completa lunática, Bear. Primeiro, eu apareço na Provença com uma identidade falsa para tirar informações sobre sua família e, bem quando ele me perdoa, começo a lhe mandar mensagens por dias a fio e não conto nada sobre você. E se *ele* acha que sou maluca, então só Deus sabe o que a mãe dele vai pensar de mim!

Ally olhou para o relógio. Eram quase cinco da manhã. Merry embarcaria muito em breve, isto é, se Georg tivesse conseguido convencê-la a entrar no avião. A última notícia que tivera de Jack era que "a irmã desaparecida" não estava nem um pouco interessada em se juntar a elas para o cruzeiro. Embora, pelo olhar no rosto dele quando partiu, Georg podia muito bem tê-la arrastado para o jatinho enquanto ela o chutava e gritava. A visão dele saindo em pânico para Dublin na tarde do dia anterior só deixara Ally ainda mais inquieta. Ela raramente o vira em estado de tamanha agitação.

Ally soltou um grunhido frustrado. Às vezes, ela desejava poder fazer com Georg o que fazia com sua tripulação alguns dias antes de qualquer regata: levar todos para beber. Durante toda sua carreira esportiva ela descobrira que havia poucas maneiras mais efetivas para criar um vínculo de confiança do que beber grandes quantidades de álcool e compartilhar histórias e segredos.

Nenhuma chance de isso acontecer, pensou.

Bear fez um som de satisfação, e Ally o colocou de volta no berço. Em seguida, atravessou para o banheiro da suíte, abriu o chuveiro e começou a se preparar mentalmente para encontrar sua irmã desaparecida. Pensou em como seria estranho vê-la fisicamente, parada diante de seus olhos. A criança misteriosa que papai sempre dizia que nunca tinha encontrado. As seis irmãs reviraram o mundo, e Ally esperava que Pa, onde quer que estivesse, se sentisse imensamente orgulhoso do que suas meninas tinham alcançado. Claro, o mistério por trás do "desaparecimento" de Merry ainda não tinha sido solucionado. Algo dera errado com o processo de adoção dela? Por que o pai estava tão determinado em relação àquela garota?

Enquanto desfrutava da água quente e da maravilhosa pressão do chuveiro – que nunca deixava de surpreendê-la, ainda mais que estavam em alto-mar –, Ally tentava entender em que momento Merry teria entrado pela primeira vez na vida de Pa. Ela agora tinha 59 anos. Pa morrera aos 89, no ano anterior, o que significava que ele estava com cerca de 30 anos quando tentou adotá-la. Considerando que ele havia encontrado Maia quando estava se aproximando dos 60, Ally começou a se perguntar o que tinha acontecido com Merry que acabara impedindo Pa de tentar uma nova adoção por mais de 25 anos.

No entanto, a idade de Merry certamente fazia Ally se sentir um pouco melhor sobre o fato de que estava desenvolvendo sentimentos pelo filho dela, Jack. Ally se permitiu uma pequena risada diante da estranheza da situação.

E eu que pensei que nossa família não poderia ficar ainda mais esquisita.

8

Merry

O carro que nos levou do aeroporto ao porto de Nice era tão extravagante quanto o jatinho em si. Eu tinha que admitir que, mesmo hesitante sobre a viagem, certamente estava desfrutando do luxo. Abri todas as janelas e inspirei o aroma fresco dos pinheiros. O sol mal havia nascido, mas eu já podia sentir que o dia ia ser sufocante.

Como ainda era muito cedo, a limusine conseguiu seguir sem muitas paradas até o cais. Cada centímetro quadrado de água estava ocupado por um barco, cada um mais obscenamente opulento do que outro. Meros centímetros separavam as enormes embarcações, que tinham sido estacionadas com grande habilidade em vagas muito pequenas. Estremeci ao pensar no custo de um reparo em um casco arranhado. Todos os barcos pareciam ter sua própria equipe trabalhando neles, polindo, varrendo, arrumando mesas para o café da manhã... Para mim, tudo parecia bastante claustrofóbico, talvez por estar tão acostumada com o amplo espaço aberto dos vinhedos no vale Gibbston ou, mais recentemente, com os campos verdes de West Cork.

– Sabe, Georg, se eu tivesse todo esse dinheiro, compraria um lugar enorme no meio do nada; não viria aqui para ficar amontoada como uma sardinha em lata sem paz e sem sossego.

– Estou inclinado a concordar com você. Parece que a maioria das pessoas neste porto passa os verões inteiros atracada, raramente partindo para o mar. Para elas, esses iates são símbolos de status, nada mais.

– Bem, mas não é isso que o *Titã* é?

– Não, devo discordar de você nesse aspecto. Para Atlas, o *Titã* era um lugar de segurança.

– Segurança? – perguntou ela, olhando para Georg.

– Exatamente. Se ele precisasse... escapar... das tensões e pressões da vida, sabia que poderia embarcar em seu iate com as filhas e navegar para qualquer lugar do mundo.

Não deixei de notar a forma como a palavra "escapar" havia se alongado nos lábios de Georg. A limusine parou no final das docas.

– Então, qual deles? Devo dizer que qualquer um desses seria bom. Não sou exigente.

Minha porta foi aberta pelo motorista, que começou a tirar minha bagagem do porta-malas. Como eu deveria estar no meio de uma viagem ao redor do mundo, isso significava que minha mala estava muito bem equipada. Antes que eu percebesse, outro homem de camisa azul-marinho já havia tomado a mala das mãos do motorista.

– É este? Bem no final? – perguntei, apontando para o último iate nas docas.

– Não, Merry – respondeu Georg.

O rapaz que tinha levado minha bagagem passou direto pelo iate que eu tinha imaginado ser o *Titã* e a carregava por um cais de madeira que se projetava da água.

– Na verdade, o *Titã* está ancorado na baía. Um curto passeio de barco vai nos levar até lá.

Georg apontou para além do fim do cais, em direção a um barco que fazia os outros parecerem brinquedos.

– Meu Deus! – Eu não podia negar que ele era absolutamente magnífico. Contei nada menos que quatro níveis, e a enorme torre de rádio com antenas parabólicas claramente o distinguia de qualquer outra embarcação nas proximidades. – Jack e Mary-Kate haviam me contado que era enorme... mas... uau. Talvez eu volte atrás no meu comentário sobre ficar amontoada como sardinha em lata.

Georg sorriu.

– Bom dia, senhor – disse o jovem que tinha levado minha mala pouco antes. – Há mais alguma bagagem?

– Não, obrigado – respondeu Georg.

– Muito bem. O capitão trouxe o barco pessoalmente. – O jovem olhou para mim. – Por favor, siga-me até o fim do cais, madame.

Segui as instruções e vi, esperando por nós a bordo do barco, um homem bonito, bronzeado, com cabelos grisalhos e óculos de armação de tartaruga.

– Devo dizer que você está muito elegante para essa hora da manhã – comentei.

– Confesso que normalmente eu teria enviado Victor para buscá-la, mas a senhora é uma passageira muito especial. É um prazer escoltá-la pessoalmente a bordo. Meu nome é Hans Gaia. – Ele estendeu a mão para me cumprimentar e me ajudou a subir no barco. – Sou o capitão do *Titã*.

– Muito obrigada, Hans. Desculpe se sou uma decepção. Não durmo há 48 horas.

– Eu lhe asseguro, Sra. McDougal, que a senhora é tudo, menos uma decepção. É uma grande honra recebê-la a bordo. Conheci seu pai por muitos anos, e ele foi muito bom para mim. Sei como ele ficaria feliz em finalmente vê-la em sua residência marítima.

– Bem... eu... Obrigada novamente por se levantar tão cedo.

– Bom dia, Sr. Hoffman. Bem-vindo de volta.

– Obrigado, Hans.

– Bem, então, se estamos todos aqui, vamos voltar para o iate. Victor, solte as amarras. – O marinheiro soltou a corda que prendia o barco ao cais e se juntou a nós. – Serão apenas alguns momentos, Sra. McDougal.

– Alguém mais está acordado?

– Que eu saiba, não. Victor, você notou algum movimento?

– Não, capitão.

Senti uma onda de alívio. Para ser sincera, o capitão Hans estava empolgado o suficiente em suas boas-vindas, e ele era apenas o homem que comandava o barco. Uma coisa era certa: quem quer que Atlas tivesse sido, claramente gerara uma lealdade feroz em todos aqueles que empregara. Eu não tinha certeza de que estava pronta para enfrentar uma "reunião de família" assim que colocasse os pés no iate. Tudo o que eu queria era uma cama para dormir por algumas horas.

– Vou providenciar que as seis cópias do diário sejam feitas quando estivermos a bordo – garantiu Georg, enquanto navegávamos a curta distância pela água parada.

– Obrigada, Georg. Sem pressa. Eu só quero dormir, para dizer a verdade.

Quando Victor descarregou a mala e o capitão Hans me ajudou a subir, fui levada até o convés da popa, em seguida, para o salão principal, onde Georg me mostrou o diagrama das cabines preso a uma enorme tábua de cortiça.

– Vamos ver... convés dois, suíte um. Excelente. Você foi colocada bem ao lado de seus filhos. Eles estarão nas duas cabines imediatamente à sua direita.

– Caramba, Georg, há muitos nomes aqui... Todas as irmãs trouxeram seus parceiros?

– Sim, isso mesmo. Como você pode imaginar, esta viagem carrega um peso emocional significativo, e as meninas decidiram que seria melhor terem por perto seus companheiros.

– Todas... todas elas têm *companheiros*?

Ergui a sobrancelha, meu lado mãe superprotetora pensando imediatamente em Jack. Eu sabia muito bem que sua principal motivação para vir ao cruzeiro era uma certa jovem de cabelos ruivos.

– Todas, exceto Ally, a segunda irmã. Mas ela está aqui com seu bebê, Bear.

O fato de estar tão cansada não impediu a surpresa em meu rosto.

– Você está bem, Merry?

– Sim, tudo bem. Há muitas crianças a bordo?

– Mais duas. Valentina, filha de Floriano, companheiro de Maia, e Rory, que é filho de Mouse, companheiro de Estrela. Devo mencionar também que o jovem Rory é surdo, embora faça uma ótima leitura labial.

– Nossa, que barco cheio. Acho que vocês vão ter que ser compreensivos comigo em relação aos nomes.

– Não tenho nenhuma dúvida de que todos serão. Devo levá-la à sua cabine?

– Sim, obrigada, eu... – O salão de repente começou a girar um pouco, e uma tontura familiar tomou conta de mim. Percebi que, além da privação de sono, a última coisa que consumi tinha sido um café irlandês em Belfast, na tarde do dia anterior. – Posso tomar um pouco de ar, Georg? Estou um pouco zonza.

– Claro, segure meu braço.

Georg me levou para o convés solar e me sentou em algumas almofadas enormes que formavam um grande espaço de convivência na parte traseira.

– Deixe-me providenciar um pouco de água. Sinto muito. Como está muito cedo, não há tantos funcionários por perto. Você vai ficar bem por um momento?

– Sim, pode deixar.

Georg saiu apressado. Tentei controlar minha respiração e diminuir a frequência cardíaca, pois meu coração estava batendo tão forte que pensei que explodiria no peito. Eu me sentia completamente sufocada, como já temia. A ideia de ficar presa no meio do oceano com aqueles estranhos, seus parceiros e todas aquelas pessoas associadas a eles, sem mencionar as revelações que eu tinha sido incumbida de fazer... tudo isso era demais.

Quando fechei os olhos, ouvi outro som além de minhas profundas inalações: os passos de alguém caminhando pelo convés. Abri os olhos esperando ver Georg correndo em minha direção com uma garrafa de Evian, mas, em vez disso, um homem que eu nunca tinha visto estava na minha frente. Ele era alto, com músculos definidos e delineados em sua roupa justa de corrida. Pelos cabelos encaracolados e um tanto grisalhos, calculei que devia ter pouco menos de 40 anos.

– Oi, tudo bem? – perguntou ele, com sotaque americano.

– Oi – respondi timidamente.

– Você está bem? Está me parecendo um pouco... indisposta.

– Sim, estou bem. Georg acabou de ir buscar um pouco de água para mim.

– Georg... é o advogado, certo?

– Sim. Você não o conhece?

– Desculpe, não me apresentei. Eu me chamo Miles. Estou aqui com Electra.

– É a modelo, certo?

– Isso mesmo. Você deve ser Mary.

– Isso mesmo. Mas a maioria das pessoas me chama de Merry.

– Aqui, tome um gole disso. – Miles me presenteou com uma garrafa de um líquido que era de um azul tão vívido que poderia ser algum produto químico. – É Gatorade. Imaginei que não haveria muitos por aqui, então fiz questão de trazer um monte dos Estados Unidos.

Tomei um gole do líquido fresco e doce. Não tinha um gosto tão ruim quanto parecia.

– Obrigada.

– De nada. Eu costumo levantar supercedo para me exercitar. Eu ia visitar uma das esteiras na academia a bordo, mas este lugar é tão enorme... E, sem mais ninguém por perto, me pareceu uma pena desperdiçar o nascer do sol. Algumas voltas em cada convés e vou estar pronto para começar o meu dia.

– Um brinde a isso – falei, tomando outro grande gole do Gatorade. – Desculpe, provavelmente estou desperdiçando seu precioso suprimento.

– De jeito nenhum. Você deve ter vivido muitas novidades nas últimas 24 horas.

– É verdade, Miles.

– Bem, eu sei como Electra está animada para conhecê-la. Como todo mundo a bordo, para dizer a verdade. Olha, você está causando mais comoção do que a supermodelo – brincou ele, com um sorriso largo.

– Para ser franca, Miles, é com isso que estou preocupada.

– Imagino. Não ousaria me comparar a você, mas isso tudo é novo para mim também. Só conheço Electra há algumas semanas. Fiquei um pouco surpreso quando ela me convidou para vir junto. Para dizer a verdade, estou nervoso há dias.

– O que você faz? É ator? Ou fotógrafo, essas coisas?

– Não, senhora, nada tão emocionante. Sou advogado.

Eu me repreendi por fazer uma suposição baseada no fato de que ele estava namorando a supermodelo. Na verdade, Miles tinha um jeito incrivelmente tranquilizador. Eu não sabia se minha cabeça estava clareando devido ao Gatorade ou à presença daquele homem educado e pragmático que estava me oferecendo alguma solidariedade.

– Então, como você e Electra se conheceram?

Miles fitou o oceano.

– Ah, nós tínhamos... interesses em comum. Nossos caminhos se cruzaram em uma fazenda no Arizona. A propósito, foi um prazer conhecer seus filhos ontem à noite, Merry. Jack e Mary-Kate foram a alma do jantar. Fiquei feliz pela presença deles. Fizeram um trabalho maravilhoso em garantir que a conversa nunca esfriasse. Poderia ter sido um pouco estranho, sabe? Muitos desconhecidos, um momento tão emotivo para as irmãs...

– Meus filhos são assim mesmo. Se tem uma coisa que australianos sabem fazer é conversar.

– É mesmo! A namorada da Ceci, acho que o nome dela é Chrissie, também é da Austrália. Ela é exatamente assim.

– Certo, então você é americano, Chrissie é da Austrália... Será que tem alguém de algum local exótico que eu deveria conhecer?

– Bem, depende da sua definição de "exótico"... O companheiro de Maia, Floriano, e sua filha Valentina são do Brasil. Mas todas as irmãs têm uma história incrível para contar. O pai delas, o *seu* pai, deixou pistas para elas seguirem depois que morreu. O cara tinha as coordenadas de todos os seus locais de nascimento gravados em uma escultura que fica no jardim da família. Elas chamam de esfera armilar. Parece que ele adotou crianças de todos os cantos do mundo...

– Caramba. Ele viveu uma vida e tanto, sem dúvida.

– Assim como você, pelo que ouvi dizer. Jack e Mary-Kate nos contaram sobre sua jornada nas últimas semanas. Merry, sinto muito por tudo pelo que você passou. Não sei como conseguiu lidar com isso tudo. As irmãs a seguindo ao redor do mundo devem tê-la assustado. Acho que você é uma pessoa incrivelmente forte para estar aqui, neste iate. Seus filhos concordam. Eles não pararam de elogiá-la ontem à noite.

Eu não sabia bem o que era, mas havia algo na sinceridade calma de Miles que trouxe lágrimas aos meus olhos.

– Obrigada, Miles. É muito generoso de sua parte dizer uma coisa dessas.

– E Merry... eu não os conheço há muito tempo, mas todos aqui são boa gente. Eu tenho alguma experiência com análise de caráter. Trabalho na área de direitos humanos, então tive que aprender a julgar as pessoas nesse sentido. Posso lhe garantir que você está segura aqui, e todo mundo está realmente animado para conhecê-la.

– Só espero que... eu esteja à altura das expectativas.

Novamente me senti sufocada, sobrecarregada.

– Parece que elas a conhecem desde sempre. Ou que ao menos sabiam da sua existência. Elas comentaram que seu pai falava de você com frequência. Que sempre dizia que a tinha perdido e que nunca pôde encontrá-la. Então, as irmãs estão muito emocionadas por terem conseguido trazê-la aqui e realizar o grande desejo da vida dele.

– Miles, você é advogado, então entende como situações familiares podem ser delicadas, especialmente depois da morte de um ente querido.

– Certamente entendo.

– Você já deve ter notado que sou bem mais velha do que as outras meninas.

– Eu... nunca teria notado, mas obviamente ouvi a respeito.

– Você *é* mesmo um advogado, Miles. É muito educado de sua parte dizer isso. De qualquer forma, imagino que, considerando a sua profissão, você conseguiria guardar um segredo?

Miles riu e assentiu.

– Sim, é claro. Muitos irão comigo para o túmulo.

– Bem, não haverá necessidade, felizmente, mas eu gostaria de saber sua opinião sobre um assunto.

Ele me olhou bem nos olhos.

– Você pode contar com a minha discrição.

Tirei da bolsa a carta de Atlas.

– Poderia ler isto, Miles?

– Claro. Tem certeza de que quer que eu leia?

– Preciso de outra opinião que não seja a de Georg. É uma carta do meu pai para mim. Parece confirmar que sou... Bem, leia você mesmo.

Miles leu, e eu estudei seu rosto. Em pouco tempo, era ele quem tinha lágrimas nos olhos.

– Me perdoe – disse ele, devolvendo a carta. – Isso é bem comovente.

– Sim.

– Se não se importa que eu pergunte, o que a preocupa tanto? É porque isso significa que você é filha biológica dele?

– Sim. E o fato de que ele confiou sua história de vida a mim antes de confiar às outras.

Miles pensou por um momento antes de formular sua resposta.

– Entendo. Bem, eu não posso falar por todas, mas coloque-se no lugar delas: você é a resposta para uma pergunta fundamental. Durante toda a vida, elas se perguntaram por que seu misterioso pai fez de sua missão de vida adotar meninas do mundo todo. Se ele perdeu a esposa e a filha quando era jovem, talvez isso possa, de alguma forma, explicar.

Eu me recostei nas almofadas e considerei essa perspectiva.

– Acho que não tinha pensado dessa forma.

– De qualquer maneira, Jack e Mary-Kate fizeram o trabalho pesado. Todo mundo os ama tanto que já até fazem parte da mobília.

– Consigo imaginar isso muito bem. Obrigada, Miles.

– Não se preocupe. E se as coisas ficarem um pouco pesadas demais nos próximos dias e você precisar de alguém de fora para analisar a situação, é só me avisar.

Ouvi o som de pés correndo mais uma vez, virei-me e vi Georg saindo do salão, brandindo uma garrafa de água.

– Peço desculpas, Merry. Tive que me aventurar na cozinha. Aparentemente obter um diploma de direito da Universidade da Basileia é um processo bem menos complexo do que me meter nas despensas do chefe da administração.

– Não tem problema, Georg. Miles conseguiu me salvar com sua poção azul aqui – expliquei, erguendo o Gatorade.

– Vou fazer um pequeno acréscimo em sua conta no final da estadia, madame – respondeu Miles com uma piscadela. – Bem, vou deixar você se acomodar, Merry. Tenho mais algumas voltas para completar antes de Electra se levantar e eu ter que me juntar a ela para o café. – Ele se levantou e cumprimentou Georg com um aceno. – E lembre-se da minha oferta: se precisar, é só chamar. Convés três, suíte quatro, acho.

Miles riu, e eu acenei para ele antes que se virasse para continuar o seu circuito pelo *Titã*.

– Perdão, Merry, não percebi que havia alguém acordado.

– Sem problema, Georg. Foi um prazer conhecer o rapaz. A presença dele foi muito reconfortante.

– Sim. Ele superou muita coisa na vida. Acredito que seja o companheiro perfeito para Electra. De qualquer forma, você está se sentindo um pouco melhor?

– Sim, obrigada, Georg. Bem o suficiente para conhecer o meu quarto, pelo menos.

– Segure meu braço. Vou lhe mostrar lá embaixo. Victor me avisou que sua bagagem está esperando por você.

Apoiei-me em Georg enquanto nos aventurávamos pelas entranhas do enorme barco. Talvez fosse culpa do meu estado de atordoamento ou do fato de que os corredores eram revestidos com a mesma madeira marrom--escura – polida até que parecesse um espelho –, mas eu me senti como se estivesse atravessando uma pintura de Escher. A caminho de minha cabine, passamos por vários funcionários que se preparavam para a viagem. Alguns usavam camisa polo, outros, camisa branca de manga curta adornada com dragonas. Georg murmurou algo sobre a "equipe de convés" e a "tripulação interna", mas eu não estava prestando muita atenção. Uma coisa, no entanto, era comum a todos os uniformes – as camisas eram bordadas com o nome *Titã* e, logo abaixo, em fios dourados, havia a imagem de uma esfera armilar. Várias escadas e corredores depois, Georg sinalizou para uma porta no segundo convés.

– Esta é a sua suíte – sussurrou. – Mary-Kate e Jack estão aqui, à sua direita.

Ele abriu a porta da cabine.

– Que beleza, Georg. Mas, me diga, tenho mais algum compromisso antes que eu caia na cama e saia da terra dos vivos por algumas horas?

– De jeito nenhum, Merry. Por favor, descanse quanto precisar. Claro, em breve partiremos de Nice, e devo avisá-la de que os motores podem ser um pouco... importunos – disse ele, sem graça.

– Sem problema, Georg. Acho que estou cansada o suficiente para dormir com qualquer barulho. Imagino que você também vá querer tirar um cochilo, mas, se não se importar de avisar a meus filhos que já cheguei a bordo, seria ótimo.

– É claro, vou cuidar disso, e da preparação dos diários. Boa noite, Merry.

– Na verdade, está mais para bom dia.

Suspirei, cansada, entrei no quarto e fechei a porta devagar. Não fiquei surpresa ao descobrir que a suíte parecia o quarto de um hotel cinco estrelas. Na verdade, era até mais agradável do que a suíte onde eu havia me hospedado recentemente, no Claridge, em Londres. Minha mala estava apoiada ao lado da cama, mas eu não tinha energia para abri-la e tentar encontrar qualquer roupa de dormir. Em vez disso, chutei meus sapatos para fora dos pés, empurrei as toalhas (lindamente dobradas em forma de pequenos elefantes) para o chão e caí na cama, me enrolando bem nas cobertas. Então fechei os olhos e dormi.

9

Maia se espreguiçou e bocejou, examinando a mesa de café da manhã vazia. Checou o relógio e viu que eram 10h50. O plano era que todos se encontrassem no convés solar às onze, mas, ao que parecia, ela iria comer sozinha. Cerca de uma hora antes, os motores do *Titã* haviam rugido alto, e a viagem para Delos começara. No entanto, ela suspeitava que a quantidade de vinho ingerido na noite anterior havia sido suficiente para garantir que o barulho não despertasse quem havia se deixado levar. Maia não tinha tomado uma única gota, é claro. Felizmente, todos haviam aceitado com facilidade sua desculpa de "manter a cabeça fresca para os próximos dias".

No início, Maia estava preocupada por não ter o conforto de uma taça de rosê Provençal para ajudá-la durante o cruzeiro, mas, depois da noite anterior, percebeu que não sentiria muita falta. Na verdade, ela estava muito satisfeita por todos terem se dado tão bem no jantar. No fundo, temia aquela viagem havia meses, assim como, suspeitava, a maioria dos outros passageiros. Ela e as irmãs haviam feito um enorme progresso no último ano, cada uma aprendendo a se adaptar à vida sem a luz-guia de Pa Salt. A irmã mais velha das D'Aplièses tinha receio de que a viagem só servisse como um lembrete da enorme perda que tinham sofrido. Até mesmo a chegada ao cais tinha se revelado difícil, pois o *Titã* sempre fora um símbolo da família se reunindo para o verão; um lugar de segurança, para relaxar e colocar a conversa em dia. Mas, enquanto tomava um gole de sua água, Maia admitiu para si mesma que a noite tinha sido quase, ousaria dizer... divertida?

Com toda a sinceridade, o que tornara a noite um momento tão alegre fora a presença dos "parceiros". Um elenco bastante eclético tinha sido montado para a viagem, algo que com certeza Pa teria aprovado. Havia o dedicado Dr. Charlie Kinnaird, que fizera o magnífico trabalho de equilibrar a intensidade de sua irmã espiritualista, Tiggy. Electra tinha Miles, um homem calmo e sagaz, que a via não como uma superestrela global, mas como a mulher vulnerável e passional que ela era. Chrissie e Ceci faziam bem uma à outra (embora Maia estivesse feliz por não ter que viver sob aquele teto particularmente barulhento). Até Mouse, socialmente reticente, havia se mostrado um pilar de eloquência e humildade. Junto com seu adorável filho, Rory, ele tinha fornecido à tímida Estrela a confiança de que ela precisava para florescer.

Então, claro, havia Ally. Maia não conseguia nem imaginar a dor que a irmã fora obrigada a suportar ao longo do último ano, após a perda de seu amado Theo. Ela admirava muito a força e a resiliência da irmã, encarando de frente o desafio da maternidade, sob circunstâncias tão difíceis... algo que ela mesma um dia não fora capaz de fazer.

– Bom dia, Maia – disse Tiggy, atravessando o convés e puxando uma cadeira em frente a ela.

– Bom dia, Tigs.

Tiggy correu as mãos através dos fartos cabelos castanhos, que pareciam cintilar à luz do sol.

– Que dia lindo – comentou.

Maia pensou em como sua irmã parecia bem. Tiggy sempre possuíra uma graça natural e exalava tranquilidade, mas a morte de Pa um ano antes parecia tê-la afetado mais do que às outras. Agora, com o inabalável Charlie ao seu lado e o trabalho dos sonhos de repovoar as Terras Altas da Escócia com gatos selvagens, o sorriso parecia ter retornado permanentemente aos lábios dela.

– Parece que vamos ter um café da manhã mais tranquilo do que o esperado – suspirou Maia.

– Ah, eu não teria tanta certeza. Ouvi alguns barulhos lá embaixo. Charlie está no escritório de bordo. Está vendo o resultado de um exame de sangue ou algo assim. Estou feliz por não ser médica, parece que ele não tem direito a um minuto de paz! Onde está sua duplinha, afinal?

– Floriano foi encontrar Valentina. No fim, a tripulação teve que montar uma cabine reserva para ela e o pequeno Rory compartilharem ontem à noite. Eles insistiram nisso. Rory começou a ensinar a língua dos sinais para Valentina e, em troca, ela está ensinando português a ele. – Maia e Tiggy riram. – Eles parecem irmãos.

Tiggy ergueu as sobrancelhas e se virou para verificar se o convés solar continuava vazio.

– Falando em irmãos e irmãs, Maia...

Tiggy olhou para a barriga de Maia e abriu um sorriso.

Maia suspirou, balançou a cabeça e sorriu para a irmã mais nova.

– Normalmente, nesta situação, eu deveria estar ofendida por você fazer um comentário sobre o meu peso. Mas, como é você, suspeito que é sobre isso que você está falando.

Tiggy deu um gritinho animado.

– Eu sabia! Você ainda não contou a eles?

– Shhh... Eu contei ao Floriano, sim. Mas não à Valentina. Como é que você sempre sabe, Tiggy?

Tiggy deu de ombros, parecendo satisfeita.

– Ah, vamos – disse Maia. – Eu sempre a deixei em paz em relação a isso, desde que éramos crianças. Nunca esquecerei a vez em que você afirmou que Madeleine, a gata, teria seis gatinhos. E, na mesma noite, ela teve exatamente seis filhotinhos. E todos nós ouvimos a história de Ally sobre o nascimento de Bear. Ela jura que nenhum dos dois estaria aqui sem você e Angelina. Me diz, o que você vê que os outros não veem?

Tiggy olhou para o oceano, para a traseira do *Titã*, onde o enorme motor do iate ia criando um caminho de água branca agitada.

– É um dom ancestral – disse ela. – Eu sou uma *bruja*.

– Como é que é? Você é uma bruxa? – indagou Maia.

Tiggy riu.

– Ah, sim, eu deveria ter lembrado que você é tradutora. Não, Maia. Eu não sou uma bruxa. Ser uma *bruja* é fazer parte de uma linhagem espiritual.

Maia ficou sem graça.

– Sinto muito, Tiggy, eu não queria dizer a coisa errada, é só o jeito como o meu cérebro funciona.

– Você devia se desculpar mesmo! Agora, me deixe explicar ou vou bater na sua cabeça com a minha vassoura. – Tiggy apontou para a água. – Quando olha para o oceano, você pode ver o azul, o movimento e as ondas. Mas isso é só parte da história. Você não consegue enxergar abaixo da linha-d'água, onde o *Titã* está criando uma corrente. Para a vida marinha... os peixes, as algas... essa corrente é uma força fora do seu controle, que vem de um lugar que eles não entendem. – Tiggy fechou os olhos, como se visualizasse aquilo que estava tentando descrever. – É assim aqui em cima também. Ao nosso redor existem energias e forças que a maioria das pessoas não questiona ou não consegue compreender. Mas eu posso ver um pouco delas. – Tiggy abriu os olhos. – Não é como magia ou qualquer coisa assim. Tudo está aqui para nós vermos. Eu só sei como olhar.

– Você é incrível, Tiggy. Então, a questão é: você pode ver se vai ter uma sobrinha ou um sobrinho?

Tiggy arqueou uma sobrancelha para a irmã.

– Sugiro uma cor neutra e agradável para o quarto – respondeu ela, com uma piscadela.

Uma camareira loura e sorridente surgiu do salão superior. Maia olhou para Tiggy, que fez a mímica de um zíper sobre os lábios. Nenhuma das irmãs tinha visto aquela moça antes. Na verdade, na maioria das vezes, a equipe do interior mudava a cada temporada no *Titã*, com uma nova tripulação de jovens aparecendo a cada ano.

– Bom dia, Srta. D'Aplièse e... Srta. D'Aplièse. Posso pegar um café para vocês? Ou talvez algum suco? – perguntou ela, tímida.

Maia conseguia entender o porquê. Trabalhando em superiates, ela imaginava que a clientela usual nem sempre fosse muito fácil.

– Por favor, pode nos chamar de Maia e Tiggy e, sim, obrigada. Eu adoraria um café com leite, por favor – respondeu, tranquilizando-a.

– Para mim também, por favor – acrescentou Tiggy.

– Ótimo, vou trazer agora mesmo. O chef perguntou se o plano de café da manhã para todos às onze continua de pé.

– Sem dúvida, por favor, pode começar a trazer as coisas. Tenho certeza de que o cheiro de bacon e café será suficiente para atrair os outros lá das profundezas. E se não for, nós vamos acordá-los – prometeu Maia.

– Excelente – respondeu a funcionária, antes de se retirar.

Maia respirou fundo.

– Você sabe, tanta riqueza e tanto luxo me parecem um pouco estranhos agora. Eu me sinto um pouco envergonhada por isso, para falar a verdade.

– Entendo. Eu me sinto muito mais em casa em um abrigo de lona no meio de uma floresta – concordou Tiggy.

– Bem, aí já não sei. Não sei se sobreviveria por muito tempo sem o calor do Brasil. De qualquer forma, acho que todos precisamos nos lembrar de continuar retribuindo ao mundo sempre que pudermos. Na verdade, comecei a visitar uma favela no Rio toda semana para ensinar inglês e espanhol para as crianças.

– Uau, Maia, isso é fantástico. Afinal, foi ali que sua vida começou – disse Tiggy gentilmente.

– Pois é. Tenho uma vontade enorme de oferecer qualquer ajuda que puder para melhorar o futuro daquelas crianças. Acho improvável que um bilionário enigmático vá salvá-las, como aconteceu com a gente.

– Não. Pa nos ofereceu uma nova chance. Como nossas histórias teriam sido diferentes se ele não tivesse arrancado cada uma de nós de algum lugar ao redor do mundo... – Tiggy meneou a cabeça e olhou para a irmã. – Sinto muita falta dele, Maia. É como se eu tivesse perdido a minha âncora. Qualquer problema que eu estivesse enfrentando, ele sabia exatamente o que dizer para fazer com que eu me sentisse melhor. Imagino que você se sinta da mesma forma.

– Sim. Todas nós, acho.

– A ironia é que precisamos dele agora mais do que nunca, e ele não está aqui para nos ajudar.

– Fisicamente, não. Mas, de certa forma, acho que ele está conosco – observou Maia.

Tiggy olhou para a irmã.

– Maia, você está prestes a oferecer algum tipo de sabedoria espiritual para uma *bruja*?

– Eu não iria tão longe, mas olha só o que conseguimos. Encontramos a irmã desaparecida. Não poderíamos ter feito isso sem que ele nos guiasse.

– Pa ficaria tão feliz por ela estar aqui. – Tiggy sorriu.

– Ficaria mesmo.

– É só que... – Tiggy afundou a cabeça nas mãos. – Você sabe o que eu estava dizendo antes, sobre ser capaz de sentir as diferentes energias que influenciam nossas vidas?

– Sim...

– Por favor, não pense que sou louca – suplicou Tiggy.

– Prometo que não, Tiggy. Nunca achei.

– Ok. Bem, quando alguém está prestes a morrer, eu consigo sentir. Sempre fui capaz de sentir. Assim como posso sentir uma nova vida também, como a que está crescendo dentro de você no momento.

– Maia assentiu para a irmã. – Então, depois que pessoas que conheci morreram, sempre fui capaz de... dizer adeus a elas. Quero dizer, ao espírito delas, sua força vital, seja lá como você chame, antes que elas partissem. Isso foi sempre muito reconfortante para mim. E acho que para elas também.

– Entendo.

– Mas, Maia, nunca senti isso com Pa. Nunca senti que ele estava prestes a nos deixar, e eu certamente não consegui senti-lo desde então. Por isso achei o último ano tão difícil. Eu não consegui dizer adeus a ele.

– Nossa, sinto muito, Tiggy, isso deve ser extremamente difícil.

– É, sim. Ele era tudo para mim... para todas nós... e não acredito que não tenha vindo me ver uma última vez.

Tiggy baixou a cabeça, encarando as próprias mãos, como muitas vezes fazia ao contemplar assuntos que ultrapassavam o mundo físico.

Maia não sabia o que dizer à irmã.

– Talvez porque ele soubesse quanto isso deixaria você triste, Tiggy?

– Talvez. Eu tinha começado a achar que ele havia me enviado Charlie e que *esse* era o seu adeus.

– Isso é a cara de Pa – concordou Maia.

– Pois é. Mas, nestas últimas semanas, eu comecei a me sentir inquieta novamente.

– Está tudo bem com Charlie?

– Ah, tudo bem, sim. Eu só quero dizer que comecei a me sentir muito ansiosa sobre Pa, de repente. Não é algo que eu esperava que acontecesse, considerando que ele morreu há um ano.

– Posso imaginar. Mas, Tiggy, acho que é natural, se você pensar no que estamos indo fazer. Tenho certeza de que todas nós sentimos algo semelhante.

Tiggy pensou por um momento.

– É verdade. Você está certa. Desculpe, Maia, eu não quis ficar toda séria e bancar a *bruja* para cima de você. Especialmente depois de ontem à noite. Acabou sendo tão divertido!

– Sem dúvida. Jack e Mary-Kate são uns amores.

– São mesmo. Por falar nisso, será que Georg conseguiu trazer Merry?

– Algo me diz que sim. Há dois lugares extras na mesa. Ontem à noite, tínhamos dezesseis pessoas, esta manhã temos dezoito.

– Meu Deus. Não acredito que todos finalmente conhecerão a irmã desaparecida. Depois de todos esses anos... ela era só uma história. E agora vai estar aqui, bebendo suco de laranja conosco.

– Pobre Merry. Ela passou por tanta coisa, Tiggy. Que bom que Georg conseguiu convencê-la. Temos que fazer de tudo para cuidar bem dela nos próximos dias.

– Concordo. Ela tem uma alma linda, Maia. Mesmo que eu a tenha visto brevemente em Dublin, sei que vai se adaptar muito bem.

Houve um breve silêncio enquanto as duas refletiam sobre o que significava ter a nova passageira a bordo.

– Foi muito engraçado ver Georg correr para fora do iate ontem, não foi? Nós conhecemos esse homem a vida toda, e acho que nunca o vi transpirar. Ele ficou desesperado para convencer Merry a fazer a viagem. Quero dizer, eu sei que todas nós estávamos, mas acho que somos capazes de aceitar um não como resposta – ponderou Maia, depois de alguns instantes.

Tiggy olhou para o firmamento.

– Acho que desistir dela não era uma opção para ele, Maia. – Ela sorriu. – Sabe, eu tenho uma sensação muito estranha de que...

Tiggy foi interrompida por vozes vindas do salão.

– Meu pai diz que o *Ore Brasil* é ainda maior que este barco – disse Valentina a Rory, toda orgulhosa.

– Uau... Você já ouviu falar do *Titanic*? – rebateu Rory.

A dupla emergiu no convés, seguida por Floriano.

– Ok, ok, acho que não precisamos falar sobre esse navio agora, rapazinho. – Floriano sorriu para Maia, erguendo as sobrancelhas.

Valentina cumprimentou Maia em português.

– Bom dia, Valentina. Vamos falar apenas inglês nesta viagem, está bem?

– Ok...

– Obrigada, Valentina – disse Tiggy. – Muitas de nós aqui não somos tão espertas quanto você. E nem tão bonitas!

– Ah, não, tia Tiggy, essa menininha não precisa ficar se achando ainda mais... – comentou Floriano, erguendo Valentina e fazendo cócegas nela.

– Algum sinal dos outros, Floriano? – perguntou Maia.

– Nós batemos a todas as portas, não foi, Valentina? – informou Rory. – Depois, apostamos corrida e encontramos Ma com Ally e Bear lá na frente. Estão todos vindo. Vai ter linguiça no café da manhã?

– Com certeza o chef vai enviar algumas linguiças, Rory. Boa escolha. Essa é a sua comida favorita no café da manhã? – quis saber Tiggy.

– Ouso dizer que sim, não é mesmo, meu velho?

A voz de Mouse irrompeu pelo salão, e ele surgiu, segurando a mão de Estrela.

– Bom dia, Estrela! Bom dia, papai!

– Olá, Rory. Bom dia, todo mundo. – Estrela deu um leve aceno para a mesa. – Encontrei Mary-Kate no caminho. Ela me disse que ia com Jack ver a mãe e pediu que começássemos o café da manhã sem eles – explicou.

– Tudo bem. Você está nervosa, Estrela? – perguntou Maia.

– Sim. Para falar a verdade, minha barriga deu cambalhotas a manhã toda. Obviamente porque na última vez em que nos falamos eu estava "disfarçada", executando o plano idiota do Orlando. Eu me sinto péssima sobre tudo aquilo.

– Sério, Estrela, não se preocupe. Quando conheci Merry, em Dublin, ela me deu a impressão de que estava tudo bem – garantiu Tiggy.

– Aposto que sim – acrescentou Maia, segurando a mão de Estrela. – Este é um momento importante. – Ela olhou em volta da mesa. – As seis irmãs estão prestes a se tornar sete.

10

Merry

Mesmo tendo dormido apenas seis horas, meu sono foi profundo e restaurador. No vale Gibbston, onde nossa casa ficava, em meio a vastos vinhedos, as noites eram totalmente silenciosas. A única desvantagem de toda aquela paz era que, muitas vezes, eu dormia muito mal quando não estava em minha própria cama. Em hotéis, até o menor passo no corredor já era suficiente para me acordar. Entretanto, a bordo do *Titã,* eu mergulhei com a maior facilidade em um sono pesado. Na verdade, só percebi que estávamos nos movimentando quando saí da cama e me aproximei da janela da cabine. Nem mesmo os motores me perturbaram. Destranquei a escotilha e estendi o vidro até onde era possível – pelo menos 10 centímetros. Respirei o ar quente e salgado que saía do mar Mediterrâneo, o que serviu para me revigorar ainda mais. Depois da morte de Jock, prometi a mim mesma uma aventura e, bem, eu certamente estava tendo uma. Não, não era bem a viagem ao redor do mundo que eu havia imaginado, mas ali estava eu, em um superiate, em uma missão em busca da minha verdadeira origem. Sim, aquele dia iria ser... imprevisível, mas minha conversa com Miles, combinada a algumas horas de descanso, fez com que eu me sentisse muito mais otimista sobre tudo aquilo.

Peguei meu telefone na mesa de cabeceira e encontrei duas mensagens, uma de Jack e outra de Mary-Kate. Ambos pediam que eu os avisasse quando acordasse. Respondi, informando que poderiam vir em meia hora, assim que eu tomasse um banho.

Após o banho, tirei da mala um vestido de linho limpo e um secador de cabelo. Olhando para mim mesma no espelho, pensei no desenho em carvão que Georg me mostrara na noite anterior. Não havia como negar, a mulher no retrato poderia ser eu. Eu me perguntava qual seria a história da minha mãe biológica e por que ela me deixara na porta do padre O'Brien tantos anos antes. Eu não conseguia imaginar nenhuma situação que me levasse a fazer isso com Jack ou Mary-Kate. Senti um arrepio ao pensar nessa possibilidade.

Alguns minutos depois de desligar o secador, ouvi uma batida familiar à porta – a mesma que ouvira na porta do meu quarto mais de 25 anos antes, quando meu filho teve um pesadelo e queria se juntar a Jock e a mim na cama.

– Entre, Jack! – gritei.

A porta se abriu, e ele surgiu, o cabelo louro ondulado, os olhos azuis penetrantes e o rosto alegre.

– Oi, mãe! Bem-vinda a bordo do bom *Titã*! – cumprimentou.

– Mamãe! Você conseguiu! É tão bom ver você!

Mary-Kate seguia logo atrás, vestindo um biquíni e um caftan.

Abracei os dois ao mesmo tempo e os apertei. Mesmo que estivéssemos flutuando no meio de um vasto mar, em outro hemisfério, naquele momento eu estava de volta em casa.

– Estou feliz em vê-la também, Mary-Kate. Você não faz ideia. Aqui, sentem-se.

Indiquei as duas poltronas posicionadas em ambos os lados da mesa de café e me empoleirei na ponta da cama.

– Então, mamãe... o que a fez mudar de ideia? Ally contou que Georg saiu correndo do barco ontem à noite para te sequestrar. Imagino que ele não tenha enrolado você num saco de aniagem, então o que foi que ele disse para convencê-la?

– Na verdade, foi meu velho amigo Ambrose. Você sabe quanto confio nele. Ele me conhece há mais tempo do que qualquer um. E aconselhou que eu deveria vir. Então eu o ouvi.

– Bem, você é uma espécie de celebridade a bordo. Está fazendo mais sucesso do que a celebridade *de verdade*. Já ouviu falar em Electra, mãe? Ela é uma das maiores estrelas do planeta no momento. Fez aquele discurso no Concerto para a África, logo depois do Obama, e...

– Sim, sim, eu devo ter lido alguma coisa a respeito na Nova Zelândia. – Virei-me para Jack. – E como está a jovem Ally?

– Ah, ela está bem.

Sustentei o olhar dele.

– Bem, hum, ela... ela tem um filho.

– Georg comentou sobre isso mais cedo. E como você se sente sobre isso? É um pouco estranho que ela não tenha contado nada.

– O bebê não é um problema. Ele é um garotinho adorável, se chama Bear.

Mary-Kate cutucou o braço de Jack.

– Mas ela está solteira, mamãe. Você deveria ver os dois juntos. É muito fofo!

– Ah, MK. Ela perdeu o pai do Bear há apenas um ano. Se eu tivesse que adivinhar, diria que ela não me contou sobre o bebê porque não queria ferir meus sentimentos, só isso. Vou sobreviver. De qualquer forma, não sou eu o evento principal aqui, mãe! Você está pronta para *conhecer a família*?

Respirei fundo.

– Sabe, fiquei sabendo de algumas coisas há pouco tempo e gostaria muito de contar a vocês. De preferência antes de todas essas grandes apresentações.

Percebendo minha inquietação, Mary-Kate se levantou e se sentou ao meu lado na cama, pousando a mão sobre a minha.

– Claro, mãe.

Fui até minha bolsa e peguei a carta de Atlas, junto com o desenho feito a carvão.

✲ ✲ ✲

– Que loucura, mãe. É tanta coisa para assimilar. Especialmente depois de tudo o que você passou nas últimas semanas. Como você está? – perguntou Jack, colocando o braço em volta do meu ombro.

– Fiquei muito mal, no início. Mas melhor agora, depois de um bom sono. Também conheci um homem chamado Miles...

– O namorado da Electra?

– Esse mesmo. E ele me acalmou muito. Georg está fazendo cópias desse diário para dar a todas, para que possamos lê-lo ao mesmo tempo.

– Você é mesmo a filha biológica de Pa Salt, então? – perguntou Mary-Kate.

– É o que parece. Atlas é meu pai. E avô de vocês.

O silêncio se espalhou pela sala.

– Ah, sim! Bem, vocês dois são descendentes dele, é claro! – disse Mary-Kate, referindo-se ao fato de que ela mesma era adotada. Ela passou as mãos pelo cabelo louro. – Que loucura!

– Meu Deus, não admira que Georg estivesse tão desesperado para trazê-la a bordo, mãe. Você é... Nós somos carne e sangue de Pa Salt – gaguejou Jack.

– Tudo isso já foi... sabe... confirmado? – perguntou Mary-Kate.

– Você quer dizer testes de DNA? Talvez seja meio difícil de fazer, considerando onde estamos e o que viemos fazer aqui.

– Bem, eu não imagino que haja muita necessidade para isso, de qualquer maneira. Aquela mulher no desenho de carvão é a sua cópia, mamãe. Imagino que você não tenha nenhuma informação sobre o que aconteceu com ela, certo? – indagou Jack.

– Não tenho. Espero que o diário forneça algumas respostas.

– Sim. Espero que também conte um pouco mais sobre Argideen House, em Cork.

Mary-Kate apontou para o teto.

– E quanto a todo mundo lá em cima? Como vocês acham que eles vão reagir?

– Não sei. Mas é importante lembrar que eu não procurei estar aqui. Essas mulheres vasculharam o mundo inteiro para me encontrar, literalmente.

Olhei ao redor da enorme cabine, admirando o lustre ornamentado e a cabeceira feita de nogueira.

– Além do mais, não é do meu desejo reivindicar nada *disso.*

Jack parecia preocupado.

– Vou ser sincero, mãe. Acho que revelar a Ally que sou seu sobrinho perdido só pode ser superado pelo fato de ela não ter me contado que tinha um filho.

– Ora, não seja bobo, Jack. Ally foi adotada. Ela é filha de um músico da Noruega. Não há absolutamente nenhum laço de sangue entre vocês – retrucou Mary-Kate. – De qualquer forma, esse não é o ponto central aqui. Você está bem, mamãe? Podemos fazer alguma coisa para ajudá-la?

– Ah, você sabe, deixe um bote salva-vidas separado, caso as outras seis decidam me jogar ao mar.

– Pode ter certeza de que há pouquíssima chance de isso acontecer – comentou Mary-Kate, apoiando uma mão tranquilizante em minhas costas.

– Elas são todas adoráveis. A propósito, o que você pretende fazer? Vai só subir e contar a elas?

– Acho que preciso. – Suspirei. – Guardar qualquer tipo de informação só para mim não parece justo. Como eu já disse a todos, esse tal de Atlas é um estranho para mim. Mas ele é tudo para elas.

– Sabe, mamãe, você é incrível. Passou por tanta coisa... e *ainda* está passando... e mesmo assim pensa nos outros primeiro.

– Obrigada, Mary-Kate. Seu pai me fez prometer que eu me envolveria em alguma aventura turbulenta se algo acontecesse com ele. E aqui estamos nós. – Um deu a mão ao outro e ficamos apenas ali, juntos, por um momento. – É o que ele teria feito também. Era o indivíduo mais altruísta deste mundo. Nós sabemos exatamente pelo que elas estão passando. Então, se eu... se *nós*... pudermos ajudar essas seis jovens no momento mais difícil de suas vidas, nós ajudaremos. – Apertei as mãos de Jack e Mary-Kate. – As pessoas estão passeando pelo barco?

– Na verdade, não. Todos se sentaram para tomar café. Avisamos que nos juntaríamos a eles depois que passássemos aqui para vê-la.

– Bem, então... – Respirei fundo, bati nos joelhos e me levantei. – Vamos lá dizer olá.

Jack e Mary-Kate me guiaram pelo *Titã*. Com meus dois filhos formando uma pequena falange ao meu redor, eu me senti reconfortada. O que quer que estivesse prestes a acontecer, eles estavam ali para me proteger.

A escadaria central do iate nos levou através de grandes salões, áreas de jantar e a área de escritórios que Georg havia mencionado quando estávamos no jato. Agora que estava descansada, eu poderia apreciar de verdade a fortaleza flutuante que era aquele navio.

Depois de subir nada menos que três lances de escada, chegamos ao topo do *Titã*, que era composto por um pequeno salão envolto em vidro levemente escurecido. Algumas das janelas haviam sido abertas, permitindo que o intenso sol francês invadisse.

– Está pronta, mãe? É logo ali na frente – perguntou Jack, me dirigindo um de seus sorrisos reconfortantes.

Meu coração começou a bater um pouco mais forte quando ouvi uma cacofonia de vozes. *Essa é a sensação que as pessoas deviam ter quando iam servir de comida para os leões*, pensei. No meio do falatório, consegui identificar os tons comedidos de Georg, e isso me deu a confiança de que eu precisava para seguir em frente. Mary-Kate segurou minha mão e a apertou quando nós três passamos pela porta.

A mesa estava completamente cheia, e um mar de rostos se virou para me receber.

Jack se adiantou.

– Bom dia, todo mundo! Eu gostaria de apresentá-los à minha mãe, Mary. Vocês já devem ter ouvido falar dela...

Houve um silêncio estranho. Tenho certeza de que durou apenas alguns segundos, mas, para mim, pareceu uma eternidade. Tive a sensação de que o grupo estava me absorvendo, me assimilando, como se minha presença fosse, de alguma forma, difícil de compreender. Duas mulheres se entreolharam e sorriram. Os outros apenas me encararam, boquiabertos e com os olhos arregalados, como se estivessem desnorteados. Enfim, parecia que ninguém tinha certeza do que dizer, então tentei dissipar a tensão.

– Oi, gente. Todo mundo me chama de Merry, com "e" e dois "r". Então, vocês podem me chamar assim, se quiserem.

O nervosismo fez com que eu escorregasse de imediato para o meu sotaque de West Cork.

Uma mulher com uma vasta cabeleira ruiva, que estava embalando um bebê no colo, foi a primeira a se levantar. Não era difícil adivinhar qual irmã ela era. Sua pele clara e olhos grandes eram cativantes. Suas sobrancelhas delicadas e as maçãs do rosto bem delineadas a deixavam ainda mais bonita. Consegui entender por que Jack estava tão fascinado.

– Merry. Olá... Eu... Nós, todos nós... estamos muito felizes por tê-la a bordo.

– Obrigada. É muito gentil que vocês tenham se dado a tanto trabalho para me trazer até aqui.

Naquele momento, outra mulher, com profundos olhos castanhos e cabelos escuros e esvoaçantes, começou a bater palmas. Quase instantaneamente, todos ao redor da mesa se juntaram a ela nos aplausos. Logo, eles estavam de pé, e não pude deixar de rir da reação entusiasmada. Percebi que Georg, na cabeceira da cabeça, assentia. Havia lágrimas em seus olhos? É claro que não... Certamente, cada rosto estava adornado com um sorriso, e o calor genuíno que irradiava do grupo era muito encorajador.

Uma mulher alta veio em minha direção. Calculei que devia ter uns 60 e poucos anos. Ela era elegante, com traços fortes e angulosos.

– Olá, Merry. Meu nome é Marina. As meninas... perdoe-me, é assim que eu as chamo... me conhecem como "Ma". Eu cuidei delas quando eram pequenas. Não tenho palavras para expressar que grande privilégio é para nós o fato de você estar aqui. Você fez um monte de gente incrivelmente feliz e trouxe plenitude a muitos corações.

– Seu sotaque é francês? – perguntei.

– Ah, você tem um bom ouvido! Eu sou francesa, mas talvez você já saiba que vivo na Suíça.

– Claro que sim. Ouvi tudo sobre sua incrível casa às margens do lago Genebra.

– *Oui, chérie*! Você precisa ir lá nos visitar!

Não pude deixar de rir de seu entusiasmo.

– Por favor, Ma! Não a faça sair correndo, pelo amor de Deus. Ela vai pular no mar e sair nadando para a costa se você continuar assim. – As palavras vieram de uma mulher escultural, com uma linda pele negra e uma farta cabeleira crespa. Ela era tão impressionantemente bonita que fiquei quase sem palavras. – Olá, sou a Electra. É uma honra conhecê-la.

Seus olhos castanho-dourados fitaram os meus, e era óbvio que aquela era a supermodelo.

– Ah, é claro. Eu a vi na televisão! Você não fez um comercial de perfume recentemente?

Electra riu e assentiu.

– É bem provável. Desculpa por meu rosto tentar lhe vender algum produto na TV antes de termos a chance de nos encontrarmos.

– Bem, eu posso confirmar que você é tão linda ao vivo quanto na televisão!

– Você é muito gentil. Então, essa é minha irmã, Ceci.

Electra indicou uma mulher baixa, com olhos amendoados cor de avelã e cabelo raspado curtinho.

– Olá, Merry. Que nome formidável você tem.

– Ora, obrigada. E você também! Ceci, certo?

– Isso mesmo, apelido de Celeno. É um pouco menos complicado. A culpa do nome é de meu pai.

Atrás de Ceci estava a loura graciosa que me lembrava Mary-Kate. Claro, nós já havíamos nos encontrado, no Claridge's, sob identidades diferentes. Eu a encarei.

– Olá, Merry – começou ela, suavemente. – Eu...

– Ai, céus! – exclamei. – Se não é a primeira e única lady Sabrina Vaughan. Não esperava vê-la aqui. Como está o visconde?

O rosto pálido da moça imediatamente adotou uma tonalidade vermelha.

– Peço mil desculpas por isso, Merry. Foi uma ideia estúpida de um amigo bobo, Orlando. Ele é um pouco excêntrico. Em todos os sentidos.

– Ela está sendo gentil demais. Orlando é um idiota. Tenho o azar de ser irmão dele – retrucou um inglês elegante, sentado à mesa do café da manhã.

– Eu nunca deveria ter concordado. – A mulher loura estendeu a mão. – Se pudermos começar de novo... eu me chamo Estrela. Tecnicamente, é o apelido de...

– Astérope – completei, apertando a mão dela. – Vocês foram batizadas em homenagem às Sete Irmãs das Plêiades. É lindo.

– Sim, exatamente! Nossa, a gente costuma ter que explicar um pouco mais – comentou Estrela.

– Então você está com sorte dessa vez. Minha dissertação foi sobre a perseguição de Orion a Mérope. E não se preocupe, lady Sabrina. Está tudo perdoado. É bom conhecer a Estrela.

Outro rosto familiar surgiu atrás dela.

– Olá de novo, Merry – cumprimentou a amável Tiggy. – É tão bom vê-la.

Ela se aproximou de mim, e nós nos abraçamos.

Quando nos conhecemos em Dublin, fora a sua maneira suave que me convencera de que aquela família não queria prejudicar a minha.

– Olá, Tiggy. É bom vê-la também – respondi.

Ela fitou meus olhos demoradamente.

– Uau. Não acredito que você está aqui. Teria significado muito para nosso pai. Obrigada.

Se tivesse sido qualquer uma das outras, aquele teria sido um momento bastante desconfortável, mas a aura calmante de Tiggy se impôs e, assim como antes, eu me senti conectada a ela. A maneira como ela me olhava... era como se nós duas, de algum modo, compartilhássemos um segredo que as outras desconheciam.

– Acho que só sobramos nós – interrompeu outra mulher. – Sou a Ally, e esta é minha irmã mais velha, Maia. Nós nos falamos ao telefone algumas vezes.

– Olá, Ally, Jack me contou tudo sobre você. – Esperei que ela ficasse vermelha, o que não demorou a acontecer. – É muito bom conhecê-la também, Maia.

– Não poderíamos estar mais emocionadas, Merry. – A voz de Maia embargou um pouco. – Desculpe, é um grande acontecimento para todas nós.

– Posso imaginar. Vocês devem estar passando por um momento bastante difícil. Mas é tão bom que estejam todos aqui, juntos. – Eu me dirigi a todos, incluindo aqueles que ainda estavam sentados à mesa. – Quando era pequena, eu tinha muitos irmãos. Mas passei muitos anos sem vê-los.

– Imagino que esteja morrendo de fome, Merry. Venha se servir! – exclamou uma mulher cuja pele era marrom-escura, da mesma cor que a de Ceci. – A propósito, eu sou Chrissie. É um prazer conhecê-la!

– É um prazer conhecê-la também. É bom ter uma companheira australiana a bordo!

– Não é? Embora, com esse sotaque, obviamente nunca seja possível soar como alguém daqui...

Sentei-me entre Mary-Kate e Jack. A mesa estava empilhada com pratos de doces, e tampas metálicas foram levantadas, revelando linguiças, bacon, ovos e todo tipo de guloseimas recém-preparadas. Durante o café da manhã, fui apresentada a um médico que era herdeiro de uma enorme propriedade rural na Escócia, um escritor brasileiro, o refinado cavalheiro inglês que estava restaurando uma casa e, para dar um toque final, fiquei sabendo que Chrissie era uma ex-nadadora de elite, que havia perdido a perna em um acidente.

– Esse é o Miles, Merry – disse Electra, indicando o homem sentado ao lado dela.

– Na verdade – falei –, já tivemos o prazer de nos encontrarmos quando Georg me trouxe esta manhã.

– Ah, você não mencionou isso, Miles – comentou Electra, olhando para ele, séria.

– Você nunca perguntou. – Ele retribuiu o olhar de Electra com um sorriso largo e uma piscadela. Notei o efeito desarmador que isso causou. – Enfim, você conseguiu dormir bem, Merry?

– Maravilhosamente, obrigada. – Minha cabeça estava girando quando enfim consegui terminar meu prato. – Meu Deus, perdoem a indiscrição, mas estou me sentindo num daqueles velhos romances de Agatha Christie, com todos os personagens interessantes reunidos no mesmo local.

– *Assassinato no Titã* – completou o articulado Mouse.

Estrela riu e revirou os olhos.

– Você não corre nenhum risco, Merry.

– Estou surpresa por Georg ter conseguido convencê-la a se juntar a nós – disse Ceci.

Olhei para Georg, sentado à cabeceira da mesa. Seus olhos estavam fixos em mim, antecipando minha resposta.

– Bem... ele me explicou quanto vocês se esforçaram para me encontrar e como estavam passando por um momento difícil. Ele foi muito persuasivo.

– Sim, ele realmente sabe ser quando quer. Afinal, ele é advogado. Certo, Georg? – provocou Electra.

– Como vocês sabem, estou aqui para realizar os desejos de seu pai, mesmo que ele não esteja mais presente. Eu reconheci que, quando confirmamos quem era Merry, nada teria impedido seu pai de trazê-la a bordo – respondeu Georg, objetivamente.

Ceci se dirigiu a mim outra vez.

– No entanto, alguma coisa que ele disse a fez mudar de ideia, certo? Porque todas nós tínhamos entendido que você não queria vir...

– Ceci – interrompeu Ally.

– Não, quero dizer, é compreensível que você não quisesse vir. Ora, eu não ficaria muito interessada se tivesse sido perseguida ao redor do mundo por um bando de estranhos que alegavam que eu era sua *irmã desaparecida*! – Eu não sabia se era intenção de Ceci, mas uma tensão palpável se espalhou pela mesa. – O que mudou? – prosseguiu ela. – É só isso que estou perguntando.

Olhei de novo para Georg. Ele observava cada um dos rostos ao redor da mesa, com o questionamento de Ceci pairando no ar.

– Por favor, perdoe Ceci, ela nunca foi particularmente boa em filtrar o que sai de sua boca, não é, Ce? – repreendeu Estrela, lançando à irmã um olhar sério, que fez Ceci fazer uma pausa.

– Desculpe. Eu estou sendo rude? Provavelmente estou. Peço desculpas, Merry. É só que...

– Que nada. Por favor, não se preocupe com isso. Você pode me perguntar o que quiser – tranquilizei-a.

– Acho que Georg está escondendo algo de nós – sugeriu Ceci.

Quase comicamente, todos se viraram e olharam para o homem sentado à cabeceira.

– Rory! Vamos lá, garoto. Acho que você prometeu me levar para dar uma olhada no passadiço, certo? – intercedeu Mouse, com cautela. – Você gostaria de vir também, Valentina? Tenho certeza de que, se nos comportarmos, o capitão Hans vai nos deixar vê-lo pilotar.

As duas crianças estavam alheias à atmosfera inquieta que tinha crescido de repente e saltaram atrás de Mouse, que, presumi, devia ter se sentido aliviado por se afastar da mesa.

– Por favor, continue, Ceci. O que quer dizer com "esconder algo"? – respondeu Georg, depois de alguns instantes.

– O que você acha que eu quero dizer? Você mandou gravar coordenadas na esfera armilar do Pa sem o nosso conhecimento. Elas estão lá há anos, aparentemente. Em seguida, você desaparece nas últimas semanas, assim que começamos a viajar ao redor do mundo tentando localizar a irmã desaparecida. Além disso, ouvimos de Maia e Ally sobre seus misteriosos telefonemas. Então, ontem, você saiu praticamente correndo do *Titã* para Dublin, para arrastar a pobre Merry a bordo de um barco, onde ela já deixara claro que não queria estar!

Um silêncio atordoado se seguiu ao discurso de Ceci.

Mary-Kate colocou uma mão tranquilizadora no meu joelho, enquanto esperávamos pela resposta de Georg.

– Meu bom Deus – disse Georg. – Obrigado por sua sinceridade, Ceci. É assim que vocês se sentem? Que estou, de alguma forma, privando vocês de informações?

– Ora, por favor, Georg. Você está sempre escondendo informações de nós – retrucou Electra. – Por exemplo, a morte de Pa. Você fez questão de não nos contar nada até que ele tivesse tido seu funeral privado. Depois, a esfera armilar, as coordenadas, as cartas de Pa. Você sempre soube mais do que nós, mesmo que sejamos filhas dele. E nós simplesmente aceitamos isso.

– *Chérie*, por favor – intercedeu Marina, Ma. – Não fique brava com Georg. Jamais conheci alguém tão dedicado à sua profissão e tão leal a uma pessoa. Acredite em mim, ele passou a amar cada uma de vocês tanto quanto eu.

– Obrigado, Marina. Mas está tudo bem. Eu entendo a frustração.

Georg suspirou.

– Georg, por favor, não sinta que precisa se justificar – disse Ally em um tom calmo. – Este é um momento muito emotivo para todas nós, e devemos fazer o nosso melhor para honrar Pa tendo o comportamento que ele gostaria que tivéssemos. Principalmente quando nos lembramos de que estamos todas aqui, inclusive nossa irmã desaparecida.

Ela gesticulou para mim, e eu tentei lhe oferecer o meu melhor e mais simpático sorriso. A verdade, porém, é que meu estômago tinha começado a se revirar.

– Desculpe, Ally. Não quero parecer frustrada. É que, às vezes, sinto que estamos três passos atrás de todo mundo. E ele era *nosso* pai, entende? – explicou Ceci.

– Eu entendo, Ce. Poderíamos discutir isso mais tarde? – sugeriu Ally.

– Sim, é claro. Peço desculpas a todos. Eu só quis dizer que é maravilhoso tê-la aqui, Merry. De certa forma, crescemos com a sua presença a vida toda. Você era uma história. Um conto de fadas. Entretanto, aqui está você.

– Sim. E esse tempo todo eu nem sabia que estava desaparecida! – comentei, tentando desesperadamente aliviar a atmosfera pesada.

– Acho que só queria saber como foi que você *desapareceu,* em primeiro lugar – continuou Ceci, sem querer deixar o assunto morrer. – Era a isso que eu estava me referindo quando disse que Georg estava escondendo algo de nós. Acho que ele sabe exatamente como você desapareceu. E talvez, Merry, ele tenha lhe contado ontem à noite, e foi por isso que você decidiu vir. Só fico chateada por ele não ter nos contado também.

Ceci parecia genuinamente magoada.

– Ceci! O que você está fazendo? Por favor – repreendeu Estrela. – Sinto muito, Merry.

– Ora – falei, calmamente. – Consigo entender muito bem por que você está magoada, Ceci. Mas juro que Georg não me contou como eu me tornei "a irmã desaparecida". Juro que também não sei a resposta para isso.

Olhei para Georg, suplicando que viesse ao meu socorro.

– Meninas – começou ele –, seu pai era meu cliente. Por favor, saibam que eu nunca quis, *pessoalmente*, esconder informações de vocês. – Ele suspirou de novo, um suspiro profundo. – É verdade, no entanto, que às vezes tenho sido responsável por seguir instruções estritas, deixadas pelo seu pai antes de sua morte. Por exemplo, era muito importante para ele que todas vocês pudessem escolher se queriam ou não descobrir a verdade sobre suas famílias biológicas. Então, embora seja verdade que eu sabia da sua ascendência, por exemplo, não deveria divulgar essas informações. Como disse Ma, eu amo muito cada uma de vocês.

Olhei para o pobre Charlie Kinnaird, que parecia querer que o chão o engolisse. Senti um pouco de pena. Ele não estava mais entre os britânicos, que preferiam se jogar ao mar a ter que lidar com qualquer confronto decorrente de terem sido sinceros sobre o que sentiam sobre qualquer coisa. O constrangimento não parecia ser compartilhado por Floriano ou Miles, porém, que prestavam atenção na conversa, como se estivessem assistindo a uma peça de teatro.

Georg prosseguiu:

– Vocês precisam acreditar em mim quando digo que quaisquer segredos que seu pai manteve em sua vida tiveram o objetivo de protegê-las.

– Proteger a gente? Do que precisamos ser protegidas? – indagou Estrela.

– Está tudo bem, Estrela – tranquilizou-a Maia. – Acho que o que Georg está tentando dizer é que Pa queria ter certeza de que todas nós fôssemos bem cuidadas depois que ele partisse.

– Sim – continuou Georg. – Mas também durante o seu tempo na terra. Há razões pelas quais vocês o conheciam tão bem como pai, mas sabiam pouco sobre sua vida fora de Atlantis.

Percebi Ma lançando um olhar para Georg, os olhos arregalados de angústia.

– Como assim, Georg? – perguntou Maia.

Georg balançou a cabeça, aceitando que era tarde demais para pisar no freio, pois o trem já estava descarrilhado.

– Estou dizendo que ninguém era mais próximo de Pa Salt do que vocês, suas seis filhas. Vocês conheceram sua bondade, sua vivacidade, seu encantamento pela humanidade... e seu amor pela vida. Vocês mesmas são produtos disso.

– Continue – pediu Ceci.

– No entanto, a infância de vocês foi algo incomum. Sei que a maioria notou o fato, sem dúvida estranho, de que seu pai procurou adotar seis meninas de diferentes cantos do globo. Da mesma forma, talvez vocês se perguntem por que ele não se casou, apesar de ter sido um excelente partido: gentil, bonito e financeiramente próspero. As razões para essas coisas nunca foram totalmente explicadas para vocês. Para a sua segurança.

– Georg, não estamos entendendo. Por favor, acabe com esse mistério – pediu Ally com firmeza.

– Há um motivo por trás de tudo na vida, meninas. Estou apenas tentando explicar que, se vocês sentem que a sua criação ou que qualquer um dos meus comportamentos após a morte de seu pai têm sido incomuns, há uma lógica por trás disso.

O clima havia mudado de tenso para inquieto. Eu não sabia que caminho Georg estava seguindo, mas suspeitei que logo teria um papel a desempenhar.

– Seu pai criou um refúgio para sua família, um refúgio onde ele pudesse garantir sua proteção e bem-estar. Foi por isso que ele construiu Atlantis: um canto idílico do universo, onde todas vocês foram afastadas da cruel realidade da vida. Lá, ele conseguiu cuidar, nutrir e lhes fornecer todo o amor que qualquer criança poderia desejar. Foi por isso que ele me contratou, e Marina, e Claudia também. O mundo de Pa Salt foi criado para vocês, suas filhas.

– Georg, o que quer que esteja tentando dizer, fale logo! – interrompeu Maia.

– Eu peço desculpas. Vocês querem respostas. Talvez devêssemos começar com o nome de seu pai. Pa Salt. É assim que todas vocês o chamavam, enquanto estiveram sob os cuidados dele. Na verdade, era assim que eu me referia a ele quando estava em sua presença, assim como praticamente todos os visitantes de Atlantis. Seus professores, seus amigos... ele era Pa Salt para todos ao seu redor.

– Sim. Ele era apenas... Pa – murmurou Tiggy.

– Ele era – continuou Georg. – Era assim que ele queria que fosse.

– Perguntamos a ele sobre isso muitas vezes. Eu me lembro. – Ceci franziu a testa. – Ele apenas ria e dizia: "Você sabe meu nome! É Pa Salt."

– Sempre que tínhamos que preencher algum formulário oficial, ele pedia que escrevêssemos "Sr. D'Aplièse" – lembrou Estrela.

– Exato. E é por esse motivo que não quero que vocês experimentem nenhum... sentimento complexo por nunca terem questionado a estranheza desse fato.

– Ah, Deus – resmungou Electra. – Não sabíamos nem mesmo o nome dele. A pessoa mais importante na droga de nossas vidas, e nós nem sabíamos o nome verdadeiro dele.

– Repito, você não deve se repreender por isso, Electra. Era o plano dele. Seu pai queria que fosse assim. – Georg tentou acalmá-la. – Era bom para ele, e para o mundo que ele construiu, que vocês nunca sentissem o ímpeto de debater essa questão mais profundamente.

– Georg, você está nos assustando – afirmou Electra. – Qual era o nome de Pa?

Georg olhou para mim e assentiu. Parecia que meu momento tinha chegado. Respirei fundo e me preparei.

– Atlas – respondi, timidamente. – Acho que o nome dele era Atlas.

Todos na mesa se viraram para mim. Olhei nos olhos das irmãs, claramente desesperadas por mais informações.

– Floriano, Charlie, Miles, Chrissie... vocês se importariam de nos deixar a sós? – pediu Maia, depois de alguns instantes.

– Claro, claro. Sem dúvida. Tiggy, me avise se precisar de alguma coisa – disse Charlie, levantando-se e saindo do salão mais rápido que um relâmpago.

– Você está bem, mãe? – Jack se inclinou para me perguntar.

– Sim, obrigada, querido. Você e sua irmã podem ir também. Vou ficar bem.

– Se você tem certeza... Estaremos no convés da popa se precisar de nós.

Jack e Mary-Kate se levantaram e foram embora. Apenas Ma, Georg e as irmãs permaneceram.

– Desculpe, Merry. Você estava dizendo que...? – perguntou Maia.

– Sim. Seu pai. O nome dele era Atlas.

As meninas me encararam com uma mistura de confusão e desconfiança. Menos Tiggy, que permaneceu sentada com um grande sorriso no rosto. Nossos olhares se cruzaram, e ela assentiu, me apoiando.

– Dá para perceber de cara o anagrama – afirmou Ally. – Pa Salt... – disse ela, escrevendo o nome em um guardanapo. – Contém as letras que formam Atlas. Mas há um "p" sobressalente.

– O que significa o "p"? Já está bem claro que Pa não fazia nada por acaso – comentou Estrela.

– Acho que posso responder a essa pergunta... – disse Ma. – O "p" simplesmente representa Plêiades.

– Marina tem razão – confirmou Georg.

– Bem, acho que resolvemos um grande mistério: nossos nomes – disse Maia. – As filhas de Atlas.

– Lembro-me de algo sobre ele ser chamado de Pa Salt porque Maia disse que ele sempre tinha cheiro de mar. Será que ele inventou isso? – disse Electra.

– Sinceramente, não sei – respondeu Maia. – Apenas aceitei que era verdade.

– Todas nós aceitamos – concordou Ally. – Mas, Merry, conte mais. Como você sabe o nome do nosso pai?

– Ele me escreveu uma carta.

– Uma carta?

– Isso mesmo. Ontem, no jatinho, depois que me convenceu a voar até aqui para me juntar a vocês, Georg me entregou um pacote. Nesse pacote havia uma carta e um diário.

Falei devagar e com cautela, não querendo deixar de fora nem errar nenhum detalhe.

– Uma carta de Pa? – perguntou Estrela.

– Sim. Acredito que todas vocês receberam uma carta dele. – As irmãs assentiram. – Eu recebi uma também. Como vocês podem imaginar, isso tudo é muito estressante para mim, ainda mais depois do que você falou tão... fervorosamente, Ceci.

Percebi que algumas das mulheres lançaram um olhar para a irmã, que abaixou a cabeça.

Abri minha bolsa para pegar a carta, junto com a cópia do desenho a carvão de minha mãe. Quando os coloquei sobre a mesa, notei quanto minhas mãos tremiam.

– Por favor, Merry, não fique nervosa. Só queremos saber o que está acontecendo. – Ally tentou me acalmar.

– Em primeiro lugar, eu gostaria de lhes mostrar um desenho.

Eu o ergui para que elas examinassem.

– Meu Deus. Merry... Eu sabia que estava reconhecendo o seu rosto de algum lugar – disse Estrela. – Vocês sabem quem é a pessoa no desenho?

– *Puta merda*... Desculpem o palavrão – acrescentou Electra. – Isso aí esteve no escritório do papai desde que eu me entendo por gente.

– E é você! O desenho a carvão sempre foi você! – exclamou Ceci.

– Na verdade, não, não sou eu. Mas concordo com você, a semelhança é inacreditável. Georg me confirmou ontem à noite que esta é a minha mãe. Quando eu vi o desenho, alguma coisa emocional e primitiva reagiu dentro de mim – confessou ela.

– O desenho que Pa manteve em seu escritório por todos esses anos é sua mãe... – afirmou Maia lentamente, olhando em volta, para as irmãs.

Senti que elas estavam começando a ligar os pontos.

– Notei que ele desapareceu do escritório do papai em algum momento durante o último ano. Isso explica tudo. – Ally virou-se para Georg. – Imagino que foi você que o tirou de lá e fez essa cópia para ajudar na busca por Merry?

Georg aquiesceu.

– E você ainda tem o original em algum lugar, certo? – indagou Ceci.

Georg fez uma pausa.

– Sei onde está o original, sim.

Eu retomei a palavra.

– Na verdade, meninas, vim aqui por mim, por mais que deseje compartilhar esta jornada com vocês. Quero descobrir minha verdadeira história, e ela é um enigma que começa com o seu pai. O ponto que Georg deixou claro para mim é que vocês parecem ter tão pouco conhecimento da vida de Pa Salt quanto eu.

– Isso sem dúvida está se mostrando ser verdade – murmurou Electra.

– Ele era *seu* pai. Ele criou vocês, e vocês o amavam. E é por isso que eu espero que possamos aprender sobre ele juntas. – Peguei a carta e a tirei do envelope. – Posso seguir em frente e lê-la?

Movimentos de concordância percorreram a mesa.

– "Minha querida filha..."

✺ ✺ ✺

Abaixei a carta e olhei de novo para elas. Tiggy veio até mim e me envolveu em um enorme abraço.

– Eu achei que o sentia por perto – disse ela. – Mas era você.

– Nada deu errado com o seu processo de adoção. Você era filha *dele*... – sussurrou Maia.

– Você é carne e sangue de Pa, Merry. Isso é incrível – acrescentou Ally.

– Todo esse tempo, ele tinha uma filha *de verdade* – disse Ceci.

– Não. Essa não é a palavra apropriada, Ceci – disse Georg, com firmeza, o advogado dentro dele aflorando. – Você eram, cada uma de vocês, suas filhas *de verdade*, e ele as amava como se fossem de seu próprio sangue. Espero sinceramente que nenhuma de vocês duvide disso.

– Não, claro que não – respondeu Estrela.

Houve uma pausa enquanto as irmãs assimilavam a informação.

Foi Electra quem quebrou o silêncio.

– Então, a linhagem de Pa Salt continua. Isso é uma loucura.

– É lindo – disse Tiggy suavemente. – E seus olhos, Merry. Eu posso ver agora... Eles são iguais ao de Pa.

– Meu Deus, você tem razão, *chérie* – concordou Ma, boquiaberta.

– Suponho que você se tornou a irmã desaparecida porque algo aconteceu com a sua mãe – sugeriu Estrela. – Ele deve ter perdido ambas ao mesmo tempo. Isso é tão triste – comentou ela, cobrindo a boca com a mão.

– Mas ele nunca desistiu – afirmou Georg. – Ele dedicou sua vida a essa busca. Na verdade, era por isso que ele ficava tantas vezes longe de vocês.

– Eu achava que Pa viajava muito a trabalho – explicou Ceci.

– Seu pai se aposentou há muitos anos. Ele fez todo o seu dinheiro muito jovem. Ao longo do tempo, suas ações e investimentos cresceram, e ele acumulou uma grande fortuna.

– Com o que ele trabalhava exatamente, Georg? Sempre que perguntávamos sobre isso, ele mencionava algo vago sobre investimentos e finanças até ficarmos entediadas e deixamos o assunto de lado.

Georg olhou para mim, e eu tomei a minha deixa.

– Então, Atlas me confiou seu diário, e a carta pede que eu compartilhe seu conteúdo com vocês depois que eu tivesse concluído a minha leitura. No entanto, apesar das instruções, não acredito que seja meu direito conhecer a história de Pa Salt antes das filhas que ele conhecia. – Gesticulei para Georg. – Foi por isso que pedi seis cópias. Se for o que vocês quiserem, podemos descobrir a história dele todas ao mesmo tempo.

Depois de uma pausa, Ally falou:

– Obrigada, Merry. Isso é muito generoso de sua parte.

– Eu só queria que ele mesmo pudesse ter nos contado – acrescentou Electra, soando tristonha.

– Como eu disse antes, nada foi feito sem um motivo – afirmou Georg. – Atlas era o homem mais inteligente que já conheci. Ele manteve as origens de Merry em segredo para garantir sua proteção.

– Georg, você continua falando sobre "proteção" e "segurança", mas eu não tenho ideia do que você quer dizer. Eu nunca me senti em perigo – disse Maia.

– Então o plano dele funcionou.

– Que plano? Sério, eu quero algumas respostas agora!

Eu não tinha previsto que Maia seria a primeira irmã a levantar a voz.

– Georg – intervi rapidamente –, você já fez as cópias do diário?

– Sim, Merry, elas estão guardadas em segurança lá embaixo.

– Poderia então trazê-las para cá e distribuí-las? Acho que nos sentiremos muito melhor quando tivermos algo físico em nossas mãos – acrescentei, em um tom decidido.

O advogado assentiu e, quando passou por Ma, notei que ela segurou sua mão e a apertou. Ambos estavam claramente esperando por aquele momento.

– Esta viagem deveria ser para honrar a memória de Pa. Em vez disso, sinto que nem o conhecemos direito – murmurou Electra, fitando o chão.

– Esse *mundo* que ele criou para nós... – disse Ceci. – Por que não o questionamos mais? Nenhuma de nós é idiota, certo?

Sua voz hesitou, e ela inspirou bruscamente, quando os soluços começaram. Estrela se levantou e colocou um braço em torno da irmã.

– Desculpem, pessoal. Só estou cansada – justificou Ceci. – Todas nós tivemos que amadurecer tão rápido no último ano. Aprender a viver sem Pa, viajar pelo mundo, encontrar nossas famílias biológicas... tem sido um turbilhão. Achei que esta viagem seria uma chance para dizermos adeus e começarmos um novo capítulo de nossas vidas. Mas adivinha: tem mais coisa para desvendar! Estou exausta.

As palavras de Ceci tiveram um efeito cumulativo sobre as outras. Todas claramente compartilhavam da opinião. Eu me ajeitei em minha cadeira, desconfortável.

– Minhas meninas – disse Ma. – Minhas lindas, talentosas e gentis meninas. Sinto muito que suas vidas tenham sido tão cheias de drama ultimamente. Vocês todas experimentaram uma dor imensa no último ano. Mas lembrem-se: ao mesmo tempo, vocês também viveram bons momentos.

Notei como as irmãs olhavam para ela. De repente, as mulheres adultas na minha frente voltaram a ser crianças nervosas em busca de conforto maternal.

– Sabem o que eu acho? – prosseguiu Ma. – Nossas vidas são como batimentos cardíacos exibidos em um monitor. Eles vão para cima e para baixo. E o que isso significa? Que estamos vivas, minhas queridas. – Notei um ou dois sorrisos entre as irmãs. – Se cada uma de vocês tivesse uma existência maçante e chata, então o monitor não iria para cima e para baixo. Seria uma linha reta! E o que isso significaria? Que vocês não estariam vivas de verdade! – Alguns dos sorrisos se transformaram em risadas. – Então, como veem, é melhor ter essa... empolgação na vida, do que os dias passarem como os ônibus, um após o outro, para sempre e sempre...

– Pa costumava dizer que, para experimentar os melhores momentos da vida, você precisa conhecer os piores – acrescentou Tiggy.

– Isso mesmo, *chérie*. Logo vocês vão saber que seu pai experimentou os piores momentos que a vida poderia fornecer. Mas ele também experimentou os melhores, que estavam todos ligados a vocês, suas filhas.

– Então você *e* Georg sabem sobre o passado de Pa, Ma? Por que você esconderia isso de nós? – indagou Maia.

– *Non*! Agora chega. Isso não tem a ver comigo e com monsieur Hoffman, e sim com seu amado pai e o caminho que ele desejava que vocês seguissem.

– Desculpe, Ma. – Maia parecia intimidada.

– Quero dizer a vocês o quão orgulhosa estou de cada uma. Todas lidaram com os acontecimentos dos últimos 12 meses com tamanha bravura, determinação e sabedoria que seu pai teria ficado muito feliz. Sei que agora vocês continuarão a ser as mulheres tolerantes, generosas e inteligentes que seu pai, e eu, se puder ficar com uma pequena parte do crédito, criamos vocês para serem.

O efeito que as palavras dela causaram nas irmãs foi significativo. Pelo que eu tinha observado até o momento, apostaria que ela era uma mulher que escolhia com cuidado os momentos para afirmar sua autoridade.

Ally quebrou o silêncio.

– Merry, sei que falo por todas nós quando digo que estamos realmente felizes e orgulhosas por você estar aqui. Desculpe se nos deixamos levar pelas emoções.

– Está tudo bem – garanti. – Se há alguém que entende a sensação de ter seu mundo virado de cabeça para baixo, sou eu.

Georg voltou ao salão carregando páginas empilhadas e, no topo, o diário original de couro desgastado.

– Seis cópias e o original.

Ele as colocou na frente das irmãs e me entregou o diário.

– Uau, é enorme – observou Estrela. – Deve ter centenas de páginas.

Ela levantou sua cópia da mesa e a examinou.

– Você tem toda a razão. Devo dizer que li um pouco – lembrei a elas. –

Mas não muito. Ele ainda é um garotinho. É uma história e tanto até agora, devo dizer.

– Bem, isso parece bem coisa do Pa. – Tiggy sorriu.

– Além disso, é meio educativo. Pensando bem, tenho que colocar o Rio de Janeiro na minha lista de lugares para conhecer.

– Como? – perguntou Maia, inclinando-se para mim.

– Desculpe, só estou pensando em voz alta. O diário começa com seu pai conhecendo o homem que esculpiu o Cristo Redentor. Desculpe, isso é relevante? – perguntei, com ansiedade, ao ver Maia ficar boquiaberta.

– Pode-se dizer que sim – respondeu Ally. – O assistente dele era o bisavô de Maia.

Minha expressão ficou idêntica à de Maia.

– Você está brincando! – falei. – Laurent... como era mesmo o sobrenome?

– Brouilly – Maia conseguiu dizer.

– Que coisa... isso é incrível Sinto muito, Maia, eu não queria adiantar nada.

– Não, de jeito nenhum. É... uau.

Ela balançou a cabeça lentamente. Ao redor da mesa, notei as irmãs olhando animadamente umas para as outras.

– É assim que este diário vai ser? – indagou Electra. – Vamos descobrir exatamente por que papai escolheu nos adotar? Georg?

– Você vai ter que ler e descobrir – respondeu ele, estoicamente.

Tiggy bateu palmas.

– Certo, como vamos fazer isso? Será que todo mundo quer ler ao mesmo tempo? – perguntou ela.

Maia foi a primeira a responder:

– Acho que gostaria de ter um espaço para processar as coisas à medida que as descubro. O que vocês acham?

– Acho que é uma boa ideia, Maia – respondeu Ally. – Parece que não haverá muito tempo gasto na banheira quente neste cruzeiro. Todas nós teremos nossas cabeças enterradas na história de vida de Pa.

Houve um som de concordância ao redor da mesa.

– Eu não sou tão rápida para ler quanto vocês – declarou Ceci, humildemente. – Ainda mais quando estou sob pressão para tentar ler depressa. Minha dislexia faz com que as letras se tornem uma grande confusão – confessou ela, baixando os olhos.

– Desculpe, Ceci, é claro. Quer ler junto comigo? Eu não me importo de ler em voz alta – disse Estrela.

Ceci abriu um sorriso grato.

– Obrigada, Estrela. Isso seria ótimo. Se você tiver certeza de que não se importa, claro.

– Não seja boba, é claro que não.

Ally se levantou.

– Está resolvido, então. Temos três dias. Isso deve dar tempo suficiente para lermos tudo – declarou.

– Tudo parece se encaixar, não é? – comentou Electra. – Quando chegarmos para dizer adeus a ele, saberemos quem papai realmente era.

11

Maia seguiu em direção ao segundo convés. Sua mente estava acelerada desde o momento em que Merry mencionara que Brouilly aparecia no diário. Qual seria a ligação dele com Pa? Ela pensou na sua própria jornada de autodescoberta, um ano antes. Os pedaços de seu quebra-cabeça biológico tinham sido firmemente montados, e Maia tinha plena ciência da combinação genética que havia proporcionado a ela o cabelo castanho-escuro e brilhante e a imaculada pele marrom. Mas agora estava começando a perceber que o quadro estava incompleto. Por que papai a teria escolhido? E como ele mesmo sabia tanto sobre a história da família dela?

Maia encontrou Floriano acomodado a uma poltrona de couro confortável no canto da sala de leitura, com um livro na mão. A imagem fez seu coração apertar. Aquilo a lembrava de Pa, que costumava passar muito de seu tempo no *Titã* naquela exata poltrona. Aquele era inegavelmente um de seus lugares favoritos a bordo – uma grande biblioteca flutuante, com estantes sob medida cobrindo cada parede, repletas até o topo com os livros prediletos de Pa. Maia se lembrava de verões intermináveis e suntuosos escolhendo romances e se acomodando no convés solar para passar o dia lendo sob raios dourados. Ela fechou os olhos e inalou o cheiro doce e almiscarado dos livros. Não mudara nada desde que ela tinha 10 anos, quando, pela primeira vez, interessara-se pelo conteúdo da sala de leitura. Maia deixou sua mente vagar...

– Pa? – chamou ela, não querendo interromper a profunda contemplação de seu pai por *Os Miseráveis*, de Victor Hugo.

Ele ergueu os olhos para a filha.

– Maia, minha querida. Você está gostando do cruzeiro?

– Sim, Pa, obrigada. Mas terminei meu livro. Posso pegar um de uma de suas prateleiras?

Os olhos dele se iluminaram.

– Claro, minha *petit princesse*! Nada me faria mais feliz.

Ele se levantou e pegou a mão de Maia, levando-a para a maior das estantes.

– Aqui é onde guardo os livros de ficção.

– As histórias inventadas?

– Ah, minha querida, não existem histórias inventadas. Todas elas aconteceram um dia.

– Sério?

– Acredito que sim. – Ele olhou para sua cópia desgastada de *Os Miseráveis*. Parecia a Maia que ela já fora lida muitas vezes. – E então, em algum momento, alguém as escreveu. Agora, vejamos, o que você deseja?

Maia ponderou sobre a questão.

– Acho que uma história de amor. Mas que não seja chata.

– Hum, uma escolha de fato bem sábia. Mas você está desafiando minhas habilidades como bibliotecário. Deixe-me ver... – Ele escaneou as prateleiras, passando o dedo sobre as fileiras de livros que havia acumulado ao longo dos anos. De repente, parou sobre um. – Ah! Claro. – Ele o tirou da prateleira e sorriu, examinando a capa. – *O fantasma da ópera*, de monsieur Gaston Leroux.

– Fantasma? Parece assustador, Pa.

– Garanto que é uma história de amor. Você vai adorar, tenho certeza. Na verdade, se não gostar, deixo você me jogar na piscina. – Maia riu, e Pa lhe entregou o livro. – Ah, não! Sinto muito, minha querida, mas esta cópia está em inglês. Permita-me ver se eu tenho uma edição francesa.

– Não tem problema, Pa, eu gostaria de experimentá-lo em inglês.

– Meu Deus. Você é corajosa mesmo. Tem certeza de que não quer que eu encontre uma versão francesa? Afinal, você está de férias, não precisa se forçar a estudar.

– Para mim isso não é estudar. Eu gosto.

– Muito bem, minha *petit princesse*.

A voz de Floriano invadiu a lembrança de Maia.

– Maia? Você está bem? – perguntou ele, olhando para ela da poltrona.

– Desculpe, sim. Eu estava divagando. Onde está Valentina?

– Ma a levou, junto com Rory, para nadar. Senta aqui comigo. Me conta sobre o que aconteceu lá em cima. O que é essa grande pilha de papel que você está segurando?

Ela o atualizou sobre os eventos da manhã.

– Meu Deus, Maia. Isso é muita coisa para digerir. Como você está se sentindo?

– Bem, eu acho. Merry é maravilhosa, e realmente não consigo entender como ela está lidando tão bem com todo esse caos. Ela *só pode* ser filha de Pa.

– E o diário... Você disse que ela mencionou Laurent Brouilly? É possível que o seu Pa Salt o conhecesse?

– Isso é o que o diário parece sugerir, sim.

– Bem, então, por que você está aqui falando comigo? Por que não está lendo? – Floriano gesticulou para um dos sofás de veludo azul no meio da sala.

– Pode parecer estranho, mas estou um pouco nervosa. E se eu descobrir algo ruim? Sei lá, Floriano, e se Pa for algum tipo de chefão internacional das drogas?

Floriano colocou a mão no colo dela.

– Eu entendo. Embora não tenha muita certeza de quantos chefões internacionais das drogas sejam admiradores das obras de Shakespeare e Proust – acrescentou ele, olhando ao redor da sala.

Maia suspirou.

– Você entendeu o que eu quis dizer.

– É claro que sim. Tudo que posso dizer é que você já adentrou a escuridão sem uma vela antes e, no fim do túnel, encontrou uma luz. Na verdade, nunca há tédio na família D'Aplièse.

– E você está bem no meio disso. Gostaria de ter encontrado alguém que vivesse em uma fazenda tranquila, com quatro galinhas, um cachorro e uma avó debilitada?

Floriano riu.

– Maia, meu amor, eu não mudaria absolutamente nada. Lembre-se de que fui eu quem a encorajou a voltar para a casa dos Aires-Cabral. E sou eu agora quem está lhe dizendo que o que quer que você descubra nesse diário lhe trará paz por conhecer todas as circunstâncias da conexão de seu pai com o Brasil. O que os meus leitores pensariam se eu lhes apresentasse uma história pela metade? – Floriano moveu a mão para a barriga de Maia e inclinou-se para sussurrar. – Lembre-se: para ter esperança no futuro, deve-se olhar para o passado.

Maia se sentiu mais tranquila, a natureza suave de Floriano fornecendo a corrente da qual ela precisava para mergulhar de volta no passado mais uma vez.

– Aliás, quando vamos contar aos outros? – acrescentou ele. – Sei que você já falou sobre isso com Ally, mas logo suas irmãs vão começar a questionar por que você trocou o vinho por água.

– Caramba. Eu tinha pensado em anunciar na viagem, mas agora há tanta coisa acontecendo... Você se importaria de esperarmos um pouco mais?

– Claro que não, amor. Como você quiser. – Ele se inclinou e a beijou. – Estou feliz que nosso pequeno bebê vai saber exatamente quem era o avô dele.

– *Dele*? O que faz você ter tanta certeza de que vai ser um menino?

Ele riu e deu de ombros.

– Desculpe, eu falei errado. Embora, na verdade, seria bom ter um bom menino para compartilhar comigo a dor de torcer para o Botafogo.

– Concordo. Com certeza tiraria um pouco da pressão de cima de mim.

– Muito. Bem, imagino que você queira ter a biblioteca para si para começar a ler o diário, não?

– Obrigada, Floriano.

– De nada. Vou estar por perto, se você precisar de mim.

Ele saiu pelas portas duplas escancaradas e as fechou. Maia percorreu os olhos pela sala vazia antes de ir para o sofá, as páginas na mão. O silêncio, exceto pelo zumbido baixo dos motores do *Titã*, era exatamente do que ela precisava para se concentrar na tarefa em questão.

Diário de Atlas

1929

12

Boulogne-Billancourt, Paris, França

Monsieur Landowski fez questão de sair do ateliê para nos encontrar assim que voltamos do conservatório.

– E então? – perguntou, com o que parecia ser ansiedade genuína.

– Monsieur Ivan disse que ele é um triunfo e que gostaria de ensinar Bo duas vezes por semana – revelou Evelyn.

A expressão no rosto de monsieur Landowski me pegou desprevenido. Seus olhos se iluminaram, e ele abriu um sorriso enorme.

– Ah! Excelente! Parabéns, garoto. Muito merecido.

Ele apertou minha mão com vigor. Um sorriso apareceu em meus lábios. Fazia tanto tempo que outro ser humano demonstrava interesse pela minha felicidade que eu não sabia muito bem como reagir.

– Essa é uma ótima notícia – prosseguiu Landowski. – Com sua permissão, farei um brinde a você esta noite no jantar e contarei à família.

Tirei meu papel de rascunho do bolso, escrevi rapidamente e o ergui para monsieur ler.

Dinheiro?

– Meu jovem rapaz, é privilégio de um *artiste* ajudar outro. Tive imensa sorte em ter sido generosamente compensado pelas minhas comissões. Não hesitarei em ajudá-lo.

Obrigado, senhor, rabisquei, lutando contra as lágrimas que estavam se formando.

– Você já ouviu falar do Prix Blumenthal, garoto? – Eu balancei a cabeça. – É um grande prêmio financeiro concedido pela filantropa americana Florence Blumenthal e seu marido, George, a um jovem artista, escultor, escritor ou músico. Eu sou um dos jurados aqui na França. Sempre me senti um pouco estranho sobre decidir para quem dar o dinheiro de outra pessoa, então estou feliz em prestar assistência pessoalmente dessa vez. Além disso, tenho certeza de que um dia você vai se encontrar na posição de ajudar os outros. Certifique-se de aceitar o privilégio.

Assenti enfaticamente.

Naquela noite, os Landowskis foram sinceros em suas congratulações – exceto Marcel, que passou a noite inteira com cara de quem havia ingerido groselha azeda.

Deitado na cama mais tarde, refleti sobre como eu tinha sido afortunado por ter desmaiado no jardim daquela casa em particular. Estava tão exausto, desnutrido e atordoado que simplesmente caí onde estava e rastejei para me abrigar sob a cerca viva mais próxima. Ela podia pertencer a qualquer um, e meu destino teria sido determinado pela polícia local. Eu teria sido enviado a um orfanato, um asilo ou encaminhado para cuidados psiquiátricos, considerando minha recusa em falar. O mais provável, é claro, é que eu teria morrido naquela noite, sob as estrelas da França. Mas meu anjo, Bel, havia me salvado. Teria sido mera coincidência ela ter me encontrado? Pensei em minhas guardiãs estreladas, as Sete Irmãs. Talvez elas tivessem enviado Bel até mim, assim como eu acreditava que tinham me mantido seguro naquela jornada impossível...

Não duvido que a família Landowski veja algum tipo de romantismo no menino mudo com talento para o violino encontrado debaixo de sua cerca viva. É provável que eles estejam imaginando histórias sobre quem eu sou. Por maior que seja qualquer ficção que eles possam criar, a verdade é mais devastadora do que eles poderiam adivinhar.

Devo continuar a lembrar que o ateliê Landowski não é o ponto-final da minha jornada. Eu parti para o mundo com um propósito e ainda não o completei.

Fechei os olhos e pensei no que meu pai me dissera no último dia em que o vi:

– Meu filho... temo que tenha chegado o momento em que não tenho escolha sobre ficar ou partir. Nossa situação é insustentável. Preciso tentar encontrar alguma ajuda.

Naquele momento meu coração afundou, e fui consumido por uma ansiedade urgente.

– Por favor, papai. Você não pode ir. O que faremos sem você?

– Você é forte, meu filho. Talvez não em seu corpo, mas em sua mente. É isso que vai mantê-lo seguro enquanto eu estiver fora.

Lembro que me joguei em seus braços, o calor de seu corpo me envolvendo.

– Quanto tempo você vai demorar? – consegui perguntar, em meio a soluços cada vez mais intensos.

– Não sei. Muitos meses.

– Não vamos sobreviver sem você.

– É aí que você se engana. Se eu não partir, acho que nenhum de nós terá um futuro. Prometo, pela vida de sua amada mãe, que voltarei para você... Reze por mim, espere por mim.

Eu assenti sem forças.

– Lembre-se das palavras de Lao Zi: "Se você não mudar de direção, pode acabar exatamente aonde está indo."

Rolei na cama, esperando que mudar de posição livrasse minha mente daquela lembrança em particular. Senti algo espetar meu peito e percebi que ainda não tinha tirado a sacolinha do pescoço. Seria possível que, pela primeira vez em meses, eu tivesse me esquecido de sua presença?

Quando passei a alça por cima da cabeça, me permiti dar uma olhada dentro. O quarto estava escuro, mas raios de luar claro atravessavam a janela. A luz tocou as arestas afiadas do conteúdo, e fiquei maravilhado com os fragmentos branco-amarelados que dançavam sobre as paredes. Era horrível pensar que algo tão bonito podia causar tanta dor e sofrimento. A inveja podia levar os seres humanos a fazer coisas terríveis.

Pensei em qual seria meu passo seguinte. Eu tinha atravessado desertos árticos e cadeias de montanhas na esperança de ver meu pai outra vez. Será que eu ainda acreditava que ele podia estar vivo? Mesmo confessando sentir que as chances eram pequenas, como eu poderia interromper a minha busca depois de chegar tão longe?

A verdade era que, na casa dos Landowskis, eu tinha encontrado abrigo, segurança, e agora, com a promessa de aulas com monsieur Ivan, muito mais. Joguei de lado minhas cobertas, deslizei os pés pelo chão de madeira e fui até a janela. A luz leitosa da lua iluminava o pátio abaixo, e olhei para a esfera celestial brilhante que paira sobre o nosso planeta.

– Você está por aí, pai?

Cuidadosamente, destranquei a janela e deixei o ar frio da noite me envolver. Eu vinha do frio e ainda gostava de sentir seu frescor revigorante na pele. Tudo estava parado lá fora, e eu me deixei embriagar pela noite. Enquanto olhava para o céu claro, procurei minhas guardiãs. Sem falha, lá estavam as Sete Irmãs das Plêiades. Sua presença era uma certeza, e talvez por isso eu encontrasse tanto conforto nelas. O que quer que pudesse mudar na minha vida, quaisquer perdas que eu ainda tivesse que suportar, as estrelas sempre estariam lá, olhando para a Criação, por toda a eternidade. Notei que, naquela noite, Maia estava brilhando mais, como sempre acontecia no inverno.

– Maia, o que devo fazer? – sussurrei.

Quando falava com as estrelas, eu sempre tinha a esperança infantil de que um dia elas poderiam de fato responder. Depois que fechei a janela e me virei para voltar para a cama, meu pé bateu em algo, e eu quase tropecei. Olhei para baixo e vi o estojo do violino, que eu não havia enfiado totalmente debaixo da cama. A ideia de tocar para monsieur Ivan no *conservatoire* produziu em mim uma sensação de empolgação e alegria que teve um efeito vertiginoso, e eu voltei para debaixo dos cobertores.

Depois de colocar a sacolinha entre as pernas, prendi a roupa de cama ao meu redor. Na minha curta vida, eu já tinha sofrido mais traumas do que qualquer ser humano jamais deveria ter que enfrentar. Pela primeira vez em anos, me encontrava em um lugar seguro, cercado por pessoas que pareciam se importar com o meu bem-estar. Seria tão errado passar um tempo no ateliê Landowski? Se papai de fato estivesse vivo, ele me castigaria se eu adiasse minha busca por ele? Era mais provável que ele ficasse um pouco orgulhoso do que seu filho conseguira fazer. Eu tinha atravessado fronteiras perigosas para escapar do horror de minha vida anterior, fiz amizade com um estimado escultor e, mais improvável ainda, havia me tornado um estudante do famoso Conservatório de Paris. A voz do meu pai invadiu meus pensamentos:

Se você não mudar de direção, pode acabar exatamente aonde está indo.

Sim... sim. Se eu continuasse minha jornada agora, com apenas uma informação vaga para me guiar, o destino que eu mais temia poderia se tornar realidade. Eu teria que voltar a roubar comida e beber água da chuva, tentando encontrar abrigo ao longo do caminho. Duvidei que era a vida que meu pai iria querer para seu filho.

Estava decidido. Eu ficaria com a família Landowski o tempo que eles me permitissem. Então, completaria a tarefa que me trouxera ali em primeiro lugar: a busca por meu pai.

✲ ✲ ✲

– Que dia é o seu aniversário, rapaz? – perguntou monsieur Landowski, quando Evelyn lhe apresentou uma pilha de formulários do *conservatoire*. – Esses papéis exigem muita informação que eu não tenho. Sua data de nascimento, um relato de sua experiência no violino... e, alguns podem argumentar, o seu nome. – Ele riu e balançou a cabeça. – Jovem Bo. Você vai precisar de um sobrenome. Já tem um?

Eu hesitei.

– Um que esteja disposto a compartilhar comigo, para eu poder fazer sua matrícula no *conservatoire*?

Pensei por um momento e peguei meu papel. Comecei a rabiscar algumas das minhas palavras favoritas: estrelas, aurora, serendipidade, Plêiades... Ah, sim... Essa tinha o número certo de consoantes e vogais para criar algo interessante. Escrevi mais um pouco, reorganizando as letras enquanto monsieur Landowski examinava os formulários. Entreguei o papel a ele.

Meu nome é Bo D'Aplièse.

Ele ergueu uma sobrancelha.

– Bravo, meu jovem. Você inventou com sucesso um nome que lhe servirá bem no *conservatoire*. Quanto à sua experiência anterior... bem, quem melhor para escrevê-la do que você mesmo? Ele me deu os papéis. Sob *l'expérience antérieure de l'élève*, eu escrevi:

Sem formação técnica ou experiência profissional.

– Meu Deus, você *é* mesmo jovem, querido menino! – exclamou monsieur Landowski. – Uma das coisas mais importantes que um artista pode aprender é vender a si mesmo! – Ele notou a surpresa em meu rosto. – Não confunda isso com arrogância. Pode-se permanecer modesto e ainda assim ter autoestima. Talvez você possa falar sobre quando começou a tocar.

Ele me devolveu os formulários. Pensei por um momento e coloquei a caneta no papel:

Eu toco violino desde que minhas mãos conseguiram agarrar o braço do instrumento. Observava meu pai tocar e ficava maravilhado com a forma como seu arco dançava sobre as cordas. Ele era um homem bom e compartilhou sua paixão comigo. No começo, aprendi a tocar de ouvido, copiando meu pai nota por nota. Esse ainda é o meu método favorito, pois as pessoas acham que é mágico. No entanto, meu pai dedicou uma generosa quantidade de seu tempo para me ensinar a ler partituras, e eu comecei a entender os "harmônicos naturais" como se fossem, eles mesmos, uma língua falada. Meu pai costumava me dizer que tocar melhorava a memória e a concentração, bem como a função mental e a saúde geral. Não tenho certeza de que me beneficiei dessas coisas, mas sei que, quando toco, o tempo para, e eu viajo para um lugar que não está neste planeta. Eu danço nas asas do universo.

Devolvi os papéis para Landowski.

– Talvez você devesse ser um poeta também – comentou ele. – Diga-me, quem era seu pai? Onde ele está agora?

Balancei a cabeça.

– Bem, rapaz, onde quer que ele esteja, neste universo ou no próximo, estou confiante de que ficaria orgulhoso do que você conquistou. Assim como eu, se você não se importa que eu diga isso.

Encontrei os olhos de monsieur Landowski.

– Jovem Bo, eu sou um escultor. É meu trabalho imortalizar a essência de outro indivíduo em pedra. O cliente deve sentir a *emoção* na peça, deve *sentir* algo. Por isso, sou adepto de saber o que está sob a superfície de um indivíduo. E você, jovem monsieur, enfrentou uma grande dor.

Desviei meus olhos para o chão, suspirei e assenti.

– E, é claro, é por isso que estou feliz em recebê-lo aqui em casa, com a minha família. Espero que isso ajude, de alguma forma, a restaurar a sua fé na humanidade. – Ele olhou pela janela do ateliê. – É difícil se lembrar disso, às vezes, especialmente quando se experimentou toda a tristeza que posso sentir em você... mas nesta vida há muito mais pessoas boas do que ruins.

Deslizei a caneta pelo papel.

O senhor é uma boa pessoa.

– Ah! Eu tento. Embora possa ser forçado a entrar em uma fúria assassina se Brouilly não entregar meu Cristo no Rio em perfeitas condições.

Dei uma pequena risada.

– Isso foi uma risada, querido menino?! Meu Deus, *estou mesmo* tendo privilégios hoje.

Landowski voltou a preencher os formulários exigidos por monsieur Ivan para minha matrícula.

De repente, eu me senti compelido a dar ao Sr. Landowski algo que demonstrasse quanto eu estava grato. Seu altruísmo não era algo ao qual eu estava acostumado, e vê-lo dedicando seu tempo precioso para fazer algo por mim me compeliu a agir. Apesar do nó de nervoso no estômago, eu me preparei e abri a boca.

– Obrigado, monsieur – pronunciei, com timidez.

Os olhos de Landowski se arregalaram, e um enorme sorriso apareceu em seu rosto.

– Bem, muito bem. É um prazer.

Coloquei um dedo nos lábios e usei meus olhos para implorar a ele.

– Não se preocupe, garoto. Sua gratidão falada permanecerá apenas entre nós. Agora, vou deixar Evelyn enviar esses papéis de volta para o *conservatoire*. Monsieur Ivan sugeriu que você comece na próxima semana. Com isso em mente, talvez devêssemos renovar o seu guarda-roupa.

14 de janeiro de 1929

Hoje, Evelyn me levou a Paris. Viajamos até um prédio enorme, na margem esquerda do 7º arrondissement, *chamado Le Bon Marché. É uma loja diferente de tudo o que eu já tinha visto. Sob um mesmo teto, pode-se comprar alimentos, móveis e roupas. Evelyn me disse que se chama "loja de departamentos". Estou em dívida com monsieur Landowski e sua família por me comprar um par de sapatos marrons novos e um blazer, além de shorts, camisas e roupas íntimas. Eu nunca tinha experimentado os serviços de um alfaiate, que é um cavalheiro que mede você para garantir que as roupas se encaixem perfeitamente no corpo. Evelyn o instruiu a deixar o blazer um pouco folgado, pois ela prevê que vou crescer muito depressa. Enquanto esperávamos que o bom senhor terminasse seu trabalho, Evelyn gentilmente me comprou um* éclair au chocolat *da Grande Épicerie, no andar inferior, que é um salão de alimentação que se estende por quilômetros. Então, descemos pelo rio Sena. Senti como se estivesse na famosa pintura de monsieur Seurat. Depois que pegamos as roupas e voltamos para casa, corri para o meu quarto e fui praticar as escalas para as lições de monsieur Ivan, uma vez que minhas aulas começam amanhã.*

13

– Bo D'Aplièse! *Entrez*, por favor.

A figura magra de monsieur Ivan me indicou que entrasse em sua pequena sala de aula.

Embora o exterior do *conservatoire* fosse muito grandioso, as salas de aula não eram. Feltro vermelho havia sido preso ao papel de parede descascado para absorver o som, e havia um cheiro nitidamente rançoso pairando no ar. Não que isso fosse me desanimar.

– Posso cumprimentá-lo por seu belo sobrenome, que descobri desde nosso último encontro. É bem peculiar – comentou monsieur Ivan, passando a mão no queixo magro.

Baixei a cabeça.

– Ah, sim! O garoto que não fala. Bem, não vamos então perder tempo com conversas, *petit monsieur*. Vamos começar.

Comecei a abrir meu estojo.

– *Non*! Devemos permitir que o instrumento se acostume à sala. Está frio devido ao clima de janeiro das ruas parisienses e precisa se aquecer. Falando nisso, por favor, repita o que vou fazer.

Monsieur Ivan levantou a mão esquerda e esticou os dedos.

– *Un, deux*, aperte!

Ele prontamente fechou a mão, e eu repeti o gesto.

– Devemos fazer isso cinco vezes, com ambas as mãos.

Em seguida, monsieur Ivan me fez apoiar as mãos em sua mesa. Então, pediu que eu levantasse cada dedo o mais alto possível e o mantivesse erguido durante uma contagem de um até dois. Ele claramente percebeu minha confusão, já que nada daquilo acontecia em minhas sessões com papai.

– *Petit monsieur*, você acha que um corredor se atira à pista antes de se alongar? Devemos ao instrumento a gentileza de estarmos prontos para tocá-lo.

Eu assenti e, somente depois de vários minutos de preparação de dedos e pulsos, tive permissão para remover meu violino do estojo.

– Agora, faça como eu, por favor – instruiu monsieur Ivan.

Imitei seus trilos e estudos antes de passarmos para escalas e arpejos.

– Muito bom, pequeno Bo. Percebo que você melhorou desde o nosso primeiro encontro. Tem praticado?

Assenti mais uma vez.

– Muito promissor. É essa característica que permite que um músico mediano atinja a grandeza. Então, como seu professor, vou lhe ensinar técnicas de cordas de alto nível, como controle de *vibrato*, diferentes movimentos do arco e séries harmônicas. Tentarei corrigir problemas em sua técnica e encorajá-lo a ultrapassar os limites da interpretação musical. Isso soa aceitável para você?

Soava mais do que aceitável. Na verdade, parecia que o próprio Deus havia se oferecido para me mostrar a porta de entrada do céu.

O resto da lição foi cansativo. Eu não conseguia tocar mais do que algumas notas sem monsieur Ivan me interromper para comentar sobre o posicionamento de meus dedos, minha postura ou minha musicalidade. Era um turbilhão de informações, e comecei a questionar por que eu decidira tocar violino, para começo de conversa. Bem quando estava prestes a começar a chorar, monsieur Ivan declarou que nossa primeira aula havia terminado.

– Acho que nossa aula acabou, monsieur Bo.

Tirei o queixo do instrumento e permiti que o violino e o arco baixassem até meus joelhos.

– Cansativo, não é? Não se preocupe, isso é normal. Você nunca teve uma aula apropriada. Muitas de nossas sessões serão igualmente difíceis, para seu corpo e para sua mente. Mas vai ficar mais fácil a cada vez, prometo. Vejo você na sexta-feira. Enquanto isso, por favor, pratique relaxar os ombros. Notei que, cada vez que eu o interrompia, eles ficavam mais tensos. Isso não é bom para nós.

Como?, escrevi.

– Boa pergunta. Você deve tentar ir para um "espaço sagrado" em sua mente. Talvez imaginar um momento em sua vida em que se sentiu em paz. Essa é sua tarefa nos próximos dias. Vejo você na sexta-feira. Obrigado, *petit monsieur*.

Terminei de guardar meu violino no estojo e deixei a sala de monsieur Ivan. A maioria das pessoas não seria capaz de dizer se um garoto silencioso estava chateado ou exultante, mas Evelyn logo percebeu que algo não estava bem.

– Foi uma aula difícil, meu querido?

Olhei para o chão.

– Você deve lembrar que monsieur Ivan não está acostumado a ensinar alunos tão jovens. O *conservatoire* é um lugar para graduandos, que passam cada hora do dia estudando. Enquanto esperava por você na recepção, vi alunos com duas vezes a sua idade entrando e saindo. Duvido que ele vá tratá-lo de forma diferente por ser mais novo. – Olhei para Evelyn e sorri. Ela continuou: – Você deve ser uns dez anos mais jovem do que os outros alunos do *conservatoire*, *chéri*. Sua conquista é além de excepcional.

Nas semanas seguintes, pratiquei furiosamente. Minhas noites eram consumidas com visitas à casa de Evelyn, onde eu praticava minhas escalas, mostrava minha postura e tocava "Vênus", o segundo movimento de *Os Planetas*, de Holst. Pobre mulher, ela deve ter ouvido a peça umas cem vezes, mas, todas as noites, ela aplaudia e dizia que gostava ainda mais do que da última vez. Durante os dias em que não estava no *conservatoire*, eu passava um tempo no ateliê com monsieur Landowski. Monsieur Brouilly estava a caminho do Rio de Janeiro e, em sua ausência, eu tinha me tornado o assistente de fato – levando ferramentas, preparando café e ouvindo monsieur Landowski exclamar de prazer ou gritar de angústia enquanto trabalhava em suas encomendas. Como recompensa, eu tinha permissão para pegar livros de sua biblioteca pessoal. Ele me concedeu essa honra quando me flagrou olhando com saudade para uma das estantes, uma noite, depois do jantar. Como resultado, devorei obras de Flaubert, Proust e Maupassant. Depois de ter devolvido meu terceiro livro em uma semana, monsieur Landowski arregalou os olhos.

– Santo Deus, rapaz, no ritmo com que você está devorando minha coleção, terei que comprar toda a Bibliothèque de la Sorbonne. – Abri um sorriso largo e ele continuou: – Devo confessar que não conheço muitos jovens com tamanha paixão pela literatura. Você é avançado demais para sua idade. Tem certeza de que não é um homem de 40 anos que descobriu a fonte da juventude?

No *conservatoire*, minhas lições com monsieur Ivan continuaram em ritmo acelerado e, a cada sessão, eu me acostumava mais à sua maneira de ensinar.

– Relaxe os ombros, *petit monsieur*! Vá para o seu espaço sagrado! – Aquilo era algo contra o qual eu me via lutando. – A cada comentário que eu faço você fica mais tenso. Isso é uma aula, pequeno Bo, e você é um aluno, está aqui para aprender!

Havia uma ironia no que monsieur Ivan estava me pedindo, enquanto, ao mesmo tempo, levantava a voz e batia os braços. Se eu tivesse a opção de falar, acho que teria gritado de frustração. Mas, em vez disso, eu cerrava os dentes e continuava a tocar. Embora estivesse exasperado, certamente não me ressentia de meu professor. Ele não era agressivo, nem mesquinho. Era simplesmente apaixonado por seu ofício e estava ansioso para que eu me aprimorasse. Minha irritação nascia do desejo de alcançar a perfeição. Todas as noites, eu suava praticando tudo o que monsieur Ivan tinha me ensinado. Deduzi que com meu trabalho árduo suas críticas cessariam lentamente.

Algumas semanas depois, monsieur Ivan me permitiu tocar um solo inteiro sem me interromper.

– Bom, Bo. Seu *legato* está melhorando. Isso é progresso.

Inclinei a cabeça.

– Como eu não acredito que você seja capaz de fazer isso por conta própria, vamos fazer uma lista de coisas que o deixam feliz. Então, quando ficar com raiva por eu corrigi-lo, você vai pensar nessas coisas, e a tensão vai desaparecer. Por favor, sente-se. – Ele apontou para o banquinho ao lado de sua cadeira à mesa. – Parece, meu jovem, que você carrega o peso do mundo em seus ombros.

Congelei, imaginando se monsieur Ivan teria descoberto meu verdadeiro nome. Ele já havia detectado que éramos da mesma parte do globo. Quem ele conheceria? Meu estômago se revirou quando pensei nas consequências.

– Isso não é bom, Bo. Um grande violinista não pode se apresentar com tanto peso puxando-o para baixo. Seus ombros devem estar livres para se mover com o instrumento. Então, juntos, vamos tentar levantar esse peso.

Percebi que sua analogia fora apenas uma coincidência. Meu coração começou a bater um pouco mais devagar. Sentei-me ao lado dele e peguei meu papel.

– Então, vamos começar a nossa lista de felicidades. – Minha caneta pairou no ar, e monsieur Ivan riu. – Ok, eu vou começar – disse ele. – O que me faz feliz?... Ah, sim...

Uma boa vodca, ele escreveu.

– Muito bem, sua vez. – Minha caneta continuou no ar. – Você tem amigos, *petit monsieur*?

Os Landowskis, escrevi.

– Sim, sim, mas fora da família Landowski.

Eu não frequento a escola, então não vejo outras crianças.

– Hum. Tem razão. Quando tento me lembrar do que me fazia feliz quando tinha 10 anos, penso nos meus amigos de escola. Nós brincávamos pelas ruas de Moscou por horas a fio. – Monsieur Ivan cruzou os braços e inclinou-se para trás na cadeira. – Eu atirava bolas de neve e construía iglus. Mas você não tem essa oportunidade no momento.

Violino, livros, escrevi.

– Ah, sim, essas coisas são maravilhosas, de fato. Mas nos isolam. Quando eu peço que você vá a um "espaço sagrado", nenhum deles pode fornecer isso. Você precisa de *experiências*, meu jovem. Vou ver se podemos fazer você passar algum tempo com outros meninos de sua idade. Um ex-aluno meu frequenta o orfanato Apprentis d'Auteuil várias vezes por semana para tocar para as crianças. Vou entrar em contato com ele e perguntar se você poderia participar das atividades recreativas na hora do almoço ou talvez à noite, quando vier a Paris.

Ele notou a expressão de horror em meus olhos.

– Não tenha medo, *petit monsieur*! O que você teme? Ser internado no orfanato?

Assenti vigorosamente, e monsieur Ivan riu.

– Não precisa se preocupar, meu jovem. Monsieur Landowski e eu conversamos com frequência, e eu sei quanto ele valoriza sua presença em sua casa. Estamos combinados?

Eu me segurei firme e balancei a cabeça.

– Ora, ouça o que diz a voz da experiência. A vida é feita de pessoas, e não há pior punição do que a solidão. Estou fazendo isso pelo seu bem. – Olhei para o chão, mas monsieur Ivan continuou: – Além disso, esses jovens não têm pais e conheceram as dificuldades da vida muito antes do que deveriam, assim como você. Acredito que lhe faria bem passar um tempo com eles.

Eu não respondi. Monsieur Ivan soltou um suspiro.

– Tudo bem. Se você disser sim, prometo que me absterei de criticá-lo por uma lição inteira, e você poderá tocar o que quiser. Essa é uma oportunidade rara. Você não me pegaria fazendo tal arranjo com meus alunos de graduação, sabia? Temos um acordo?

Sentindo que não era realmente uma opção negar seu pedido, apertei a mão dele.

– Excelente. Vou telefonar para o Sr. Landowski e garantir que tenhamos sua permissão, depois procurarei meu antigo aluno. *Merci, petit monsieur*. Vejo você na terça-feira.

14

– Que beleza, meu pequeno *chéri*. Essas visitas só servirão para aumentar a sua gratidão a monsieur e madame Landowski.

Evelyn não estava errada em seu resumo sobre o orfanato Apprentis d'Auteuil. O local tinha uma aparência sombria, com janelas apodrecidas e alvenaria dilapidada. Fomos recebidos nos grandes portões de ferro por uma mulher alta e magra chamada madame Gagnon, que nos conduziu através do pátio de concreto.

– Estamos fazendo esse favor apenas por causa da contribuição que o jovem monsieur Baudin faz com seu violino. Realmente, não temos tempo para supervisionar uma criança extra. Madame, tem noção de quanto estamos lotados depois da Grande Guerra? Não tenho 1 centímetro de espaço sobrando.

– Madame Gagnon, sei que monsieur Landowski e monsieur Ivan ficarão incrivelmente gratos à senhora por permitir que Bo passe algum tempo com outras crianças.

– Bem, eu não sei o que isso vai trazer de bom para o menino. Já que ele não fala, então não consigo entender o que ele vai ganhar atravancando o meu pátio de recreio.

– Madame Gagnon, monsieur Landowski me indicou que gostaria de contribuir para a manutenção do orfanato.

– Se isso alivia a alma dele, que assim seja, madame. Temos muitos parisienses com a consciência pesada, cujas doações nos permitem manter as portas abertas e alimentar as crianças. Se monsieur Landowski realmente quiser fazer a diferença, ele poderia fornecer a algumas dessas crianças um lar amoroso.

Eu vi Evelyn se empertigar e fazer um gesto em minha direção. Madame Gagnon ergueu as sobrancelhas.

– Bem, está na hora de as crianças saírem para o ar fresco. Elas ficarão aqui por apenas uma hora, e espero que seja rápida em seu retorno, madame Evelyn. Depois da recreação, vou deixar o menino do lado de fora dos portões, e ele não será mais minha responsabilidade.

– Eu entendo, madame Gagnon – respondeu Evelyn.

A mulher esguia virou-se e entrou no orfanato. Quando as grandes portas de madeira se fecharam atrás dela, o som ecoou pelo pátio.

– Santo Deus! Não devo me apressar em julgar, pequeno Bo, pois ela tem um trabalho difícil, mas sinto que é lava, e não sangue, o que corre pelas veias daquela mulher. Ainda assim, tenho certeza de as crianças de quem ela cuida provarão que estou enganada. Lembre-se, só teremos uma hora. Tente se divertir, *chéri*. Você gostaria que eu ficasse com isso?

Evelyn levou a mão a meu estojo de violino, que eu ainda estava segurando depois da aula anterior com monsieur Ivan. Instintivamente, eu me agarrei a ele. Era a minha posse mais valiosa, e eu não queria que ninguém o tirasse de mim, nem mesmo Evelyn.

– Muito bem, Bo. Você pode ficar com ele, se quiser.

As portas do Apprentis d'Auteuil se abriram mais uma vez, e as crianças começaram a inundar o pátio.

– Meu Deus. Alguns desses casacos de inverno têm mais buracos do que queijo suíço – murmurou Evelyn. – Boa sorte, pequeno Bo. Eu o vejo daqui a pouco.

Com isso, ela saiu pelos portões de ferro. Eu havia me perguntado algumas vezes como pessoas escravizadas da Antiguidade se sentiam enquanto esperavam para entrar em um coliseu fervilhando de romanos e enfrentar os leões. De repente, senti que sabia.

A variedade de idades me chocou. Tive a impressão de que alguns dos residentes nem poderiam mais ser descritos como crianças, enquanto outros não tinham mais que 2 ou 3 anos de idade, suas mãos pequenas entrelaçadas às dos moradores mais velhos. O pátio de recreação se encheu rapidamente, e os que passavam por mim me olhavam com desconfiança. Algumas crianças tiraram giz de seus bolsos e começaram a desenhar quadrados no chão. Outras tinham bolas de borracha velhas, que jogavam umas para as outras. À medida que esse frenesi de atividade se desenrolava, simplesmente fiquei parado e olhei em volta, sem saber o que fazer.

Na verdade, nunca tendo frequentado uma escola, eu não estava acostumado a socializar. Exceto, é claro, por um indivíduo: o garoto que tinha sido meu melhor amigo, a quem eu amava como a um irmão... o menino de quem eu estava fugindo. *Ele* era a razão pela qual eu tinha escapado para a neve, no pior dia da minha vida. Um arrepio percorreu meu corpo enquanto eu contemplava as consequências de vê-lo novamente. Ele jurou me matar e, pelo seu olhar assassino naquela manhã terrível, eu não tinha por que duvidar.

– Quem é você?

Um garoto com um rosto angular e touca de lã encardida parou diante de mim.

Peguei o papel no bolso e comecei a escrever.

– O que você está fazendo? Ele lhe fez uma pergunta – disse outro garoto, que tinha sobrancelhas espessas e escuras.

Meu nome é Bo, eu não falo. Olá. Segurei o papel na minha frente.

Os dois meninos olharam para ele. De repente, me ocorreu que eu estava sendo prepotente em minha suposição de que todos ali saberiam ler.

– O que está escrito, Maurice? – indagou o menino com a touca.

– Que ele não fala.

– Bem, por que ele está aqui, então? Por que você está aqui? Do que seus pais morreram?

Estou apenas de visita, rabisquei.

– Não estou entendendo. Por que alguém ia querer visitar esse lixão?

Eu gostaria de fazer amigos, escrevi, esperançoso.

Os dois meninos começaram a rir.

– Amigos? Seu lugar é no circo. E o que é isso aí, menino do circo?

O que se chamava Maurice pegou meu estojo de violino. Uma onda de pânico tomou conta de mim. Balancei a cabeça com tanta energia quanto pude reunir e juntei mãos implorando silenciosamente que ele o devolvesse para mim.

– Um violino, não é? Por que você traria isso aqui? Quem você pensa que é, aquele esnobe do Baudin?

– É isso mesmo, Jondrette. Basta olhar para as roupas dele. Ele acha que é um pequeno monsieur todo chique, não é?

– Você acha que é engraçado, não é? Veio aqui para rir da nossa cara porque não temos nada?

Continuei balançando a cabeça e caí de joelhos, na esperança de que eles vissem meu desespero.

– Rezar não vai ajudar em nada por aqui. Vamos dar uma olhada no que tem aqui dentro, então.

Jondrette tentou abrir o estojo. Cada fibra do meu ser queria gritar, atacá-lo verbalmente ou usar a razão para pegar de volta o violino. Mas eu sabia que não podia chamar a atenção.

– Me dá aqui, seu fracote.

Maurice arrancou o estojo de Jondrette e começou a puxar os clipes, tentando forçá-los. Ele foi bem-sucedido, e jogou as fivelas de metal no chão. Então, Jondrette abriu a tampa e, com suas mãos sujas, tirou de dentro minha preciosa carga.

– Olha só para isso. Eu diria que é ainda melhor do que o do Baudin. O que você acha, Jondrette? Vamos tentar vender isso aqui?

– Quem pode comprar isso sem nos denunciar imediatamente à *gendarmerie* por tentar vender coisas roubadas?

– É, tem razão. Talvez isso seja uma boa oportunidade para ensinar ao monsieur Riquinho uma boa lição.

Jondrette levantou meu violino acima da cabeça. Fechei os olhos e me preparei para a queda da madeira no concreto. Para minha surpresa, o som não se materializou.

– O que você acha que está fazendo, seu sapo horroroso?

Abri os olhos e vi uma garota de cabelos louros agarrando o braço de Jondrette.

– Ei! Me solta! – gritou ele. A menina apertou mais. – Ai!

– Devolva isso, Jondrette, ou eu vou contar à madame Gagnon que foram vocês dois que invadiram o depósito e roubaram os biscoitos.

– Você não tem nenhuma prova disso, sua dedo-duro!

– Acho que as migalhas debaixo da sua cama podem ser suficientes, Maurice. – A menina apontou para a porta, onde madame Gagnon estava fumando um cigarro enquanto observava as crianças mais novas. – Se eu correr agora e contar, ela vai lá checar mais depressa do que um raio, e você sabe disso.

Maurice e Jondrette se entreolharam.

– Por que você está defendendo esse vermezinho? Você não viu as roupas que ele está usando? Ele tem dinheiro. Veio aqui para rir da nossa cara.

– Nem todos neste mundo estão atrás de você, Maurice. Agora, Jondrette, entregue o violino.

Jondrette hesitou, e a menina revirou os olhos.

– Tudo bem, você é quem sabe. – Ela virou a cabeça para o prédio e levantou a voz. – Madame...

– Tudo bem, tudo bem. – Jondrette cedeu. – Aqui. – Ele se libertou do apertão da garota e me entregou o violino. – Você sempre precisa de meninas para te defender? – sibilou.

– Já chega. Vão embora daqui, seus idiotas – ordenou minha salvadora.

Relutantes, Maurice e Jondrette começaram a se afastar, mas não antes de o último ter dado um bom chute no meu estojo, o que o fez derrapar pelo pátio. A garota foi buscá-lo e o trouxe de volta para mim. Eu estava sentado no chão, embalando meu violino como se ele fosse um cachorrinho doente.

– Sinto muito por eles. Eu não levaria para o lado pessoal, eles são horríveis com todo mundo. Aqui, deixa eu ajudar. – Ela começou a juntar os pedaços de papel que haviam caído no chão enquanto eu implorava aos meninos e fitou a folha de cima. – Você não fala?

Balancei a cabeça.

– Meu Deus. Eu estava me perguntando por que você não gritou. Você se chama Bo?

Eu assenti. A garota riu. O som foi tão agradável que pensei que meu coração fosse parar de bater ali mesmo.

– Gostei do seu nome, Bo. É porque você carrega um violino?

Eu dei de ombros e, sem que percebesse, um sorriso surgiu em meu rosto. Tirei minha caneta do bolso e comecei a escrever.

Como você se chama?

– Ah, sim, desculpe. Meu nome é Elle. É um prazer conhecê-lo, Bo.

❁ ❁ ❁

20 de março de 1929

Monsieur Ivan insistiu que eu participasse de atividades recreativas no orfanato Apprentis d'Auteuil, para que pudesse desfrutar de algumas experiências positivas com outras crianças. Ele acredita que, se eu puder fazer amigos, o peso do mundo será tirado dos meus ombros e eu me tornarei um violinista melhor. Atendi ao desejo de monsieur Ivan e, nas últimas semanas, participei de intervalos na hora do almoço às terças-feiras e recreação noturna às sextas-feiras. Sou grato pela experiência e aprendi o quão afortunado sou por ter sido acolhido pela generosa família Landowski. Muitas das crianças do orfanato perderam seus pais na Grande Guerra. Na verdade, é um pouco difícil fazer amizades devido à minha condição. Não posso pedir a bola nem cantar durante o jogo que é chamado de "amarelinha". No entanto, estou determinado em minha busca por me tornar um violinista virtuoso, e vou persistir. Há uma pessoa que conheci no Apprentis d'Auteuil com quem gosto de passar o tempo. O nome dela é Elle, e ela não se importa que eu não fale. Está muito mais interessada na minha música e me pediu, em várias ocasiões, que eu tocasse o violino para ela. Confesso que ainda não reuni coragem suficiente para isso, não por medo do que as outras crianças podem fazer (embora, com base na experiência, essa seja uma preocupação legítima). Na verdade, eu teria tanto medo de desapontá-la que sou impedido pela ansiedade. Seu cabelo dourado e olhos azuis me fazem pensar em um anjo, e a ideia de desapontar um anjo é perturbadora demais.

Ergui a caneta da página. Não achei que gravar meus sentimentos em meu diário *oficial* seria apropriado, caso a família Landowski tentasse ler seu conteúdo. Mudei para minhas páginas secretas, das quais estas faziam parte. Se ainda não era óbvio, valia a pena suportar os horrores do orfanato Apprentis d'Auteuil para passar duas horas por semana com Elle Leopine.

No breve período em que a conheci, descobri que ela tocava viola de corda e flauta, e era autodidata. Os instrumentos pertenciam aos pais de Elle e eram a única conexão que ela tinha com ambos. Os dois morreram na guerra. O pai de Elle morreu nas trincheiras e sua mãe, durante o surto de gripe de 1918. Ela tinha 13 anos e, por isso, não se lembrava de nenhum dos dois. Talvez a coisa mais triste que aprendi sobre Elle é que ela tinha um irmãozinho, com apenas algumas semanas de idade quando a mãe morreu. O orfanato conseguiu providenciar sua adoção imediata, pois havia uma alta demanda por recém-nascidos por parte de famílias que haviam perdido tanto no conflito. Mas Elle não teve tanta sorte. Ela morava no Apprentis d'Auteuil havia onze anos.

Quando estou com ela, percebo que não penso em mais nada. Nesses momentos, não fico remoendo meu passado, nem a dor e a tragédia que vivi. Nesse sentido, ela é como a música – capaz de me transportar para um lugar além do chão físico sob meus pés. Por Deus! Quem eu estou pensando que sou, lorde Byron?

Na verdade, sempre achei a poesia dele um pouco difícil de engolir. Mas agora sinto que me identifico profundamente com seus versos. Tenho vergonha de dizer que, desde que conheci Elle, não me importo com mais nada. Minhas visitas noturnas a Evelyn são secundárias, assim como os livros que peguei emprestado do Sr. Landowski. Até minhas aulas de violino com monsieur Ivan ficaram em segundo plano. Minhas viagens quinzenais para Paris não são mais alimentadas pela emoção de tocar no *conservatoire*, mas pela ideia de passar um tempo com minha nova amiga.

Estou ciente dos efeitos do "amor" e do que ele pode fazer com a mente. Pelos livros que li, entendo que até o mais resistente dos cérebros pode perder todo o senso de razão e lógica. E, mesmo sabendo disso, eu não me importo.

Elle me contou que já leu todos os livros da biblioteca do orfanato duas vezes, então decidi levar para ela romances da coleção de monsieur Landowski. Se isso não é prova de que estou perdendo o juízo, não tenho certeza do que é. Os livros não são meus, e odeio pensar em como monsieur Landowski poderia se sentir caso descubra o que estou fazendo. Mas não consigo me controlar: a vontade de agradar a Elle se sobrepõe a qualquer consequência que minhas ações possam ter. Quando ela termina um livro, discutimos juntos (uso o termo "discutir" de forma ampla – ela fala, eu escrevo). Embora, de uma maneira incrível, ela muitas vezes saiba o que eu gostaria de dizer sem minha caneta precisar tocar no papel.

Amanhã é terça-feira, e espero que Elle tenha terminado *O fantasma da ópera*. Fico corado quando penso nisso, pois é a história de um músico talentoso que tenta conquistar uma mulher inatingível e bela com sua arte. Gosto de pensar que tenho uma vantagem significativa em relação a ele, pois meu rosto não está desfigurado, embora, devo admitir, se eu quisesse impressionar Elle com minha habilidade musical, primeiro precisaria tocar para ela.

Guardei meu diário e subi na cama. Eu tinha tocado um conjunto particularmente desafiador de arpejos para Evelyn naquela noite, e logo vi meus olhos se fechando, auxiliados por lembranças do rosto doce de Elle. Virei-me para a frente e, mais uma vez, senti uma pontada no peito. Esquecer de remover a sacolinha do pescoço estava se tornando cada vez mais frequente. Com o passar do tempo, ia simplesmente ficando mais e mais fácil esquecer quem eu era e por que estava ali.

✿ ✿ ✿

Nas sextas-feiras à noite, eu tinha permissão para entrar no Apprentis d'Auteuil e ir para a sala comum, no primeiro andar, e ficar com as outras crianças. Elle e eu nos sentávamos no banco da janela e olhávamos a Rue Jean-de-La-Fontaine.

– Não posso acreditar que Christine seja feliz de verdade com Raoul! – comentou Elle sobre o romance de Gaston Leroux. – A música é a paixão dela, e só o Fantasma realmente entende isso. Raoul é chato. Ele é apenas... bonito e rico....

O Fantasma é um assassino!, escrevi, em resposta.

Elle riu.

– É verdade, Bo!

Quem você escolheria?

Ela olhou para mim, seus olhos azuis de alguma forma enxergando além dos meus e penetrando na minha alma.

– Hum. O homem rico e chato ou o assassino interessante... – ponderou ela. – Talvez pareça loucura, mas acho que eu arriscaria com o Fantasma. Suponho que, se ele se voltasse contra mim, seria melhor levar uma vida curta e apaixonada do que uma longa e chata.

Você é muito sábia.

– Não, acho que você nos confundiu, Bo. Você é o sábio. Você não fala, mas é capaz de transmitir em uma frase escrita o que eu levaria horas para dizer.

É uma necessidade.

– É mesmo? – Ela sorriu e olhou pela janela. – Às vezes parece que você quer falar.

Senti um aperto no estômago. Tantas palavras estavam transbordando de meus lábios...

– Enfim, por que você não toca para mim, Bo? Garanto que Maurice e Jondrette não vão se atrever a incomodá-lo de novo.

Você ainda não tocou para mim...

– Eu sou apenas uma amadora que aprendeu a tocar através de livros e alguma prática. Na verdade, nem sei se possuo alguma habilidade! Eu ficaria envergonhada de tocar para você. Você, por outro lado, é aluno de monsieur Ivan!

Ainda não sou perfeito, escrevi.

– Bem, ninguém jamais pode ser perfeito. Mas você está recebendo aulas no Conservatório de Paris. Não conheço mais ninguém da nossa idade que tenha sido admitido. É meu sonho estudar lá um dia, mas... – ela gesticulou para o ambiente ao seu redor – como eu poderia pagar?

Elle baixou a cabeça e, naquele momento, senti que meu coração ia se partir ao meio.

Você vai, um dia.

– Obrigada. Mas duvido que seja verdade. Não consigo nem imaginar o dia em que vou sair daqui, muito menos atravessar as portas do *conservatoire*.

Os olhos de Elle estavam começando a se encher de lágrimas.

Cada fibra do meu ser queria abrir minha boca e consolá-la, assegurar-lhe de que eu era a prova viva de que *tudo* era possível. Eu sabia, no entanto, que era essencial que eu resistisse.

Tive uma ideia.

Desamarrei as cordas que prendiam meu violino ao seu estojo quebrado e coloquei o instrumento sob o queixo. Agarrei meu arco, fechei os olhos e comecei a *Sonata nº 9* de Beethoven. Enquanto tocava para Elle, senti minha performance se elevar, a importância de cada nota aumentou. Agitei o arco para longe do violino ao concluir a peça e ousei abrir os olhos para averiguar a reação dela.

Elle estava olhando para mim com olhos arregalados e não mais chorosos.

– Bo... isso foi incrível. Eu sabia que você devia ser muito talentoso para monsieur Ivan aceitá-lo, mas, mesmo assim...

Abaixei a cabeça. A adrenalina estava correndo pelas minhas veias, e saber que minha performance alcançara o efeito desejado fez meu coração bater forte. De repente, percebi que meu público tinha sido consideravelmente maior do que apenas Elle. Virei-me lentamente para a sala e vi um mar de rostos atordoados olhando para mim. No fundo da sala, as sobrancelhas de madame Gagnon estavam tão arqueadas que pensei que a ergueriam do chão. Para minha total surpresa, ela levantou as mãos devagar e começou a aplaudir. Os outros seguiram seu exemplo e, em pouco tempo, recebi aplausos arrebatadores. Até Maurice e Jondrette, ainda que não batessem palmas, estavam com um olhar de surpresa. Elle deve ter percebido que eu estava ficando atordoado, então segurou minha mão, e esse foi o momento mais perfeito da minha vida.

Os aplausos cessaram, e madame Gagnon decidiu me elogiar.

– Bravo. Apesar de sua idade, sinto que monsieur Baudin teria que se esforçar muito para superá-lo.

– Está vendo – sussurrou Elle –, você deve ter sido bom. – Ela me beijou no rosto. – Obrigada, Bo.

Fiquei imediatamente corado, e tentei conter meu constrangimento devolvendo o violino de volta ao estojo.

Quando posso ouvir você tocar?, escrevi, assim que o fechei.

– Você acha que vou querer tocar para você *agora*, depois disso?! Seria como um recém-nascido tentando recitar versos para Shakespeare.

Me faria muito feliz.

Elle cobriu o rosto sorridente com as mãos.

– Ah! Está bem. Vou treinar no fim de semana e estarei pronta quando você chegar, na próxima terça-feira. No mínimo, você vai poder me dar umas dicas sobre como eu posso melhorar.

Quando Evelyn chegou para me levar de volta a Boulogne-Billancourt, madame Gagnon me conduziu ao portão e contou o que tinha acontecido.

– Ele tem um grande talento, que é muito bem-vindo aqui.

No ônibus para casa, Evelyn percebeu quanto eu estava contente.

– Não posso acreditar que você tocou para as crianças! É uma notícia maravilhosa, Bo. Tenho certeza de que monsieur Landowski vai ficar feliz em saber que sua autoconfiança está melhorando.

O que Evelyn não sabia, é claro, era que eu não tinha tocado para as crianças. Apenas para uma única garota, uma que parecia estar mudando rapidamente os rumos da minha vida.

Quando voltei ao Apprentis d'Auteuil na terça-feira, Elle segurou minha mão e me disse para segui-la. Cruzamos o pátio e, para minha surpresa, madame Gagnon abriu a porta e nos permitiu passar.

– Ela deixou que eu tocasse sozinha na sala comum. Sou muito tímida para fazer uma apresentação como a que você fez no outro dia.

Nós disparamos pelos corredores, Elle me arrastando com tanta força que precisei me esforçar para acompanhá-la. Quando chegamos, sentei-me em uma das cadeiras velhas, com a almofada de couro desgastada até o metal abaixo dela. Elle rapidamente desempacotou e montou sua flauta.

– Decidi tocar Debussy, *Prélude à l'après-midi d'un faune*. Por favor, não seja tão crítico. Lembre-se: eu nunca tive qualquer aula com um professor de verdade.

Eu mal podia acreditar que o ser humano mais bonito do mundo estava prestes a me oferecer um concerto privado.

– Vou começar – anunciou ela, levando a flauta à boca e inalando profundamente.

Ficou claro quanto Elle era musicalmente competente. O que era mágico, porém, era o fato de que tinha ensinado a si mesma a tocar usando apenas livros. Não acredito que eu teria sido capaz de fazer tal coisa. A razão dela para pegar um instrumento, em primeiro lugar, era muito mais nobre do que a minha. Ela tocava porque era uma homenagem aos pais que perdera, uma maneira de se conectar com eles mesmo que não estivessem mais ali.

Fechei os olhos. A ressonância daquele edifício antigo, que um dia fora grandioso, garantiu que as notas dançassem agradavelmente pelo ar. No entanto, forcei o músico em mim a avaliar as tecnicalidades da música de Elle, como solicitado. Notei que a respiração dela estava errática enquanto ela interpretava o trabalho de Debussy. Tirei minha caneta.

Relaxe. Levantei a mensagem.

Ela ergueu os olhos, leu e tirou a flauta da boca.

Escrevi mais uma vez.

Lembre-se: eu sou apenas um garoto de 11 anos!

Para meu prazer, ela riu e assentiu. Inalou o ar novamente e começou a peça desde o início. Dessa vez, as notas não estavam em *staccato* e, de repente, entendi o benefício de viajar para o "espaço sagrado" que monsieur Ivan descrevia. Quando ela terminou, levantei-me para aplaudir.

– Pare com isso. A segunda foi melhor, mas, você tem razão, a primeira vez foi horrível.

Eu balancei a cabeça.

– Você não precisa ser gentil. Eu estava tão nervosa de tocar para você, Bo. Desde que você foi embora naquele dia só consigo pensar em quanto eu queria impressioná-lo.

Você fez isso!

Eu estava secretamente emocionado que minha opinião significasse tanto para Elle.

– Agora, vou tocar minha viola. Sinto que toco a viola pior do que a flauta.

Elle levou o instrumento ao queixo e começou a tocar *Dom Quixote*, de Strauss. Ela estava correta em sua avaliação – tocava melhor a flauta, mas mostrava um potencial claro com a viola também. Quando terminou, certifiquei-me de que meus aplausos fossem tão arrebatadores quanto os anteriores.

Não acredito que você é autodidata.

– Obrigada. Também não acredito, às vezes. Acho que é o resultado de horas de solidão. De qualquer forma, por favor, me diga o que você acha, Bo. Como posso melhorar?

Nenhum dos dois é meu instrumento, mas tentarei dar dicas gerais!

Comecei a escrever uma lista de truques básicos que aprendi durante meus estudos com monsieur Ivan.

– Muito obrigada, Bo. Vou colocar tudo isso em prática. – Ela examinou a lista. – Você escreveu *pratique a posição do arco* aqui. Pode me mostrar o que quer dizer?

Caminhei em direção a Elle e peguei seu arco. Então, fiquei atrás dela e peguei sua mão direita. Gentilmente a estiquei, virando a palma para que ficasse de frente para nós dois. Em seguida, aproximei o arco e o alinhei com a base de seus dedos.

– Assim? – perguntou Elle.

Eu assenti.

Peguei o polegar dela e fiz com que apertasse a madeira de forma leve, mas firme. Então, coloquei o dedo médio dela na posição diretamente oposta, a articulação apenas tocando o arco. É claro, a viola em si era muito maior do que deveria ser para uma criança tocar, pois pertencera à mãe de Elle, então meus ajustes deviam parecer duplamente estranhos para ela.

– Ora, eu não sabia que estava segurando errado.

Fiquei de frente para ela e continuei a mover seus dedos para a posição que eu treinava com monsieur Ivan. Enquanto fazia isso, percebi seu olhar. Ela estava me encarando de um jeito engraçado, como se quisesse que eu fizesse algo, mas sem dizer o que era. Devo ter devolvido um olhar de perplexidade, porque Elle riu. Então, ela se inclinou e me beijou. Seus lábios macios pressionaram os meus, e meu mundo mudou para sempre.

– Vejo que terminamos nossa aula de música.

Senti um calafrio ao me virar e ver madame Gagnon espreitando pela porta aberta. Elle imediatamente guardou a viola no estojo e pegou a flauta. Então correu em direção à porta.

– Vou guardar isso no dormitório, madame Gagnon.

A mulher ergueu uma única sobrancelha em resposta, mas permitiu que Elle passasse por ela e corresse para longe. Nós dois ficamos na sala comum, e madame Gagnon me lançou um olhar que poderia derrubar um cavalo em pleno galope. De repente, fui tomado por uma vergonha imensa. Ela dera uma permissão especial para que Elle tocasse para mim longe dos olhos das outras crianças, e deve ter parecido que eu estava abusando da bondade de madame Gagnon. Peguei minha caneta às pressas e comecei a rabiscar um pedido de desculpas.

– Não escreva, apenas sente-se – disse madame Gagnon, apontando para uma cadeira.

Estava convencido de que ela ia me dizer que eu não era mais bem-vindo no orfanato, o que, é claro, significaria que eu nunca mais veria Elle. Em segundos, senti que meu mundo desmoronaria ao meu redor e toda minha esperança se transformaria em desespero. Eu me sentei e, para minha surpresa, madame Gagnon fechou a porta da sala comum e se sentou diante de mim. Ela devia ter visto a expressão de terror nos meus olhos, porque, por mais incrível que parecesse, suas palavras foram reconfortantes.

– Ela está muito encantada por você, jovem monsieur. Espero que saiba como os corações das moças são frágeis. Você precisa ser muito delicado com eles. – Eu assenti e ela continuou: – Desnecessário dizer, se eu vir alguma coisa desse... tipo outra vez, não hesitarei em lhe dar uma bengalada. Estou sendo clara?

Sim, madame Gagnon.

– Muito bem. Agora, tenho algo para discutir com você. Venho trabalhando no Apprentis d'Auteuil nos últimos vinte anos e vi centenas de crianças passarem por suas portas. Sempre foi minha prioridade tentar encontrar novos lares para elas o mais rápido possível, mas nunca à custa de seu próprio bem-estar.

Madame Gagnon fez uma pausa e respirou profundamente.

– Depois da guerra, enfrentamos um período muito difícil, sem recursos e com muitas crianças. Eu não tinha certeza de que seria possível alimentar tantas bocas, muito menos fornecer a todos medicamentos, cobertores, roupas e todas as outras necessidades para se manter uma criança. Foi uma situação extrema. Isso me obrigou a tomar algumas decisões difíceis. Elle e seu irmão chegaram logo após a mãe ter sucumbido à gripe. Um mês antes, um casal rico do exterior me pedira para informá-los se o orfanato recebesse algum recém-nascido, pois eles não podiam ter filhos. Eu lhes assegurei que informaria e teria ficado muito feliz por conseguir que uma criança fosse diretamente para um lar amoroso. Mas... aquele bebê tinha uma irmã mais velha. Em circunstâncias normais, eu não teria permitido a adoção, a menos que a família concordasse em acolher os dois. Acredito que irmãos que perderam seus pais precisam permanecer juntos. No entanto, como já mencionei, eu temia pelo futuro do orfanato, e tenho vergonha de dizer que permiti que a praticidade anulasse a moralidade. Resumindo, eu não devia ter permitido que o irmão mais novo de Elle fosse separado dela. A cada ano que ela passa aqui no orfanato, preterida pelas famílias, minha culpa aumenta. Ela lhe contou que toca os instrumentos para sentir uma conexão com os pais?

Eu assenti.

– Talvez você consiga imaginar o quão perturbador isso soa para mim, quando sou a única responsável por tirar o verdadeiro elo da menina com seu passado... seu irmão mais novo.

Quem levou o irmão de Elle?

Madame Gagnon baixou os olhos.

– Tenho certeza de que você não vai duvidar de que alguém tão atenta quanto eu mantenha registros impecáveis de cada criança que passa por nossas portas. Mas, naquela ocasião, o casal que levou o bebê queria permanecer completamente anônimo, para que nunca descobrissem que o filho não era deles. Como falei, eu estava sob uma pressão terrível. Além disso, a família concordou em fazer uma doação substancial para o orfanato. Como dizem, a cavalo dado não se olha os dentes. Mas, como consequência, Elle não apenas está separada do irmão, mas também não tem nenhuma esperança de encontrá-lo.

De qual nacionalidade era o casal rico?, escrevi, na esperança de que pelo menos eu tivesse algo a dizer a Elle se aquela conversa fosse mencionada.

– Sinceramente não lembro. Enfim, agora que lhe dei um contexto, tenho um pedido. Eu não conheci uma alma mais gentil e sábia do que a jovem Elle Leopine nos muitos anos em que trabalhei aqui.

Por que ninguém quis adotar Elle?

– Muitos chegaram perto, mas acabaram desistindo. Se eu pudesse supor o motivo... – Madame Gagnon balançou a cabeça. – A família de Elle, os Leopines, fugiu dos horríveis *pogroms* da Europa Oriental e emigrou para Paris. Você sabe o que é um *pogrom*?

Eu assenti, com tristeza. Meu pai sempre me falava da insanidade e da depravação da injustiça racial.

– Hum, não sei se você está ciente, jovem, mas há rumores de um movimento crescendo na Alemanha, que pode muito bem ameaçar a segurança da população judaica. Os franceses têm consciência do poder do Estado alemão, após os horrores da última década. É possível, penso eu, que os adotantes não queiram trazer problemas para suas casas caso haja mais conflitos.

Elle não foi adotada porque é judia?

– É especulação, mas acho que é possível, sim.

O irmão?

– Como eu disse, o bebê foi levado para um novo país e registrado com um novo nome. De qualquer forma, naquela época a mente do mundo estava em outro lugar. Não era um fator relevante. Enfim, seja qual for a razão, Elle ainda está aqui, e eu sinto uma imensa culpa. Você a conhece há algumas semanas, mas fica claro que vocês têm uma conexão. Qualquer coisa que anime a vida da jovem alivia o fardo sobre a minha, então sou grata a você.

Tentei abrir um sorriso, mas acho que ele saiu um pouco estranho. Eu estava nervoso com a fria madame Gagnon sendo tão sincera comigo daquele jeito.

– Então, vamos ao meu pedido. Pelas minhas conversas com madame Evelyn, você tem aulas no Conservatório de Paris com monsieur Ivan. O sonho de Elle é estudar lá. Desde que foi capaz de erguer seus instrumentos, ela passou a tocá-los, aprendendo sozinha nos livros que eu conseguia através de doações para a biblioteca. Eu não tenho nenhuma habilidade musical, mas, ao longo dos anos, percebi que o talento de Elle começou a se aprimorar. Pedi algumas vezes que ela tocasse para monsieur Baudin em suas visitas, mas ela sempre se recusou, com medo de enfrentar as críticas. É uma grande conquista que ela tenha tocado para você.

Foi um prazer ouvi-la.

– Diga-me: como alguém que entende de música, você acha que ela tem potencial?

Um potencial infinito.

Um leve indício de alívio atravessou o rosto de madame Gagnon.

– Fico feliz por meu ouvido não estar tão fora de sintonia a ponto de não conseguir detectar boa musicalidade. Você acredita que ela é boa o suficiente para o ensino do conservatório?

Sem dúvida.

– Como tenho certeza de que você já imagina, as chances de Elle de frequentar o *conservatoire* são pequenas, por nenhuma outra razão além das altas mensalidades. Ela precisaria de uma bolsa integral, e eu entendo que isso é mais difícil do que encontrar diamantes azuis.

Meu estômago se revirou diante da analogia de madame Gagnon.

– Talvez você saiba o que estou prestes a lhe pedir, Bo. Eu me pergunto se você conseguiria convencer monsieur Ivan a tomar Elle como sua aluna.

Fiquei tenso. Como eu conseguiria fazer isso? Quem pagaria? E se eu falhasse e Elle soubesse disso?

Monsieur Ivan ensina apenas violino, escrevi.

– Tenho certeza de que ele conhece alguém que poderia nutrir os talentos de Elle.

Dinheiro?

– Claro. Eu tenho uma poupança com a qual tenho sido muito frugal ao longo dos anos. Acumulei um bom valor para a minha aposentadoria, mas não posso pensar em melhor uso das minhas economias do que ajudar a corrigir um erro pelo qual sou responsável.

Madame Gagnon se calou e continuou a me olhar diretamente nos olhos. Por trás de sua postura rígida e figura de aço, senti que ela estava um pouco nervosa em relação à minha resposta. Claramente, seu remorso pelo que me relatara era genuíno e, depois de muitos anos, ela acreditava que eu era algum tipo de expiação para sua culpa.

Posso tentar, madame Gagnon.

– Ótimo! Fico muito satisfeita. Nem preciso dizer que não informarei a Elle sobre a tarefa secreta que lhe dei. Isso deve ficar entre nós dois até que tenhamos um resultado positivo.

Obrigado.

O alívio dela era palpável.

– Vou dar um jeito de recompensá-lo por seus esforços, jovem monsieur. Talvez, a partir de agora, quando você vier nos visitar, tenha permissão para ficar sozinho com Elle aqui ou em uma das salas, em vez de ficarem cercados por todo mundo. – Meus olhos se iluminaram. – Com o propósito de melhorar a musicalidade dela, é óbvio. Vou continuar a vigiá-lo como um falcão. – Para minha surpresa, madame Gagnon sorriu. – Obrigada, Bo. Você é um bom rapaz.

15

– O que o está afligindo hoje, *petit monsieur*? – Monsieur Ivan ergueu os braços magros no ar. – Nas últimas semanas, você melhorou significativamente. Seus ombros estão muito mais soltos. Isso é muito bom! Eu sabia que passar algum tempo com pessoas da sua idade seria benéfico. – Eu não interrompi monsieur Ivan para dizer que *uma* pessoa, e não *pessoas*, era a responsável pelo meu progresso. – Mas hoje, você está parecendo uma estátua de gelo! Tão tenso e angustiado. Diga-me, o que o está afligindo?

Monsieur Ivan não estava errado em sua avaliação do meu estado mental. Depois de algumas aulas em que eu tinha feito questão de cumprir meticulosamente todas as suas instruções, sorrido para seus gracejos e assentido enquanto ele reclamava sobre o pagamento que algumas orquestras ofereciam, chegara o dia em que eu ia perguntar a ele sobre Elle. Coloquei a caneta no papel.

Obrigado por sua sugestão de participar da recreação no Apprentis d'Auteuil. Isso mudou minha vida para melhor.

Monsieur Ivan deu de ombros, com um ar convencido.

– Não precisa me agradecer, jovem Bo. – Ele bateu na têmpora com o dedo indicador. – Ninguém pode dizer que não sei como tirar o melhor dos meus alunos, seja qual for a idade deles. Mas isso não responde à minha pergunta. Por que está tão tenso hoje? Está tudo bem na casa dos Landowskis?

Sim, obrigado. Monsieur Landowski e sua família estão bem. Tenho uma pergunta para fazer que é de natureza pessoal.

– Ah. Então devo me preparar. Não fique envergonhado, meu jovem. Somos *émigrés*, lembre-se. Estamos aqui um para o outro. – Monsieur Ivan sentou-se em sua cadeira e cruzou os braços. – Esta pergunta é talvez... de natureza anatômica? Você tem vergonha de perguntar a monsieur Landowski ou madame Evelyn? Não tenha medo, eu me lembro de quando eu era jovem e fiquei surpreso ao saber que o corpo masculino experimenta certas mudanças que...

Balancei a cabeça e os braços freneticamente. Eu definitivamente *não* queria ter aquela conversa com monsieur Ivan ou, na verdade, com qualquer um. Rabisquei às pressas.

É sobre uma criança no orfanato e seu talento musical.

– Ah... entendo. Vou entrar em contato com Baudin e fazer com que ele ouça o garoto. Assim ele será capaz de fazer uma crítica direta sobre o que ele pode fazer para melhorar suas chances de admissão no *conservatoire*. Ok? Está vendo? Às vezes, os problemas podem ser facilmente resolvidos. Não havia necessidade de ficar tão nervoso. Agora, vamos passear de novo por Tchaikovsky.

Eu já estava escrevendo: *Ela.*

– Desculpe, eu não devia ter presumido que era um garoto. Só achei que você estaria gastando a maior parte do seu tempo jogando bolinhas de gude e brincando com outros meninos. De qualquer forma, vou pedir a Baudin que a ouça e faça uma avaliação.

Eu já sabia que aquela tarefa não seria simples.

Eu queria perguntar sobre a possibilidade de ela ter aulas no conservatório, como eu.

Houve uma longa pausa enquanto monsieur Ivan absorvia a informação. Então, ele olhou para mim com curiosidade e começou a rir.

– Ah, não! Claramente, eu cometi um erro ao mandá-lo para o Apprentis d'Auteuil. Agora você vai tentar enviar todas as crianças para nossas portas. – Monsieur Ivan continuou a rir e em seguida bateu as mãos nos joelhos. – Como eu sinto que você já sabe, isso não seria possível. O *conservatoire* é para graduação e além. Não somos uma escola de música para crianças. Há muitos tutores particulares que dedicam seu tempo para ouvir os gritos e as buzinas produzidos pelas crianças. Tenho certeza de que posso encontrar alguém disposto a ensinar sua amiguinha. Está bem? Agora, Tchaikovsky.

Ela é autodidata há muitos anos. Eu a ouvi tocar, e ela é extremamente talentosa. Acredito que somente as aulas do conservatoire *a beneficiariam.*

– Ah, agora entendi. Isso muda tudo. – Monsieur Ivan curvou a mão sobre a boca e fingiu gritar: – O jovem profeta decretou que apenas o treinamento do *conservatoire* ajudará sua amiga! Arranjem os horários e preparem os professores! Nosso *petit* olheiro descobriu o próximo grande gênio!

Baixei a cabeça, decepcionado.

– Jovem Bo, eu não duvido que suas intenções sejam boas e que você esteja apenas tentando ajudar sua amiga, mas você é só um menino, e está aqui por um acordo especial porque monsieur Landowski tem conexões com monsieur Rachmaninoff. Sem essa conexão, infelizmente eu nunca teria concordado em vê-lo. Na verdade, eu seria cortês o suficiente para ouvir você tocar e nada mais. É só por causa de sua habilidade única que estamos aqui. Você tem uma... maturidade altamente incomum para um menino de sua idade. O *conservatoire* não ensina crianças, ponto-final. Agora, por favor, Tchaikovsky.

Ela também é única, considerando que aprendeu sozinha. Não consigo imaginar a força mental neces...

Monsieur Ivan arrancou o papel de minhas mãos e o jogou no chão.

– Chega! Tchaikovsky, menino!

Peguei meu violino com as mãos trêmulas e o posicionei debaixo do queixo. Segurei o arco e comecei a tocar. Antes que me desse conta, lágrimas escorriam pelo meu rosto e minha respiração estava errática, levando a uma infinidade de erros. Monsieur Ivan colocou a cabeça nas mãos.

– Pare, Bo, pare. Me desculpe. Eu não devia ter reagido assim. Sinto muito.

As palavras dele não tiveram efeito; as comportas tinham sido abertas e eu era incapaz de fechá-las. Percebi que fazia muito tempo que eu não chorava daquele jeito. Havia noites escuras na minha jornada, quando meu corpo tinha passado pelos movimentos do choro, mas eu estava desidratado demais para realmente produzir lágrimas. Monsieur Ivan vasculhou as gavetas da mesa e encontrou um lenço.

– Está limpo – disse ele, entregando-o a mim. – Mais uma vez, meu jovem, eu não devia ter gritado com você. Você só está tentando ajudar alguém. E isso é algo que nunca deve ser desencorajado.

Ele colocou uma mão reconfortante no meu ombro.

De nada adiantou. Eu chorei e chorei. O fato de ele ter gritado comigo serviu como gatilho para uma reação que estava sendo adiada havia muitos meses. Eu chorei por meu pai, minha mãe e o menino que eu considerava meu irmão, mas que agora queria me ver morto. Chorei pelas muitas vidas que eu poderia ter vivido se não tivesse sido forçado a fugir. Chorei quando pensei na generosidade de monsieur Landowski e na boa vontade de monsieur Ivan em me ensinar. Chorei de exaustão, tristeza, desespero, gratidão, mas, talvez o mais importante, chorei por amor. Chorei porque não ia ser capaz de dar a Elle a oportunidade que ela merecia. Meu choro devia ter durado uns bons quinze minutos, durante os quais monsieur Ivan estoicamente manteve a mão no meu ombro e disse "Calma, calma" incontáveis vezes. Pobre homem. Duvido que ele previsse uma reação tão dramática só por levantar a voz para mim. Era improvável que ele enfrentasse tal problema com seus outros alunos.

Depois de algum tempo, o poço dentro do meu corpo secou, e passei para a fase de longos e profundos suspiros.

– Santo Deus. Devo dizer que, embora eu tenha agido errado, essa foi uma reação muito mais extrema da que eu estava esperando. Você está bem agora?

Assenti, limpando o nariz na manga.

– Fico feliz. Desnecessário dizer, acho que é melhor deixarmos o resto da aula para outro dia.

Sinto muito, monsieur Ivan, escrevi.

– Não precisa se desculpar, *petit monsieur*. Está claro para mim que há muito mais em jogo. Um ouvido amigo ajudaria? Ou, devo dizer, um par de olhos amigáveis? Lembre-se, somos *émigrés* e, mesmo que gritemos um com o outro, há um vínculo eterno entre nós.

Comecei a escrever, mas então parei. Talvez tivessem sido os hormônios liberados pelas minhas lágrimas, mas de repente senti um mar de calma cair sobre mim. Se eu falasse, o que poderia acontecer de tão ruim? Talvez isso levasse à minha morte. Então, pelo menos, eu estaria no além, encontraria minha mãe, quem sabe meu pai. Tudo parecia tão totalmente, lindamente, inútil. O desejo de desabafar me fez deixar o juízo de lado. Então, fiz o impensável. Abri a boca.

– Se estiver disposto a ouvir, vou lhe contar a minha história, monsieur – falei, na minha língua materna.

Monsieur Ivan me encarou de novo.

– Eu lhe dou a minha palavra...

– Vivi uma vida curta, mas a história é longa. Acho que não vou ser capaz de contar tudo nos dez minutos que nos restam.

– Não, não, claro que não. Bem, deixe-me liberar minha agenda. Isso é importante. E quanto à madame Evelyn? Vou deixar uma mensagem na recepção de que estamos estendendo a lição de hoje, para nos prepararmos para um recital.

Ele se levantou depressa, quase tropeçando na cadeira de madeira.

– Obrigado, monsieur Ivan.

Eu estaria mentindo se dissesse que não era agradável vê-lo naquela postura nervosa pelo menos uma vez.

Usar minha voz era como flexionar um músculo que estava descansando havia meses durante uma reabilitação. Ela parecia nova e estranha, quase como se não me pertencesse. Claro, eu a usara de vez em quando, para me lembrar de que ainda possuía a habilidade de falar e para agradecer a monsieur Landowski algumas semanas antes. Mas a frase que eu acabara de proferir para monsieur Ivan continha o maior número de palavras que eu pronunciara naquele ano inteiro.

– Meu nome... é Bo – falei. – Meu nome é Bo. Eu. Sou. Bo.

Minha voz estava mais profunda do que eu me lembrava, embora firme. Que sensação estranha.

Monsieur Ivan tropeçou de volta para a sala.

– Tudo bem, tudo resolvido – disse ele, sentando-se e gesticulando para mim.

Fechei os olhos, respirei fundo e contei a ele a verdade.

O relato levou quase uma hora, durante a qual monsieur Ivan ficou sentado, bem quieto, de olhos arregalados, completamente absorto na natureza chocante das informações que eu revelava. Quando finalmente concluí, com Bel me encontrando sob a cerca viva de monsieur Landowski, um período de silêncio atordoado se seguiu.

– Meu Deus... meu Deus... meu bom Deus... – Monsieur Ivan continuava a repetir sua prece, balançando a cabeça e roendo as unhas enquanto elaborava sua resposta. – Jovem Bo... Ou *não* Bo, como ambos sabemos, estou simplesmente sem palavras. – Ele se levantou e me segurou, dando-me um abraço tão firme que o ar foi expelido de meus pulmões. – Mas eu sabia disso! *Émigrés*. Nós somos fortes, Bo. Mais fortes do que qualquer um pode imaginar.

– Monsieur Ivan, se alguém descobrir...

– Por favor, *petit monsieur*. Estamos ligados pelo nosso local de nascimento. Lembre-se: eu entendo a terra de onde veio e o trauma que você viveu. Juro, pelos túmulos de minha família, que nunca vou relatar uma palavra do que você acabou de me contar.

– Obrigado, monsieur.

– Sinto-me compelido a dizer que seus pais ficariam muito orgulhosos de você, Bo. Seu pai... Você realmente acredita que ele ainda está vivo?

– Não sei.

– E o item que você mencionou... ainda está em sua posse?

Talvez essa fosse a única parte da minha história que eu devesse ter escondido de monsieur Ivan. Como eu tinha aprendido, a ganância podia infectar as mentes e levar os racionais à loucura. Ele sentiu a minha hesitação.

– Por favor, não tenho interesse nele, pode ter certeza disso. Só quero dizer que você deve protegê-lo a todo custo. Não por causa de seu valor material, entenda, mas porque ele pode muito bem ser usado como moeda de troca um dia, para salvar sua vida.

– Eu sei. Eu protejo.

– Fico feliz em ouvir isto. Agora, por favor, me fale mais sobre Elle. Depois do que você enfrentou, entendo o significado de ter uma amiga assim em sua vida.

Contei a história dela.

– Ela é muito especial, monsieur Ivan, para permanecer tão positiva e corajosa, apesar de suas circunstâncias. Acho que é um pouco como o magnetismo, puxando tudo em direção a ela.

Monsieur Ivan riu.

– Ah, Bo. Agora eu entendo. Talvez ela não puxe todos para ela, mas apenas você. Deus o ajude, meu jovem, porque, como se já não tivesse problemas suficientes, você está apaixonado!

– Eu não sei se um menino de 11 anos pode se apaixonar.

– Não seja bobo, *petit monsieur*! É claro que pode! O *amor* não tem idade. Ela o prendeu, e agora você está ligado a ela.

– Me desculpe.

– Desculpar? Por favor, não há por que se desculpar! É algo para comemorar. Na verdade, se você fosse mais velho, eu lhe serviria uma vodca e poderíamos virar a noite conversando sobre a sua paixão.

– O senhor vai vê-la, monsieur Ivan?

– Se eu descobrir que o que você compartilhou comigo é um elaborado ardil para trazer sua namorada para dentro do *conservatoire*, vou ficar enfurecido... – Ele me encarou e abriu um enorme sorriso. – Estou brincando, *petit monsieur*. É claro que vamos vê-la. Monsieur Toussaint ensina flauta, e monsieur Moulin, viola. Ela fará o teste. Desnecessário dizer, porém, que, *se* a aceitarmos, os *professeurs* não trabalharão de graça.

– Isso será providenciado por uma pessoa caridosa do orfanato.

– Muito bem. Vou arranjar os detalhes e lhe informo sobre isso em sua próxima visita. Devo supor que, quando você passar por aquela porta, vai ficar mudo de novo?

Eu parei para pensar por um momento.

– Não, monsieur Ivan. Estamos ligados pelo nosso local de nascimento.

– Obrigado por sua confiança, *petit monsieur*. Eu lhe asseguro que você não vai se arrepender de ter depositado a sua confiança em mim.

Assenti e estendi a mão para a maçaneta.

– Mais uma coisa. Você me contou tudo, menos seu verdadeiro nome. Pode compartilhá-lo comigo?

Eu compartilhei.

– Bem, agora faz sentido.

– O que faz sentido?

– O fato de você carregar o peso do mundo sobre os ombros quando toca.

❂ ❂ ❂

No fim das contas, a audição de Elle foi mera formalidade. Monsieur Ivan certamente havia insinuado isso ao organizá-la.

– *Petit* Bo, tive que contar uma pequena mentira para garantir que sua namorada fosse aceita.

– Ela não é minha namorada, monsieur Ivan.

– É claro que é. De qualquer forma, desnecessário dizer, os outros *professeurs* não ficaram muito felizes com o *conservatoire* se transformando em uma creche.

– Qual foi a mentira? – indaguei, nervoso.

– Apenas que sua jovem amiga está ligada a monsieur Rachmaninoff, e ele próprio está ansioso para que seus talentos musicais florescentes sejam alimentados.

– Monsieur Sergei Rachmaninoff?

– O próprio. Genial, não é?

– Mas, monsieur Ivan, não entendo. Elle mora no orfanato!

– Jovem Bo, como posso explicar isso... Monsieur Rachmaninoff, embora seja um homem muito gentil e talentoso, é famoso por suas protegidas, muitas das quais residiam em Paris. É, portanto, perfeitamente concebível que a jovem Elle seja fruto de um de seus flertes e a culpa o esteja compelindo a agir neste caso.

– Monsieur Ivan, não tenho certeza de que Elle será capaz de manter uma mentira tão ridícula – rebati.

– Nenhuma mentira será necessária, *petit monsieur*. Informei a Toussaint e Moulin que a jovem não está ciente de sua linhagem, e monsieur Rachmaninoff ficaria furioso se ela descobrisse. Posso garantir o silêncio de ambos; eles não gostariam de desagradar ao Grande Russo.

– Monsieur Ivan...

– Bo, presumo que seu desejo é que vocês dois tenham aulas ao mesmo tempo. Os horários, sem dúvida, terão que ser reorganizados, e os detalhes sobre monsieur Rachmaninoff garantirão que isso aconteça sem muita confusão.

Relutante, concordei em apoiar o plano de monsieur Ivan apenas porque, de forma indireta, ele forneceria a Elle uma camada extra de proteção. Toussaint e Moulin não se atreveriam a ser tão contundentes em suas críticas à filha de Rachmaninoff, embora eu deva admitir que me senti muito mal em manchar a reputação do grande compositor.

E foi assim que Elle e eu, juntos, nos tornamos os alunos mais jovens do Conservatório de Paris. Nas últimas semanas, Evelyn me deu permissão para pegar o ônibus de ida e volta a Paris desacompanhado, desde que eu avisasse quando chegasse em casa. A preocupação era um pouco desnecessária, considerando minhas experiências durante os últimos dezoito meses, mas era maravilhoso ter alguém tão preocupado com o meu bem-estar.

Depois de nossas duas aulas semanais, antes de voltarmos ao Apprentis d'Auteuil, Elle e eu comprávamos sorvetes de uma pequena loja na Avenue Jean-Jaurès e fazíamos passeios pelo Sena. Era um privilégio concedido a nós por madame Gagnon, que continuava comovida por eu ter, de alguma forma, conseguido garantir as aulas no *conservatoire* para sua tutelada. Na verdade, com o passar das semanas, começamos a testar os limites um pouco mais, ousando voltar para casa cada vez mais tarde. Às vezes, levávamos livros e lápis para a beira do rio. Elle lia em voz alta, e eu desenhava. Não posso dizer que sou particularmente bom nisso, mas minhas paisagens estão melhorando.

Alguns dias atrás, Elle descansou a cabeça no meu ombro e leu *O Corcunda de Notre-Dame*. Interrompi minha tentativa de capturar a castanheira verde e olhei para o cabelo louro dela, depois para o rio que corria. A luz do sol de maio dançava nas ondulações da água.

– O amor é como uma árvore: cresce por si só, se enraíza profundamente em nosso ser e continua a florescer sobre um coração em ruínas. O fato inexplicável é que, quanto mais cego ele é, mais tenaz se torna. Ele nunca é mais forte do que quando é completamente irracional... – leu Elle. – Você acha que isso é verdade, Bo? As pessoas podem ficar cegas pelo amor?

Ela me encarou. Balancei a cabeça e peguei minha caneta.

Pelo contrário, acho que o amor finalmente permite que os olhos de uma pessoa se abram de verdade.

Sustentei seu olhar. Elle ergueu a cabeça para me dar um beijo. Foi mais longo do que o anterior, e seus lábios quentes se moveram delicadamente contra os meus. Quando ela se afastou, eu me senti leve e flutuante, e um agradável frio na barriga. Não pude deixar de rir, o que fez Elle rir também. Encorajado, peguei a mão dela e a segurei na minha. Sempre que nos vemos desde então, nós nos damos as mãos.

Ela faz com que eu me sinta seguro. Antes, eu acreditava que isso era o efeito de uma casa quente, comida na mesa e dinheiro no bolso. Mas Elle me ensinou que é possível viver feliz sem essas coisas, desde que você esteja com alguém que...

Depois de muito debate interno e reflexão, concluí que, sim, estou totalmente, irremediavelmente, incondicionalmente apaixonado por Elle Leopine.

16

Espero que minha habilidade com a prosa não tenha enfraquecido nos últimos meses. Na verdade, desde que dei o passo de falar com monsieur Landowski tantos meses atrás, não senti necessidade de escrever um diário para ser lido por meu bondoso anfitrião e, se de alguma maneira você estiver lendo isso, vai notar que abandonei as inserções vazias projetadas para aplacar qualquer olhar curioso. Passei a confiar inteiramente na família Landowski. Essas pessoas gentis continuam me alimentando e fornecendo um teto sobre minha cabeça.

Imagino que considerei terapêutico escrever meus pensamentos mais íntimos no papel. Claro, a maioria das pessoas é capaz de expressá-los verbalmente para um amigo ou familiar, mas, quando comecei esse processo, não tinha esse luxo. Agora, tenho monsieur Ivan com quem conversar, e ele tem mantido a sua palavra, guardando meus segredos a sete chaves. No início do outono, ele compartilhou alguns de seus pensamentos comigo.

– Bo, passei algum tempo refletindo sobre o seu progresso durante as férias de verão. Muitos teriam inveja da vida que você está vivendo: a matrícula no Conservatório de Paris, a oportunidade de trabalhar ao lado de um escultor mundialmente renomado... sem mencionar a atenção que está recebendo de certa menina loura de olhos azuis, que tem aulas em uma sala mais adiante no corredor.

Eu corei.

– Sim. Eu me sinto muito grato, monsieur Ivan.

– E ainda assim... até agora não tivemos sucesso em desbloquear sua capacidade de *realmente* relaxar os ombros.

– Como assim?

– Estou convencido de que você possui a habilidade de ser um músico virtuoso. Na verdade, sua habilidade com o violino excede a de muitos que ganham a vida tocando.

– Obrigado, monsieur.

– Mas seus ombros não estão na posição certa. Não é um problema que possamos corrigir tão facilmente.

– Ah.

A avaliação sincera de monsieur Ivan me atravessou como uma faca.

– Não fique desanimado, jovem Bo. Continuarei ensinando seu instrumento preferido, é claro. Mas insisto que adicionemos outro ao seu repertório. – Ele se levantou e foi até um grande estojo que descansava em sua mesa. – Você cresceu muito durante o verão, o que pode nos ajudar. – Olhei para o estojo. – O que você acha do violoncelo, Bo?

Sinceramente, eu não tinha nenhuma opinião sobre o assunto, e disse isso a ele.

– É um belo instrumento – continuou monsieur Ivan. – Melodioso, sonoro, transcendental... possui uma variedade de tons, desde o calmo e solene registro inferior até explosões de paixão no registro mais alto. Ele me lembra um pouco você, na verdade. Em sua vida, você enfrentou imensa dor e sofrimento. E ainda assim há algo de herói em você. Não posso deixar de sentir que, apesar de tudo, está destinado à grandeza.

– No violoncelo? – perguntei, com sinceridade.

Monsieur Ivan riu.

– Talvez no violoncelo, sim. Talvez em outro lugar. O que quero dizer é que o violoncelo tem uma espécie de dupla personalidade. Por um lado, ele toca o papel do sólido, ainda que melancólico, instrumento baixo, mas, por outro, aspira à paixão de um tenor heroico. Acho que vai combinar com você.

– Eu nunca toquei um instrumento tão grande. Mas, claro, estou disposto a tentar qualquer coisa que o senhor sugerir, monsieur Ivan.

– Ótimo. A melhor parte do meu plano, é claro, é que o violoncelo repousa confortavelmente entre as pernas. Não haverá necessidade de usar esses seus ombros pesados da mesma forma que o violino requer. Também é meu segundo instrumento, então eu mesmo vou lhe ensinar.

E então comecei a tocar violino às terças e violoncelo às sextas-feiras. Inicialmente, parecia estranho ter um objeto tão grande encaixado entre minhas pernas e segurar o arco no nível do estômago. Mas eu me dediquei a ele com todo o coração, e estava satisfeito com o meu progresso. É claro que não possuo um violoncelo, então não tenho como praticar em casa.

Isso aguçou minha mente e alimentou meu desejo de aproveitar ao máximo minha aula no *conservatoire*.

Acho que senti a necessidade de pegar minha caneta mais uma vez porque hoje é véspera de Natal, e meu pai costumava dizer que era um momento para refletir sobre o ano anterior, que marcava o passar do tempo na mente das pessoas. Assim, tenho pensado muito sobre Bel... mas talvez não tanto quanto monsieur Brouilly, que está arrasado desde que retornou do Brasil. Nem preciso dizer que continuo ajudando na oficina, já que Laurent, embora fisicamente presente, esteja com a cabeça em outro lugar. Alguns dias atrás, ele me ouviu praticando "Morning Mood" no banco do lado de fora do ateliê e se aproximou de mim com lágrimas nos olhos.

– Onde você aprendeu a tocar assim?

Olhei para ele sem dizer nada.

– Quem lhe deu o violino? Landowski? – Eu assenti e ele continuou calmamente: – Vejo que, como qualquer artista, você fala através de seu ofício. Na verdade, você tem um dom. Cuide bem dele, entendeu?

Eu sorri, assenti mais uma vez, e monsieur Brouilly colocou a mão no meu ombro. Ele me deu um pequeno aceno de adeus e saiu para contemplar o próprio sofrimento nos bares de Montparnasse, onde ele parece passar todo o tempo em que não está trabalhando.

Ontem à noite, fui acordado por um estranho barulho do lado de fora da minha janela. Verifiquei meu relógio. Passava um pouquinho das duas da manhã. A menos que *Père Noël* estivesse fazendo uma parada particularmente cedo no ateliê de Landowski, o barulho pertencia a alguém bem mais real. Tirei a sacolinha de couro do meio das coxas e pendurei-a em volta do pescoço. Então, abri a janela e olhei para o pátio logo abaixo. Vi a figura de monsieur Brouilly e, ao lado dele, várias garrafas. De imediato, percebi que tentar dormir seria um esforço inútil, e meu pai havia me ensinado que, no Natal, devemos procurar oportunidades de ajudar nossos semelhantes. Aproveitando minha chance, peguei meu casaco mais quente e, cuidadosamente, abri a porta do quarto, desci as escadas e saí da casa. Segui o som dos soluços até o pátio, onde encontrei monsieur Brouilly com a cabeça entre as mãos. Achei que tinha sido uma boa ideia ir chorar bem debaixo da minha janela, nos fundos da casa, em vez de se colocar na frente, arriscando acordar alguém da família.

Quando me aproximei, pisei de propósito com mais força para que ele me notasse e, em seu estupor, não me confundisse com o Espírito do Natal Passado. Funcionou, e Brouilly se virou, derrubando uma garrafa no processo. Instintivamente, levei um dedo aos lábios e deitei a cabeça nas mãos, fazendo a mímica de "dormindo".

– Bo. Me desculpe. – Ele fungou. – Acordei você?

Assenti.

– Ai, meu Deus. Que vergonha. Você é a criança aqui, não eu.

Sentei-me ao lado dele, que me olhou, um pouco perplexo.

– Pode ficar tranquilo, vou ficar quieto agora. Por favor, volte para sua cama.

Apontei para a lua e depois para o coração de monsieur Brouilly.

– Monsieur Landowski é muito gentil em me manter aqui, quando tenho sido tão útil quanto chocolate aguado. – Brouilly riu de repente. – Ele até concordou em me mandar para o Brasil, quando sabia muito bem que meu propósito ia muito além da entrega segura do Cristo. Ele é um grande homem.

Apontei para mim mesmo.

– Isso mesmo. Ele mostrou a nós dois uma imensa humanidade.

Monsieur Brouilly olhou para mim.

– Você cresceu muito enquanto eu estive fora. Ficou mais forte também. E não quero dizer apenas fisicamente. É agradável vê-lo começando a florescer. Bel ficaria muito feliz. Se ao menos eu pudesse contar a ela.

Ergui as sobrancelhas e dei de ombros.

– Você quer saber o que aconteceu? Na verdade, ainda estou tentando entender. Estávamos juntos, no Rio. Mas ambos sabíamos que eu teria que voltar a Paris. Não podia deixar passar minha oportunidade com monsieur Landowski. Implorei a ela que viesse comigo e deixasse aquela lesma patética do Gustavo. Pensei que ela fosse me escolher, Bo. Mas não. E é isso. Acho que nunca vou entender por quê.

Brouilly soluçou, e eu coloquei a mão em seu ombro para consolá-lo.

– Fiquei sabendo que, no tempo em que estive fora, você conquistou uma amiga especial em sua vida, é verdade?

Eu assenti.

– Você consegue imaginar sua vida sem ela agora?

Balancei a cabeça.

– Talvez então, meu jovem, você possa entender um pouco da tristeza que o destino me reservou. – Brouilly soluçou outra vez. – Você, melhor do que ninguém, conhece a bondade de Bel. Afinal, não estaria aqui se não fosse por ela.

Isso com certeza era verdade. Sinceramente, fiquei um pouco surpreso que monsieur Brouilly tivesse voltado a Paris. Pelo que tinha visto de Bel e Laurent no ateliê, não havia dúvida de que eles se amavam. Eu teria apostado qualquer coisa que os dois iriam fugir para algum canto distante do mundo, onde teriam sido felizes. É claro, como eu já tinha aprendido na vida, às vezes o amor não é suficiente para manter duas pessoas juntas.

– Ela nem veio se despedir de mim. Talvez tenha achado a perspectiva muito traumatizante. No final, ela enviou uma criada para entregar isso. – Brouilly enfiou a mão no bolso e pegou algo branco e liso. – Você sabe o que é isso, Bo? – Tentei enxergar e, com a luz do luar, reconheci o que Laurent estava escondendo. – Uma pedra do próprio Cristo. Tornou-se uma tradição entre os que trabalham com esculturas escrever mensagens de amor no lado contrário e selar as pedras na estátua por toda a eternidade. Aqui.

Ele me deu a pedra e eu a aproximei dos olhos para enxergar a inscrição:

30 de outubro de 1929
Izabela Aires-Cabral
Laurent Brouilly

– Pensei muito sobre a decisão dela de me dar esta pedra. Ao fazer isso, ela optou por não selar o nosso amor para sempre, mas devolvê-lo a mim, sem ser retribuído. Por isso, não quero ficar com a pedra. Por favor. Fique você com ela.

Tentei forçá-la de volta em sua mão, mas Laurent não aceitou.

– Talvez você não tenha entendido, Bo. Se a recepção ao Cristo for tão boa quanto prevejo que será, esta pequena pedra um dia terá um alto valor, imagino. É um presente. Talvez você possa vendê-la. – Laurent levantou-se, cambaleando ligeiramente em direção à parede. – Ou talvez você a guarde para sempre, como um lembrete de que nunca se deve perder aquele que se ama. Ou vai ficar como eu!

Eu me levantei também.

– O amor perdido é uma maldição, Bo. Machuca muito. Não só a mente. Ele tem a capacidade de fazer o seu âmago doer. Espero que você jamais tenha que experimentar o que estou sentindo.

Ele estendeu a mão e pegou uma garrafa com um resto de líquido dentro, que ingeriu de uma só vez. Em seguida, olhou para a lua.

– Estranho, você não acha?

Olhei para ele sem entender.

– Ela está do outro lado do oceano, mas agora pode estar olhando para a mesma coisa. – Ele fechou os olhos e os manteve assim por um momento. – Bem, então, boa noite, pequeno Bo. Estou ansioso para trabalhar ao seu lado na oficina. E um feliz Natal para você.

Com isso, Laurent Brouilly cambaleou noite adentro.

Voltei para o meu quarto e coloquei a pedra na sacolinha, ao lado do item que continuava protegendo, subi na cama e, mais uma vez, guardei o saquinho entre as coxas. A dor que Brouilly sofria era profunda e visceral. Enviei uma oração silenciosa às minhas Sete Irmãs para cuidar dele e, claro, de Bel também.

✲ ✲ ✲

O dia de Natal foi mágico. Sob a grande árvore de abetos, lindamente decorada com velas e enfeites de papel, fiquei maravilhado ao descobrir que havia um presente para mim.

– *Père Noël* ficou muito impressionado que você tenha sido tão útil a monsieur Landowski na ausência de monsieur Brouilly e ficou ansioso para recompensá-lo – revelou, com um sorriso, madame Landowski.

O pacote tinha um formato reconhecível. Com cuidado, removi o papel de embrulho marrom e depois destravei o grande estojo de couro. Dentro, encontrei um dos instrumentos mais magníficos que eu já vira. O violoncelo tinha a frente lisa de abeto e as costas e as laterais de madeira de bordo reluzente. Era tão bem polido que era possível ver meu próprio rosto refletido nele e, quando o removi totalmente da caixa, um agradável aroma de baunilha e amêndoa alcançou minhas narinas.

Monsieur Landowski colocou a mão no meu ombro.

– Foi construído pelo artesão alemão G. A. Pfretzschner, então, salvo qualquer acidente, deve durar a vida toda. Monsieur Ivan prevê que você vai crescer depressa, então pensei que um tamanho adulto seria apropriado. Eu mesmo conversei com ele sobre isso. – Madame Landowski lhe lançou um olhar. – Quero dizer, *Père Noël* me pediu que perguntasse isso ao seu professor.

Sem pensar muito, joguei os braços em volta do instrumento.

Entretanto, o generoso presente estava longe de ser a melhor parte do dia. A família sabia tudo sobre Elle pelas conversas regulares que monsieur Landowski tinha com monsieur Ivan. Por isso, eles me permitiram convidá-la para a ceia de Natal. Embora eu estivesse nervoso no começo, o jantar foi bem alegre, e minha alma se encheu de afeto quando olhei em volta, para a mesa cheia de pessoas que significavam tanto para mim. Elle, é claro, foi magnífica, cativando os Landowskis com seu charme e sua gentileza.

Depois da comida, certo ar melancólico dominou a sala. Um a um, a família Landowski saiu da mesa de jantar e se sentou em um dos sofás, acompanhados por um livro, um quebra-cabeça, ou apenas para tirar um cochilo. Elle e eu ajudamos a lavar os pratos, depois vestimos nossos casacos, e eu a levei para o banco do lado de fora do ateliê.

Peguei a mão dela na minha e me preparei. Estava planejando aquele momento havia semanas. Era dia de Natal, Elle estava ali, e eu sabia o que queria fazer. Era a hora certa. Olhei para minhas brilhantes guardiãs em busca de força e, finalmente, as palavras que eu desejava pronunciar por tanto tempo saíram de minha boca.

– Eu te amo, Elle.

Seu aperto em minha mão se tornou mais forte e seus olhos se arregalaram.

– Me diga que não estou sonhando, Bo.

– Não, você não está – confirmei.

O rosto dela se iluminou.

– Não, não estou mesmo! – Ela começou a rir e jogou os braços em volta de mim. – Olá, Bo!

– Olá, Elle! – Eu estava eufórico. – Eu te amo.

– Eu também te amo! – Ela praticamente deu um gritinho de empolgação. – Ah, Bo, eu estava esperando há tanto tempo que você falasse comigo. Eu sabia que você podia! Mas, me diga, por que demorou tanto?

Olhei para o claro céu parisiense, onde as Sete Irmãs brilhavam.

– Antes de eu lhe dizer por que fiz um voto de silêncio, diga-me... você conhece o aglomerado estelar das Plêiades?

Ela balançou a cabeça, ainda parecendo incrédula por estarmos realmente conversando.

– Não... confesso que não.

– Bem, não consigo pensar em nenhum tópico melhor para nossa primeira conversa. Faz muito tempo que não tenho a chance de contar a história delas.

Ela deitou a cabeça em meu ombro.

– Então me conte, Bo.

– Está vendo a estrela mais brilhante no céu? Logo acima da torre da igreja?

– Sim! Ela é linda.

– O nome dela é Maia. Agora, se você olhar mais perto, verá algumas outras estrelas brilhantes ao seu redor, na forma de uma lua crescente.

– Estou vendo...

– Essas são as outras Seis Irmãs. Do alto, Astérope, Taígeta, Celeno, Electra... e Mérope, a irmã desaparecida.

– Irmã desaparecida? Por que a chamam assim? Eu consigo vê-la.

– Eu sei, sempre achei isso curioso. Ela deve ter desaparecido uma vez e depois foi encontrada. Gosto de pensar nessa estrela como a esperança. Agora, à esquerda de Mérope, você está vendo uma estrela brilhante em cima de outra? A menor é Pleione e a maior... é Atlas. – Respirei fundo. – Eles são os pais das Sete Irmãs.

– Você fala como se elas fossem pessoas de verdade, Bo.

– Quem somos nós para dizer que não? A lenda diz que, quando o pai delas foi condenado a carregar o peso do mundo sobre os ombros, as irmãs foram perseguidas pelo implacável Órion. Então, o todo-poderoso Zeus transformou as meninas em estrelas para confortar Atlas.

Os olhos de Elle brilhavam ao observar o céu.

– Isso é lindo.

– Também acho. Há outras interpretações, é claro, que não são tão românticas. Mas essa é a história na qual escolho acreditar. – Olhei para Elle. – Passei grande parte da vida sozinho, mas nunca sem as estrelas sobre mim. Eu as considero minhas protetoras. – Baixei os olhos para os pés. – Meu pai costumava me dizer isso.

– Seu pai? Onde ele está, Bo?

Balancei a cabeça.

– Não sei. Não o vejo há anos. Eu me propus a encontrá-lo, mas... embora seja difícil admitir, não acredito que esteja vivo.

– E sua mãe?

– Morreu.

– Sinto muito, Bo.

Ousei colocar meu braço por cima dos ombros dela.

– Você passa por isso desde que se entende por gente – falei.

– É por isso que entendo tão bem, Bo. – Ela colocou a mão em meu rosto. – Sinceramente, eu sinto muito.

Um nó surgiu de repente em minha garganta.

– Obrigado, Elle.

– Então me diga... por que decidiu falar comigo hoje? Você poderia ter feito isso a qualquer momento!

Fiz uma pausa para refletir sobre aquela pergunta.

– Bem, hoje é Natal, um tempo que nos lembra que só vivemos uma vez e não devemos desperdiçar nenhum momento.

– Isso é extremamente doce, mas uma absoluta bobagem. Por favor, você está aqui comigo, e nós estamos sozinhos. Diga-me a verdade.

Olhei para as estrelas mais uma vez. Sua grandeza silenciosa e estoica me deu a confiança de que eu precisava para revelar a verdade a Elle.

– Eu não falo porque tenho medo de dizer a coisa errada, o que poderia me meter em problemas.

– Problemas? – repetiu ela, a preocupação transparecendo em seu rosto.

– Sim. Mas, quando estou com você, não sinto medo, Elle. Eu me sinto corajoso. Portanto, não há razão para permanecer em silêncio.

– Ah, Bo. Do que o silêncio o protege?

– Estou fugindo, Elle. Alguém jurou me matar. A única coisa que está me protegendo no momento é a minha localização, que é desconhecida pelo meu perseguidor. Se eu falar, há uma chance maior de as informações sobre o meu paradeiro se espalharem, e esse é um risco que não me sinto confiante o suficiente para correr.

– *Mon Dieu,* Bo. Quem é que deseja machucar você?

Eu hesitei.

– Outro garoto.

– Um garoto? Bo, você devia ter dito. Eu gostaria muito de encontrá-lo. Mais do que de qualquer outra coisa, os meninos têm medo de uma garota mais velha e mais sábia do que eles. Você viu como controlo Maurice e Jondrette.

A coragem de Elle fez meu coração derreter.

– Obrigado por querer me proteger, Elle. Mas, com todo o respeito, garotinhos como Maurice e Jondrette não oferecem nenhum perigo real. O menino de quem eu fujo acredita que fiz algo terrível, e isso o torna muito perigoso.

– Quão perigoso pode ser um menino?

– Ele me culpa por... uma morte.

– Uma morte? – indagou Elle, tentando esconder a surpresa.

– Sim.

Elle e eu nos encaramos, e houve uma pausa desconfortável na conversa.

– Você foi... responsável por essa morte?

– Não, não fui. Mas ele nunca vai acreditar na verdade. Então, fui forçado a fugir dele. Temo que meu destino seja fazer isso para sempre.

– Onde está esse menino agora? Ele está na França?

– Não acredito que esteja. Espero que esteja a muitos países de distância.

– *Países*, Bo? Você cruzou países?

Assenti.

– Fugindo *dele* e *para* o meu pai. Ele estava a caminho da Suíça, seu país natal, tentando me salvar... e salvar a família do garoto também. Era para lá que eu estava tentando ir quando fui encontrado sob a cerca viva dos Landowskis há mais de um ano.

– Bo... tem tanta coisa que ainda não entendo, mas como esse menino, quem quer que ele seja, poderia um dia descobrir o seu paradeiro?

– Tem algo que complica as coisas. – Respirei fundo e tirei a sacolinha de couro do pescoço. – Este... item... é a causa de todo o tormento.

Olhei em volta para garantir que não havia olhos curiosos à espreita nas sombras e tirei o objeto de dentro dela. Mesmo no escuro da noite e, apesar de ter sido coberto de graxa de sapato e cola, de alguma forma ele era capaz de atrair a fonte de luz mais próxima e brilhar diante de nossos olhos.

– Bo! – exclamou Elle, em choque.

Ergui o item para que ela pudesse vê-lo claramente.

– É um diamante.

– Não pode ser, é enorme. O maior que já vi.

– Eu garanto, este diamante é verdadeiro. O outro garoto acredita que eu o roubei da mãe dele e a matei.

Elle levou a mão à boca.

– Por favor, acredite em mim quando digo que isso não poderia estar mais longe da verdade. Mas acredito que, enquanto ele souber que estou com a pedra, não vai parar por nada até tirá-la de mim e acabar com a minha vida. Ele é esperto...

– Tanto quanto você?

De alguma maneira eu consegui sorrir ao ouvir aquelas palavras gentis de Elle.

– Talvez. Agora você entende por que eu não falo, Elle? E por que você não deve revelar a ninguém que posso falar e nada do que eu lhe contei essa noite?

Coloquei o diamante de volta na sacolinha de couro e a pendurei no pescoço.

– Você tem que me contar sua história, Bo, cada pedacinho dela.

Balancei a cabeça.

– A história é longa e perturbadora – avisei.

Elle ajeitou-se no banco e falou com franqueza:

– Olhe para mim. Sou a sua Elle e te amo mais do que jamais amei alguém ou qualquer coisa. Prometo que o que quer que você me conte hoje à noite, manterei em segredo até o dia em que eu morrer. Juro para você, sob as Sete Irmãs das Plêiades.

A verdade era que eu ansiava compartilhar cada detalhe com ela. Mas era meu dever explicar as consequências.

– Elle – comecei –, desde que você apareceu na minha vida, eu me sinto *vivo* novamente. Sinto prazer com o cheiro do café forte de monsieur Landowski, o calor dos cobertores e o som da correnteza do Sena. Tudo porque eu te conheci.

– Eu me sinto da mesma maneira – disse ela, com ternura.

– Você precisa saber que, ao lhe contar a minha história, posso colocar a sua vida em perigo também. Se algo acontecesse com você, eu nunca me perdoaria. – Desviei o olhar dela. – Na verdade, eu não veria mais nenhum sentido em minha existência.

Elle virou meu rosto para si novamente.

– Bem – respondeu ela –, eu também não gostaria de viver sem você. Mas talvez *você* possa entender, Bo, que eu o aceito por *inteiro*.

Como eu poderia negar algo àqueles olhos azuis?

– Muito bem. Vou lhe contar a história da minha vida.

Contei tudo a ela, desde o dia do meu nascimento em um vagão ferroviário em 1918 até os dias com a família Landowski. Contei a ela sobre meu pai, sobre invernos brutais, sobre a observação de estrelas e os violinos, sobre famílias divididas e barrigas famintas. Contei a ela sobre a invenção de "Bo" e revelei meu nome verdadeiro, que ela nunca deveria usar.

Elle ouviu tudo em silêncio, atordoada. Quando terminei, notei que ela estava chorando.

– Por que as lágrimas, Elle?

– Porque você é uma pessoa tão boa e o universo tem te tratado tão mal.

– Sinto o mesmo em relação a você. Mas agora temos um ao outro. Sempre...

– E para sempre – completou Elle.

Nós nos abraçamos sob o olhar das Sete Irmãs. Naquele momento, não éramos crianças, mas duas almas idosas, exauridas pelo mundo antes do tempo.

– Tudo isso muda alguma coisa? – indaguei.

– Ah, sim – respondeu Elle. Meu coração afundou. – Meu amor por você cresceu e meu desejo de mantê-lo seguro se tornou mais forte.

– Isso é uma boa notícia – respondi. – Com toda a franqueza, pensei que você poderia não gostar da minha voz, que agora parece guinchar em momentos inoportunos.

Ela riu.

– Acho sua voz muito gentil. E não se preocupe, já vi outros garotos no orfanato passarem por essa fase antes que as cordas vocais se aquietem. Vai passar.

– Ora, *isso* é um alívio.

– Bo...

– Sim, Elle?

– Há um detalhe que você omitiu. O garoto que jurou matá-lo... qual é o nome dele?

Olhei para as estrelas, sabendo que, do outro lado do mundo, ele estava inevitavelmente fazendo o mesmo.

Kreeg Eszu.

Titã

Junho de 2008

17

O choro de Bear arrastou Ally de volta para o presente, e ela guardou as páginas pesadas do diário na cômoda de sua cabine.

– Já vai, já vai, amorzinho.

Ela tirou Bear do berço, onde ele estava dormindo tranquilo até momentos antes.

O enorme rugido dos motores do *Titã* tinha acabado de silenciar e, ironicamente, parecia ter sido essa mudança que o acordara.

– O capitão Hans deve ter encontrado um lugar para ancorar durante a noite, Bear, só isso.

Ela se sentou na cama e, operando no piloto automático, balançou a criança no joelho. Ally piscou várias vezes, percebendo que tinha estado tão absorvida pelo diário nas últimas horas que a tarde tinha se transformado em noite. Acendeu a luz de cabeceira e colocou Bear no peito, e sua mente girava. Imaginou que os outros estavam se recuperando da revelação concreta de que Pa *conhecia* Kreeg Eszu e, além disso, de que parecia estar fugindo dele. Ally pensou especialmente em Maia, para quem a verdade devia ser ainda mais difícil de aceitar. Ela ficou agradecida por Floriano estar por perto.

Mas, para Ally, havia mais coisas a serem assimiladas. O pseudônimo de Pa, Bo, e seu amor, Elle... Ally conhecia aqueles nomes. Eles haviam sido amigos íntimos de seus avós, Pip e Karine Halvorsen, e foram mencionados várias vezes no manuscrito de *Grieg, Solveig og Jeg*, o documento em que Ally descobrira a maior parte das informações sobre a sua origem. Bo era Pa o tempo todo. Lágrimas se formaram em seus olhos quando ela lembrou que ele não falava muito, mas era o músico mais talentoso do Conservatório de Leipzig. Tentou desesperadamente se lembrar de mais informações sobre os amigos de seus avós, mas, além do fato de terem fugido para a Noruega – porque Elle e Karine eram judias –, ela não conseguia se recordar de muita coisa. O que aconteceu com o casal? Ally sabia algo sobre eles terem viajado para a Escócia? Seus pensamentos foram interrompidos por uma batida à porta.

– Entre – disse ela, automaticamente.

A porta se abriu, e a figura alta e bonita de Jack entrou na cabine.

– Oi, Ally, eu... – Ele a viu alimentando Bear. – Opa, me desculpe, posso voltar mais tarde. Não queria...

O rosto de Ally ficou vermelho.

– Não, desculpe, Jack, eu estava no meu próprio mundo... Está tudo bem, por favor, entre. Ele vai terminar num instante.

– Tudo bem. – Jack se sentou na cadeira de couro ao lado da cômoda. – Eu só queria ver como você está.

– Ah, obrigada – respondeu Ally, com um sorriso fraco.

– Você comeu? Ou pelo menos tomou água ou uma xícara de chá?

Ally pensou por um momento.

– Sabe, na verdade, não.

– Isso pode explicar por que você está branca como papel.

Ela não tinha energia para explicar todas as implicações do que tinha lido no diário naquela tarde.

– Vou ligar a chaleira. Você pode começar com isso por enquanto.

Ele lhe entregou uma garrafa de água, retirada da geladeira do quarto.

– Obrigada. Você se importaria...? – Ally indicou a garrafa.

– Desculpe, é claro.

Jack abriu a tampa, Ally pegou a água com a mão livre e deu um longo gole.

– Agora sim – disse Ally. – A propósito, o que todo mundo está fazendo lá em cima?

– Para ser franco, é uma cidade fantasma. Todos estão lendo. Eu nem vi minha mãe essa tarde. Ela deve estar tão absorta quanto você. Todos nós, "peças sobressalentes", estamos apenas andando por aí, tendo conversas banais esquisitas, constrangidos demais para pedir qualquer coisa a qualquer um dos funcionários.

– Jack, não seja bobo. Vocês não são peças sobressalentes. Na verdade, com base no que acabei de ler, todos vocês terão papéis muito importantes em apoiar minhas irmãs.

– E você, é claro.

Jack sorriu para ela enquanto preparava o chá, e o coração de Ally se acelerou como o de uma adolescente.

– É muito gentil de sua parte, Jack, obrigada. Mas, sinceramente, estou bem. Tenho este carinha aqui – disse ela, olhando para Bear.

– Bem, não sou especialista, mas, pelo que sei sobre bebês, eles não costumam ser muito bons de conversa.

Ally riu.

– Sabe, pelo que percebi, você é uma espécie de líder lá em cima – continuou Jack. – As outras vão atrás de você em busca de orientação. Mas todas elas têm parceiros com quem podem se lamentar quando fecham as portas da cabine. Você não tem esse luxo, só esse carinha para te distrair. Então, basicamente, eu queria dizer que... – Ele ergueu os braços. – Estou aqui, se você precisar.

– Isso é realmente muito bacana de sua parte, Jack, obrigada – respondeu Ally com sinceridade.

Ele apoiou o chá na cômoda e devolveu o leite para a geladeira.

– Jack...

– Sim, Ally?

– Eu só queria dizer que... – Bear balbuciou e olhou para a mão. – Desculpe, só um minuto.

– Claro, sem pressa.

Ally tirou Bear do peito. Ela notou que Jack desviou os olhos, o que achou muito respeitoso. Colocou o filho na cama, e ele balbuciou, satisfeito.

– Você estava dizendo...? – disse Jack.

Ally corou.

– Ah, nada.

Jack aquiesceu e olhou para baixo. Ally se arrependeu e tentou rapidamente mudar de assunto.

– Eu nem contei para você a maior revelação do diário. – Ela pegou as páginas na cômoda. – Qual era o nome da casa na Irlanda? Aquela em West Cork, para onde as coordenadas de sua mãe a levaram...

– Argideen House? – respondeu Jack.

– Sim. Você lembra que descobriu que a casa estava em nome de Eszu?

– Sim.

– Bem, Pa o conhecia. Muito bem, pelo que parece.

– Interessante. O que isso significa?

– Eu não tenho todas as respostas ainda, mas estou chegando lá. Pensando bem, eu deveria ir conversar com Maia. Essa informação com certeza vai afetá-la mais do que a qualquer uma de nós.

– Posso perguntar por quê?

– Desculpe, Jack. Não cabe a mim contar.

– É claro. Sabe de uma coisa, quer que eu cuide do pequenininho enquanto você vai falar com sua irmã?

– Você faria isso por mim?

– Claro, sem problemas.

– Obrigada, Jack. Esteja à vontade para levá-lo a outro lugar, se não quiser ficar aqui. E, se você ficar entediado, Ma também deve estar por perto.

Ela pegou seu chá e foi em direção à porta.

– Está bem. Bear, quer ir lá para cima? Pode ir, Ally. A gente se vê mais tarde.

❂ ❂ ❂

Maia se sentia fisicamente doente. Lembranças do bajulador e pegajoso Zed Eszu – filho de Kreeg – enchiam sua mente, e a ideia de que, uma geração antes, Pa tinha sido forçado a fugir do pai dele lhe dava vontade de chorar. Será que Zed conhecia sua história familiar? Devia conhecer. Talvez isso explicasse por que ele parecia ter como alvo as irmãs D'Aplièse. Maia sabia muito bem que ele e Electra haviam se relacionado, e Tiggy lhe contara tudo sobre sua chegada às Terras Altas escocesas. A presença de Zed em suas vidas devia ter causado muita dor a Pa, e aquilo era demais para ela suportar.

– Desgraçado! – gritou Maia, atirando as páginas do diário no chão.

– Maia? – chamou Estrela.

Ela e Ceci apareceram na porta da sala de leitura assim que Maia apoiou a cabeça nas mãos e começou a chorar. As duas irmãs se apressaram para abraçá-la.

– Sinto muito, Maia – disse Estrela. – Sei que deve ser horrível para você.

– E, só para constar, concordo com você, Maia. Aquele cara é um merdinha – acrescentou Ceci.

– Ele sabia, não sabia? Ele sabia sobre Kreeg e Pa. É por isso que ele fica rodeando as nossas vidas, como uma mosca da qual não conseguimos nos livrar. Estou me sentindo tão usada. Eu tive um filho *dele*! – gritou Maia.

– Eu sei, meu bem, eu sei. Não foi sua culpa.

Embora Maia só tivesse contado a Ally, suas outras irmãs sempre suspeitaram que o filho fosse de Zed, devido à sua mudança para o pavilhão, em Atlantis, sob o pretexto de estar doente, por nove meses.

– Viemos assim que lemos essa parte.

– Obrigada, Estrela. – Maia fungou. – Ai, meu Deus. É tudo tão *comovente*, não é? Odeio pensar em Pa tão desesperado e sozinho.

– Pelo menos ele encontrou Elle. Ela mudou a vida dele. Até a caligrafia dele parece mais... elaborada. Entendem o que eu quero dizer? – perguntou Ceci.

Maia riu em meio aos soluços.

– Estranhamente, eu entendo, sim. E fiquei feliz em ler sobre o carinho da família Landowski com ele.

– Meu Deus, com certeza. Eu não tinha pensado nisso com cuidado. Deve ter sido estranho para você ler sobre o tempo de Pa no ateliê e suas interações com Laurent Brouilly – observou Estrela com delicadeza.

– Sim. Ele era o menino mudo sobre o qual li nas cartas de Bel. Quase não acreditei.

– Isso também explica como ele conseguiu o pedaço de pedra-sabão que deixou na sua carta – continuou Estrela.

– Sim, é verdade.

Ally entrou na sala e se aproximou das irmãs. Ela pegou a mão de Maia e a apertou.

– Ah, meu bem. Estamos todas aqui ao seu lado. Para o que precisar.

– Eu sei. Me desculpem, vou me recompor. – Maia enxugou as lágrimas na manga da blusa. – Então Zed é um desgraçado, qual é a novidade? – Ally lhe entregou um lenço. Grata, Maia o pegou e secou os olhos. – Então, Pa conhecia Kreeg.

– Acho que "conhecia" é um eufemismo – acrescentou Ceci, áspera.

– Por que ele nunca disse *nada* sobre isso? Deve ter tido um infarto quando mencionei que tinha conhecido um rapaz chamado Zed Eszu – comentou Maia.

– Eu não sei, querida. Talvez eles tivessem resolvido suas pendências? Só conhecemos parte da história, afinal – acrescentou Estrela, acariciando o cabelo da irmã.

– Algo me diz que isso não aconteceu, Estrela – respondeu Maia. – Todos sabemos que, no dia em que papai morreu, Kreeg cometeu suicídio. E Ally, você viu o *Olimpo* ao lado do *Titã* naquele dia, não foi?

– Eu mesma não vi, mas o amigo de Theo mencionou isso pelo rádio – confirmou Ally. Ela suspirou e correu as mãos pelos cabelos. – Na verdade, acho que é hora de contar a todos a última atualização.

– Como assim, Ally? – perguntou Ceci.

– Você lembra que as coordenadas de Merry levaram a Argideen House, em West Cork?

As irmãs pensaram por um momento, assentindo em seguida.

– Bem, embora esteja abandonada há muito tempo, a casa pertence à família de Eszu. Jack descobriu isso quando estava investigando para nós.

As mulheres ficaram em silêncio, analisando a nova conexão.

– O que isso quer dizer? – perguntou Estrela.

– Sinceramente, ainda não sei. Mas uma coisa é clara: com Zed, Argideen House e a presença do *Olimpo* no dia da morte de Pa... a relação entre Pa e Kreeg é a chave para entender tudo.

– Concordo – disse Maia, fungando.

– Vou reunir as outras e verificar até que parte elas leram o diário. Então, poderemos discutir a conexão tomando um vinho rosê.

– Boa ideia, Ally – concordou Estrela. – Há tanto da história que ainda não sabemos. De onde Pa veio, por que Kreeg acreditava que ele matara sua mãe... o diamante...

– Só nos resta torcer para que as coisas fiquem mais claras à medida que todas formos lendo – concluiu Ally, colocando a mão no ombro de Estrela.

18

Georg Hoffman girou o copo de uísque na mão e se concentrou no ruído do gelo batendo no copo. Do salão superior, ele olhou para o mar Mediterrâneo, na costa italiana, que refletia o dourado brilhante do sol. Ele já conseguia vislumbrar Nápoles e, mais adiante, a antiga cidade de Pompeia, seus cidadãos congelados no tempo por milhares de anos. Ele achou que aquela era uma metáfora adequada para a viagem, uma vez que os acontecimentos do passado ainda estavam, de alguma forma, moldando o presente.

Georg refletiu sobre os últimos doze meses. Que turbilhão eles tinham sido para as irmãs D'Aplièse. Cada uma, sem exceção, lidou com a verdade de seu passado com muita maturidade e sabedoria.

– O senhor ficaria orgulhoso – disse ele para a sala vazia.

As últimas semanas em particular haviam sido exaustivas, e ele mal conseguira dormir direito. As ligações que recebia com atualizações constantes da "situação" eram extremamente angustiantes. Embora estivesse tentando lidar com isso da melhor maneira possível, mais uma vez, Georg estava dividido entre o advogado que existia nele, obrigado a cumprir os desejos de seu cliente, e o ser humano, que amava aquela família como se fosse sua. Houve uma batida à porta do salão. Georg se virou e viu a cabeça de Ma surgindo na porta entreaberta.

– Eu só queria ver como você estava, *chéri*. Tudo bem? – perguntou ela.

– Sim, obrigado. Por favor, entre, Marina. Quer beber alguma coisa comigo?

Ela fechou a porta suavemente atrás de si.

– Sabe, Georg, num momento como esse, acho que vou aceitar.

Ele estendeu a mão para o decantador e serviu um copo à sua velha amiga.

– Isto era dele. Um Macallan 1926. Na verdade, não duvido que a última mão que tocou este decantador tenha sido a dele.

Ele entregou a bebida a Ma.

– Obrigada. Sim, lembro que ele contava que havia desenvolvido o gosto pelas bebidas locais depois de passar aquele tempo na Escócia.

Marina tomou um gole delicado e sentiu o líquido suave e quente descer pela garganta e chegar ao estômago.

– Você acha que as meninas já chegaram a esse ponto no diário? – perguntou ela, logo depois.

– Não tenho certeza. Como você acha que elas vão lidar com tudo isso, Marina?

– É difícil prever. Algumas podem achar certos elementos da história mais fáceis de digerir do que outros. Mas estou satisfeita que, de uma vez por todas, estaremos em completo acordo.

– Verdade.

– Posso perguntar quais são as últimas notícias? – indagou Marina.

– Não há nada além do que eu lhe contei essa manhã. As coisas estão se deteriorando rapidamente. Não há muito tempo.

Marina fez o sinal da cruz.

– Aconteça o que acontecer, não deve se culpar, Georg. Você tem agido de forma honrada.

Ela colocou uma das mãos sobre a dele.

– Obrigado, Marina. Isso significa muito vindo de você. Passamos por tanta coisa juntos ao longo dos anos. Sinto que devo a ele fazer isso *direito*.

– Eu sei que vai fazer, Georg, o que quer que você decida. Temo que isso não seja dito muitas vezes, mas Atlas ficaria extremamente orgulhoso de você. E de sua irmã, é claro. Lamento não ter perguntado... Como ela está lidando com tudo isso?

– Está achando difícil, como qualquer um acharia em tais circunstâncias.

– Imagino. – Marina olhou para o oceano. – Ele sempre amou essa costa.

Georg não respondeu. Marina olhou para seu amigo e viu lágrimas em seus olhos.

– Ah, *chéri*, por favor, não chore. Isso me destrói.

– Eu devo tudo a ele, Marina. Tudo.

– Assim como eu. Sempre quis perguntar... quando Atlas encontrou vocês dois nas margens do lago Genebra, você alguma vez se questionou se ele iria entregá-lo às autoridades?

Georg ergueu o decantador e reabasteceu seu copo.

– Claro que sim. Éramos apenas duas crianças aterrorizadas. Mas ele próprio tinha fugido de uma perseguição. – Ele bebeu seu uísque lentamente. – Atlas foi muito bom para nós dois.

– E você soube retribuir, Georg. Você dedicou sua vida a servi-lo.

– Era o mínimo que eu podia fazer, Marina. Sem ele, eu não teria uma vida.

Marina também esvaziara seu copo, e Georg o encheu de novo.

– Obrigada. Quanto tempo sua irmã acredita que ainda resta?

Georg deu de ombros.

– Apenas dias.

– Isso vai influenciar a sua decisão, Georg? Sobre...

– Talvez. Confesso que encontrar Merry e conseguir trazê-la ao *Titã* bem a tempo da partida talvez seja determinante para minhas próximas ações.

– Me parece justo. Talvez seja um sinal lá de cima.

– Como sempre foram muitos aspectos da vida dele.

Houve outra batida à porta, e Merry apareceu.

– Olá, vocês dois. Como estão indo?

– Merry! Bem, obrigada – respondeu Ma. – Mais importante, como *você* está, *chérie*?

– Ah, muito bem, obrigada. O diário é uma leitura fascinante. Atlas era muito bom com as palavras, não era? Para um menino tão novo, ele é incrivelmente eloquente.

– Ele sempre foi talentoso em se expressar – comentou Ma, sorrindo.

– Eu só queria perguntar sobre esse tal Kreeg Eszu. Ele só foi mencionado brevemente até agora, mas Jack me falou que Argideen House era propriedade da família dele. Vocês poderiam me contar um pouco mais sobre como isso aconteceu?

Ma olhou para Georg, que engoliu o resto do uísque em um único gole.

– Ah, sim. Imagino que você esteja muito curiosa sobre essa conexão.

Merry percebeu o olhar de aço que Ma lançou a Georg.

– Mas, para dizer a verdade, Merry, nós não sabemos – concluiu ele.

– Ah. Sério?

– Sim. Suponho que é melhor eu lhe dizer isso agora do que você ler todo o conteúdo do diário e acabar desapontada.

– Certo. Bem, isso é frustrante mesmo.

– Talvez um dia possamos descobrir. Ou talvez seja mera coincidência, Merry – mentiu Georg.

Merry franziu o nariz e bufou.

– Ah, sim, você tem toda a razão. Provavelmente estou vendo coisa onde não tem. Afinal, esse é um nome irlandês muito popular. Claro, há milhares de Murphys, O'Briens e Eszus – retorquiu ela, colocando as mãos nos quadris e erguendo as sobrancelhas para Georg.

Ele tirou o lenço do bolso para secar a testa.

– Bem, eu gostaria de fazer uma chamada para Dublin, se for possível, para atualizar Ambrose sobre tudo isso – acrescentou ela. – Mal acredito que faz menos de 24 horas desde a última vez que o vi. Parece uma vida inteira.

– Preciso concordar com você – respondeu Georg. – Há um telefone via satélite no escritório. A maioria dos funcionários sabe como operá-lo. Marina, você se importaria de acompanhar Merry?

– Claro que não. Venha, *chérie*. Depois, que tal tomarmos uma taça de vinho no convés da popa antes do jantar?

As duas mulheres deixaram o salão superior, e Georg ficou sozinho mais uma vez. Ele suspirou. Era lamentável que tivesse mentido para a filha de Atlas. Talvez devesse ter contado toda a verdade, o que certamente aliviaria o enorme fardo que sentia estar carregando. Mas, claro, não era o que o seu empregador iria querer. O bolso de Georg vibrou, e ele se atrapalhou para pegar seu telefone. Embora mostrasse que era de um número desconhecido, ele sabia exatamente quem estava do outro lado da linha. Respirando profundamente mais uma vez, aceitou a chamada.

– Pleione – disse Georg.

– Órion – veio a resposta.

Aquelas eram as palavras exigidas por ambas as partes para que cada um soubesse que era seguro falar.

Georg se preparou para a atualização da noite.

19

Ally se virou de um lado para outro na cabine quente. O jantar tinha sido agitado, com todas elas tentando assimilar a gravidade do que tinham acabado de ler. Floriano e Chrissie tinham feito um bom trabalho em preencher o silêncio, e Rory e Valentina distraíram a mesa com a encantadora amizade que ia crescendo entre os dois. No entanto, a atmosfera estava visivelmente tensa, o que não era nem um pouco surpreendente, dadas as circunstâncias. Ally notou os olhares de Jack algumas vezes enquanto comia, mas desviou o olhar para evitar qualquer constrangimento. Ela desejou ter abordado a "coisa do Bear" mais cedo, quando conversavam na cabine, mas ficara nervosa demais. Sentia-se idiota. Quanto mais tempo sem comentar o assunto, mais estranho aquilo devia parecer para Jack.

Seu telefone tocou, e ela viu que tinha uma nova mensagem de voz. A recepção era irregular no barco, mas, ao que parecia, Hans os havia ancorado ao alcance de uma torre local. Ela discou o número do serviço de mensagens.

– Olá, Ally. É a Celia... – A voz da mãe de Theo falhou na gravação. – Espero que você esteja bem, querida, assim como o pequeno Bear! Estou tão ansiosa para ver vocês dois novamente em Londres. Me avise se tiver planos de vir. Se não tiver, vou arrumar minha roupa de frio e voar para a Noruega! Olha, sei que você está em um cruzeiro em honra de seu maravilhoso pai... Então, eu só queria ligar para que você soubesse que estou pensando em você, querida. E tenho certeza de que, onde quer que ele esteja, Theo também está sorrindo para você. Muito amor para você. Tchau.

Ally desligou o telefone, e uma nova onda de culpa tomou conta dela. A voz de Celia Falys-King era tão cheia de afeto. Sim, ela nutria sentimentos por Jack, mas estremecia com a ideia de desrespeitar a memória do pai de Bear.

– Sinto muito, Theo – sussurrou.

Mesmo que suas irmãs a incentivassem, Ally refletiu sobre o que os outros poderiam pensar. Qual seria a opinião de Thom, o irmão de Theo, se algum dia ela e Jack...? Não seria uma atitude muito admirável começar um namoro menos de um ano depois da morte de seu parceiro. Além disso, a última coisa que ela queria era dar mais um problema para Merry, que já devia estar achando toda aquela experiência surreal o suficiente, sem que sua nova irmã adotiva tivesse sentimentos inapropriados por seu filho.

– Meu Deus – suspirou Ally.

– Ally? Você está acordada? – sussurrou uma voz do lado de fora da cabine.

Ela se levantou e, na ponta dos pés, abriu a porta. Era Tiggy, parada ali no corredor em seu roupão do *Titã*.

– Oi! Desculpe, eu não queria bater e correr o risco de acordar o Bear.

– Nem se preocupe com isso. Ele está fora de combate. Quer entrar?

– Obrigada.

Tiggy tinha uma estranha habilidade de deslizar para dentro dos quartos, como um espírito gracioso e elegante. Era uma qualidade leve e etérea que Ally sempre admirara.

– Eu só queria confirmar uma coisa, já que eu me distraí um pouco no jantar. Nós combinamos de ler mais cem páginas do diário até amanhã na hora do almoço?

– Sim, isso mesmo. Então, vamos nos reunir e conversar sobre tudo.

– Ótimo, está combinado. Obrigada, Ally. – Tiggy virou-se para ir embora, mas fez uma pausa ao lado do berço de Bear. Ela olhou para o sobrinho adormecido. – Pequeno Bear, é difícil acreditar que há apenas alguns meses, em uma caverna em Granada, você decidiu surpreender a todos nós... especialmente a sua mamãe! – sussurrou.

Ally sorriu ao se lembrar.

– Sabe, acho que Charlie nunca mais vai ser o mesmo depois de ver Angelina naquela noite. Cinco anos de faculdade de medicina não foram páreo para uma *bruja* e seus conhecimentos quando Bear decidiu aparecer tão de repente.

– Bem, ele não deveria se preocupar – disse Tiggy. – Afinal, existe um limite para o que uma *bruja* pode fazer... Tenho certeza de que você ficou grata pelos analgésicos que ele prescreveu depois! – Ela deu uma piscadela para a irmã. Em seguida, olhou de novo para Bear. – Ele disse para você olhar a carta, a propósito.

– O quê?

– Ele quer que você olhe a carta – repetiu Tiggy, com um sorriso largo no rosto.

– Quem? Bear? O que você quer dizer? Eu...

– Não sei direito. Espero que isso ajude. Vou para a cama. Boa noite, Ally.

Tiggy abraçou a irmã e saiu.

Quando a porta se fechou, o coração de Ally deu um salto. Tiggy só poderia estar se referindo a uma coisa. Ela foi até sua mala e abriu um bolso no forro. De dentro, tirou a única carta que tinha consigo. Era de Theo, é claro, e ela a levava para todos os lugares. Aquela não era uma informação que Ally compartilhava com as pessoas, e ninguém jamais a tinha visto. Tremendo um pouco, ela abriu lentamente o envelope, e seus olhos pularam para o penúltimo parágrafo de Theo, como sempre faziam.

E, se por algum motivo você vier a ler esta carta, erga os olhos para as estrelas no céu e saiba que estou olhando para você lá de cima. E provavelmente tomando uma cerveja com o seu Pa, enquanto ele me conta sobre seus maus hábitos da infância.

Minha Ally, Alcíone, você não faz ideia da alegria que me trouxe.

Seja FELIZ! É esse o seu presente.

Muito beijos, Theo

A imagem de Theo e Pa compartilhando uma bebida e rindo juntos trouxe a Ally uma enorme felicidade. Ela sabia que seu pai o aprovaria e esperava muito que eles se encontrassem em outra vida. Mas o que Tiggy estava querendo dizer?

Ele quer que você leia a carta.

Ally olhou para a única palavra em maiúsculas na página, para a qual seu olho era sempre atraído, como se fosse um ímã.

Seja FELIZ!

Um nó se formou em sua garganta. Ela foi até a janela da cabine e flexionou os joelhos para conseguir enxergar as estrelas.

– Obrigada, Theo. Dê um abraço em Pa por mim.

Ela guardou a carta em segurança de volta no forro da mala e foi para a cama. Logo percebeu que tentar dormir seria inútil, já que sua mente estava mais lotada do que a Grand Plaza de Oslo. Então pegou o telefone mais uma vez e mandou uma mensagem para Jack:

Obrigada por cuidar do Bear mais cedo. Durma bem! Bjs.

Recebeu uma resposta quase imediatamente:

Foi um prazer, Al! Você também. Bjs.

Ela olhou para as páginas do diário sobre a cômoda. Ali dentro havia respostas. O acordo era que as irmãs leriam mais cem páginas pela manhã, mas, sabendo que havia revelações a poucos centímetros de distância, ela decidiu continuar a leitura.

Diário de Atlas

1936–1940

20

Um leitor casual, caso se encontre absorto nestas páginas, pode se perguntar por que não há nenhum registro neste diário há mais de seis anos e como o menino que era *un citoyen de Paris* se encontra agora à beira da vida adulta, em uma nova cidade europeia. A história é turbulenta. Na verdade, durante os últimos seis anos, escrevi no meu diário muitas vezes. O conteúdo provavelmente era sentimental demais para alguns gostos literários, mas era também um registro da felicidade que experimentei durante meu tempo na França. É meu lamentável dever informar que grande parte das páginas foi deixada na casa dos Landowskis, quando fui forçado a fazer uma saída não planejada e prematura, devido às circunstâncias que surgiram como resultado do meu grave erro: abrir a boca e falar.

Embora, enquanto escrevo, estejamos em 1936 e eu tenha 18 anos, entendo que seria negligente de minha parte oferecer uma história incompleta. Deixe-me explicar. De 1930 a 1933, a vida em Paris continuou, para mim, seguindo a mesma rotina dos dois anos anteriores: eu ajudava monsieur Landowski e monsieur Brouilly no ateliê e tinha aulas com monsieur Ivan no *conservatoire*, assim como Elle. À medida que crescemos, tínhamos cada vez mais liberdade por parte de nossos respectivos guardiões – madame Gagnon, no caso de Elle, e Evelyn, no meu. Passávamos tranquilas manhãs descobrindo cafés e, à noite, perambulávamos pelas ruas, sempre descobrindo novos detalhes arquitetônicos, que nos proporcionavam encantamento e admiração. Minha decisão de falar naquele Natal realmente permitiu que meu relacionamento com Elle florescesse... quem poderia imaginar? Era *meu* grande privilégio ler para *ela* em nossos piqueniques e saber suas opiniões sobre cada faceta da minha vida, que estava se desenvolvendo com rapidez. Ironicamente, foi essa mesma decisão que me levou à ruína.

Uma manhã, no início de 1933, enquanto estávamos na oficina, monsieur Landowski fez um anúncio:

– Cavalheiros! Tenho novidades para anunciar. É algo de grande importância, então ouçam com atenção. Nossa jornada juntos está chegando ao fim.

– Monsieur Landowski?! – exclamou Brouilly, a cor se esvaindo de seu rosto. Afinal, ele tinha tomado a decisão de deixar Bel no Rio para seguir com sua carreira em Paris.

– Nesta manhã, me ofereceram o cargo de diretor da Academia Francesa, em Roma.

Brouilly não respondeu. Eu me senti igualmente desolado, pois monsieur Landowski me fornecia abrigo, comida e, claro, generosamente minhas mensalidades no conservatório.

– Monsieur Brouilly, você não tem nada a dizer? – insistiu monsieur Landowski.

– Desculpe, monsieur. Parabéns. Eles fizeram uma ótima escolha.

Juntei-me aos elogios de Brouilly, oferecendo um sorriso largo (embora artificial) e uma salva de palmas.

– Obrigado, senhores. Imaginem só. Eu! Com um escritório! E um salário!

– O mundo sentirá falta do seu talento, monsieur – afirmou Brouilly, com uma tristeza genuína.

– Ora, não seja ridículo, Brouilly. Eu ainda vou esculpir. Sempre vou esculpir! Minha principal motivação para assumir o cargo é... Bem, suponho que você possa dizer que é culpa do nosso jovem amigo aqui. – Landowski apontou para mim, notando meu choque. – O que quero dizer é que eu tenho sentido um prazer imenso, tanto artístico quanto pessoal, de ver Bo progredir durante estes últimos anos. Monsieur Ivan diz que ele está a caminho de se tornar um violoncelista virtuoso. Tudo isso vindo de uma criança que mal conseguia ficar de pé quando nos conhecemos. Na verdade, estou com um pouco de inveja do seu professor, Bo! Embora tenha contribuído financeiramente, eu gostaria de ter sido o único a nutrir seus dons artísticos. Como tal, espero que, na Academia Francesa, eu seja capaz de desenvolver o talento de outros jovens no meu próprio campo.

Meu sorriso artificial se transformou em algo sincero.

– Esse é um sentimento muito bonito, monsieur – afirmou Brouilly, sem muito ânimo.

– Ah, Brouilly! Não fique tão abatido, homem! – Landowski foi até seu assistente e colocou a mão em seu ombro. – Você acha mesmo que eu iria deixá-lo sem rumo? Antes de aceitar o cargo, fiz alguns acordos com nosso colega monsieur Blanchet, da École des Beaux-Arts. Você vai assumir uma posição como professor assistente lá quando eu for para Roma, daqui a uma semana.

– É mesmo, monsieur? – Os olhos de Brouilly se arregalaram.

– Sim. Blanchet ficou mais do que feliz em aceitar minha carta de recomendação. É uma ótima instituição, e você será um ativo valioso. Eles certamente vão lhe pagar muito mais do que eu, no mínimo. Aproveite a renda regular enquanto trabalha em sua própria carreira.

– Obrigado, monsieur Landowski, obrigado. Nunca vou esquecer o que o senhor fez por mim.

Brouilly apertou vigorosamente a mão de seu mentor.

– É merecido. Afinal, eu não poderia ter completado o Cristo sem você... – Landowski segurou a mão dele com firmeza e a examinou, dando uma piscadela. – Seu trabalho viverá para sempre.

Landowski então se virou para mim.

– Jovem Bo! Sua vida continuará praticamente inalterada. Não tenho planos de vender a casa aqui e, é claro, estaremos de volta para as férias de verão e para o Natal também. A maioria dos funcionários será forçada a assumir novos cargos... mas Evelyn vai ficar. Fica bom assim para você?

Eu assenti.

– Ótimo! Então, acredito que é tradição celebrar mudanças com uma garrafa de champanhe...

Em sete dias, a família Landowski estava pronta para dar início à sua nova vida em Roma. Acredito que eu teria ficado muito mais emotivo em relação à iminente partida se não fosse por Elle. Enquanto ela estivesse ao meu lado, eu me sentiria invencível.

Como monsieur Landowski havia prometido, minha vida não foi alterada, exceto pela quantidade de tempo que eu passava com Evelyn, que agora era a única responsável pela manutenção da casa. Eu me correspondia por carta com ele com frequência. Ele me contava as histórias dos jovens *artistes* que passavam por suas portas na Academia Francesa e me dava atualizações sobre a família:

Marcel está trabalhando arduamente no piano. Como você sabe, ele espera estudar no conservatório nos próximos dois anos... Acho que ele tem uma boa chance. Não duvido que sua presença tenha proporcionado a motivação necessária para que ele perseguisse seus sonhos!

Devo dizer, não era totalmente desagradável ter toda a casa para mim, com acesso livre à biblioteca... e à cozinha. Até fui ousado o suficiente para manter breves conversas com Evelyn. Quando finalmente falei com ela, Evelyn chorou. Hoje, olhando para trás, percebo que eu vivia em um estado de sonho, extasiado pelo encanto intoxicante de Elle, a música e o que tinha começado a parecer completa segurança.

Quanta ingenuidade.

O início do fim começou no outono de 1935.

Elle e eu nos sentamos em um café na Rue Jean-de-la-Fontaine. Como já tinha mais de 18 anos, Elle havia deixado o Apprentis d'Auteuil e morava em um quarto escuro e sombrio no sótão de uma amiga de madame Gagnon. Ela ganhava um salário escasso fazendo a limpeza para a proprietária – madame Dupont –, mas aceitou, pois, com esse acordo, ela podia continuar frequentando as duas aulas semanais no *conservatoire*.

Certo dia me inclinei para trás na minha cadeira de metal e olhei para Elle, que estava sentada, olhando fixamente para seu café. Claramente, algo a incomodava.

– Está tudo bem, meu amor? – perguntei.

– Sim, tudo bem... É só que monsieur Toussaint gritou comigo durante a nossa última aula.

Eu abri um sorriso afetuoso.

– Como você já sabe, isso não é incomum no *conservatoire*.

Elle deu de ombros.

– Eu sei. Mas, para ser sincera, acho que Toussaint nunca gostou de mim. Ele se acha importante demais para ser obrigado a ensinar uma jovem novata. E tem razão, é claro. Nessas últimas semanas, porém, como vem tentando melhorar minha habilidade em ler partituras, ele tem sido particularmente venenoso.

– Não se preocupe. Tenho certeza de que ele está frustrado por você não ter aprendido *da maneira certa*. Tive uma experiência semelhante com monsieur Ivan – falei, tentando encorajá-la.

– Você tem razão. No entanto, ele disse algo estranho quando explodiu.

– O que ele disse? – indaguei.

– Disse que, se eu não fosse filha do Grande Russo, me forçaria a ficar acordada a noite toda para estudar.

Eu congelei.

– Perguntei o que ele quis dizer com o comentário sobre o "Grande Russo", e ele riu, argumentando que *certamente* eu não achava que estava em sua sala de aula apenas por mérito. Continuei a pressioná-lo, e ele ficou enfurecido, reclamando que não tinha tempo para ensinar crianças, e que Rachmaninoff deveria descer de seu trono e me ensinar ele mesmo.

– Ah... – gaguejei.

Elle franziu a testa.

– Eu disse que não estava entendendo, e ele riu e me avisou que ia escrever para o Grande Russo para lhe dizer que sua filha era uma inútil. Então, monsieur Ivan apareceu e pediu para falar com Toussaint no corredor. Eles saíram, conversaram por um tempo, depois Toussaint voltou e me mandou para casa. – Elle olhou para mim sem entender. – O que você acha que ele quis dizer com essa referência a Rachmaninoff?

Tomei um longo e lento gole do meu chá.

– Talvez eu consiga lançar alguma luz sobre a situação.

Ela parecia confusa.

– O que você quer dizer, Bo?

Suspirei e contei a história que monsieur Ivan tinha inventado. Quando terminei, Elle parecia compreensivelmente desapontada.

– Então... eu não teria conquistado um lugar no conservatório com base apenas no meu talento?

– Não é nada disso. Monsieur Ivan disse que você era filha de Rachmaninoff para que lhe fosse concedida uma audição. O resto, eu lhe asseguro, foi alcançado através de sua proeza musical.

– Todos lá pensam que sou a filha abandonada de Rachmaninoff?

– Bem, Toussaint e Moulin, sim. Por favor, tente não se preocupar. Eu vou conversar com monsieur Ivan em nossa próxima lição e saber o que aconteceu.

Nunca tive a chance de conversar com monsieur Ivan. Algumas noites depois, fui acordado por um barulho enquanto dormia na casa de Landowski. Abri os olhos e atirei as cobertas no chão. Apesar de minha nova vida em segurança, fiquei feliz em saber que, pelo menos em um nível subconsciente, meus sentidos permaneciam em alerta máximo. Minha antiga vida nos desertos congelados garantia que eu sempre "dormisse com um olho aberto", como meu pai costumava dizer.

O relógio na minha mesa mostrava que já passava das duas da manhã. Já totalmente desperto, ouvi um segundo som distinto vindo das entranhas da casa – uma porta se abrindo.

Eu não estava sozinho. Olhei pela janela e não vi luz na casa de Evelyn, então sabia que não era ela entrando na casa principal àquela hora da noite. Fui até a porta do meu quarto o mais suavemente que pude e virei a maçaneta com o máximo cuidado. Felizmente, ela abriu sem fazer barulho. Prestando atenção, ouvi o som de passos rangendo no assoalho de madeira do andar de baixo. Instintivamente, toquei a sacolinha no meu pescoço.

Seria ele? Será que ele havia, de alguma forma, me encontrado?

Era o momento que eu tanto temia.

Apesar do terror que corria pelo meu corpo, eu sabia que tinha uma vantagem tática sobre o intruso. Eu conhecia bem a casa dos Landowskis e, baseado nos sons e rangidos, imaginei que o intruso não tinha a mesma familiaridade. Pensei em me esconder, mas sabia que seria de pouca utilidade – era o meio da noite, e ele poderia simplesmente continuar procurando até me encontrar. Pensei também em correr, apenas correr até a porta e mergulhar na noite. Se *fosse* ele, duvidava que os poucos quilômetros de distância que eu seria capaz de impor entre nós seriam suficientes para me proteger. Infelizmente, concluí que uma ação ofensiva era necessária.

Lentamente, andei até o topo das escadas e ouvi os passos abaixo. Parecia que o intruso estava vasculhando a casa, como se procurasse algo. Ou, mais provavelmente, alguém. Eu. Depois de algum tempo, os passos progrediram em direção à ala leste da casa – a sala de visitas e a biblioteca –, e eu me arrisquei. Mantendo a leveza de movimentos, desci a escada na ponta dos pés até o térreo e fui na direção oposta. Caminhei direto para o ateliê e os cinzéis de monsieur Landowski. Peguei o mais afiado, voltei para o corredor, me mantendo sempre colado às paredes para evitar entrar no alcance da luz da lua. Assim que cheguei de novo à escada, parei para ouvir. Silêncio completo. Onde ele estava? Dei mais um passo para o corredor, e uma grande força me jogou para o ar. O intruso me agarrou por trás, tentando prender meus braços juntos. Chutei de volta o meu agressor o mais forte que pude, mirando seus joelhos. O grito subsequente me provou que eu tinha atingido o alvo. O intruso cedeu e relaxou o aperto. Nós dois caímos no chão. Soltei o cinzel durante a luta e me virei, em uma tentativa desesperada de encontrá-lo. Durante esses poucos segundos, o agressor se colocou de pé e disparou pelo corredor em direção à sala de estar. Felizmente, minha mão esbarrou no cinzel, eu o agarrei e fui atrás do intruso.

– Apareça! – gritei, sem conseguir controlar a raiva na voz.

A sala de visitas estava silenciosa, e eu só conseguir discernir as formas dos móveis à luz da lua.

– Você nunca foi covarde, Kreeg. Vamos nos ver.

A sala permaneceu estranhamente em silêncio.

– Você sabe, eu não quero lutar contra você. Nunca quis. Só estou com este cinzel para poder me defender, caso *você* me ataque. Há coisas que você não entende... coisas que eu quero muito tentar explicar. Por favor, apareça, e eu lhe conto tudo. – Não houve resposta. – Eu não a matei, Kreeg. Você precisa acreditar em mim. – Lágrimas começaram a se formar em meus olhos. – Como você pode achar que eu seria capaz de uma coisa dessas? Nós éramos amigos. Nós éramos irmãos.

Sequei as lágrimas e me obriguei a manter o foco.

– Eu só fugi naquele dia porque sabia que você me mataria. Eu era apenas um garotinho, Kreeg, assim como você. Agora já somos crescidos e devemos resolver isso.

Resolvi fazer uma última declaração que eu esperava que o atraísse para fora do esconderijo.

– O diamante está comigo. Eu nunca o venderia, como você supôs. Posso dá-lo a você agora. Ele fica pendurado em uma sacolinha de couro, que eu guardo em volta do pescoço. Basta aparecer, e faremos a transação. Então você pode ir embora e nunca mais precisaremos nos ver de novo, se for essa a sua escolha.

Houve um rangido por trás do armário no canto da sala. Eu sabia que a menção da pedra preciosa seria suficiente para tentá-lo.

– Um diamante, você disse? Então é isso que você guarda naquela bolsinha?

Eu conhecia aquela voz. Mas não era de Kreeg. Uma figura emergiu e, na escuridão, eu vi seu rosto.

– Monsieur Toussaint?

– Sabe de uma coisa? Para um menino que mal parece conseguir falar, você é bem eloquente.

– O que o senhor está fazendo aqui? O que o senhor quer?

– Eu não gosto de ser enganado, garoto. O Conservatório de Paris é a maior instituição musical do mundo, não um berçário. Como sabe muito bem, aquele rato russo, o Ivan, nos levou a acreditar que sua namorada era filha de Rachmaninoff. Quando ameacei escrever para ele, Ivan confessou. – Ele deu um passo em minha direção. – Eu perguntei a Ivan sobre você. Ele disse que você era protegido de Paul Landowski... que eu sei que assumiu um posto em Roma. Então, como penitência por me enganar, pensei em vir aqui e me servir de alguns vasos de Landowski. Mas agora sei que há algo muito mais valioso.

Ele deu outro passo.

– O senhor não entende.

– Na verdade, há duas coisas de valor nesta sala, menino. O diamante, que agora sei que está pendurado no seu pescoço... e você.

Eu hesitei.

– Eu?

– É óbvio que esse tal de Kreeg que você mencionou deve estar muito ansioso para saber a sua localização, considerando a situação que você acabou de me revelar tão prontamente. Tenho certeza de que ele pagaria generosamente por mais informações sobre você.

– Ele é pouco mais velho que eu, Toussaint. E não tem nenhum dinheiro. E se ele descobrir que você roubou o diamante de mim, vai matá-lo também.

Toussaint bufou.

– Podemos negociar, garoto. Talvez, se eu acabar com a sua vida agora e devolver o diamante ao jovem Sr. Kreeg, possamos encontrar uma maneira de dividir os ganhos...

Toussaint falava arrastado. Estava claramente bêbado.

– Monsieur, por favor. O senhor é um flautista. Não é um assassino! – implorei.

– Rapaz, com esse diamante em minha posse, posso ser o que eu quiser. Agora, venha aqui!

Toussaint avançou, mas eu antecipei sua manobra e pulei no sofá. Com minha vantagem de altura, pulei nas costas dele. Mas o homem era surpreendentemente forte e conseguiu se sacudir, fazendo nós dois cairmos no chão. Sofri todo o impacto do peso dele e perdi completamente o fôlego. Aproveitando a oportunidade, Toussaint girou o corpo e arrancou a sacolinha do meu pescoço. Ele a jogou para o lado antes de começar a me esganar.

Eu me senti estranhamente em paz quando a força vital lentamente se esvaía do meu corpo. Não houve nenhum pânico imediato... até que a imagem de Elle entrasse na minha cabeça e me enchesse com o ímpeto de lutar. Invocando cada grama de força em mim, peguei o cinzel e o enfiei no braço de Toussaint.

– Ai! – gritou ele, tirando as mãos do meu pescoço.

Aproveitei a oportunidade e recuperei a sacolinha, enfiando-a no meu bolso.

De repente, o quarto foi inundado de luz, e um grito alto veio da porta. Eu me virei e vi Evelyn, com uma das mãos no interruptor de luz e a outra sobre a boca. Toussaint, ainda segurando o próprio braço, levantou-se e tentou esconder o rosto curvando o corpo. Então, ele passou por Evelyn e correu para fora, pela porta da frente.

– Bo! O que está acontecendo? Ai, meu Deus, isso aí no chão é sangue?

Eu assenti.

– Você está bem?

Assenti, ofegante. Evelyn se ajoelhou ao meu lado e se pôs a procurar ferimentos.

– Você precisa falar comigo. Quem era aquele homem? Por que ele estava aqui?

Olhei para ela, atordoado.

– Bo, por favor. Conte-me tudo.

Expliquei a situação com toda a urgência que pude reunir.

– *Mon Dieu*, Bo. Você está com o diamante?

Eu dei uma batidinha no bolso.

– Ótimo, mas você não está mais seguro aqui. Ele pode voltar, e nem imagino com quem. É hora de ir embora.

– Embora? Para onde?

– O apartamento de monsieur Brouilly, em Montparnasse. Ele vai recebê-lo e você vai ficar seguro lá até que eu possa pensar em uma solução.

– Estou com medo que Toussaint vá atrás de Elle. Ele é o professor dela. É possível que saiba onde ela mora.

Evelyn fechou os olhos e assentiu.

– Acho que sua preocupação é justificada. Vá primeiro até ela.

– Mas, Evelyn, e você? E se Toussaint voltar aqui?

– Deixe que volte. Acho que ele não quer nada comigo. Vou mandar chamar Louis amanhã, e ele virá. Agora, corra. Você consegue chegar à casa de Elle, na Rue Riquet, em menos de uma hora, se se apressar. Suba e arrume suas coisas. Só o essencial. Vou escrever o endereço de monsieur Brouilly.

Subi correndo e enfiei algumas camisas e cuecas na minha bolsa de couro. Peguei o endereço de Brouilly com Evelyn e, depois de um longo abraço, corri noite adentro.

Cheguei à casa de Elle, na Rue Riquet, encharcado de suor e ofegante depois de uma viagem de 11 quilômetros. Sua janela ficava na parte mais alta da casa, e eu me amaldiçoei por não ter planejado isso com antecedência. Tudo que pude fazer foi reunir algumas pedrinhas da beira da estrada e lançá-las no painel do sótão. Era uma estratégia arriscada, mas não tive escolha. Depois de alguns minutos, deu resultado, e o rosto sonolento de Elle apareceu.

– Bo? – sussurrou ela.

Gesticulei para que ela descesse, e ela assentiu imediatamente.

Depois de alguns momentos, a porta da frente se abriu devagar, e Elle apareceu diante de mim em sua camisola branca. Ela me abraçou.

– O que está acontecendo, Bo?

– Vou explicar tudo quando estivermos seguros... mas agora preciso que você venha comigo.

A expressão dela endureceu.

– É *ele*? – perguntou Elle, o medo se espalhando por seus olhos.

– Não exatamente. Mas preciso que arrume algumas roupas e venha comigo. Vamos para o apartamento de monsieur Brouilly.

Nenhuma explicação adicional foi necessária. Em poucos minutos, Elle voltou, e caminhamos em silêncio pelas ruas secundárias em direção a Montparnasse. Por sorte, encontrar o endereço de Laurent se provou uma tarefa relativamente fácil, porque sua janela era adornada com orquídeas cor-de-rosa... que eu sabia ser uma das flores típicas do Brasil. Depois de vários toques na campainha, um Brouilly de olhos sonolentos e lacrimejantes surgiu. Ao perceber que eu batia à sua porta, veio nos receber. Ele gentilmente preparou um café forte, e eu relatei os eventos da noite.

– Meu Deus! Meu Deus! – repetia Brouilly. – Você é um enigma, Bo. O garoto silencioso. Olha como ele fala agora. Meu Deus!

Elle segurou minha mão, e sua presença me dava mais conforto do que eu seria capaz de expressar.

– Obrigado por ir me buscar – disse ela.

– Se eu não tivesse falado, Elle... Achei que fosse Kreeg. Eu estava tentando argumentar com alguém que nem estava na sala...

– É claro que você achou que era ele. Eu teria feito o mesmo.

Parei para observar o apartamento apertado de Brouilly. Uma lâmpada fraca servia para iluminar sua coleção de projetos semiacabados e ideias semiqueimadas. Esculturas, telas e ferramentas estavam espalhadas pelo lugar. O caos não ajudou meu estado mental, e escondi meu rosto nas mãos.

– Se eu não tivesse acordado! Toussaint teria roubado uns vasos e ido embora. Eu provavelmente não saberia de nada.

– Gostaria que Bel pudesse ouvi-lo falar – disse Brouilly, com tristeza.

Ergui os olhos para ele. Mesmo depois do que eu tinha acabado de contar, sua mente estava em outro lugar.

– Vocês tiveram mais algum contato, monsieur Brouilly? – perguntei.

Meu antigo companheiro de ateliê estava com um olhar assombrado e triste.

– Não.

Depois de algum tempo, Brouilly trouxe alguns cobertores. Insisti para que Elle dormisse no pequeno sofá e coloquei um travesseiro no chão. Elle baixou a mão e eu a segurei antes que a exaustão me dominasse e eu finalmente pegasse no sono.

A campainha tocou cedo na manhã seguinte, e Brouilly abriu a porta para Evelyn.

– Meus queridos, que bom vê-los.

Eu corri e a abracei com força.

– Olá, Elle. Estou feliz que esteja segura. Entrei em contato com a polícia – informou Evelyn.

– A polícia? – repeti, horrorizado.

– Sim, Bo. Não esqueça que a casa do meu patrão foi invadida ontem à noite, sem mencionar o detalhe de que o professor bêbado de Elle tentou matá-lo. Toussaint precisa ser preso. Afinal, não podemos ter um maluco delirante voltando ao Conservatório de Paris para ensinar jovens vulneráveis.

– Mas, Evelyn, a polícia vai querer falar comigo! Eles vão fazer perguntas sobre o diamante. Você não entende, eu não posso...

– Eu entendo, Bo, entendo perfeitamente bem. – Ela segurou minha mão. – Sempre entendi, desde que aquele garotinho bateu à minha porta pela primeira vez. Você já conheceu mais horrores na vida do que qualquer ser humano deveria experimentar, algo muito além da compreensão de uma mulher simples como eu. Então, sim, quando a polícia quiser falar com você com urgência, eu não terei a menor ideia de onde você estará.

Ela me deu uma piscadela.

Elle falou a seguir:

– Quando a polícia pegar Toussaint, ele vai distorcer a história e contar o que Bo revelou. – Ela olhou para mim com tristeza. – Lembre-se, ontem à noite você mencionou... matar uma mulher.

Fechei as mãos com força.

– Não! Eu disse que *nunca* poderia ter matado uma mulher!

Elle pousou uma mão reconfortante nas minhas costas.

– Eu sinceramente duvido que seja isso que Toussaint vai dizer. E lembre-se, Bo, você o machucou com um cinzel.

Eu vi os olhos de Brouilly se arregalarem.

– Legítima defesa – expliquei, com sinceridade.

– Sei disso. Mas você não tem documentos e, portanto, Toussaint terá uma vantagem.

Eu podia sentir as lágrimas se formando em meus olhos.

– Vou ter que fugir de novo. Como todos sabem, tenho prática nisso. Afinal, preciso terminar a busca pelo meu pai. Se ele estiver em algum lugar, será na Suíça. Vou chegar à fronteira. Elle, eu...

– Vou com você – ela me interrompeu.

Balancei a cabeça vigorosamente.

– Não, você não entende. Você já viu o que significa ter uma relação comigo. Não posso permitir que venha comigo.

Elle pegou minha mão.

– Bo, até o dia em que o conheci, minha vida era triste e monótona. Você mudou tudo. Se você vai embora, então eu também vou.

Ela me abraçou. Evelyn levou a mão ao peito, e vi Brouilly desviar o rosto, parecendo tentar aplacar as lágrimas.

– Por favor – implorei. – Eu preciso que você fique em segurança.

Laurent se descontrolou.

– Pelo amor de Deus, Bo, ouça o que ela está dizendo. – Ele jogou as mãos para o alto, impaciente. – Você não percebe que o amor é tudo o que importa? Acredite em alguém que sabe disso. Essa jovem venera o chão em que você pisa e você, claramente, retribui. Não cometa os mesmos erros que eu, Bo. A vida é curta. Viva por amor, e nada mais.

Olhei nos olhos de Elle e percebi que não havia mais possibilidade de discussão.

– Muito bem. Vamos sair em direção à fronteira ainda hoje, quando a noite cair.

– Fronteiras isso, fronteiras aquilo! – exclamou Evelyn. – Pelo amor de Deus, Bo, você acha mesmo que a sua Evelyn permitiria que você se resignasse a tal destino?

Olhei para ela, confuso.

– Como assim?

Ela suspirou.

– Desde o dia em que você chegou a Paris, monsieur Landowski sabia que estava fugindo de alguma coisa e que escolheu não falar porque estava com medo. Assim, ele foi sábio o bastante para entender que, em algum momento, você poderia ter que deixar a cidade. Ele decidiu ajudá-lo e fez planos para isso. – Evelyn me entregou um envelope cor de creme. – Tenho o prazer de anunciar que, a partir desta manhã, Bo, você é o vencedor do estimado Prix Blumenthal.

Fiquei boquiaberto.

– O que é isso, Evelyn? – indagou Elle.

– Você se lembra, Bo?

Ela olhou para mim e eu expliquei:

– É um prêmio concedido pela filantropa americana Florence Blumenthal a um jovem artista ou músico. Monsieur Landowski é um dos juízes. Mas, Evelyn, não estou entendendo... como posso ter ganhado esse prêmio?

– Monsieur Landowski fez acertos com Florence em 1930, pouco antes de sua morte. Aparentemente, a Srta. Florence ficou muito comovida com a sua história e eles fizeram um acordo: se você enfrentasse algum perigo aqui em Paris, receberia o prêmio, e os fundos subsequentes seriam usados para garantir sua segurança.

Eu não conseguia acreditar.

– Parabéns, Bo – disse Elle, calorosamente.

– Peço desculpas. – Evelyn sorriu. – Eu devia ter mencionado que o prêmio será compartilhado.

– Como assim? – perguntou Elle.

– Você também recebeu o Prix Blumenthal. Monsieur Landowski garantiu que ambos fossem protegidos, em caso de um desastre.

– Meu Deus! – exclamou Elle, em estado de choque.

Segurei a mão dela, um sorriso invadindo o meu rosto, apesar de tudo.

– Claro, os dois ficarão felizes em saber que uma condição do prêmio é que precisam continuar seus estudos instrumentais. Afinal, vocês foram premiados por sua habilidade musical.

– Como isso vai funcionar, Evelyn? – perguntei.

– Arranjos serão feitos para vocês se transferirem do Conservatório de Paris para outro conservatório europeu. Felizmente, monsieur Landowski tem muitos contatos, e estou esperando uma resposta dele com as instruções para sua jornada daqui para a frente.

– Aquele homem de bigode ridículo é brilhante demais – gaguejou Brouilly.

– Ele é, Laurent. Mandei um telegrama para ele essa manhã. Ele está elaborando um plano e vai me informar de sua decisão mais tarde.

Fiquei simplesmente sem palavras.

– Evelyn, não sei o que dizer...

Ela riu.

– Esse não foi sempre o seu problema, jovem mestre Bo?

Eu a abracei de novo.

– Obrigado, Evelyn. Obrigado por tudo que fez por mim.

– Mantenha-a sempre perto, Bo. Ela é um presente das estrelas – sussurrou Evelyn em meu ouvido.

Quando me afastei, vi que seus olhos castanhos brilhavam.

– Muito bem! – Evelyn bateu palmas, se recompondo. – Preciso ir para casa e esperar o telegrama de monsieur Landowski. Quando eu voltar, trarei seus instrumentos. Elle, você pode escrever uma bilhete para madame Dupont confirmando que sou sua tia e tenho permissão para pegar alguns de seus pertences?

– Boa ideia.

Elle pegou um pedaço de papel da mesa de Brouilly e começou a escrever.

– Aliás, se houver algum arranjo final que vocês queiram fazer antes de deixar Paris, agora é a hora. Adeus, *mes chéris.*

Com isso, Evelyn se virou e saiu do apartamento.

Nós três permanecemos em silêncio por uns instantes, enquanto o turbilhão começava a se acalmar. Depois, virei-me para Elle.

– Temos que escrever cartas. Há poucas coisas mais dolorosas do que alguém desaparecer da sua vida sem explicação. Vou escrever para monsieur Ivan.

Elle assentiu.

– Acho que preciso escrever para madame Gagnon.

Eu queria que minha carta para monsieur Ivan fosse breve, mas sincera.

Caro monsieur Ivan,

Espero que Evelyn tenha entrado em contato com o senhor e que esta carta o encontre em segurança. Lamento não poder assistir à aula de terça-feira. Eu queria escrever para agradecer por tudo. O senhor não apenas foi o melhor professor que qualquer jovem músico poderia desejar, mas também foi algo muito maior – o primeiro amigo de verdade que eu acredito ter tido.

Espero que um dia possamos nos encontrar novamente. Caso contrário, ouvirei com atenção todas as futuras gravações de orquestras sinfônicas parisienses e verei se consigo detectar o deslizar único de seu arco pelas cordas. Talvez o senhor possa fazer o mesmo e, dessa forma, sempre manteremos um ao outro em nossos corações.

Gostaria que soubesse que não o responsabilizo pelos mais recentes infelizes eventos. Sem a sua engenhosidade, e a... ajuda de monsieur Rachmaninoff, sei que não teria sido possível conceder a matrícula a Elle. Sou eternamente grato ao senhor por dar a nós dois uma chance.

Por último, por favor, permaneça atento a certo professor de flauta. Ele não é confiável. Eu lhe devia essa informação porque, bem... nós, émigrés, devemos ajudar uns aos outros, não é mesmo?

Bo D'Aplièse

Mais tarde naquela noite, Evelyn voltou de táxi com nossos instrumentos. Fui ajudá-la a descarregá-los, mas ela me deteve.

– Não saia, Bo. Nunca se sabe quem pode estar olhando.

Ela e Brouilly esvaziaram o carro rapidamente, e Evelyn o dispensou.

– Não vou me demorar. Tenho as instruções do Sr. Landowski. Ele tem um colega na Academia Francesa que também é um escultor de Paris. O nome dele é Pavel Rosenblum. O momento é auspicioso. Sua filha, Karine, está prestes a começar seu primeiro semestre no Conservatório de Leipzig. Ele fez algumas ligações, e vocês dois foram aceitos como graduandos.

– Leipzig? Na Alemanha? – perguntou Elle, nervosa.

Coloquei meu braço em volta dela.

– Isso mesmo – disse Evelyn. – É óbvio que, como graduandos, provavelmente será necessário que vocês ajustem um pouco suas idades. Não acho que isso será problema: os dois parecem mais velhos do que são.

– Quando vamos partir, Evelyn? E como viajaremos para a Alemanha? – perguntei.

– Você lembra que meu filho, Louis, trabalha na fábrica da Peugeot? Por sorte, ele vai entregar um novo carro a um cliente em Luxemburgo amanhã de manhã. Ele vai levar vocês dois através da fronteira e, dali em diante, será seguro seguir viagem até Leipzig de trem. Quanto à documentação, Bo, você vai pegar emprestado alguns documentos de Marcel, e Elle vai usar os de Nadine. Como vocês são jovens, acredito que não vão fazer uma avaliação muito rigorosa. Vocês precisam enviar os documentos de volta pelo correio assim que chegarem à Alemanha.

Toda aquela bondade, envolvendo tanta gente, fez com que um nó de emoção começasse a se formar em minha garganta.

– Você sabe onde vamos morar, Evelyn?

– Fui informada de que vocês terão alojamentos em um distrito chamado Johannisgasse, organizado com a ajuda de monsieur Rosenblum. É onde Karine está hospedada. Não tenho muitos detalhes. Tudo isso foi organizado em apenas um dia, mas aparentemente é um bom plano.

Repassei as perguntas práticas restantes na minha cabeça.

– E quanto ao dinheiro?

– Meus queridos, vocês são os destinatários do Prix Blumenthal. Garanto que a remuneração financeira será adequada para sustentá-los durante seus três anos de graduação. As mensalidades serão pagas e as contas bancárias reembolsadas... o Prix vai cuidar de tudo. Enquanto isso, aqui está algum dinheiro para os bilhetes de trem e comida. – Ela me deu um envelope marrom. – Você também vai encontrar o endereço do alojamento aí dentro.

Fitei os olhos gentis de Evelyn.

– Evelyn, nunca vou ser capaz de...

Minha voz finalmente foi bloqueada pelo nó. Eu tinha percebido que aquela poderia ser a última vez que eu a via, e meu coração se partiu. Sem dizer uma palavra, ela me abraçou firmemente, e eu enterrei meu rosto em seu casaco.

– Obrigada por ser meu *petit* companheiro, Bo. Lembre-se sempre: apesar de tudo, há mais pessoas boas no mundo do que más. Eu te amo muito. – Ela se afastou e enfiou a mão no bolso. – Tenho um telegrama para você, do monsieur Landowski.

Peguei o papel e o guardei em meu bolso, fazendo o melhor que podia para conter os soluços. Evelyn suspirou e se recompôs.

– Elle! Sinto muito que sua saída de Paris esteja repleta de tanta preocupação. – Ela a abraçou. – Cuide dele, está bem?

– Sempre – prometeu Elle.

– Muito bem. Louis estará aqui às seis da manhã em ponto. Vocês têm alguma carta?

– Sim.

Funguei e entreguei a ela minha mensagem para monsieur Ivan, e Elle, sua carta para madame Gagnon.

– Fiquem tranquilos, eu vou entregá-las em segurança. Quando tudo se acalmar, espero que nos encontremos novamente. Tentarei escrever para vocês em Leipzig, dependendo do quão intensamente a polícia decidir acompanhar os eventos de ontem à noite. Comportem-se, vocês dois. E viajem em segurança.

Dessa vez, foi a voz de Evelyn que vacilou, e ela se apressou para sair do apartamento de Brouilly.

– Sabe, acho que não cheguei a dizer mais do que algumas palavras para madame Evelyn – observou Brouilly. – Você tem sorte de tê-la tido em sua vida – acrescentou.

– Eu sei – respondi.

Uma noite insone se seguiu e, às seis em ponto, ouvimos o barulho de um motor na rua. Brouilly, embora semiadormecido, nos ajudou a estocar nossos instrumentos no novíssimo e brilhante Peugeot.

– Bom dia, Bo! Que prazer ter uma companhia tão agradável nesta longa viagem.

Meu velho conhecido Louis abriu um sorriso, e meus nervos se acalmaram.

Antes de voltar para dentro de casa, Brouilly colocou a mão no meu ombro.

– Bel sempre soube que valera a pena salvar você. Por favor, mantenha-a em seus pensamentos. Você estará nos meus.

Apertei a mão dele e entrei no carro. Logo estávamos saindo de Paris em direção ao futuro. Enquanto tentava me acomodar e dormir um pouco, senti algo espetar o lado externo da coxa. Lembrei que ainda tinha o telegrama do Sr. Landowski, que esquecera de abrir na noite anterior:

> **Se você não mudar de direção, pode acabar exatamente aonde está indo – Lao Zi**
> ***Bonne chance*, garoto.**

21

Leipzig, Alemanha, 1936

Espero ter sido capaz de dar uma visão geral das circunstâncias que levaram à nossa fuga de Paris no ano passado. A viagem para Leipzig acabou sendo bastante simples, e Evelyn e monsieur Landowski têm cumprido sua promessa. O Prix paga nossas mensalidades e acomodações e também fornece uma mesada para nossos gastos pessoais enquanto estudamos. Infelizmente, não tive contato direto com nenhum dos meus amigos desde que saí de Paris. No entanto, na noite da minha primeira apresentação solo no Conservatório de Leipzig, um grande buquê de rosas foi enviado anonimamente para o meu camarim, com um cartão que dizia "Lembranças de Roma".

Nossa nova vida na Alemanha tem se mostrado uma experiência diversificada. Elle e eu moramos em alojamentos separados em Johannisgasse. Há uma cafeteria no meio do caminho, que se tornou nosso refúgio favorito no último ano. Ao contrário de mim, Elle tem uma colega de quarto. Essa é a prática padrão para todas as mulheres no Conservatório de Leipzig. Por acaso, ou por destino, sua colega de quarto é ninguém menos que Karine Rosenblum, e as duas se tornaram grandes amigas. A Srta. Rosenblum é o completo oposto de Elle em todos os sentidos imagináveis – então, naturalmente, elas se dão muito bem.

Karine é uma verdadeira boêmia, optando por usar calça e jaqueta na maioria dos dias, em contraste aos convencionais pulôver, camisa e saia de Elle. Ela tem uma cabeleira preta aveludada, que me lembra o pelo de uma pantera, e seus olhos escuros brilhantes se destacam na pele muito branca. Passamos muitas noites nos divertindo com histórias sobre os pais dela – especialmente sobre a mãe, que é uma cantora de ópera russa! Não mencionei monsieur Landowski nem qualquer outro detalhe sobre meu passado. Isso só levaria a perguntas que eu não poderia responder. Tento passar o máximo de tempo possível em silêncio e deixo que Elle fale por nós dois.

No caso de Elle, não há necessidade de nenhum grande desvio da verdade. Ela contou a Karine que é órfã, mas que um professor de música em Paris viu seu talento e a indicou para uma bolsa de estudos. Se alguém pergunta sobre minha história, digo apenas que venho de uma pequena família de artistas de Paris. Descobri que isso, em geral, basta. Ironicamente, com a idade venho aprendendo que me manter mudo provoca muito mais perguntas.

As aulas no conservatório são incríveis. A alegria que sinto em dedicar dias inteiros a estudar música, em vez das minhas habituais duas tardes por semana, é indescritível. O conservatório decidiu muito rapidamente que eu deveria focar apenas no violoncelo, já que os professores sentem que sou mais talentoso neste instrumento. No entanto, mantenho meu violino guardado em segurança debaixo da cama, exatamente como fazia em Paris, e o toco com frequência para relaxar minha mente. Na verdade, isso tem me permitido redescobrir minha alegria infantil pelo instrumento. Como Elle diz, agora eu tenho "um para os negócios e outro para o prazer".

Aqui em Leipzig, usufruímos de todo o espectro da vida em um conservatório – tocamos em orquestras, damos concertos, compomos... Vivo grande parte do tempo em um estado onírico, o que tem sido essencial, pois a realidade ao nosso redor é muito mais assustadora do que eu jamais poderia imaginar.

Em março de 1933, o Partido Nazista de Adolf Hitler chegou ao poder na Alemanha. Para minha vergonha, eu sabia pouco sobre as lamentáveis ideologias do homem de bigodinho. Elle naturalmente estava mais atenta ao movimento crescente, mas apenas através de artigos em jornais franceses, que eram poucos. Foi Karine – também judia – que nos informou do verdadeiro mal político do nazismo. Ficamos sabendo que uma das primeiras coisas que Hitler fez quando assumiu o cargo foi aprovar uma decisão que permitia ao seu gabinete promulgar leis sem o consentimento do Parlamento. Na verdade, isso deu a Hitler o controle ditatorial da nação, e o totalitarismo começou a dominar a Alemanha. Os nazistas dissolveram os demais partidos políticos, aboliram os sindicatos e estão tentando prender qualquer um que se oponha ao regime. Há até rumores obscuros de campos onde prendem seus inimigos e os sujeitam à tortura, algo que só pode ser definido como desumano.

Hitler não faz questão de esconder seu ódio pelo povo de Elle. Aparentemente, ele os culpa pela derrota da Alemanha durante a Grande Guerra – um sentimento desprezível, que faz meu estômago se revirar. Como resultado da insanidade intolerante de um homem, o antissemitismo agora é política oficial do governo. Parece que a maioria do país está disposta a aceitá-lo, acreditando que Hitler restaurará o status de superpotência global da Alemanha.

Levando tudo isso em consideração, as condições em que vivemos aqui em Leipzig são tensas, principalmente porque o prefeito, Carl Friedrich Goerdeler, é um firme opositor das crenças de Hitler. Não sabemos como ele ainda se mantém no cargo – talvez porque seu vice, um homem diminuto chamado Haake, seja um membro oficioso e obediente do partido. Enquanto escrevo, Goerdeler está em Munique, encontrando-se com os servos de Hitler, onde não duvido que esteja sendo pressionado a empregar sua retórica antissemita aqui em Leipzig. Enquanto Goerdeler estiver no poder para nos proteger, os cidadãos de Leipzig se sentem relativamente seguros. Mas, na verdade, não sei quanto tempo mais isso pode durar.

Meu coração se parte todos os dias quando vejo a preocupação estampada no rosto de Elle. É comum ver oficiais da SS vagando pelas ruas daqui e a Juventude Hitlerista – a maneira de o Partido Nazista garantir seu futuro via doutrinação – frequentemente desfila em público. Em breve, teremos uma geração de cidadãos que aceitam o ódio racial como algo normal.

A probabilidade de que Elle e eu não possamos prosseguir com nossa graduação no Conservatório de Leipzig parece crescer a cada dia. Discutimos um retorno a Paris – ou talvez a algum outro lugar da França –, mas me preocupo que, se a Alemanha declarar uma guerra, ela também chegará ao país natal de Elle.

Essa noite, Elle e eu vamos nos encontrar com Karine para tomar café e discutir a situação, ao lado do namorado dela, um norueguês chamado Jens Halvorsen (embora ele seja chamado de "Pip" pelos amigos). No que me diz respeito, Pip parece confortável demais sobre a situação aqui na cidade. Acredita que os nazistas não tocarão nos alunos do conservatório, alegando que, apesar de tudo, Hitler é um defensor da música e da cultura. Karine está ficando cada vez mais frustrada com seus conselhos de manter a calma.

22

Era ele.

Kreeg Eszu.

Eu reconheceria aqueles olhos verdes penetrantes em qualquer lugar.

Como ele me encontrou? Será que conseguiu me rastrear até Paris, e alguém lá falou? Toussaint, talvez? Minha mente está acelerada, e estou recorrendo ao meu diário para tentar ordenar meus pensamentos.

Encontramos Pip e Karine no café, como planejado, e a conversa rapidamente se voltou para a situação política em Leipzig.

– Elle e Bo também estão preocupados – disse Karine para Pip. – Elle é judia, mesmo que não pareça. Sorte dela – acrescentou em um murmúrio.

– Achamos que deve ser apenas uma questão de tempo até que o que está acontecendo na Baviera comece a acontecer aqui – explicou Elle, em voz baixa.

Pip subitamente se irritou.

– Temos que esperar e ver o que o prefeito conseguirá fazer enquanto está em Munique. Mas, mesmo que o pior aconteça, tenho certeza de que eles não vão tocar nos alunos de nossa escola.

Karine balançou a cabeça e suspirou. Pip voltou sua atenção para mim.

– Como você está, Bo? – perguntou ele.

– Estou bem – respondi.

– Onde vocês vão passar o Natal?

Eu parei para considerar.

– Eu...

Antes que eu pudesse responder, vi dois oficiais da SS entrarem no café, exibindo seus uniformes cinzentos, com pistolas embainhadas em coldres de couro em torno da cintura. Quando vi o mais novo dos dois, tive a sensação palpitante de que todo o sangue do meu rosto estava sendo drenado.

Embora estivesse uma década mais velho, Kreeg ainda tinha a mandíbula bem marcada, olhos expressivos e maçãs do rosto salientes, com a pele em tons de oliva. Ele me encarou. Com toda a calma possível, baixei os olhos e virei o rosto. Eszu e seu colega sentaram-se a uma mesa a apenas alguns metros da nossa. O homem que jurou me matar estava ao alcance de meu toque.

– Ainda não temos certeza de nossos planos – gaguejei para Pip, que ainda esperava a minha resposta.

Discretamente, eu me virei para Elle.

– Ele está aqui. Kreeg – sussurrei.

Os olhos dela se arregalaram.

– Não se mova. Vamos esperar alguns minutos e sair do café.

Ela agarrou minha mão com força.

Ver Kreeg fora chocante o suficiente, mas a visão dele com o uniforme cinza da SS fez meu estômago se revirar. Quando crianças, construíamos iglus na neve, subíamos em árvores congeladas e contávamos histórias um ao outro durante as longas e escuras noites siberianas. E, agora, ele servia ao Partido Nazista. Olhei para baixo. Embora desejasse saltar e correr, eu sabia que seria inútil. Não duraria um minuto.

– Foi ótimo nos encontrarmos, mas Bo e eu realmente temos que voltar para casa. Temos alguns deveres para terminar, não é, Bo? – anunciou Elle. Eu assenti. – Vejo você mais tarde, Karine. Tchau, Pip.

– Ah, tchau, então – respondeu Pip.

Karine tinha um olhar compreensivo, deduzindo que estávamos apenas perturbados pela presença dos oficiais.

Ainda segurando minha mão, Elle se levantou e começou a se dirigir para a porta. Embora eu tivesse interrompido o contato visual com Kreeg, senti o olhar dele me seguindo pelo café. A cada passo, minha expectativa de receber uma bala nas costas aumentava, mas não houve nenhum tiro. Quando chegamos à saída, não consegui resistir à tentação de me virar e olhar para ele mais uma vez. Para minha surpresa, ele estava de costas para mim, tomando o café que tinham acabado de servir.

Voltamos ao meu alojamento o mais rápido possível, caminhando com normalidade para não chamar a atenção.

– Tem certeza de que era ele, Bo? – perguntou Elle, sem fôlego.

– Quase absoluta. Já se passaram tantos anos... mas os olhos são os mesmos. Meu Deus, meu Deus!

Minha exasperação crescia a cada segundo.

– Por favor, tente manter a compostura, amor. Você acha que ele rastreou você até aqui?

Dei de ombros.

– Só pode ser... Não consigo pensar em outra explicação. Mas, quando saímos do café, ele não estava nos vigiando. Estava de costas para nós.

Elle assentiu, aliviada.

– Isso é bom. Talvez ele não o tenha reconhecido. Mas, Bo, vocês dois são russos. Como é que Kreeg pode ser um membro da SS?

– O pai dele era prussiano. Você lembra? Eu lhe contei tudo sobre Cronus Eszu.

– É verdade – respondeu ela, recordando-se da história.

Chegamos ao antigo prédio de calcário que eu chamava de lar e subimos às pressas as escadas estreitas, para o terceiro andar. Quando entramos em meu quarto, tranquei a porta e fiz questão de fechar as cortinas finas. Felizmente, a mulher que dirigia os alojamentos, Frau Schneider, era uma velha boêmia que dificilmente se incomodava com uma moça entrando no prédio, desde que não ouvisse nada e ela fosse embora até as nove.

Sentei-me na cama barulhenta e coloquei a cabeça nas mãos.

– Se estávamos procurando sinais de que devemos deixar Leipzig, acho que tivemos um grande o suficiente. Temos que tomar providências para fugir o mais rápido possível.

Passei as mãos pelo cabelo. Minha respiração estava curta e afiada, e eu sentia frio e calor ao mesmo tempo.

– Eu não me... eu acho que não me... – continuei.

O mundo ficou embaçado, e meu campo de visão começou a se estreitar. Elle se juntou a mim na cama.

– Está tudo bem, meu amor. Você está bem. – Ela colocou um braço reconfortante em volta de mim. – Fique calmo. Você está seguro, e eu estou aqui. Você teve um choque, mas vai passar.

– Temos que ir embora, Elle. Ele virá atrás de mim... ele virá atrás de nós...

– Concordo, meu amor. Mas você pode me ouvir por um momento?

Eu me recompus e assenti.

– Obrigada. Agora, pelo que você me disse, Kreeg Eszu tem uma missão na vida: acabar com a sua. Certo?

– Você sabe a resposta.

– Bem, então, se ele tivesse reconhecido você no café, não teria deixado de agir, sem se importar com as consequências. Você concorda?

Pensei por um momento, antes de concordar.

– Suponho que sim.

– Assim podemos deduzir que ele não percebeu quem você era. E, por consequência, podemos presumir que não há perigo imediato para você. Está seguindo o meu raciocínio? – perguntou ela. Eu hesitei, mas ela continuou: – Da mesma forma que não há perigo imediato para mim na situação política de Leipzig. Ninguém está invadindo nossas casas e nos segregando... ainda. Isso não quer dizer que as coisas não possam mudar de uma hora para outra, mas, por enquanto, neste momento, estamos seguros, e estamos juntos. Então, por favor, meu bem, fique calmo. Por mim, se não por você mesmo.

Minha respiração desacelerou, e eu olhei nos olhos de Elle.

– Me desculpe.

– Por favor, amor, não precisa se desculpar. Eu só quero que perceba que você está bem, e eu estou aqui ao seu lado.

Ela passou os dedos pelo meu cabelo, o que sempre tinha um efeito reconfortante.

Depois de alguns instantes, levantei-me da cama.

– Hora de agir. Vou começar a formular planos para nossa fuga. – Tirei minha mala do guarda-roupa no canto do quarto. – Você precisa ir ao Deutsche Bank amanhã e retirar todos os fundos que puder. Então, vamos pegar o último trem para fora da cidade.

– Para onde você propõe que a gente vá, Bo? De volta à França? De volta a uma polícia que ainda está, muito provavelmente, procurando prendê-lo? Não conseguiríamos falar com Evelyn nem com os Landowskis. A notícia de seu retorno após um misterioso desaparecimento se espalharia por Boulogne-Billancourt, e a polícia iria encontrá-lo.

– Tem razão. Não podemos voltar para a França, é um risco muito grande. Vamos para a Suíça. Está na hora. Eu tenho que descobrir o que aconteceu com meu pai.

Elle suspirou.

– Há quantos anos você fala em chegar à Suíça, Bo? Ainda acredita que ele esteja vivo?

Fui pego desprevenido.

– Não, é claro que não. Mas o que você propõe? Que fiquemos aqui na Alemanha? Não acabamos de concordar que Kreeg pode me matar? Ou que Hitler pode fazer o mesmo com você?

Chutei minha mala com frustração e imediatamente me senti culpado. Elle estava tentando ajudar, mas eu estava consumido por um turbilhão de pânico.

– Me escute – implorou ela. – Não há nada que possamos fazer sobre Hitler. Mas talvez haja algo que possamos fazer sobre Kreeg.

Coloquei as mãos nos quadris.

– E o que seria, Elle?

– Eu pensei nisso ao longo dos anos. Por que você não devolve o diamante? – perguntou ela.

Não pude deixar de rir.

– Ah, Elle. Você sabe que eu tentei entregar a pedra a ele na Sibéria. Mas ele não quis nem ouvir. Simplesmente me atacou.

Elle assentiu.

– Eu sei, mas muita coisa mudou desde então. Vocês eram crianças. E considerando a situação que você me descreveu, não consigo imaginar como Kreeg poderia chegar a outra conclusão. – Ela fez uma pausa, claramente contemplando se suas próximas palavras seriam sábias. – Afinal, você estava sobre o corpo da mãe dele.

Estremeci com a lembrança. Eu tentara, por muitos anos, apagá-la da minha mente.

– Por que você precisa me lembrar disso?

– Porque, amor, você tem que se lembrar de que não é um assassino. Eu me preocupo que às vezes você se esqueça. Você é inocente, e não tem nada a temer do Criador.

– Não é o meu Criador que eu temo. Já meu irmão... Kreeg... é outra história.

– Kreeg acredita que você matou a mãe dele para ficar com o diamante. Ambos sabemos que isso não é verdade. Ele precisa aceitar a verdade da situação.

– E como você propõe que eu faça isso, Elle? Devo ir até ele na rua, bater no ombro dele e abraçá-lo? Quer que eu jogue o diamante na cara dele e diga: "Sem ressentimentos, irmão?"

– Eu entendo como você deve estar se sentindo, Bo, mas não há necessidade de ser agressivo comigo. – Elle parecia desapontada.

– Peço desculpas, mas acho que você esqueceu por que estamos aqui, em primeiro lugar. Kreeg jurou me caçar e vingar a mãe, não ia descansar até fazer isso. Eu o conheço, Elle. Talvez melhor do que qualquer um no planeta. Ele vai manter sua palavra.

– Eu sei. Mas antes precisamos nos lembrar de várias coisas. Número um, ele não conhece o seu novo nome. Você é Bo D'Aplièse aqui. Número dois, você cresceu. Sei que reconheceu Kreeg de imediato, mas não será necessariamente tão fácil para ele. Em terceiro lugar, que instrumento Kreeg sabe que você toca?

– Violino. – Então me dei conta. – Ah.

– Exatamente. Ele não vai fazer perguntas sobre um estudante chamado Bo D'Aplièse, que toca violoncelo. Se estiver farejando ao redor, talvez comece a perder a esperança de que você esteja aqui.

– Acho que isso é possível, sim.

– Bem, então talvez as estrelas tenham lhe dado uma oportunidade. Kreeg não tem o elemento surpresa que você teme. Se formularmos um plano para devolver o diamante a ele, talvez com uma carta explicando as circunstâncias completas e verdadeiras em torno da morte de sua mãe, então pode ser que ele desista de persegui-lo.

Balancei a cabeça com tristeza.

– Isso nunca será o bastante, Elle, apesar da verdade. Ele quer a minha vida.

Ela colocou a mão em meu rosto.

– Não vale a pena tentar, meu amor? Você e eu poderíamos viver em paz, de verdade.

– Estou com medo, Elle. Tenho medo dele.

– Eu sei. Mas sua Elle está aqui com você. – Ela se levantou e começou a andar em círculos pelo quarto, pensando em voz alta. – Em primeiro lugar, é imperativo que você fique dentro de casa por enquanto, para que eu possa descobrir onde Kreeg mora e como é sua rotina. Você acha que esse é um começo razoável?

Suspirei.

– Sim.

– Bom! Então, vamos começar.

– Elle...

– Sim, amor?

– Eu imploro a você: tenha cuidado. Estamos apenas presumindo que Kreeg não me reconheceu essa noite. Ele é um sujeito astuto e muito perigoso. Se algo acontecesse com você, eu me entregaria a Eszu de bom grado.

– Eu sei. É por isso que vamos tentar acabar com isso, de uma forma ou de outra. – Elle me beijou. – Até logo, amor. Vou voltar com informações assim que puder.

Com isso, ela destrancou a porta do meu quarto e saiu do alojamento.

E agora, aqui estou eu, congelado de medo de que algo aconteça a Elle, ou que Kreeg tenha percebido que era eu no café. De vez em quando, abro minha cortina só um pouquinho e olho para a rua, meio que esperando ver um homem de uniforme da SS olhando para mim. Prevejo uma longa noite pela frente.

23

Elle voltou às dez da manhã seguinte, pálida e abalada. Ela mal conseguia falar, então eu a fiz se sentar e preparei uma xícara de chá na pequena cozinha do térreo. Enquanto ela bebia, eu a segurava em meus braços até que alguma cor voltasse ao seu rosto.

– Foi horrível, Bo. Tão horrível.

Quando finalmente se sentiu capaz de falar, Elle descreveu a cena assustadora que acabara de testemunhar no Gewandhaus, a maior sala de concertos da cidade. A praça do lado de fora ostentava uma estátua do grande Felix Mendelssohn, o fundador judeu do conservatório original de Leipzig. Naquela manhã, membros da Juventude Hitlerista haviam derrubado a estátua e a transformado em uma pilha de escombros.

– Eles tinham o rosto enfurecido e rangiam os dentes, Bo. Eram como animais raivosos, cegos pelo ódio. Eu tive que controlar meus nervos e passar, mostrando a menor emoção possível.

Elle fechou os olhos na tentativa de bloquear a lembrança da cena.

– Goerdeler vai ficar furioso – comentei. – Como alguém poderia odiar um homem que deu tanto ao mundo?

– Aposto qualquer coisa que foi aquele venenoso do Haake quem organizou tudo. Faria sentido para ele realizar um movimento intimidador enquanto Goerdeler está em Munique. Agora, certamente ele será forçado a sair. Então, Leipzig estará perdida.

– Elle, eu sinto muito.

Ela pegou um lenço e secou os olhos.

– Tem mais coisa. Eu vi Kreeg parado perto dos escombros, gritando instruções para as crianças. Acho que ele supervisiona a brigada da Juventude Hitlerista.

Estremeci ao pensar em sua influência sobre crianças inocentes.

– Acho que agora consigo descobrir seus movimentos sem muita dificuldade – prosseguiu Elle. – Só preciso saber qual é a agenda da brigada. Então, saberemos onde Kreeg estará em todos os momentos.

– Bem, suponho que, se existiu algum lado positivo nessa manhã, foi esse.

Elle baixou a cabeça.

– Eu não diria isso, Bo.

Repreendi a mim mesmo.

– Isso foi algo estúpido de se dizer. Não vou deixar que eles a machuquem, meu amor, eu juro. – Ela abriu um sorriso triste e eu perguntei: – Aliás, você não tem aula agora?

– Não. O diretor Davisson fechou o conservatório. Ele achou que seria muito perigoso para os alunos, então vou encontrar Karine na Wasserstraße.

Ela se ergueu.

– Elle, não acho que seja uma boa ideia. Karine é facilmente identificada como judia. Se as ruas estão tomadas por essas ações antissemitas hoje, fico preocupado com a sua segurança.

– Bo, precisamos lembrar que temos um dever com nossa amiga. Ambos sabemos que Pip não enxerga a gravidade da situação. Ele está muito mais preocupado em terminar sua peça.

Eu assenti.

– Eu deveria estar tocando violoncelo na orquestra... – Afastei o pensamento. – De qualquer forma, não posso deixá-la sair sozinha hoje. Quero ir junto.

Elle refletiu.

– Admito que me sentiria melhor se você viesse. Kreeg e sua brigada da Juventude Hitlerista organizaram um fogueira de livros perto dos escombros da estátua de Mendelssohn. Eles exigem que os alunos joguem partituras escritas por compositores judeus naquele inferno...

A voz de Elle estava embargada. Levantei-me e a tomei em meus braços.

– Vista seu casaco mais largo – aconselhou ela –, e sua touca também. Não vamos correr nenhum risco.

Nós nos sentamos em um canto isolado da cafeteria Wasserstraße e esperamos Pip e Karine chegarem. Quando eles se juntaram a nós, Karine estava abalada e dava para perceber que ela estivera chorando. No entanto, a melhor amiga de Elle dirigiu-se à mesa com resiliência.

– Agora que isso aconteceu, não temos ninguém para nos proteger. Todos sabemos que Haake é antissemita. Ele já tentou impor aqui as leis horrorosas do resto da Alemanha. Quanto tempo até impedirem os médicos judeus de trabalhar e os arianos de atendê-los aqui em Leipzig? – indagou ela.

Pip ergueu as mãos para pedir calma.

– Não podemos entrar em pânico. Vamos esperar até Goerdeler voltar. Os jornais dizem que será em alguns dias. Ele foi de Munique para a Finlândia em uma missão para a Câmara de Comércio. Tenho certeza de que, quando souber disso, vai voltar para Leipzig imediatamente.

– Mas o clima é de ódio! – desabafou Elle. – Todos sabem quantos judeus estudam no conservatório. E se eles decidirem ir mais longe e destruir todo o prédio, como fizeram com sinagogas em outras cidades?

– O conservatório é um templo da música, não pode ser influenciado por um poder político ou religioso. Por favor, vamos tentar manter a calma – reiterou Pip.

– É muito fácil para você dizer isso – comentou Karine, em voz baixa. – Você não é judeu, e pode até se passar por um desses nazistas. – Ela lançou um olhar para o cabelo ondulado louro-avermelhado e os olhos azul-claros de Pip. – É diferente para mim. Logo depois que a estátua foi retirada, passei por um grupo de jovens a caminho do conservatório e eles gritaram "*Jüdische Hündin*!".

Seus olhos marejaram. Todos nós sabíamos que aquelas palavras significavam "puta judia".

– E mais – prosseguiu Karine. – Não posso nem falar com meus pais. Eles estão nos Estados Unidos se preparando para a nova exposição de esculturas do meu pai.

De repente, parecia que o sangue de Pip começara a ferver. Ele segurou a mão da namorada.

– Meu amor, eu vou mantê-la segura, mesmo que tenha que levá-la comigo para a Noruega. Nada de ruim vai acontecer com você.

Ele apertou a mão dela com mais força e afastou um fio de cabelo preto de seu rosto ansioso.

– Você promete? – perguntou Karine, com uma ingenuidade que fez meu coração doer.

Pip beijou sua testa com ternura.

– Prometo.

Elle e eu ficamos satisfeitos por, pela primeira vez, Pip parecer ter aceitado a gravidade da situação.

Durante os dias seguintes, permaneci em meu alojamento e enviei um bilhete através de Elle para avisar aos meus professores que estava com gripe. Ela vinha me visitar todas as noites e me atualizava sobre os movimentos de Eszu. Na terceira noite, voltou com novas informações.

– Segui alguns oficiais da SS até o centro da cidade hoje. Descobri que eles ficam em um hotel perto do NSDAP – disse ela, com uma pitada de empolgação na voz.

– O que é o NSDAP?

– Uma espécie de sede administrativa. A polícia estadual está sediada lá.

Eu me inclinei sobre a minha frágil mesa de madeira.

– Você acha que Kreeg está lá?

– Muito provavelmente sim. Mas...

Ela desviou o olhar.

– O que foi, Elle?

– Descobri que há um sistema de rotação. Kreeg viaja pelo país, visitando diferentes brigadas da Juventude Hitlerista, garantindo que as técnicas locais de doutrinação estejam sempre sendo aplicadas. Ele vai deixar Leipzig em breve.

Eu dei uma risada de descrença.

– Quem lhe disse isso?

– Falei com um deles.

Meu humor mudou rapidamente.

– O quê?! Elle, onde você estava com a cabeça? Eu só concordei com esse plano com a condição de que você não se colocasse em perigo!

Ela segurou minhas mãos.

– Quer melhor maneira de me proteger do que demonstrar apoio à causa? Eu me aproximei de um dos garotos mais jovens; ele estava fumando perto das colunas do conservatório. Disse quão bonito ele ficava no uniforme e elogiei o trabalho maravilhoso que fizeram para derrubar a estátua no outro dia.

Soltei as mãos de Elle e comecei a massagear minhas têmporas.

– Ah, Elle. Continue.

– Perguntei ao soldado qual era o seu trabalho, e ele me disse que era responsável por treinar a brigada juvenil sob supervisão do primeiro-tenente Eszu... que deve partir amanhã.

Minha raiva explodiu.

– Você está brincando com fogo, Elle. E se ele soubesse que você é judia?

Elle revirou os olhos.

– Pelo amor de Deus, olhe bem para mim. Meu cabelo louro e meus olhos azuis não poderiam ser mais adequados para a visão ariana que eles fazem da Alemanha, poderia? É incrível o que um pouco de charme pode fazer...

Suspirei.

– Não sei como me sentir. Acho que devia ficar feliz por saber que, se permanecer quieto pelas próximas 24 horas, Kreeg sairá de Leipzig e eu estarei novamente em segurança. Por outro lado, não poderemos seguir o seu plano.

– Não. Embora o jovem oficial tenha me contado que o tenente Eszu voltará em seis meses para garantir o padrão do treinamento. Isso nos dará tempo para montar um plano mais concreto sobre como devolver o diamante a ele e garantir a sua segurança.

Comecei a andar ao redor do meu pequeno quarto.

– Sim, mas isso não muda a posição em que nos encontramos aqui, Elle. Os nazistas não estão fazendo as malas e partindo, como Kreeg. Ainda não é seguro para você.

Elle pensou por um instante e então falou:

– Como Pip previu, Goerdeler está de volta. Esta tarde, ele prometeu reconstruir a estátua de Mendelssohn. O plano de Haake para expulsá-lo falhou. Eu acho que... as coisas parecem mais estáveis lá fora. Enquanto Goerdeler ocupar o cargo, não há ameaça iminente.

Parei de andar e olhei nos olhos dela.

– Você está realmente propondo que fiquemos, Elle?

Ela balançou a cabeça lentamente.

– Eu devo isso a Karine. Pip não vai a lugar nenhum por enquanto, e ela precisa do nosso apoio. Não se esqueça, Bo: sem o pai dela, não estaríamos aqui. Devemos ficar para protegê-la.

Não havia como discordar do que Elle dizia. Se Karine ia ficar, então também ficaríamos.

– Eu entendo – falei.

– Obrigada, Bo. – Fui recompensado com um beijo no rosto. – Você já percebeu que faltam apenas alguns dias para os feriados de Natal? Pip e Karine planejam passar uma semana em um pequeno hotel, registrando-se como marido e mulher. Frau Fischer, a diretora do meu alojamento, estará visitando a família em Berlim na mesma época. – Elle corou um pouco. – Eu pensei que... se você quisesse, poderia, quem sabe, ficar comigo durante a semana.

Meu coração acelerou um pouco. Embora Elle e eu estivéssemos "juntos" havia sete anos, nunca tínhamos... consumado nossa relação. Perdoe-me, mas eu me sinto um pouco envergonhado escrevendo sobre isso. Nossos anos de formação foram baseados na inocência. No entanto, agora com 20 e 18 anos, surgiram certos impulsos que não estavam presentes quando éramos crianças. Tínhamos chegado perto de nos deixar levar em algumas ocasiões, mas sempre somos interrompidos por alguma coisa – normalmente outro inquilino. Tínhamos conversado sobre reservar um hotel, mas sempre achamos que seria desrespeitoso com monsieur Landowski e o Prix Blumenthal.

– A vida é curta, Bo – declarou Elle, me dando uma piscadela e indo em direção à porta.

Os feriados de Natal chegaram, e o conservatório ficou vazio, com alunos e funcionários voltando para casa para as festas de fim de ano. Os alojamentos estavam quase sem ninguém, e arrumei uma pequena mala de pertences e fui encontrar Elle.

Naquela noite, fizemos amor pela primeira vez. Nós dois estávamos incrivelmente tímidos, e a experiência foi curta e atrapalhada. Depois, enquanto a abraçava, olhamos um para o outro, numa tentativa bizarra de forçar um momento romântico, pois acho que foi o que ambos lemos em romances. Na verdade, o... ato... tinha sido ligeiramente desanimador, e o contato visual subsequente nos fez explodir em boas gargalhadas. Então, o riso se tornou um beijo, que se tornou algo mais, e... Bem, estou feliz em informar que a segunda vez foi muito melhor. Estou hesitante em escrever qualquer detalhe aqui, para preservar a intimidade de Elle e o meu constrangimento, mas foi algo fantástico.

Passamos a semana aprendendo um com o outro a arte da intimidade física e mergulhando com empolgação nos pecados da carne. Descobrimos, depois da primeira tentativa incerta, que é o processo mais natural do mundo para duas pessoas apaixonadas. Nossos corpos foram projetados para nos dar prazer, então por que negar isso a eles?

O novo semestre começou e, com Goerdeler de volta à cidade, os ânimos políticos se acalmaram, bem como Elle havia previsto. Voltei aos meus estudos, e a vida continuou em grande parte como era antes da chegada (e partida) de Kreeg Eszu. Pip estava a toda trabalhando em sua composição, na esperança aflita de terminar antes que a única opção de Karine fosse deixar Leipzig. Ele realizava ensaios ocasionais para novos elementos da partitura e, atrás do meu violoncelo, eu ficava maravilhado com o trabalho dele. Mesmo que fosse carente em outras áreas, Pip Halvorsen era um compositor extremamente talentoso.

– O que achou, Bo? Eu confio na sua opinião.

– Acho que vai ser um triunfo – respondi, sincero.

– É muito gentil de sua parte dizer isso. – Ele fechou a tampa do piano e inclinou-se para mim. – Sabe, há um rumor pelo conservatório de que você é chamado de "Bo" porque nunca é visto sem o arco do seu violoncelo. Isso é verdade?

Eu ri, tentando mascarar a pontada de ansiedade.

– Uma grande bobagem. Embora, é claro, tenha sido por isso que escolhi um instrumento de arco!

Eu me parabenizei internamente pela naturalidade da mentira.

– Ah, é claro. Seu nome é Bo...

– E minha natureza é *bow* – respondi.

Pip olhou em volta da sala de ensaios, suas paredes forradas de painéis de madeira.

– Está sabendo que Goerdeler vai concorrer à reeleição em março? Ele anunciou hoje.

Levantei-me e comecei a guardar o violoncelo.

– Bem, isso é sem dúvida uma boa notícia.

Eu estava ciente de que Pip estava me observando com atenção, para ver minha reação.

– Sim – prosseguiu ele. – Minha esperança é que, como todo o conservatório e a maioria de Leipzig o apoiam, sua reeleição livre este lugar de seus visitantes indesejados. Para o bem de nossos entes queridos.

Fechei o estojo e me virei para ele.

– Acredito que seja uma previsão ambiciosa, Pip. Goerdeler nem mesmo conseguiu reconstruir a estátua de Mendelssohn.

Ele deu de ombros.

– É verdade. Mas quando a voz do povo for ouvida e ele for reeleito, o Reich não terá escolha a não ser apoiá-lo, certo?

– Não tenho tanta certeza. Todos sabemos que Haake está trabalhando abertamente contra a reeleição dele. A destruição da estátua deixou bem clara sua posição sobre os judeus.

Pip suspirou profundamente. Estava claro que eu não estava lhe dando as respostas que ele esperava.

– Eu sei. Vivo tentando me convencer de que isso não é real. Estou no terceiro ano, então há uma grande probabilidade de eu terminar meu tempo aqui em Leipzig. Mas, para Karine, Elle e você, é claro... vocês podem ter que sair antes que seu último ano sequer comece.

– É um preço baixo a pagar pela segurança, Pip.

Ele fez uma pausa, depois assentiu.

– É verdade.

Durante as semanas que se seguiram, antes da reeleição de Goerdeler, Elle, Karine e muitos outros estudantes do conservatório fizeram campanha para ele. Na noite em que os votos foram contados, nos juntamos às multidões do lado de fora da Prefeitura e aplaudimos euforicamente quando soubemos que nosso candidato havia sido reeleito. Pela primeira vez em algum tempo, parecia que estávamos experimentando uma vitória concreta.

24

Apesar dos esforços de Goerdeler, a estátua não foi reconstruída. Com o fracasso, ele acabou renunciando em 31 de março de 1937, recusando-se a assumir sua reeleição.

Peço desculpas pela qualidade da caligrafia, que o leitor sem dúvida observará que se deteriorou significativamente desde meu último registro. Infelizmente, sofri uma lesão no braço direito, e é doloroso erguê-lo muito. A cada nova linha, um choque de dor percorre meu cotovelo, vai até o ombro e irradia pelo pescoço. É algo que serve como um lembrete de que o corpo humano é uma intrincada massa de nervos conectados, e pareço tê-la danificado a ponto de a dor ser sentida em diversos locais. Atualmente estou usando uma tipoia improvisada que Elle fez com seu cachecol, e ela me ajuda a colocá-la e retirá-la várias vezes por dia. Além disso, meu rosto está da cor do *gluhwein*, o vinho quente que bebemos para nos aquecer nas noites de inverno.

Devo explicar que, no momento, estou em uma cabine, a bordo de uma velha e instável balsa, em direção a uma nova terra que nem eu nem Elle jamais vimos de perto. Apesar de tudo o que aconteceu, estou animado com a promessa de um novo e verdejante país. Ao nosso lado estão Pip e Karine, a quem acho que Elle e eu provavelmente devemos nossas vidas. Pip permitiu que Elle e eu nos juntássemos a ele e Karine na casa de sua família, na Noruega. A viagem de dois dias está me proporcionando uma bem-vinda oportunidade de escrever em meu diário, e vou narrar os eventos que levaram à nossa partida de Leipzig.

Nos últimos meses, permanecemos vigilantes, principalmente Elle, que ficou de olho caso Kreeg reaparecesse na brigada da Juventude Hitlerista. Apesar de não haver sinal de Eszu, em maio, tanto Elle quanto eu sentimos que era hora de partir. Nós dois concordamos em esperar até o fim do semestre, para que pudéssemos completar nossos exames do segundo ano e depois fazer as malas para sempre. Com a renúncia de Goerdeler, os nacional-socialistas estão livres para decretar quaisquer sanções que quiserem contra a população judaica. Era muito perigoso permanecer. Elle acabou convencendo Karine a deixar a Alemanha, com ou sem Pip, mas ele entendeu a gravidade da situação e convidou Karine para voltar com ele para a Noruega no fim do semestre.

Elle e eu pensamos que os Estados Unidos seriam um local sensato para explorarmos. Tínhamos dinheiro suficiente para fazer a travessia, e eu havia formulado uma vaga estratégia para procurar os Blumenthals, agradecer a eles por salvar minha vida e procurar trabalho.

Com planos traçados para todos nós, achei bem oportuno que o ato final do meu tempo em Leipzig fosse executar a obra de Pip em uma apresentação da orquestra. Era uma noite de verão agradável, e centenas de estudantes se reuniram do lado de fora do Gewandhaus, na expectativa de ouvir as orquestras apresentarem as composições dos alunos do terceiro ano. A praça fora do conservatório parecia idílica, apesar da óbvia ausência de Herr Mendelssohn. Os alunos se agruparam por ali (muitos usando fraques para a apresentação), bebendo vinho, discutindo música e rindo. Guirlandas de lâmpadas emitiam um brilho amarelo bem sereno e, se alguém tivesse caído ali de paraquedas sem conhecimento da tensão que assolava a cidade, certamente teria achado que aquele era um dos ambientes mais agradáveis da Terra.

É dessa forma que escolhi me lembrar do conservatório até o fim dos meus dias: um agradável farol de expressão criativa, que encorajou meu crescimento tanto musical quanto pessoal.

– Você está muito bonito, Bo. O fraque lhe cai muito bem – elogiou Elle, enlaçando o braço no meu.

– Obrigado, amor. Mas qualquer homem fica bem de fraque. Para nós é muito fácil. Você e as outras garotas, por outro lado, são analisadas e julgadas por quaisquer escolhas de moda que fizerem. É uma bobagem, realmente...

– Tem um elogio vindo aí ou devo me preocupar? – brincou Elle.

– Desculpe, é claro. Você sabe que sempre está radiante. Mas, esta noite, está excepcionalmente linda.

Não era nenhum exagero. Elle estava usando um vestido azul-marinho sem alças, que envolvia seu torso com perfeição e se abria em um babado abaixo dos quadris.

– Obrigada, Bo. Você tem razão sobre a moda feminina. Imagino que a pobre Karine vai receber comentários maliciosos a noite inteira!

Naturalmente, nossa amiga tinha decidido não usar um vestido, e sim um terno preto com uma gravata-borboleta branca bem grande.

– Para mim ela está perfeita – afirmei.

– Para mim também. Ela é tão... ela mesma. É algo que você e eu talvez nunca consigamos dominar.

Eu ri.

– Pode ter certeza. Ouça, é melhor vocês irem se sentar. Não há lugares marcados hoje, e vocês não vão querer ficar de pé.

Ela me deu um beijo no rosto.

– Boa sorte. E tente não arruinar a carreira de Pip – disse Elle, saindo para buscar Karine antes de se dirigir ao Gewandhaus.

Pip estava claramente nervoso, e com razão. Havia muita expectativa em torno de sua peça, e o evento reunira muito mais público do que o habitual. Enquanto a plateia tomava seus lugares, ele andava de um lado para outro no saguão.

– Não se preocupe, meu amigo – tranquilizei-o. – Vamos fazer justiça à sua bela obra esta noite.

– Obrigado, Bo. Você dá uma grande contribuição com seu violoncelo.

Coloquei a mão no ombro dele.

– Preciso ir para o meu lugar. Boa sorte, Pip.

Depois de me sentar, vi Pip ser chamado pelo diretor Walter Davisson, juntamente com os outros cinco compositores que estavam compartilhando a apresentação. Eles se sentaram na primeira fila do Großer Saal, cada um mais pálido de nervosismo do que o outro. Em seguida, o diretor Davisson subiu ao palco e recebeu uma calorosa salva de palmas. Como Goerdeler, ele se tornara uma espécie de liderança, que exalava calma e razão naqueles tempos turbulentos. Todos nós no conservatório sentíamos que ele era nosso paladino e protetor.

– Obrigado a todos, muito obrigado. – Ele ergueu a mão, e os aplausos cessaram. – Bem-vindos ao Gewandhaus e às apresentações de fim de curso. Tenho certeza de que todos estão ansiosos para ouvir o resultado do trabalho duro e da dedicação de seus contemporâneos, então serei breve. Quero parabenizar a todos reunidos aqui esta noite por um ano incrível de resiliência e determinação. A maioria de vocês estará familiarizada com meu conselho de colocar seus antolhos de cavalo imaginários, para que não se distraiam com o que está acontecendo no mundo ao seu redor. Esta noite não é apenas uma celebração dos seis jovens compositores cujo trabalho vocês vão desfrutar, mas de todas as suas conquistas ao longo do ano passado. Estou extraordinariamente orgulhoso de ser o diretor desta geração. Por favor, deem a si mesmos uma salva de palmas.

O público assim fez, e a sala se encheu de gritos e aplausos.

– Nos anos que virão, as pessoas vão olhar para vocês em busca de conforto, felicidade e escape. Todos estão bem preparados para oferecer isso. Não deixem de fazê-lo. – Um silêncio caiu enquanto os ouvintes refletiam sobre suas palavras. – Agora, quero lhes apresentar nossa primeira compositora da noite: Petra Weber. A obra de Petra, "A ascensão da esperança"...

Enquanto Davisson fazia seu breve discurso, observei Pip. Seus olhos estavam correndo pelo Gewandhaus. Infelizmente, ele era o último e teria que esperar aproximadamente noventa minutos antes de sua peça ser executada. A expectativa devia ser desesperadora para ele.

Depois de cinco apresentações muito bem executadas, foi a vez de Pip se dirigir ao palco. Quando chegou o momento, notei que suas pernas tremiam um pouco. Ele fez uma breve reverência e se sentou ao piano. O maestro levantou a batuta, e nós começamos.

Pip não precisava ter se preocupado. As luzes caíram, e o público foi transportado para um momento de euforia. As harmonias delicadas e os crescendos progressivos da partitura de Pip cumpriram o seu papel. De alguma forma, a obra exalou energia, pulsando com emoção e capturando a resiliência de todo o conservatório. Foi um prazer fazer parte de algo assim. Quando as notas finais ressoaram – uma vibração persistente na harpa –, houve um breve silêncio, seguido de aplausos arrebatadores. O público ficou de pé para aplaudir Pip e, dessa vez, sua reverência foi cheia de confiança.

Depois do concerto, houve celebrações alegres no salão do Gewandhaus. Fiquei emocionado em ver Pip ser cortejado e parabenizado por colegas e professores. Houve até um jornalista que lhe pediu uma entrevista. Era inegável que ele tinha trabalhado arduamente nos últimos meses e merecia colher os frutos. Vi Karine abrindo caminho entre a aglomeração para abraçá-lo.

– Meu próprio Grieg – disse ela. – *Chéri*, sua brilhante carreira acabou de começar.

Foi difícil discordar daquela avaliação.

Champanhe foi oferecido pelo conservatório, e parecia que naquele ano as despesas não haviam sido poupadas. A bebida fluía como água, e a maioria estava usufruindo dela sem ressalvas. Não se podia culpá-los – estavam apenas aproveitando o dia e celebrando o momento. Ofereceram-me uma taça atrás da outra, mas recusei todas.

Lentamente, eu havia baixado a guarda ao longo de muitos anos, falando e até mesmo contando aos outros a minha história, algo que nunca imaginei compartilhar. Mas o álcool afrouxa os lábios e entorpece os sentidos, então achei melhor evitar o que muitos consideram ser o melhor dos néctares. Tornou-se evidente, no início da noite, que eu fazia parte de uma minoria feroz e, como tal, decidi voltar aos meus alojamentos. Feliz, mas sóbrio.

Fui informar Elle sobre a minha decisão.

– Acho que vou ficar mais um pouco, com Karine – disse ela.

– Como quiser, amor. Vamos nos encontrar para o café pela manhã?

– Perfeito – respondeu ela, me dando um beijo no rosto.

Virei-me para a colega de quarto de Elle.

– Boa noite, Karine. Por favor, diga a Pip mais uma vez que foi um prazer tocar sua música hoje à noite.

– Pode deixar, Bo, obrigada! Boa noite.

Quando saí do Gewandhaus já era quase meia-noite e não havia bondes funcionando, então comecei a caminhada de vinte minutos até o alojamento. Durante o dia, era um passeio muito agradável, mas agora o sol tinha sumido e o ar da noite estava frio. Puxei o colarinho do casaco para cima. A rua que ia do Gewandhaus de volta a Johannisgasse era longa e vazia, com enormes abetos enfileirados, mal iluminada por lâmpadas de gás em intervalos de 15 metros ou mais. Em ambos os lados da rua, havia enormes gramados abertos, usados principalmente pelos cidadãos de Leipzig para exercícios ou passeios com cães. À noite, o efeito que produziam era estranho, fazendo-me sentir como se estivesse andando em uma ponte flutuante sobre um abismo profundo. Por causa da hora, não havia outra alma à vista.

Eu já estava andando havia uns dez minutos quando ouvi o estalo de um galho atrás de mim. Virei-me, esperando ver uma raposa ou talvez um veado atravessando a rua, percorrendo os gramados. Mas, para minha surpresa, não havia nada à vista. Parei, analisando silenciosamente a área em busca de sinais de movimento. Não vendo nenhum, segui em frente. Depois de andar por mais uns 6 metros, pude jurar que ouvi passos vindos do outro lado das árvores. Eu me virei mais uma vez.

– Olá? – gritei. – Tem alguém aí?

O silêncio me recebeu mais uma vez.

Sentindo-me desconfortável, acelerei meu ritmo. Sem dúvida, os passos que eu tinha ouvido antes se tornaram mais altos, o indivíduo agora sendo incapaz de se mover com qualquer sutileza. Formulando um plano, e sabendo que o ataque é a melhor forma de defesa, eu me virei e corri na direção das árvores e dos passos.

– Por que você está me seguindo? Por que não aparece? Não seja covarde, se você tem algo a me dizer, eu quero ouvir.

Corri na frente e atrás das árvores, esperando descobrir alguém à espreita. Não encontrando nada, entrei no campo, onde fui cercado pela escuridão. Parei e ouvi com atenção. Depois de um instante, ouvi os passos novamente, a terra do campo traindo o indivíduo misterioso. Os passos recuavam cada vez mais para dentro da escuridão, longe de mim. Aliviado ao perceber que quem estava me seguindo fora expulso pelo confronto, voltei para a rua e saí correndo até chegar ao meu destino.

Eu estava sem fôlego quando me aproximei da porta da frente, e um pouco abalado também. Coloquei a mão no bolso e me atrapalhei com as chaves, deixando-as cair no chão. Quando me virei para pegá-las, vi uma figura sombria correndo atrás de um prédio na esquina.

Teria ele voltado para Leipzig? Ele sabia quem eu era?

Avaliei minhas opções, que eram limitadas. Se a figura misteriosa fosse Kreeg, correr para confrontá-lo de novo seria tolice. Com toda a certeza, ele estava carregando uma arma e iria simplesmente atirar em mim e me matar. Meu pensamento imediato foi proteger Elle, mas, se eu retomasse a longa caminhada até Gewandhaus, levaria Eszu até ela, colocando meu amor e nossos amigos em perigo. Ficou claro para mim que a única opção disponível era entrar no alojamento. Coloquei a chave na porta e subi depressa até o meu quarto. Tranquei a porta e não acendi a luz. Então, fui até a janela para observar a rua abaixo, procurando sinais da figura que vira. Tudo parecia silencioso.

No entanto, achei sensato tomar precauções. Tirei meu canivete da gaveta de cabeceira. Em seguida, voltei ao meu ponto de observação na janela e fechei as cortinas, deixando um único pedaço de vidro por onde olhar. Da minha posição eu podia enxergar o canto dos alojamentos de Elle. Pelo menos eu seria capaz de ver quando ela e Karine voltassem para casa em segurança.

Seria uma longa noite.

Puxei uma cadeira e coloquei um travesseiro atrás da cabeça. Pelo menos eu poderia usar as horas seguintes para elaborar um plano para escapar de Kreeg, se de fato fosse ele. Eu me sentei e fiquei observando a rua vazia abaixo com toda a atenção. O tempo passou, e não havia sinal da figura que eu tinha certeza de que estivera me seguindo. Ou... será que eu tinha certeza mesmo? Talvez minha mente estivesse me pregando peças. Eu andava sob muito estresse ultimamente, e era possível que minha imaginação estivesse brincando comigo.

Como ficava no último andar dos alojamentos, meu quarto era quente, e os assovios e cliques dos radiadores de ferro eram reconfortantes. Senti meus olhos pesados. Na tentativa de me reanimar, abri uma fresta da janela do quarto, e o ar frio da noite entrou. Meu plano funcionou por um breve período, mas, com o passar do tempo, meu corpo admitiu a inevitabilidade do sono.

✵ ✵ ✵

Acordei sufocando. Meus olhos se abriram, mas eu não conseguia ver nada. Seguindo meus instintos, eu me levantei e avancei cegamente. Meu pé fez contato com uma das pernas da mesa, e eu caí no chão. Apesar da dor da queda, minha visão ficou instantaneamente mais clara. Quando me virei de costas, percebi com horror que meu quarto estava cheio de uma fumaça preta e pungente.

O pânico tomou conta de mim. Levantei-me com dificuldade, mas inspirei muita fumaça e comecei a engasgar. Voltei ao chão, o coração acelerado. Rastejei, usando os cantos da sala para me guiar até a porta do quarto. Quando a alcancei, para meu horror, percebi que a fumaça vinha do corredor. Estava claro que seria difícil descer. Mas que escolha eu tinha? Peguei na maçaneta da porta e me levantei, prendendo a respiração. Minha mão procurou o ferrolho e, quando o encontrei, ele queimava ao toque. Cerrei os dentes e o puxei com toda a força que consegui reunir e, para meu alívio, ele se soltou.

Fui para trás da porta para me proteger e a abri. Labaredas laranja entraram no quarto, como a língua gigante de uma serpente furiosa. Com o coração afundando, percebi que seria impossível escapar.

Fechei a porta de novo. Era só uma questão de tempo até o fogo a incinerar, e eu me perguntei se seria vítima das chamas ou da fumaça. Deitei-me de novo no chão, de barriga para baixo.

– Me desculpe! – gritei, embora nem soubesse direito com quem estava falando.

Talvez com Elle, por deixá-la sozinha em Leipzig para enfrentar um enorme perigo. Talvez com meu pai, que eu não tinha encontrado, apesar de prometer a mim mesmo que o faria. Talvez com os Landowskis, Evelyn, monsieur Ivan e todos aqueles que acreditaram em mim quando eu não tinha nada. Talvez até mesmo Kreeg Eszu, pelo simples mal-entendido que levara a tanto sofrimento e desgosto.

Ele estava me fazendo pagar agora.

Eu tinha atravessado países, sobrevivido ao frio e à fome. Apesar de tudo, encontrei alguém que fizera minha vida valer a pena... e era assim que tudo ia acabar. Sem nenhuma cerimônia, em uma nuvem de fumaça.

Virei-me de costas e fechei os olhos. Quando eu era pequeno, meu pai costumava usar uma técnica de relaxamento inventada pelo profissional de teatro Konstantin Stanislavski para me fazer adormecer. Lembrei-me de sua voz dizendo: *O controlador muscular está no seu dedinho do pé no momento. Ele tem que começar no menor ponto do corpo... e ele se desliga. Então, ele viaja para o próximo dedo do lado, e o próximo... e agora ele está na sola do seu pé. Deus, como está tenso ali, carregando o peso do seu corpo o dia todo. Mas isso não é um problema para o controlador muscular. Ele o desliga tão facilmente quanto apaga uma luz. Agora ele se move até o seu tornozelo...*

Meu pai, imaginário ou não naquele momento, me fez adormecer. Ou, mais provavelmente, a fumaça que eu tinha inalado. Quanto ao que aconteceu depois, minha suposição é que tive um sonho.

Eu vi as estrelas acima de mim.

Lembro-me de estar feliz por eles estarem ali comigo, no final. A constelação das Sete Irmãs brilhava e cintilava diante dos meus olhos – minhas luzes guias, minhas constantes. Então as estrelas começaram a se reorganizar em sete rostos femininos, que eu não reconheci. Cada um parecia irradiar muito afeto e amor. Naquele momento, eu me senti em paz... estava pronto.

Foi quando ouvi uma voz.

– Ainda não, Atlas. Há mais a fazer.

As sete faces desapareceram, e as estrelas, mais uma vez, se reorganizaram em uma única figura. Ela tinha um cabelo comprido e usava um vestido esvoaçante, que parecia se espalhar atrás dela para a eternidade. Então, as próprias estrelas desapareceram, e a figura me foi revelada em cores. Seu vestido era de um vermelho intenso, e ela estava enfeitada com guirlandas de flores brancas e azuis. Seu cabelo – uma cabeleira escura e brilhante – estava disposto com elegância ao redor do rosto em forma de coração. Seus enormes olhos castanhos e líquidos pareciam brilhar, e eu me vi transfixado. Ela falou comigo de novo:

– O garoto com o mundo sobre os ombros. Você deve carregá-lo por um pouco mais de tempo. Outros precisam de você.

Notei um sotaque europeu, embora ela tivesse falado comigo em minha língua materna.

– O que você quer dizer? – respondi, sem fôlego. – Quem é você?

– Você ainda não cumpriu seu destino. Você ainda não precisa atravessar essa porta.

– Que porta? Do que você está falando?

A mulher sorriu.

– Você está me vendo através de uma janela, Atlas. Eu acho que elas são muito melhores do que portas, pois pode-se ver o caminho à frente antes de sair.

Eu entendi a mensagem.

– A janela... Estou no terceiro andar, nunca vou sobreviver à queda!

– Você não vai sobreviver aqui também. Dê um salto de fé.

A mulher começou a desaparecer, consumida pela fumaça preta que pairava e pulsava acima de mim.

Agora completamente desperto, eu me virei de bruços e rastejei em direção à janela. Enquanto atravessava o chão, minha mão tocou um item longo e fino. Olhei e vi que era o arco do meu violoncelo. Eu o peguei. Tudo que eu conseguia distinguir através da fumaça era a luz que vinha de fora da janela. Felizmente havia uma fresta aberta por onde a fumaça fluía rapidamente.

Puxando a cortina, consegui ficar de pé e ergui o pesado caixilho da janela. O manto de fumaça que me cercava me concedeu uma breve trégua, antes de me envolver mais uma vez, com mais fúria do que nunca. Olhei para o chão, onde vi Frau Schneider ao lado dos outros que escaparam do incêndio. Eles me viram na janela.

– Ele está vivo! Meu Deus! – gritou Frau Schneider. – Espere aí, rapaz! Os bombeiros foram chamados, nós vamos salvá-lo!

Houve um estrondo terrível atrás de mim. Virei-me e percebi que a porta, e junto com ela o batente, tinha alimentado as chamas. Minha decisão de abrir a janela tão amplamente serviu para incentivar o fogo, e as chamas alaranjadas invadiram o quarto, como um polvo entrando em uma caverna. O fogo estava faminto. Ele me queria. Agora, realmente não havia escolha. A última coisa que peguei do quarto foi meu diário, que consegui enxergar na mesinha próxima. Então, subi no parapeito da janela.

– Não se atreva! Fique aí! – ordenou Frau Schneider.

Calculei que seria uma queda de mais de 15 metros. Coloquei meu arco e o diário no cós da calça. Em seguida, agarrei o peitoril e lentamente me abaixei, de modo que minhas pernas ficassem balançando. Cada centímetro que eu pudesse reduzir de minha queda seria crucial. Eu me preparei mentalmente para o que estava por vir.

– O canteiro de flores, o canteiro de flores! – berrou Frau Schneider. – Eu o reguei essa noite!

Soltei o braço esquerdo do peitoril e balancei livremente, para que conseguisse olhar para baixo. Mesmo no escuro, as flores brancas e azuis agiam como luzes de pouso. Se eu pudesse me impulsionar um pouco e pousar na lama macia, calculei que teria alguma chance. Houve um rangido alto dentro do quarto, e percebi que meu tempo havia se esgotado. Colocando o braço de volta no peitoril, usei o impulso para balançar o corpo para a direita, depois para a esquerda, e soltei.

Minha aterrissagem, embora imperfeita, foi muito boa, considerando toda a situação. Meus pés bateram no canteiro de flores, como eu esperava, e, com o impacto, dobrei os joelhos e rolei. Só senti a verdadeira força da queda quando meu braço direito bateu no pavimento de pedra ao lado das flores, seguido prontamente pelo meu rosto.

– Ai! – gritei de dor.

– Meu menino, meu menino! – girou Frau Schneider, surgindo sobre mim. – Onde você está machucado? Está sentindo as pernas? Consegue mexer os dedos dos pés?

– Sim – respondi. – É meu braço que está machucado.

Arregacei a manga com o braço bom e dei de cara com uma visão muito feia. Meu cotovelo tinha se deslocado, e o resultado era até difícil mesmo de encarar.

– Precisamos afastá-lo do prédio. Me ajudem!

Frau Schneider foi imediatamente acompanhada por alguns dos outros garotos dos alojamentos, que, na tentativa de me afastar da casa, agarraram meus braços.

– Não! – berrei, mas era tarde demais.

Os meninos me soltaram, e meu braço direito deu um estalo nauseante. Seguiu-se uma onda de dor quente, que começou no cotovelo, mas, de alguma forma, conseguiu viajar pelo meu corpo inteiro. Eu gritei, mas os rapazes estavam decididos a me afastar das chamas. Quando me soltaram, curvei o corpo, assolado pelas ondas de choque da dor.

– Respire, meu jovem. Coragem – disse Frau Schneider, ao meu lado mais uma vez, acariciando meu cabelo. – Você sobreviveu.

– Todo... todo mundo... saiu? – finalmente consegui perguntar.

– Todos saíram, sim. Felizmente, não havia muita gente nos alojamentos, a maioria ainda está no centro da cidade depois da apresentação desta noite... embora eu não possa falar pelas outras casas.

– Outras casas? – repeti.

– Infelizmente sim, meu rapaz. Agora começou de verdade. Eu peço desculpas. Nada disso teria acontecido se eu não estivesse aqui. Era a mim que eles procuravam.

Franzi a testa, confuso.

– Não entendi, Frau Schneider.

– Eu sou judia. Eles incendiaram o prédio para acabar com os meus negócios e mostrar que não sou bem-vinda aqui. Infelizmente, esta noite, eles conseguiram.

Engrenagens começaram a zumbir na minha cabeça.

– Sinto muito, Frau Schneider.

– Não há necessidade para isso. Você poderia ter morrido esta noite, e eu teria sido a responsável – declarou ela, abaixando a cabeça.

– Não, Frau Schneider – respondi. – A senhora jamais teria sido a responsável. – Uma pedra se formou no fundo do meu estômago. – A senhora disse "outras casas". Então a SS visitou outras instalações que abrigam judeus?

– Infelizmente, sim.

Tentei me levantar, sentindo novos picos de dor no braço.

– Cuidado! Vou chamar um médico – insistiu Frau Schneider.

Corri em direção à cafeteria, e os alojamentos intactos de Elle surgiram diante dos meus olhos. O alívio que me inundou foi um antídoto mais eficaz para a dor do que morfina.

– Não precisa, Frau Schneider. Vou ficar bem, obrigado. Só preciso encontrar Elle.

Frau Schneider assentiu.

– Eu não a vi. Talvez se você perguntar por aí, então...

Ela colocou a mão na boca e começou a chorar, de repente vencida pelos acontecimentos da noite.

Levantei meu braço bom e o coloquei no ombro dela.

– Tudo isso é tão injusto, Frau Schneider. Eu realmente sinto muito por sua perda.

– Obrigada. – Ela fungou. – Mas eu me pergunto por que eles decidiram me atacar. Não é como se eu propagasse minha religião, ao contrário de muitos outros na cidade.

Uma pontada de culpa me atravessou. Eu sabia que naquela noite o alvo não era Frau Schneider. Era eu.

– Bo!

Por cima do ombro de Frau Schneider, vi Elle correndo em minha direção, acompanhada por Karine. Quando tentei abraçá-la, outra onda de dor percorreu meu braço, e não consegui impedir uma careta.

– Meu amor... o que aconteceu aqui? Você está bem?

– Ah, Bo – acrescentou Karine.

Indiquei o edifício em chamas.

– Tive que pular. Estão incendiando residências de judeus. Mas, Elle... foi ele. Ele já sabe. Temos que partir hoje à noite, se possível.

– O que você quer dizer com *ele*? – indagou Karine.

Elle se virou para a amiga.

– Ele se refere a um... oficial da SS particularmente perigoso que vimos pela cidade. Não é, Bo?

– Sim – respondi, grato por Elle conseguir pensar rápido. – Ele tem uma aura muito agressiva. Frau Schneider, que dirige meus alojamentos, é judia, por isso fomos um dos alvos dessa noite. Onde está Pip?

– Ainda na cidade, desfrutando de seu sucesso – informou Karine. – Todo mundo conseguiu sair?

– Aparentemente, sim. Mas nenhum de nós está seguro aqui agora. Devemos fazer planos para ir embora imediatamente.

Coloquei o braço esquerdo em volta de Elle, e ela enterrou a cabeça no meu peito. Olhei para o prédio quando o som das sirenes começou a invadir a noite, o arco do meu violoncelo curvando-se contra minha perna. O padrão da minha vida se repetia, e eu havia perdido tudo. Mas, dessa vez, eu tinha Elle ao meu lado.

– Para onde vocês vão? – perguntou Karine.

– Para o mais longe possível. Estados Unidos, esperamos.

– Vamos sentir sua falta, Karine. – Elle soluçou. – Você tem sido uma irmã para mim.

– E você para mim, Elle. – Karine mordeu o lábio. – E se houvesse uma maneira de ficarmos todos juntos? Você estaria interessada?

Elle e eu nos entreolhamos.

– Claro, Karine – respondeu ela. – Você é mais do que bem-vinda para vir conosco. Talvez vocês possam se juntar a nós em nossa viagem.

– Na verdade, eu estava pensando que vocês poderiam me acompanhar. Como sabem, Pip se ofereceu para me levar à Noruega. Tenho certeza de que, levando em conta o que aconteceu esta noite, ele estaria mais do que disposto a estender a oferta para vocês. O que acham?

– Sim, claro que sim! – respondeu Elle, antes mesmo de eu ter a chance de absorver a informação. Ela se virou para mim. – Bo, é um plano perfeito.

Ainda atordoado, assenti.

– Se Pip concordar, é claro que vamos. Obrigado, Karine. Você não tem ideia de quanto essa oferta significa para nós.

– Está resolvido. O fim do semestre está a poucos dias de distância, então poderemos ir para Bergen.

– Não – discordei, com firmeza. – Quando eu disse que Elle e eu temos que partir antes de amanhã à noite, eu quis dizer exatamente isso. É de extrema importância para nossa... para a segurança de *Elle* que deixemos Leipzig imediatamente.

Lancei um olhar para meus alojamentos.

– Eu entendo – concordou Karine. – Vou falar com Pip agora mesmo. O mais importante para ele era apresentar sua peça, e ele alcançou seu objetivo nesta noite. Espero que todos nós possamos estar fora de Leipzig antes do anoitecer.

– Enquanto isso, Bo, você precisa de um lugar para ficar – disse Elle. – Tenho certeza de que Frau Fischer não vai se opor a você passar a noite no nosso quarto, considerando as circunstâncias. Algum problema para você, Karine?

– De jeito nenhum.

Felizmente, minha presença foi permitida. Peguei a cadeira de madeira no quarto de Elle e Karine e coloquei-a perto da janela, determinado a me redimir do que havia acontecido mais cedo. Se eu tivesse sido mais vigilante, tudo poderia ter sido evitado. Com a segurança de Elle sob minha responsabilidade, eu estava confiante de que não cometeria o mesmo erro. Esperei até o sol nascer, por volta das cinco da manhã, então me senti seguro para subir e descansar, certo de que Kreeg não tentaria nada durante o dia. Às sete, ouvi Karine sair para conversar com Pip.

Ela voltou algumas horas depois e nos garantiu que a família nos receberia em sua casa, e que Pip estava, naquele momento, fazendo um telefonema apressado do escritório de Walther Davisson para pelo menos avisar sua família em Bergen.

Passamos o resto do dia arrumando nossas malas. Ajudei Elle a guardar seus pertences, sentindo-me estranhamente aliviado por não ter que fazer o mesmo, já que os meus agora eram uma pilha de cinzas. Somente meu violoncelo sobrevivera, já que ficou em Gewandhaus na noite anterior – não que eu fosse tentar recuperá-lo, já que era arriscado demais. Um nó se formou em minha garganta enquanto, em silêncio, dava adeus a meus instrumentos. Ao menos o diamante estava seguro, guardado no lugar de sempre ao redor de meu pescoço. Quando dobrei o braço para sentir sua forma familiar na bolsinha, um choque de dor percorreu meu cotovelo. Gemi.

– Ah, Bo... Você deveria ir ao médico – afirmou Elle.

Ela pegou um de seus cachecóis e o amarrou no meu pescoço numa espécie de tipoia improvisada. Deu-me um beijo carinhoso na face e acariciou meu rosto machucado.

– Coitado do meu amor. Você vai ficar cor de beterraba em pouco tempo.

– E depois, cor de mostarda, daqui a uma semana ou mais – acrescentei.

– Esqueci de mencionar – interveio Karine. – A mãe de Pip, Astrid, é enfermeira. Ela pode dar uma olhada no seu braço.

– Que bom, não é, Bo? – Elle conseguiu abrir um sorriso. – As coisas já estão melhorando.

Independentemente de tudo o que ocorrera nos últimos seis meses, meu coração ainda estava triste por sermos forçados a sair de Leipzig. Quando Elle e eu chegamos, ousei sonhar que finalmente poderíamos ser livres para viver nossa vida juntos – e como músicos, ainda por cima –, deixando o passado para trás. No entanto, como já imaginava que sempre aconteceria, o passado me alcançara, conspirando com o presente para ferir não só a mim, mas a Elle também.

Com um pouco de egoísmo, rezo para que a Noruega seja longe o suficiente de Kreeg.

25

Porto de Bergen, Noruega, véspera de Ano-Novo, 1938

Por favor, caro leitor, perdoe a minha longa ausência. Neste momento, enquanto escrevo, mal posso acreditar que mais de um ano e meio se passou desde o meu último registro. Minha falta de relatos pode ser justificada por um único fato: meu braço. Acontece que minha "queda" em Leipzig resultou em um cotovelo deslocado e uma fratura. Aparentemente, o fato de eu ter escrito várias páginas na viagem de dois dias de Leipzig a Bergen não ajudou muito.

Após nossa chegada à Noruega, a gentil e admirável Astrid Halvorsen garantiu que eu recebesse cuidados imediatos no Hospital Haukeland. Meu braço ficou engessado por seis semanas, e me disseram que a recuperação poderia levar um ano ou mais. Embora eu pareça melhorar um pouco a cada dia, escrever continua sendo difícil. Tentei várias vezes erguer o cotovelo e colocar a caneta no papel, mas desisti devido à dor. No entanto, fico feliz em informar que o que antes era um calor abrasador no meu braço agora é apenas uma dor incômoda, portanto... posso continuar os registros no meu diário. Que luxo!

Vou me esforçar para recordar os eventos em detalhes, pois acredito que, se você ainda estiver lendo isso, é porque realmente se interessa pela minha história.

Assim que chegamos, Astrid deu uma olhada no meu cotovelo e afirmou que eu precisaria de uma cirurgia. Ela estava certa e, apesar da resistência da família Halvorsen, insisti em arcar com todos os custos do hospital. Isso, na prática, decretou o fim dos fundos fornecidos pelo Prix Blumenthal de monsieur Landowski.

Felizmente, os Halvorsens foram mais do que generosos conosco. Naqueles primeiros dias, eles nos forneceram abrigo, sustento e incontáveis noites felizes, cheias de música e risos. Pip e seus pais trataram a mim e a Elle como membros da família (e Karine também, é claro).

O pai de Pip, Horst, é um colega violoncelista e toca na Filarmônica de Bergen. Logo, ele tem sido muito compreensivo comigo durante o meu tempo na Noruega, já que não consigo mais levantar corretamente o braço que segura o arco. Continua muito rígido. Assim, nunca pude participar do que se tornou uma tradicional apresentação pós-jantar, com Pip ao piano, Karine no oboé, Elle na flauta ou viola (dependendo da peça) e Horst no violoncelo. Pontadas de tristeza invadem meu peito sempre que vejo, cheio de pesar, meu antigo instrumento.

Os primeiros meses na Noruega foram exatamente do que precisávamos após a nossa fuga turbulenta da Alemanha. Aqui, Elle e eu nos sentimos seguros. A Noruega talvez seja o país mais bonito do planeta. Em meu curto tempo no país, já pude me maravilhar com as montanhas enevoadas e assistir a cursos d'água que parecem fluir até a eternidade. Um dos meus passatempos favoritos é ir até o parque local, o Bergens Fjellstrekninger, com um caderno de desenho e um conjunto de canetas para tentar capturar algumas das belezas naturais que o país ostenta. Até o ar aqui tem uma pureza inexplicável. Pode-se quase ficar bêbado ao respirá-lo, inebriado pelo frescor cortante.

Eu tinha plena consciência de que não podíamos continuar usufruindo da bondade dos Halvorsens para sempre, apesar de toda a hospitalidade que nos ofereceram. O fato é que não éramos da família, e sim refugiados. Em Paris, eu fora sustentado por monsieur Landowski; em Leipzig, o Prix Blumenthal garantiu que não nos faltasse nada. Eu estava determinado a começar a pagar minhas despesas e as de Elle.

Durante meus passeios pelo porto de Bergen, eu tinha reparado na loja de um cartógrafo – Scholz e Scholz. Pelas conversas que tive com Horst, soube que o proprietário era um idoso alemão e que seu filho tinha recentemente deixado a Noruega para se juntar ao crescente Partido Nazista, o que era fonte de grande desgosto para o velho. Calculei que, diante das circunstâncias, talvez ele me aceitasse como assistente, mesmo com um braço ruim. Afinal de contas, meu conhecimento das estrelas é excepcional, sem falsa modéstia.

Fico feliz em dizer que presumi corretamente e, desde então, trabalho para o Sr. Scholz. Ele é um idoso gentil e sua esposa é especialista na obscura arte de assar *pumpernickel*, o delicioso pão de centeio integral alemão. Na verdade, faço muito pouco aqui. É claro que não tenho a responsabilidade de fazer nenhum mapa, mas apenas auxiliar o trabalho do Sr. Scholz. O salário é baixo, mas eu provei ser uma presença tão agradável que, ao descobrir a situação em que estava, ele e a esposa me ofereceram o pequeno apartamento acima da loja, anteriormente ocupado por seu filho. Aproveitei a chance e perguntei se minha "esposa" poderia se juntar a mim. Eles prontamente concordaram, desde que Elle ajudasse a Sra. Scholz com a limpeza.

No início, Elle temeu que Karine fosse sentir inveja. Ela e Pip anunciaram sua intenção de se casar alguns meses depois de chegarem a Bergen, e Karine estava desesperada para se mudar da casa dos Halvorsens.

– Eles precisam do próprio espaço – disse Elle, suspirando.

– Tenho certeza de que em breve isso vai acontecer – respondi. – Se Pip passar na audição, ele se juntará a Horst na Filarmônica de Bergen. Eles logo terão dinheiro suficiente para terem a própria casa.

– É verdade. – Ela segurou minha mão. – Você acha que nós um dia vamos...? – Elle hesitou.

Desde o anúncio do noivado de nossos amigos, havia certa tristeza não dita por não nos juntarmos a eles na jornada do matrimônio.

Segurei suas mãos.

– Meu amor, a única coisa certa em nossas vidas é que ficaremos juntos para sempre. Vamos nos casar assim que tivermos juntado dinheiro e conseguido um lugar onde haja segurança permanente. Prometo.

Então, simples assim, Elle e eu passamos a viver como "marido e mulher". Fazemos isso há dezoito meses. Tem sido, em uma única palavra, maravilhoso. Passamos as noites em nosso pequeno apartamento, aconchegados perto da lareira, olhando para a água e as casinhas que sobem a colina do outro lado. À noite, as janelas refletem um brilho amarelo, cor de manteiga derretida. Com apenas nós dois em nosso casulo, isolados do resto do mundo, é muito fácil esquecer do motivo que nos levara a fugir.

Faço o meu melhor para viver no presente, assim como nossos amigos. Pip e Karine se casaram há um ano, na véspera do Natal de 1937, com Karine se "convertendo" à fé luterana de Pip. Ela havia discutido essa formalidade com Elle, afirmando que "algumas gotas d'água e uma cruz na minha testa não me fazem cristã no coração". No entanto, seu novo sobrenome e documentação lhe fornecem um escudo protetor, caso a ameaça nazista um dia chegue à Noruega, o que é sempre uma possibilidade.

Pip passou na audição e agora está ao lado do pai na Filarmônica de Bergen. Qualquer indício de inveja que eu poderia nutrir secretamente diante de seu sucesso é anulado pelo fato de ele ser meu salvador, sem mencionar que sua posição é muito merecida. Em acréscimo a seus compromissos com a filarmônica, Pip continua trabalhando loucamente em seu concerto de estreia, recusando-se a compartilhar o trabalho com qualquer um até que esteja completo. Ele diz que, quando terminar, vai dedicá-lo à esposa. Não tenho dúvidas de que meu amigo vai produzir uma obra-prima.

Na primavera de 1938, Pip e Karine conseguiram juntar fundos suficientes para alugar uma casa em Teatergaten, bem próximo da sala de concertos de Bergen. Karine me pediu que escolhesse um piano para a sala de estar, e eu não medi esforços para garantir que o melhor instrumento, dentro de seu orçamento, fosse adquirido. O presente que Elle e eu oferecemos para o casal foi bem mais humilde: um banquinho para o novo piano, feito à mão por mim e estofado por Elle. Embora não seja a peça mais cara do mundo, foi criada com muito amor.

Pouco depois disso, Karine anunciou que estava esperando um bebê e, em novembro, o pequeno Felix Halvorsen nasceu. Quando conhecemos o bebê de Pip e Karine, notei a expressão melancólica e o desejo que Elle tinha no olhar. Segurei a mão dela.

– Um dia – prometi, beijando-a levemente na testa.

Nenhum de nós é ingênuo o suficiente para acreditar que a segurança que sentimos no momento em relação a Kreeg e aos nazistas durará para sempre. Como poderíamos, depois de tudo o que passamos? Estamos apenas esperando que o desastre chegue à Noruega, na forma de uma guerra ou de um homem que me deseja morto. Talvez os dois.

Os jornais estão sendo uma leitura particularmente sombria. As tensões na Europa vêm aumentando a cada dia. Em março, a Alemanha anexou a Áustria. Houve um rápido vislumbre de esperança em setembro, uma possibilidade de que o conflito pudesse ser evitado. Reino Unido, França, Alemanha e Itália assinaram o Acordo de Munique, que concedeu a Região dos Sudetos da Tchecoslováquia à Alemanha em troca da promessa de Hitler de que não faria mais exigências territoriais. Mas agora, apenas três meses depois, poucos acreditam que o acordo será mantido.

Com nossa filosofia de viver no presente, Pip, Karine, Elle e eu fizemos reservas a bordo do navio *Hurtigruten*, que nos levará até a magnífica costa oeste da Noruega para celebrar a chegada de 1939. A sugestão foi minha, pois a viagem nos levará por muitos pontos turísticos de tirar o fôlego, incluindo o mais tentador de todos, suspensa à beira do fiorde Geiranger: a cachoeira das Sete Irmãs.

26

É impossível traduzir através da escrita a beleza do que presenciei a bordo do *Hurtigruten*. Nenhum homem possui a capacidade de capturar verdadeiramente a magnificência serena da cachoeira, nem a graça espantosa do show de luzes que se seguiu. No entanto, sinto-me compelido a recorrer ao meu diário para compartilhar com o leitor um pouco do deslumbramento que estou experimentando no momento.

Por volta das onze da manhã, o *Hurtigruten* contornou a curva do fiorde de Geiranger, e a cachoeira das Sete Irmãs surgiu. Não me envergonho de dizer que meu estômago se contorcia com uma empolgação infantil, à medida que o navio se aproximava, até que fiquei cara a cara com a vista mais impressionante que já tive. Subindo o afloramento rochoso do fiorde havia sete caminhos opacos de gelo branco, adornados com galhos finos que se dividiam e se desviavam infinitamente. Nunca vi nada do tipo. Os riachos congelados pareciam os cachos etéreos das irmãs, esvoaçando contra os ventos cósmicos. Elle segurou minha mão, sentindo quanto eu estava arrebatado.

– É realmente de tirar o fôlego, *chéri* – disse Karine a Pip, abraçando-o, antes de se voltar para o grupo. – Por que eles chamam a cachoeira de Sete Irmãs?

– Bo pode responder essa – afirmou Elle, sorrindo para mim.

– Ah, é claro – concordei. – Neste caso em particular, a lenda afirma que os sete riachos, ou as sete "irmãs", descem a montanha dançando, enquanto provocam e "flertam" com aquela cachoeira ali. – Apontei para o único fluxo de água no lado oposto do fiorde. – Ele é conhecido como "o Pretendente". Devo dizer, não é minha lenda favorita sobre as Sete Irmãs, mas fico fascinado por suas aparições em quase todas as culturas e épocas.

– Por favor, Bo, conte mais – pediu Pip, parecendo genuinamente interessado.

– Diferentes culturas acreditam em coisas diferentes. Mas, por milênios, elas foram imortalizadas no famoso aglomerado estelar e são objetos de fascínio e admiração. Mitos sobre as irmãs foram passados oralmente, através de poesia, arte, música, arquitetura... elas estão incorporadas a todas as facetas do nosso mundo.

– Sabe de uma coisa, Bo D'Aplièse – disse Pip –, nos três anos em que nos conhecemos, isso é o máximo que eu já ouvi você falar!

Ele não estava errado, e seu comentário fez com que todos nós caíssemos na gargalhada.

Um tempo depois, a passagem por Tromsø acabou ficando tão revolta que Karine decidiu ir para sua cabine, e Elle se ofereceu para ajudá-la. O marinheiro tinha anunciado que aquele era o melhor ponto para assistir à aurora boreal, então Pip ficou por mais tempo.

– Você falou com tanta paixão sobre as Sete Irmãs, mais cedo. Diga-me, como você sabe tanto sobre as estrelas?

– Meu pai era professor.

– É mesmo? De quê?

Eu me senti seguro o suficiente para dar a Pip a informação que ele queria.

– Música e Clássicos. Este último abrange filosofia, antropologia, arte, história... além de astrologia e mitologia. Ele era particularmente fascinado pela relação entre os dois últimos. – Sorri com as lembranças. – Naturalmente, ele transmitiu esse fascínio para mim.

– Isso foi em Paris? – indagou Pip.

– Sim... isso mesmo. Em Paris. Ele dava aulas particulares para... clientes ricos.

A última frase não era mentira. Pip deu uma risada.

– Isso explica a sua inteligência, Bo. Não tenho a menor vergonha de admitir que é muito mais inteligente do que eu.

Balancei a cabeça.

– Meu amigo, eu é que devo sentir inveja de você! Olhe para sua vida. Você é membro da Orquestra Filarmônica de Bergen! O *Concerto para heróis* será muito mais bem-sucedido do que você pode imaginar, e você tem uma linda família – respondi, com sinceridade. – Sem dúvida, o pequeno Felix deve estar sentindo a sua falta hoje.

Pip inclinou-se sobre as grades do *Hurtigruten*.

– Garanto que ele está muito feliz com seus *bestermor* e *bestefar*. Obrigado por suas palavras gentis, Bo. Embora ambos saibamos que, se não fosse pelo seu braço, estaríamos olhando um para o outro através do poço da orquestra.

Eu sorri.

– Talvez, em outra vida.

Pip olhou para a água escura, melancólico.

– Amo muito a Karine, Bo. E me sinto o homem mais sortudo que já pisou na Terra. – Ele pegou no bolso o que parecia ser um pequeno ornamento. – Antes de me mudar para Leipzig para estudar no conservatório, meu pai me deu isso.

– O que é? – perguntei.

– Isto, meu amigo, é um sapo da sorte... ou pelo menos foi o que meu pai me falou. Dizem que Edvard Grieg costumava manter vários pela casa para lhe trazer boa sorte. Aparentemente, este pertencia à minha avó, Anna. Pegue. – Ele o entregou a mim. – É seu.

– Meu Deus, Pip, eu nunca poderia aceitar isso. É uma herança de família.

– Bo, isso já me trouxe toda a sorte do universo, então é justo que eu o passe adiante, para que outro possa se beneficiar. – Ele pensou por um momento. – Desejo que você e Elle consigam viver sem medo.

Fiquei profundamente comovido.

– Pip, não sei nem o que dizer. Obrigado.

– O prazer é meu. Sabe, é melhor eu ir ver Karine. Ela está muito enjoada. Você vai ficar aqui fora? – perguntou ele.

– A noite toda, se for preciso, para não perder a aurora boreal.

Pip colocou sua mão em meu ombro em um gesto amigável e depois entrou.

Meus olhos estavam grudados no céu noturno, que permanecia cristalino acima de mim. Não sei por quanto tempo fiquei lá. Horas, talvez, me banhando na luz das estrelas e me comunicando com minhas cintilantes guardiãs.

Em algum momento, as Plêiades desapareceram de vista. Pisquei com força e, quando reabri os olhos, o céu estava coberto por um manto cintilante e iridescente que dançava e pulsava pelos céus. Fiquei extasiado, parado sob o brilho translúcido, o reluzir... a luminosidade brilhante das luzes... Que privilégio foi testemunhar a vasta beleza cósmica do nosso universo, maior do que qualquer pintura ou arquitetura feita pelo homem.

Depois de alguns minutos, a aurora boreal desapareceu tão misteriosa e abruptamente quanto havia chegado. Não pude deixar de rir em êxtase.

Até ergui as mãos e gritei "OBRIGADO!", o que chocou alguns dos meus companheiros observadores de estrelas no convés.

Em seguida, o amanhecer se rompeu sobre as águas tranquilas do Cabo Norte. Logo estaríamos voltando para Bergen. Depois de algum tempo, fui para o interior do navio para acordar Elle e contar a ela sobre o que tinha testemunhado. No caminho para nossa cabine, passei pela sala de jantar e vi Pip e Karine sentados para o café da manhã. Corri até eles.

– Meu amigo, eu vi! Eu vi o milagre! É majestoso o suficiente para convencer até mesmo o mais fervoroso descrente de que existe um poder superior. As cores... verde, amarelo, azul... todo o céu foi iluminado! Eu... – Minha voz embargou, antes de conseguir me recuperar. Estendi os braços para Pip e o apertei em um abraço, o que, tenho quase certeza, pegou meu amigo de surpresa. – Obrigado – falei. – Obrigado.

Como se estivesse flutuando no ar, fui valsando até minha cabine, onde Elle estava dormindo tranquilamente.

Nunca vou me esquecer da noite em que o céu dançou para mim.

27

Inverness, Escócia, abril de 1940

Conforme releio as páginas do *Hurtigruten*, minha visita às luzes da aurora boreal e à cachoeira parece ter acontecido há séculos. Lágrimas chegam aos meus olhos, enquanto leio sobre nossos tão queridos amigos, que não mais... Desculpe, fiel leitor, estou me adiantando.

Preciso desse tempo para explicar o fato de não escrever neste diário há mais de um ano. Após nossa viagem no *Hurtigruten,* em 1939, e com um cotovelo cada vez melhor, me senti revigorado e escrevi páginas e páginas com lembranças. Mas lamento informá-lo de que a história se repetiu, e essas páginas permanecem acima da loja do cartógrafo em Bergen, já que Elle e eu fomos forçados a fugir mais uma vez.

A máquina de guerra alemã atacou a Noruega em 9 de abril de 1940. O país foi pego completamente desprevenido, com sua Marinha empenhada em ajudar a Grã-Bretanha em um bloqueio no Canal da Mancha. No final, a batalha por Bergen foi curta e brutal, e a cidade logo foi totalmente ocupada. Soldados encheram as ruas, e enormes suásticas foram penduradas na Prefeitura. O novo regime, é claro, cancelou todos os eventos culturais noruegueses, inclusive a estreia do *Concerto para heróis*, de Pip.

Nas semanas anteriores à invasão, Karine estava fora de si, muito preocupada. Ela implorou a Pip para deixar a Europa com ela, mas o marido estava decidido a ficar. Em várias ocasiões, ela foi até nosso apartamento chorando.

– Ele acha que o meu novo sobrenome e o batismo luterano me protegerão. Eu o amo, mas Pip é muito ingênuo. Os soldados só precisam olhar para mim uma vez para enxergarem toda a verdade. Bastaria uma pequena investigação, e então... – Karine apoiou a cabeça nas mãos, em seguida apontando para Elle. – Você deve estar com medo também. Seu cabelo louro e seus olhos azuis só podem protegê-la até certo ponto. Ninguém de nosso povo está seguro na Europa.

– Eu sei, Karine – respondeu Elle. – Estamos fazendo planos.

– Vocês estão certos, apesar do que meu marido diz. É impossível subestimar a minuciosidade *deles*. Nada vai fazê-los desistirem de nos eliminar. E meu Felix tem sangue judeu, é claro. E se eles o levarem também?

Elle abraçou a amiga.

– Minha querida Karine. Não posso imaginar sua preocupação. Mas seu marido daria a vida para proteger o filho. Tenho certeza de que Pip vai fazer qualquer coisa para mantê-lo seguro.

Karine começou a soluçar.

– Eu quero acreditar nisso, Elle, eu realmente quero. – Ela balançou a cabeça. – Mas ele só pensa no *Concerto para heróis*. Meus pais imploraram que fôssemos ficar com eles nos Estados Unidos. Até enviaram dinheiro. Mas Pip simplesmente se recusa. Diz que em uma nova terra seria apenas mais um compositor. Mas, aqui, ele é *o grande Jens Halvorsen*!

– Você acredita mesmo que ele colocaria o próprio ego antes da segurança de vocês? – perguntou Elle.

– Não quero acreditar nisso. Ele insiste que a Noruega está segura porque permaneceu neutra na Grande Guerra. Mas nós conhecemos essas pessoas, Elle. Eles nunca vão parar. Estou convencida de que vão chegar por estas bandas. E, quando chegarem, precisamos estar prontos.

E estávamos. Na noite em que os nazistas chegaram, Elle e eu nos refugiamos nas colinas de Froskehuset, ao lado de todo o clã dos Halvorsens. Como parte dos preparativos para aquele momento, eu tinha contratado os serviços de um pescador local, Karl Olsen, que trabalhava fora do porto de Bergen. Karl concordou em nos levar para a segurança da Grã-Bretanha. Ele era um bom homem – amigável e confiável –, e eu conversava com ele todos os dias quando entrava na Scholz e Scholz. No entanto, devo dizer que Karl não estava agindo por puro altruísmo – eu estava lhe fornecendo mapas gratuitos há dezoito meses.

Na primeira manhã depois da Ocupação, levantei cedo e encontrei Karl no porto, onde ele estava começando o seu dia. Ele jurou que em 24 horas estaria pronto e a postos para nos transportar até a Escócia.

Eu avisei a Elle.

– Precisamos contar a Pip e Karine – implorou ela.

Eu hesitei.

– Karine, sim. Mas Pip e seus pais... quanto mais pessoas souberem do plano, maior a probabilidade de que sejamos descobertos.

Elle manteve sua determinação.

– Bo, nós temos o *dever* de oferecer a eles a chance de ir conosco.

– Sem dúvida. Mas você sabe como Pip é teimoso. A última coisa que queremos é criar uma cena. Prometa que você vai falar com Karine e avaliar a reação dela primeiro.

Naquela noite, nossa última na Noruega, nós nos encontramos com os Halvorsens. Conversei com Astrid e Horst enquanto Elle falava com Karine sobre nossa partida iminente. Foi profundamente triste ver a despedida emocionada das duas.

– O que Karine disse? – perguntei, quando saímos pela porta da frente em direção à pequena cabana de caça que estávamos ocupando temporariamente.

– Ela falou que estaria sempre esperando aqui por mim e que eu devo escrever para ela quando chegarmos à Escócia.

– Ela nem sequer considerou a ideia de vir com a gente?

Elle balançou a cabeça.

– Ela disse que Pip não concordaria e que preferia morrer a sair de perto dele.

Segurei a mão de Elle, e em silêncio refletimos sobre o destino ao qual Pip estava condenando sua família.

Na manhã seguinte, às cinco em ponto, Elle e eu encontramos Karl no porto. Subimos a bordo de seu barco de pesca e suportamos uma travessia revolta, mas sem intercorrências, até Inverness, na Escócia. Levamos quase seis horas, durante as quais rezei para que não encontrássemos nenhum navio militar. No entanto, as Plêiades sorriram para nós, e nossa travessia para a Grã-Bretanha foi misericordiosamente tranquila. Abracei Elle apertado, e nós dois nos despedíamos de nossa vida anterior. Era algo com o qual estávamos tragicamente acostumados, mas nunca ficava mais fácil. Eu sabia como o coração de Elle estava pesado. Karine significava tanto para ela, e não havia dúvidas de que estávamos deixando nossa amiga em perigo. Mas, com exceção de sequestrar a ela e Felix, havia muito pouco que pudéssemos fazer.

– Lembre-se, Karl, você precisa nos deixar em algum lugar isolado. Não temos nenhum documento.

Ele me tranquilizou.

– Sem problema, Bo. Encontraremos uma praia vazia. Sei que há muitas por aqui. Mas vocês vão ter que caminhar até lá.

Elle e eu nos entreolhamos e arqueamos nossas sobrancelhas.

Depois de alguma procura, Karl encontrou um ponto adequado e levou o barco até a costa o máximo que pôde.

– Isso é o melhor que eu posso fazer. – Ele deu de ombros. – Vocês vão ter que seguir a partir daqui.

Assenti e, relutante, pulei por um dos lados do barco para a água gelada, que chegava à altura das minhas coxas.

– Meu Deus! – exclamei, exasperado. – É melhor eu te carregar, Elle. Pegue a nossa mala.

Elle pegou a mala de couro com os pertences que tínhamos conseguido trazer, e Karl ajudou a colocá-la em meus braços.

– Se você tiver oportunidade, por favor, diga a Karine que chegamos aqui em segurança! – pediu Elle. – Vou escrever para ela!

Karl fez sinal de positivo.

– Boa sorte, vocês dois. Obrigado pelos mapas, Bo.

– Obrigado por tudo, Karl. Tem certeza de que não quer vir também?

Ele riu.

– Bergen é o meu lar. Quero voltar e ajudar a livrar a cidade de seus visitantes indesejados. Eu lhe asseguro: o povo norueguês terá sucesso.

Com isso, ele girou o motor e começou sua viagem de volta.

Lentamente, caminhei pela água e cheguei até a praia de areia branca e pura, onde, com cuidado, coloquei Elle no chão.

– Obrigada, amor – agradeceu ela.

O dia estava cinzento e ventava bastante, o que se adequava àquele litoral acidentado. Dei uma olhada ao redor. Se a Noruega era pitoresca e serena, minha primeira impressão da Escócia foi que sua paisagem era irregular e crua, mas as duas eram igualmente belas. Afloramentos rochosos, colinas cobertas de grama e o céu ameaçador acima de nós criavam uma impressionante primeira impressão. Seguimos por uma duna até uma estrada deserta.

– Acho que não teremos que caminhar muito até Inverness – arrisquei. – Pelo que pude ver do barco, fica a pouco quilômetros daqui.

Em menos de uma hora, chegamos à grande cidade costeira, que era descrita como "o centro das Terras Altas". Não sei o que esperava do lugar, mas parecia praticamente deserto. Parte de mim suspeitava que o motivo disso era o alistamento militar obrigatório britânico, que entrara em vigor no dia em que Neville Chamberlain declarara guerra à Alemanha. Estremeci ao pensar nas famílias de cidades pequenas como aquela, que tinham sido devastadas por tal decisão. As populações deviam estar reduzidas à metade.

Ao nos aproximarmos do centro da cidade, nos deparamos com um castelo de arenito vermelho, que se destacava imponente às margens do rio Ness. Lembrei-me de que era ali que Macbeth assassinara o rei Duncan na peça de Shakespeare, e não pude evitar o arrepio que percorreu meu corpo.

Felizmente, quando chegamos à rua de paralelepípedos, minhas calças já estavam secas, embora eu não pudesse dizer o mesmo dos sapatos. Meus pés estavam congelados, e eu estava desesperado para entrar em algum lugar o mais rápido possível. Não demorou muito até avistarmos uma velha placa, que balançava na brisa forte. Ela dizia:

Sheep Heid Inn, Pensão completa

– O que você acha? – perguntei a Elle.

Ela assentiu enfaticamente.

– Vamos entrar.

Abrimos a porta da decrépita construção geminada e entramos. O local era escuro e apertado, com apenas uma luz elétrica fraca iluminando a recepção. Toquei a campainha, e um idoso de óculos e corcunda surgiu do bar no cômodo ao lado.

– Sim? – perguntou ele.

– Olá, o senhor tem um quarto disponível para mim e minha esposa?

Ele me olhou desconfiado.

– Por quanto tempo? – murmurou ele, em seu sotaque carregado.

– Para as próximas noites, pelo menos. Talvez por mais tempo.

O homem ergueu uma sobrancelha.

– O que vocês vieram fazer em Inversneckie?

– Perdão, onde?

Ele revirou os olhos.

– Inverness. O que vocês estão fazendo na cidade? Não parecem ser daqui.

– O senhor tem um ouvido impressionante. Somos franceses de nascimento, mas viemos aqui para visitar nossa avó escocesa, que está doente.

– Ah, e onde é que ela mora? – pressionou ele.

– Em Munlochy – respondi depressa.

Eu tinha visto uma placa com o nome da cidade em nossa caminhada e fiz uma anotação mental, pois o nome era agradável ao ouvido. Aquilo pareceu satisfazer o proprietário.

– Um quarto para dois, então. Precisamos ser cuidadosos, sabe? O Sr. Chamberlain nos fez ficar de olho em qualquer estranho, entende?

– Com certeza, senhor.

Fomos conduzidos ao nosso quarto, que era lúgubre e úmido, muito parecido com o clima do lado de fora. O colchão era terrivelmente fino e, quando me atrevi a me deitar para descansar um pouco, minhas costas foram agredidas por uma manada de molas. Por sorte, a baixa qualidade se refletia no preço barato do quarto, que, ainda assim, tinha feito um rombo em nosso minúsculo orçamento.

– Devemos discutir nosso dialeto, amor – comentei quando Elle se juntou a mim na cama. – Como ficou óbvio, para o ouvido britânico temos um pouco de sotaque. A última coisa que queremos é chamar atenção. Imagine se alguém nos acusa de sermos espiões!

Elle se virou para mim.

– Tem razão. Mas o que podemos fazer?

– Bem, sugiro que a primeira coisa que façamos, se formos ficar aqui por mais tempo, é adaptar nossos nomes. Se eu sou Bo, talvez agora eu possa ser... – Vasculhei por um equivalente britânico. – Bob!

Elle franziu o cenho.

– Não vou conseguir chamá-lo de Bob com uma cara séria. Que tal Robert?

Pensei por um momento.

– Tudo bem, serei Robert. E talvez você se torne Elle... anor? Como a Eleanor Dashwood, de *Razão e sensibilidade*.

A careta de Elle se transformou em um pequeno sorriso. Imaginei que a referência a Jane Austen lhe agradaria.

– Ok, então somos Robert e Eleanor. E nosso sobrenome? D'Aplièse é incomum, para dizer o mínimo.

– Concordo. Não podemos arriscar nenhuma atenção indesejada, especialmente com o alistamento em pleno vigor. Eu sou jovem, e os moradores podem começar a perguntar por que não estou em batalha.

Suspirei de frustração, pois o peso do desconhecido começava a me desanimar.

– Bo, mesmo que você quisesse lutar, não teria permissão. Você ainda tem dificuldade para levantar o arco de um violoncelo. Levantar um rifle está fora de questão – lembrou Elle. – Qualquer médico confirmaria isso num minuto.

Soltei uma risada irônica.

– Ah, sim. Tão conveniente.

Elle ficou de barriga para cima e encarou o teto.

– Se as pessoas fizerem perguntas sobre o nosso passado e quiserem saber o que estamos fazendo na Grã-Bretanha, acho que faz sentido dizer que somos refugiados judeus, que escaparam da França devido à ameaça de invasão nazista. Pelo menos explicará nossos sotaques. E, para um de nós, é só a verdade.

– Você tem razão. – Esfreguei as têmporas refletindo. – Só precisamos de um canto tranquilo do país onde possamos permanecer escondidos.

– E financiar nossa existência também, é claro – acrescentou Elle.

– E que tal as Terras Altas? Podemos ir ainda mais ao norte. Não vejo razão para mudar a situação que tínhamos em Bergen, onde trabalhávamos em dupla. Talvez possamos trabalhar em uma propriedade? Eles devem estar precisando de gente para ajudá-los, por causa da guerra.

Elle sentou-se e olhou através da janela suja para a rua sombria.

– Sinto falta do nosso apartamento com vista para o porto de Bergen. Eu poderia ter ficado lá para sempre com você.

– Eu também. Mas devemos nos lembrar de que estamos aqui por necessidade. Neste país, acredito que estamos a salvo da invasão alemã. Os militares britânicos são fortes e seu povo é resiliente. – Peguei a mão dela e a apertei com força. – Prometo, meu amor, que teremos nosso final feliz.

Elle passou a tarde escrevendo uma carta para Karine, e eu aproveitei para explorar o local. Apesar do tempo, Inverness tem um charme bem peculiar. Tentei imaginar o lugar no auge de um verão em tempos de paz, agitado com turistas das Terras Altas, o que ajudou a minha apreciação. Caminhei à margem do rio Ness, que corta a cidade e liga o mar do Norte e o famoso lago habitado por um monstro. No caminho de volta para a pousada, passei por uma miríade de pequenos cafés, cada um afirmando servir *o melhor café da manhã escocês da cidade*. Ousei olhar para alguns dos menus e vi que a maioria vinha com uma oferta saudável de chouriço, que, pelo que sabia, era feito de sangue seco. Os britânicos têm gostos estranhos.

Depois que Elle e eu postamos sua carta para a Noruega, entramos no bar do Sheep Heid Inn. Em contraste com nosso quarto, o lugar parecia um tanto aconchegante, agora que o sol estava se pondo. Nós nos sentamos em um velho banco de madeira e ficamos olhando para o fogo alto que brilhava na grelha. Quando escureceu, o homem do bar começou a pendurar cortinas que bloqueavam a luz nas janelas, para o caso de um ataque aéreo inimigo. Levantei-me para ajudá-lo.

– Obrigado, amigo – disse ele, com um sorriso. – Posso lhe servir um uísque?

Eu hesitei. O leitor já deve estar familiarizado com minha reticência em beber álcool. No entanto, tendo atravessado o mar do Norte com água até as coxas mais cedo naquele dia e ainda não me recuperado completamente do frio, decidi que abriria uma exceção para as famosas propriedades de aquecimento da bebida.

O líquido âmbar era forte, mas inegavelmente delicioso. Ele tinha um efeito agradável em nosso ânimo, e Elle e eu desfrutamos de vários copos de diferentes tipos de *single malt* naquela noite. O amigável barman, Hamish, se divertiu ao ensinar aos dois refugiados "franceses" os meandros da destilação, e por que esse processo era tão superior ao do vinho. Fiquei preocupado por ter gostado tanto do uísque. Fiz uma anotação mental para não exagerar de novo por um tempo.

Passamos os dias seguintes nos adaptando à vida naquele novo país. Minhas observações eram de que, quando baixavam a guarda, as pessoas ali eram amigáveis, acolhedoras e animadas. A comida, no entanto, estava provando ser um obstáculo difícil. A dieta britânica parece consistir quase inteiramente de carne, molho e batatas. Como eles conseguem ter tantos atletas famosos é um mistério para mim.

Em nossa quinta noite em Inverness, fomos jantar em um bar local – ou pub, como os britânicos os chamam – cujo nome era The Drovers Inn. Havia muitos desses bares em Inverness e, para meus olhos destreinados, todos pareciam extremamente semelhantes. No entanto, os moradores discordavam e defendiam firmemente os seus favoritos. O Drovers tinha sido recomendado por Hamish. Embora não particularmente grande, tinha muita personalidade, todo decorado com tartã e medalhões de enfeitar cavalos. Atrás do bar havia uma coleção de canecas de estanho com nomes gravados, que pertenciam aos clientes regulares. Naturalmente, identifiquei "Hamish" entre elas.

Lendo o menu, fiquei animado ao ver finalmente o famoso *haggis*. Hamish havia me contado que aquele era o prato nacional, mas, quando perguntei o que era *exatamente*, ele riu e me encorajou a prová-lo antes de ousar perguntar. O alto e corpulento proprietário se aproximou para receber nosso pedido.

– Eu gostaria de experimentar o *haggis*, por favor – falei, confiante, antes de decidir que não era corajoso o suficiente para pedir às cegas. – Mas posso saber o que é, exatamente?

– É fígado, coração e pulmões de ovelha – respondeu o proprietário.

Hesitei um pouco.

– Santo Deus... e como é preparado? – perguntei, pensando se seria capaz de suportar a visão de tudo aquilo em um prato.

– Não se preocupe, vem tudo embrulhado no estômago do bichinho! – disse o homem, alegremente.

Aquilo não me deixou mais confiante.

– Vem com algum acompanhamento? – indaguei.

– *Neeps* e *tatties* – foi a resposta.

– *Neeps* e *tatties*? Não sei se entendi direito...

– Nabos e batatas – traduziu uma voz profunda e forte vinda do bar.

Um homem, de cerca de 50 anos de idade, virou-se e sorriu em direção à mesa de canto onde estávamos sentados. Apesar dos cabelos grisalhos, seus olhos escuros e suas feições fortes o tornavam bonito.

– Ah, muito obrigado, senhor – agradeci. – Eu gostaria de pedir isso, então, por favor.

– E para a sua garotinha? – perguntou o proprietário.

– Minha o quê?

– Sua amiga – disse o homem do bar, agora rindo sem cerimônia.

Seu sotaque era forte, as palavras bruscamente abreviadas, e ele usava um terno de tweed verde-garrafa.

– Vou querer a sopa, por favor – respondeu Elle ao atendente.

– Como quiser.

Ele assentiu e escapuliu para a cozinha com o nosso pedido.

O inglês do bar foi até a nossa mesa, e notei que mancava de uma perna. Apoiando seu copo de cerveja espumoso, ele puxou um banquinho.

– Os escoceses são nossos vizinhos, mas até eu tenho dificuldade com o sotaque deles! – Ele estendeu a mão. – Archie Vaughan. Prazer em conhecê-los.

– Ah, olá. Meu nome é Robert, e esta é Eleanor.

– Muito prazer em conhecê-lo – cumprimentou Elle.

Archie abriu um sorriso.

– Encantado. Desculpe, provavelmente estou sendo bastante rude. Posso me juntar a vocês para uma bebida?

Olhei para Elle, que permanecia calma e retribuiu o sorriso do Sr. Vaughan.

– Claro que sim – respondeu ela, erguendo seu copo de vinho do Porto com limão.

– Formidável! – exclamou Archie. – Agora me diga: com esses nomes tão ingleses, de onde vocês pegaram esse sotaque esquisito?

Ele tomou um gole de cerveja.

– Somos franceses. Recentemente fugimos para cá temendo a invasão iminente. – Elle fez uma pausa, seguindo nosso roteiro. – Nosso povo está sob ameaça em todos os lugares – acrescentou ela.

– Quem, os franceses? – Ele fungou, com uma expressão cômica de perplexidade.

Elle assentiu, e Archie fechou os olhos, só então compreendendo a situação.

– Ah, meu Deus. Entendi. Bem, vocês são muito bem-vindos aqui. E não se preocupem, estou confiante de que vamos fazer os alemães saírem correndo. – Ele mudou as pernas de posição debaixo da mesa, estremecendo ao fazer isso. – Por que vieram especificamente para Inverness?

– Estamos tentando encontrar trabalho – respondi, com sinceridade.

Ele riu.

– Bem, desculpe ser o portador de más notícias, mas vocês estão no lugar errado. Quem aconselhou vocês a vir para o norte da Escócia merece um soco. Como vocês provavelmente perceberam, são só montanhas e lagos até onde os olhos podem ver.

– Você é desta área? – indagou Elle.

– Não, pode ter certeza de que não. Mas conheço a região. Venho aqui para caçar nos fins de semana desde que era rapaz. É para isso que estou aqui no momento. Tirei uma semana de licença da Força Aérea Real, então vim respirar um pouco de ar das Terras Altas.

– Onde você está alocado? – perguntei.

Ele fez uma pausa por um momento, escolhendo a resposta com cuidado.

– No sul da Inglaterra. Kent, para ser mais exato. Não que isso signifique alguma coisa para você!

– Lar de Charles Dickens – comentei.

Archie pareceu surpreso.

– Meu Deus, tem certeza de que você é francês?! Está de parabéns pelo seu conhecimento literário britânico. – Ele se inclinou para trás e cruzou os braços. – Não se esqueça de que a Srta. Vita Sackville-West também é da minha região!

Elle e eu olhamos para ele confusos.

– Sim, tudo bem. Essa aí já foi querer demais. – Ele tomou outro gole de cerveja e olhou para mim. – Posso perguntar como você conseguiu evitar o campo de batalha, Robert?

Eu estava me sentindo um pouco nervoso com aquele interrogatório, mas fui firme na resposta.

– Não sou capaz de lutar por causa de uma lesão no braço. Sendo assim, estamos realmente procurando qualquer coisa para nos sustentar.

Archie levantou as sobrancelhas.

– Ah, um companheiro inválido. Lamento ouvir isso, amigo. Você deve ter notado que tenho uma perna manca, então também não posso lutar. – Ele deu um tapa na perna. – Mas não é uma lesão recente. Aconteceu na Grande Guerra. Agora, estou baseado atrás de uma mesa.

– Lamento ouvir isso – respondi.

Ele olhou para mim com simpatia.

– Eu sei como é para um jovem ser incapaz de lutar. Tenho um filho, talvez um pouco mais novo que você. O nome dele é Teddy. Tem pés chatos.

Eu assenti.

– Um azar, realmente. Não que ele esteja particularmente chateado com a coisa toda – concluiu Archie, revirando os olhos.

– O que ele faz? – perguntou Elle. – Está atrás de uma mesa como você?

Archie deu um sorriso aflito.

– Não. Teddy tem 21 anos e é o herdeiro da minha enorme propriedade rural.

Passei a ouvir com mais atenção.

– Já tentei de tudo, mas não consigo motivá-lo. Ele vive por aí se exibindo e se metendo em encrencas, entrando em brigas, a maioria das quais até agora foi resolvida pela minha esposa, Flora. Coitada.

Aproveitei minha oportunidade.

– Uma propriedade rural? Você deve ter um monte de funcionários para cuidar de tudo.

Archie riu.

– Receio que esses dias tenham terminado para High Weald. As coisas têm estado um pouco... apertadas desde a Grande Guerra. E todo o pessoal que tínhamos agora está na linha de frente, ou trabalhando em fábricas de munições. – Ele suspirou. – Flora faz quase tudo. É muito injusto, mas, infelizmente, há pouca escolha no momento.

Archie olhou para seu copo de cerveja quase vazio. Elle colocou a mão em minha perna, incitando-me a continuar.

– Isso me parece bem difícil para ela. Talvez possamos preencher as vagas? – sugeri.

Archie ergueu os olhos, subitamente constrangido.

– Certo, é claro. Desculpe, posso ser um pouco lento às vezes. Você disse que está procurando trabalho.

Os olhos do Sr. Vaughan correram pelo bar enquanto ele tentava formular uma rejeição.

– Vocês parecem ser pessoas muito decentes, mas, como mencionei, as finanças estão um pouco difíceis na família Vaughan no momento. Minha casa, High Weald, está desmoronando aos poucos, e praticamente cada centavo que ganho é usado para evitar que ela caia. – Ele esfregou os olhos. – Ela está na minha família há gerações, e não quero ser o cara que deixou tudo ruir. Em suma, eu não poderia lhes oferecer muita coisa em termos de pagamento.

Eu me resignei à rejeição de Archie, mas Elle não queria desistir.

– Ah, estamos bastante acostumados com uma renda baixa, Sr. Vaughan. Em Paris, nosso apartamento era minúsculo.

– Na verdade, é *lorde* Vaughan, se quer ser tão formal – comentou ele, com uma piscadela. – Tudo bem, então. Digam-me, em que vocês trabalhavam em Paris?

– Desculpe, lorde Vaughan – corrigiu-se Elle.

Archie dispensou o título com um abano de mão e uma risada. Elle olhou para mim.

– Robert e eu trabalhávamos juntos em um orfanato. Ele era zelador e jardineiro, e eu cozinhava para as crianças e também ajudava com a limpeza. Naturalmente, os fundos do orfanato eram limitados, por isso não nos pagavam muito.

A tranquilidade com que Elle criou aquela história foi surpreendente.

– Era um lugar grande? – perguntou lorde Vaughan, as sobrancelhas erguidas.

Elle assentiu vigorosamente.

– Ah, sim, enorme. Chama-se Apprentis d'Auteuil, se quiser procurá-lo. E garantimos que, seja qual for a bagunça em que o jovem mestre Teddy esteja metido, não será nada comparado ao caos que cem crianças causavam!

Archie ergueu as sobrancelhas novamente e bebeu grandes goles de sua cerveja.

– Não, eu imagino que *não* seria um desafio depois disso. Bem, não posso negar que Flora ficaria feliz, principalmente porque estou sempre preso na base aérea. – Ele pensou por um momento. – Ouçam, embora eu não possa pagar muito, High Weald tem vários chalés espalhados pela propriedade, todos atualmente desocupados. Será que um teto sobre suas cabeças e toda a caça que conseguirem seria suficiente?

O sorriso de Elle foi radiante.

– Ah, ficaríamos eternamente gratos!

Juntei-me ao entusiasmo dela.

– Francamente, lorde Vaughan, teríamos uma dívida com o senhor.

– Está ótimo, então. – Ele bateu nas coxas e se levantou. – Bem-vindos a bordo! – Ele apertou nossas mãos, caloroso. – Que encontro de sorte foi esse.

Ele não fazia a menor ideia.

– Mas preciso voltar para meu hotel. Vou estar no leito daqui a poucas horas. – Olhei para ele com curiosidade. – Ah, desculpe. O vagão-leito do trem noturno. Ele vai de Glasgow a Londres. Falando nisso, onde vocês estão hospedados no momento? Vou arrumar algumas passagens. Poderiam começar na próxima semana?

Elle e eu nos entreolhamos.

– Claro, seria ótimo – respondi. – Estamos no Sheep Heid Inn.

– Excelente. – Ele bateu palmas – Vou mandar as passagens para lá.

– Ficaremos felizes em pagar por... – começou Elle.

Archie levantou a mão, interrompendo-a.

– De jeito nenhum, vocês agora trabalham para mim, e as coisas não estão tão ruins a ponto de eu não poder pagar por uma noite na Caledonian

Railway. – Ele bebeu o resto da cerveja. – Perdoem-me, mas acho que não perguntei o seu sobrenome. São Robert e Eleanor...

– Tanit – respondi, o mais rápido e suavemente possível.

– Perfeito. Vou providenciar para que as passagens sejam enviadas para o Sr. e a Sra. Tanit.

Com um aceno e um sorriso, Archie Vaughan retirou seu sobretudo azul de um gancho perto da porta e saiu do pub.

Elle e eu nos viramos um para o outro e começamos a rir.

– Está vendo, meu bem? – falei. – Você entende por que, apesar de tudo, eu deposito toda a minha confiança no universo?

Ela segurou minhas mãos.

– Estou começando a entender. Que golpe de sorte!

– De fato. – Olhei para o céu e dei de ombros. – Ou talvez seja algo mais poderoso do que sorte. Quem somos nós para dizer?

Nós nos encaramos por um tempo, ambos provavelmente um pouco perplexos por termos recebido uma nova oportunidade tão depressa. Depois de alguns instantes, Elle franziu a testa.

– E o sobrenome que você deu a ele? Em que estava pensando?

Leitor, em um momento de puro pânico, eu tinha fornecido a Archie Vaughan meu verdadeiro sobrenome – aquele que, em algum lugar nas terras desabitadas da Sibéria, está escrito na minha certidão de nascimento: Tanit.

Passei as mãos pelo cabelo.

– Eu sei, foi tolice minha. Mas eu não queria que ele percebesse alguma hesitação, ainda mais depois de todas aquelas perguntas sobre nossos sotaques. Foi o que me veio à cabeça.

Elle revirou os olhos, mas o sorriso voltou para seu rosto.

– Então, vamos ser o Sr. e a Sra. Tanit.

– Suponho que, se Kreeg sequer chegar à Grã-Bretanha, a última coisa que esperaria é que eu usasse meu sobrenome verdadeiro...

Durante o jantar, discutimos todas as possibilidades que nossa nova vida na propriedade rural poderia nos dar. Fantasiamos sobre o chalé que havia sido prometido e sobre os arredores verdes exuberantes do campo inglês. Naquele momento, o perigo da invasão alemã e a ameaça de Kreeg pareciam muito distantes.

Caminhamos pela rua principal de volta até nossa hospedagem, onde o proprietário nos presenteou com uma carta endereçada a Bo e Elle – os nomes que tínhamos usado para nos registrar. O rosto de Elle se iluminou, e ela correu para o nosso quarto.

– Deve ser de Karine! – disse ela, com animação. – Mal posso esperar para contar a ela sobre o que aconteceu esta noite. Ela vai achar tão engraçado. – Elle examinou a frente do envelope e franziu o cenho. – Que estranho, essa não parece a caligrafia da Karine.

– Abra e descubra – encorajei-a.

Elle rasgou o envelope e tirou de dentro dele duas folhas de papel.

– Uma delas é de Horst – comentou ela, sem entender.

– Horst? Está tudo bem?

Estudei o rosto de Elle enquanto ela lia a carta.

– Não estou entendendo.

– Leia em voz alta – sugeri.

– Querido Bo, querida Elle... – começou ela.

Espero que esta carta chegue até vocês. Descobri seu endereço através da correspondência recente que enviaram para Karine. Peço desculpas por abri-la, mas logo saberão por que não tive escolha. Estou feliz que vocês estejam em segurança na Escócia, e espero que o horror desse conflito sem sentido não os siga até aí. Eu gostaria de não estar escrevendo para vocês em circunstâncias tão tristes. Mas é meu dever lhes enviar esta carta, de acordo com os desejos do meu amado filho.

Eu imploro, não pensem mal dele. Ele não era uma pessoa má. Apenas cometeu um erro e pagou o preço mais alto que alguém poderia imaginar. Obrigado por serem amigos tão queridos para meu filho e para Karine. Saiba que ambos os amavam profundamente.

Por favor, valorizem um ao outro, amem um ao outro e escutem um ao outro.

Seu amigo,
Horst Halvorsen

Elle baixou a carta e olhou para mim com preocupação.

Senti meu estômago se revirar.

– Deixe-me ler a outra carta.

Fui até Elle e gentilmente a peguei das mãos dela.

Querido Bo, querida Elle,

Quando esta carta chegar até vocês (se algum dia chegar), eu já terei partido. É meu triste dever informá-los de que, esta manhã, o amor da minha vida, Karine Eliana Rosenblum, foi baleada e morta por nossos invasores.

Seu crime foi ter ousado entrar na cidade para comprar pão e leite.

Como ambos sabem, era desejo de Karine deixar a Noruega. Fui egoísta e não a ouvi, e não tenho como me perdoar por isso. Minha esposa era mais gentil, mais inteligente e MELHOR do que eu jamais fui, e eu deveria tê-la escutado.

Meu coração está destruído e nunca se recuperará.

Elle, devo me desculpar especialmente com você. Você era a melhor amiga de Karine e compartilhava com ela um vínculo talvez ainda mais profundo do que o meu. A culpa é minha, e de mais ninguém, que nunca mais poderão se reencontrar.

Meus amigos, eu me entrego à misericórdia de nosso Deus, mas não espero perdão. Escrever esta carta será meu penúltimo ato na terra. Então, pegarei a arma de caça do meu pai no galpão e encerrarei a minha vida na floresta próxima à casa. Fiquem tranquilos, Felix estará seguro com meus amados pais, que sei que serão tão bons para ele quanto foram para seus próprios filhos.

Tudo o que eu sempre quis foi ser reconhecido pelo meu talento musical. Então, por favor, meus amigos, não se lembrem de mim – que esse seja meu castigo eterno. Permitam-me ser transformado em cinzas e pó.

Mas lembrem-se de nossa querida Karine. Em um mundo envolto pela escuridão, ela era luz, e deve brilhar para sempre.

Com carinho,

Jens 'Pip' Halvorsen

Nem Elle nem eu fomos capazes de falar. Apenas ficamos sentados em silêncio, até que o corpo de Elle começou a tremer e convulsionar quando as lágrimas chegaram. Segurei-a por horas, até que ela finalmente relaxou e dormiu em meus braços, exausta pelo peso emocional do que tínhamos lido.

A luz da manhã finalmente chegou, assim como as passagens para o vagão-leito, endereçadas a "Sr. e Sra. Tanit", o que causou uma boa confusão na recepção, pois tínhamos assinado com o nome "D'Aplièse". Felizmente, o proprietário aceitou minha desculpa de que "Tanit" era o sobrenome de minha avó doente e que claramente haviam cometido algum erro.

Naquela noite, pegamos um trem de Aberdeen para Glasgow, onde embarcamos no vagão-leito pouco depois das onze da noite. Tendo nos estabelecido em nossa pequena cabine – composta de um beliche de metal, uma pia pequena e uma mesa dobrável –, juntei-me a Elle na cama inferior e apertei a mão dela.

– Viveremos nossas vidas em honra dela. Em honra *deles* – prometi. – Nossa felicidade será em memória deles – declarei, enquanto as rodas começaram a rolar nos trilhos.

Eu estava angustiado em ver o desespero de Elle.

– Não consigo parar de pensar no Felix. – Ela fungou. – O que será dele? Perder o pai e a mãe ao mesmo tempo é... bem, eu sei como é doloroso. – Ela olhou nos meus olhos. – Não temos o dever de voltar por ele?

Refleti sobre a pergunta de Elle. Procurando em meu coração, senti que a verdade era... sim, nós tínhamos esse dever. Mas não podíamos voltar a Bergen naquele momento. Seria suicídio.

– Felix ficará seguro com Horst e Astrid. Sabemos que são pessoas muito boas. E Karine pode descansar em paz sabendo que não será possível fazer nenhuma conexão com sua herança religiosa. Felix está seguro com os avós.

Elle cobriu a boca.

– Eu me sinto tão em dívida com ambos. Sem eles, quem sabe onde estaríamos? E agora... é tarde demais para recompensá-los por sua bondade.

As palavras de Elle se reviraram em minha cabeça conforme o trem entrava na noite. Seu ritmo suave e o barulho dos trilhos acabaram por me fazer pegar no sono, e deixamos a Escócia rumo a uma nova vida.

Titã

Junho de 2008

28

Merry

Considerando tudo o que acontecera, até que eu tinha conseguido uma quantidade de sono decente à noite. Talvez por causa de minha breve conversa com Ambrose. Ele estava a caminho do jantar, mas seu tom assertivo e jovial me relaxou. Eu tinha prometido ligar novamente de manhã, para contar quaisquer novidades. Bocejei e olhei ao redor da cabine, banhada por uma agradável luz alaranjada à medida que o amanhecer se infiltrava pela escotilha.

Um som familiar ecoou pelo interior do navio quando o capitão Hans ligou os motores para mais um dia de cruzeiro. Eu com certeza estava satisfeita por estar cruzando o agitado mar do Norte em meio à opulência luxuosa do *Titã*, e não em um barco de pesca, como meus pais tinham feito. Passei a mão pelo rosto ao pensar em tudo que eles haviam enfrentado. Agora eu estava muito investida em sua história e, quando chegássemos para depositar a coroa de flores para Atlas, imaginei que me sentiria tão triste quanto suas outras filhas.

Todas falavam do pai com um amor tão sincero... Inesperadamente, senti um pouco de ciúmes por nunca ter tido a chance de receber sua afeição, apesar de nossos laços biológicos.

Meu alarme disparou – não que eu precisasse dele –, e eu me sentei na cama. Então, peguei o telefone via satélite, que tinha sido colocado ao lado de minha cama por um simpático jovem da tripulação, e disquei o número de Ambrose. Depois de alguns toques, ele atendeu.

– Posso presumir que estou atendendo ao chamado da Sereia do Mediterrâneo?

– Bom dia, Ambrose. – Dei uma risada. – Você se divertiu ontem à noite?

– Muito, obrigado, querida. Fui convidado para jantar no Drury Buildings por um ex-aluno meu. Estava bem "animadinho", como costumam dizer... – Ele fez uma pausa, o que era generoso de sua parte, pois ele poderia ter continuado por horas. – Mas chega de falar de mim! Quero que você me conte tudo!

Eu me recostei no travesseiro.

– Eu preciso agradecer por me convencer a voar até aqui, Ambrose. Tenho a sensação de que isso vai mudar a minha vida.

– Sabe, minha querida, eu também. Agora, me conte as partes mais interessantes, se não se importar.

– Tudo bem. É melhor você se preparar...

Relatei para ele tudo que sabia até o momento.

Ambrose ficou completamente pasmo.

– Que coisa, Merry. Perdoe o clichê, mas que montanha-russa.

– Isso não é nem a metade – prossegui. – No diário, Atlas está sendo perseguido através do mundo por um amigo de infância que se tornou um inimigo. Talvez você tenha ouvido falar dele. É o magnata das comunicações Kreeg Eszu, aquele que se suicidou um ano atrás.

A linha ficou em silêncio enquanto Ambrose tentava se lembrar do nome.

– Ah, sim... Que estranho! Pensando bem, acho que a minha internet *é* da empresa dele. É um lixo.

Não pude deixar de rir. Com certeza todos a bordo do *Titã* ficariam felizes em ouvir isso. Kreeg e seu filho Zed eram definitivamente *personas non gratae*.

– Não é de admirar – respondeu Ambrose. – Eu sei que aquele homem metia o dedo em todos os tipos de negócios, não é? Banda larga, redes de telefonia móvel... Acho até que ele tinha uma participação em alguns canais de televisão.

Eu me levantei.

– Parece que sim. Zed assumiu tudo após a morte de Kreeg.

Ambrose fez um som de desaprovação.

– Bem, se acontecer de você esbarrar com ele em qualquer lugar, por favor, mande-o aqui para Dublin para melhorar meu sinal.

Eu meneei a cabeça.

– Pode deixar comigo, Ambrose.

– Obrigado. – Ele fungou. – E então, você acha que está perto de descobrir como foi parar na porta do padre O'Brien, em West Cork?

Suspirei, admirando o sol nascente através da escotilha.

– Ainda não. Embora haja algo misterioso que não mencionei.

– Excelente – disse Ambrose, vibrando. – Adoro um mistério. Me conte.

– Você lembra que Jack fez algumas investigações sobre a Argideen House? Acontece que o último proprietário registrado era ninguém menos que esse tal de Kreeg Eszu.

– Hum... – ponderou Ambrose. – Que coincidência intrigante. Se, de fato, *for* coincidência...

– Muito intrigante mesmo. Você não sabe nada sobre o que aconteceu com a casa dos anos 1950 em diante, não é, Ambrose?

Ele suspirou, claramente irritado consigo mesmo.

– Devo confessar que não. Não tive muito contato com a Argideen House em minhas visitas a West Cork. Certamente o diário lhe fornecerá respostas.

– Parece que não, de acordo com o Sr. Hoffman. Embora eu não tenha certeza de que acredito completamente nele. Algo me diz que ele está escondendo alguma coisa.

Ambrose riu.

– Os advogados quase sempre escondem, de modo geral. Vou ficar muito feliz em investigar um pouco daqui, se for útil. Ainda tenho muitos contatos em West Cork. Você sabe como o lugar é pequeno. Deve haver alguém que se lembre de *alguma coisa* daquela época.

Sorri com a bondade dele.

– Obrigada, Ambrose, eu ficaria incrivelmente grata.

– De nada, Merry. Como você sabe, sempre gostei bastante da ideia de ser detetive.

– Poirot estaria tremendo em suas botas – brinquei.

– De fato. Pode ter certeza, farei minha parte e verei o que posso descobrir sobre os antigos residentes da Argideen House.

– Obrigada, Ambrose. Ligo para você amanhã de manhã, antes de colocarmos a coroa de flores.

– Ótimo! Desfrute do alto-mar e da aventura sobre sua verdadeira origem. Até logo, Merry.

– Até logo, Ambrose.

Desliguei o telefone via satélite, me espreguicei e fui para o chuveiro.

29

Ally bebeu um gole de seu café com leite e olhou para o Mediterrâneo através da escotilha. O mar estava parecendo o lago de moinho naquela manhã, e ela invejou as condições perfeitas que os barcos a vela deviam estar aproveitando. Como ela queria poder sair do *Titã* por algumas horas e levar seu Laser para dar uma volta. Era exatamente do que ela precisava para clarear a mente. Reviver o terrível destino que seus avós tinham sofrido tinha sido bastante difícil. Ela ainda não conseguia entender a decisão de Pip de ficar na Noruega. Se ao menos sua avó tivesse ouvido Pa e Elle, as coisas teriam sido muito diferentes. Ela poderia ter viajado com eles para a Escócia, ter começado uma vida nova...

Ally balançou a cabeça. Era incrível ver como o vínculo do amor era capaz de forçar alguém a agir contra o próprio discernimento.

Ler a história sob uma nova perspectiva a fez nutrir ainda mais ternura por seu pai biológico, Felix Halvorsen. Ele tinha sido a verdadeira vítima de todo aquele episódio horroroso. Era de admirar que ele tivesse se tornado a pessoa que se tornou? Ally sentiu uma súbita vontade de mandar uma mensagem para seu irmão Thom e pegou o celular. Procurou por qualquer sinal, mas o *Titã* estava se movendo, e agora estava fora do alcance de qualquer torre.

– Ally?

Ela se sobressaltou e derramou metade do café na blusa de linho branco que estava usando.

– Droga, mil desculpas. – Jack correu pelo convés em direção a ela.

– Oi, Jack... Não é sua culpa. Eu estava perdida em pensamentos, só isso.

– Ah, é? – Ele colocou um braço suave em suas costas, e o corpo de Ally formigou. – Tudo bem com você?

Ally assentiu.

– Sim. Obrigada, Jack.

Ele arqueou as sobrancelhas.

– Agora você vai me dizer a verdade?

Ela deu um sorriso resignado.

– Tudo bem. Essa última seção do diário foi bem difícil para mim.

Jack suspirou e se inclinou sobre a grade do *Titã*.

– Sinto muito, Al. Tudo isso deve ser bem difícil para você.

– É difícil para todas nós – retrucou Ally. – Não posso nem imaginar o que sua mãe está enfrentando.

– Ah, a velha é dura na queda.

– Jack!

Ally não pôde deixar de achar graça do tom dele, e Jack riu também.

– Ei, ela mesma admite isso! – Jack retomou o ponto que parecia determinado a levantar. – Mas eu realmente sinto por você, Ally, com Bear e tudo mais. Falando nisso, onde está o rapazinho?

– Está com Ma.

– Sorte dele. Ela é muito boa com crianças, hein?

– Incrivelmente. – Ally cruzou os braços e olhou para o chão, sem saber como expressar o elogio que ela queria fazer. – Você não se saiu mal com ele ontem. Você leva jeito – concluiu, gesticulando com a cabeça na direção dele.

– Ah, obrigado. Eu sempre quis ser pai. Não que... eu seja o pai dele. Ou... que algum dia vá ser.

Jack meneou a cabeça e segurou-se no gradil.

– Está tudo bem – acalmou Ally, soltando uma risada carinhosa.

Jack respirou fundo.

– Eu sou muito ruim nisso, Ally. Mas eu realmente queria dizer que... Imagino que você deve estar pensando muito no Theo, além de todo o resto. Você deve sentir muita falta dele. E isso sem mencionar o que já está enfrentando.

As palavras sinceras e toda a consideração de Jack deixaram Ally profundamente comovida.

– Agradeço muito por ter dito isso, Jack. Obrigada.

– Estou sendo sincero – prosseguiu Jack. – Ele ficaria muito orgulhoso de você. E Bear também, é claro.

Ally tentou suprimir o nó que se formava em sua garganta.

– Obrigada.

Eles ficaram ali parados, em silêncio por um momento, ambos olhando para o mar. Em seguida, Ally estendeu uma das mãos.

– Já que estamos tendo conversas desconfortáveis, eu lhe devo um pedido de desculpas.

Jack pegou a mão dela, mas parecia genuinamente intrigado.

– Pelo quê, Ally?

– Por não lhe contar sobre Bear quando nos conhecemos na França. Deve ter sido muito estranho vê-lo quando você chegou.

– Ah. – Ele deu de ombros e tentou fingir não dar importância. – Não tenho nada que desculpar. Afinal, isso não é da minha conta.

Ally insistiu.

– Obrigada. Mas, Jack... de certa maneira *é* da sua conta, e eu me sinto uma idiota por não ter dito nada. Eu realmente sinto muito.

Ele balançou a cabeça.

– Não seja boba. Como poderia ser da "minha conta"?

Ally se preparou.

– Ah, Jack... eu não contei sobre ele porque não queria...

Ele apertou a mão dela com mais força...

– Não queria o quê, Ally?

– Não queria afastá-lo de mim – admitiu Ally.

Houve um breve silêncio.

– Ah – foi tudo o que Jack respondeu.

Então Ally continuou:

– Eu apenas presumi, com ou sem razão, que você poderia se afastar pelo fato de eu ter um bebê. Sem mencionar que ele é o filho do homem que amei e que está morto. – Ally apoiou a cabeça nas mãos. – Olha, se fosse um livro ninguém acreditaria.

Jack soltou uma risada nervosa.

– Não. Na verdade, pensei que você não tivesse mencionado Bear por não me ver como uma "coisa séria".

– Uma coisa séria?

– Sim, você sabe. – Os olhos de Jack passearam pelo convés. – Um bom partido, eu acho.

– Não foi por isso. – Ally sorriu. – Você disse mesmo "bom partido"?

Dessa vez foi Jack quem escondeu o rosto nas mãos.

– Meu Deus. Desculpe.

Ally acariciou as costas dele.

– Tudo bem. Mas, já que estamos tendo essa conversa, posso perguntar o que você está achando de toda a situação? Sinta-se livre para ser sincero.

Os olhos de Jack se arregalaram.

– Sobre Bear? – perguntou ele.

Ally assentiu.

– Bem... – Ele lutou para encontrar as palavras certas. – Eu acho que é ótimo! Quero dizer, *ele* é ótimo! É tudo... ótimo.

Ally riu novamente do tom dele. Jack se juntou a ela.

– Desculpe de novo. Nunca fui muito bom nessas coisas. Mas é sério, Ally. Acho muito especial o que seu filho significa. Acho lindo que, de alguma maneira, a vida de Theo vá continuar. Bem, isso é tudo que vou dizer antes de me enrolar muito mais.

Ally sustentou o olhar dele por um momento, então se inclinou para beijá-lo suavemente.

– Caramba – disse Jack. – Devíamos ter tido essa conversa desconfortável semanas atrás.

Ele puxou Ally para si. Beijou-a de novo, apaixonadamente dessa vez, sentindo-a derreter contra si.

– Obrigada, Jack – disse Ally.

– Pelo quê?

– Por estar aqui.

30

Às onze horas, cinco das seis irmãs D'Aplièse se acomodaram nos grandes e confortáveis sofás do salão principal. A maioria tinha trazido sucos e croissants recém-assados da mesa do café da manhã, tendo acabado de acordar depois de uma longa noite de leitura.

– Eu não conseguia parar de ler – comentou Tiggy.

– Nem eu – concordou Maia. – Sabe uma parte que achei muito interessante? Quando Pa está no incêndio. A mulher de vestido vermelho que apareceu para ele...

– Sim, incrível o que um pouco de inalação de fumaça pode fazer com o cérebro, hein? – zombou Electra, enfiando um doce na boca.

– Ah, eu não teria tanta certeza, Electra.

Tiggy abriu um sorriso melancólico e tentou não se ofender quando a irmã mais nova revirou os olhos.

– Acho que vocês estão se esquecendo do que importa aqui. – Ceci franziu o cenho. – Aquele nojento do Kreeg literalmente tentou queimar Pa vivo. Não sei quanto a vocês, mas eu estou com muita... raiva.

– Eu sei, Ceci – consolou-a Estrela. – A coisa mais estranha é que ele falhou. Kreeg nunca conseguiu matar Pa. Ambos morreram na velhice. Será que Kreeg desistiu da perseguição? Ou eles se reconciliaram?

A sala ficou em silêncio, todas considerando a questão. Foi Ally quem quebrou o silêncio, entrando no salão, seguida por Jack.

– Bom dia, todo mundo.

– Bom dia, meninas.

Sem jeito, Jack se afastou de Ally, sem saber se deveria ficar perto dela ou não.

Ally segurou a mão dele com firmeza.

– Pela conversa, presumo que todas estão atualizadas no diário de Pa. – Um aceno de concordância percorreu a sala. – E onde está Merry?

– Ela já está acordada – respondeu Estrela. – Acho que foi refletir sobre os acontecimentos deitada na banheira. Você está bem, Ally? – perguntou ela, preocupada. – Foi terrível ler sobre seus avós.

Ally forçou um sorriso e assentiu.

– Estou bem. Não é como se eu não soubesse o que tinha acontecido.

De repente, Maia gritou:

– Ai, meu Deus!

A irmã mais velha entre as D'Aplièse estava apontando para uma televisão no canto da sala, que transmitia o BBC News Channel. Embora estivesse no mudo, toda a sala se deparou com a imagem de Zed Eszu.

– Ah, merda. O que esse animal está fazendo na tela? Desculpe, Maia. Alguém pode desligar? – disse Electra, às pressas.

– Não! – respondeu Maia com firmeza. – Eu quero ouvir. Vamos aumentar.

Ceci pegou o controle remoto e ativou o som.

– ... e como parte de nossa semana sobre inovações tecnológicas, temos ao nosso lado o CEO da Lightning Communications, Zed Eszu, para falar sobre seus planos para o crescimento da implementação da internet via fibra ótica. Seja muito bem-vindo ao programa, Sr. Eszu.

– Muito obrigado – respondeu ele, com aquele sorriso enjoativo que era sua marca registrada.

Zed estava usando um de seus ternos brilhantes cafonas, embora tivesse optado por não usar gravata. Na verdade, sua camisa estava tão desabotoada que o espectador podia ter um vislumbre de seu peitoral bem musculoso. O cabelo preto estava lambido para trás, e o sujeito exalava oleosidade, em todos os sentidos da palavra.

– Ai, meu Deus, olhem só para ele! – gritou Electra. – Ele vai amar cada segundo disso.

– Shh – disse Maia, que olhava para a tela atentamente.

– Em primeiro lugar – continuou o apresentador –, nossas sinceras condolências pela morte de seu pai, Kreeg, que comandou a Lightning por décadas.

– Sim, quase trinta anos.

O apresentador assentiu de forma solene.

– Durante esse tempo, ele realizou feitos impressionantes, ajudando a modernizar a infraestrutura de internet em lares em todo o mundo. E, naturalmente, ele ficou muito rico.

Zed deu uma risada falsa, que fez a pele de Maia se arrepiar.

– Dinheiro não era importante para o meu pai. – Ele estendeu as mãos. – Ele só se importava em ajudar as pessoas. Essa era a sua verdadeira paixão.

– Que merda é essa? – rosnou Electra.

– Shh, por favor – pediu Maia novamente.

– Meu pai amava a humanidade. Ele queria que todos nós tivéssemos uma boa vida, que estivéssemos conectados uns aos outros da melhor maneira possível e... – Zed olhou diretamente para a câmera – Bem, que nunca perdêssemos contato com as pessoas que realmente importam.

O entrevistador cruzou os braços e refletiu sobre os comentários de Zed.

– Você acha que era isso que o motivava?

Zed inclinou-se para trás em sua cadeira e deu outro sorriso enjoativo.

– Sabe, ele não gostava da ideia de que alguém fosse capaz de desaparecer da face da Terra. Todos merecem ficar conectados. Acho que era isso que o fascinava nas telecomunicações e na internet.

– É uma história inspiradora. Você já está gerenciando a empresa há um ano, já que foi nomeado diretor após a morte de seu pai. O plano sempre foi esse, que você assumiria a empresa um dia?

– Sem dúvida. Meu pai era um planejador meticuloso. Tudo sempre foi... incrivelmente bem pensado.

Zed assentiu com um ar sombrio, seu rosto demonstrando preocupação.

– Ele me faz estremecer – interrompeu Tiggy. – Por que sinto que ele está falando diretamente com a gente?

– Eu entendo o que você quer dizer – comentou Ally, baixinho.

O apresentador prosseguiu:

– Bem, como parte da nossa série "Futuros da tecnologia", você está aqui para falar sobre os planos de expansão que tem para a Lightning e como poderemos aumentar nossa velocidade de internet.

– Exatamente, obrigado.

Zed entrelaçou os dedos em uma interpretação de homem de negócios brilhante. Era tudo falso, claro. Apenas um grande teatro, e as irmãs D'Aplièse sabiam disso.

– Quero anunciar hoje que a Lightning Communications pretende substituir nossa obsoleta rede de satélites por cabos de fibra ótica de última geração, que conectarão os continentes de forma mais confiável do que qualquer coisa no espaço jamais poderia fazer.

O apresentador parecia confuso.

– Cabos? Isso não é um retrocesso em relação aos satélites?

– Ótimo questionamento. Obrigado por perguntar. – Zed sorriu.

– Argh – murmurou Ceci.

– Meus cabos oferecerão desempenho significativamente aprimorado em termos de largura de banda e transmissão de dados. Sei que pode ser um pouco difícil para alguns de seus telespectadores entenderem. – Ele sorriu, arrogante. – Esses cabos funcionam transferindo informações através de pulsos de luz que passam por filamentos, cabos ultrafinos, de um polímero parecido com vidro transparente. Parece mágica. – Ele deu uma risadinha. – Pense em mim como um mágico.

– Um mágico com uma cara que pede um bom soco – comentou Jack.

O apresentador continuou sua entrevista.

– Esses cabos vão ficar pendurados acima de nossas cabeças, como linhas telefônicas?

– Caramba, hein? Você só está fazendo excelentes perguntas hoje. – As tentativas de Zed de soar sincero eram cada vez mais frustrantes. – Na verdade, esses cabos serão colocados sob nossos oceanos. Imagine... o fundo do mar vai estar cheio de tecnologia!

– Isso me parece muito ambicioso, Sr. Eszu. Naturalmente, eu deveria abordar as preocupações ambientais. Vocês serão capazes de fazer isso sem perturbar a vida marinha?

Zed franziu a testa, e sua fachada vacilou por um instante.

– Essa nova rede formará a nova base das telecomunicações globais da humanidade. Se alguns peixes ficarem no caminho, então tenho certeza de que é um sacrifício que as pessoas estarão dispostas a aceitar.

– Bem, nem todos concordariam com...

Zed interrompeu o apresentador:

– É tudo uma questão de risco calculado. Para vencer, devemos aceitar algumas casualidades. – Ele retomou o autocontrole e deu um sorriso nauseante. – É claro que nós da Lightning faremos o possível para garantir que Nemo e seus amiguinhos peixes saiam ilesos.

– Tenho certeza de que muitos telespectadores ficarão aliviados ao ouvir isso – observou o apresentador, parecendo nervoso. – Eu ia perguntar...

Zed o interrompeu outra vez:

– Veja bem, meu pai não está morto, não de verdade. Ele vive através desse projeto. E, se tudo correr como planejado, ele viverá para sempre. Todo mundo vai se lembrar do nome Eszu.

– Esse é... um... belo sentimento. Mas, voltando ao tema, essa é uma tarefa hercúlea, não é?

– De fato. – Zed deu de ombros com modéstia. – Mas tenho o prazer de anunciar que a Lightning Communications fará uma parceria com o Berners Bank para garantir a conclusão do projeto.

O novo patriarca dos Eszus parecia muito satisfeito consigo mesmo.

– Você vai ser financiado pelo Berners? – perguntou o apresentador.

– Você escolheu um termo não muito sutil, mas sim. David Rutter, o presidente, é um amigo pessoal. Ele é um grande homem e compartilha de minha visão para o futuro.

– David Rutter – sussurrou Ceci. – Onde foi que eu ouvi esse nome antes?

– O número de telefone do Sr. Rutter é certamente útil para se ter na lista de contatos – brincou o apresentador.

Zed ergueu suas sobrancelhas imaculadas.

– Eu tenderia a concordar, sim.

– Por onde esse enorme projeto vai começar?

– Começaremos conectando a Austrália à Nova Zelândia. É nosso pequeno teste antípoda. – Zed riu. – Estamos prestes a enviar uma pequena tropa de escavadeiras para começar o trabalho sob o mar da Tasmânia.

O apresentador assentiu.

– Bem, vamos acompanhar o seu progresso com muito interesse, Sr. Eszu. Prometa que voltará ao programa para nos atualizar sobre o andamento do projeto.

– Será um prazer, obrigado. – Ele exibiu os dentes clareados. – Porém, antes de ir embora, gostaria de dizer que nós temos o costume de nomear tudo na Lightning. Talvez você queira saber qual é o nome desse projeto?

O apresentador foi pego de surpresa mais uma vez.

– Claro – disse ele, com um sorrisinho desconfortável.

– Bem, visto que este projeto vai carregar a humanidade nas costas, faz sentido que o chamemos de... Atlas.

Electra pegou o controle remoto e desligou a televisão. O salão caiu no silêncio.

– Tudo bem, meninas. Com certeza ele sabe que estamos fazendo essa viagem. E tenho certeza de que sabe tudo sobre o passado de Pa e Kreeg.

– Ela apontou para a televisão. – Esse imbecil quer que a gente reaja. Mas não vamos dar isso a ele. Ok?

Ceci se levantou.

– É como uma vingança final. O mundo inteiro vai saber sobre essa coisa de cabo. E ele está usando o nome de Pa para fazê-lo.

– Desculpe, quem era aquele cara? – sussurrou Jack para Ally.

– O filho de Kreeg Eszu – respondeu ela.

– Meu Deus. Sinto o cheiro do óleo de cabelo dele daqui. – Jack percebeu a mudança de atmosfera. – Ouçam, vou fazer um café. Acho que vocês precisam recarregar as energias.

– Troque o café por um rosê, Jack, se não se importar – pediu Estrela.

– É pra já – disse ele, saindo da sala.

– Santo Deus. Estou enjoada. Ele...

A voz de Maia perdeu a força quando um nó se instalou em sua garganta.

– Eu sei, querida – respondeu Electra, pegando a mão da irmã. – Mas vamos ficar calmas. Pensar juntas. Pense no que Pa faria. Ele parava e pensava nas coisas. O que era aquilo que ele sempre dizia? Sobre xadrez?

– Perca peças com sabedoria – sussurrou Estrela.

– É isso aí. Acho que o que ele queria dizer é que precisamos escolher nossas batalhas. E não podemos fazer muito em relação a essa agora – continuou Electra. – Sabemos que não é nenhuma coincidência. Ele está tentando arruinar nossa viagem para homenagear Pa. Então, não vamos permitir que ele consiga.

❂ ❂ ❂

Ally saiu para o convés da popa, a cabeça girando. Tinha sido uma manhã e tanto, tendo que reviver as terríveis mortes de seus avós, até Zed Eszu aparecer como um deus onipotente e maligno nas televisões do *Titã*. Sem esquecer, claro, Jack...

Seu coração saltou quando se lembrou do beijo. Ela torcia desesperadamente para que a tensão estranha entre eles ficasse no passado e que pudessem ter uma chance... Ela seguiu em direção à parte de trás do iate, pensando em encontrar Ma e liberá-la de ter que tomar conta de Bear.

Ao se aproximar da popa, viu Georg Hoffman. Ele estava passando uma das mãos pelo cabelo, enquanto a outra segurava um telefone via satélite. O advogado estava andando de um lado para outro, sacudindo a cabeça vigorosamente. Então, Ally viu, surpresa, quando Georg desligou o telefone, caiu de joelhos e começou a socar a madeira do convés. Ela correu até ele.

– Georg! Você está bem?

Ele se assustou e se apressou para ficar de pé.

– Ally, me perdoe. Pensei que estivesse sozinho.

– O que aconteceu? Com quem você estava falando?

– Ah. – Ele hesitou. – Era só minha irmã. Ela estava me dando algumas... notícias não muito boas.

– Georg, sinto muito. Se há alguém que entende de notícias difíceis, essa sou eu. Você gostaria de conversar sobre isso?

O rosto dele ficou vermelho.

– Não, mas muito obrigado. Eu não tenho como me desculpar o bastante. Eu raramente perco a cabeça, por assim dizer.

– Não se preocupe com isso, Georg – assegurou Ally. – É um momento estressante para todos nós. Você tem certeza de que compartilhar não vai ajudar?

Ele suspirou profundamente.

– Não é nada, de verdade. Claudia estava me atualizando sobre alguns assuntos pessoais que não tenho como solucionar. Esse é o meu trabalho, Ally, solucionar problemas. E fico frustrado quando sinto que sou impotente para ajudar alguém muito importante para mim.

Ally franziu o cenho.

– Desculpe, Georg, você disse Claudia? *Nossa* Claudia, de Atlantis? Pensei que você estivesse ao telefone com sua irmã.

A boca de Georg se abriu, e ele pareceu hesitar.

– Desculpe. Sim, cometi um erro. Bem, não, não cometi. Minha irmã também se chama Claudia. As duas Claudias! – Ele riu.

– Você cometeu um erro, Georg? Ou, pela primeira vez, disse a verdade, sem filtros?

Georg Hoffman escondeu o rosto nas mãos.

– Em que ponto vocês estão no diário?

– Pa está morando em High Weald.

Ele pausou um momento, como se para checar mentalmente alguma coisa.

– Sim, Ally. Claudia é minha irmã mais nova. As circunstâncias do nosso encontro com seu pai estão detalhadas nas páginas do diário dele. Vou deixar que ele conte com as próprias palavras.

Ally ficou sem palavras.

– Georg... eu... Por que isso seria mantido em segredo?

Georg deu de ombros, seu segredo finalmente desvendado.

– Seu pai estava fazendo o que fazia de melhor: nos protegendo. Isso é tudo. Continue lendo, você vai ver.

Ally havia pensado que aquele dia não poderia ficar mais caótico, mas foi perturbador ver Georg tão descontrolado. Foi um pouco como ver aquele homenzinho atrás da cortina, em *O Mágico de Oz*, operando freneticamente as máquinas complexas para manter a ilusão. De repente, Ally sentiu um forte desejo de retomar o controle da situação.

– Agora me diga, Georg, qual era a notícia que Claudia estava lhe dando? A notícia que fez você bater no chão de raiva?

Georg ergueu os braços.

– Ally, não é nada relacionado a...

Ally perdeu a paciência e agarrou Georg pelas lapelas de seu paletó de linho.

– Georg Hoffman, pela primeira vez na vida, você vai me dizer *exatamente* o que está acontecendo. Quero saber o que Claudia disse e quero saber por que isso o deixou com tanta raiva. Depois, quero saber o motivo dos inúmeros telefonemas secretos que você fez durante o último mês e por que eles começaram assim que Claudia saiu de licença de Atlantis. Lembre-se, Georg: você trabalha para mim e minhas irmãs. E queremos respostas. Isso não é negociável.

Os ombros de Georg despencaram, e Ally olhou bem fundo em seus olhos avermelhados.

– Ok, Ally. Vou fazer o que você me pediu. Mas, por favor, não me culpe. Acredite em mim quando digo que fiz o meu melhor.

Georg começou a soluçar silenciosamente.

– Eu não duvido, Georg. Mas estamos prontas para a verdade.

Ela o soltou.

– Sim, estão mesmo – disse ele, sério.

Diário de Atlas

1944–1951

31

High Weald, Kent, Inglaterra

Não faço ideia por que os Vaughans preferem morar em sua velha mansão em ruínas, quando esta casa de campo perfeita, que Elle e eu agora ocupamos, existe. Ela possui uma lareira, grandes vigas expostas e vista para a paisagem verdejante que se desenrola no "Jardim da Inglaterra". Eu amo tudo isso.

Em termos de trabalho, Elle e eu encontramos alegria em nossas atividades cotidianas. Ela cozinha para bocas agradecidas, e eu cuido da bela área que High Weald ostenta. De vez em quando, até conseguimos colaborar, com Elle usando em seus pratos os produtos que cultivo na horta. Sinceramente, pensei que nossas mentes ficariam inquietas e instáveis, pois nenhum dos dois pode expressar suas paixões em uma orquestra sinfônica, mas a vida tranquila e saudável que vivemos agora é... ouso dizer... melhor? Nunca me senti mais seguro ou mais tranquilo. Meus desenhos de paisagem certamente melhoraram, com Elle até me permitindo pendurar um ou dois nas paredes da sala de estar.

À noite, nos aconchegamos diante da lareira e lemos. Ligamos o rádio de vez em quando, para ter certeza de que os Aliados estão mantendo os poderes do Eixo a distância, mas, para ser sincero, a guerra parece estar a um milhão de quilômetros de distância do idílio pastoral em que vivemos. À medida que o conflito progride, Archie Vaughan é obrigado a passar cada vez mais tempo na base aérea de Ashford, mas ainda assim aqui está sempre animado. Sua esposa, Flora, também é muito agradável. Ela passa horas trabalhando ao meu lado nos jardins. Sua paixão por flores claramente tem a capacidade de acalmar sua alma e transportá-la para outro mundo. Reconheço isso nela, porque a música faz o mesmo por mim.

Flora é paciente comigo, já que logo percebeu que não sou um jardineiro profissional. Todos os dias, aprendo algo novo com ela, e desenvolvi uma verdadeira admiração pela beleza do mundo natural. A natureza é delicada, intrincada e harmoniosa em sua majestade. Durante nossas longas tardes cuidando das plantas perenes e podando arbustos, Flora me contou sua história, que devo dizer que quase rivaliza com a minha em termos de drama. Fico muito feliz que ela e Archie tenham se encontrado.

– Passei muitos anos tentando negar o amor, Sr. Tanit – confessou ela um dia. – Mas percebi que é uma força mais poderosa do que qualquer ser humano tem a capacidade de controlar.

Eu sorri.

– A senhora tem razão nesse ponto, lady Vaughan.

– Eu sei que tenho. – Flora cortou um botão que estava morrendo de um arbusto de rosas brancas. – Agora me diga, Sr. Tanit, como conheceu Eleanor?

Refleti sobre minha resposta por um tempo, enquanto arrancava uma erva daninha teimosa.

– Nós nos conhecemos como órfãos em Paris, lady Vaughan.

Ela apoiou as mãos nos quadris.

– Meu Deus! Eu não tinha me dado conta de que vocês dois eram órfãos. – Ela fez uma pausa. – Sabe, o Teddy... – Flora hesitou e balançou a cabeça. – Enfim, não posso deixar de dizer que vocês dois formam um lindo casal. – Ela examinou uma delicada pétala branca. – Quanto mais velha fico, mais começo a pensar que o amor está escrito nas estrelas.

Ergui os olhos para ela.

– Ah, sim, lady Vaughan. Disso eu tenho certeza.

Ela fez um som de desaprovação.

– Por favor, Sr. Tanit, não sei quantas vezes preciso lhe dizer. Pode me chamar de Flora.

– Desculpe, Flora. Por favor, me chame de Bo... Bob. Robert.

Ela deu uma risadinha.

– Tudo bem, vou chamá-lo de Bo-Bob-Robert.

Balancei a cabeça e passei para a erva daninha seguinte.

– Peço desculpas. Pensar em inglês em vez de em francês às vezes me deixa confuso – expliquei.

– Tudo bem, não tem problema. Não posso imaginar o que vocês dois passaram. Mas estou feliz que tenham um ao outro. A maneira como vocês se olham é realmente muito mágica. Quando vocês se casaram?

Fiquei feliz por poder me concentrar na lama à minha frente.

– Foi alguns anos atrás, pouco antes de cruzarmos a França. Não foi nada grandioso.

Flora suspirou, melancólica.

– Acho que assim é melhor. No fim das contas, o que importa são as duas pessoas e ninguém mais.

Archie e Flora têm uma filha, a encantadora e inteligente Louise. Ela é doce e carinhosa, e comanda uma equipe de Garotas da Terra, mulheres que estão em High Weald para ajudar com o esforço de guerra, cultivando culturas na propriedade. Sua liderança é inspiradora, e suas protegidas a adoram.

Há pouco tempo, celebramos o noivado de Louise com Rupert Forbes, um homem gentil e estudioso, que havia sido impedido de servir em batalha devido à miopia. No entanto, a inteligência e a postura confiante de Rupert o levaram a ser convocado pelos serviços de inteligência britânicos, algo do qual Archie, em particular, tem imenso orgulho.

O casal se mudou para a sede da fazenda, do outro lado de High Weald, que estava vazia desde que o administrador partiu após ser convocado. É sempre um prazer quando o casal vem conversar comigo nos jardins e um privilégio quando os dois se juntam a nós para uma refeição noturna, o que costumam fazer com frequência.

O único membro da família com quem não conseguimos formar um vínculo é o filho dos Vaughans, Teddy. Há pouco tempo, ele foi convidado a se retirar da Universidade de Oxford, não sei muito bem por quê, e, desde então, tem tentado entrar para a força voluntária (algo que estava fadado a dar errado, pois Teddy não consegue acatar ordens). Ele também foi brevemente autorizado a gerenciar a fazenda em High Weald, mas, sob sua curta administração, o rendimento anual caiu quase quarenta por cento devido à sua desatenção. Como uma última medida desesperada, Archie lhe deu um emprego administrativo no Ministério da Aeronáutica, no qual ele se manteve apenas por algumas semanas.

Elle e eu muitas vezes ouvimos o rugido de seu carro passando por nossa casa, cedo de manhã, após uma de suas noitadas na cidade, sem dúvida na companhia de várias mulheres que inexplicavelmente quase desmaiam de emoção em sua presença. Só Deus sabe o que elas veem nele. A mim, particularmente, ele trata como se fosse sujeira agarrada em seu sapato caro. Mas o ego do jovem dificilmente me incomoda. Teddy

Vaughan é um patético cãozinho raquítico comparado ao feroz Rottweiler que é Kreeg Eszu.

No entanto, não faz muito tempo, o tal cãozinho mordeu meus calcanhares com certa agressividade. A natureza de seu crime foi fazer alguns comentários sugestivos para Elle, o que lhe causou grande aborrecimento. Teddy pode me chamar do que quiser sem enfrentar consequências, mas um comportamento ameaçador em relação a *ela* é imperdoável.

– Quero falar com ele agora!

A raiva fervilhou dentro de mim quando Elle me contou sobre sua boca obscena. Levantei-me, peguei meu casaco e fui em direção à porta de nossa casa.

– Bo, não! – (Em privado, ainda somos Bo e Elle.) Ela segurou meu braço e olhou para mim, implorando. – Não podemos arriscar o que temos aqui. É perfeito demais. Ele não chegou a *fazer* nada.

– Eu não me importo. As palavras dele deixaram você desconfortável, e não vou tolerar isso.

Elle me pegou pela mão e me levou de volta ao sofá rosa envelhecido, no centro da sala de estar.

– Você não pode esquecer de nosso lugar aqui. Somos apenas funcionários. Não nos cabe falar com lorde Vaughan com nada além de deferência.

Eu estava furioso, mas acabei concordando.

– Se ele tentar alguma coisa com você, então...

Eu não quis concluir a frase.

– Está bem – concordou Elle.

– Há rumores sobre a promiscuidade desse sujeito, você sabe. Ouvi algumas meninas do Garotas da Terra falando sobre isso. Parece que uma delas está esperando um filho dele!

Elle suspirou e se recostou no sofá.

– Tessie Smith, sim. Os rumores são verdadeiros. A barriga já está começando a aparecer. O pior é que ela tem um noivo lutando na França.

Eu balancei a cabeça.

– Meu bom Deus. O que a aristocracia acha que tem direito de fazer nunca vai deixar de me chocar.

– Tenho guardado refeições extras para ela – continuou Elle. – Ela está comendo por dois agora, e as quantidades de comida que elas recebem são patéticas.

A bondade de Elle dispersou a minha raiva, e eu a abracei.

Nos últimos meses, os avanços de Teddy Vaughan vêm se tornando cada vez mais repugnantes. Elle me descreveu suas palavras grotescas e mãos inapropriadas. Outro dia, ele foi ousado a ponto de colocar o braço nas costas de Elle enquanto Flora estava na cozinha. O homem não respeita nenhum limite.

Duas noites atrás, eu estava trabalhando até tarde na horta, colocando armadilhas ao redor das plantas, pois tínhamos sofrido ataques noturnos de coelhos famintos. Eu estava cortando uma tela de arame quando ouvi o barulho familiar de um carro descendo o longo caminho de cascalho de High Weald. Era Teddy, sem dúvida, chegando de uma noite no pub. Nesse dia, em vez de continuar sua jornada em direção à casa principal, ele parou o carro na entrada de nossa casa. Eu o vi sair tropeçando e desaparecer atrás do veículo. Ciente de que algo estava errado, deixei cair minha lanterna e comecei a correr de volta à casa. Quando cheguei, a porta estava aberta, e Teddy Vaughan estava em cima de Elle, em nosso sofá.

– Vamos lá, aquele seu marido não precisa saber – dizia ele, com a voz arrastada.

– Por favor, saia de cima de mim! – gritou Elle.

Cego pela raiva, agarrei Teddy e o puxei. Elle veio se proteger atrás de mim.

– Ele entrou e veio para cima de mim! – contou ela, aos prantos.

Teddy se levantou e veio em minha direção, tentando me dar um soco, mas não chegou nem perto quando desviei.

– Saia da nossa casa! – gritei. – Agora!

– O que você quer dizer com *sua* casa? Isso aqui é minha casa. Tudo aqui é minha casa – respondeu ele, embolando as palavras.

– Não, seu sujeitinho vil. Esta casa pertence aos seus pais.

– Sim, mas eles vão estar mortos qualquer dia desses, aí você vai trabalhar para mim. – Ele lançou um olhar lascivo para Elle. – E então eu vou ter qualquer coisa que quiser.

– Nunca vamos trabalhar para você. Agora saia. Você está bêbado.

– Estou mesmo. – Ele cambaleou e se aproximou de mim. – Mas olha só, eu posso estar bêbado, mas pelo menos sou sincero.

Ele enfiou um dedo no meu peito.

Meu estômago se revirou e meu coração se encheu de pavor.

– O que você quer dizer com isso?

– Você não é francês. Tive um colega de quarto francês em Oxford. Ele não falava nada como você. Você é um mentiroso, Tanit. – Ele tropeçou para trás e jogou os braços para o ar. – Talvez você seja um espião! Eu deveria denunciá-lo ao Ministério da Guerra.

Eu me mantive firme.

– E o que exatamente eu estaria espionando em High Weald? Batatas?

– Meu pai é um homem muito importante. Talvez você queira saber o que ele faz na base aérea? Hmm? – Ele colocou o dedo indicador em frente ao meu rosto. – Basta uma ligação para trazer a polícia até aqui. Você não gostaria disso, não é, Tanit? Bisbilhotando por aí, fazendo todo tipo de pergunta desconfortável. Talvez eles prendam você. Mas não se preocupe. Vou cuidar muito bem da sua esposa...

Ele abriu um sorriso malicioso para Elle.

Agarrei Teddy pelo colarinho, derrubando-o, e o arrastei até a porta.

– Ei! Me solta! Você não passa de um empregadinho inútil. Isso é tudo que você sempre será...

Bati a porta na cara dele, antes de me voltar para Elle.

– Você está bem?

– Sim... eu estava lendo. Ele entrou e... eu não sabia se você viria... – Ela soluçou.

– Sempre estarei aqui para protegê-la, Elle. – Eu a abracei apertado. – Sei que ele está sempre no pub, mas nunca o vi tão bêbado. O homem estava completamente fora de controle. – Elle começou a tremer, então falei: – Venha se sentar, amor. Vou fazer um chá.

Levei-a para o sofá e fui até nossa aconchegante cozinha. Enchi de água a pequena chaleira de cobre e a coloquei no fogão. Enquanto olhava ao redor da abençoada casa, meu coração ficou pesado. Eu sabia que só poderia haver uma consequência.

– Acho que sei por que Teddy estava tão bêbado. – Elle fungou. – Parece que lady Vaughan sentou-se com ele para conversar sobre Tessie Smith hoje mais cedo. Essa é a fofoca que corre entre as Garotas da Terra.

Eu suspirei.

– Suponho que isso explicaria, sim. – Juntei-me a ela no sofá. – Vamos ter que avisar Flora de nossa demissão logo que amanhecer.

Elle baixou a cabeça.

– Não...

Passei um braço em volta dela.

– Eu sei, meu amor. Mas não há o que discutir. Não estamos mais seguros aqui. Não podemos ter Teddy perto de você, e não posso arriscar que ele telefone para o Ministério da Guerra. Não há escolha – declarei, solene.

Elle olhou para mim.

– Você acha mesmo que Teddy ligaria para eles?

Eu dei de ombros, desanimado.

– Como vamos saber? Sei que ele estava bêbado, mas acho que não vale a pena nos arriscarmos.

– Mas, Bo, nós somos tão felizes aqui! – Elle lamentou-se. – Não sei se posso suportar abrir mão de nossas vidas mais uma vez. Não aguento mais.

Eu me levantei e fui pegar a chaleira, que já estava assoviando.

– Eu gostaria que pudéssemos ficar aqui para sempre. Mas, se quisermos permanecer juntos, teremos que nos mudar, Elle.

Despejei a água fervente em uma xícara e mergulhei o coador com as folhas de chá.

– Você é capaz de fazer tudo de novo, Bo? Começar de novo? Jogar fora tudo o que construímos aqui?

Eu lhe estendi a bebida quente e me sentei.

– Elle, quando eu era garoto, pensava que "lar" significava abrigo, segurança e comida na mesa. – Segurei sua mão livre. – Você me mostrou que lar não é um lugar físico, mas um sentimento por aqueles que amamos. Enquanto eu estiver com você, *terei* meu lar.

Ficamos sentados, de mãos dadas, por um tempo, contemplando a perda que estávamos, mais uma vez, sendo forçados a sofrer.

Depois de alguns minutos, Elle falou:

– Para onde vamos dessa vez?

Escondi o rosto nas mãos. A adrenalina do ataque de Teddy tinha acabado, e eu me vi totalmente exausto.

– Que tal Londres? – sugeri. – Não vai faltar trabalho lá.

– Onde? Em uma fábrica de munições? – Elle soou relutante.

Balancei a cabeça.

– Não, amor. Archie diz que uma operação para libertar a França começará a qualquer momento. Ele falou sobre um enorme desembarque na praia da Normandia. Acredito que Londres estará segura.

Elle deu um gole em seu chá, alguma cor finalmente voltando ao seu rosto.

– Você sabe o que o fim da guerra significa, no entanto. Poderei ficar a salvo da perseguição, mas Kreeg Eszu estará livre para viajar para onde quiser. Se ele descobrir onde estamos...

– Eu sei. Mais razões para nos mudarmos outra vez.

Na manhã seguinte, esperei por Flora Vaughan na impressionante cozinha de High Weald, enquanto Elle embalava nossos pertences na casa. A grandiosidade do local só aumentava a dor de nossa partida iminente.

– Bom dia, Sr. Tanit! – Flora sorriu, parecendo genuinamente feliz com a minha presença. – Raramente o vejo aqui na cozinha. – Ela ficou preocupada. – A Sra. Tanit está doente?

– Ah, não, ela está bem. Obrigado, lady Vaughan.

Ela revirou os olhos, divertida.

– Não sei quantas vezes tenho que lhe dizer, é Flora para você, Sr. Tanit.

– Obrigado, lady Vaughan – respondi deliberadamente, o que fez a expressão dela mudar. – Infelizmente, estou aqui hoje para dizer que a Sra. Tanit e eu decidimos deixar High Weald. Vamos partir ainda hoje.

Flora pareceu confusa.

– Por favor, Sr. Tanit, não estou entendendo. Posso perguntar o motivo?

Eu hesitei. Ela merecia saber sobre o comportamento de Teddy, mas eu temia que, depois da situação de Tessie, a mulher não conseguisse suportar muito mais.

– Não quero mencionar o motivo, lady Vaughan – respondi. – Mas, de verdade, do fundo de nossos corações, queremos agradecer por tudo o que a senhora fez por nós. Não seria exagero dizer que alguns dos anos mais felizes de nossa vida foram passados aqui, em High Weald.

Flora balançou a cabeça.

– Não vou aceitar sua demissão sem um motivo, Sr. Tanit. Acho que mereço isso, pelo menos.

Cedi ao argumento dela.

– É melhor assim, senhora. – Hesitei. – A Sra. Tanit não se sente mais confortável em High Weald.

Flora fechou os olhos devagar e inspirou profundamente.

– Teddy – disparou ela.

– Como eu disse, lady Vaughan, prefiro não dizer o motivo.

Flora massageou as têmporas.

– Eu sinto muito, Sr. Tanit. O menino está fora de controle. – Ela olhou

pela janela da cozinha, para a horta que passamos horas cultivando juntos.
– Vou sentir falta de nossas longas conversas filosóficas. – Ela se virou para mim. – Sem mencionar sua proeza na horticultura.

– Tudo que sei aprendi com a senhora, lady... Flora.

Ela deu um sorriso triste.

– Eu não espero que Eleanor venha aqui, mas, por favor, envie a ela meus mais calorosos agradecimentos e diga-lhe que também fará muita falta. – Flora parecia contemplativa. – Sabe, eu não consigo mais me lembrar de como High Weald era sem vocês.

– É muito gentil de sua parte dizer isso – falei, com sinceridade.

– Para onde vocês vão agora? – indagou Flora.

Dei de ombros.

– Planejamos ir para Londres. É nossa melhor chance de encontrar trabalho.

– Vocês vão ficar bem em termos de dinheiro? Quero ter certeza de que fiquem bem, já que o canalha do meu filho os fez se sentirem desconfortáveis.

– Eu nunca disse que seu filho...

– Não precisa, Sr. Tanit. – De repente, os olhos de Flora se iluminaram. – Poderia esperar aqui um momento? Há algo que eu gostaria de lhe dar.

Antes que eu pudesse ter a chance de concordar, Flora já estava atravessando a porta, correndo até a escadaria principal. Quando voltou, tinha uma pequena caixa azul na mão.

– Este é um presente meu para você. Sem querer ser grosseira, mas seu valor é enorme. Se você vendê-lo, terá todos os fundos de que precisam para um novo começo.

Fiquei chocado.

– Ah, Flora, eu não posso...

– Você ainda nem viu o que é!

Delicadamente, ela abriu a caixa. Havia uma pequena pantera de ônix dentro.

– Pode não parecer muito, mas esta pantera é fabricada por uma empresa chamada Fabergé. Eles são incrivelmente famosos.

Mal sabia Flora o quão familiarizado eu estava com a Casa de Fabergé. Meu pai sempre me contava sobre suas peças requintadas.

– Por favor, Flora, sei qual deve ser o valor desse item, e não posso aceitá-lo, de maneira alguma. Obrigado... mas não.

Flora se manteve firme.

– Sr. Tanit. O homem que me deu essa pantera... meu pai... não anda mais sobre esta terra. Acho que ele a deixou para mim em parte para que eu pudesse usá-la para melhorar minhas circunstâncias, se um dia precisasse. – Seus olhos perderam o foco por um momento. – Desde sua morte, Archie reapareceu na minha vida, e agora eu vivo aqui em High Weald, com conforto e felicidade. Eu não preciso desta peça, que guardo em uma gaveta e que só me serve para olhar. Acredito, com toda a certeza, que meu pai gostaria que você ficasse com ela. – Ela a colocou em minha mão. – De um bom homem para outro.

– Flora, isto é uma herança de família.

Ela sorriu com malícia.

– Bem, é uma herança de família... mas provavelmente não da forma mais convencional, Sr. Tanit. Garanto que fico muito feliz em me separar disso. Se não servir para nada mais, por favor, guarde-a como lembrança de seu tempo aqui em High Weald.

Não havia o que discutir. Flora queria que eu levasse a pantera.

– Está bem. Vou mantê-la comigo. Obrigado por tudo.

Inesperadamente, ela me envolveu em um enorme abraço, que eu retribuí.

– *Eu* é que agradeço, Sr. Tanit. Vocês estão decididos a deixar High Weald hoje à noite? – perguntou ela quando me virei para sair da cozinha.

– Sim. – A ideia de ver Teddy de novo não era algo que eu pudesse considerar. – Precisa ser hoje à noite.

– O que pretendem fazer em termos de acomodação? Londres é uma cidade cara.

Suspirei.

– Ainda não sei, mas vamos resolver – garanti.

Flora ponderou por um momento.

– Talvez vocês não precisem... Eu já mencionei minha amiga Beatrix Potter, não, Sr. Tanit?

– Claro – respondi.

Eu adorava ouvir as histórias sobre ela, que era autora de livros infantis, e me lembrei de como Flora ficara arrasada quando a amiga morrera, no Natal anterior.

– Eu contei que ela me deixou sua livraria?

Tentei recuperar a memória.

– Não, acho que a senhora não mencionou.

– Fica em um local adorável, em Kensington – disse ela, animadamente. – Pretendo passá-la a Louise e Rupert como presente de casamento, mas, até lá, posso fazer o que quiser com ela. Estou dizendo isso porque há um pequeno apartamento acima da loja. Por favor, sinta-se livre para fazer uso dele por enquanto, até se estabelecerem.

Eu fiquei sem palavras.

– Flora, tem certeza?

Ela abriu um largo sorriso.

– Absoluta. Deixe-me escrever o endereço para você. – Ela abriu uma gaveta da cozinha e pegou lápis e papel. – O apartamento não deve estar em condições particularmente boas, mas acredito que esteja habitável.

Ela me deu o endereço:

Livraria Arthur Morston
Kensington Church Street, 190
Londres W8 4DS

– Flora... obrigado – repeti, tentando manter minhas emoções sob controle.

– É o mínimo que posso fazer, Sr. Tanit. Deixe-me pegar as chaves.

Por fim, saí da cozinha e comecei a caminhar de volta até nossa casa. Quando estava no meio do caminho, virei-me para olhar para trás, para a casa principal. Mesmo que algumas das pedras estivessem desmoronando e algumas janelas apodrecendo, ainda parecia resplandecente. Ela havia *resistido* a tantos anos, enfrentado mudanças, guerras e diferentes gerações de Vaughans. No entanto, permanecia ali, impassível e digna de admiração.

Então, me virei novamente e caminhei para outro recomeço.

32

Elle e eu chegamos à Livraria Arthur Morston, na Kensington Church Street, com nossas duas malas, e enfiei a chave na fechadura. Ao abrir a porta, um sino tilintou, e procurei por um interruptor. Quando o localizei e acendi as luzes, Elle e eu fomos recebidos por uma visão magnífica. Enormes prateleiras de carvalho forravam as paredes, totalmente preenchidas com publicações de todos os gêneros. Isso sem mencionar as várias mesinhas, cobertas por montanhas de livros desorganizados, arranjados caoticamente, como se alguém tivesse procurado por uma passagem específica entre as milhares de páginas.

– É incrível! – comentou Elle.

Nós dois vagamos pela loja, respirando o leve aroma de baunilha que parecia misteriosamente exalar dos livros antigos. Depois de algum tempo, localizamos uma porta atrás do caixa, que levava até um apartamento um tanto cinzento. Em contraste com a grandiosidade antiga da loja abaixo, ele tinha papel de parede verde descascado e um carpete extremamente fino. No entanto, resolveria nossa situação por algum tempo. Desempacotamos nossas malas, voltamos lá para baixo e, como crianças em uma doceria, exploramos as obras nas prateleiras da Arthur Morston.

Os livros certamente ajudaram a afastar nossas mentes da vida idílica que tínhamos sido forçados a abandonar.

– Há o suficiente para nos manter entretidos por anos aqui, Elle! – comentei, rindo.

– Eu sei, eu sei. Acho que é quase mágico viver em cima de uma livraria.

Aproximei-me dela.

– Sabe de uma coisa? Acho que Londres vai ser bom para nós. Poderemos assistir a shows de novo, ir ao teatro, passear pelo rio Tâmisa, assim como fazíamos ao longo do Sena, em Paris, quando éramos crianças.

Elle devolveu à prateleira o livro de poesias que estava lendo e deu um suspiro.

– Tem razão. Vou tentar ver isso como um movimento positivo, mas... – Ela hesitou. – Achei, de verdade, que ficaríamos em High Weald para sempre. Pensei que acabaríamos nos casando, tendo filhos... e agora eu me pergunto se há qualquer chance de essas coisas um dia acontecerem.

Dei-lhe um beijo suave na testa.

– Eu entendo. Por favor, saiba que isso é o que mais desejo. Um dia, quando estivermos seguros, vamos nos casar.

Elle suspirou.

– Eu sei que é só um pedaço de papel.

– Mas um papel importante – falei, acariciando os cabelos dela. – E então, quando isso for feito, prometo que teremos mil filhos.

– Mil?!

Ela conseguiu dar uma risada.

– Ah, no mínimo – prossegui. – Vamos precisar de algo para nos manter ocupados depois de nos estabelecermos.

– Por que não começamos com um e vemos como nos saímos?

– Como quiser, Elle. Mas, se só vamos começar com um, você prefere um menino ou uma menina?

Elle pensou por um momento.

– Desde que o bebê seja cinquenta por cento você, vou amá-lo incondicionalmente.

Ela apoiou a cabeça em meu ombro.

Elle e eu passamos os dias seguintes separando e classificando os milhares de livros da loja. Isso ocupou nossas mentes e, mais uma vez, caímos em uma rotina.

– Será que Flora permitiria que reabríssemos a livraria e voltássemos a vender os livros? Não faz sentido esse estoque maravilhoso juntando poeira nas prateleiras – observou Elle em determinado momento. – O dinheiro que conseguirmos pode voltar direto para High Weald. – Ela parecia subitamente entusiasmada. – Poderíamos até encomendar novos livros, se Flora nos deixasse... antes de Louise e Rupert chegarem, é claro.

Considerei a ideia por um momento.

– Acho que vale a pena perguntar.

Escrevemos para Flora, mas não recebemos nenhuma resposta por mais de dez dias. No instante em que uma carta passou pelo vão da porta, a Livraria Arthur Morston estava em perfeitas condições e pronta para voltar ao funcionamento. Infelizmente, o triste conteúdo da carta explicou a razão por trás do atraso de Flora.

Caros Sr. e Sra. Tanit,

É com pesar que devo informá-los de que meu marido morreu na noite seguinte à sua partida, ao lado de 14 outros na RAF Ashford, quando uma bomba atingiu diretamente a tenda em que ele estava dormindo. Como tal, Teddy herdou imediatamente High Weald e todos os bens associados de seu pai, pois é seu direito de nascença.

Por favor, fiquem tranquilos, a Livraria Arthur Morston continua sendo de minha propriedade, e Teddy não pode tirá-la de mim. Ainda pretendo dar a loja para minha filha e seu marido depois de seu casamento, no verão, mas, enquanto isso, fico mais do que feliz em permitir que vocês vendam os livros e reabasteçam o local. Talvez, se fizerem da livraria um sucesso, Rupert e Louise se sintam inclinados a mantê-los no local como gerentes... embora essa vá ser, é claro, uma decisão deles.

Infelizmente, não será mais possível entrar em contato comigo aqui em High Weald, uma vez que Teddy pretende se casar e, assim sendo, vou me mudar para a Dower House. Enviarei detalhes exatos assim que tiver certeza deles. É muita gentileza que vocês tenham pensado em enviar os lucros de volta para High Weald, mas eu prefiro que quaisquer fundos excedentes sejam mantidos para vocês mesmos.

Cordiais cumprimentos,

Flora V.

– Ele expulsou a própria mãe de casa! Como ele foi capaz de fazer algo assim? – exclamou Elle, enfurecida.

A notícia nos deixou abalados.

– Pobre Flora. O amor de sua vida falece e o preguiçoso de seu filho herda tudo. Que coisa mais injusta.

– Você acha que somos nós, Bo? – perguntou Elle. – Será que estamos amaldiçoados? Parece que, a todo lugar que vamos, deixamos um rastro de sofrimento.

Passamos aquela noite compartilhando histórias de Archie Vaughan e falando sobre tudo de bom que ele trouxera para nossas vidas.

Três dias depois, abrimos a Livraria Arthur Morston. Logo descobrimos que o negócio era incrivelmente frutífero, com moradores desesperados por histórias e algum tipo de válvula de escape após os dias sombrios em que a Blitz assolara Londres.

33

Após um ano de negócios bem-sucedidos, no dia 8 de maio de 1945 a BBC anunciou a vitória na Europa, e o país comemorou a aceitação formal da rendição incondicional da Alemanha. A guerra no continente havia terminado. Elle e eu festejamos na rua com o povo britânico. Então, no início de junho, um envelope de veludo creme chegou através da caixa de cartas da Livraria Arthur Morston, endereçada ao "Sr. Tanit". Levei-a para a minha pequena mesa, na parte de trás da loja, e a abri.

Caro Sr. Tanit,

Espero sinceramente que esta carta chegue àquele a quem se destina.

Meu nome é Eric Kohler e sou advogado em uma firma em Genebra, na Suíça. É meu triste dever informá-lo de que sua avó, Agatha Tanit, faleceu há alguns anos, em 1929, aos 91 anos de idade. Encontro-me na difícil posição de não saber o quão conectado o senhor é à sua família, então, se o que escrevo a seguir chocá-lo, peço-lhe que me desculpe.

O herdeiro dos bens de Agatha – seu pai, Lapetus Tanit – infelizmente também faleceu. Ele foi encontrado na Ossétia do Sul, na República da Geórgia, no inverno de 1923. A causa de sua morte foi determinada como exposição às intempéries.

Seu corpo foi reconhecido pelos soldados que o descobriram, considerando sua posição na família real russa, e com muito atraso a notícia chegou, através da Europa, à sua avó.

Quando Agatha soube da morte do filho, ela se esforçou para encontrar o senhor, seu único neto, empregando grandes quantidades de dinheiro e tempo durante a busca. Ela conseguiu estabelecer que o senhor estava na Sibéria, mas, quando seus representantes chegaram, o senhor já havia partido.

Por mais de uma década, procurei no continente um homem de nome "Tanit" que tivesse aproximadamente a sua idade. Na verdade, devo confessar que escrevi versões desta carta várias vezes, mas não obtive sucesso com os destinatários anteriores. Recentemente, durante minhas consultas mensais em nome de sua falecida avó, vi seu nome aparecer, registrado como gerente dessa livraria em Londres.

Sr. Tanit, espero sinceramente que o senhor seja de fato o neto de Agatha e beneficiário de seus bens. No entanto, para confirmar isso, preciso pedir que faça a viagem a Genebra para me encontrar pessoalmente, onde poderei lhe fazer algumas perguntas que determinarão o resultado. Seus custos de viagem, é claro, serão cobertos; então, se puder fazer a gentileza de me escrever a respeito de sua disponibilidade, seria um prazer organizar sua vinda até aqui.

Saudações,

E. Kohler

Coloquei a carta na mesa e, sem nenhum aviso, lágrimas encheram meus olhos. Era como se, de alguma forma, a mão do meu pai estivesse saindo da página.

– Bo? O que aconteceu? – perguntou Elle, vendo a minha angústia.

Entreguei a carta a ela, que a leu e ficou em silêncio alguns segundos, absorvendo o conteúdo.

– Ah, Bo... não sei o que dizer. Não posso imaginar como você deve estar se sentindo. – Ela me abraçou apertado. – Sinto muito pelo seu pai.

Meneei a cabeça.

– Estou sendo bobo. Obviamente eu sabia disso, Elle. Mas ver escrito em papel trouxe tudo à tona. – Suspirei profundamente. – Depois de todos esses anos de dúvidas, agora sei que ele só chegou até a Geórgia.

Elle acariciou minhas costas em um gesto tranquilizador.

– Isso torna seu feito de chegar a Paris ainda mais notável. Mas, e sua avó, Agatha... você sabia dela?

Balancei a cabeça.

– Não. Quando meu pai me deixou, naquele dia terrível, em 1923, ele me disse que ia à Suíça pedir ajuda. – Levantei-me, fui até a entrada da loja e virei a placa de *aberto* para *fechado*. – Eu nunca soube onde ele pretendia encontrar essa ajuda. Estava tentando ir ao encontro da própria mãe – concluí, fungando.

Elle franziu o cenho.

– Mas tem uma coisa que eu não entendi. Se Lapetus tinha uma mãe tão rica, como foi que ele acabou em uma situação tão precária na Sibéria?

Dei de ombros.

– Eu contei a você quem ele era. Como você leu na carta, meu pai era frequentemente visto com os Romanovs. Após a revolução, a discrição era essencial para garantir nossa segurança.

Elle sentou-se em uma das grandes poltronas que havíamos instalado na loja para os clientes.

– Não consigo acreditar que esse advogado conseguiu chegar até você.

Concordei.

– Flora deve ter enviado alguns documentos oficiais para alguém com nossos nomes escritos. – Esfreguei o queixo enquanto processava a cadeia de eventos que levara à minha descoberta. – Parece ter sido um irônico golpe de sorte o fato de eu ter dado a Archie Vaughan meu sobrenome verdadeiro todos esses anos atrás. Embora me preocupe o fato de termos sido encontrados com tanta facilidade pelo Sr. Kohler. Como você mesma pontuou, agora que a guerra acabou, Kreeg está livre para vagar por onde quiser.

– Se tiver sobrevivido – lembrou Elle. – Tantos não conseguiram.

Eu balancei a cabeça de novo.

– Duvido que eu tenha essa sorte.

Elle abriu um sorriso compreensivo.

– Você vai se encontrar com o Sr. Kohler?

– Sim – respondi, com confiança. – Quando parti no meio da neve ainda garoto, a Suíça era meu destino. Chegou a hora de terminar minha jornada.

– Quando você vai?

– Assim que o Sr. Kohler conseguir ajeitar tudo.

Corri os olhos pelas prateleiras da Livraria Morston.

– Não tenho ideia de quanto dinheiro Agatha deixou em seu testamento, mas imagine o que seria possível fazer com uma quantia significativa? O dinheiro poderia finalmente nos comprar segurança. Poderíamos ter uma casinha no meio do nada. Elle, com dinheiro suficiente, e um pouco de esperteza...

Por um momento, eu me permiti sonhar.

– Poderíamos nos proteger de Kreeg para sempre.

Uma semana depois, após fazer as devidas investigações e me assegurar de que o escritório de advocacia Kohler & Schweikart era legítimo, embarquei na balsa para a França. Depois de mais três dias de viagem de trem, cheguei ao meu encontro com Eric Kohler em seu grande prédio na Rue de Rhône, em Genebra. A recepção imponente ostentava, entre outras coisas, uma fonte de água, e eu a ouvi cantarolar por vinte minutos enquanto esperava pelo advogado. Então uma grande porta de nogueira se abriu, e um homem vestido imaculadamente, de cabelos louros bem penteados, surgiu.

– Sr. Robert Tanit? – Eu assenti, e ele apertou minha mão. – Eric Kohler. Por favor, siga-me.

Ele me levou pela porta de nogueira para um escritório com pé-direito muito alto. Sua mesa estava montada contra enormes janelas palladianas, que proporcionavam uma vista panorâmica do deslumbrante e calmo lago Genebra.

– Sente-se – disse ele, apontando para a cadeira de couro verde em frente à sua mesa.

– Obrigado.

Eric olhou para mim por algum tempo, possivelmente tentando vislumbrar alguma semelhança com Agatha.

– Espero que sua viagem tenha sido agradável – disse ele, por fim.

– Sim, obrigado. Na verdade, acho que nunca fiz uma viagem de trem tão agradável. Seu país é muito bonito.

Eric sorriu.

– Gosto de pensar que sim. Pequeno, mas com uma Constituição perfeita. – Ele se virou e apontou para fora da janela. – Com um grande lago. – Seus modos gentis me deixaram à vontade. – Embora, devo confessar, Sr. Tanit, estou perplexo quanto ao senhor chamá-lo de *meu* país. É seu também, não é?

– Ah – pensei por um momento. – Suponho que sim, no sentido de que é a terra do meu pai. Mas não nasci aqui, e nunca havia visitado.

Eric assentiu.

– O senhor nasceu na Rússia, correto?

Hesitei, sem ter certeza de quanto o advogado sabia.

– Sim.

– Hum. – Eric recostou-se em sua cadeira. – Nós temos muito que discutir. Mas, antes de prosseguirmos, preciso confirmar sua identidade. O senhor está com seus documentos?

Eu hesitei.

– Tenho meu cartão de identidade britânico e um passaporte.

– Perfeito!

O Sr. Kohler juntou as mãos.

– Mas, Sr. Kohler, para ser bem sincero – falei –, ambos foram adquiridos para mim pelo meu antigo empregador, Archie Vaughan. Ele tinha conexões no alto escalão do Exército britânico, por isso conseguiu obter esses documentos para mim e minha companheira.

O Sr. Kohler estreitou os olhos.

– O que estou tentando dizer – continuei – é que as informações, como meu local de nascimento e idade, podem não coincidir com os seus registros.

Eric entrelaçou os dedos e inclinou-se para a frente em sua mesa.

– Posso perguntar por que não possui documentos originais, Sr. Tanit?

– Se minha certidão de nascimento existe, está enterrada sob a neve siberiana. Eu fugi da Rússia quando era menino. Não tive escolha, Sr. Kohler. Temia pela minha vida. Meu pai tinha ido embora muito tempo antes, e eu pensei...

– O senhor teve que fugir – Eric me interrompeu com um aceno de mão.

Vi um sorriso surgir no rosto do advogado. Estaria ele ciente da missão de Kreeg Eszu de acabar com a minha vida?

– Imaginei que poderia ser esse o caso, Sr. Tanit – continuou ele. – Sua avó me preparou para isso.

Continuei com cuidado, preso a um misto de nervosismo e curiosidade.

– Desculpe, Sr. Kohler, não tenho certeza de que entendi.

– Não há segredos aqui, Sr. Tanit. Sei de tudo.

Eu me empertiguei, nervoso.

– Seu pai, Lapetus Tanit, era membro da casa real do czar Nicolau II, antes da revolução. Correto?

Assenti lentamente.

– Ele ensinava os Clássicos e Música ao filho do czar e suas irmãs – continuou Sr. Kohler. – Por isso, ele era bem conhecido pelos bolcheviques, assim como todos os outros associados à família real. Após a Revolução de Outubro, quando o czar foi derrubado e assassinado, seu pai temeu por sua segurança e fugiu. Então, quando ele não retornou, o senhor o seguiu, temendo por sua vida também. – Eric parecia um pouco presunçoso. – Estou certo?

Nada do que ele disse deixava de ser verdade. Ele apenas não sabia do importante detalhe sobre Kreeg e o diamante. Eu concordei.

– Sim, Sr. Kohler. Está correto em tudo o que disse.

Ele se levantou da cadeira e começou a andar lentamente na frente da janela, como se fosse Poirot explicando um caso.

– Pelas razões que mencionei, o senhor passou a vida inteira fugindo, com medo de que um membro do Exército Vermelho pudesse aparecer a qualquer momento e cortar sua garganta, uma vez que era frequentador da casa real. – Ele ergueu as sobrancelhas. – Com medo, o senhor viajou pela Europa, mudando de ocupações e, me arrisco a dizer, de nomes também.

A explicação dele era próxima o suficiente.

– O senhor é muito astuto.

– Eu tive muito tempo para elaborar essa narrativa. – Ele se sentou novamente e abriu uma gaveta. – Agora que temos tudo em aberto, quero começar pedindo que confirme seu nome de batismo, pois ambos sabemos que não é Robert.

Continuei em silêncio.

– Presumo que o senhor se lembre – disse ele, com certa dose de compaixão.

– Sim – hesitei. – Eu só... Era uma vida diferente.

– Eu entendo. Bem, uma coisa que eu gostaria de lhe assegurar é que o senhor está a salvo da perseguição soviética. A caça aos monarquistas terminou há mais de uma década, e o filho de um professor não interessa a mais ninguém. O senhor está seguro, garanto.

– Saber disso é... reconfortante. Obrigado, Sr. Kohler – respondi.

– Assim, não haverá mais necessidade de fugir e identificar-se sob nomes falsos. O senhor é um cidadão suíço por direito de nascença e, se optar por se estabelecer aqui, seria muito bem-vindo. Agora, por favor, seu primeiro nome?

– Atlas – murmurei.

– Um bom começo! – disse Eric, empolgado.

Eu tinha feito de tudo para evitar usar meu nome incomum ao longo dos anos. O leitor observador pode, é claro, recordar minha reticência em usá-lo neste mesmo diário. Mas Kreeg me localizara mesmo assim.

– Como mencionei, Sr. Tanit – prosseguiu Eric –, sua avó me preparou bem. Ela me disse que o filho havia trabalhado para o czar depois que seus estudos musicais o levaram para a Rússia. Agradeça a ela por tudo isso, não a mim.

– Eu... só queria ter tido a chance de fazer isso – foi a minha resposta sincera. – O senhor mencionou que sou um cidadão suíço e que seria bem-vindo se quisesse ficar aqui. Mas não tenho passaporte nem certidão de nascimento. Como isso poderia funcionar?

Eric fez um gesto indiferente.

– Se eu puder provar que o senhor é neto de Agatha Tanit, o que pretendo fazer daqui a pouco, então o caminho para a cidadania é relativamente simples. – Ele ajustou sua gravata. – Com o apoio de meu escritório, que é muito renomado, o senhor teria seus documentos processados com facilidade. Embora, é claro, leve algum tempo.

Eu fiquei perplexo com a ideia de uma cidadania totalmente autêntica.

– Meu bom Deus.

Eric mexeu em outra gaveta e pegou um arquivo.

– Os outros Tanits que se sentaram nessa cadeira foram, sem exceção, capazes de fornecer suas identificações, mas essa é a parte da nossa conversa na qual eles começaram a ter dificuldades. Sabendo que o senhor poderia estar sem provas formais de sua ascendência, Agatha criou uma série de perguntas que acreditava que pudessem ser respondidas somente por seu verdadeiro neto.

– Que intrigante – comentei, um pouco nervoso com o que viria a seguir. – E se eu não for capaz de responder às perguntas?

Eric deu de ombros.

– Nesse caso, Sr. Tanit, temo que nos despediremos e seguiremos nossos caminhos, conforme os desejos de Agatha.

Engoli em seco.

– Entendo.

– São apenas três perguntas, Sr. Tanit. Posso continuar?

Eu me movi até a beira do assento.

– Por favor – respondi, prendendo a respiração.

– Muito bem. – Eric pigarreou. – A primeira pergunta é: juntamente com o aglomerado estelar aberto das Híades, as Plêiades formam que entidade celestial?

– O Portão Dourado da Eclíptica – respondi sem nenhuma hesitação.

Um sorriso largo apareceu no rosto de Eric.

– Correto. Que emocionante, Sr. Tanit. Nunca cheguei a fazer a segunda pergunta. – Ele se inclinou. – Posso perguntar como sabe a resposta?

– Meu pai era fascinado por astronomia. Ele me ensinou tudo o que sei sobre o céu noturno.

Eric riu.

– Assim como a mãe dele lhe ensinou tudo o que sabia. Enfim, a segunda pergunta é: quem construiu o violino de Lapetus Tanit?

– Giuseppe Guarneri del Gesù, Sr. Kohler.

Ele abriu um sorriso ainda maior.

– Certíssimo, Sr. Tanit. Foi um presente de Agatha, dado a ele antes de sua partida para a Rússia. Sabia disso?

Balancei a cabeça.

– Mas o senhor está certo. Então, vamos para a terceira e última pergunta... Pode me dizer *por que* Lapetus Tanit possuía um violino Guarneri?

Eu franzi a testa e balancei a cabeça.

– Ah, Sr. Kohler. Talvez tenhamos um problema em relação a essa pergunta. Meu pai costumava apenas dizer que preferia a ressonância mais profunda dos violinos de Guarneri...

– Hum – murmurou o Sr. Kohler, parecendo em dúvida sobre aceitar a minha resposta. – Lapetus preferia os violinos de Guarneri aos...

Fiz um som de desdém.

– Bem, aos de Stradivari. Ele sempre dizia que Stradivari "se achava muito melhor do que realmente era".

Apesar de eu quase ter falhado no teste de identidade da minha avó, a lembrança trouxe um sorriso aos meus lábios. Kohler olhou para mim, antes de virar o pedaço de papel que estava segurando e apontar para uma frase em particular. Na bela e ornamentada caligrafia estavam as palavras *Stradivari se achava muito melhor do que realmente era.*

Notando minha surpresa, Eric continuou:

– Parece que as perguntas de sua avó foram muito bem escolhidas. E lá estava eu, há mais de quinze anos, desesperadamente aconselhando-a contra essa estratégia. "Não, Sr. Kohler", ela me disse. "É inconcebível o meu filho não ter mencionado várias vezes que Stradivari se achava muito melhor do que realmente era. Ele só falava disso!"

– Mas... Agatha nunca me conheceu – afirmei, ainda em estado de completa perplexidade.

– Não. Mas ela era uma mulher muito inteligente, que conhecia o filho melhor do que ninguém.

– Fico muito triste por não tê-la conhecido.

– É mesmo uma pena. De qualquer forma, Sr. Tanit, parabéns. É bom conhecê-lo formalmente, Atlas. – Ele estendeu a mão, e nós nos cumprimentamos mais uma vez. – Então, permita-me que eu lhe conte sobre sua história familiar. O que o senhor já sabe?

– Muito pouco – respondi, com sinceridade. – Meus pais eram membros da casa real russa. Minha mãe morreu durante o parto, embora meu pai tenha me contado tudo sobre ela. Eu sabia que ele era suíço, mas, fora isso... não tenho outras informações.

– Nesse caso, é um prazer informá-lo de que sua linhagem é aristocrática. A família Tanit tem suas raízes no Sacro Império Romano-Germânico. O senhor já ouviu falar da Casa de Habsburgo?

Balancei a cabeça novamente.

– A família tornou-se uma das dinastias mais proeminentes da história europeia, mas sua origem está no norte da Suíça. Os Habsburgos produziram reis da Espanha, Croácia, Hungria... e muitos outros.

Meus olhos se arregalaram.

– Sr. Kohler... está querendo dizer que sou um Habsburgo?

O advogado riu.

– Não, não é – respondeu ele, e senti meu rosto enrubescer. – No entanto, há relatos históricos de Tanits ao lado da família real desde 1198. Seus descendentes os aconselhavam sobre a posição das estrelas e sobre vantagens astrológicas que elas poderiam trazer para os Habsburgos. Eles depositavam muita confiança em sua família e, como tal, recompensaram-na com nobreza... e uma grande quantidade de dinheiro. E você, Atlas, é o último da linhagem. O último Tanit. Eu tenho uma fortuna de... – ele verificou seus documentos – aproximadamente 5 milhões de francos suíços para lhe entregar. Assim que providenciarmos seus documentos, é claro.

Minha expressão deve ter sido cômica.

– Cinco... milhões? – murmurei.

Eric assentiu.

– Exato. Talvez agora você entenda todo o meu interesse em contatá-lo. Você não só tem direito a essa quantia, mas é o último membro que resta de uma dinastia cultural suíça!

Eu estava atordoado. O dinheiro poderia fornecer tudo o que Elle e eu sonhamos. O pensamento me deixou mudo.

– Não sei o que dizer.

– Não precisa dizer nada, Atlas. Começarei o processo de registrá-lo formalmente como cidadão suíço. Como mencionei, depois da guerra há uma longa fila, e pode levar anos em vez de meses.

– Entendo – respondi.

Minha cabeça estava girando. Elle e eu poderíamos nos estabelecer ali e começar uma família. Eu mal podia esperar para dar a notícia a ela.

– Posso perguntar onde vou ficar hospedado esta noite, Sr. Kohler? Vou ficar na casa de Agatha?

– Ah. Eu reservei um hotel para você para as próximas noites. Aqui está o endereço. – Ele me entregou um cartão. – Agatha legou sua mansão para o casal que cuidou dela na velhice. Depois que seu pai foi para a Rússia, eles eram realmente a única família que lhe restava. No entanto...

Eric levantou o dedo, lembrando-se de algo. Então voltou para o arquivo em sua mesa e começou a vasculhar mais uma vez.

– Cerca de um ano antes de Agatha morrer, ela comprou um grande terreno em uma península isolada, perto do lago. – Ele encontrou o papel que procurava e o analisou. – Agora também pertence a você. Aqui está um mapa de sua localização. Por favor, sinta-se livre para visitar o local, se assim desejar.

Peguei o papel que ele me estendia.

– O lugar é lindo. – Eric virou-se para olhar através das enormes janelas. – Você pode ir lá esta tarde mesmo.

– Acho que vou fazer isso – respondi, me levantando, as pernas parecendo geleia. – É fácil pegar um táxi aqui fora?

Eric riu.

– Você pode ter problemas se tentar ir assim. A península só é acessível de barco! No entanto, é possível contratar transporte aquático a um preço razoável a partir da doca, aqui perto. Mostre ao piloto o seu mapa e ele saberá para onde levá-lo.

– Os barcos estão disponíveis para aluguel? Sou muito bom com mapas.

– Sim, creio que sim, se puder convencê-los de suas habilidades. Ah, há também isso! – Ele pegou um pequeno envelope cor de creme do arquivo. – É uma carta de sua avó para você. Sabe – ele riu –, nunca pensei que viveria para ver o dia em que ela chegaria ao destinatário. – Veja! – Ele apontou para as próprias têmporas. – Meus cabelos estão ficando grisalhos! Quando conheci sua avó, eu era jovem. Vou entrar em contato com você no hotel. Haverá muitos documentos para assinar enquanto estiver aqui em Genebra. Até logo, Atlas. Vejo-o amanhã, imagino.

– Obrigado, Sr. Kohler.

34

Quarenta minutos depois, eu estava atravessando o lago Genebra em um pequeno barco Shepherd. Apesar da fragilidade da embarcação, fiquei fascinado pelas vastas montanhas que cercavam o lago. Fechei os olhos e aproveitei a brisa fresca em minha pele. Eu adorava estar na água com nada além de meus pensamentos e o ar limpo para me acompanhar.

A viagem a partir do cais perto da Rue de Rhône levou quase vinte minutos, dando-me a nítida sensação de que a península de Agatha era realmente isolada. O pedaço de terra sinalizado no mapa enfim apareceu. Olhei para o promontório particular, que tinha um terreno imponente subindo íngreme ao fundo.

Desliguei os motores do barco e permiti que ele deslizasse lentamente em direção à costa. Um silêncio perfeito caiu sobre mim, e fiquei admirado pela majestade da paisagem de contos de fadas que se refletia na água cristalina. O casco logo fez contato com o solo macio, e eu saltei para fora com a corda do barco na mão. Puxei a proa do Shepherd até a areia e a amarrei em uma grande rocha. Respirando fundo, tirei a carta de Agatha do bolso.

Querido Atlas,

Meu querido neto, se você estiver lendo isso, então o Sr. Kohler manteve sua promessa e o localizou com sucesso – algo que, infelizmente, eu mesma não fui capaz de fazer.

Enquanto escrevo, sei que estou perto do fim do tempo que me foi concedido aqui na Terra, mas, se você se encontrar com lágrimas nos olhos, por favor, não as derrame, pois em breve estarei com meu amado filho, seu pai.

Apesar da distância que foi colocada entre nós pelo trabalho do seu pai, ele me escrevia regularmente. Dessa forma, pude me manter atualizada sobre o seu crescimento e desenvolvimento. Ele falava de você com tanto orgulho, Atlas, muitas vezes afirmando que o filho era sábio além de seus anos, sendo capaz de mais do que ele acreditava ser humanamente possível. Não duvido disso. Afinal, você é um Tanit.

A esse respeito, Lapetus me informou de seu talento para o violino e de seu fascínio pelas estrelas, o que viria naturalmente para você, considerando a nossa história familiar. Talvez o Sr. Kohler tenha lhe contado um pouco sobre isso. Se não, certifique-se de perguntar a ele. A história é fascinante e mais longa do que tenho energia para relatar aqui.

Como eu gostaria que pudéssemos ter nos conhecido, compartilhado memórias e olhado para os céus silenciosos acima do meu querido lago Genebra. Falando nisso, sem dúvida você foi informado de que agora é o dono de um terreno isolado nesse lago.

Eu o comprei para você, meu neto. Escolhi sua localização cuidadosamente. Você vai perceber que ele é acessível apenas pela água e escondido de olhos curiosos.

Senti que talvez precisasse de seu próprio canto do mundo, Atlas, um lugar de paz e segurança. Espero que essa terra possa fornecer isso a você e possa se transformar em um lar para as futuras gerações de Tanits viverem.

Entretanto, talvez eu esteja errada e você não precise desse presente. Portanto, se quiser vender a terra, tenha a minha bênção.

Estou ficando cansada agora, então, infelizmente, não posso escrever por muito mais tempo. Gaste a sua herança com sabedoria, mas lembre-se de que a vida é extremamente curta. É meu sincero desejo que você use o dinheiro para melhorar a vida dos meus bisnetos e de suas gerações futuras.

Estou ansiosa para conhecê-lo em uma próxima vida. Até lá, se quiser me encontrar, Atlas, olhe para as estrelas.

Com amor,

Sua avó, Agatha.

A carta era intensa, e meus olhos estavam ardendo mais uma vez. Olhei para o céu.

– Obrigado – sussurrei.

Por um momento louco, parecia que o universo me respondeu diretamente, pois ouvi o estalo de um galho às minhas costas. Virei-me, mas fui recebido pela península vazia.

– Olá? – chamei. Imaginando que poderia ser um animal, fui até as árvores. Quando me aproximei, ouvi o som de passos apressados. – Repito, olá!

Entrando na floresta, deparei-me com uma lona e os restos de uma fogueira, rapidamente extinta por um balde d'água que estava nas proximidades.

Os passos correram para a vegetação rasteira, e eu comecei a persegui-los.

– Por favor, pare. Eu sou o dono desta terra. Não quero lhe fazer mal!

Depois de uma pequena corrida, parei para prestar atenção nos passos mais uma vez. Tudo que pude ouvir foi o canto dos pássaros. Coloquei as mãos nos quadris e olhei ao redor da terra selvagem.

De repente, uma dor aguda e penetrante atravessou a parte de trás da minha perna esquerda, que cedeu.

– Ai! – gritei, caindo no chão.

Olhei para cima e vi um garoto empunhando um pedaço de pau bem grande. Ele o ergueu acima de sua cabeça, dessa vez para dar um golpe no meu rosto, e eu coloquei um braço na frente para me proteger.

– Pare! – gritou uma voz das árvores atrás de mim. Uma garotinha surgiu. Ela era mais nova que o menino. – Não faça isso, por favor.

– O que você quer aqui? – gritou o menino de volta, o pedaço de pau ainda acima da cabeça.

Notei que os dois estavam falando alemão e respondi na mesma língua.

– Esta terra é minha. Bem, será em breve. Mas, por favor, não quero lhes fazer nenhum mal. Eu não sabia que vocês estavam aqui.

O garoto deu uma olhada para a menina antes de se voltar para mim.

– Você é alemão? – perguntou ele. – Você estava falando francês antes.

– É porque sou suíço – respondi, resumindo a história.

– Por que você sabe falar alemão? – indagou o menino.

– Eu morei lá. Em Leipzig, antes da guerra.

– Claudia, vem cá.

A menina se aproximou do menino e ficou atrás dele. Ele baixou o pedaço de pau.

– Me desculpe por estarmos em sua terra – disse ele. – Vamos embalar nossas coisas e ir embora.

– Não entendi. Por que você me bateu? – perguntei, levantando-me lentamente. – Você é muito bem-vindo para acampar aqui. Mas não deve fazer mal a estranhos!

– Viu, eu disse! – gritou a menina, zangada. – Me desculpe pelo meu irmão. Eu falei para ele que você não ia nos machucar.

– Peço desculpas – repetiu o garoto. – Já vamos embora.

Pela primeira vez, notei que as roupas que as crianças usavam estavam rasgadas e sujas. Também ficavam muito largas neles, visto que eram trajes de adultos vestindo crianças extremamente magras.

– Como eu disse, vocês são mais do que bem-vindos ao acampamento aqui. É isso que vocês estão fazendo? Acampando? – perguntei.

– Sim, apenas acampando – respondeu o menino.

– Parece que vocês estão aqui há muito tempo – observei.

– Estamos, sim. Mas vamos embora agora.

– Para as montanhas? Não vi nenhum barco. É seguro vocês escalarem? Parece muito difícil.

– Nós vamos conseguir – respondeu o menino.

– Por favor, senhor – disse a menina –, não conte a ninguém que nos viu. Não quero que eles venham atrás da gente outra vez.

– Claudia! – repreendeu o menino.

– Está tudo bem. – Tentei acalmá-los. – Claudia? Esse é o seu nome?

A menina assentiu suavemente.

– É um nome muito bonito. – Virei-me para o garoto. – E posso perguntar qual é o seu, meu jovem?

Ele balançou a cabeça e deu de ombros.

– Tudo bem. Meu nome é Atlas. O que quis dizer quando falou que não quer que eles venham atrás de vocês outra vez? Eles quem?

– Os homens maus – respondeu Claudia.

– Os homens maus? – repeti. – Você quer dizer os soldados?

Claudia assentiu. Eu estava começando a entender.

– Vocês vieram da Alemanha até aqui?

– Sim – confirmou o menino.

Olhei para ele com enorme simpatia.

– Vocês fugiram de um daqueles campos?

O menino assentiu. Ajoelhei-me para ficar no mesmo nível dos olhos das crianças.

– Eu lhes asseguro: não sou um deles, juro. Sou um amigo. – O garoto suspirou e assentiu. – Quantos anos vocês têm?

– Eu tenho 11 e minha irmã tem 7 – respondeu ele.

– Vocês são muito novos para estarem aqui por conta própria. Acreditem, eu sei o que estou dizendo. Há quanto tempo estão sozinhos?

Ele deu de ombros.

– Não tenho certeza. Acho que quase umas cinquenta noites. E nós não estamos sozinhos. – Ele passou o braço em volta de sua irmã e me lançou um olhar desafiador. – Nós temos um ao outro.

– Claro – concordei. – E isso é maravilhoso.

Eu sabia que aquelas duas almas inocentes provavelmente tinham experimentado horrores além da minha compreensão e tentei escolher minhas palavras com cuidado.

– Posso saber como chegaram aqui? – perguntei.

O garoto olhou para o chão. Em um gesto muito carinhoso, a irmã segurou sua mão.

– Nossa mãe distraiu um dos guardas, e nós passamos sob uma parte da cerca. Nós...

O garoto tentou continuar, mas sua voz embargou. Claudia continuou em seu lugar.

– Não queríamos sair, mas mamãe disse que tínhamos que ir – murmurou ela, com suavidade. – Depois do que fizeram com o papai.

Senti uma enorme tristeza por aquelas crianças. Em seu curto tempo na Terra, os dois irmãos já haviam experimentado o pior da humanidade. Se alguém conseguia entender a dor deles, era eu.

– Vocês não sabem disso, pois estão aqui há muito tempo, mas tenho algumas notícias para lhes dar. A guerra acabou. Os campos, como aqueles de onde vocês escaparam, estão sendo libertados. Eu posso ajudá-los a encontrar sua mãe – ofereci, gentilmente.

O menino balançou a cabeça.

– Não, senhor, não pode. Ela deu a vida por nós. Ouvimos os tiros enquanto passávamos por baixo da cerca. Então, nós corremos. Mamãe falou para irmos para a Suíça porque era seguro. Então, eu peguei a Claudia e fiz o melhor que pude – disse ele, soluçando.

Muito lentamente, coloquei a mão no ombro dele.

– Não tenho palavras para expressar como lamento vocês terem vivido tudo isso. Perdi meus pais quando era criança também. Mas, lembrem-se – toquei no meu peito –, eles estão vivos aqui, sempre. – O garoto olhou nos meus olhos. – Você manteve sua irmã segura. Sua mãe, onde quer que ela esteja, está extremamente orgulhosa.

De repente, me dei conta.

– Vocês devem estar com muita fome. – Enfiei a mão no bolso da calça e tirei um pacote de amendoins que tinha guardado da viagem de trem. – Pegue.

Agradecido, o menino o pegou e compartilhou com a irmã.

– Como vocês vieram parar nesta península? – perguntei.

– Roubamos um barco do outro lado do lago e chegamos aqui – explicou ele, comendo. – Desembarcamos com nossas coisas e, de manhã, o barco tinha sido levado pela água.

Meus olhos se arregalaram.

– Então vocês ficaram ilhados? Que coisa terrível.

O garoto deu de ombros.

– Barcos passaram muitas vezes, mas não temos coragem de fazer sinal para eles, com medo de que nos devolvam ao campo.

Fiquei comovido diante da tempestade de infortúnios que se abatera sobre as crianças.

– Claro. E como conseguem comida?

O garoto derramou o restante dos amendoins na palma da mão e deu a maior parte para a irmã.

– Eu sei pescar, mas não pego muitos peixes. Tentamos algumas frutinhas. Uma planta nos deixou muito doentes.

Eu sabia que tinha que levar os dois de volta à civilização o mais rápido possível. Eles precisavam de cuidados médicos e camas quentes para dormir.

– Sei que acabamos de nos conhecer – comecei, com cuidado –, mas vocês viriam comigo em meu barco? Vou voltar para a cidade. Conheço pessoas que podem ajudar.

O garoto congelou.

– Como vamos saber se podemos confiar em você?

Refleti sobre a pergunta dele.

– Você está certo em perguntar isso... mas não posso lhe dar uma resposta satisfatória. – Franzi a testa em frustração. – Não tenho um jornal aqui comigo, por isso não sou capaz de provar que a guerra na Europa acabou. Mas posso lhe mostrar isso aqui.

Peguei meu passaporte britânico e a carteira de identidade e entreguei ao garoto.

– Britânico? – Ele deu um passo para trás. – Mas você disse que era suíço.

– Ah. – Eu me repreendi internamente. – Sim. Bem observado. Você é muito inteligente. – Eu abri um sorriso nervoso. – Meu pai era suíço. Na verdade, estou aqui para herdar a propriedade da minha avó. – Uma luz se acendeu em minha mente. – Eu tenho uma carta dela. Você sabe ler francês?

– Um pouquinho – respondeu o menino, desconfiado.

Entreguei a ele a carta de Agatha.

– Por favor, leia. – Sentei-me de pernas cruzadas no chão. – Se precisar de ajuda com qualquer uma das palavras, basta perguntar.

Eu sorri.

O menino recuou uns 10 metros e se sentou de frente para mim, ao lado da irmã. Ele leu a carta devagar e, depois de cerca de cinco minutos, levantou-se.

– Tudo bem – decidiu o garoto. – Nós vamos com você.

O rostinho de Claudia se iluminou.

– De verdade? – perguntou ela ao irmão.

Ele assentiu.

Soltei a respiração, aliviado.

– Que *ótima* notícia. – Eu me coloquei de pé. – Obrigado por confiar em mim. Vamos colocar suas coisas no barco?

– Não – disse o garoto. – Podemos largar tudo para trás.

Ele pegou a mão da irmã.

– Entendo muito bem – respondi. – Agora que nos conhecemos, posso ter o prazer de saber qual é o seu nome?

O garoto me encarou.

– Meu nome é Georg.

❁ ❁ ❁

O Sr. Kohler ficou um pouco chocado ao me ver novamente naquela tarde. Ainda mais porque entrei em seu escritório acompanhado por duas crianças desnutridas e imundas.

– O que está acontecendo aqui? – perguntou ele, quase derrubando sua xícara de chá da mesa.

Expliquei a situação da forma mais sucinta que pude. Leitor, é incrível o que o dinheiro pode fazer. Naquela tarde, o Sr. Kohler conseguiu arranjar um médico, um assistente social e acesso ilimitado a refeições quentes e saudáveis, tudo pago por Agatha Tanit (ele ficou feliz em liberar alguns fundos do testamento imediatamente, considerando as circunstâncias singulares, confiante de que minha avó aprovaria).

– O que vai acontecer com eles, Sr. Kohler? – indaguei.

O advogado estava atordoado, e eu não podia culpá-lo.

– Assim que pudermos confirmar exatamente quem eles são, veremos se podem voltar para qualquer membro da família que tenham na Alemanha.

Ergui a sobrancelha.

– O senhor acredita nessa possibilidade?

Eric passou a mão pela cabeça.

– Não. Se esse for o caso, o governo suíço provavelmente financiará seus cuidados e os colocará em um lar para crianças, onde poderão ser adotados. Como crianças refugiadas, seu caminho para a cidadania será, esperançosamente, simples.

Sentei-me na cadeira de couro em frente ao Sr. Kohler.

– Um orfanato, o senhor quer dizer.

Eric anuiu. Minha mente voltou ao Apprentis d'Auteuil. Condenar Georg e Claudia a tal vida depois de tudo o que já tinham sofrido parecia cruel demais. Eles haviam fugido da perseguição, assim como eu. Lembrei-me de Boulogne-Billancourt. Quais foram as palavras de Landowski?

Além disso, tenho certeza de que um dia você vai se encontrar na posição de ajudar os outros. Certifique-se de aceitar o privilégio.

Eu sabia o que queria fazer.

– Eu gostaria de pagar pelas crianças – propus.

– Como?

– Georg e Claudia procuraram abrigo na propriedade de Agatha, a minha propriedade, e quero garantir que sejam bem tratados. Só estou diante de você hoje por causa da bondade de estranhos. Não pude exercer muito altruísmo durante a minha vida, e agora parece que minhas circunstâncias mudaram.

Kohler se ajeitou na cadeira, considerando a minha proposta.

– É um sentimento muito nobre, Atlas, mas não acredito que vá impedir Georg e Claudia de serem colocados em um orfanato. A menos que você planeje levá-los de volta para Londres.

Olhei para o teto alto, refletindo sobre a ideia. Não era seguro levar os dois para casa, considerando que Kreeg ainda podia estar à solta.

– Isso não é possível no momento – respondi. – Mas, Sr. Kohler, eu gostaria muito de evitar que essas crianças sejam colocadas em um lar. Elas perderam os pais, e seu mundo foi virado de cabeça para baixo. Precisam de conforto e segurança, não da incerteza que um orfanato oferece. O senhor poderia pensar em uma solução?

Eric tamborilou os dedos na mesa.

– Suponho que... Bem, não posso prometer nada. Mas o casal que cuidava de sua avó talvez possa recebê-los, se você fornecer fundos para seu custo de vida.

– Verdade? – perguntei, um pouco surpreso.

Eric assentiu.

– Eles são muito gratos a Agatha por legar-lhes sua casa na cidade. – Ele riu de repente. – Na verdade, tive que fazer um grande esforço para convencê-los a aceitar o presente. Vou ligar para eles hoje à tarde.

Levantei-me para apertar a mão de Eric.

– Obrigado, Sr. Kohler! Eu adoraria conhecê-los, dependendo do resultado de seu telefonema. Qual é o sobrenome deles?

– Hoffman.

❂ ❂ ❂

Timeo e Joelle Hoffman eram um casal doce e humilde, na casa dos 60 anos, com quem me encontrei várias vezes durante minha estadia em Genebra. Eles falaram com muito carinho sobre Agatha e me relataram seus atos de bondade. Estavam muito emocionados por Eric Kohler finalmente ter conseguido me localizar. A previsão do advogado estava certa, e o casal ficou muito feliz em receber Georg e Claudia na casa da cidade, que era impressionante e bem decorada.

– Seria uma honra para nós, Sr. Tanit! – disse Joelle, com entusiasmo. – Verdade seja dita, desde que perdemos sua avó, nós nos sentimos um pouco sem propósito.

Timeo assentiu.

– Não faz sentido morarmos sozinhos neste lugar enorme, com quatro quartos vazios. Há muito espaço para preencher. É o mínimo que podemos fazer para essas pobres crianças, depois de tudo pelo que passaram.

Fiquei comovido com a generosidade inquestionável do casal.

– Vocês têm filhos? – perguntei.

Os dois pareceram um pouco abatidos.

– Não – respondeu Joelle. – Não recebemos essa bênção. – Ela pareceu preocupada. – Mas, francamente, Sr. Tanit, somos cuidadores muito experientes, e nunca...

Levantei a mão para interrompê-la.

– Entendo muito bem, Joelle. Não posso dizer como estou feliz por você estar disposta a receber Georg e Claudia em sua casa. Prometa-me que todas as despesas... alimentação, vestuário, escola... serão enviadas ao Sr. Kohler para que ele faça os pagamentos. Vou autorizar o reembolso imediatamente.

Fui apertar as mãos deles, mas Joelle me puxou para um forte abraço.

Timeo riu baixinho.

– Desculpe, Sr. Tanit. Minha esposa está apenas expressando quão feliz Agatha ficaria com sua presença aqui, na sala de estar de sua casa.

Joelle se afastou e me encarou.

– O senhor acha que vai voltar aqui e morar na Suíça? – perguntou ela. – É um lugar incrível para estabelecer um lar!

Eu abri um sorriso afetuoso.

– Talvez, Joelle. Entretanto, tenho vários assuntos a tratar na Inglaterra antes de considerar essa opção. – Caminhei em direção à porta. – Por favor, mantenha o Sr. Kohler atualizado sobre o progresso das crianças. Vou ficar muito feliz em saber como elas estão.

Passei o resto do meu tempo na Suíça assinando papéis, encontrando gerentes de banco e resolvendo assuntos pendentes com Eric Kohler, que oficialmente deixaria de trabalhar para Agatha e começaria a trabalhar para mim.

– Vou enviar seu passaporte e qualquer outro documento para a Livraria Arthur Morston, Sr. Tanit. Por favor, certifique-se de que, caso se mude, me avise. Não quero ser obrigado a procurá-lo por mais quinze anos.

Ele riu e balançou a cabeça. Eu abri a enorme porta de nogueira e saí de seu escritório.

35

O processo de aquisição da cidadania foi tão lento quanto Eric previra. Eu me acostumei a receber suas cartas mensais, detalhando em que estágio frustrante minha candidatura havia sido interrompida, geralmente enviadas junto com uma infinidade de novos documentos a serem assinados e datados. Entretanto, além da parte administrativa, era uma alegria saber sobre a melhoria da qualidade de vida das crianças da península. Eles haviam começado a frequentar a escola, recomendada pelo Sr. Kohler, e Georg, em particular, estava demonstrado ser uma significativa promessa acadêmica.

Felizmente, não tive que gastar nenhum minuto convencendo Elle de que nosso futuro estava na Suíça.

– Assim que eu tiver meus documentos oficiais – prometi a ela –, começaremos a construir um porto seguro apenas para nós dois. Imagine! Nosso próprio paraíso isolado.

Ela se iluminava com a perspectiva.

– Ah, Bo. Parece bom demais para ser verdade! E, quando você tiver sua cidadania, poderemos nos casar... abertamente, oficialmente. Mal posso esperar.

Eu sabia quanto ela desejava se casar. Fiz de tudo para que o processo de cidadania suíça fosse acelerado, mas, enquanto isso, quis fazer uma promessa para ela. Com a permissão do Sr. Kohler, retirei alguns fundos da propriedade de Agatha e fui a um joalheiro na Bond Street, em Londres.

Apesar de esquadrinhar uma infinidade de anéis, nenhum me impressionou. Eu nunca gastara uma quantia tão significativa e estava reticente em trocá-lo por alguma joia que, apesar do preço, fosse genérica. Eu queria que o anel carregasse algum significado. Depois de uma hora olhando sem parar todas as vitrines, perguntei se uma peça personalizada poderia ser confeccionada.

– Tudo é possível pelo preço certo, senhor – respondeu o joalheiro.

Eu sabia que a pedra central tinha que ser um diamante – o símbolo supremo da força do amor. Quanto ao design, pedi que sete pontos individuais fossem incluídos, para dar ao anel a aparência de uma estrela brilhante.

– Muito bom, senhor. – O joalheiro sorriu. – Como a configuração será bastante grande, talvez o senhor queira selecionar uma segunda pedra para os pontos? Safiras, talvez?

Pensei por um momento, consciente do fato de que o homem estava tentando extrair mais dinheiro, mas desejando muito que a peça fosse totalmente única.

– Existe alguma pedra que represente a esperança? – perguntei.

O joalheiro assentiu.

– Ah, sim, senhor. Esmeraldas. Tradicionalmente, significam romance, renascimento... e fertilidade – acrescentou ele, erguendo uma sobrancelha.

Eu bati as mãos.

– Perfeito!

O anel levou meses para ser confeccionado, mas acabou sendo entregue em mãos na livraria. Quando desembrulhei a caixa e o vi, fiquei sem palavras.

Naquela noite, levei Elle para jantar no Albert Buildings da cidade. Ela usou um vestido verde-azulado que, de alguma forma, deixava seus olhos azuis ainda mais vívidos do que o habitual. Tomamos uma garrafa de Côtes du Rhône à luz de velas, e contei tudo sobre o futuro que planejava para nós dois, às margens do lago Genebra. As outras pessoas desapareceram e passei a noite perdido na aura de Elle.

– Acho que nossa hora está chegando, Elle. Poderemos finalmente deixar o passado para trás.

Ela deu aquele mesmo sorriso que me atordoava quando eu era um garoto, em Paris.

– Você acredita mesmo, Bo? Quase tenho medo de acreditar.

Segurei a mão dela.

– Nós teremos o nosso final feliz. – Gentilmente, enfiei a outra mão no bolso do casaco. Respirei fundo e olhei para ela. – Elle Leopine, estamos destinados a passar nossas vidas juntos. Mas, até o dia em que eu puder chamá-la de minha esposa, por favor, aceite este anel como um símbolo de tudo o que você significa para mim.

Mostrei a caixa e a abri na frente dela. Ela cobriu a boca com as mãos.

– Bo...

Com todo o cuidado, coloquei o anel no quarto dedo esquerdo dela.

– Nem sei o que dizer. Nunca vi nada assim. É tão lindo.

– Sete pontos para minhas Sete Irmãs, as luzes que me guiaram e me levaram ao diamante no centro do universo... você.

* * *

Quando Rupert e Louise Forbes se casaram, Flora repassou ao casal a propriedade da Livraria Arthur Morston, como havia prometido. Felizmente, eles nos convidaram para permanecer como gerentes da loja. Estavam satisfeitos com o negócio que tínhamos conseguido construir e ocupados com a reforma da casa da fazenda. Para completar, o papel de Rupert nos serviços de inteligência britânicos aparentemente se tornara mais importante. Embora fosse apaixonado por literatura, seu país vinha em primeiro lugar.

Numa tranquila manhã de janeiro de 1947, coloquei os pés sobre a minha mesa e abri o *Financial Times*. Como estava prestes a ser responsável por uma grande quantidade de capital, eu estava fazendo o meu melhor para me manter atualizado com o mercado financeiro, embora a maior parte fosse bem confusa para mim. O jornal estava fazendo uma retrospectiva de 1946. Anunciou a fundação do Grupo Banco Mundial, que reunia cinco organizações internacionais para fazer empréstimos alavancados para países necessitados. Em seu primeiro mês, ele aprovou 250 milhões de dólares para a reconstrução da França do pós-guerra. Meus olhos se arregalaram quando li o penúltimo parágrafo do artigo.

O primeiro presidente da organização, Eugene Meyer, é conhecido pela maioria como o editor do The Washington Post, *nos Estados Unidos da América. Meyer investe milhões de dólares de seu próprio dinheiro para manter o deficitário jornal em atividade, com o objetivo de melhorar sua qualidade, no espírito do jornalismo independente. Nesse sentido, pode-se imaginar por que ele era o candidato perfeito para o cargo de presidente do GBM. Meyer vem de uma família caridosa. Sua irmã, Florence Meyer Blumenthal, era conhecida pela organização filantrópica que formou, a franco-americana Blumenthal Foundation, que ainda concede o Prix Blumenthal para jovens criativos.*

Levantei de um pulo e corri escada acima, para mostrar o artigo para Elle. Ela deu uma risada assustada.

– Meu Deus! Eu não ouvia o nome de Florence há muito tempo.

– Nem eu – respondi. – Estranho, não é? Devemos tanto a ela. Gostaria que tivéssemos tido a oportunidade de agradecer por tudo o que ela fez por nós.

Sentei-me no nosso sofá, cuja aparência Elle tentara melhorar com uma manta de tricô feita à mão.

– Eu sei, Bo. Mas Florence morreu muito antes de recebermos o Prix Blumenthal.

– Isso me deixa ainda mais triste – comentei.

Elle se juntou a mim no sofá.

– E quanto a Eugene Meyer? – perguntou ela. – Poderíamos escrever para ele e relatar a diferença que sua irmã fez em nossas vidas.

Suspirei.

– Tenho a sensação de que é improvável que o presidente do Grupo Banco Mundial receba nossa correspondência.

Elle concordou e pensou por um momento.

– Ok, então. Vamos até lá falar com ele.

– O quê?

– Por que não? Agora que a guerra acabou, o que temos a perder? Além disso – ela sorriu –, eu sempre quis conhecer os Estados Unidos.

Eu ri. A ideia de viajar livremente para um novo país, sem ter que fugir, ainda era um conceito novo para mim.

– É uma boa ideia, Elle. Mas duvido que Eugene Meyer vá simplesmente concordar em nos receber.

Elle me deu um tapinha na perna.

– Não é para isso que serve o seu importante advogado suíço? Ele não pode escrever para o escritório de Eugene nos Estados Unidos?

– Bem, eu...

O sino da loja tocou lá embaixo, indicando a presença de um cliente.

– Pense sobre isso!

Elle riu, levantando-se e saindo.

O Sr. Kohler levou menos de uma semana para obter uma resposta da secretária pessoal de Eugene Meyer. Ela informou a Eric que seu empregador era muito afeiçoado à sua falecida irmã e que estaria aberto a um breve encontro. Não é preciso dizer que o Sr. Meyer era incrivelmente ocupado. No entanto, ele estaria em Nova York dali a uma semana. Poderíamos estar lá nesse período?

Agradeci a Eric e desliguei o telefone.

– Parece que é nessa semana ou nunca – expliquei a Elle, que estava esperando, ansiosa.

– Eu disse que o Sr. Kohler conseguiria alguma coisa! Vou fazer as malas! – gritou ela, animada.

– Espere. – Eu ri. – Tem certeza de que podemos apenas nos levantar e sair? Quem vai cuidar da loja?

Elle revirou os olhos.

– Bo, mal tivemos um dia de folga em uma década. Vou ligar para Louise. Garanto a você que não haverá problema. – Ela correu até mim, me segurou pela camisa e me deu um beijo suave no nariz. – Vamos sair de férias! Férias de verdade!

Dois dias depois, estávamos cruzando o Atlântico no *Queen Mary*. Embora nossos aposentos de segunda classe fossem muito confortáveis, assim como os salões do navio, passei horas no convés de observação. Havia algo no vazio do mar aberto que me acalmava. Tinha o efeito de ordenar meus pensamentos. Era parecido com reorganizar as estantes depois de um dia cheio de clientes, mas em minha própria cabeça.

Elle estava em êxtase. Meu coração se encheu de felicidade ao ver como todos os aspectos da viagem a empolgavam, fosse o café fresco servido de manhã ou o cantor de jazz que se apresentava à noite. Depois de uma viagem de quatro dias, nós nos hospedamos no Winter Quay Hotel, em Manhattan, na manhã de quarta-feira. Elle e eu fomos levados de elevador ao nosso quarto por um jovem de quepe vermelho e blazer. Ele orgulhosamente nos mostrou a vista do horizonte do vigésimo andar, que era de fato impressionante. Não tenho vergonha de dizer que a altura me deixou tonto e fui forçado a me sentar na cama. Depois que trouxe nossas malas, o homem nos deu um sorriso largo e ficou parado, esperando perto da porta. O Sr. Kohler já havia me preparado para o costume americano de dar "gorjeta" e garantiu que eu tivesse alguns trocados em mãos. Peguei uma nota do meu bolso e entreguei ao homem. Ele tocou o chapéu.

– Obrigado, senhor. Tenha uma ótima estadia.

– Sinto que estamos no topo do mundo! – exclamou Elle, pressionando o rosto na janela de vidro para apreciar a vista sufocante.

– Eu também. Mas não sei se meu estômago já aceitou esse fato... Agora, tenho que ir ao saguão e ligar para o Sr. Meyer. Lembre-se, ele vai embora esta noite.

– Tudo bem, amor. Vou abrir nossa mala.

Desci de novo para o lobby branco e me dirigi a uma das cabines telefônicas de madeira perto da recepção. Peguei no bolso o número fornecido pelo Sr. Kohler. Então, coloquei uma moeda de 25 centavos na máquina e disquei.

– Alô? – atendeu, laconicamente, um homem com um ríspido sotaque americano.

– Sr. Meyer? Aqui é Bo D'Aplièse.

Meu nome pareceu suavizar seu tom.

– Bo! Você é o homem que conhecia minha irmã, certo?

– Sim – respondi, antes de me corrigir. – Bem, na verdade não. Não sei se a situação foi explicada ao senhor, mas fui um dos destinatários do Prix Blumenthal, criado pela sua irmã.

Ele exalou com força, e eu deduzi que estava fumando um cigarro.

– Isso é ótimo, ótimo. Ouça, só para não desperdiçar o seu tempo nem o meu: não há mais fundos do testamento da minha irmã para os vencedores anteriores. Espero que meu pessoal tenha explicado isso ao seu advogado.

Fiquei chocado.

– O senhor está me entendendo mal... Eu só queria agradecer.

– Agradecer a *mim*? Eu não fiz nada por você, meu amigo.

– Não, mas a sua irmã fez, de maneiras que ela nunca chegou a saber. Eu esperava poder encontrá-la pessoalmente e dizer isso a ela.

Ele suspirou.

– Sinto muito ter que dizer que você está mais de uma década atrasado, garoto.

– Eu sei. Sinto muito por sua perda. Não estou aqui por dinheiro. Eu só queria dizer quanto sua irmã, mesmo sem saber, mudou a minha vida.

Houve uma pausa, e então Eugene riu do outro lado da linha.

– Bem, veja só. Quem diria que os britânicos eram tão educados?

– Não sou britânico, na verdade.

– Olha, já estamos nos conhecendo! – Ele fez uma pausa para inalar mais fumaça. – Então, você quer se encontrar comigo? Estou prestes a sair do meu hotel para uma matéria na qual vou trabalhar esta tarde.

– Seria maravilhoso – concordei.

– Ótimo. Estou indo para a 138th Street, número 132. Encontre-me lá em meia hora.

Aqueles números não significavam nada para mim.

– Isso fica perto de onde?

– É no Harlem, garoto. Ouça, só dê o endereço a um taxista. Há uma lanchonete perto da igreja. Peça a ele que o deixe lá.

– Combinado. Minha esposa e eu o veremos em breve.

Ele tossiu alto contra o fone.

– Uou! Espere aí. Esposa? Você não mencionou uma esposa.

– Desculpe, eu devia ter sido mais claro. Ela também foi premiada com o Prix Blumenthal. Ela adoraria agradecer tanto quanto eu.

Meyer fez um som de reprovação.

– Bem, depende de você, amigo, mas as coisas podem ficar um pouco perigosas naquelas ruas hoje. Seria mais seguro deixá-la no hotel. De qualquer forma, eu o vejo na lanchonete.

O Sr. Meyer desligou o telefone.

Voltei ao quarto me sentindo atordoado e contei a Elle sobre minha conversa com Eugene. Embora tenha ficado decepcionada, a promessa de um passeio até o Empire State Building naquela tarde a animou.

– O que você acha que ele quis dizer quando falou que as coisas podiam ficar perigosas? – perguntou.

– Sinceramente, não faço a menor ideia. Mas tenho que ir. A última coisa que quero é deixar de encontrá-lo.

Dei um beijo em Elle e corri de volta para o térreo. O porteiro chamou um dos táxis amarelos, e pedi ao motorista que me levasse ao endereço que Meyer me dera.

Ele se virou para mim.

– Tem certeza, senhor? – perguntou ele.

– Foi o que me disseram – confirmei.

O motorista deu de ombros.

– Como quiser.

Enquanto nos dirigíamos ao Harlem, notei que os enormes arranha-céus reluzentes do centro de Manhattan começaram a desaparecer.

– Posso perguntar o que o traz a esta parte da cidade? – indagou o motorista à certa altura.

– Vou encontrar uma pessoa – expliquei.

– Hum. Acho que o senhor não é dessas bandas. Primeira vez em Nova York?

– Isso mesmo.

O taxista riu.

– Foi o que imaginei. Não se veem muitas pessoas de fora da cidade querendo vir ao Harlem.

– E por quê?

– A maioria dos turistas quer ver a Estátua da Liberdade, o Central Park e o Met. Eles não querem conhecer a Nova York da *vida real*.

O bairro aonde estávamos indo parecia abandonado, para dizer o mínimo. As luzes de vidro e neon brilhantes do centro de Manhattan foram substituídas por janelas fechadas com tábuas, placas enferrujadas e lixeiras transbordando. O táxi subiu uma rua chamada Lenox Avenue, e notei que as pessoas que andavam nas ruas eram em sua maioria negras. Meu coração se apertou pelas crianças sentadas nos degraus de casas em más condições, algumas das quais não pareciam adequadas para acomodar ninguém.

O carro se aproximou de uma imponente igreja gótica, com uma placa onde se lia "Abyssinian Baptist" do lado de fora. Alguém estava montando um pequeno palco com um microfone perto dela, e notei vários policiais se movimentando ao redor da área, com os braços cruzados, em posturas intimidadoras.

– Chegamos: 138th Street, número 132, amigo – disse o motorista.

– Obrigado. – Olhei ao redor da rua. – Me disseram que havia uma lanchonete nas proximidades?

– Ah, deve ser a Double R. – Ele se virou e apontou. – É logo ali.

– Ótimo. Quanto lhe devo?

– Três dólares e vinte centavos. Mas tenha cuidado aí fora hoje, senhor. Ouvi dizer que o negócio pode esquentar.

– Ah, claro, vou tomar cuidado. Obrigado novamente.

Paguei o táxi e desci, sem ter muita certeza do que o motorista ou Eugene Meyer queriam dizer.

Enquanto caminhava pela Lenox Avenue em direção ao Double R, a rua começou a ficar mais movimentada, e algumas pessoas com cartazes estavam começando a se reunir em pequenos grupos.

O antigo letreiro iluminado do restaurante zumbia e piscava de um jeito engraçado, o batente da porta era torto e apodrecido. Com um pequeno empurrão, consegui entrar, e não fiquei totalmente chocado ao descobrir que o interior estava em piores condições do que o exterior. O ar estava pesado com a fumaça de cigarros, e fui forçado a abanar a mão na frente do rosto para enxergar direito. A poucos metros de distância, identifiquei um homem sentado, bem-vestido, com um terno risca de giz, suspensórios vermelhos e gravata de lã. Logo percebi que ele era o único rosto branco no estabelecimento.

– Sr. Meyer? – perguntei, aproximando-me dele.

Ele olhou para mim através dos óculos redondos.

– Bo D'Aplièse, certo?

– Sim, senhor – respondi.

– Que nome estranho você tem! – Ele falava alto e segurou minha mão firmemente, sacudindo-a. – Sente-se. Pelo jeito que as coisas estão aqui, não temos muito tempo.

– Desculpe, Sr. Meyer, não tenho certeza do que quer dizer.

Ele tomou um gole do café.

– Por favor, me chame de Eugene. Sr. Meyer era meu pai. Além disso, soa como o Sr. Mayor, ou seja, Sr. Prefeito... e ele vai estar aqui em um minuto.

– Muito bem, Eugene. – Eu estava muito confuso. – Quer dizer que o prefeito está vindo aqui? Para o restaurante?

Eugene parecia perplexo.

– Sem querer ofender, garoto, mas estou achando que minha irmã deu seu dinheiro para um tolo. Não, o prefeito O'Dwyer estará *naquele* palco nos próximos quinze minutos. – Eugene apontou para a igreja. – E tenho que estar lá fora quando ele falar. Estou aqui em Nova York cobrindo para o *Post*. Tenho um interesse pessoal nessa história.

Olhei para ele.

– Perdoe a minha ignorância, Eugene, mas qual é a história?

– Cidadãos negros vivendo em guetos aqui no Harlem. Você viu o estado das casas lá fora? É uma coisa terrível. Há uma superlotação horrorosa, isso sem mencionar a brutalidade policial que essas pessoas enfrentam. Os policiais tratam seus semelhantes humanos como animais.

Finalmente consegui entender.

– Então há um protesto acontecendo aqui hoje?

Ele estalou os dedos e apontou para mim.

– É isso aí. O prefeito O'Dwyer vai falar. Acho que ele é um cara legal. Ele fez promessas à comunidade, e nós, do *Post*, queremos ter certeza de que vai cumpri-las.

– Posso perguntar por que o senhor tem um interesse pessoal na história? – indaguei.

Eugene suspirou e assentiu.

– Sim. Eu sou judeu. Vi o que os nazistas fizeram ao meu povo na Europa. Quero ter certeza de que não vamos acabar fazendo o mesmo com os negros.

– Claro – respondi, envergonhado por não saber nada sobre aquela situação.

Eugene continuou em um tom apaixonado.

– Voa, América corajosa, para salvar a pátria em outro continente, sem pensar por um instante em como estamos tratando nossos próprios cidadãos... É uma farsa. – Ele esfregou o rosto. – Enfim, você tem tempo até O'Dwyer chegar. Conte-me a sua história.

Ele tirou um charuto do bolso, cortou a ponta e o acendeu.

Sentindo-me exasperado, fiz o meu melhor para explicar a Eugene o valor que a contribuição de sua irmã teve em minha vida e, claro, na de Elle também. Em sua defesa, o Sr. Meyer me ouviu atentamente, soprando a fumaça, e eu lhe contei tudo o que tinha acontecido comigo.

– Sabe de uma coisa, garoto – disse ele, depois que concluí –, acho que a Flo mencionou você antes de morrer. O menininho que não falava.

– Isso mesmo.

– E olhe para você agora, sentado aqui, cantando como um canário! É um milagre!

– Eu só queria que entendesse que sua irmã realmente salvou a minha vida. E a de minha... esposa.

Ele me deu um tapa firme no ombro.

– Entendi. Ouça, gostei muito de você ter vindo até aqui para me dizer isso pessoalmente. Florence ficaria orgulhosa, tenho certeza. – Ele deu uma grande baforada no charuto. – Ela manteve o sobrenome de solteira depois de se casar com George. Ela era Florence Meyer-Blumenthal. Eu meio que gostaria que o prêmio tivesse sido nomeado Prix Meyer-Blumenthal. – Ele deu de ombros.

De repente, houve uma comemoração animada do lado de fora, e vários indivíduos na lanchonete se levantaram para sair.

– Essa é a minha deixa, garoto. Tenho que ir. Se algum dia você for a Washington D.C., ligue para a minha secretária. Podemos conversar tomando um café. Você pode me contar mais de suas histórias. – Eugene enfiou a mão no bolso e colocou duas moedas na mesa. – Quem sabe não escrevemos um artigo sobre você?

– Ah, não sei se...

– Sim, tem razão – cortou ele. – Ninguém acreditaria mesmo.

Ele me deu um sorriso e uma piscadela e saiu.

Sentado sozinho na cabine de couro vermelho, de alguma forma duvidei que encontraria Eugene Meyer novamente. Aquela conversa não trouxera a catarse emocional que eu tanto desejava. Como sua irmã, ele tinha princípios elevados, e o protesto estava em primeiro lugar em sua mente.

Houve outro ruído na rua. Levantei-me para investigar a comoção. Quando saí do restaurante, fiquei chocado ao ver que a multidão tinha aumentado dez vezes nos vinte minutos em que estivera com Eugene. De repente eu estava em meio a um mar de manifestantes, muitos agora acenando com seus cartazes escritos à mão, que traziam frases como "Direitos iguais!" e "Habitação para todos!". Vindo da direção do palco, ouvi um sotaque irlandês abafado, projetado através do microfone, e comecei a me espremer através da multidão para ter um vislumbre do prefeito O'Dwyer.

– Harlem! É uma honra estar aqui! – gritou o prefeito, e a multidão aplaudiu em resposta, eletrizada por sua presença.

Enquanto O'Dwyer discursava sobre reformas habitacionais e mais investimento para as escolas, os manifestantes começaram a avançar juntos, e eu me vi cada vez mais apertado entre eles. Quando o prefeito terminou seu discurso, ele recebeu uma grande ovação e foi substituído ao microfone por um policial, que começou a orientar que a multidão se dispersasse. Quase instantaneamente, a atmosfera mudou. O ar estava carregado de tensão, e percebi um grande número de policiais uniformizados cercando o protesto. Com seus quepes azuis puxados para baixo e brandindo seus cassetetes de madeira, eles pareciam ameaçadores.

Ouvi uma mulher perto do palco gritar "ASSASSINOS!" para o policial. Então, ela se virou de frente para a multidão.

– Esses policiais atacaram Robert Bandy, atiraram nele quando ele estava desarmado e tentando salvar a vida de uma mulher. Porcos malditos!

Uma onda de raiva varreu a multidão, e o microfone foi sobrecarregado pelos gritos furiosos. A massa de manifestantes começou a se mover de forma cada vez mais violenta. Quando me virei de costas para o palco, procurando por uma saída, meu olhar caiu sobre um jovem que se protegia de um policial que empunhava um cassetete. Eu não sabia o que ele tinha feito para provocar tal reação, mas o policial parecia enfurecido e se preparou para golpeá-lo. O cartaz de papelão do homem não fornecia quase nenhuma proteção, e ele foi derrubado na rua imunda, tentando proteger a cabeça das pancadas. Outras pessoas próximas testemunharam a cena e entraram em pânico. Elas logo começaram a se dispersar e a multidão se espalhou. De uma rua próxima, surgiu a polícia montada.

Os cavalos começaram a avançar sobre os manifestantes e demorou apenas alguns segundos para começar um caos generalizado. Meu coração batia forte enquanto eu tentava me separar da multidão e alguns manifestantes começavam a reagir aos policiais. O som que os cassetetes produziam ao bater contra corpos humanos era nauseante.

Abaixei a cabeça e dei o meu melhor para passar no meio da aglomeração. De repente, o casal que estava à minha frente tropeçou. Depois de dar mais alguns passos, percebi que eles tinham tropeçado em alguém caído no chão em meio ao caos. Para minha surpresa, era uma mulher branca e franzina.

– Consegue andar? – gritei.

– Meu tornozelo... – respondeu ela, se encolhendo.

Ela estava visivelmente sentindo dor.

– Pegue a minha mão – falei, agarrando-a firmemente e puxando-a para ficar de pé.

Coloquei um braço em volta dela, e abrimos caminho através da massa de pessoas.

– Meu motorista... ele está me esperando na Lenox, ali no fim da rua – disse ela, mal conseguindo falar.

Percebi que seu sotaque não era totalmente americano.

– Então vamos tirá-la daqui depressa. Parece que as coisas estão prestes a ficar ainda mais feias – respondi.

Ao nosso redor, confrontos violentos eclodiam quando os manifestantes se agruparam e começaram a enfrentar a polícia. Assim que nos aproximamos do cruzamento, a mulher apontou para um Chrysler impressionante.

– Ali está! – gritou ela.

Com um destino à vista, eu a peguei no colo e corri para o veículo, abrindo a porta de trás.

– Graças a Deus a senhorita está segura! – exclamou o motorista, ligando o motor. – Vamos sair daqui!

Certifiquei-me de que a mulher estivesse sentada em segurança no banco de trás.

– Cuide-se, senhora – alertei.

Antes que eu pudesse fechar a porta, notei dois policiais com cassetetes indo em direção ao carro. Eu me preparei para correr.

– Archer, espere! – ordenou a mulher. – Entre *agora*! – gritou ela, puxando-me firmemente para o assento ao lado dela. – Vamos, Archer! Vamos! Vamos! Vamos!

O motorista pisou no acelerador, e o carro disparou. Quando nos afastamos da cena de pesadelo, nós três respiramos fundo, com um suspiro coletivo de alívio.

– Não sei como agradecer... – disse a mulher.

– Não foi nada – respondi. – Eu é que devo lhe agradecer pela ajuda ali atrás.

Eu me recostei no assento, permitindo que o pânico se dissipasse lentamente do meu corpo.

– Podemos levá-lo a algum lugar? – perguntou a mulher. – Onde você mora?

Dei de ombros, não querendo ser um incômodo para estranhos.

– Apenas me deixe na estação de metrô mais próxima.

– Estamos chegando à estação da 110th Street – interveio o motorista.

– Fica ótimo para mim – respondi.

O motorista parou o carro.

– Posso pelo menos saber seu nome? – perguntou Cecily.

Hesitei por um instante, então enfiei a mão no bolso e entreguei a ela o meu cartão da Livraria Arthur Morston.

Com um aceno, saí do carro e bati a porta atrás de mim.

O passeio daquela tarde ao Empire State Building foi adiado para que eu me recuperasse da confusão da manhã.

– Ainda bem que você não estava lá, Elle. Não sei se eu teria conseguido protegê-la.

– Ah, Bo. Não dá para acreditar. Deveríamos estar de férias, e você conseguiu se colocar em perigo. – Ela gentilmente acariciou meu cabelo. – Mas vamos tentar esquecer a decepção de Eugene Meyer e o drama do protesto, e aproveitar nossa semana de folga. É tão especial estar aqui com você.

Elle e eu passamos os cinco dias seguintes explorando a Big Apple. Era uma cidade incrível, que pulsava com energia e dava aos habitantes a impressão de que estavam no centro do universo. Nova York tinha os edifícios mais altos, os maiores centros comerciais e os maiores pratos de comida que eu já tinha visto na vida. Depois de anos de racionamento britânico, meus olhos praticamente se arregalavam diante do tamanho dos hambúrgueres e das montanhas de batatas fritas que eram servidos nos restaurantes.

Acho que o que mais amei na cidade foi o otimismo de seus cidadãos. Eles haviam sofrido recentemente a crise econômica da Grande Depressão e o envolvimento no segundo conflito global. No entanto, quase todos que encontramos demonstravam ter uma confiança alegre, e era algo maravilhoso de presenciar.

Um dia antes de Elle e eu embarcarmos de volta para casa, no *Queen Mary*, o telefone do nosso quarto de hotel tocou.

Elle atendeu.

– Alô?... Sim, ele está bem aqui.

Ela deu de ombros e me passou o telefone.

– Sr. Tanit? – disse uma voz inglesa vagamente familiar.

– Ele mesmo – respondi.

– Que maravilha! Estou tão feliz que finalmente consegui encontrá-lo. Liguei para quase todos os hotéis de Manhattan!

– Desculpe, mas quem está falando? – perguntei.

Houve uma risada do outro lado da linha.

– Ah, desculpe, Sr. Tanit. Aqui é Cecily Huntley-Morgan. Eu sou aquela mulher sem juízo que o senhor resgatou outro dia no protesto pelos direitos civis, no Harlem.

– Ah, olá – respondi, um pouco surpreso. – Como a senhora está?

– Meu tornozelo está um pouco machucado, mas estou me sentindo muito melhor agora que o localizei! Seu cartão tinha o endereço da sua livraria em Londres, mas eu queria agradecer pessoalmente por me salvar. Então, liguei para vários hotéis para perguntar se eles tinham um hóspede chamado Sr. Tanit.

Foi minha vez de rir.

– Foi muito gentil de sua parte, Sra. Huntley-Morgan, mas eu só fiz o que qualquer um faria. Estou feliz que esteja bem.

– Isso não é verdade, Sr. Tanit. As pessoas estavam pisando em mim. O senhor, no entanto, viu um ser humano em necessidade e parou para ajudar. Estou em dívida e gostaria de convidá-lo para um almoço.

O tom carinhoso de Cecily me deixou à vontade, mas eu, novamente, não queria ser um incômodo.

– Isso não é necessário, obrigado. No entanto, agradeço muito pela gentileza.

– Desculpe, não aceitarei um não como resposta. Que tal essa tarde no Waldorf?

– Eu...

– E foi com sua esposa que eu falei agora há pouco?

– Foi.

– Perfeito! Vou fazer a reserva de uma mesa para três. Vejo os dois à uma da tarde.

Antes mesmo que eu pudesse responder, Cecily tinha desligado o telefone. Expliquei a Elle que estava falando com a senhora que eu tinha ajudado a se levantar e levado até o carro na semana anterior. Ainda no clima de aproveitar nosso tempo na cidade, Elle ficou muito empolgada com o convite.

– Por que não iríamos? Um almoço com um habitante local em um hotel de prestígio? É perfeito!

Era difícil argumentar contra a ideia, então Elle e eu vestimos as melhores roupas que tínhamos em nossas malas e, perto de uma hora, estávamos do lado de fora da bela torre central do hotel Waldorf. Entramos no restaurante, um espaço ecoante, com um lustre maravilhoso, que provavelmente valia mais do que todo o estoque da Livraria Arthur Morston. As ondulações louras do penteado de Cecily a destacavam entre os presentes, e eu a identifiquei de imediato. Segurei a mão de Elle e a levei até a mesa.

– Sra. Huntley-Morgan?

– Sr. Tanit! Olá! – Ela se levantou e apertou minha mão com firmeza, então se virou para Elle. – E você deve ser a Sra. Tanit? Acho que devo a minha vida ao seu marido.

Eu ri.

– Não sei se eu seria tão dramático.

– Eu não acredito que esteja *sendo* dramática. Quando as pessoas estão assustadas, elas perdem completamente o juízo – disse Cecily em tom sério. – Veja! – Ela enfiou a mão em sua bolsa, pegou meu cartão de visita e nos mostrou. – Eu até escrevi "homem gentil" no verso! – Ela riu. – Vou mantê-lo comigo para sempre, como um sinal de boa sorte. – Ela me deu uma piscadela. – Enfim, por favor, sentem-se. – Ela indicou duas cadeiras vazias, de veludo vermelho. – Agora, vamos pedir um pouco de champanhe! Garçom...

Nosso almoço com Cecily Huntley-Morgan foi muito agradável. Ela nos contou tudo sobre sua vida: o noivado que havia terminado, sua viagem ao Quênia com sua madrinha, Kiki Preston, e seu casamento com um pecuarista chamado Bill.

– O senhor estava no protesto no outro dia, portanto acredito que condena o preconceito racial tão vil que assola este país.

Eu não tinha revelado que minha presença naquela quarta-feira fora meramente acidental.

– Não preciso esconder essa informação de vocês – continuou ela, antes de tomar um gole do Veuve Clicquot que insistira em pedir para todos nós. – Quando eu estava vivendo no Quênia, uma jovem princesa Masai chamada Njala deu à luz uma filha em nossas terras. Ela a abandonou, então eu a adotei. Dei a ela o nome de Stella. Sabendo que ia voltar para Nova York, fui forçada a contratar alguém para cuidar dela, Lankenua. Até onde minha família sabe, ela é a mãe do bebê, mesmo que, na verdade, eu é que seja.

– Isso deve ser muito difícil – comentou Elle, compreensiva.

Cecily deu de ombros.

– É necessário. A desaprovação social seria palpável. Eu poderia, é claro, lidar com isso sem escrúpulos, mas Stella, por outro lado... ela já enfrenta tantos desafios por ser uma garota negra. É melhor para ela que as coisas sejam assim.

– Você fez uma coisa incrível, Cecily. – Eu dei a ela um sorriso sincero.

– Sem você, quem sabe o que teria acontecido com a pequena Stella? Obrigado por demonstrar tanta bondade.

– Como disse anteriormente, Sr. Tanit, eu só fiz o que qualquer um faria.

– E como você me respondeu... não acho que isso seja verdade – retruquei.

Cecily riu e ergueu sua taça de champanhe.

– Bem, então... um brinde à bondade.

Elle e eu conversamos com Cecily sobre nossa vida na Grã-Bretanha, trabalhando para os Vaughans primeiro no High Weald e depois na Livraria Arthur Morston. Cecily perguntou sobre o sotaque francês de Elle, e repetimos a história de que ambos fugimos de Paris devido à ameaça de invasão nazista.

– Mas recentemente tivemos alguma sorte – disse Elle a Cecily. – Robert herdou algumas terras na Suíça, às margens do lago Genebra. Esperamos que seja possível nos mudar para lá em breve.

– Que maravilha! – exclamou Cecily. – Estar perto da natureza é tão importante, não é? Imagino que a calma do lago será um prêmio, depois de tudo pelo que vocês passaram.

Após uma deliciosa torta de maçã, chegou a hora de partirmos.

– Muito obrigado pelo almoço, Cecily. Foi extremamente gentil de sua parte – agradeci, apertando a mão dela.

– Não seja bobo, Sr. Tanit. Estou muito feliz por ter conseguido encontrá-lo antes que voltasse para a Inglaterra. Embora, se não se importa, eu vá ficar com o seu cartão de visita. Afinal, nunca se sabe quando se pode precisar de um anjo da guarda.

36

Porto de Tilbury, Essex, Inglaterra, 1949

Meu envolvimento no conflito em Nova York foi a última porção de má sorte que tive por um bom tempo. Na virada de 1949, o Sr. Kohler me informou que o processo de obtenção de minha cidadania suíça estava em fase final. Além disso, a livraria vinha registrando vendas recordes. Depois de muitos anos, finalmente comecei a sentir meus ombros relaxando um pouco.

Eu me vi respirando com mais facilidade.

Eu estava dormindo melhor.

Talvez meu relaxamento tenha sido causado por algo totalmente diferente – a ausência de Kreeg Eszu. Eu não o via desde aquela noite horrível em Leipzig. Leitor, eu me permiti acreditar que ele estava morto, abatido na guerra, como muitos de seus companheiros soldados.

E então eu o vi.

O dia estava frio em Londres. Rupert e Louise Forbes estavam na cidade e foram à livraria para nos visitar. Foi, como sempre, um grande prazer encontrar os dois. Fiquei muito feliz em saber que Flora estava bem, apesar de Teddy e sua nova esposa americana estarem destruindo High Weald aos poucos.

O casal tinha trazido seu bebê, um menininho saltitante e animado chamado Laurence, a quem Elle mimou e paparicou o máximo que pôde. Assim que a criança adormeceu, ela começou a mostrar, orgulhosa, o novo estoque a Rupert e Louise, e eu voltei para a minha mesa para verificar a contabilidade. Questionando mentalmente um cálculo, eu me vi olhando pela grande vitrine da loja para a Kensington Church Street. Naquele momento, uma figura alta em um grande casaco e chapéu de feltro surgiu, fumando um cigarro. Continuei a observar, enquanto uma jovem mulher passava por ele e, em seguida, virava-se para repreendê-lo por algum comentário que ele devia ter feito. A figura jogou a cabeça para trás e riu com vontade, e foi nesse momento que vi seu rosto. O sangue congelou em minhas veias.

– Elle! – gritei.

Os três vieram ver o que havia acontecido e me encontraram apontando para fora da janela. Elle seguiu meu dedo e imediatamente correu para o interruptor.

– O que aconteceu, caro amigo? – perguntou Rupert.

Não havia nada que eu pudesse fazer além de me jogar no chão, abaixo do nível da janela.

– Meu Deus, o que está acontecendo? – insistiu meu amigo.

– Sr. Tanit, alguma coisa o assustou? – indagou Louise, parecendo bastante preocupada.

Ergui a cabeça acima da janela mais uma vez e vi Kreeg atravessando a rua em direção à Livraria Arthur Morston.

– Elle, venha aqui, agora!

Ela correu pela loja, e nós dois passamos pela porta dos fundos, que levava até o apartamento, fechando-a atrás de nós enquanto o sino da loja tocava. Elle fez menção de subir as escadas, mas eu a segurei, temendo que meu perseguidor ouvisse seus passos. Os olhos de Elle estavam cheios de medo, e apertei sua mão com firmeza. Então, coloquei um dedo nos lábios, e, com cuidado, inclinei minha orelha para a porta.

– Bom dia – disse Rupert. – Bem-vindo à Livraria Arthur Morston.

– Muito obrigado – respondeu Eszu, com sua voz profunda e rouca. – Que loja encantadora vocês têm aqui.

– Isso é muito gentil de sua parte. Procurando algum livro em particular?

– O senhor é o dono?

– O quê?

– Perguntei se o senhor é o dono desta livraria – repetiu Kreeg, com frieza.

– Sim, eu me chamo Rupert Forbes. Minha esposa e eu somos os proprietários.

– Louise Forbes – disse ela. – Prazer em conhecê-lo.

– Gus. Gus Zeeker. É um prazer conhecê-la, Sra. Forbes.

Eu olhei para Elle, franzindo a testa ao ouvir o anagrama.

– Percebo que tem um sotaque, Sr. Zeeker? – indagou Rupert. – De onde o senhor é?

– Ah, essa é uma pergunta difícil de responder, Sr. Forbes. Eu gosto de pensar em mim como um cidadão do mundo.

– Ora, isso é bem impressionante. Mas mesmo os cidadãos do mundo têm que nascer em algum lugar, não é, meu amigo? – respondeu Rupert, com uma risada.

Eszu riu de volta.

– Ora, Sr. Forbes, me parece um homem inteligente. Será que definiria um indivíduo apenas pelo seu local de nascimento?

– Claro que não. Eu estava puxando assunto. É que eu me orgulho de ser capaz de identificar um sotaque, e o seu é bastante incomum, só isso.

Houve uma pausa tensa antes da resposta de Eszu.

– Como já disse, sou um cidadão do mundo.

– Sim. Mas eu me pergunto de que lado um cidadão do mundo escolheu lutar durante a guerra.

Eu estava impressionado com a bravura de Rupert.

Kreeg riu mais uma vez.

– Não somos todos amigos agora, Sr. Forbes? – Houve outro silêncio tenso. – Perdoe-me, mas o senhor perguntou se poderia me ajudar a encontrar um livro em particular.

– Sim – respondeu Rupert secamente. – Então?

– Isso seria ótimo. Na verdade, estive aqui outro dia. Mas falei com outra pessoa. Ele era alto, com cabelos escuros e olhos castanhos. Quem poderia ter sido?

Apertei com força a mão de Elle.

– Hum... – ouvi Rupert dizer. – Tem certeza de que foi a Livraria Arthur Morston que o senhor visitou? Não me agrada admitir, mas há várias lojas similares na área. Não temos ninguém com essa descrição trabalhando aqui.

Eu não conseguia acreditar que Rupert estava me protegendo.

– Ah, sim, tenho certeza de que era esta loja – disse Eszu lentamente. – Havia uma jovem loura também. Ela era *bem* branca.

– Perdoe-me, Sr. Zeeker – disse Rupert. – Quando o senhor entrou, elogiou nossa loja como se fosse a primeira vez que tivesse entrado. Nós estamos lhe afirmando que não temos funcionários que correspondam à sua descrição, então devo perguntar novamente: tem *certeza* de que foi a Livraria Arthur Morston que o senhor visitou?

Ouvi as velhas tábuas de madeira rangerem sob os passos lentos e deliberados de Eszu.

– Que bebê lindo – disse ele. – É seu, imagino.

– É, *sim* – respondeu Louise.

– Família é tão importante, não é, Sra. Forbes? – comentou Eszu.

– É claro que é, Sr. Zeeker.

Ouvi Kreeg dar um suspiro alto.

– Olhem só para esse pequenino. Tão doce e indefeso. Imagino que ele confia em vocês para tudo, não é, Sra. Forbes?

– Acredito que sim. Ele se chama Laurence.

– Laurence? Permita-me elogiá-la por sua escolha de nome, Sra. Forbes. Suas origens são francesas. Significa "aquele que brilha". Como todos os bebês nascem livres do pecado, sinto que a senhora não poderia ter escolhido nada mais apropriado.

– Eu... não sabia disso – comentou Louise, sem titubear. – É incrível.

– Os nomes, em geral, são. As coisas que chamamos a nós mesmos... Sempre achei muito divertido que algo tão pessoal para nós seja usado quase exclusivamente pelos outros.

Rupert o interrompeu:

– Desculpe o incômodo, meu amigo, mas minha esposa e eu estávamos prestes a fechar a loja para o almoço. Qual era o livro que o senhor estava procurando?

– Claro, Sr. Forbes. O fato é que estive aqui outro dia perguntando sobre um velho atlas.

Fechei os olhos com força. Claro, o nome não significaria nada para Rupert ou Louise. Na verdade, eu suspeitava que Kreeg sabia que eu podia escutá-lo e que aquela performance era dedicada a mim.

– Bem, como eu disse, duvido que tenha sido a Livraria Arthur Morston, mas nossa seção de geografia é bem aqui – disse Rupert. – Há algum tipo especial de atlas que o senhor esteja procurando?

– Esse é bastante único, Sr. Forbes. Mas vou saber assim que o vir.

– Ótimo. Parece que vai precisar de um tempo para procurar, então seria melhor que voltasse mais tarde, se não se importar.

Kreeg respondeu com firmeza:

– Estou convencido de que está aqui, Sr. Forbes. Não há necessidade de procurar.

– Ouça, eu não tenho certeza do que o senhor quer dizer...

O diálogo foi quebrado pelo som de Laurence começando a choramingar.

– Pobre criança. Tome o menino nos braços, Sra. Forbes. Saboreie cada momento com ele. Não há nada mais sagrado do que o vínculo entre uma mãe e seu filho.

Elle olhou para mim.

– Posso lhe perguntar, Sra. Forbes, o que esse menino faria sem a senhora? – continuou Kreeg.

– O que está querendo dizer? – indagou Louise, chocada com a pergunta.

– Permitam-me ser mais claro: se algum destino desagradável acontecesse com a senhora, e também com seu marido, o que seria do pequeno Laurence aqui?

Rupert ergueu a voz.

– Calma aí! Que coisa mais horrível para se dizer na minha loja!

– Apenas palavras, Sr. Forbes. No entanto, entendo que é uma pergunta difícil de responder. Porque, na verdade, vocês não sabem o que seria de seu filho.

Laurence estava chorando de verdade agora.

– Por favor, eu gostaria que se retirasse – disse Rupert, com firmeza. – O senhor está incomodando a minha esposa.

Kreeg continuou:

– Uma mãe é tudo para uma criança. Ela é uma cuidadora, uma amiga, uma âncora. Sem essa âncora, uma criança pode ser arrastada pela correnteza, e não há como dizer onde ela pode acabar.

– Eu não entendo o que está querendo dizer, Sr. Zeeker. Agora saia desta loja – exigiu Rupert mais uma vez.

– Imagine se eu a roubasse agora, Sra. Forbes. Se eu condenasse seu filho a uma existência sem mãe. Não acha que o Laurence aqui teria o direito de buscar vingança contra mim?

– O senhor está ameaçando o meu filho? – perguntou Rupert, agora num tom totalmente agressivo.

– Eu? Eu nunca faria uma coisa dessas, Sr. Forbes. Não faz parte da minha natureza. Mas o homem alto e de olhos castanhos que o senhor empregou... eu não teria tanta certeza sobre ele.

– Pelo amor de Deus, homem, eu já me cansei disso.

Ouvi o assoalho ranger várias vezes seguidas quando Rupert atravessou a loja para empurrar Kreeg para fora. Os dois começaram a brigar. Louise gritou:

– Solte meu marido!

Agarrei a maçaneta da porta, pronto para entrar e confrontar Kreeg. Não havia nenhuma chance de eu deixá-lo machucar Rupert.

– Eu ficarei feliz em deixar seu marido em paz, Sra. Forbes, assim que a senhora me disser onde estão os Tanits – rosnou Eszu.

– Quem são esses Tanits? – berrou Louise.

Meu coração se partiu diante daquela lealdade determinada, apesar da ameaça ao marido.

Houve um baque e um suspiro, porque Kreeg tinha obviamente largado Rupert, deixando-o cair no chão.

– Eu sei que eles trabalharam para a sua família – continuou ele. – Tive uma conversa muito interessante com seu irmão, enquanto tomávamos uma bebida outro dia. Eu disse "tomávamos", mas, na verdade, o depravado tomou a garrafa de uísque quase toda sozinho. Ele me contou que o casal foi embora de sua propriedade e agora dirige esta livraria.

– Não conhecemos ninguém com esse nome. – Rupert cambaleou, ainda ofegante. – Como o senhor mesmo viu, Teddy é um bêbado. Não se pode confiar em uma única palavra que ele diz. Não temos nenhuma razão para mentir.

– Não têm? – perguntou Kreeg. – O que quer que Tanit tenha dito não é verdade. A senhora empregou um assassino, Sra. Forbes. Suponho que ele não mencionou isso, mencionou? Confie em mim, eu ficaria muito feliz em aliviá-la da ameaça que ele representa para a sua família.

– Eu vou chamar a polícia – disse Rupert, enquanto eu o ouvia correr para os fundos da loja e pegar o telefone. – É melhor se retirar. O senhor não vai querer ser encontrado nas proximidades deste estabelecimento quando eles chegarem. Provavelmente não sabe quem acabou de agredir. Talvez meu cunhado bêbado tenha esquecido de mencionar que a livraria é um hobby. Eu trabalho para o governo britânico.

– Coitado, Sr. Forbes. Muito bem, vou me despedir. Antes de sair, no entanto... No início de nossa conversa, o senhor mencionou a guerra. Diga-me, faria distinção entre um soldado que assassinasse seu amigo e aqueles que protegeram o assassino?

– Saia daqui! Apenas saia! – gritou Louise, fazendo com que o choro de Laurence aumentasse.

– Como quiserem. – Ouvi o sino da loja tocar quando a porta se abriu. – A propósito, o nome dele não é Robert.

A porta bateu.

– Shh, amorzinho, está tudo bem.

Louise acalmou o filho, e Rupert abriu a porta atrás da qual estávamos escondidos.

– Que situação horrível, amigos. De que bosta ele estava falando?

Elle e eu suspiramos, e Louise foi trancar a loja e fechar as cortinas.

– Obrigado, Rupert. Obrigado por não nos entregar.

Apertei a mão dele.

– Tudo bem, velho. Posso ter miopia, mas conheço problemas quando os vejo. No entanto, já que o sacana quase torceu meu pescoço, prefiro achar que você me deve uma explicação.

Resumi a situação para Rupert e Louise: Kreeg acreditava que eu era responsável pela morte de sua mãe e havia jurado vingança.

– Ah, Sr. Tanit – murmurou Louise. – Que coisa mais assustadora. Eu sinto muito, muito mesmo. Que situação terrível.

– É, sim, Louise. Nunca poderemos agradecer o suficiente pelo que vocês acabaram de fazer. Vocês colocaram suas próprias vidas em risco para salvar a nossa... – Minha voz embargou quando pensei no ato de coragem dos dois. – Nunca vou esquecer. Por favor, saibam que eu jamais colocaria a sua família em perigo. Pensamos que ele tivesse morrido na guerra.

– Infelizmente não tivemos essa sorte – acrescentou Elle, com tristeza.

– Então, qual é o plano? – indagou Rupert. – Ele sabe que você está aqui. Você não pode ficar, não é seguro.

– Devemos ir para a Suíça? – perguntou Elle. – Lembre-se, o Sr. Kohler espera que sua cidadania seja aprovada a qualquer momento.

– E o que vamos fazer depois? – questionei. – Vou ser um cidadão suíço, mas registrado e vivendo com meu próprio nome. Ele nos encontrou aqui, e vai nos rastrear lá. – Apoiei a cabeça nas mãos. – O cerco está se fechando.

– Quão apegado você é à vida europeia? – indagou Rupert.

– Não acho que os Estados Unidos vão funcionar. Pensei sobre isso muitas vezes, mas, com um sistema de comunicações tão desenvolvido e todos os registros oficiais, temo que Kreeg não teria problemas em nos localizar.

Rupert estreitou os olhos e assentiu.

– Eu não estava falando de lá, na verdade.

Olhei para ele, sem entender.

– Um velho colega de escola perdeu a esposa devido à pneumonia. O coitado não podia mais suportar a vida aqui. Tudo o fazia se lembrar de sua perda. Então, ele entrou em um barco e foi até o fim do mundo.

– O fim do mundo?

– Bem, não exatamente – respondeu Rupert. – Mas poderia muito bem ser. Estou falando da Austrália.

– Austrália? – repetiu Elle.

Rupert entrelaçou as mãos às costas e começou a andar pela loja.

– Um país maravilhoso, aparentemente. Ótimo clima, vida selvagem gloriosa... sem mencionar os quilômetros e mais quilômetros de terras desabitadas no interior. Imagino que, se quisesse, uma pessoa poderia desaparecer por lá. Começar de novo. Essa é certamente a opinião que eu tenho, como membro do serviço de inteligência de Sua Majestade.

Elle olhou para mim.

– Eu não sei nada sobre o país – afirmou ela. – Mas temos que fazer alguma coisa. Como Rupert diz, não podemos ficar aqui.

– E se aquele demônio decidir persegui-lo, vai ter que percorrer um longo caminho – acrescentou Louise, com um sorriso fraco.

– Se ele voltar, podemos... fazer com que procure em outro lugar também – acrescentou Rupert. – Fingir que desistimos de vocês. Talvez dizer que fugiram para os Estados Unidos? Colocá-lo de verdade fora do caminho.

– Isso seria extremamente bondoso de sua parte – confessei. – Mas esse homem... ele é perigoso. Tomem muito cuidado com ele.

– Entendido, meu amigo. Você parece se esquecer de que eu trabalho para o MI5. Apesar da minha aparência de livreiro, estou acostumado a lidar com indivíduos obscuros. Falando nisso, vou investigá-lo imediatamente. Talvez haja algo que permita ao governo prendê-lo, até mesmo deportá-lo. Certamente posso mantê-lo afastado por alguns dias por tentar me estrangular. Eu gostaria de verificar a grafia de "Zeeker" com você...

– É um pseudônimo. Seu sobrenome verdadeiro é Eszu. Kreeg Eszu. Duvido que descubra muito sobre ele. Imagino que, como eu, ele cubra seus rastros com muito cuidado.

– Mesmo assim, prometo fazer o meu melhor. Enquanto isso, está decidido? Uma viagem para a Austrália?

Elle e eu nos entreolhamos, reconhecendo a dor nos olhos um do outro. Parecia que estávamos tão perto de um final feliz... só para ter o tapete cruelmente arrancado sob nossos pés mais uma vez.

– É... tão longe – concluí, depois de alguns segundos.

– Perdoe-me, Robert, mas não é esse o ponto? – argumentou Rupert, calmamente.

– Não teríamos nada – murmurou Elle. – Teríamos que começar tudo de novo.

– Mas esperem – continuou Rupert. – Ninguém está sugerindo que essa viagem seja uma solução permanente. Pensem nisso como um ano sabático. Você fica no exterior por um tempo... talvez alguns meses, talvez um pouco mais... e eu vou ver o que posso fazer por aqui. O que vocês acham?

Segurei a mão de Elle.

– Está certo – concordei, baixinho.

Rupert colocou a mão no meu ombro.

– Certo. Precisamos levá-los para Tilbury. Com um pouco de sorte haverá um navio partindo nas próximas 48 horas.

– Você está sendo tão gentil, Rupert, de verdade – disse Elle.

– Ora, por favor, é o mínimo que podemos fazer – respondeu ele.

– Minha mãe ainda fala com tanto carinho de vocês dois – acrescentou Louise. – E vocês fizeram um trabalho maravilhoso gerenciando a livraria.

– Sentiremos muita falta daqui – lamentou Elle.

– A propósito, esta viagem não será barata – comentou Rupert. – Como vocês estão em termos de dinheiro?

– Estamos bem, obrigado. – Fiz um gesto indicando os fundos da loja. – O salário que recebemos é generoso.

– Muito bem, caro amigo. Nesse caso, sugiro que pegue algumas coisas e vamos levá-los até Essex. Meu carro está aqui na frente e podemos ir nele.

– Vou ficar aqui na loja, com Laurence – disse Louise.

– Não, você não pode ficar aqui! – argumentei. – Esse homem tem um histórico de incêndio criminoso. Não vou ficar tranquilo.

– Incêndio criminoso, você disse? Não podemos permitir que esse seja o destino da livraria de Beatrix. Vou fazer algumas ligações e providenciar uma vigilância discreta. Se ele chegar a 3 metros daqui, será apreendido.

– Até que você é útil às vezes, Rupes – brincou Louise, dando uma piscadela.

– Eu faço o que posso. Agora, então, por que vocês não vão lá em cima e se arrumam enquanto eu falo ao telefone?

Elle e eu nos apressamos até o apartamento e começamos a realizar a rotina à qual já estávamos acostumados. As malas foram retiradas de debaixo das camas e apenas o essencial foi embalado. Nós nos movemos silenciosa e roboticamente, ambos contemplando a enormidade daquela decisão, tomada às pressas.

– Garanto que Rupert poderá nos ajudar com a transferência de contas bancárias e tudo o mais – afirmei. – Ele é muito bem relacionado.

– Como ficam os seus assuntos na Suíça? – perguntou Elle. – O Sr. Kohler não pediu especificamente que você não desaparecesse da face da terra?

– Sim, ele pediu. Vou ter que pensar em algo durante a viagem. Imagino que leve semanas.

– Sim... eu...

Elle não conseguiu terminar a frase, e seus olhos se encheram de lágrimas.

– Ah, meu amor. – Deixei cair as camisas que estava no processo de enfiar na mala e a abracei. – Me desculpe. Nada disso é justo. Particularmente com você. Eu adicionei um peso tão tremendo à sua vida.

As lágrimas reprimidas de Elle cresceram em soluços profundos, e ela se aninhou em meu peito.

– Perdoe-me, Elle. Eu tornei a sua vida muito difícil.

– Não é isso, Bo. É que eu pensei que tinha acabado. Você sempre me disse para confiar no universo. Pensei que Kreeg estava morto. Ousei sonhar que poderíamos finalmente *começar* nossa vida juntos. Casamento, filhos... É culpa minha.

Apertei-a o máximo possível contra mim.

– Por favor, Elle. Nunca diga isso. Nem uma gota dessa terrível e desastrosa confusão é culpa sua. É uma cruz que *eu* tenho que carregar, e você tem sido minha força e enfrentado tudo comigo. Não sei o que teria feito sem você.

Agora eram os meus olhos que estavam começando a marejar.

– Pare com isso, Bo. Nunca fale desse jeito. A vida é uma dádiva, quaisquer que sejam as circunstâncias. Então – disse ela, quando finalmente se recompôs um pouco –, rumo à Austrália.

– Austrália – repeti.

Ela se soltou dos meus braços e bateu palmas, tentando permanecer positiva.

– Uma nova aventura. Certamente não vou reclamar sobre o clima lá. Mas ouvi coisas horríveis sobre as aranhas.

– Não se preocupe, Elle, vou protegê-la. Afinal, as aranhas podem picar, mas não podem incendiar um prédio – falei, com um sorriso cansado.

– Tem razão. – Ela suspirou. – Com um pouco de sorte, Kreeg não será capaz de nos rastrear até o outro lado do planeta. Talvez, em vez de ficar triste pela segurança que estamos perdendo na Suíça, eu deveria estar animada pela segurança que ganharemos na Austrália. E não importa onde estejamos, meu querido Bo. Enquanto estivermos juntos, estaremos em casa.

Baixei a cabeça e olhei para o anel de Elle por um tempo.

– O que há de errado? – perguntou ela.

– Eu me sinto exatamente da mesma maneira. – Peguei a mão dela. – Enquanto estivermos juntos, estaremos em casa – repeti. – Passei tempo demais sem estar casado com você, Elle Leopine.

Minhas palavras a pegaram de surpresa.

– Concordo plenamente, amor – respondeu ela.

– Tive uma ideia – falei, com um brilho no olhar.

Elle me encarou com uma mistura de excitação e confusão.

– Uma ideia?

– O capitão de um navio pode casar legalmente dois indivíduos enquanto estiver no mar e fornecer um certificado para afirmar a autenticidade da cerimônia. Elle, poderíamos nos casar na viagem para a Austrália. – Eu me apoiei em um joelho. – Elle Leopine, você é, inquestionavelmente, o amor da minha vida. Quer se casar comigo?

Eu tinha conseguido surpreendê-la, o que, se entendo bem, é o segredo de uma boa proposta.

– Ah, Bo – disse ela, cobrindo a boca com as mãos. – Sim, é claro que sim!

Nós dois ficamos no apartamento acima de Livraria Arthur Morston, rindo juntos. Por alguns momentos, o resto do mundo desapareceu.

❂ ❂ ❂

A viagem até o porto de Tilbury, em Essex, foi rápida e tranquila. Rupert cumpriu sua palavra e pediu a um amigo que possuía o mesmo modelo de carro que parasse do lado de fora da Livraria Arthur Morston e dirigisse para o norte, apenas no caso de Kreeg estar nos observando de longe. Então, Elle e eu fomos enfiados no veículo de Rupert e, mais uma vez, partimos em busca de uma nova vida.

– Há um navio a vapor que sai amanhã, amigo – confirmou Rupert. – Ele atraca em Port Said, no Egito, depois vai para Adelaide. Atrevo-me a dizer que, quando seus pés tocarem o solo australiano, terei esse safado do Kreeg algemado por tentativa de homicídio. Não se preocupe.

A empolgada pose britânica dele me animou, mas eu não consegui acreditar. Afinal, as serpentes são escorregadias.

– Há um hotel na esquina do porto que disseram ser bem decente. Vou deixá-los lá. Eles também poderão providenciar suas passagens. Vocês precisam pegar o RMS *Orient*.

– Obrigado, Rupert.

– Não se preocupe, meu velho. Quando sentir que já estão acomodados, escrevam para mim através da livraria. Vou atualizá-los sobre a situação. Com um pouco de sorte, vocês poderão voltar para a Europa em breve e construir seu enorme castelo na Suíça!

Depois que paramos do lado de fora do Hotel Voyager, apertei a mão de Rupert e abri a porta do carro.

– Boa sorte, Sr. e Sra. Tanit – despediu-se ele. – Lembrem-se, qualquer sinal do cafajeste e vamos deixá-lo longe de vocês. Enquanto isso, vou trabalhar para que ele seja preso.

Acenamos para Rupert e entramos no hotel. O saguão tinha um ar de glamour decadente, com um piano empoeirado e vários vasos de plantas murchas. Talvez ele tivesse sido imponente um dia, mas fora claramente negligenciado durante a guerra.

– Boa noite, senhor – disse o recepcionista de óculos.

– Olá. Eu gostaria de um quarto, por favor.

– Ótimo. Quanto tempo vocês dois vão ficar?

– Só por uma noite. E fui informado de que vocês podem nos ajudar com as passagens para o navio a vapor que sai pela manhã?

– Não se preocupe, senhor, sem dúvida organizaremos isso. Se puderem me dar alguns detalhes...

– Desculpe, acabei de perceber que cometi um erro. Na verdade eu gostaria de *dois* quartos – intervim.

Elle olhou para mim.

– Dois quartos?

– Sim, por favor. Sabe – inclinei-me sobre o balcão –, minha noiva e eu vamos nos casar amanhã.

– Ah, parabéns. Dois quartos, então – disse ele, com um sorriso. – Estou com inveja de vocês embarcarem naquele navio amanhã. Um novo começo, não é?

O recepcionista não tinha ideia do quão certo ele estava.

– Sim, um novo começo – confirmei.

– Maravilhoso. Sinto que todos nós precisamos disso depois dos últimos anos, Sr...

– Tanit. E esta é a Srta. Leopine.

– Obrigado. Vou providenciar as passagens em seu nome, senhor. Que classe gostaria de reservar?

– Ah, eu nem tinha pensado nisso. Segunda – respondi.

– Ótimo. Enviarei as passagens para o seu quarto. O senhor pode pagar amanhã, quando fizerem o check-out. O navio parte às dez da manhã em ponto. É importante estarem a bordo pelo menos meia hora antes.

Deixamos nossa bagagem na portaria, pegamos as chaves de nossos quartos e subimos.

– O que está acontecendo, Bo? – sussurrou Elle. – Por que você pediu quartos separados?

– É uma pergunta fácil de responder. O noivo não deve ver a noiva na noite anterior ao casamento!

Elle deu uma risadinha.

– Que romântico. Embora precisemos de cada centavo que temos até nos estabelecermos na Austrália. Você deveria ter poupado o dinheiro.

– Ora, que absurdo. Não podemos desfrutar de pelo menos algumas tradições? Além disso – acrescentei –, tenho dinheiro suficiente para um vestido. Acho que devemos ir às compras esta tarde.

– Bo, é muito gentil de sua parte, mas totalmente desnecessário.

– Pelo contrário, Elle! É absolutamente necessário. Cinderela *terá* um vestido e irá ao baile!

O resto do dia foi um pouco mágico. Elle e eu passamos a tarde fria de janeiro de mãos dadas, banhados pelo sol de inverno e tomando chá inglês em copos de papel para nos aquecermos. Fomos até espiar o navio que nos transportaria através do oceano. Balançando nossas pernas sobre a borda da água, olhamos para o poderoso RMS *Orient*, tão majestoso e imponente. Devia ter mais de 150 metros de comprimento e pelo menos 30 de altura.

O navio tinha um casco preto elegante e dois deques brancos resplandecentes adornados com dezenas de janelas circulares.

– Uau. Não podemos morar aí? – perguntou Elle. – Nós sempre estaríamos seguros no mar.

Pensei nisso por um momento.

– Sabe, você está certa. Estaríamos, de fato. É uma ótima ideia. Talvez eu devesse gastar todo o dinheiro da Agatha em um daqueles iates enormes que você vê nas revistas.

– Só se tiver três piscinas, Bo.

Ela riu, e a forma como o sol de inverno envolvia seu rosto criou uma das imagens mais bonitas que eu já vira em toda a minha vida. Eu me senti subitamente inspirado.

– Espere aqui! – falei, colocando-me de pé.

– Bo, o que é que você está fazendo? – gritou Elle.

– Não se mexa!

Corri e virei de novo na pequena rua principal, onde tínhamos passado por uma loja de artes. Entrei e comprei algumas pequenas folhas de papel e um pouco de carvão, antes de correr de volta para Elle.

– O que foi tudo isso? – perguntou ela.

– Eu quero desenhar você.

– Me desenhar? – riu Elle.

– Sim. Monsieur Landowski uma vez me disse algo em seu ateliê sobre capturar o momento. Ele só sabia o que queria esculpir quando *via*. Acho que agora entendi o que ele quis dizer. Me senti inspirado a capturar sua beleza.

– Fico feliz que você ainda tenha a capacidade de me elogiar depois de todos esses anos.

– Nunca me atrevi a desenhar um retrato, apenas paisagens. Espero poder fazer justiça ao que vejo diante de mim...

Comecei a trabalhar com o carvão, fazendo o meu melhor para registrar os enormes olhos de Elle, seu nariz delicado e os lábios cheios, tudo em perfeita harmonia em seu lindo rosto em formato de coração. Em quinze minutos, eu tinha completado meu desenho. Olhei para o que tinha produzido, depois para Elle, e me senti bastante satisfeito com meus esforços. Era certamente melhor do que qualquer campo, rio ou árvore que eu já tivesse tentado representar.

– Me deixe ver – disse ela. – Entreguei-lhe o pedaço de papel. Ela o examinou e me encarou. – Eu amei. Obrigada.

– Sei que está longe de ser perfeito. Mas esse desenho sempre vai me lembrar deste momento.

– E por que é que você deseja se lembrar deste momento, Bo?

Fechei os olhos. O oceano salgado impregnava o ar e revigorava meus sentidos.

– Porque, meu amor, apesar de tudo, estou animado com a perspectiva de um novo futuro. E amanhã, vou me casar com o amor da minha vida.

Ela me deu um beijo suave no rosto.

– Vou guardar este desenho para sempre.

Por fim, nós nos levantamos, perguntamos a um transeunte sobre as casas de moda locais, e nos indicaram uma lojinha bem pitoresca.

– Vá lá, Elle. Eu não posso ver o vestido. É contra todas as regras. Leve o tempo que precisar.

Eu a vi entrar e observei meu reflexo na vitrine da loja. Sem dúvida, ultimamente minha aparência desmentia minha idade relativamente jovem. Meu cabelo ficou rapidamente grisalho, e as rugas em minha testa parecem cada dia mais fundas. Só me restava torcer para que, ao interpor oceanos entre mim e Kreeg, eu pudesse retardar um pouco o processo de envelhecimento.

Esperei, sem reclamar, por vinte minutos ou mais, até que o sino da loja tocou, e Elle saiu com um saco de papel azul-claro e um sorriso radiante no rosto.

– Obrigada, Bo. Espero que você goste.

Quando chegamos ao hotel, acompanhei minha noiva até o quarto dela, que ficava no andar acima do meu.

– Aqui é onde devemos nos separar. – Eu dei de ombros. – Quero dizer, eu não deveria ver você até a hora do casamento, mas quero ter certeza de que esteja a bordo do navio amanhã. Então, nos encontraremos no topo da ponte do *Orient* às nove e meia da manhã.

– Nove e meia – confirmou Elle.

Eu removi um fio de cabelo louro do rosto dela.

– Sua última noite vivendo em pecado...

– Ah! Sou uma vítima nessa história. – Ela riu. – A culpa é toda sua.

Ergui as mãos.

– Admito que a forcei a uma vida maculada. Será que um dia você vai me perdoar?

Juntei as palmas das mãos em um pedido cômico de perdão.

– Levando em consideração que você finalmente vai fazer o certo amanhã, acredito que o perdão pode acontecer em breve. Mas, como esta *é* realmente a nossa última noite vivendo em pecado, talvez devêssemos... aproveitar? – sugeriu ela, brincando, abrindo o botão superior da minha camisa.

– Ah, entendi. – Ergui uma sobrancelha. – Você tem medo de que as coisas sejam *diferentes* depois de nos casarmos?

– Sem dúvida. Não vai ser nem um pouco tão emocionante.

– Tudo bem. Suponho que devemos isso a nós mesmos.

Eu a beijei, e ela me puxou pela porta do quarto.

Naquela noite, passamos horas perdidos um no outro. Todo o universo poderia ter deixado de existir do outro lado da porta sem que nenhum de nós percebesse ou desse a mínima. Depois, com ela em meus braços, o som suave e rítmico de sua respiração me fez adormecer. Algumas horas depois, quando acordei, afastei-me suavemente do abraço e fui para o meu próprio quarto. Ela se mexeu, e eu a beijei na testa.

– Desculpe acordá-la. Estou voltando para o meu quarto para organizar algumas coisas para a viagem – sussurrei.

– Está bem. Ainda vou encontrar você a bordo do *Orient*?

– Sim. Vejo você às nove e meia. Durma bem, meu amor.

Enquanto girava a maçaneta da porta, virei-me para observar minha futura esposa, deitada na cama, tranquila. Seu cabelo louro e pele branca pálida faziam com que ela parecesse um anjinho arrancado de uma tela de Botticelli.

Muitas vezes, em meu coração, tentei definir o amor. Agora, acredito que sei o que é. É colocar a alma de alguém antes da sua própria, e fazê-lo sem pensar e com alegria, independentemente das consequências. Depois de admirá-la por um tempo, abri a porta com cuidado e a fechei atrás de mim, o coração cheio de amor e orgulho pela mulher incrível que se mantivera ao meu lado por vinte anos. E com quem, no dia seguinte, eu me casaria.

37

Oceano Atlântico, 1949

Sem você eu me sinto
Dilacerado em pedaços
De poeira cósmica

As estrelas são escuras.
A noite é infinita.
As Plêiades choram

A luz agora se foi
Minha vida agora se foi.

Estou
Sozinho na cama.

Meu mundo acabou. Se você estiver lendo este registro, provavelmente será o último, e a história de Atlas Tanit estará completa. Consegui sobreviver todos esses anos impulsionado pela energia fundamental que mantém os humanos lutando contra todas as probabilidades: esperança. Mas, agora, até isso se foi, e não tenho energia para continuar. Mais tarde, quando o convés estiver em silêncio, eu vou, de livre e espontânea vontade, me jogar no oceano e deixar a água gelada me consumir. Espero que as ondas sejam misericordiosas e que seja uma morte rápida.

Fui movido a escrever esta última entrada apenas por um senso de dever com você, leitor. Não é o fim que sonhei quando era menino e coloquei a caneta pela primeira vez no papel. Talvez você tenha descoberto este diário e ido direto para o fim, para saber o que aconteceu com o homem que se jogou de um navio a vapor. Ou, talvez, você tenha completado toda a minha história de vida, que espero ter sido ao menos interessante. Se for esse o caso, tenho certeza de que já percebeu o que o destino me reservou.

Elle se foi.

Meu pior pesadelo tornou-se realidade, e não posso enfrentar a vida por muito mais tempo.

Depois de sair do quarto de Elle, nas primeiras horas da manhã, voltei para o meu quarto. Escrevi neste diário, rearrumei minha mala e me deitei na cama, os sonhos com minha futura esposa me embalando. Acordei às oito, levantei-me e paguei a conta do hotel, junto com nossas passagens para o navio. Então, embarquei no RMS *Orient* e encontrei nossa cabine. Animado, até contei ao jovem tripulante que me ajudou com a mala sobre meu plano de me casar na viagem, e ele me garantiu que o capitão ficaria mais do que feliz em ajudar. Então, peguei um copo de café e caminhei até o convés, para esperar por Elle.

Havia uma enorme multidão de pessoas à beira d'água, claramente relutantes em se despedir de entes queridos que estavam partindo para a Austrália. A dor da separação humana era visceral, e agradeci às minhas estrelas por estar embarcando no navio com a única família de que precisaria por toda a vida.

Quando o relógio se aproximou das nove e meia, fui até a prancha, onde tínhamos combinado de nos encontrar. Conforme os minutos se passavam, e meu relógio marcava 9h40, comecei a entrar em pânico, temendo que Elle tivesse perdido a hora. Expliquei a situação ao tripulante, que me garantiu que havia tempo suficiente para que eu corresse de volta ao Hotel Voyager e retornasse ao navio antes da partida.

Corri pela prancha, quase enviando uma família diretamente para a água enquanto o fazia. Entrei no saguão do hotel e fui até o andar de Elle, batendo com força à porta, mas sem obter resposta.

Tentei chamá-la.

– Elle! Elle, o navio está prestes a partir! Elle!

Percebendo que meus esforços eram infrutíferos, corri de volta para o saguão, onde o mesmo recepcionista de óculos do dia anterior estava a postos.

– Ah, bom dia, senhor! Um grande dia pela frente. Na verdade, não deveria estar a bordo? A prancha deve ser levantada em quinze minutos.

– Sim, eu sei, mas minha noiva ainda está na cama. Ela deveria me encontrar no navio, mas não apareceu. Poderia, por favor, destrancar a porta do quarto para que eu possa acordá-la?

O recepcionista pareceu confuso.

– Na verdade, senhor, eu a vi sair há meia hora. Ela passou pelo saguão com a mala.

Eu franzi o cenho.

– Não é possível. Ela não embarcou. Você deve estar enganado. Por favor, destranque o quarto dela.

– Sinceramente, senhor, pode acreditar, eu...

– AGORA! – gritei, e todos no lobby olharam para mim.

– Como quiser, senhor. Deixe-me pedir ao meu colega para escoltá-lo.

– Me dê a chave. Eu mesmo vou.

Arranquei-a da mão do recepcionista e corri de volta para as escadas. Enfiei a chave na fechadura e abri a porta. O quarto estava vazio. A cama tinha sido feita e o chão estava livre de qualquer pertence. Além disso, havia uma xícara com restos de café, a borda borrada com o batom rosa de Elle. Ela tinha estado ali de manhã e tinha saído, assim como o recepcionista havia afirmado.

Imediatamente, fiquei muito feliz com a descoberta. Isso significava que Elle tinha embarcado no navio. Eu não a vira. Com meu relógio mostrando que faltavam dez minutos para a partida, desci correndo de volta e joguei a chave na mesa da recepção. Voltei para a prancha, procurando por Elle.

– Você viu uma moça com cabelo louro e um casaco azul-escuro? Ela provavelmente está carregando uma mala. Deve estar a bordo.

O tripulante da prancha pensou por alguns segundos, mas balançou a cabeça.

– Desculpe, senhor, acho que não embarquei ninguém que correspondesse a essa descrição. Mas é um navio grande, eu posso estar enganado. Se ela estiver a bordo, provavelmente será direcionada para sua cabine. É possível verificar com o tripulante do andar.

Corri para nossa cabine na segunda classe, que estava vazia, exceto por minha mala. Abordei o funcionário no corredor e implorei a ele que confirmasse que Elle estava a bordo.

– O sobrenome dela é Leopine. Ou talvez ela tenha usado Tanit. Mas ela tem cabelo louro. Um casaco azul. Ela é minha noiva...

Eu estava ciente de que começava a gaguejar à medida que o pânico aumentava. Meu relógio agora mostrava apenas cinco minutos para a hora da partida. Corri de volta para a prancha e descrevi Elle para qualquer um que encontrasse, sem sorte. Meu coração estava descompassado e minha visão começou a embaçar em meio ao pânico avassalador.

Ouvi o rugido do motor do navio sendo ligado.

– Não, não, por favor, não! – Agarrei o rapaz uniformizado mais próximo. – Você tem que parar o navio! Eu não sei se minha noiva está a bordo!

– Desculpe, senhor, a prancha é levantada às dez horas em ponto. Sem exceções.

Eu me agarrei ao trilho do convés e, desesperadamente, examinei a costa em busca de qualquer sinal da minha amada. Ainda sem ver nada, corri de volta para a prancha e implorei ao atendente, que percebeu minha dor, mas não podia me ajudar, porque estava obedecendo a ordens superiores.

– Senhor, eu entendo a situação. – Ele tentou me acalmar. – Eu gostaria muito de ajudar. Mas sugiro que desembarque.

– Mas ela pode estar a bordo! – gritei.

– Nesse caso, outro navio sairá em algumas semanas. O senhor poderia então segui-la.

Eu me virei e dei de cara com uma senhora idosa. Suas maçãs do rosto eram altas, a pele pálida e os olhos azuis, penetrantes – não muito diferentes dos de Elle. Embora seu cabelo encaracolado fosse decididamente grisalho, havia alguns cachos avermelhados em sua cabeleira.

– Levantar a prancha! – veio o grito do tripulante.

Ele estava acompanhado por dois outros indivíduos, que imediatamente colocaram as mãos na corda e começaram a puxar. O navio soou seu apito de aviso final.

– Onde ela está? Ela deveria me encontrar aqui no navio! – Eu me virei mais uma vez para a velha senhora, que estava olhando para mim. – Desculpe-me, mas a senhora por acaso viu uma mulher de cabelos louros embarcando no navio nos últimos minutos?

– Eu não saberia dizer. – O sotaque dela era escocês. – Havia tantas pessoas indo e vindo, mas tenho certeza de que ela está a bordo, em algum lugar.

O apito soou mais uma vez, e o navio, muito lentamente, começou a se afastar do cais. Pensei em pular pela lateral. Talvez o rapaz estivesse certo. Se eu permanecesse em terra, na pior das hipóteses, Elle poderia estar a caminho da Austrália e fora de perigo. Eu conseguiria evitar Kreeg por mais algumas semanas. Mas, se Elle não tivesse embarcado, então eu precisaria ficar na Inglaterra para protegê-la. Minha mente estava desenfreada.

– Meu Deus, onde você *está*...? – gritei ao vento, a voz abafada pelo barulho dos motores e das gaivotas.

Cambaleei de volta ao longo do convés, agarrando-me ao corrimão, a respiração ofegante.

– Elle! Elle! Elle!

Gritei, impotente, como se estivesse caindo em um vazio sem fim. Quando olhei para o cais mais uma vez, tentando sugar o máximo de ar que podia, me deparei com algo familiar. Era difícil de acreditar, mas, logo atrás de uma multidão de pessoas acenando lenços e mandando beijos, havia um saco de papel azul-claro, da loja aonde Elle e eu tínhamos ido no dia anterior.

Não podia ser de Elle, podia?

Eu tinha muito pouco a perder.

– Desculpem! Desculpem! – gritei para a multidão abaixo. – Minha sacola. Esqueci minha sacola!

Continuei a gritar e a sacudir os braços descontroladamente, até que consegui atrair a atenção de um rapaz.

– A sacola azul! Logo atrás de você! Por favor, jogue para cá!

O jovem se virou e viu para o que eu estava apontando. Ele abriu caminho através dos adultos ao seu redor e agarrou o saco.

– Esse mesmo! Por favor, jogue!

O navio estava talvez a uns 3 metros da borda do cais, a distância aumentando a cada segundo. O garoto foi até a beira d'água, olhando para mim. Percebi que estava muito alto, e o saco não iria me alcançar. Voltei correndo em meio aos passageiros até chegar ao tripulante na prancha.

– Por favor, minha sacola está com aquele menino!

Ele se mostrara disposto a me ajudar um momento antes, então assentiu e, muito rápido, pulou a borda do navio. Por um momento, pensei que ele havia pulado na água, mas na verdade estava descendo alguns trilhos que formavam uma escada presa ao casco. O garoto viu o tripulante entrar em ação. Quando estava nivelado com a costa, o rapaz estendeu o braço para que o menino pudesse lhe atirar a sacola. O garoto hesitou.

– É agora ou nunca! – gritou o tripulante.

O garoto me olhou, e eu fiz um sinal. Ele jogou o saco azul com força, e meu coração palpitava enquanto o tripulante sacudia o braço acima do oceano. No entanto, de alguma forma ele conseguiu segurar o saco e começou a voltar para o convés. O garoto comemorou, e eu lhe dei uma pequena salva de palmas antes de pegar o saco.

– Obrigado, obrigado! – gritei.

– É da sua noiva, não é? – perguntou ele.

– Isso mesmo – respondi.

– Bem, como estava bem perto das docas, espero que isso signifique que ela está a bordo, senhor.

– Sim. Obrigado mais uma vez.

Forcei meu caminho de volta pelo barulhento convés, uma cacofonia de emoções humanas, enquanto os passageiros se despediam de sua terra natal – alguns por muitos meses, outros para sempre.

Finalmente alcancei a popa, onde havia espaço suficiente para abrir o saco. De dentro, tirei um vestido branco de cetim. No fundo, notei dois pequenos pedaços de papel. Meu estômago se revirou quando pus os olhos sobre o desenho de carvão que eu tinha feito no dia anterior. Junto a ele, um bilhete:

Karma foi o que me deu você, e esse foi o maior presente que tive.
Relaxe finalmente sem o fardo de ter que me manter segura.
Eu serei para sempre sua.
Elle
(Garanta que sua vida seja muito bem aproveitada; é o que farei com a minha.)

Eu me senti anestesiado. Nada parecia real. A nota indicava que Elle *escolhera* não embarcar. Ela *escolhera* me deixar.

– Não – sussurrei. – Não pode ser...

Minha mente correu através dos eventos das últimas 24 horas. Tudo parecia tão perfeito...

Sem aviso, minhas pernas perderam as forças, e eu caí no chão. Esperei por lágrimas, mas nenhuma veio. Meu corpo não tinha o poder de produzi-las. Naquele momento, minha luz interior havia se apagado.

– Ei, moço. Tá tudo bem aí?

Olhei para cima e vi uma jovem de olhos brilhantes, muito magra, com pele pálida e cabelos castanhos lisos. Devia ter no máximo 15 anos.

– Ei, moço? Minha nossa, ele tá parecendo meio doente. Eddie, vai chamar alguém de uniforme vermelho.

Um garoto ao lado dela, de talvez 5 anos de idade, correu.

– Ei, alguém pode ajudar, por favor? Esse cara tá passando mal. Oi, tá me ouvindo?

A garota ajoelhou-se ao meu lado.

– Você não deveria estar no convés, sua coisinha imunda – veio uma voz profunda e articulada do alto. – Você tem que ficar lá embaixo, junto com os outros pobretões.

– Sim, desculpe, moço, a gente só veio dar uma olhada na Inglaterra pela última vez. Mas esse moço tá passando mal. O senhor pode ajudar? – explicou a menina, com seu sotaque da parte pobre de Londres.

O homem com a voz pomposa parecia irritado.

– Chame alguém da tripulação. É para isso que eles são pagos – disse o homem com desdém, antes de se afastar, com indiferença.

A garota levantou as mãos.

– Tá bom, obrigada por nada. Ei, moço – disse ela, abrindo um sorriso enorme e revelando um conjunto de dentes amarelados. – Não se preocupe, Eddie foi buscar alguém.

– Eu não, não posso... – lembro-me vagamente de murmurar.

A jovem segurou minha mão e começou a sacudi-la vigorosamente, acho que na tentativa de me reanimar.

– Tá tudo bem, moço. Qual o seu nome? Eu me chamo Sarah.

– Sarah... – consegui dizer.

Ela assentiu.

– Isso mesmo, moço. Tá se sentindo mal, né? Eu também. Mas vai ser bom na Austrália. Vai ser bom, e eles dizem que a gente pode ir nadar no mar todo dia.

Olhei nos olhos castanhos de Sarah.

– Elle – balbuciei. – Elle...

Ela parecia perplexa.

– Elle? – Sarah franziu a testa. – Quem é essa Elle aí?

Eu gemi.

– Ela se foi, ela se foi.

Sarah olhou em volta.

– Pra onde, moço?

– Foi embora.

Ela revirou os olhos.

– Ih, caramba, ele ficou maluco. Você vai ficar bem, moço. Olha, aí vem um cara que sabe o que fazer.

Um tripulante uniformizado se aproximou do outro lado do convés. Notei o olhar irritado em seu rosto.

– O que você está fazendo aqui em cima? – murmurou ele, com raiva, para Sarah.

Ela riu, indignada.

– A gente queria dizer tchau pra Inglaterra. Foi só isso, mas esse pobre homem precisa de alguma ajuda.

O tripulante ajoelhou-se ao meu lado.

– Eu vou cuidar disso. Agora, pegue o menino aqui e volte lá para baixo. Você sabe que não deve ficar aqui em cima. As pessoas vão reclamar.

Sarah suspirou.

– Tá bom, tá bom. Vamos, Eddie.

O garotinho acenou de leve para mim, e eu fiz o meu melhor para retribuir.

– Tomara que o senhor melhore, moço – disse Sarah. – Te vejo na Austrália. – Ela pegou Eddie pela mão e o levou embora. Antes que desaparecesse de vista, eu a vi correr para a beira do convés e levantar o menino para que ele pudesse ver. Então, acenou com o braço livre. – TCHAU, INGLATERRA! – gritou ela. – Dá um tchau, Eddie!

– Já para baixo! – berrou o tripulante. As crianças obedeceram. – Sinto muito por isso, senhor, não vai acontecer de novo.

Eu estava começando a recuperar os sentidos.

– Não, preciso agradecer a ela... Quem é ela?

O rapaz revirou os olhos.

– Eles são órfãos. Há cerca de cem deles na terceira classe. Estão sendo enviados da Inglaterra para encontrar novas famílias na Austrália.

– Órfãos?

– Sim, e peço desculpas, senhor, vou garantir que eles não o incomodem novamente.

Eu estava ficando frustrado com a atitude daquele sujeito.

– Não, eu...

– O senhor sofreu uma queda, senhor. Não se preocupe, vamos providenciar para que fique bem.

Tentei me levantar.

– Eu... preciso... sair.

O tripulante me segurou.

– Calma, senhor. Não há como sair agora. A próxima parada é o Egito.

Tentei resistir ao rapaz, mas o esforço provou ser demais.

– Não, eu... – foi tudo que consegui dizer, antes de meu mundo cair na escuridão.

Acordei em minha cabine, com um homem de paletó de tweed me observando.

– Olá, Sr. Tanit. Sentindo-se melhor, não é?

Eu pisquei com força.

– Sim. O que está acontecendo?

O homem de paletó sorriu.

– Sou o Dr. Lyons, o oficial médico do navio. Confesso que não esperava ser chamado para atuar tão cedo na viagem, mas aqui estamos nós. O senhor teve uma pequena queda no convés, Sr. Tanit, lembra-se disso?

– Sim.

O médico tirou uma pequena lanterna do bolso e direcionou a luz para os meus olhos.

– É bem compreensível, acho. Seu dia parece ter sido bem difícil. – Ele ergueu uma sobrancelha para mim. – O camareiro do seu andar disse que o senhor perguntou sobre a possiblidade de o capitão realizar um casamento?

Eu acenei, ainda entorpecido.

– Eu li o bilhete em sua mão. Um grande azar, meu amigo. É algo difícil de aceitar, tenho certeza.

Uma onda de pavor correu pelo meu corpo quando me lembrei dos eventos que levaram ao meu colapso.

– Não! Ah, não! – exclamei, sentando-me imediatamente na cama.

O médico colocou uma mão reconfortante em meu ombro.

– Está tudo bem, Sr. Tanit. Aqui, tome isto. – O Dr. Lyons me estendeu uma pílula e um copo d'água. – É um sedativo leve, que vai colocá-lo para dormir por algumas horas.

Eu não queria dormir.

– Eu preciso sair deste navio!

O Dr. Lyons assentiu, compreensivo.

– Isso não será possível, Sr. Tanit. É por isso que sugiro que tome o sedativo. Garanto que ele vai fazer o tempo passar mais depressa. – Ele praticamente forçou a pílula na minha boca, e eu a engoli. – Isso mesmo, amigo. Isso deve nocauteá-lo por um tempo. Voltarei para vê-lo de novo mais tarde.

O Dr. Lyons levantou-se e, antes que atravessasse a porta, meus olhos tinham se fechado.

Quando acordei, peguei este diário, para registrar meus últimos pensamentos.

Para o bem da minha própria sanidade, preciso acreditar que minha vida não foi uma mentira e que Elle realmente me amou. Quanto ao motivo que a fez não entrar no navio... só posso supor que se sentiu incapaz de continuar a viver atormentada pela ameaça constante de Kreeg Eszu e sua missão de me ferir. Quem sou eu para culpá-la? Passamos nossas vidas vivendo sob uma nuvem sombria, com os céus ameaçando se abrir a qualquer momento. Ela merece muito mais. Eu sei que a amo de verdade porque, nesse sentido, estou satisfeito.

Mas sei que, sem ela, não sobrou nada para mim aqui.

E assim concluo a história de Atlas Tanit, ou Bo D'Aplièse, ou algum amálgama dos dois, seja lá como você veio a me conhecer, leitor. Vou soltar esta caneta e subir até o convés. Espero que minhas Sete Irmãs brilhem para mim uma última vez.

Não temo a morte, mas espero que o processo em si seja relativamente rápido, e que o frio do Atlântico me envolva para me poupar muitas horas dolorosas flutuando no nada.

O que vou fazer com o diamante? Eu deveria... deixá-lo com alguém? Será que há uma maneira de fazê-lo chegar ao Sr. Kohler na Suíça, talvez para os jovens Georg e Claudia? Mas se Kreeg descobrir sua localização...

Vou escrever um testamento antes de pular, deixando minha propriedade para os Hoffmans, com a condição de que as duas crianças sejam cuidadas. Talvez seja melhor que o maldito diamante me acompanhe até uma cova no mar. Dessa forma, não poderá causar mais danos do que já causou.

Antes de terminar estas páginas, algo começou a me incomodar, leitor. Este diário começa em Paris, em 1928. É engraçado para mim, agora, lembrar quão cauteloso eu fui ao escrever aquelas páginas iniciais. Eu nem mesmo citava meu nome no papel. Claro, tais precauções tornaram-se irrelevantes quando fui descoberto por Eszu em Leipzig. Se você me acompanhou até aqui, acredito que é meu dever lhe apresentar a imagem completa da minha vida e dos eventos precisos que levaram ao caos que maculou minha existência.

Kreeg, se você encontrar este diário, mais uma vez vou relatar as circunstâncias exatas da morte de sua mãe. Por favor, eu lhe imploro, aceite que o seguinte relato é dado por um homem no fim de sua vida, sem nada a esconder e nada a ganhar com a mentira.

~~*Tyumen, Sibéria, abril de 1918*~~

~~*Em retrocesso, meu nascimento foi em um dia auspicioso, não que eu estivesse ciente disso na época. O fim da dinastia Romanov causou grande agit...*~~

Desculpe, leitor. Durante a escrita da última frase, fui interrompido por uma batida à minha porta. Era o Dr. Lyons, que veio me ver novamente. Ele me revelou que uma jovem órfã chamada Sarah, da terceira classe, tinha perguntado sobre a minha saúde durante sua visita para avaliar a saúde das crianças lá embaixo.

– Ela foi muito gentil comigo – contei.

De repente, tive uma ideia. Senti o diamante ainda seguro contra meu peito.

– Eu gostaria de agradecer a ela. Poderia me dizer como faço para chegar à terceira classe?

– Posso, se o senhor tiver certeza de que quer enfrentá-la. Todos os nossos órfãos estão bem, mas temo que a higiene pessoal não seja uma prioridade, Sr. Tanit.

Eu consegui dar uma leve risada.

– Não é um problema, Dr. Lyons. Para que lado, por favor?

Eu desci até a barriga do RMS *Orient* através de um labirinto de corredores e acomodações. Depois de algum tempo, vários deques abaixo do meu, entrei na terceira classe. A coisa mais impactante era a falta de luz natural. As paredes brancas brilhavam com o reflexo da iluminação artificial, que deveria ter um efeito desconcertante na sensação de passagem do tempo.

A área comum na terceira classe consistia em uma sala cheia de mesas e cadeiras surradas de vários tamanhos e, assim que entrei, senti o ar pesado com fumaça de cigarro. Ao redor da maior das mesas havia uma coleção de crianças maltrapilhas. Entre elas, vi Eddie, o rapazinho que tinha estado no convés mais cedo, mas não havia sinal de Sarah.

Eu me aproximei do grupo.

– Desculpe interromper. Eu só queria saber se Sarah está por aqui.

– Ela saiu escondida de novo – respondeu um dos meninos, antes de ficar assustado com a própria admissão. – Mas não seja muito duro com ela, moço, ela só gosta de olhar para o mar.

Eu lhe dei um sorriso reconfortante.

– Ah, tudo bem. Eu gosto de fazer isso também.

– O senhor não vai bater nela, então? – perguntou ele.

– Bater nela?! Céus, não. Muito pelo contrário, na verdade. Eu queria agradecer por uma coisa que ela fez. – Fiz um gesto de positivo para Eddie, que o devolveu. – Eu não trabalho no navio. Sou só um passageiro.

– Um passageiro chique? Você parece chique! – exclamou outro menino, provocando risadinhas ao redor da mesa.

– Ah, não tão elegante como algumas das pessoas a bordo. Então, se eu for ao deque de observação, vou encontrar Sarah lá?

– Acho que sim – respondeu o menino.

O deque de observação estava em silêncio, com a companhia apenas da escuridão infinita da água e o frio feroz do ar de janeiro. Suspirando, segurei-me na grade e olhei para o céu. Celeno estava especialmente brilhante. O ruído do vapor cortando a água era reconfortante, e o ar frio e puro era revigorante contra meu rosto.

– É você, né, moço?

Veio uma voz familiar das sombras. Olhei em volta, e Sarah emergiu de trás de um compartimento para boias salva-vidas.

– O cara que tava de ressaca? – perguntou ela.

– Olá, Sarah. Eu queria agradecer a sua gentileza essa manhã.

– Shh, fala baixo. Eu não posso vir aqui em cima! – disse ela, levando um dedo aos lábios.

Eu suspirei.

– Que regra ridícula. Ouça, venha e fique ao meu lado, e ninguém vai te incomodar.

Ela se juntou a mim no parapeito. Ficamos parados por um momento, inalando o ar salgado da noite.

– Tá se sentindo melhor, então? – perguntou ela.

Assenti.

– Bem melhor, obrigado. Você foi a única pessoa que veio em meu socorro. Foi muita bondade sua.

– Tudo bem, moço. É só decência, né? Mas todos esses riquinhos daqui de cima só se preocupam com eles mesmos e nunca querem dar uma mãozinha – disse ela, fazendo um som cômico de reprovação.

O som do *Orient* avançando sobre a água era relaxante, e senti que minha pressão arterial estava começando a se estabilizar. Eu gostava de estar no oceano.

– Posso perguntar quantos órfãos estão viajando para a Austrália? – indaguei a Sarah.

Ela levou um momento para calcular.

– Provavelmente cem. Eu tenho 15 anos, então estou bem. Mas tem uns pequeninhos lá embaixo que não devem ter mais que 3 anos. É deles que tenho pena.

Ela olhou para a escuridão. Fiquei comovido com sua natureza altruísta. Afinal, ela ainda era apenas uma criança.

– Posso saber o que aconteceu com seus pais? – continuei, com cuidado.

Sarah olhou em volta, para o convés vazio, como se para verificar se alguém estava ouvindo. Suspeitei de que as lembranças fossem doloridas e, por isso, não eram discutidas com frequência.

– Na guerra, um bocado de bombas caiu no East End. A última matou dez pessoas na nossa rua, incluindo minha mãe. A gente tava no porão, porque as sirenes tinham tocado, então ela percebeu que havia deixado o tricô lá em cima e foi buscar bem na hora que a coisa caiu no nosso telhado. Eles me tiraram dos escombros sem um arranhão. Eu só tinha 6 anos na época. O cara que me ouviu gritando falou que foi um milagre.

Pensei em colocar a mão no ombro da Sarah, mas temi que fosse inapropriado.

– Que coisa horrível. Sinto muito pela sua mãe. Para onde você foi depois disso?

Ela inspirou fundo, depois exalou devagar antes de continuar:

– Minha tia me levou para a casa dela, no fim da rua. Era pra eu ficar lá só até meu pai voltar da França, porque ele era soldado. Só que ele nunca mais voltou, e minha tia não podia me sustentar, então me mandaram para um orfanato. Estava tudo bem lá, porque a gente tava junto. Então um dia falaram que a gente ia pra Austrália pra ganhar vidas novas. E aí a gente veio.

O *Orient* encontrou uma onda turbulenta, e Sarah e eu fomos atingidos no rosto por uma fina espuma do mar. Sarah deu uma gargalhada gutural que, por sua vez, me provocou uma pequena risada. Sua atitude otimista era inspiradora, e um pouco contagiante também.

– Você perdeu alguém na guerra, moço? – perguntou Sarah.

Karine, Pip e Archie Vaughan surgiram em minha mente.

– Perdi, sim.

Sarah assentiu, com sabedoria.

– Imaginei. Você tem uma cara de triste.

– Tenho? – perguntei.

Sarah me deu um sorriso compreensivo. Eu me virei para o oceano novamente.

– Eu perdi alguém há bem pouco tempo, mas não por causa da guerra – expliquei.

– Quem era, então?

– O nome dela é Elle. – Fechei os olhos. – Ela era o amor da minha vida.

Sarah colocou as mãos nos quadris.

– O nome dela é Elle? Quer dizer, ela não bateu as botas?

Não pude deixar de sorrir diante do jeito de falar descarado de Sarah.

– Não, não mesmo. Ela só... não entrou neste navio.

Sarah jogou os braços para o alto.

– Ué, então por que você está tão pra baixo? É só voltar e buscar ela!

– Eu gostaria que fosse tão simples assim, Sarah. Ela não quer ficar comigo. – Coloquei a mão no diamante pendurado no meu pescoço. – De qualquer forma, quero lhe agradecer mais uma vez. Tenho algo aqui para você, na verdade.

Comecei a levantar a corda da sacolinha.

Sarah estendeu a mão para me impedir.

– Não, eu não vou aceitar seu dinheiro, moço. Não por fazer uma coisa boa. Isso não tá certo. Quero dizer, se você precisar que alguém costure suas meias ou remende suas calças, eu fico feliz em receber o pagamento. Mas não pelo que fiz mais cedo.

Fiquei um pouco surpreso.

– Acho que você não entendeu, Sarah. É uma coisa valiosa o suficiente para mudar a vida de uma...

– Moço, eu tô num barco indo pro outro lado do mundo. Pode acreditar, isso já é mudança o suficiente, por enquanto, tá? Como eu disse, sou muito boa com as mãos e vou arranjar um emprego e ganhar algum dinheiro eu mesma. E encontrar um cara!

Eu enfiei a sacolinha de volta dentro da camisa.

– Nesse caso, vou deixá-la aproveitar sua noite. Obrigado novamente, Sarah.

Fiz menção de ir para o outro lado do convés.

– Você acredita em Deus, moço? – perguntou Sarah quando comecei a me afastar.

A pergunta me pegou desprevenido. Virei-me para encará-la.

– Como assim?

– É que ando pensando muito sobre isso nos últimos tempos, e você parece ser um cara inteligente. Eu só queria saber o que você acha.

Caminhei lentamente de volta até Sarah, ponderando a questão.

– Acho que depende do que você quer dizer com "Deus". Acredito no poder do universo. Talvez seja a mesma coisa?

Sarah fungou.

– Então você não acha que Deus é um cara velho com uma barbona branca?

Eu dei uma risadinha.

– Me parece que você está descrevendo o Papai Noel. E eu, definitivamente, acredito nele.

– Arrá. Bem, ele não fez muitas visitas ao orfanato, isso eu te garanto.

– Não. – Ergui meus olhos para o céu, admirando as estrelas. – Elle era órfã, sabe. Acho que também sou. Mais ou menos.

Sarah fez uma careta.

– Como é que alguém pode ser *mais ou menos* órfão?

Eu sorri para ela.

– É uma pergunta muito boa. É difícil explicar.

– Bem, uma coisa que não tá faltando pra gente é tempo, né? Vou tentar escapar pra cá todas as noites, pra sair da fumaça de todo aquele cigarro lá embaixo. Você pode me encontrar aqui e me contar sua história.

– Minha história, hein? Nunca contei a ninguém na íntegra, exceto para Elle. É muito longa. E muito triste.

– Triste *até agora*, moço. Não acabou ainda, né?

Hesitei, sem saber como responder. A expressão de Sarah se desfez.

– Espera aí um minuto – começou ela, desconfiada. – Eu conheço essa cara. Você não tá pensando em pular daqui, tá?

– Eu...

De repente Sarah estava furiosa.

– Deixa de ser tão egoísta. Sabe quem ia amar tá aqui agora? Minha mãe. Mas ela não pode, porque uma bomba caiu na cabeça dela. A mesma coisa vale para todos os pais dos pequenininhos que estão lá embaixo. Eles dariam qualquer coisa pra ter os pais de volta, porque eles morrerem foi muita crueldade. E aqui tá você, pensando em se jogar.

Recuei um passo.

– Sarah, eu não queria chateá-la...

– Chateada? Nem estou. Eu vou ficar bem. Mas sabe quem não vai ficar? As pessoas que te conhecem. E quando essa tal de Elle descobrir que você se matou por causa dela? Como você acha que ela vai se sentir com esse peso na consciência? – Ela me encarou, com olhos arregalados e sobrancelhas muito erguidas.

Na verdade, eu nem havia pensado se Elle um dia descobriria as circunstâncias da minha morte.

– Além disso, se ela te amava, e parece que amava mesmo, a última coisa que ela iria querer é que você se matasse.

Tentei gaguejar uma resposta.

– Bem... não – admiti. – Mais uma vez, eu sinto muito por tê-la deixado nervosa. Especialmente porque também perdi meus pais quando era bem jovem.

Em vez de minhas palavras acalmarem Sarah, aparentemente a irritaram ainda mais.

– Bem, lá vai você, então. Acha que eles ficariam felizes esta noite vendo o filho cair no mar? – Ela apontou para o céu. – Acho que não.

A sinceridade da menina me tirou da névoa e me deixou mais lúcido.

– Você tem razão, Sarah.

Eu me senti envergonhado das minhas intenções.

Sarah deu um passo em minha direção, e seu tom se suavizou.

– Você tem que lembrar que a vida é uma dádiva, moço. Em qualquer situação.

Lágrimas encheram meus olhos. Assenti para ela.

– Elle me disse isso uma vez.

Sarah deu de ombros.

– Ela tava certa. – Ela me deu um leve empurrão no peito. – De qualquer jeito, quando a gente chegar na Austrália, você pode encontrar outra namorada, que seja legal e que não te abandone em navios. Tá certo?

Dei uma risada em meio às lágrimas.

– Está certo, Sarah. Você tem toda a razão.

– Além disso, moço, eu quero ouvir a sua história, começando amanhã de noite. Você não vai me deixar na mão, vai?

Balancei a cabeça.

– Não vou, não, Sarah.

Eu me despedi dela e voltei para minha cabine e para o meu diário. Vou manter minha promessa a Sarah. De alguma forma, ela conseguiu me arrancar das profundezas dos meus pensamentos sombrios. Apesar de sua vida difícil, ela se esforça para ver o lado bom das coisas e, mais importante ainda, encontra força para cuidar dos outros também.

Ela me lembra um pouco Elle.

38

Mais uma vez, leitor, o universo parece ter me jogado uma boia de salvação. Na noite seguinte, e todas as noites depois disso, encontrei-me com Sarah no convés de observação do RMS *Orient*. Como resultado, compartilhei com ela toda a minha história. Ela ficou atenta a cada palavra. Até me senti compelido a lhe mostrar o diamante.

– Que coisa doida! Já me arrependi de dizer que não queria ele na outra noite! É do tamanho da droga de um rato!

– Você promete não contar a ninguém a bordo que eu tenho esta pedra, Sarah? Dinheiro e diamantes podem deixar os homens loucos, como acho que minha história já lhe mostrou.

Ela deu um tapinha no nariz.

– Não se preocupe, Sr. Tanit. Seu segredo está seguro comigo. – Sarah cruzou os braços e recostou-se no banco de madeira do convés de observação. – Sabe o que não consegui entender? Se ela tava planejando fugir, por que comprou um vestido de noiva?

Parei para refletir sobre o ponto levantado por Sarah. Era muito inteligente.

– Ela demorou muito para escolher?

Tentei me lembrar de Elle na loja.

– Demorou, sim.

Sarah estalou a língua.

– Muito esquisito, Sr. Tanit. Do mesmo jeito que o saco só tava lá no cais, como se ela tivesse desaparecido no ar.

– Concordo, Sarah. Deve ter sido uma decisão de última hora.

Ela assentiu.

– Deve ter sido, sim. Você acha que vai procurar por ela?

Eu tinha passado muitas noites insones contemplando aquela pergunta.

– Prometi sempre manter Elle segura. Eu me preocupo que minha volta só sirva para colocá-la em perigo novamente. Estou tentando aceitar que manter Elle longe de mim é a solução mais segura – respondi, com tristeza.

Sarah deu um tapinha nas minhas costas.

– Sinto muito por você, Sr. Tanit. Você vai sair amanhã quando o navio atracar em Port Said?

Tentei me animar.

– É claro que sim. Nunca perderia uma oportunidade de colocar os pés em uma terra totalmente nova. Acredito que seus "captores" vão deixar que você e as outras crianças saiam um pouco para uma visita, certo?

Sarah riu.

– Vão! A gente mal pode esperar. Parece que tem uma velha escocesa rica... ainda mais rica que você, porque ela está na primeira classe, que vai nos dar doces e outras guloseimas turcas. Imagina!

Fiquei feliz em ouvir aquilo.

– Sério? Isso é *mesmo* empolgante. Qual é o nome dela?

Sarah estreitou os olhos e pensou.

– Alguém disse que era Kitty Mercer. Parece que o marido dela morreu. Ou deixou alguma coisa pra ela, não tenho certeza. Mas ela tem sacos de dinheiro.

Pensei por um momento.

– Será que ela tem alguma ligação com o império Mercer de pérolas, na Austrália? Eu li sobre eles no jornal.

– Deve ter. Dizem que ela tem uma mansão enorme na Austrália, mesmo tendo começado como uma de nós... Sem dinheiro, quero dizer. Todo mundo diz que você pode começar uma nova vida nesse lugar. Como você acha que é lá?

Sem meu amor... vazio, de partir o coração, vasto, cruel.

– Ah, imagino que deve ser fantástico e, o mais importante, você vai se dar maravilhosamente bem lá.

No dia seguinte, Kitty Mercer liderou um pequeno exército de crianças para fora do navio, em Port Said. Quando a vi, me ocorreu que a tinha encontrado antes, no dia em que saímos de Tilbury. Ela fora uma das pessoas a quem eu implorara por informações sobre Elle.

Como o *Orient* estava sempre em movimento, a brisa era fresca o tempo todo, o que significava que ninguém a bordo tinha verdadeira noção da temperatura. No entanto, desde que o navio atracara, o calor tinha atingido todos nós, e eu passei por um mar de rostos vermelhos ao me encaminhar para a prancha de desembarque. Quando saí do navio, o cheiro de corpos sem banho e frutas podres invadiu meu nariz. Atravessei o movimentado porto, observando um fluxo constante de caixas e animais sendo movidos para dentro e para fora de navios a vapor ancorados.

Fui até a cidade velha. Logo me deparei com um mercado bem abastecido de especiarias, frutas e pães assados em fornos bem quentes. O ar ao redor deles literalmente ondulava com o calor. Moradores locais passavam por mim em suas vestes de cores brilhantes e chapéus do tipo fez. Eu me esforcei bastante para assimilar tudo.

Ao fazê-lo, fui consumido por um pensamento negativo. Quão mais terna teria sido a experiência se eu a estivesse compartilhando com Elle? De repente, o doce turco que eu havia comprado não tinha mais sabor e as barracas de cores vibrantes poderiam muito bem serem completamente cinzas.

Naquela noite, quando estávamos de volta ao navio, Sarah não veio me encontrar para nossa conversa noturna habitual. Eu não podia culpá-la. Mercer tinha conseguido oferecer a ela e seus companheiros órfãos uma diversão melhor do que eu jamais poderia no estado em que me encontrava. No entanto, voltei todas as noites, por força do hábito, e conversei com minhas Sete Irmãs. Cinco noites depois, Sarah apareceu.

– Oi, Sr. Tanit.

– Sarah! Olá. Pensei que você tivesse se esquecido de mim.

– Esquecer de *você*? Não seja bobo. Eu só tava ajudando a Sra. Mercer a esfregar os pequenininhos na banheira, e fiz umas roupas novas pra eles também. Ela me deixou cortar todos os vestidos caros dela. Você acredita nisso?

– Ela parece ser uma mulher muito boa – comentei.

– Ela é, Sr. Tanit. Assim como você é um bom sujeito. Tive sorte de conhecer vocês dois, de verdade.

– Pelo contrário, Sarah. Eu é que tenho a sorte de tê-la conhecido – falei, com toda a sinceridade.

Ela me deu uma piscadela.

– Na verdade, Sr. Tanit. Acho que você tem razão. Eu falei com a Sra. Mercer sobre você, e ela quer conhecê-lo.

Meu coração deu um salto.

– Você *falou* com ela *sobre* mim?

– Calma, calma, Sr. Tanit. Eu não disse nada sobre aquele Kreeg ou aquela pedra grande que você guarda aí. Eu só disse que você era um homem bom, que estava sem sorte e precisava de um ombro amigo.

Eu me senti desconfortável com a situação.

– Não desejo ser um fardo para ninguém.

Sarah revirou os olhos.

– Sr. Tanit, alguém só é um fardo quando não precisa de ajuda e fica pedindo assim mesmo. Eu acho que você tá precisando de ajuda, sim. Ela tem muitos contatos na Austrália. E a gente, o que tem? Nada! Então, na minha opinião, se ela tá querendo ajudar, quem somos nós para recusar?

Não consegui achar falhas no raciocínio de Sarah.

– Você está certa quanto aos contatos na Austrália – admiti. – Seria bom ter algum lugar para começar.

Ela bateu palmas.

– Ótimo. Vou lá na cabine dela amanhã às sete da noite. É só você ir à primeira classe e perguntar pela Sra. Mercer. Duvido que o chefe de cabine vai te olhar com a mesma cara que olha pra mim e pros órfãos quando a gente vai lá.

Na noite seguinte, atravessei o corredor forrado com carpete grosso da primeira classe e fui conduzido pelo chefe de cabine até a porta de Kitty Mercer. Ela foi aberta por um homem que usava o que parecia ser um smoking.

– Boa noite, senhor. Meu nome é McDowell, sou o mordomo pessoal da Sra. Mercer. Entre, por favor.

– Meu Deus. Que quarto incrível – comentei.

O lustre, os sofás cobertos de seda e a janela panorâmica me deram a sensação de estar em um nos melhores hotéis em terra.

– Desculpe a ousadia, onde o hóspede dorme?

– Esta é a sala de estar, senhor. O quarto é ao lado – respondeu McDowell. – A Sra. Mercer sairá em um momento. Posso lhe oferecer algo para beber?

– Um chá inglês, por favor.

– Uma boa escolha – veio uma voz escocesa bem articulada de trás da porta do quarto.

Quando ela se abriu, Kitty Mercer emergiu em um distinto vestido de noite roxo, adornado, como se poderia esperar, dado o negócio de sua família, por um impressionante colar de pérolas.

– Mas, Sr. Tanit – sugeriu ela –, não prefere me acompanhar em uma bebida um pouco mais forte? O James aqui prepara um excelente gim-tônica.

– Boa noite, Sra. Mercer – respondi. Ao considerar a oferta dela, não vi mal em compartilhar uma bebida com minha anfitriã. – Se a senhora recomenda, ficarei feliz em aceitar.

– Excelente. Obrigada, James.

McDowell assentiu e foi até um armário de bebidas que parecia mais bem abastecido do que a maioria dos bares que eu já havia frequentado.

– Por favor, sente-se, Sr. Tanit – disse Kitty com uma agradável cadência escocesa.

Eu me sentei na extremidade de um dos sofás de seda cinza, e Kitty, no outro.

– É tão maravilhoso o que a senhora tem feito pelas crianças, Sra. Mercer. Obrigado por cuidar delas.

Kitty sorriu.

– Eu faço o que qualquer um na minha posição deveria fazer. Sei que fez amizade com Sarah. Ela é uma garota muito especial.

Eu concordei.

– Gosto muito de conversar com ela. – Tentei formular minha próxima frase com tato. – Posso perguntar o que ela lhe contou sobre a minha... situação?

– Apenas, Sr. Tanit, que o senhor é um bom homem que a tratou com dignidade, bondade e respeito, quando a maioria dos outros nas classes mais altas não o faz. Quando perguntei o que o senhor fazia para viver, ela disse que, devido a uma tragédia pessoal, estava procurando um novo começo na Austrália. Seria um resumo preciso?

Eu dei uma risada baixa.

– Suponho que sim.

James colocou as bebidas na mesinha de vidro entre os sofás.

– Saúde – brindou Kitty, pegando seu copo.

– Saúde – respondi, e tomei um bom gole. A bebida era amarga, mas muito refrescante. – Meu Deus, a senhora não estava mentindo. James, isso é maravilhoso.

O mordomo assentiu.

– Obrigado, senhor. Vou deixá-los a sós. Por favor, toque a campainha se precisar de alguma coisa, Sra. Mercer.

– Suas pérolas são incrivelmente lindas, Sra. Mercer – elogiei. – Espero que não ache muito alarmante que eu saiba dos negócios da sua família na Austrália. O *Financial Times* em Londres tem falado sobre seu sucesso com frequência.

Ergui meu copo para brindar a ela.

– Obrigada. Embora eu sempre tenha me divertido com o fato de me ver como chefe de um negócio de "família", apenas me casei e entrei para a família Mercer. Então, devido a circunstâncias completamente fora do meu controle, tornei-me a guardiã de um império que não construí.

– Tem sido muito difícil? – indaguei.

Kitty pensou por um momento.

– Não. Tem sido uma honra. Mas esta será minha última viagem à Austrália. Pretendo entregar o negócio ao meu irmão, Ralph Mackenzie. Durante os últimos três anos, Ralph tem se provado ser um gerente talentoso, com excelente cabeça para os negócios. Sem esquecer que ele é sangue do meu sangue, algo que não tenho muito disponível. Não posso pensar em ninguém melhor para cuidar da empresa no futuro.

Ao longo da próxima hora, Kitty me contou uma complexa história de desgostos, recomeços e, o mais espantoso, seu relacionamento com um par de gêmeos idênticos, Andrew e Drummond Mercer.

Quando ela terminou, fiquei em silêncio por um tempo.

– Até hoje eu não tinha conhecido ninguém cuja história fosse páreo para a minha, Sra. Mercer.

Enquanto os eventos extraordinários da vida de Kitty dançavam em torno da minha mente, houve um aspecto que achei particularmente desconcertante, um detalhe que me intrigou e me chocou mais do que qualquer outro.

– A Pérola Rosada... A senhora acredita mesmo que é amaldiçoada? – perguntei.

Kitty tomou um gole demorado de gim.

– Quando Andrew forçou Drummond a desembarcar do *Koombana*, o navio afundou, levando Andrew com ele. Então, a filha da minha criada, a jovem Alkina, pereceu depois de desenterrá-la no interior da Austrália. – Kitty olhou para mim. – Diga-me, Sr. Tanit, depois de tudo isso, o senhor estaria disposto a tomar posse dessa pérola?

Não precisei de tempo para refletir.

– Não, de forma alguma.

Kitty deu uma risadinha sem humor.

– Nem eu.

– A senhora sabe onde a pérola está agora? – perguntei.

– Não – respondeu Kitty. – Não faço a menor ideia. Acho que é melhor assim, não é?

Assenti enfaticamente.

– Enfim, agora que o senhor sabe do meu plano de entregar o negócio para Ralph, tenho certeza de que ele vai precisar de algumas cabeças sábias ao seu redor, para ajudar com as decisões diárias que deverão ser tomadas. Então, eu me perguntei se o senhor estaria em busca de um emprego. Não hesitaria em recomendá-lo ao Ralph. Embora, é claro, a decisão final seja dele.

A bondade dela me deixou comovido.

– Obrigado, Sra. Mercer. Mas acabamos de nos conhecer. Como a senhora pode confiar em mim o suficiente para me oferecer tal ajuda?

Kitty sorriu calorosamente.

– A jovem Sarah gosta muito do senhor. Parece-me, pelo que ela disse, que seu único crime é um coração magoado. Depois da minha história, deve ter percebido que esse é um tema com o qual estou bastante familiarizada.

– É verdade. Eu não poderia lhe agradecer o suficiente, Sra. Mercer.

Ela se levantou e foi até a escrivaninha de mogno no canto da sala.

– Este é o endereço de Alicia Hall, em Adelaide. É a maior das casas na Victoria Avenue, e é onde poderá encontrar Ralph e sua esposa, Ruth. Depois de atracarmos, Sr. Tanit, é para lá que irei, para informar Ralph de minha decisão, antes de viajar para Ayers Rock. – Ela olhou melancolicamente pela janela da cabine. – Desde que era pequena, quero fazer uma peregrinação até lá, mas a vida tinha outros planos. Como esta será minha última vez nas costas da Austrália, finalmente vou visitar o lugar. – Os olhos de Kitty brilharam com a empolgação. – Se puder me dar alguns dias para resolver meus assuntos antes de fazer sua aparição em Alicia Hall, eu agradeceria.

– Claro – respondi. – Fico muito feliz que a senhora finalmente possa visitar a Ayers Rock. Os povos indígenas não a chamam de Uluru?

Ela pareceu surpresa.

– Isso mesmo, Sr. Tanit. Eu não sabia que o senhor se interessava pela herança aborígene.

Terminei o resto da minha bebida.

– Confesso que não tenho grandes conhecimentos sobre o tema, como deveria. Mas meu pai uma vez me contou que Uluru era um lugar profundamente espiritual.

Kitty concordou.

– É, sim, especialmente para o povo aborígene. Dizem que remonta ao Tempo do Sonho.

– Tempo do Sonho?

Ela voltou a se sentar no sofá de frente para mim.

– Às vezes chamado de "Sonho". Não se preocupe, não é algo facilmente compreendido por pessoas não indígenas. Mas os aborígenes acreditam que o Tempo do Sonho era o estado no início do universo. Em sua cultura, a terra e seu povo foram criados por espíritos, seres ancestrais, que fizeram os rios, as colinas, as rochas...

– E Uluru – suspeitei.

– Exatamente. É por isso que a rocha é tão especial.

Nós dois ficamos em silêncio por um momento, e fiquei pensando na grande formação de arenito no meio do deserto, que pode ser vista a quilômetros de distância.

– Sabia que ela até muda de cor em certas épocas do ano, adquirindo um brilho alaranjado com o pôr do sol?

– Parece mágico.

– Foi o que sempre pensei.

Os olhos de Kitty brilharam quando ela imaginou o lugar especial com o qual sonhara por tanto tempo. Demorou até que ela voltasse a falar.

– Perdoe-me, Sr. Tanit. Agora que tem os detalhes de Alicia Hall, vou informar a Ralph que o senhor aparecerá lá mais cedo ou mais tarde.

Levantei-me e gentilmente apertei a mão de Kitty.

– Estou profundamente grato à senhora e a Sarah, é claro. Eu me pergunto... – falei, hesitante. – A senhora poderia oferecer a ela alguma ajuda na Austrália? Não que já não tenha feito o suficiente.

Kitty me deu outro sorriso torto.

– Tenho a estranha sensação de que a jovem Sarah e eu podemos acabar convivendo por muito tempo.

Com isso, agradeci novamente e voltei para minha cabine.

39

Alicia Hall, Adelaide, Austrália

Eu nunca havia experimentado um calor tão forte. O sol australiano tem a capacidade de abafar e sufocar, muito diferente dos agradáveis raios quentes do Mediterrâneo. Aqui, nesta nova terra, o próprio chão fica assado, e as estranhas criaturas que a habitam se adaptaram ao longo de muitos séculos para controlar a temperatura. Eu, infelizmente, não tenho essa útil habilidade. Sou um animal de sangue frio, acostumado a reter o calor, em vez de expulsá-lo com facilidade.

Deixando de lado o clima, minha limitada experiência na Austrália é que o país é incrivelmente belo. O deserto vermelho-ocre é pontuado por grandes formações rochosas e arbustos verdejantes. Quase todo o chão é coberto de lama laranja, que seca ao sol para formar um pó e depois se espalha pelas estradas ao sabor do vento, como pó mágico.

Quanto ao Alicia Hall em si, não vi um oásis mais encantador. Depois de alguns dias passados ao redor do porto de Adelaide, acabei viajando por estradas repletas de barracos com telhado de zinco, que se transformaram em longas fileiras de bangalôs e, finalmente, em uma rua larga, ladeada por casas grandiosas. Alicia Hall é a mais impressionante de todas. Uma mansão colonial branca construída para suportar o calor do dia, é contornada por varandas frescas e sombreadas e terraços cercados com delicadas treliças.

O exuberante jardim é disposto em seções, com caminhos cortados na grama, alguns deles sombreados por molduras de madeira cobertas de glicínias. Os arbustos verde-escuros de topiaria são perfeitamente podados, assim como as sebes, que contêm espécimes mais brilhantes – flores cor-de-rosa e alaranjadas, folhagens verdes brilhantes e flores roxas com cheiro de mel. Passei horas maravilhado com as grandes borboletas azuis que mergulham para beber seu doce néctar. Os limites do jardim são ladeados por árvores altas, com troncos incomuns, brancos como fantasmas, que exalam um aroma fresco de ervas, um perfume que flutua até dentro de casa quando apanhado pela brisa noturna, momento em que um coro de insetos produz uma cacofonia de sons.

❁ ❁ ❁

Ralph Mackenzie tem olhos azuis carismáticos, um maxilar forte e espessos cabelos ruivos. Para minha surpresa, ele era bem mais jovem que Kitty – talvez uns vinte anos ou mais. Quando bati à sua porta, uma semana depois de chegar a Adelaide, a recepção não poderia ter sido mais calorosa.

– Sr. Tanit? Bem-vindo a Alicia Hall.

Ele me cumprimentou com um aperto de mão entusiasmado e me conduziu por um grandioso corredor. Depois de me convidar a me sentar na sala, pediu à sua governanta, Kilara, uma xícara de chá quente.

– Na verdade, acho que prefiro um copo d'água, Sr. Mackenzie – argumentei.

– Ah! Assim como eu, o senhor vem do frio. Eu também não conseguia imaginar nada pior do que chá quente neste clima, quando cheguei. No entanto, minha sábia irmã me garantiu que o chá quente nos faz transpirar, ativando o sistema de resfriamento natural do corpo.

Dei de ombros.

– Nunca tinha pensado nisso.

Ralph abriu um sorriso.

– A Austrália é cheia de surpresas. O senhor vai descobrir uma nova maneira de ver o mundo.

– Espero que sim.

– Bem, minha irmã me contou que está precisando de emprego. Gostaria de dizer que a recomendação de Kitty é suficiente para mim. O senhor é bem-vindo ao trabalho que tenho em mente... se quiser assumi-lo. – Ralph pareceu hesitar. – Tenho certeza de que ela o deixou ciente do que fez por mim, então estou desesperado para retribuir o favor de todas as maneiras possíveis.

– Eu ficaria grato por qualquer trabalho que possa me oferecer, Sr. Mackenzie. Não tenho medo de trabalho pesado – falei, sem rodeios.

Ralph se inclinou para a frente, na cadeira de madeira antiga em que estava sentado.

– O que o senhor sabe sobre opalas?

Lembrei-me do colar usado pela mãe de Kreeg.

– Só sei que é um material fino e raro, valorizado pelos joalheiros.

– Muito bem, Sr. Tanit. Devido a uma combinação improvável da geologia, a Austrália tem sido a principal fonte mundial de opala, desde os anos 1880. Nós produzimos mais de 95 por cento do material aqui. Agora, para ser bem sincero, o negócio de pérolas em Broome ficou bem ruim depois da guerra. Está se recuperando, mas lentamente. – Ele se recostou de novo e, talvez inconscientemente, ajustou o colete. – Como novo chefe da corporação, é minha intenção restaurar a reputação da Mercer à sua antiga glória nesse campo.

– Entendo.

– Meu sobrinho, Charlie, era um jovem sábio, que foi tirado de nós cedo demais durante a guerra. Ele viu para que lado o vento estava soprando e investiu em vinhedos e em uma mina de opala em Coober Pedy. Os lucros são saudáveis, mas não estamos operando em plena capacidade. Acabei de voltar de lá.

Kilara apareceu com o chá, servido em uma bandeja de prata ornamentada.

– Kilara, Coober Pedy é aborígene australiano, não é? – perguntou Ralph quando ela se aproximou.

– Sim, senhor – assentiu ela. – *Kupa piti.* Significa "poços de água dos meninos". – Ela começou a servir o chá. – Limão, leite, senhor?

Ela olhou para mim, e fiquei impressionado com seus incríveis olhos castanhos, que brilhavam como o luar.

– Leite, obrigado.

Ralph prosseguiu:

– Como eu estava dizendo, Coober Pedy é onde fica a reserva de opala. Estou bastante convencido de que nem sequer arranhamos a superfície do que há sob a terra. Enquanto eu estava lá, me ofereceram mais terras, que estão baratas. Vou investir no negócio.

Tomei um gole do meu chá.

– Tudo parece muito intrigante, Sr. Mackenzie. O que tinha em mente para mim?

– Vou precisar de um homem para coordenar a operação lá. Não... não vai ser uma posição fácil de preencher. Como em qualquer serviço de mineração, existem perigos inerentes. E o senhor vai ver que, aqui na Austrália, os padrões de saúde e segurança não são tão altos quanto na Europa.

– Bem, pelo menos talvez seja mais fresco no subsolo do que acima da terra.

Sorri, colocando minha xícara de volta sobre o pires.

Ralph parecia esperançoso.

– Posso tomar isso como uma manifestação de interesse, Sr. Tanit?

– Sim, Sr. Mackenzie. Obrigado.

– Maravilha. Mas não quero minimizar quaisquer perigos da função. Já temos poços profundos, e é minha intenção construir muitos outros.

Eu me adiantei para tranquilizá-lo.

– Sr. Mackenzie, perdi recentemente o amor da minha vida. Posso dizer com confiança que considero um milagre eu ainda estar aqui, respirando. Além disso, não tenho medo de nada. Na verdade, minha vida não importa mais para mim. Estou feliz com a oportunidade que está tão gentilmente me oferecendo.

Ralph pareceu um pouco constrangido.

– Lamento ouvir isso, Sr. Tanit.

– Por favor, me chame de Atlas.

– Atlas. Que nome esplêndido. E bastante apropriado, já que você vai para o subsolo carregar essas minas de opala nos ombros! – Ele estendeu a mão para mim. – Vou garantir que você seja bem recompensado, Atlas. – Ele arqueou uma sobrancelha. – Na verdade, tenho uma ideia. Além do seu salário, por que não lhe ofereço uma porcentagem da opala que vendermos? Vamos dizer... dez por cento dos lucros?

Fiquei perplexo.

– Isso é muito generoso, Sr. Mackenzie. Mas não há necessidade de...

Ralph me interrompeu:

– Na Escócia, nós temos um ditado, Atlas: "A cavalo dado, não se olha os dentes." – Ele abriu um sorriso. – Quero que tenha um incentivo. Eu realmente acho que isso pode ser uma coisa muito grande. Se fizer o trabalho como acredito ser possível, espero que você possa ganhar muito dinheiro. Você será responsável por aumentar e maximizar as operações, exportar a opala, conseguir contratos... Há muito a ser feito. Ficará feliz com os dez por cento, eu lhe garanto.

Assenti.

– Obrigado, Sr. Mackenzie. Estamos combinados.

– Maravilha! Vou enviar a confirmação de que desejo comprar o terreno em Coober Pedy agora mesmo. – Ele se levantou do sofá. – Bem, aposto que, com aquela mala – ele apontou para a minha sacola surrada, coberta de poeira da estrada –, você vai precisar de um lugar para ficar até que possamos mandá-lo para o norte, certo?

– É, para ser sincero, não tenho para onde ir – admiti.

– Você é muito bem-vindo em Alicia Hall, enquanto isso.

– Sr. Mackenzie, está sendo generoso além de qualquer limite. Sou eternamente grato.

– Você vai precisar de todo o conforto que conseguir. – Ralph parecia um pouco envergonhado. – Há algo que ainda não mencionei sobre Coober Pedy.

– O quê?

– Você estava certo em supor que é muito mais frio no subsolo do que acima. Para evitar o calor punitivo do deserto, a pequena população vive no subsolo. Eles literalmente se enterraram nas colinas. O sujeito de quem estou comprando o terreno vai entregar a casa dele também. É onde você vai morar.

Ele me encarou com preocupação, como se eu fosse ficar desanimado com a proposta.

– Sr. Mackenzie, a ideia de me enfiar no subsolo longe do resto do mundo é estranhamente perfeita.

Ralph pareceu aliviado.

– Você foi um achado! Agora, vou sair para organizar algumas coisas. Kilara fará você se sentir muito bem-vindo. Kilara, pode levar o Sr. Tanit até o quarto de hóspedes principal?

– Sim, senhor – disse ela, inclinando a cabeça.

Terminei meu chá e me levantei.

– Obrigado. Vejo você no jantar, Atlas.

Ralph virou-se para sair da sala e imediatamente colidiu com um garotinho, que reconheci como o pequeno Eddie, do navio.

– Uau, cuidado, Eddie! – pediu Ralph, despenteando o cabelo do menino.

– Eddie! – exclamei, com um sorriso enorme no rosto. – O que você está fazendo aqui?!

O menino sorriu para mim e enterrou a cabeça na perna da calça de Ralph.

A confusão do anfitrião durou apenas um segundo.

– Claro, vocês devem se conhecer do navio!

– Isso mesmo. É muito bom vê-lo aqui em Alicia Hall.

– É uma honra tê-lo aqui. – Ralph passou o braço em volta do menino. – Ele e Tinky, meu king charles spaniel, tornaram-se melhores amigos, não foi, Eddie?

O menino assentiu, entusiasmado.

– Espere aí. Você não sabia que ele e Sarah apareceram aqui para encontrar Kitty alguns dias depois que ela chegou?

– Não, eu não sabia. Pelo que me lembro, eles deveriam conhecer suas novas famílias logo depois de atracarmos, certo?

Ralph suspirou.

– Esse era o plano, mas ninguém apareceu, e ele e Sarah foram levados para um orfanato horroroso. Só que fugiram e chegaram a Alicia Hall.

Ele olhou com bastante orgulho para Eddie.

– Sarah está bem? – perguntei, nervoso.

– Com certeza, Atlas. Kitty a contratou como sua empregada. Elas estão juntas neste exato momento.

Uma onda de alívio tomou conta de mim.

– Ah, *essa* é uma boa notícia.

Ralph riu.

– Elas formam uma dupla e tanto. Mas, meu Deus, vou acabar com aquele orfanato de St. Vincent de Paul, em Goodwood, nem que seja a última coisa que eu faça, Sr. Tanit. Aparentemente, as freiras fazem as crianças de servas. Mas Eddie está seguro aqui agora, não está, amigão?

– Sim! – respondeu Eddie com um gritinho, antes de sair correndo da sala.

– Sabe, Sr. Mackenzie, é a primeira vez que o ouço falar.

– Ele é um menino especial. Espero que talvez um dia... É bobagem, ele acabou de entrar em nossas vidas, mas me daria muito orgulho transformá-lo em um Mackenzie. Oficialmente. – Ralph pigarreou. – De qualquer forma, não acredito em muita coisa na vida, mas devo admitir que os poderes de cura de Alicia Hall não são insignificantes. Descobri que é um oásis para reflexão e meditação. Pode ser o tônico de que você precisa.

Ele me deu um tapinha no ombro e saiu da sala.

– Mala? – perguntou Kilara, com um sorriso gentil.

– Ah, não, eu mesmo levo. Pode ir na frente, obrigado.

Kilara deu de ombros. Peguei minha mala e a segui pela escada resplandecente e sinuosa. Enquanto eu a estava admirando, tropecei no segundo degrau. Rápida como um flash, Kilara se virou, segurou meu braço e tirou a mala da minha mão, como se estivesse cheia de penas.

– Não se preocupe, senhor, eu levo.

– Isso é muito gentil. Normalmente não sou tão desajeitado.

Kilara me conduziu pelo mezanino até um quarto imponente, com uma bela vista do jardim.

– Dormir aqui, senhor.

– Obrigado, Kilara.

Ela assentiu e foi embora. Quando passou por mim, parou um instante e me olhou nos olhos. Fiquei, mais uma vez, fascinado pelo brilho deles.

– O senhor conhece o Tempo do Sonho? – indagou ela.

A pergunta me surpreendeu.

– Sim. Não. Bem, eu já ouvi falar sobre o Tempo do Sonho. Realmente, parece ser muito especial.

Eu me odiei pelo tom condescendente com que falei aquilo.

– Senhor é do Tempo do Sonho. Ancestrais conhecem o senhor.

Kilara pousou a mão em meu braço. Não consigo explicar por quê, mas seu rosto caloroso e seu toque gentil trouxeram lágrimas aos meus olhos.

– Descansa aqui. Descansa agora.

Ela tirou a mão e, silenciosamente, fechou a porta do quarto.

De repente exausto, desabei sobre a cama. Devo ter adormecido imediatamente, pois tive uma série de sonhos horríveis. Em um deles, estava cara a cara com Elle. Estávamos de mãos dadas, quando uma presença sombria e maligna a puxou para as sombras. Em outro, eu estava em uma igreja, aparentemente no dia do meu casamento. Virei-me para ver Elle andando pelo corredor, mas, quando ela chegou ao altar, foi como se não pudesse me ver. Ela disse seus votos, mas não encontrou meu olhar. Então, quando finalmente saí do altar, percebi que ela estava falando com outro homem, embora eu não pudesse ver seu rosto.

O sonho final envolveu um céu noturno rodopiante, com as Sete Irmãs das Plêiades tomando sua forma humana e dançando acima de mim. Elas deram as mãos, e eu me vi cercado, enquanto riam e pulavam. As estrelas ficavam cada vez mais rápidas, até eu me sentir tonto e não conseguir mais olhar para elas. Quando abri os olhos, na minha frente estava um bebê em uma cesta, choramingando e gritando. Tudo o que eu queria era pegá-lo em meus braços e confortá-lo, mas, quando os estiquei, ele desapareceu de vista. Então, ao olhar em volta, encontrei um rosto familiar. Era a mulher de vestido vermelho com longos cabelos esvoaçantes... Ela desapareceu, e o mundo começou a girar mais uma vez. Em seguida, meu campo de visão explodiu em uma série de cores vivas. Galáxias rodopiantes e padrões foram criados diante dos meus olhos, tornando-se cada vez mais brilhantes, até que meu mundo inteiro se incendiou em um branco ardente.

Quando acordei, o sol estava brilhando forte em meu rosto.

40

Coober Pedy, 1951

O deserto de Coober Pedy é o lugar mais seco e árido que já conheci, mas sem a menor dúvida produz a melhor opala do mundo. A grande ironia é que a chave para formar a pedra preciosa é a chuva. Quando cai – muito raramente – e encharca o solo seco, a água penetra na rocha antiga, carregando um composto dissolvido de silício e oxigênio. Então, durante os intermináveis períodos de seca, a água evapora, deixando depósitos de sílica nas fendas entre as camadas de sedimentos. Esses depósitos causam a coloração de arco-íris da opala. É por isso que as pessoas pagam. Os homens que contrato muitas vezes me perguntam o tipo de mágica necessária para criar nosso produto. Eu lhes dou a explicação científica, mas eles quase nunca escolhem acreditar em mim, optando pela lenda aborígine.

A lenda fala de uma bela criatura parecida com uma borboleta chamada Pallah-Pallah que possuía um par de belas asas cintilantes. Um dia, Pallah-Pallah voou até o pico da montanha mais alta. Mas logo começou a nevar, e ela foi soterrada. Quando a neve finalmente derreteu, ela removeu de Pallah-Pallah suas cores incríveis, que se dissolveram profundamente no solo.

Acho que, nos velhos tempos, eu teria preferido essa história também. Mas agora, tudo que vejo quando examino o produto das minas são esferas submicroscópicas que refratam a luz. Apenas ciência e lógica. Assim como as estrelas que iluminam o céu noturno. Consegui aceitar que elas não são faróis místicos de esperança e majestade, mas bolas ardentes de gás agrupadas pela gravidade. Na verdade, é melhor pensar nelas como tais, em vez de imaginar que minhas Sete Irmãs – minhas antigas guardiãs – me abandonariam dessa maneira.

Nesse contexto, passei a gostar de viver no subsolo. As "casas" – se é que se pode chamá-las assim, pois são mais como cavernas – são criadas por detonações nas rochas, depois escavadas com picaretas. Precisamos garantir que os tetos tenham 4 metros de altura para evitar colapsos, mas raramente são mais altos que isso. O resultado é, essencialmente, uma caverna subterrânea. Alguns dos homens criam poços de luz, mas eu não me dei ao trabalho. Atualmente, eu me sinto bem no escuro.

Alguns homens habilidosos transformaram suas propriedades em réplicas de moradias no solo, passando horas esculpindo arcos, estantes, portas e até peças de arte. Descobri que não desejo tais confortos domésticos. Durmo em um colchão velho e empoeirado, e mantenho minhas roupas dentro de minha mala velha, no chão. Não me permiti sequer uma mesa. Durante estes últimos dois anos, não senti nenhum desejo de escrever neste diário.

Quando cheguei, a operação era pequena. Contratei uma equipe de cinco mineiros que trabalhavam para outra corporação. Contando com os generosos fundos do império Mercer, pude lhes oferecer um salário melhor em troca de sua experiência. Aqueles primeiros dias foram difíceis. Estávamos diante de uma vasta extensão de terra, e o processo aconteceu desesperadamente devagar.

Foi no inverno de 1949 que tive uma ideia brilhante.

Para expandir as minas na velocidade desejada por Ralph Mackenzie, precisaríamos de mais pessoas acostumadas a trabalhar naquelas condições subterrâneas difíceis. Enviei um dos meus mineiros de volta a Port Adelaide para procurar homens jovens vindos da Europa, que haviam enfrentado os perigos da última guerra e tinham o desejo de recomeçar. Meu enviado iria abordá-los e oferecer emprego imediato, com um salário decente.

O plano funcionou. Um ano depois, mais de cem homens mineravam opala em Coober Pedy.

Ralph Mackenzie simplesmente não acreditou nos números que eu estava relatando, então fez uma viagem à operação. Não costumo sentir muita satisfação ultimamente, mas a visão de sua perplexidade diante da vasta gama de profundos poços em funcionamento foi ótima.

– Santo Deus, Atlas! Não consigo acreditar no que estou vendo. Achei que havia um erro de contabilidade. Ou talvez... – Ele hesitou.

– Que eu estivesse tentando enganá-lo – falei, seco.

Quando as palavras saíram da minha boca, percebi que eu havia mudado. Um ano sem Elle na paisagem infernal do deserto me endurecera.

Ralph riu, nervoso.

– Bem... sim. – Ele abaixou a cabeça. – Mas aqui estou, e as provas são difíceis de contestar. – Ele estendeu a mão para mim. – Você é um titã da indústria, Atlas Tanit.

– Obrigado, Ralph.

– Imagino como deve ser terrível estar aqui todos os dias. Que tal passar algumas semanas em Alicia Hall para relaxar? Férias remuneradas, é claro. Acho que é o mínimo que posso fazer.

Balancei a cabeça.

– Não há necessidade. Tenho muito trabalho a ser feito aqui, e estou feliz em fazê-lo.

– Bem, pode até ser, mas também é importante dar um passo para trás e apreciar as próprias conquistas.

– Não – retruquei em tom sério, notando que Ralph parecia desconcertado. – Obrigado.

Ele deu de ombros.

– Muito bem. Não sou um especialista como você, mas, do meu ponto de vista leigo, nosso pedaço de terra aqui parece bastante ocupado.

– É verdade. Restam poucos espaços para novos poços. Seria muito bom se tivéssemos mais áreas para minerar.

– Entendido, Atlas. Vou conseguir mais. O retorno financeiro que você garantiu à corporação será mais do que suficiente para comprar o dobro, talvez até o triplo, da área que temos atualmente. – Ele me cutucou com o cotovelo. – Em breve você será um milionário com seus dez por cento. Como se sente, hein?

Encarei Ralph.

– Eu gosto do trabalho. Faria isso até por menos.

Ele suspirou.

– Santo Deus, não há como animar você, não é? Francamente, estou preocupado. Quando nos conhecemos, há mais de um ano, vi um homem desanimado e alquebrado. Mas o homem que vejo diante de mim hoje está... endurecido. Você fez um bom trabalho aqui, Atlas. Mas é bom lembrar que a vida deve ser vivida na superfície, não no subsolo.

Estreitei os olhos.

– Como eu disse, esse estilo de vida funciona para mim.

Ralph insistiu.

– Perdoe-me se o que vou dizer é inapropriado, Atlas, mas este é um ambiente fortemente masculino. Quase não há oportunidades para confraternizar com o sexo oposto. Conheço muitas moças elegíveis em Adelaide que ficariam muito felizes em encontrá-lo em Alicia Hall.

Eu me virei lentamente para encará-lo.

– Sr. Mackenzie. Por favor, nunca sugira tal coisa novamente. Não tenho nenhum interesse *nisso*.

– Muito bem.

Ralph Mackenzie foi embora e, em um mês, comprou 10 hectares de novas terras. Em consequência, aumentei a presença de homens em Port Adelaide e, em pouco tempo, a operação de mineração de opala em Coober Pedy tornou-se o assunto mais falado da indústria. A operação é tudo em que penso. Todos os dias, acordo e me concentro na tarefa em mãos. Meu cérebro está tomado por machados, pás, madeira e escuridão. Não há, portanto, perigo de que minha mente se desvie para qualquer outro território no qual eu não deseje entrar.

41

Quase morri.

Pela manhã, enquanto estava preparando documentos de exportação em meu escritório, meu encarregado, Michael, entrou correndo com uma expressão de pânico.

– Senhor! Temos um desabamento! Três homens sob os escombros no poço sete!

Fiquei de pé no mesmo instante.

– Eles estão vivos?

– Não por muito tempo, senhor. Acho que o poço vai desmoronar completamente.

Corri para porta.

– Reúna o máximo de homens que puder e leve-os até lá. Depressa!

– Sim, senhor! – respondeu Michael, correndo na minha frente.

Naquele instante, um pensamento nauseante passou pela minha cabeça. Chamei Michael novamente.

– Você disse que vai desmoronar? – perguntei.

– Está fazendo um barulho horrível, senhor. Acho que a madeira pode ter apodrecido.

Respirei fundo.

– Esqueça os homens, Michael. Não vou arriscar a vida de mais ninguém desnecessariamente. Vou descer sozinho.

– Com todo o respeito, o senhor não vai ser capaz de fazer nada sozinho. Eles estão sob uma montanha de terra e madeira.

Considerei o que ele estava dizendo.

– Você pode pedir voluntários. Explique a situação com cuidado. Sem ordens. Deve ser escolha deles.

– Sim, senhor.

Michael assentiu, antes de continuar em frente, apressado. Corri pela terra laranja até chegar à entrada do poço sete, que, como o encarregado havia descrito, estava fazendo um barulho horrível. Sem hesitar, comecei a descer usando as grades de aço fixadas na rocha. Quando cheguei ao fundo, fui recebido por uma tempestade de lama e poeira. Consegui distinguir os clarões das lamparinas a óleo e os segui em meio à nuvem de poeira. Com as mãos estendidas à minha frente, logo senti a presença de um dos mineiros.

– Quem é? – gritou ele.

– Atlas Tanit! E você?

– Ernie Price, senhor!

– Mostre onde os homens estão soterrados.

– Bem na nossa frente, senhor!

Ele agarrou meu ombro e me dirigiu para o chão, onde percebi cinco ou seis homens cavando um monte de terra.

– Ouvi um estalo alto, então mandei todos saírem. Mas esses três não foram rápidos o suficiente – explicou Price.

– A coisa toda vai cair! – berrei. – Vocês têm que sair!

– Esta é a minha mina, senhor, e eles são meus homens. Eu tenho que tentar!

Percebi um guincho abafado vindo de debaixo da terra e concentrei toda a minha atenção nele.

– Fique se quiser. Mas pense na sua família.

– Vocês aí! – gritou Ernie, dirigindo-se aos homens que tentavam mover a terra. – Saiam daqui. Subam nos trilhos agora! – Eles hesitaram. – Isso é uma ordem! Vão! Agora! – Os homens obedeceram, largando suas picaretas e pás. Ernie permaneceu ao meu lado e me passou uma picareta. – Continue cavando, senhor. É tudo o que podemos fazer.

Os gemidos e rangidos se intensificavam à medida que atingíamos a terra sólida.

– Espere! – gritei. – Estamos atingindo a madeira, é por isso que não há progresso! A lama está empilhada em cima da madeira! Temos que cavar de cima, não de baixo!

Ernie assentiu e me imitou quando comecei a atacar a pilha da altura do meu peito para baixo. Para meu alívio, os gritos dos homens iam ficando mais altos à medida que conseguíamos retirar mais terra.

– Continue! Estamos chegando mais perto! – Depois do que pareceram horas, mas, na realidade, provavelmente não passaram mais do que dois minutos de escavação feroz, vi algo se mover. – É uma mão! Pegue e puxe, Ernie!

Ele seguiu minhas instruções enquanto eu continuava a cavar. Depois de algum tempo, um rosto emergiu dos escombros e balbuciou. Ernie puxou o homem para fora, e ele soltou um grunhido.

– Consegue andar, Rony? – perguntou Ernie.

Rony balançou a cabeça. De repente, da tempestade de terra na entrada do poço, Michael emergiu com três voluntários.

– Tirem-no daqui! – gritei. – Temos mais dois para liberar! – Encostei o ouvido no monte de terra e fiquei atento. Ouvi um gemido. – Tem mais um aqui!

Para minha surpresa, uma perna perdida se projetou de algum local onde já havíamos limpado. Embora a remoção tenha sido mais rápida que a anterior, o homem parecia em pior estado e estava perdendo a consciência. A mina emitiu seu rugido mais assustador até o momento, e o chão começou a tremer.

Eu sabia o que estava prestes a acontecer e me dirigi aos homens:

– Esse vai ser mais difícil de subir à superfície. Todos vocês serão necessários. Vou encontrar o último mineiro.

Os voluntários começaram a arrastar a vítima em direção à entrada do poço, e Ernie pegou sua pá mais uma vez.

– Ernie – falei, colocando a mão em seu ombro. – Obrigado. Mas eles precisam de você. Vou encontrar o último homem. Qual é o nome dele?

– Jimmy, senhor. Ele é só um menino. Tem 19 anos!

– Eu entendo. Agora vá.

Ernie desapareceu na nuvem de poeira. Coloquei a cabeça no chão mais uma vez, porém não ouvi nenhum grito abafado. Em vez disso, bati descontroladamente na pilha de terra à minha frente. Eu tinha aceitado meu destino. A mina desabaria, e eu seria enterrado ao lado de Jimmy. Na esperança de fazer com que ele soubesse que não ia morrer sozinho, gritei:

– Jimmy! Nós vamos ficar bem! Está me ouvindo, Jimmy? Nós vamos ficar bem! – Para minha total surpresa, recebi um gemido em resposta. – Jimmy? Jimmy, é você?

– Aaah – ouvi novamente.

Segui a voz e, surpreso, encontrei um homem semiconsciente, cujo torso era completamente visível. Suas pernas, no entanto, estavam presas sob um suporte de madeira. Agarrei sua mão, o coração querendo escapar do peito.

– Jimmy! Segure firme! – berrei, puxando-o com força.

Ele gritou de dor, e deu para perceber que estava totalmente preso. Comecei a cavar ao redor de sua cintura, mas não adiantou. Agarrei a lamparina e confirmei que a viga de apoio havia caído contra a parede do poço em um ângulo agudo, razão pela qual não esmagara Jimmy até a morte, mas ainda assim o prendia. Tentei deslocá-la. Não consegui.

– Por favor – murmurou Jimmy. – Por favor, por favor...

Corri meus dedos ao longo da madeira, procurando alguma rachadura. Se eu pudesse, de alguma forma, fazer com que o feixe se partisse, talvez fosse o suficiente para liberar Jimmy sem deixar que a terra acima o esmagasse. Depois de alguns momentos tateando freneticamente, me deparei com uma fissura. Com esperança renovada, peguei a picareta novamente e comecei a atacar a viga. O chão sob meus pés estava se movendo tanto que meus golpes não tinham a precisão necessária.

– Droga! – gritei.

Se ao menos eu tivesse algo afiado para forçar a rachadura e ajudar a abri-la! Enquanto tateava o chão em busca de pedras, lembrei-me do objeto que guardava comigo.

– O diamante – murmurei, em voz baixa.

Tirei a bolsa de couro do pescoço e arranquei de dentro a pedra tão preciosa. Então, procurei a parte mais larga da fissura e forcei o diamante para dentro. Dei um passo para trás e levantei a picareta. Com uma oração silenciosa, eu a soltei com força. O baque surdo me garantiu que eu tinha feito contato com o ponto correto. Seguiu-se um som de estalo, quando a metade inferior da viga se separou do topo. Largando a picareta, agarrei a metade inferior da madeira e puxei. Contra todas as probabilidades, meu plano funcionou. A metade inferior da viga se soltou e a parte superior continuou a sustentar a terra acima. Agarrei a mão de Jimmy e o puxei.

Foi uma sorte poder agir tão rapidamente, pois a madeira restante logo se partiu em duas. Arrastando Jimmy pelos braços, abri caminho pelos escombros e a poeira.

– Ajudem aqui! – gritei a plenos pulmões quando cheguei à boca do poço. – Ajudem, por favor!

Percebi que ninguém podia me ouvir, pois os estrondos agora estavam muito altos. Com muito esforço, agarrei o corpo flácido de Jimmy e o joguei por cima dos ombros. Então, segurei nas grades de ferro e comecei a subir, tentando escapar do inferno. Foi pura agonia. Mas eu tinha chegado longe. Depois de alguns metros, comecei a ouvir vozes.

– Ei, alguém está subindo!

– Não pode ser. Você está vendo coisas!

– Olhe para baixo!

– Não acredito, desça lá e os ajude! Estamos chegando, senhor, aguente aí!

Continuei a forçar meu caminho para a liberdade, quando senti o peso de Jimmy começar a ser erguido dos meus ombros.

– Nós o pegamos. Puxe-o para cima, Michael! – disse a voz de Ernie.

Tirar Jimmy dos meus ombros me fez perder o equilíbrio, e meus pés escorregaram das grades. Pendurado, vi Jimmy sendo puxado pela entrada do poço. Então, o estrondo abaixo de mim se tornou um uivo estridente, e detritos começaram a cair no meu rosto.

– Está desabando! – berrou Ernie. – Rápido, agarre ele!

Olhei para baixo e me deparei com um vórtice de terra e madeira que ruía. O uivo estridente se transformou em um rugido ensurdecedor e, quando olhei para cima, a última coisa que vi foi a mão de Ernie, tentando desesperadamente pegar a minha. Tentei agarrá-la, mas a grade de ferro sucumbiu e o chão desmoronou. Eu me senti cair por um momento, antes que o mundo ao meu redor desaparecesse de vista.

❂ ❂ ❂

Quando acordei, para minha surpresa, estava em um dos barracos improvisados na superfície, deitado em cima de uma pilha de roupas de trabalho descartadas.

– Ele acordou! – disse Ernie. Pisquei com força, e ele entrou em foco. – Sr. Tanit. O senhor está vivo!

Tomei consciência da imensa dor que respirar me causava.

– Meu peito – gemi.

– São suas costelas, senhor. Achamos que elas se quebraram. Como estão suas pernas? – perguntou ele. – Consegue mexê-las?

Eu tentei, com sucesso.

– Sim. Os homens do poço sete...

– Todos bem, senhor. Estão com alguns ossos quebrados e um pouco abalados. E tudo graças ao senhor.

Levei a mão à cabeça, que latejava.

– A mina desabou em cima de mim.

– Sim, senhor, bem quando estava a cerca de 3 metros da superfície. Felizmente, estávamos de olho no senhor e começamos a cavar imediatamente. Quase toda a força de trabalho estava envolvida em tirá-lo de lá. O trabalho em equipe rende mais.

– Obrigado – falei, tentando estender o braço para apertar a mão de Ernie. – Ai – gemi, quando uma pontada de dor se espalhou pela articulação.

– Tente não se mexer muito. Informamos o Sr. Mackenzie em Adelaide, e ele nos garantiu que os melhores médicos estão a caminho para cuidar do senhor e dos outros homens. Mas até lá, bem... Michael teve uma ideia.

Ele gesticulou para o encarregado, em pé na porta.

Michael pigarreou.

– O senhor concordaria em ser examinado por um Ngangkari?

– Ngangkari? – repeti.

– Um curandeiro aborígene, senhor. Ouvi falar da presença deles em uma vila a alguns quilômetros. Os médicos de Adelaide vão demorar alguns dias, mas um dos Ngangkari pode chegar aqui esta tarde.

Consegui assentir levemente.

– Qualquer coisa que acabe com essa dor no meu peito.

Michael pareceu aliviado.

– Não se preocupe. Volto mais tarde com ajuda. O senhor é um homem muito corajoso.

Ele correu para fora do barraco.

– Ele está acordado? – perguntou uma voz, do lado de fora.

– Espere, Sr. Tanit – disse Ernie, levantando-se para investigar. Ouvi alguns murmúrios, e ele voltou. – Sei que acabou de acordar, mas tem alguém lá fora que quer muito vê-lo. Quer ter certeza de que o senhor está bem.

– Quem é? – perguntei.

– Jimmy, senhor. Ele quer agradecer.

– Por favor, mande-o entrar.

Ernie saiu e foi substituído por um indivíduo de rosto jovem, quase um menino. Ele entrou mancando e tirou o chapéu, segurando-o humildemente na frente da barriga.

– Jimmy – falei. – Como você está?

– Estou vivo. E é só por sua causa. Os outros homens me contaram que o senhor ficou lá embaixo para me desenterrar e me carregou nas costas. Devo tudo ao senhor.

Ele baixou os olhos.

– Todos vocês trabalham para mim – expliquei –, o que significa que sua segurança é minha responsabilidade. Eu estava apenas fazendo o meu trabalho.

O rapaz desviou o olhar, desconfortável.

– Você está bem? – perguntei.

– Sim, senhor. – Ele se virou e olhou para a porta. – É que eu tenho uma coisa para lhe devolver.

– Como assim? – perguntei.

Timidamente, Jimmy colocou a mão no bolso e tirou dele um objeto que me era bem familiar. Não pude deixar de rir, o que causou uma dor excruciante em meu peito.

– Ai – gemi. – Bem, não achei que veria isso de novo, Jimmy. Você sabe o que é? – perguntei, porque, afinal, o diamante ainda estava coberto de cola e graxa de bota.

– Sim, senhor. Trabalhei nas minas de diamantes do Canadá quando era menino. Poderia identificar um em qualquer lugar. Mas nunca vi nenhum como esse. – Ele balançou a cabeça.

– Não, imagino que não. – Tentei me sentar um pouco na pilha de roupas. – Como foi que você achou isso? Eu prontamente dei adeus a ele lá embaixo.

– Eu vi o senhor tirar alguma coisa de uma sacolinha, por cima da sua cabeça. Então, quando o senhor atingiu a viga com a picareta, ele literalmente caiu no meu peito, senhor. Eu guardei para devolver. – Ele se aproximou mais de mim. – Aqui – disse ele, colocando o diamante em minhas mãos.

Eu encarei o objeto por um momento.

– Pensei que o último ato da existência dele em minha posse seria salvar uma vida. Mas aqui está ele. De volta mais uma vez. – Eu o girei em minhas mãos, então olhei para Jimmy. – Por que você não ficou com ele? Poderia tê-lo levado para longe de tudo isso. Poderia ter ido a qualquer lugar que quisesse, feito qualquer coisa com a sua vida... E, ainda assim, você escolheu devolvê-lo a mim.

Jimmy balançou a cabeça com vigor.

– Eu nem sonharia em fazer isso, senhor. Não é meu.

– Bem, obrigado por me devolver.

Ele continuou me olhando, sem graça.

– Eu poderia lhe fazer a mesma pergunta, senhor.

– Como assim?

– O senhor mesmo disse. Com uma pedra dessas, pode ser quem quiser. Em vez disso, está aqui conosco, um monte de homens sem eira nem beira, no deserto. O senhor quase morreu hoje. Por que não o vende e começa uma nova vida?

Aquela ideia devia ser estranha para aquele rapaz tão jovem.

– Você disse que não ficou com ele porque não era seu, certo, Jimmy?

O jovem assentiu.

– Bem – respondi –, eu lhe dou a mesma resposta. Obrigado novamente por devolvê-lo.

Jimmy virou-se para sair do barraco.

– Jimmy? Não há necessidade de mencionar isso a nenhum dos outros, se não se importa.

– Mencionar o quê, senhor? – respondeu Jimmy.

Assenti, e ele saiu mancando.

Observei o diamante.

– Mesmo quando tentei me livrar de você, você voltou. Será que já não serviu ao seu propósito?

Coloquei delicadamente a pedra no bolso. Então, fechei os olhos e dormi.

Fui acordado mais tarde por Michael.

– Sr. Tanit? O Ngangkari está aqui.

Esfreguei os olhos e, ao lado de Michael, vi um homem alto, com uma saia feita de palha e o corpo pintado com padrões geométricos em tinta branca. Ele olhou para mim e me deu um aceno.

Devolvi o cumprimento.

– Olá. Obrigado por ter vindo.

Ele apontou para si mesmo.

– Yarran.

Apontei para mim mesmo em resposta.

– Atlas.

Ele assentiu.

– Estou com uma dor muito forte no peito. Acho que minhas costelas quebraram e gostaria de saber se você teria algum remédio para a dor.

Yarran continuou olhando fixamente para mim.

Michael interveio:

– Acho que ele não fala inglês, Sr. Tanit.

Yarran apontou para o meu peito.

– Sim. Dor – falei.

Yarran anuiu e deu um tapinha nas costas de Michael.

– Acho que essa é a sua deixa para sair, Michael.

O encarregado parecia em dúvida.

– Tem certeza de que não quer que eu fique? – perguntou.

– Está tudo bem. Obrigado.

Assim que Michael saiu, Yarran colocou as mãos no meu peito.

– Cuidado! – gemi, com medo da dor que ele poderia infligir com o mais leve toque.

Ele fez uma pausa e sorriu para mim.

– Ai – disse ele.

– Sim, ai. Dói – confirmei.

Yarran assentiu de novo, então inalou profundamente, antes de mais uma vez trazer suas mãos para o centro do meu corpo. Eu me preparei, mas seu toque era leve, e suas palmas se moviam suavemente pelas minhas costelas, como se ele estivesse acariciando gentilmente um gato.

– Hum, por favor – disse Yarran, apontando para minha camisa enlameada.

Eu a desabotoei com cuidado e olhei para minha pele, que estava preta e azul.

– Ai – repetiu Yarran.

Ele voltou as mãos para o meu peito. Em seguida, fechou os olhos, e sua respiração tornou-se cada vez mais profunda.

– Hummmm – ele começou a cantarolar, com um timbre profundo e melódico.

Olhei para ele outra vez e vi que estava franzindo o cenho.

– Está tudo bem? – perguntei.

– Dentro, ai – disse ele, de novo.

– Eu sei. Costelas quebradas, acho.

– Não. Dentro. Mais fundo. Ai.

Fui tomado por uma leve onda de pânico.

– Mais profundo? Você acha que há um problema com meu coração? – perguntei, apontando para o centro do meu peito.

– Corpo vai sarar – disse Yarran. – Espírito quebrado. – Ele me encarou com seus profundos olhos castanhos, que brilhavam como os de Kilara. – Ancestrais – prosseguiu ele, apontando para cima. – Ancestrais se importam.

– Não sei o que você quer dizer. Eu...

Antes que eu pudesse completar minha frase, Yarran colocou as mãos na minha cabeça e começou a massagear minhas têmporas com os polegares. Seus dedos se cravaram em meu crânio com força, mas não senti dor.

O que aconteceu a seguir é muito difícil de descrever, mas vou me esforçar. Os dedos de Yarran pareceram se aprofundar cada vez mais, até eu sentir que ele havia transpassado meu crânio e alcançado minha própria mente. A sensação continuava não sendo dolorosa, era mais como se eu estivesse sendo embalado por dentro. A mesma sensação descia da cabeça para o pescoço e depois para o peito. De repente, senti que era capaz de respirar mais facilmente, como se meus pulmões tivessem desbloqueado alguma outra capacidade da qual eu não tinha conhecimento. A barraca ao meu redor se desvaneceu em um branco brilhante. Eu me senti suave e em paz. Então, ouvi a voz de Yarran, que dançava e ecoava ao redor da minha cabeça.

– Sua alma está sofrendo – disse ele. – Os ancestrais e eu vamos ajudá-lo a curá-la.

– Você está falando um inglês perfeito, Yarran! – comentei, eufórico.

– Apenas o mundo físico nos limita, Atlas. Como temo que você tenha se esquecido, há muito mais nesta existência.

– Onde estamos? – perguntei.

– Onde quer que você deseje estar.

Eu pensei por um momento.

– Quero estar com Elle. Mas ela se foi, Yarran. E ainda não entendo o porquê.

– Ela desapareceu – revelou Yarran, suavemente.

– Desapareceu da minha vida, sim.

– Desapareceu de... todos os lugares – respondeu ele. – Hum.

– O que você quer dizer?

– Existe uma linha que nos liga àqueles que amamos, mesmo que estejam distantes. Embora não possamos ver essa linha, ela garante que, onde quer que estejamos, essa conexão permaneça. Você ainda está ligado a ela.

Meu coração deu um salto.

– Mesmo ela não tendo entrado no navio?

– Sim. Não consigo ver onde termina a linha que conecta vocês dois. Mas ela deseja ser encontrada.

– Deseja? – perguntei, um pouco atordoado.

– Hummm – Yarran murmurou de novo, melodicamente. – Você tem muito a fazer. Muito a fazer.

– Você quer dizer que devo ir atrás de Elle?

Yarran fez uma pausa, como se escolhesse suas palavras com cuidado.

– Os ancestrais acreditam que você tem um destino a cumprir. Eles vão protegê-lo, Atlas.

– Yarran, eu não estou entendendo.

– Durma agora. Os ancestrais cuidarão de você.

A luz branca lentamente se transformou em escuridão, e eu caí em um sono tranquilo. Quando acordei, o quarto estava escuro. Ao respirar profundamente, notei que a dor no peito já incomodava bem menos. Eu não tinha dúvidas de que minhas costelas ainda não tinham sarado, mas eu conseguia respirar livremente. Descobri que podia até mesmo me sentar e ficar de pé com relativa facilidade. Abotoando a camisa, abri a porta do barraco e fui recebido pelo silêncio da noite do deserto. A lua cheia brilhava no mar de poços à minha frente, retratando uma paisagem com tantas crateras que parecia quase alienígena.

Os guinchos e gorjeios agudos das rãs do deserto ecoavam pela planície, pontuados apenas pelo ocasional uivo dos dingos. Senti uma mão em meu ombro, virei-me e vi Yarran.

– Yarran. Eu me sinto muito melhor. Obrigado! – falei, fazendo o sinal de positivo.

Yarran assentiu e estendeu um montinho do que pareciam ervas e flores recém-colhidas.

– Bebe tudo – disse ele.

– Obrigado. Vou beber. – Hesitei por um momento. – Foi muito bom conversar com você mais cedo.

Ele continuou olhando sem expressão para mim, e eu me repreendi por atribuir meu sonho aos poderes espirituais de Yarran.

– Mas, enfim, agora me sinto muito melhor.

Yarran se virou e acenou para mim, por cima do ombro.

– Vem – disse ele, e começou a caminhar em direção ao amplo deserto atrás do barracão.

Eu o segui, e caminhamos por mais ou menos dez minutos, com o chão iluminado diante de nós pelo brilho da lua. Então, Yarran parou e se sentou de pernas cruzadas no chão empoeirado. Fiz o mesmo. Ele apontou para o céu.

– Ancestrais – disse ele.

Olhei para cima, e a visão me deixou sem fôlego. As estrelas brilhavam como eu nunca tinha visto. Majestosas, resplandecentes e ofuscantes, pairando acima de nós. Órion, Touro, Perseu, Plêiades... As próprias constelações pareciam brilhar, surpresas.

– Yarran... as estrelas... eu nunca as vi assim...

– Sempre aqui – respondeu Yarran. – Mas você não vê. Espírito quebrado. Melhorando.

Senti-me pequeno com a amplitude do céu pontilhado de luz. Naquele momento, enxerguei vida na escuridão e calor no frio. Fixei os olhos nas Sete Irmãs.

– Olá, velhas amigas.

Absorvi seu esplendor, silenciosamente pedindo desculpas por ter me esquecido de tudo o que elas haviam feito por mim durante minha trajetória. Afinal, foram elas que me encaminharam a um lugar seguro durante aquela jornada impossível, quando menino. Sem elas, eu estaria morto em um leito de neve siberiana. Eu ainda acreditava que as irmãs haviam me enviado Elle, Landowski, Brouilly, Pip, Karine e Archie Vaughan. Sem mencionar Kitty Mercer e seu irmão Ralph.

– Muito bem – disse Yarran, levantando-se. – Casa.

Sem dizer sequer um adeus, começou a caminhar, se afastando das minas.

– Espere um pouco, Yarran, a aldeia fica para o outro lado. – Ele me dispensou, com um gesto. – Por favor, passe a noite. Vamos levá-lo para casa a cavalo amanhã!

Yarran virou-se para mim.

– Não, *você*, casa – corrigiu ele, apontando de novo para o céu.

– Espere, eu devo ir para casa? Para Coober Pedy? Ou você quis dizer a *minha* casa? Suíça? Yarran! – gritei.

Ele parou outra vez e se virou para mim de novo, um enorme sorriso no rosto.

– Muito a fazer.

Aquelas três palavras... ele as dissera no sonho.

– Eu sabia... Devo procurar Elle, Yarran?

Ele continuou a se afastar de mim e dessa vez não se virou.

– Por favor, pare. Não posso deixar você desaparecer no deserto! Não é seguro!

Yarran riu alto e vagou noite australiana adentro.

Sabendo que não havia nada que eu pudesse fazer, voltei para minha morada subterrânea.

Após meu encontro com o Ngangkari, sinto-me reavivado... Ouso dizer, até esperançoso? O ar está passando pelos meus pulmões, o que é mais do que posso dizer sobre aqueles que perdi. Papai, Pip, Karine, Archie... eu devo a *eles* me levantar e viver a minha vida.

E agora sei o que preciso fazer.

Preciso encontrar Elle.

E reconquistá-la.

Pois isso é tudo que importa.

Titã

Junho de 2008

42

Estrela baixou a página que estava lendo e virou-se para Ceci, que tinha lágrimas nos olhos. Ainda era uma cena incomum para ela, já que sua irmã sempre foi tão forte e vibrante.

– Ah, Ce, venha aqui – disse Estrela, envolvendo-a em um abraço. – É impactante demais ler sobre nossas famílias, não é?

– É. – Ceci fungou. – Apenas para o caso de você não ter se dado conta, Sarah, a garota órfã no navio, é minha avó. Eu não fazia ideia de que ela e papai já se conheciam.

– Mais do que isso, Ceci. Ela o salvou. Sem ela, papai teria se jogado no oceano. Sem sua avó, ele não teria vivido quanto viveu. E nenhuma de nós teria a vida que tivemos. – Estrela apertou a mão da irmã. – Isso é incrível.

Ceci deu um sorriso melancólico.

– Você tem razão. É muito legal. Mas eu poderia dizer exatamente a mesma coisa sobre os Vaughans. Parece que papai foi muito feliz em High Weald.

Estrela riu.

– Sim, é verdade. Flora, em particular, foi incrível. Mas o vovô Teddy foi péssimo com eles! Que... – Estrela contemplou cuidadosamente suas próximas palavras – ... maldito filho da mãe! – exclamou ela em um tom agudo, para grande surpresa de Ceci, que começou a rir também.

– Sim, desculpe, Estrela. Nem *todo mundo* pode ter ancestrais heroicos.

Ceci se levantou e esfregou os olhos, indo até o frigobar da cabine, de onde tirou uma garrafinha de água mineral.

– Quer uma? – perguntou, erguendo-a. – Você está lendo sem parar há mais de duas horas.

Estrela assentiu, e Ceci jogou para ela. A garrafa aterrissou ao seu lado, na cama de casal.

– O que você acha que aconteceu com Elle?

Estrela abriu sua garrafa, pensando.

– Não faço ideia. É tão estranho. Eles estavam claramente apaixonados.

Ceci se encostou na beirada da escrivaninha.

– A menos que Pa tenha entendido as coisas errado.

– Como assim? – perguntou Estrela.

– Estamos aceitando tudo o que Pa diz no diário como um fato. Mas é apenas o lado dele da história. Você acha possível que os sentimentos de Elle não fossem tão fortes? Pa tinha aquele psicopata do Kreeg perseguindo-o pelo mundo, tentando matá-lo. Acho que, mesmo se você amasse alguém, seria um pouco demais, sabe? – comentou Ceci, tomando um gole d'água.

Estrela refletiu.

– Eles passaram por tanta coisa juntos. Não entendo por que ela apenas o abandonou no cais. É um pouco estranho.

Ceci riu.

– Esse é o nosso Pa Salt, certo? Um pouco estranho.

Ela se levantou e se esparramou na cama ao lado de Estrela.

Houve uma batida à porta da cabine, e Electra apareceu usando um caftan laranja.

– Já terminaram? – perguntou ela.

– Sim. Estrela acabou de ler quase agora – respondeu Ceci.

Electra entrou e se juntou às irmãs na cama.

– Há tanta coisa para absorver. Vocês sabem quem era aquela mulher que ele conheceu em Nova York, no protesto? Era a minha bisavó! Bem, tipo isso. Ela cuidou da minha avó quando era pequena. Quais são as chances de uma coisa dessas ser coincidência?

– Uau, Electra. Ficamos nos perguntando mesmo se isso estaria ligado a você de alguma forma – comentou Estrela, segurando a mão da irmã.

– Pois é, está, e muito. E podemos fazer uma pausa para falar sobre Georg e Claudia? Que loucura!

Estrela balançou a cabeça em descrença.

– Sim, foi uma grande revelação! Por isso que Georg sempre foi tão leal a Pa. Ele salvou os dois irmãos.

– Graças à avó milionária – retrucou Electra. – Um grande golpe de sorte.

– Mas Pa merecia um pouco de sorte, Electra. Nunca vi uma pessoa ter que lidar com tantos acontecimentos ruins na vida – disse Ceci, em um tom incisivo.

– Sim, concordo – admitiu Electra. – Não sei vocês, mas estou muito curiosa sobre a Rússia.

Estrela bateu palmas de excitação.

– Eu também! Pa soltou mais algumas informações agora, não foi? O pai dele trabalhou para o czar Nicolau II. Esperem até Orlando saber disso. Vai surtar.

Electra suspirou.

– Não vou mentir para você, Estrela, não faço ideia do que é essa coisa toda de czar. O que isso significa?

– Bem, não sei detalhes também. Mas eu me lembro de algumas coisas da escola. O czar Nicolau II foi o último imperador da Rússia. Ele abdicou em 1917.

– Por quê? – perguntou Ceci.

– Revoluções, basicamente – prosseguiu Estrela. – O czar russo era extremamente poderoso. Era a principal autoridade do país e controlava toda a riqueza.

– Então ele era, tipo, um ditador? – indagou Electra. – Um cara do mal?

Estrela deu de ombros.

– Acho que sim. A Rússia era uma autocracia. O povo estava infeliz. Eles enfrentavam escassez de alimentos em um cenário de frio intenso. Então, o povo o derrubou.

Ceci e Electra ficaram em silêncio por um momento, pensando sobre aquilo.

– O que aconteceu depois disso? – indagou Electra.

– Ele e sua família foram executados. Vladimir Lenin e seus revolucionários bolcheviques assumiram o governo.

– Por que eles o odiavam tanto? – perguntou Ceci.

– Os bolcheviques acreditavam que a monarquia era um câncer que impossibilitava a ascensão da classe trabalhadora. E o que você faz com um câncer?

– Corta fora – respondeu Electra.

Estrela assentiu.

* * *

Maia se recostou na cadeira e se espreguiçou.

– Ah, Pa – sussurrou para si mesma. – Em quantas confusões você se meteu.

Ela se levantou e atravessou o salão até a janela. O oceano parecia cada vez mais agitado conforme o *Titã* avançava em direção a Delos.

– Olá? Maia? – veio uma voz da porta do salão.

– Oi, Merry. Como você está?

Merry caminhou em direção à sua recém-descoberta irmã e colocou a mão em suas costas.

– Ah, não estou tão mal, acho. Mas não consigo acreditar que Atlas tenha perdido Elle de forma tão repentina. Isso desafia toda a lógica.

– Exatamente. Eles me pareciam tão felizes juntos.

Merry baixou o olhar.

– Meu Deus, me desculpe, Merry – acrescentou, rapidamente. – Eu nem pensei... Isso tudo é sobre a sua mãe também. Deve ser ainda mais difícil.

Merry fez um gesto tranquilizador.

– Ah, não se preocupe. Eu nem a conhecia. É com você que me preocupo, Maia. Sei que o filho desse patife do Eszu a tratou muito mal. – Ela passou a mão pela cintura de Maia em um abraço. – Não consigo imaginar como deve ser pesado para você ler tudo isso.

Maia apoiou a cabeça no ombro de Merry.

– Obrigada, Merry, eu precisava disso.

– Eu sei que precisava, querida. – Merry sorriu, então se afastou dela e apoiou as mãos nos quadris. – Agora, tem uma coisa que eu queria contar a você.

– O quê?

– Como você sabe, minhas coordenadas na esfera armilar apontavam para aquela casa em West Cork, que parece ter pertencido à família Eszu.

– Sim – confirmou Maia.

– Bem, contei a meu amigo Ambrose sobre isso, e ele prometeu investigar um pouco. Ele conseguiu ligar para cerca de metade de West Cork, sendo passado de uma casa para outra. Então entrou em contato com uma família em Ballinascarty.

Maia olhou fixamente para Merry.

– Desculpe, não sei onde fica isso.

– Ah. – Merry estalou a língua, impaciente. – Claro que não. É uma vila bem perto da Argideen House.

– Entendi.

– Acontece que o avô da família, Sonny, trabalhou na casa como jardineiro, nos anos 1950. O velho tem quase 100 anos agora, mas ficou feliz em falar sobre seu tempo em Argideen.

Os olhos de Maia se arregalaram.

– O que ele disse, Merry?

Merry deu de ombros.

– Não muito. Só que quase nunca via o dono, pois ele estava sempre viajando. Aparentemente havia outros dois jardineiros, e nenhum deles tinha permissão para entrar na casa, sob nenhuma circunstância. Ele também se lembra de uma governanta.

Maia ergueu uma sobrancelha.

– Você sabe qual era o nome dela?

– Sonny não conseguia se lembrar. Disse que ela pouco saía de casa e nunca dirigiu uma palavra a ninguém. Então, um dia, ela desapareceu. Depois disso, eles não viram o dono por meses a fio, mas ainda recebiam o pagamento, então continuaram a trabalhar nos jardins.

Maia fez o possível para tentar ligar os pontos, mas a conexão continuava escapando.

– Mas o que isso tem a ver com você, Merry? Por que suas coordenadas levam à casa de Eszu? É isso que não consigo entender.

– Nem eu, Maia – concordou Merry, suspirando.

As duas mulheres olharam para o oceano por algum tempo, perdidas em pensamentos.

Alguns minutos depois foram surpreendidas por um estrondo do lado de fora da porta do salão e foram investigar. Para sua surpresa, viram Ally encurralando Georg em um canto do corredor, com o dedo apontado para o rosto dele.

– Estou falando sério, Georg. Vamos lá agora. Neste minuto. Não me importa quais sejam suas tão preciosas instruções. Você percebe que há pessoas neste barco que...

Georg notou a presença de Maia e Merry.

– Olá, meninas – disse ele calmamente.

Ally se virou para elas.

– Ally? Está tudo bem? O que está acontecendo? – perguntou Maia.

Subitamente, a irmã pareceu ainda mais nervosa.

– Sim. Tudo bem. Está tudo bem, não está, Georg?

– Ah, sim – respondeu o advogado. – Ally e eu estávamos discutindo o... futuro do *Titã*. Só isso – disse ele, sem se alterar.

– Isso mesmo – concordou Ally, parecendo recuperar algum controle. – Georg acha que deveríamos alugá-lo no inverno, já que não o usamos nessa época.

Maia sabia que a irmã estava mentindo.

– Não imaginei que algo assim a deixaria tão irritada, Ally.

O rosto de Ally ficou ainda mais vermelho.

– Não. Desculpe. Você sabe como sou apaixonada por barcos, Maia, só isso.

Maia encarou a irmã por um momento e então se virou para Georg.

– Venha aqui, você. – Ela foi abraçá-lo. – Por que nunca nos contou sobre você e Claudia?

Georg suspirou.

– Ah, o diário. Seu pai já nos encontrou?

– Já – respondeu Maia.

– Vocês foram morar com os antigos funcionários de Agatha – acrescentou Merry.

O advogado sorriu.

– Os Hoffmans eram pessoas muito boas.

– Não me admira que você e Pa fossem tão próximos – continuou Maia. – Você o conhece praticamente a vida toda. Não é incrível, Ally?

Ela parecia genuinamente confusa.

– Sim, hum.... eu... – gaguejou.

– Você já leu as cem páginas seguintes, não leu? – pressionou Maia. – Foi o que combinamos.

– Desculpe, Maia. Não. – Ally suspirou. – Georg e eu ficamos conversando sobre... o *Titã*.

– Ah.

Merry interveio:

– Bem, parece que você tem que se apressar para se atualizar, então, Ally. Vamos deixá-la à vontade. Vamos, Maia, que tal buscar um café?

Ela pegou a mão de Maia e a conduziu pelo corredor.

– Que cena estranha foi aquela?

– Foi estranho, não foi? – respondeu Maia. – Alguma coisa está acontecendo entre eles. E acho que não tem nada a ver com o *Titã*.

❂ ❂ ❂

– É tão horrível o que aconteceu com Elle, Ma.

Tiggy enxugou uma lágrima e se sentou ao lado de Marina, no banco macio da proa do convés superior.

Ma aconchegou Bear, que cochilava em seus braços.

– Eu sei, *chérie*, eu sei. Mas tento lembrar sempre que, se esses eventos não tivessem acontecido, ele nunca teria encontrado vocês. E nem a mim!

Tiggy apoiou a cabeça nas mãos.

– Você sabia sobre Georg e Claudia? Que Pa os encontrou quando eram crianças?

Ma assentiu.

– *Oui*, é claro.

– E tudo sobre Kreeg?

Tiggy parecia triste.

– Sim. – Ma baixou a voz: – Não preciso nem explicar por que nunca disse uma palavra. Você viu no diário como ele era perigoso. E depois de tudo o que aconteceu com Zed...

– Eu sei. Então, quando você vai aparecer no diário, Ma? – perguntou Tiggy. – Pa acabou de sair da Austrália para procurar Elle. Quando ele vai conhecer você?

Ma olhou para o bebê, o menino que era como seu neto, cochilando no seu colo.

– Em breve, *chérie*, em breve. Espero que você não me julgue com muita severidade. Como já deve ter percebido nesta viagem, há muitas coisas que vocês não sabem.

Tiggy se aproximou e passou um braço pelos ombros de Ma.

– Ah, Ma, o que quer que eu descubra, nada vai mudar. Nunca. Eu te amo.

Tiggy deu um beijo suave na bochecha macia de Marina.

– Obrigada, Tiggy. Eu também te amo.

Elas se entreolharam por um momento, antes que Tiggy falasse novamente:

– Posso fazer uma pergunta indiscreta?

– Você sabe que pode me perguntar qualquer coisa.

– Você viveu com Pa por tantos anos. Vocês alguma vez... sabe...?

– O quê, meu querido ouriço? – Marina parecia confusa.

– Você se sentia atraída por ele? – indagou Tiggy, com uma risadinha.

– Ah! Você não me disse que a pergunta seria atrevida!

Tiggy riu ainda mais.

– Me desculpe, Ma. Você sabe que sempre fui capaz de *sentir* as coisas. E sempre senti que você tinha algum tipo de anseio em seu coração.

Ma ergueu as sobrancelhas.

– É mesmo, meu ouricinho? – Tiggy assentiu lentamente. Marina suspirou. – Seu pai era um homem muito bonito. De muitas maneiras, ele era perfeito. Bonito, gentil, inteligente... um ser humano verdadeiramente bondoso. Mas pode ter certeza de que nunca em minha vida pensei nele *dessa* maneira.

Tiggy ficou um pouco confusa.

– Sério?

– A mais pura verdade – jurou Ma, sem titubear.

Tiggy franziu a testa.

– Eu não costumo errar sobre essas coisas.

O rosto de Ma ficou corado de constrangimento.

– Pare, *chérie*, você está fazendo uma velha corar.

– Não seja ridícula, Ma, e você não é uma velha! Mas preciso saber, quem é esse homem misterioso que você deseja tanto...? – sussurrou Tiggy.

Marina fez um som de reprovação e, quando estava prestes a dizer alguma coisa, a figura elegante de Charlie surgiu no convés.

– Aí está você, amor – disse ele, sorrindo para Tiggy.

– Oi, Charlie. Está tudo bem?'

– Sim, obrigado. Um mar de rosas. Sem trocadilho.

Tiggy revirou os olhos.

– Tudo bem. Talvez tenha sido um pouco intencional. Fui enviado por Ally em uma missão para garantir que todas terminem o diário antes do jantar dessa noite.

– Sério? – perguntou Tiggy. – Ainda temos bastante tempo até chegarmos a Delos.

– Não mate o mensageiro! – Charlie ergueu as mãos. – Falando sério, ela realmente parecia bastante empenhada para que todas estivessem na mesma página...

Tiggy ergueu as sobrancelhas, julgando-o.

– Tudo bem, tudo bem, esse foi forçado – concordou ele.

– Obrigada, Charlie. Vou acelerar minha leitura. Todo mundo está fazendo isso?

– Nenhuma reclamação até agora. – Charlie se abaixou para olhar Bear nos braços de Ma. – O rapazinho está crescendo muito, não é? – Ele acariciou a bochecha do bebê com o dedo. – Enfim, vou deixá-las à vontade. Falo com vocês mais tarde.

Ele voltou para a parte interna do iate.

Tiggy franziu o cenho.

– Deve haver uma razão para Ally querer que todas nós terminemos o diário o mais rápido possível. Você sabe o que poderia ser?

O rosto de Ma ficou vermelho outra vez.

– Não.

Tiggy a pressionou.

– Você me diria se houvesse alguma coisa... acontecendo aqui, não é, Ma? É uma sensação horrível ser excluída de coisas importantes.

– Eu não mentiria para você, *chérie* – retrucou Ma, diplomática.

– Tudo bem. – Tiggy deu um tapa nos próprios joelhos e ficou de pé. – Sabe, tudo dentro de mim está... faiscando e borbulhando. É como se eu pudesse *sentir* alguma coisa, mas não tenho certeza do quê.

– Talvez seja Merry? – sugeriu Ma. – O próprio sangue de seu pai, aqui no barco. Isso faria sentido, não faria?

Tiggy deu de ombros.

– Acho que sim. Bem, é melhor eu voltar para minha cabine e terminar esse diário.

– Tudo bem, *chérie*. Falo com você mais tarde.

Assim que Tiggy desapareceu de seu campo de visão, Ma apoiou Bear nas almofadas macias e enviou uma mensagem de texto para Georg Hoffman.

Diário de Atlas

1951-1993

43

Passei a viagem de volta à Inglaterra elaborando uma lista de lugares onde Elle poderia estar. Eu sabia que a tarefa seria gigantesca, pois envolveria refazer nossos passos pela Europa – não que houvesse qualquer garantia de que ela estivesse em um local onde já tivéssemos estado. Mas eu tinha que começar por algum ponto.

Ralph Mackenzie tinha sido nada menos que exemplar quando entrei em contato com ele para dizer que estava deixando a Austrália. Ele veio se despedir de mim em Adelaide como se eu fosse um velho amigo ou irmão.

– Obrigado, Atlas. Você ressuscitou o império Mercer praticamente sozinho. A mina de opala nos permitiu fazer muito, inclusive restaurar a bastante dilapidada Missão Hermannsburg, que significa tanto para Kitty. Do fundo do meu coração, agradeço muito tudo o que você fez.

Ele me abraçou.

– Eu sinto o mesmo, Ralph. Muito obrigado.

– Espero que você esteja viajando de volta na primeira classe?

Eu ri e mostrei minha passagem da segunda classe.

– Mas, Atlas... você é multimilionário agora. Seus dez por cento cuidaram disso.

– Suponho que velhos hábitos nunca morrem. Isso me lembra que posso precisar de sua ajuda para transferir meus fundos de volta para a Europa.

– Pode deixar. Farei qualquer coisa para ajudar. Fico muito triste em perdê-lo e sei que os homens de Coober Pedy se sentem da mesma forma. Eles nunca vão esquecer o dia em que os salvou do poço que desabou. Você é um herói.

Ralph parecia genuinamente emocionado.

– Na verdade, Ralph, acho que foram eles que me salvaram. Além disso, Michael fará um bom trabalho na minha ausência.

– Até a próxima.

Trocamos um aperto de mãos, e me virei para subir a prancha do *Orient* mais uma vez.

A travessia em si continua sendo uma névoa para mim. Veja bem, estou um pouco preocupado que, pela primeira vez na vida, tenha me entregado fortemente às qualidades entorpecentes do álcool. Na minha primeira noite, entrei no bar para brindar meu tempo na Austrália com um uísque e acabei passando a noite inteira lá. Voltei na noite seguinte. E então na seguinte. Em pouco tempo, comecei a ir para lá durante o dia.

O que posso dizer? A bebida parecia fazer o tempo passar mais rapidamente e tornava os dias sem Elle menos difíceis. Era verdade que eu tinha um propósito renovado, mas até encontrá-la a dor da jornada seria intensa. No entanto, não deixei a garrafa no *Orient* quando desembarquei, após a viagem de dois meses. Eu sabia que ia me reencontrar com fantasmas do passado e continuei a beber para ter a coragem para enfrentá-los.

Ao chegar à Inglaterra, retornei à Livraria Arthur Morston, onde Rupert ficou tão chocado ao me ver que derramou sua xícara de chá em uma caixa de livros novos.

– Meu velho amigo! Estou perplexo! Meu bom Deus! Como você está?

Expliquei a ele os acontecimentos dos últimos dois anos da forma mais concisa que pude.

– Nossa. Meu pobre e querido amigo. Gostaria de poder lhe dar uma boa notícia e dizer que ela esteve aqui. Mas, infelizmente, não posso.

– Ah, bem. Valeu a pena a visita mesmo assim.

Eu me virei para a porta da loja.

– Espere aí, meu velho, você parece que precisa de um café forte, e talvez uma cama aconchegante para a noite. Sabe, Louise e eu ficaríamos felizes em...

– Quando nos separamos, Rupert, você disse que investigaria Kreeg.

Ele pareceu constrangido.

– Sim, e mantive a minha palavra e investiguei. Mas, como você previu, aquele inseto mal parece ter existido. Não há cabeça nem cauda dele em nenhum de nossos registros. Meus amigos do Circus encontraram uma menção a um Kreeg Eszu em um antigo censo russo, mas isso não ajuda muito.

– Não – concordei, com um suspiro. – Ele voltou aqui?

– Nunca, meu velho. Vigiamos o lugar como falcões durante semanas depois que você partiu, mas não houve sinal do homem.

Olhei ao redor da loja. As prateleiras tinham sido pintadas de branco, o que parecia deixar o lugar mais claro. Elle teria gostado.

– Obrigado, Rupert. – Então tive uma ideia. – Seria possível falar com Flora para saber se Elle entrou em contato com ela?

– Claro – respondeu Rupert, indo para os fundos da loja. – Vou telefonar agora mesmo. Ela está de volta a Lakes por esses dias.

Ele correu escada acima, mas, ao voltar, balançava a cabeça.

– Desculpe, meu velho, Flora não ouviu nada sobre ela. Mas ela adoraria ver você. Disse que é um convite em aberto.

– Está bem. Obrigado, Rupert.

Não consegui evitar que minha fala se arrastasse enquanto apertava sua mão.

– Tem certeza de que não podemos lhe oferecer uma boa xícara de...

Antes que meu velho amigo pudesse terminar a frase, eu já havia fechado a porta da Livraria Arthur Morston. Voltei para o Claridge's Hotel, onde havia me hospedado, e instruí o concierge a organizar a próxima etapa de minha viagem à Suíça.

✷ ✷ ✷

Sem dúvida, o Sr. Kohler ficou menos satisfeito em me ver do que Rupert. Quando entrei na Kohler & Schweikart, na Rue de Rhône, a secretária pareceu incrédula.

– Monsieur Tanit? – indagou ela, sobressaltada, lutando para descobrir se o homem abatido e barbado ali no saguão era realmente eu.

Assenti, e ela rapidamente pegou o telefone. Eric Kohler veio correndo de seu escritório, incrédulo, antes de me puxar para dentro.

– Atlas! Onde foi que você esteve, homem?! Qual foi a única coisa que eu implorei a você no início desse processo? Não desaparecer da face da Terra! E você, meu amigo, achou por bem fazer exatamente isso. Estou pensando em passá-lo para um advogado mais jovem. A família Tanit vai acabar me matando...

Levantei a mão para que Eric parasse de falar.

– Elle. Ela entrou em contato com você?

– Não – prosseguiu ele, com raiva. – Com certeza não. Agora, você tem muito que explicar, principalmente para o Escritório de Cidadania Suíça, que está retendo seu pedido há dois anos. Atlas, onde você esteve?

Afundei no sofá nos fundos da sala e contei ao advogado o que tinha acontecido com Elle e sobre minha temporada na Austrália. Eric ouviu com atenção, mas ainda assim não ficou satisfeito.

– Lamento ouvir tudo isso, Atlas, mas o que foi que deu em você para ir para a Austrália, para início de conversa? Se você queria uma mudança, por que não voltou para o seu país natal, onde você teria cidadania e uma fortuna?!

Foi então que me dei conta de que nunca havia informado Eric sobre Kreeg, mas estava exausto demais para fazê-lo naquele momento.

– Vou visitar os Hoffmans para ver se está tudo bem com as crianças. Por favor, você poderia telefonar e avisar que vou até lá?

Ele suspirou.

– É uma boa ideia, e tenho certeza de que eles ficarão felizes em recebê-lo. Georg, em particular, está indo muito bem. Na verdade, nos tornamos bons amigos, pois ele fica aqui no escritório uma vez por semana. Ele é muito inteligente e quer se tornar advogado.

– Nesse caso, posso despedir você e contratá-lo! – resmunguei.

– Bem, talvez um dia. Mas, Atlas...

– Sim, Eric?

– Sei que você ainda é meu cliente e não quero ser intrometido. Mas pode ser uma boa ideia tomar um banho frio primeiro. Talvez se barbear. E certifique-se de beber bastante água. Lembre-se, você é um herói para aquelas crianças, salvou a vida delas. – Eric me lançou um olhar severo. – Não manche a imagem do anjo da guarda deles.

As palavras de Eric Kohler ressoaram imediatamente em mim.

– Tudo bem. Vou lá amanhã de amanhã. Por favor, ligue para o meu hotel mais tarde para me informar se está confirmada a visita aos Hoffmans. Estou no Beau Rivage.

– Como desejar, Sr. Tanit – disse Eric, gesticulando em direção à porta.

Arrastei-me de volta para o hotel coberto de vergonha e não toquei em uma gota de álcool a noite toda. Na manhã seguinte, peguei um táxi para a casa de Agatha, ainda facilmente identificável pela pintura rosa em seu exterior. Seus habitantes me receberam muito calorosamente.

– Obrigada por vir nos ver, Sr. Tanit! O Sr. Kohler disse que o senhor estava muito ocupado, com todos os seus negócios – exclamou a Sra. Hoffman.

Percebi que Eric tinha escolhido compartilhar uma mentira com a família para não perturbar as crianças. Senti uma pontada de culpa.

– Georg e Claudia vão ficar muito felizes em vê-lo! – acrescentou a velha senhora.

– Vocês têm tudo de que precisam, Sra. Hoffman? – perguntei. – Quero ter certeza de que não estão tirando nem um centavo do próprio bolso.

Ela assentiu, com entusiasmo.

– Com certeza, obrigada, Sr. Tanit. Agatha ficaria muito, muito orgulhosa da sua generosidade. Está em seus genes.

As crianças me acolheram como um tio que não viam havia muito. Fiquei surpreso com quanto ambos cresceram nos anos em que eu estivera fora, esquecendo que eles estavam em sua fase de desenvolvimento e mudança. Os Hoffmans certamente insistiram para que ambos se arrumassem para a chegada de seu benfeitor, e fui inundado de remorso por não ter estado mais presente em suas vidas.

– Olá, Sr. Tanit! – disse Georg com a voz embargada, agora um rapaz quase do meu tamanho, apertando minha mão.

– Santo Deus. Este é o pequeno Georg ou o pai dele?! – comentei, tentando ser engraçado, antes de lembrar o destino que se abatera sobre os pais dele.

Georg percebeu o meu constrangimento e abriu um sorriso gentil.

– O senhor se lembra da minha irmã, Claudia?

Ele sinalizou para a jovem, que também estava mais alta, mas com o mesmo rosto gentil do qual eu me recordava.

– Prazer em vê-lo novamente, Sr. Tanit. – Ela fez uma reverência. – Meu irmão e eu não temos como agradecer o suficiente por toda a sua bondade.

– É muito bom ver você também, Claudia. Não há necessidade de me agradecer. É aos Hoffmans que vocês devem ser gratos. Vocês dois estão gostando da vida em Genebra? – Eles assentiram com entusiasmo, então perguntei: – E como vão os estudos?

– Os meus estão indo muito bem, obrigado, Sr. Tanit – respondeu Georg.

– Ouvi dizer que anda visitando o Sr. Kohler. Ele contou que você quer ser advogado, certo?

Georg remexeu os pés.

– Tornou-se um sonho meu, sim. Quero influenciar a maneira como o mundo funciona para que as pessoas possam ter uma existência mais justa.

Suas palavras me fizeram sorrir.

– Não consigo pensar em nada mais nobre ou apropriado. Estou feliz por você, Georg. Não deixe de perseguir o seu sonho com todo o coração.

– É o que vou fazer, Sr. Tanit. – Ele hesitou e olhou para a Sra. Hoffman no canto da sala, que pareceu retribuir com um olhar severo. – Mas o Sr. Kohler diz que as mensalidades das faculdades de direito são muito caras.

– Georg! – exclamou a Sra. Hoffman. – O Sr. Tanit chegou há menos de cinco minutos e você tem a audácia de importuná-lo por mais dinheiro, quando ele já financia toda a sua vida!

Eu ri.

– Por favor, não precisa gritar, Sra. Hoffman. Um advogado deve ser corajoso, desenvolto e fazer perguntas importantes. Acredito que o jovem Georg demonstrou as três qualidades simultaneamente – afirmei, erguendo as sobrancelhas.

– Prometo devolver o dinheiro um dia – afirmou Georg. – Cada centavo!

Coloquei a mão em seu ombro.

– Não duvido que faria, se tivesse oportunidade. Mas não será preciso. Se você continuar trabalhando duro e deixando felizes o Sr. e a Sra. Hoffman, eu lhe asseguro de que não haverá nenhuma barreira financeira para sua educação.

– Obrigado, Sr. Tanit! Obrigado! – exclamou Georg, entusiasmado.

– Isso também, claro, se aplica a você, Claudia. Está gostando da escola?

Ela pareceu um pouco insegura.

– Acho algumas das lições um pouco difíceis. Meu francês não é tão bom quanto o do meu irmão.

– Ainda assim... – falei, com uma piscadela. – *Persista*. – Estendi a mão. – Foi muito bom conversar e ver todos vocês, mas temo que precise partir agora. Continuem a se comportar com o Sr. e a Sra. Hoffman, crianças.

Apertei a mão de Georg, e Claudia me surpreendeu bastante ao me envolver em um abraço.

O Sr. e a Sra. Hoffman me acompanharam até a porta da frente.

– O que o senhor faz por essas crianças é realmente maravilhoso, Sr. Tanit – afirmou o Sr. Hoffman, colocando uma mão gentil em minhas costas.

– Por favor, me chame de Atlas. E, repito, são vocês quem devem receber os agradecimentos.

– Bem, pode ser, mas acho que poucos nesta vida usariam sua herança para financiar a vida de dois órfãos. Dois completos estranhos. Você foi motivado apenas por sua bondade, e isso é algo a ser reconhecido.

– Obrigado – agradeci, um nó surgindo em minha garganta.

Depois de acertar meus negócios com Eric Kohler, que envolviam colocá-lo em contato com Ralph Mackenzie para organizar a transferência segura de minha bem abastecida conta bancária australiana, finalmente assinei os últimos documentos que me concediam a cidadania.

O leitor talvez se pergunte sobre meu medo de esbarrar em Kreeg Eszu ao refazer meu caminho pela Europa. No entanto, devo confessar que o medo era praticamente inexistente. Você já deve saber, através destas páginas, que sem Elle não tenho nenhuma consideração pela minha própria vida. Sou totalmente impulsionado pela minha busca, e nada mais. E terei sucesso... ou morrerei tentando.

❂ ❂ ❂

A travessia de balsa de Newcastle para Bergen foi uma experiência bem turbulenta, mas misericordiosamente rápida, e chegamos em 24 horas. De todas as minhas revisitas, aquela era a que eu mais temia. O que eu poderia dizer a Astrid e Horst depois da tragédia inimaginável que eles haviam vivenciado? Essa preocupação era agravada pela perspectiva de olhar mais uma vez nos olhos do pequeno Felix e ver a sua dor. Por isso, eu me assegurei de me medicar com uma garrafa de uísque durante a travessia.

Eu sabia que tinha que me manter focado em minha tarefa. Se Elle tivesse voltado a algum lugar, Bergen parecia ser a escolha mais óbvia. Karine tinha sido sua melhor amiga, e os Halvorsens, como uma família para nós. Fiz a conhecida caminhada do porto até as colinas, onde ainda jazia a casinha que um dia nos abrigara.

Bati à porta.

– *Ett minutt!* – veio a resposta.

Esperei por um momento, me preparando para uma interação difícil.

Astrid logo surgiu na porta. Ela parecia muito mais velha. Suas bochechas, antes rosadas, tinham caído, e o cabelo louro e grosso de que eu me lembrava estava agora ralo e grisalho. Conforme ela aos poucos se dava conta de quem eu era, seus olhos se arregalaram e começaram a brilhar com lágrimas.

– Olá, Bo – disse, por fim.

– Astrid... Eu nunca poderia encontrar palavras para descrever quanto eu sinto...

Antes que eu pudesse terminar minha frase, Astrid me abraçou e me apertou com tanta força que o ar saiu dos meus pulmões.

– Horst! Horst! – gritou ela, me arrastando pela mão para dentro da casa.

O pai de Pip apareceu de um canto no fim do corredor e olhou para mim com atenção.

– Não pode ser... Bo D'Aplièse? – gaguejou.

– Olá, velho amigo.

Horst agora usava uma bengala. Lentamente, ele se aproximou de mim e me abraçou também. Ele deu uma batidinha no meu peito com a bengala.

– É bom ver você, meu não tão jovem amigo! – exclamou ele.

– Por favor, sente-se! Vou preparar um chá! Você ainda gosta do English Breakfast?

Antes que eu pudesse responder, Astrid sumiu na pequena cozinha. Segui Horst até a sala de estar, que não mudara nada durante toda a década em que eu estivera fora.

– Horst – comecei –, não sei como expressar minha tristeza por...

Ele ergueu a bengala no ar para me impedir.

– Por favor. Não falamos sobre isso. Todos em Bergen sabem o que enfrentamos. Quando passamos por eles na rua, seus rostos estão cheios de pena e tristeza. Já tivemos o suficiente disso para uma vida inteira.

– Entendo – respondi, compreensivo.

Horst se acomodou na poltrona e fez um gesto para eu me sentar também.

– Então, conte-me sobre sua vida, Bo! Como está esse seu braço? Você agora é violoncelista da Orquestra Sinfônica de Londres?

Fazia muito tempo que eu não pensava em meu violoncelo.

– Infelizmente não. Não sinto mais agora, mas, depois de apenas alguns minutos de atividade, o braço fica rígido. Já aceitei o fato de que nunca serei músico.

Horst pareceu desanimado.

– Que desperdício terrível. Eu tinha grandes esperanças para você. Então, como passou a última década?

Eu contei a ele sobre High Weald, a Livraria Arthur Morston e a Austrália.

– Meu Deus, Bo! Mineração de opala! Eu nunca teria imaginado que o garoto gentil e tímido que conheci dez anos atrás poderia se tornar o chefe de uma operação tão grande! Mas a vida oferece reviravoltas interessantes. Desde que você e Elle estejam felizes. Onde ela está, aliás? Aqui em Bergen com você?

Baixei os olhos.

– Não, Horst, não está. É por isso que vim aqui, na verdade: para procurá-la. Imagino, pelo que você acabou de perguntar, que ela não esteve em Bergen nos últimos dois anos.

– Não – respondeu ele, com preocupação. – Aconteceu alguma coisa entre vocês? Quando estavam aqui conosco, pareciam tão apaixonados. Tínhamos certeza de que o casamento não ia demorar.

Engoli em seco.

– Era o que eu pensava também. Mas não tenho contato com ela há dois anos.

Horst pareceu não saber o que dizer, mas felizmente Astrid voltou com o chá.

– Acho que peguei o final dessa conversa – disse ela com um sorriso triste. – Você e Elle não estão mais juntos?

Balancei a cabeça.

– Achei mesmo estranho ela não ter mencionado você na carta que me enviou.

Ergui a cabeça de supetão.

– Uma carta? Quando você a recebeu?

– Puxa, acho que cerca de seis meses atrás.

– Apenas seis meses atrás? Isso é fantástico! Posso vê-la? – perguntei, meu coração disparando.

– Claro, Bo – respondeu Astrid.

Ela foi até uma mesa, abriu a gaveta de cima e folheou uma variedade de papéis antes de separar um deles.

– Aqui está. – Astrid me entregou a carta. – É bem curta, mas foi muito bom ter notícias dela.

Foi reconfortante ver a caligrafia cuidadosa e elegante de Elle mais uma vez.

Queridos Horst e Astrid,

Espero que esteja tudo bem por aí. Por favor, saibam que sinto terrivelmente a sua falta e de Bergen, e de meus queridos amigos Pip e Karine.

Recentemente, tenho pensado muito em vocês e nas noites que costumávamos passar juntos, tocando música no topo da colina.

As noites na Noruega eram mágicas, e me pego sonhando com o que já passou, mas agora se foi.

Ouvir Grieg me faz pensar em vocês e na bela terra que tive a sorte de chamar de lar por um tempo.

Parece ter sido uma vida atrás, mas eu queria que vocês soubessem que ainda moram em meu coração.

Nunca se esqueçam de tudo que vivemos juntos. Sei que jamais vou me esquecer.

O querido Felix deve estar um rapazinho agora!

Não mais aquele lindo bebê!

Ele tem a vida inteira pela frente.

Mas eu gostaria que os pais dele estivessem aqui para vê-lo também. Eles iam se sentir tão orgulhosos.

Com amor,

Elle

Apoiei a carta em meu colo e franzi o cenho.

– É uma carta incomum, não acha?

Astrid deu de ombros.

– Talvez só um pouco entrecortada, mas atribuo isso ao fato de que o norueguês não é a língua materna de nenhum de vocês dois.

– Não. Mas ela já era fluente quando deixamos a Noruega, assim como eu. Não consigo identificar o que é, mas algo em seu estilo de escrita é estranho. Não parece a Elle que conheço. – Olhei para Astrid. – Você tem todo o direito de dizer não, mas posso ficar com isso?

– Claro – disse ela, com um sorriso gentil.

Então tive um estalo.

– Astrid, você tem o envelope em que esta carta chegou? Acabei de me dar conta de que deve ter um carimbo postal!

Ela balançou a cabeça.

– Desculpe, Bo. Joguei fora. Só guardei a carta.

Meu coração afundou no peito.

– Eu lembro que veio do exterior...

– De onde? Da Inglaterra?

– Não, não foi da Inglaterra. – Ela fechou os olhos e pensou por um momento. – Ou foi? Lembro que o carimbo postal era *em* inglês. Acho. Ah, não tenho certeza. Sinto muito não poder ajudar, Bo.

– Tudo bem, Astrid – respondi, disfarçando minha decepção. Mudei de assunto: – Como está Felix? Ele deve ter o quê... uns 11 anos de idade?

Horst e Astrid se entreolharam.

– Ele tem 13 anos agora – informou Horst, sério.

– Meu Deus, como o tempo voou. Ele está bem?

– Como você sabe, Felix teve uma vida difícil. Ele é... um pouco problemático – disse Horst em tom diplomático.

– Bem, então ele puxou ao pai!

Um leve sorriso brincou nos lábios de Astrid.

– É mesmo. Mas Felix é mais encrenqueiro. O garoto não tem culpa. Ele sente muita falta da mãe e do pai.

– Imagino – afirmei, com sinceridade.

Bem nesse momento, ouvi a porta da casa se abrir e bater com força. Um jovem, que era a cara de Pip – mas com o cabelo escuro e os profundos olhos castanhos de Karine – veio espiar a sala de estar.

– Felix Halvorsen! Não estamos nem na metade do período escolar. O que está fazendo em casa? – perguntou Astrid.

Felix deu de ombros, indiferente.

– Eu não queria ficar. As aulas de hoje são muito chatas. – Ele me encarou. – Quem é você?

– Felix! – retrucou Horst. – Não seja rude!

– Está tudo bem – respondi. – O garoto tem o direito de saber quem está em sua casa! – Eu me levantei e fui apertar sua mão. – Olá, Felix. Meu nome é Bo. Eu era um amigo próximo de seus pais e me lembro de você quando era apenas um bebezinho.

Ele me cumprimentou.

– Você conhecia Pip e Karine? – perguntou.

– Sim, muito bem. Eles me ajudaram quando eu mais precisei. Nunca vou me esquecer deles. Sem falar nos seus avós aqui, que concordaram em abrigar e alimentar um completo estranho.

Ele me olhou de soslaio.

– Se você era tão próximo dos meus pais, por que nunca te vi aqui?

– Pelo amor de Deus, Felix. Seja educado com nosso convidado, está bem? – repreendeu-o Astrid.

– O que foi? Só estou comentando que ele não devia ser tão próximo de mamãe e papai assim, já que eu nunca o vi por aqui.

Compreendi sua raiva.

– Você tem razão, Felix. Eu deveria ter voltado nos anos seguintes e não voltei. Peço desculpas. Fico muito feliz em ver que você cresceu e se tornou um rapaz franco e perspicaz. Seus pais ficariam muito orgulhosos.

– Bem, se continuar matando aula, eles não ficariam, não – brincou Horst.

Felix franziu a testa.

– Ah, fica quieto, vovô. Eu posso aprender muito mais com o senhor no piano. Vou praticar.

Ele subiu correndo as escadas. Não pude deixar de sorrir ao observar a cena. O filho de Pip e Karine tinha a mesma vivacidade dos pais. Eu fui sincero com ele. Meus amigos ficariam muito orgulhosos.

– O jovem Felix também é músico? – indaguei.

Horst deu de ombros.

– Fazer o quê? Está nos genes. Sabe, mesmo que seja um pouco arruaceiro, ele é um pianista extremamente talentoso. Acho que, musicalmente, é até melhor do que Pip. – Horst de repente pareceu triste. – E isso é dizer muita coisa.

Fui até meu velho amigo e coloquei a mão em seu braço.

– Sei como ele ficaria grato pelo que você e Astrid estão fazendo por seu filho. Karine também.

Os olhos de Horst brilharam com lágrimas.

– Foi tão bom ver vocês dois de novo – falei. – Obrigado pelo chá, Astrid.

– Você já vai, tão cedo? Você acabou de chegar!

– Não quero incomodá-los – respondi. – Já fiz isso o suficiente para uma vida inteira.

– Não seja bobo, rapaz! – disse Astrid em um tom severo. – Na verdade, não vamos nem mesmo discutir. Você vai ficar para o jantar. Onde é que está hospedado?

– Eu...

Astrid balançou o dedo para mim.

– Pelo amor de Deus, Bo! Não me diga que você não tem onde ficar?

– Eu planejava me hospedar no Grand Hotel e pegar uma balsa para a França amanhã de manhã.

– França? – perguntou Horst. – Por que a França?

– É o país natal de Elle. Talvez ela tenha retornado a Paris, onde nos conhecemos.

Astrid se aproximou de mim e segurou meus braços com as duas mãos.

– Tudo bem, vá para a França se precisar e continue com a sua busca, mas, por alguns dias, Horst e eu insistimos que você fique conosco.

Ela me encarou com olhos suplicantes.

– Obrigado – respondi. – Eu ficaria muito feliz.

Os poucos dias que passei em Bergen foram maravilhosos. Eu fazia passeios luxuosos pelo Bergens Fjellstrekninger, me aquecia junto à lareira à noite e me enchia do famoso ensopado de carneiro e repolho de Astrid. No final de minha estadia, acho que até Felix se afeiçoou a mim, principalmente depois que afinei o piano vertical que uma vez pertencera a Pip.

Quando chegou a hora de partir, peguei uma balsa de Bergen para Amsterdã e de lá usei a rede ferroviária para chegar a Paris. Se Elle tivesse voltado para a cidade, quem ela escolheria contatar? Landowski? Brouilly? Talvez madame Gagnon? Parte de mim desejava muito falar com monsieur Ivan, mas eu sabia que voltar ao *conservatoire* seria desaconselhável, considerando o que havia acontecido entre mim e monsieur Toussaint tantos anos atrás. Eu teria que começar pelo ateliê de Landowski, em Boulogne-Billancourt.

A casa permanecia exatamente como eu me lembrava. O exterior de pedra branca talvez estivesse um pouco desbotado, mas continuava coberto por belas glicínias roxas. Fiquei parado por um tempo, assimilando o lugar que tinha sido meu lar quando menino. Meus olhos caíram sobre o banco que eu usava para tocar violino. Caminhei até lá e me sentei, fechando os olhos e voltando ao passado...

– O que você pensa que está fazendo?! – gritou uma voz francesa familiar.

Abri os olhos e me virei para ver uma Evelyn mais grisalha e mais rechonchuda vindo na minha direção pelo gramado.

– Isto aqui é propriedade privada!

Meu rosto se abriu em um enorme sorriso ao ver uma de minhas mais gentis protetoras. Ah, era *tão* bom vê-la novamente.

– Repito, o que você pensa que está fazendo? Não me faça pegar a vassoura!

Continuei sentado, imóvel, no banco, olhando para ela.

– Quem é você?

– Olá, Evelyn – cumprimentei finalmente, me levantando.

Agora eu era pelo menos 30 centímetros mais alto que ela. Quando ela me encarou, vi um lampejo de reconhecimento. Sua expressão imediatamente se suavizou.

– Não pode ser... – sussurrou ela. – Bo?

Estendi meus braços para ela, que me agarrou com força.

– Bo! Ah, Bo! Nunca pensei que veria você de novo. – Ela se afastou por um breve momento para olhar para mim. – Ah, meu menino querido. Você cresceu! Que felicidade!

Mais uma vez, lágrimas surgiram nos olhos de uma pessoa que parecia muito feliz em me ver. Se me permitem tirar um momento para me gabar de algo, preciso dizer que essa reação está se tornando frequente.

– Senti tanto a sua falta, Evelyn.

– E eu a sua! Entre! Monsieur Landowski está aqui. Cuidado, pequeno Bo, você pode causar um infarto nele! – Evelyn pegou meu braço e me guiou por aquele corredor que me era tão familiar. – Continuo morando sozinha aqui. O trabalho de monsieur Landowski o faz viajar pelo mundo. O que você fez da vida? É um músico famoso agora? E aquele garoto que estava te perseguindo? Vocês fizeram as pazes? E a pequena Elle?! O que aconteceu com ela?

Sua avalanche de perguntas acabou revelando que ela e Elle não se cruzavam desde que deixamos a França, tantos anos antes. Tentei novamente esconder minha decepção.

– Muita coisa mudou, Evelyn.

– Sem dúvida. Para começar, você fala mais do que antigamente!

– Que confusão é essa?

A voz retumbante (mas agora um pouco rouca) de monsieur Landowski ecoou pelo corredor. Ele apareceu de repente, com o mesmo avental que costumava usar 25 anos antes. O pouco cabelo que permanecia em sua cabeça era branco e ralo, assim como o bigode e a barba, sua marca registrada. Nós nos encaramos no corredor por um momento.

– Garoto! – exclamou ele, depois de alguns segundos. – Arrá! – Ele balançou a cabeça, virando-se e gesticulando para que eu o seguisse. – Venha. Preciso de ajuda. Evelyn, poderia preparar um pouco de chá? Então talvez você queira se juntar a nós no ateliê.

Evelyn apertou meu braço e desapareceu na cozinha. Segui monsieur Landowski até sua oficina, onde, sobre a mesa, havia uma escultura de pedra semiacabada de uma dançarina. Seu braço estava erguido elegantemente acima de sua cabeça, e seu rosto fitava o chão.

Landowski pegou seu cinzel e começou a bater delicadamente em seu cabelo esvoaçante.

– Me passe o instrumento mais fino da bancada, por favor?

Eu obedeci sem pensar duas vezes.

– Bem, o que você acha? – perguntou ele, indicando a escultura.

– O senhor não perdeu o jeito, monsieur Landowski. É uma dançarina de flamenco? – perguntei.

– Isso mesmo. – Ele deu um passo para trás e admirou o próprio trabalho. – Estou muito orgulhoso dessa obra. – Ele se virou para mim. – Agora, rapaz, você voltou. Isso significa que está finalmente seguro?

Suspirei.

– É uma pergunta difícil de responder, monsieur Landowski.

– Hum. Bem, não se preocupe com aquele vigarista do Toussaint. Seu antigo professor, monsieur Ivan, tratou dele.

A menção do nome de monsieur Ivan trouxe um sorriso ao meu rosto.

– É mesmo? Como?

Landowski riu.

– Ivan era de Moscou e estava furioso. Preciso dizer mais?

Eu dei de ombros.

– Provavelmente não.

– Toussaint acabou deixando Paris. Nunca mais ouvimos falar dele. Os ratos sempre rastejam de volta para o esgoto, no final.

– Como está monsieur Ivan? Eu adoraria vê-lo.

Landowski se apoiou em sua bancada.

– Sinto muito, Bo. Ele morreu há vários anos. Mantivemos contato depois que você foi para a Alemanha. Ele sempre falava de você e previu que faria grandes coisas. – Landowski me olhou de cima a baixo. – Mas claramente você não toca mais.

Fiquei perplexo.

– Como sabe, monsieur Landowski?

– Você parece sem alegria. Sem alma. Portanto, aposto que não anda tocando.

Evelyn voltou com o chá.

– Obrigado, Evelyn – disse Landowski. – Não sei o que faria sem ela, rapaz. Ela comanda toda a minha vida na França, dos lençóis aos horários. Minha memória não é mais o que era, certo, Evelyn?

Evelyn riu.

– O senhor continua afiado como sempre, monsieur Landowski.

– Claro que vai dizer isso, eu pago o seu salário! De qualquer forma, por favor, sente-se enquanto nosso velho amigo conta tudo sobre sua vida.

Evelyn se acomodou no sofá velho e empoeirado nos fundos do ateliê.

– Antes de começar, posso perguntar onde está o resto da família, monsieur Landowski?

– A maioria deles permaneceu em Roma. – Ele apontou para sua escultura. – Só estou em Paris porque tenho que terminar essa encomenda. Comecei a fazê-la aqui quando me cansei das tagarelices da minha sogra doente no último Natal. – Ele acariciou delicadamente o rosto de pedra. – É para um cliente da Espanha. Espero que não se importe se eu continuar trabalhando enquanto você fala, Bo. Já estou atrasado nesta peça. Tenho que terminar hoje.

– Nem um pouco, monsieur Landowski.

– Obrigado. – Ele pegou seu cinzel novamente. – Ah! A propósito, Marcel conseguiu entrar no Conservatório de Paris. – Ele riu. – Estudou com Marguerite Long e agora compõe profissionalmente.

Dei uma breve salva de palmas.

– Muito merecido também. Por favor, transmita meus sinceros parabéns na próxima vez em que o vir.

Monsieur Landowski deu um sorriso irônico.

– Tenho certeza de que ele ficará muito feliz em recebê-los.

Enquanto eu contava minha história, monsieur Landowski esculpia e eu o ajudava, de alguma forma voltando à velha rotina de um quarto de século antes. Ele mal reagia a qualquer coisa que eu dizia, da dor de Kreeg quebrar meu braço e destruir minha carreira musical até o drama de salvar os homens da mina em Coober Pedy. Estava concentrado em seu trabalho. Evelyn, por outro lado, ofegava e gesticulava a cada reviravolta.

– Ah, Bo! – exclamou ela, quando terminei minha história. – Sinto muito por tudo o que aconteceu. A vida pode ser muito injusta.

– Acho que não preciso perguntar se Elle entrou em contato com algum de vocês – comentei. Landowski balançou a cabeça. – E com o Sr. Brouilly? Acham que seria uma possibilidade?

– Eu converso com ele regularmente – respondeu Landowski. – Ele agora é diretor de esculturas na Escola de Belas-Artes de Paris. Garanto a você que ele teria mencionado isso.

– Ainda mantenho contato com madame Gagnon – acrescentou Evelyn. – Ela já se aposentou. Mas tomamos chá juntas de vez em quando. Nenhuma menção a Elle. Sinto muito, Bo.

– E Kreeg? Você não tem mais medo dele? – perguntou Landowski.

– Não sei o que ele poderia tirar de mim que eu já não tenha perdido – respondi, com sinceridade. – Vocês eram minha última esperança. Não sei onde mais Elle pode estar. Pensei que ela poderia ter voltado a lugares do nosso passado. Mas, agora, não sei o que devo fazer.

Passei as mãos pelo cabelo.

Landowski me encarou.

– Você está sem um propósito. – Ele bateu uma mão na outra. – Então, gostaria de um emprego?

A oferta me pegou desprevenido.

– Ah, monsieur Landowski, o senhor é muito gentil, mas não tenho certeza de que poderia ajudá-lo aqui no ateliê como antes.

– Eu quis dizer algo muito mais temporário. Esta encomenda precisa ser transportada para Sacromonte, em Granada. Como mencionei, já está atrasada. Você poderia levá-la de trem para que ela chegue lá o mais rápido possível. Caso contrário, terei que enviá-la de navio, o que levará muito mais tempo. – Ele ergueu uma sobrancelha. – Você estaria fazendo um favor ao seu velho amigo.

Pensei em sua proposta e não encontrei nenhum motivo para não ajudá-lo.

– Tudo bem, monsieur Landowski. Eu ficaria feliz em acompanhar sua peça.

– Ótimo. Imagino que se sentar ao lado dela em um trem de carga não seja particularmente confortável, mas você vai aguentar. – Ele olhou pela janela do ateliê para o banco. – Sabe, uma escultura minha não tem escolta pessoal desde que Brouilly levou o Cristo até o Brasil.

– Parece que foi uma vida atrás – respondi.

– Porque foi mesmo, rapaz. – Ele voltou ao trabalho. – Enfim, vá até Sacromonte e aproveite o sol espanhol. Descanse e reflita. Prevejo que será a coisa certa.

– Para quem é a escultura?

– Para os curadores do Palácio de Alhambra. Aparentemente, o local é famoso por algum tipo de competição de dança. Qual era o nome mesmo, Evelyn?

– O Concurso de Cante Jondo – respondeu ela.

– Sim, isso mesmo. Uma jovem cigana ganhou a competição e alcançou a fama. Ela se tornou um símbolo para a região após a Guerra Civil. – Ele deu de ombros. – Uma coisa é certa. Ela é muito bonita. Veja só. – Landowski me entregou uma fotografia que estava em cima de sua bancada. – É nisso que eu tenho trabalhado.

A imagem era de uma mulher deslumbrante, de cabelos escuros e vestido vermelho, capturada no meio de um giro pela câmera.

– Qual era o nome dela? – perguntei.

– Você me faz passar vergonha, garoto! Minha mente está tão firme quanto um prato de gelatina. – Ele estalou os dedos. – Qual era o nome da mulher, Evelyn?

– Lucía Amaya Albaycín.

– Isso mesmo. Ela é muito importante na América do Sul, aparentemente.

– Que interessante. Bem, será uma honra escoltar a versão de pedra de Lucía até seu lar definitivo.

– Muito bem. Você será pago por seus esforços, é claro.

Ergui as mãos.

– Não, monsieur Landowski. Eu nunca poderia aceitar qualquer pagamento por isso. Como eu lhe disse, não me falta dinheiro hoje em dia. Por favor, permita que eu lhe pague as mensalidades do *conservatoire* e o custo de me abrigar por todos aqueles anos.

Landowski suspirou e revirou os olhos.

– Não seja ridículo, garoto. Você não tinha nada! Agora, Evelyn, você poderia telefonar para as companhias de trens de carga e tomar as providências?

– Sim, monsieur Landowski.

Evelyn parecia estar com dificuldades para se levantar do sofá antigo, então eu lhe dei a mão.

– Evelyn, me perdoe. Percebo que não perguntei sobre Louis. Como ele está?

Ela abriu um sorriso triste.

– Ele realizou seu sonho e agora tem um cargo importante nas fábricas da Renault.

– Excelente! E a família? Ele já se casou?

Evelyn suspirou.

– Sim. O nome dela é Giselle. – Percebi seus olhos vaguearem até monsieur Landowski, que lhe deu um olhar solidário em resposta. – Ela é uma mulher muito temperamental, que nunca aprovou o relacionamento próximo que sempre tive com meu filho. Ao longo dos anos, eu o tenho visto cada vez menos.

Foi algo muito triste de ouvir.

– Ah, Evelyn. Sinto muito.

Ela assentiu.

– O pior é que ainda não conheci minha neta. Ela já tem 5 anos, mas Giselle não me deixa vê-la.

Fiquei perplexo. Louis e a mãe sempre foram muito próximos.

– Mas seu filho adora você. Ainda que Giselle o influencie, ele não vai permitir que o relacionamento com a mãe seja prejudicado.

– Um homem apaixonado é um homem intoxicado. E infelizmente Giselle é o veneno do meu Louis.

Ela fungou, desolada.

– Como se chama a sua neta?

– Marina – respondeu Evelyn, melancólica.

– Que nome lindo. – Eu não sabia o que mais poderia dizer. – Espero que vocês se encontrem um dia.

– Eu também, Bo. Enfim, posso arrumar sua cama? Seu quarto está praticamente intacto há vinte anos.

Landowski hesitou.

– Acho que podemos promovê-lo do quarto do sótão para a suíte de hóspedes, certo, garoto?

– Ah, não quero incomodá-lo. Ficarei feliz em me hospedar em um hotel se...

Landowski começou a rir.

– Nós abrigamos você por todos aqueles anos! Tenho certeza de que podemos aguentar mais uma noite, não podemos, Evelyn?

Atravessamos a noite em meio a garrafas de Côtes du Rhône e descobrindo como estavam aqueles que eu conhecera. Landowski e Evelyn ainda tinham a mesma energia cintilante, embora seus corpos, como o meu, tivessem envelhecido. Depois do jantar, subi as escadas para meu antigo quarto nos fundos da casa. A cama, que quando criança eu considerava o máximo de luxo e conforto, agora parecia minúscula e irregular. Mesmo assim, dormi sem sonhar, ajudado pelas grandes quantidades de *vin rouge* que havia consumido.

Na manhã seguinte, três homens chegaram para encaixotar a estátua de Lucía e transportá-la, junto comigo, para a Gare de Lyon, em Paris.

– Já avisei ao Alhambra que você está a caminho e deve chegar em cinco dias – explicou Evelyn. – Haverá uma baldeação em Barcelona, e os funcionários do frete vão transferir a estátua para você. Eles também providenciarão o transporte da estação de Granada para o Palácio de Alhambra.

– Obrigado, Evelyn. Você ainda está organizando minha vida depois de todos esses anos.

Abracei-a com força e depois fui me despedir de monsieur Landowski.

– Foi bom ver você, garoto. A pergunta que devo inevitavelmente fazer é: vou vê-lo novamente?

– Se os ventos soprarem a favor, monsieur Landowski. Espero muito que nossos caminhos se cruzem outra vez.

Ele riu.

– De fato. Fico feliz que seu tempo na casa Landowski tenha lhe ensinado bem. – Ele colocou a mão meio frágil em meu ombro. – O amor é tudo que existe. Agora, vá encontrá-la, rapaz. Faça o que for preciso. – Ele levantou um dedo, como se lembrasse de algo, e desapareceu de novo dentro da casa. Voltou com uma bolsa de palha que tilintava a cada passo. Dentro havia quatro garrafas do Côtes du Rhône que havíamos bebido na noite anterior.

– Para a viagem – disse ele, dando uma piscadela.

– Obrigado.

– Mas tenha cuidado. – Ele colocou a mão no meu rosto e fixou os olhos nos meus com seriedade. – Tudo com moderação, hein?

Eu assenti.

– Adeus, monsieur Landowski.

❋ ❋ ❋

O *vin rouge* tornou minha jornada pela Europa uma experiência bastante indolor que, desde então, se transformou em um borrão nebuloso em minha mente. Fiz amizades com os guardas do trem, trocamos histórias e goles de álcool, e jogamos cartas também. Consegui ganhar algumas pesetas deles, pois percebi que eu estava indo para a Espanha sem a moeda local. Na verdade, eu já estava bem acostumado com aquele tipo de vida – sempre em movimento, sem necessidade de pensar muito sobre meu destino. Talvez esse fosse o meu futuro.

A baldeação em Barcelona foi tranquila, como Evelyn havia prometido. Dormi na última etapa da viagem, graças ao balanço suave do vagão nos trilhos e à escuridão do espaço fechado.

Fui acordado por uma luz brilhante e abrasadora lançada sobre meu rosto, quando dois funcionários da estação em Granada abriram a lateral do vagão. Minha cabeça latejava.

– *Señor? Por favor, apártate del caminho.*

Eu mal falava uma palavra de espanhol. E, ao contrário da primeira vez que pus os pés na Noruega, não tinha dois amigos fluentes para me ajudar.

– *Salga, por favor.*

Eles gesticularam para que eu saísse do trem.

Eu obedeci e fui recebido pelo calor da manhã, o que me deixou enjoado e tonto.

– *¡Tiene resaca!* – gritou um dos homens, e o outro deu uma olhada em mim e riu.

Minha boca estava muito seca.

– Sede? – perguntei, sem obter resposta.

Eu imitei o gesto de beber de uma garrafa.

– *¿Agua? Sí.*

Um dos homens apontou para um bebedouro na plataforma da estação, e eu assenti, agradecido.

Quando terminei de beber, os homens haviam removido a estátua e estavam no processo de empurrá-la em um carrinho para fora da plataforma. Eu os segui e fiquei parado pateticamente ao lado, enquanto eles carregavam o caixote de madeira em um caminhão velho e maltratado, com a traseira aberta.

– Alhambra? – perguntei.

– *Sí, señor. Alhambra. Treinta minutos.*

– *Gracias* – consegui dizer, antes de subir no caminhão.

Granada era um lugar impactante. A cidade, composta por centenas de prédios esbranquiçados, refletia um brilho branco sob o sol da manhã. Do outro lado de suas muralhas, havia uma cordilheira imponente. Após observar melhor, vi que a encosta mais próxima parecia ser pontuada por um grande número de cavernas nas rochas. Mantive o olhar e notei algumas pequenas figuras, que se moviam na frente delas. Será que as cavernas eram habitadas?

Logo estávamos nos aproximando do poderoso palácio. As antigas torres vermelhas do Alhambra erguiam-se para fora da floresta verde-escura, e fiquei maravilhado com a arquitetura. O caminhão se aproximou do grande portão e parou. O motorista saiu para falar comigo.

– *Esto es lo más lejos que puedo ir* – disse ele, dando de ombros. – Não mais longe – ele conseguiu dizer em inglês, apontando para a entrada em forma de fechadura, que levava a uma praça movimentada.

Assenti e saltei, a cabeça ainda latejando devido à garrafa de vinho que tinha engolido com vontade na noite anterior. Ao passar pelo portão, fui imediatamente abordado por moradores locais que divulgavam seus produtos, vendendo água, laranjas e amêndoas torradas. Em meio ao caos, avistei um homem de camisa de linho correndo em minha direção, vindo de outro portão do outro lado da praça. Ele apontou para o caminhão.

– Estátua? – perguntou ele, em francês.

– *Sí, señor,* estátua. Monsieur Landowski.

Dois homens de macacão ajudaram a carregar a estátua até o centro da praça e a desencaixotá-la. Depois que as camadas de pano também foram retiradas, a estátua de Landowski surgiu orgulhosamente no Alhambra.

– Ela é esplêndida! Melhor do que eu poderia imaginar – disse o homem de camisa de linho. – Monsieur Landowski é um gênio. É como se a jovem Lucía estivesse aqui entre nós.

– Perdoe-me, não sou daqui. Monsieur Landowski mencionou que Lucía ganhou um concurso de dança. É isso?

O homem riu.

– O Concurso de Cante Jondo foi muito mais que uma competição de dança, *señor*. Foi uma *fiesta* de música, flamenco e vida que aconteceu em 1922. Quatro mil pessoas vieram comemorar conosco. Foi um momento muito especial.

– Imagino – murmurei. – Vocês continuam falando disso mesmo trinta anos depois.

– *Señor*, naquela noite quatro mil cidadãos testemunharam, com seus próprios olhos, a força bruta do *duende*. Ele vive dentro de Lucía – revelou ele, tocando o rosto da estátua.

– O *duende*? – perguntei.

– É algo difícil de descrever para quem desconhece nossa cultura. O *duende* é um estado, é uma habilidade para paixão e inspiração, que se manifestava em Lucía através do ritmo e da dança.

Lucía de fato parecia muito surpreendente.

– Eu adoraria conhecê-la e contar a monsieur Landowski sobre sua reação à estátua.

O homem de camisa de linho suspirou.

– A última notícia que tivemos dela foi que voltou para os Estados Unidos, para dançar e sustentar sua família. As coisas ficaram muito difíceis depois da guerra. Nenhuma misericórdia foi demonstrada aos *gitanos* de Sacromonte. – Ele balançou a cabeça, triste. – Foi por isso que meus colegas curadores quiseram encomendar esta estátua.

– Perdoe-me – falei, envergonhado por ter que questionar outra palavra em espanhol que não entendia. – *Gitanos*? O que isso significa?

– O povo cigano, *señor*, outrora cruelmente expulso das muralhas da cidade. – Ele apontou para a paisagem além do portão. – Observe suas cavernas na montanha de Sacromonte.

– Ah – murmurei, compreendendo. – A propósito, o senhor tem alguma recomendação para turistas em Granada? Agora que Lucía foi entregue em segurança, estou um pouco sem rumo.

O homem pensou por um momento.

– Um passeio na praça central é essencial. Tem sempre algo acontecendo lá.

Ele apertou minha mão.

– *Gracias, señor.*

Segui, então, para fora do Alhambra, esperando que a jornada colina abaixo ajudasse a melhorar minha forte ressaca. O cheiro dos ciprestes e a brisa leve na encosta pareceram ser exatamente do que eu precisava e, quando cheguei à praça, minha cabeça estava finalmente começando a se recuperar.

Tirei um momento para apreciar o mais impressionante dos edifícios do local – uma antiga catedral com uma torre de sino aberta –, então caminhei pelos ladrilhos lustrosos e brilhantes até a grande fonte no centro da praça. Olhando dentro dela, vi que o fundo estava coberto de pesetas, cada uma representando um desejo de seu antigo dono. Enfiei a mão no bolso e, de costas para a fonte, joguei uma moeda por cima do ombro. Desnecessário dizer, rezei em silêncio para encontrar Elle.

O dia estava ficando cada vez mais quente, e eu precisava de algo refrescante. Andei por um dos becos que saíam da praça em busca de um café. Acabei me deparando com um pequeno estabelecimento que vendia sorvetes de todas as cores imagináveis e parecia estar fazendo um sucesso estrondoso com os turistas que passavam por ali. Quando me aproximei, avistei uma menina de cabelos escuros encostada na parede, parecendo estar esperando algo e olhando para longe com um ar sonhador. Acho que consegui compreender a ideia geral da conversa que se seguiu.

– Quer um, *señorita*? – perguntou o dono do café de trás do grande freezer que exibia os sorvetes.

– *Sí* – respondeu a menina. – Mas não tenho dinheiro, *señor*.

– Então vá embora! – gritou ele. – Você está afastando os clientes.

A garota deu de ombros e se virou. Senti-me na obrigação de defendê-la.

– Ela não está me afastando – argumentei, e caminhei até o freezer, avaliando o arco-íris de cores disponíveis. O sorvete verde parecia ser o mais apetitoso, e apontei para ele. – Gostaria de dois desses – pedi.

– *Sí, señor* – respondeu o mal-humorado dono do café.

Atrás de mim, o sino da praça tocou, e me virei para ver a multidão saindo da catedral. Imaginei que a missa matinal devia ter chegado ao fim. Entreguei algumas pesetas ao dono do café e peguei os sorvetes. Olhei para a garotinha, que me encarava, intrigada.

– Aqui, *señorita* – falei, entregando um dos sorvetes para ela.

A menina pareceu surpresa.

– Para mim? – perguntou ela.

– *Sí.*

– *Gracias a Dios* – disse ela, dando uma lambida no sorvete que já estava derretendo ao sol e escorrendo pela sua mão. – *¿A usted le gustaría que diciera su destino?*

Imaginei que ela estivesse me fazendo uma pergunta.

– *No comprendo* – respondi, com um sorriso. – *Habla... inglês*?

Achei que as chances de ela entender inglês seriam maiores do que de falar francês.

– Você gosta de ler sorte? – perguntou a menina, suavemente.

– Você conseguiria ler a minha sorte?

Olhei para a garota, que me estudou com curiosidade.

– *Mi prima*, Angelina. – A garota apontou para a praça. – Ela muito boa – explicou, estendendo a palma da mão e imitando a leitura das linhas nela.

– Por que não?

Tomando meu sorvete, dei de ombros e indiquei para a garota que ela deveria me mostrar o caminho. Voltamos pelo beco estreito até a praça, agora movimentada. Segui a garota em direção a uma jovem um pouco mais velha, em um vestido vermelho-vivo. Estava sentada nos degraus da catedral, terminando a leitura das mãos de uma cliente. Quando a mulher lhe entregou o dinheiro, percebi que parecia um pouco abalada, e me perguntei o que estaria reservado para mim.

– *Toma, tengo un hombre para ti. Su español no es bueno* – disse a menina mais nova.

– *Hola, señor* – cumprimentou-me a vidente, virando-se para mim.

Quase caí de susto. Eu conhecia aquela pessoa. Eu a tinha visto antes, várias vezes. Fiquei boquiaberto ao observar seu rosto em formato de coração e os enormes olhos castanhos líquidos, emoldurados por cílios escuros. Seus cabelos eram longos e brilhantes, e ela usava uma coroa de flores.

Ela estava exatamente como na noite em que aparecera para mim pela primeira vez.

No fogo.

Em Leipzig.

Ela abriu um sorriso enorme.

– Sua mão, por favor? – pediu.

Hipnotizado pelo rosto que jurava reconhecer, eu não disse uma palavra quando ela segurou meu braço e examinou minha palma.

– E então conto sobre sua filha.

Meu estômago revirou.

– Minha filha?!

– *Sí, señor* – respondeu ela. – Por favor, sente-se comigo.

A garota mais nova assentiu para mim e saiu correndo para terminar seu sorvete na sombra de um toldo dourado, do outro lado da praça.

– Seu rosto... – gaguejei. – Eu a conheço. Você apareceu para mim... nos meus sonhos...

A garota riu.

– Posso garantir, *señor*, que esta é a primeira vez que nos encontramos. Mas o *señor* não é o primeiro a dizer que me conhece. Às vezes isso pode acontecer. É o que acontece com as *brujas*.

– *Brujas*? – repeti.

– *Sí*, sim. Minha ascendência espiritual. – Ela suspirou. – É difícil explicar para um *payo*, *señor*, mas vou tentar. – Ela olhou para a catedral, aparentemente em busca de inspiração. – De qualquer maneira nós íamos nos encontrar. Nossos destinos estão entrelaçados, mesmo que apenas de raspão. Por causa disso, nossas almas podem já ter dançado juntas. Entendeu?

Continuei boquiaberto.

– Não. – Ela riu. – Parece que não.

– Eu não entendo. Você falou comigo. Eu ouvi sua voz.

– Se falei, *señor*, não foi de forma consciente. Tenho certeza de que minha aparência foi apenas um receptáculo para qualquer mensagem que o universo precisasse enviar a você.

O resto do meu sorvete caiu da casquinha e foi parar no chão.

– Você quer dizer que não me reconhece? – perguntei.

– Não, não reconheço. – A garota segurou minha palma mais uma vez. – Sonhos e visões são coisas extremamente poderosas, *señor*. Não podemos controlá-los, mas ainda assim os manifestamos. Quando nos encontramos antes, o que foi que eu lhe disse?

Fechei os olhos e tentei me lembrar daquela noite terrível.

– Você me disse que eu tinha que viver... que eu tinha um propósito.

– Que interessante – respondeu ela, com um ar pensativo. – Vamos ver se eu estava certa. – Ela examinou minha mão. – É um prazer conhecê-lo pessoalmente, Atlas. Sou Angelina.

Meu coração deu um salto.

– Como você sabe meu nome?

– Eu posso vê-lo. Está gravado nas estrelas. Assim como grande parte do seu destino. – Ela ergueu os olhos para mim. – Não tenha medo do que estou dizendo ou do que sei – avisou, com um sorriso tranquilizador. – Uma *bruja* pode ver tudo o que já foi, é e poderia ser. É um dom transmitido por nossa linhagem.

Eu estava completamente pasmo.

– Eu nem deveria estar em Granada. Vim apenas entregar uma estátua. Foi por puro acaso que acabei aqui.

– Uma estátua? – perguntou Angelina. – Para o Palácio de Alhambra?

– Isso mesmo.

– Lucía Amaya Albaycín. Minha tia.

– Sua tia?

Angelina riu de novo.

– Isso mesmo. Agora o *señor* entende o que quero dizer quando afirmo que nossos destinos estão entrelaçados e que estava escrito que iríamos nos encontrar de qualquer maneira? Para o *señor*, parece puro acaso. Mas, para mim, é parte de um plano maior.

– Santo Deus! – exclamei, sem fôlego.

– Infelizmente, tia Lucía não está mais conosco na terra. Mas ela está livre de verdade agora, e dança entre as nuvens.

– O cavalheiro do Alhambra acredita que ela está viva.

– Sim, a mãe e a filha dela também acreditam.

– Filha? – perguntei, preocupado.

Angelina apontou para a garotinha para quem eu comprara o sorvete.

– Isadora, minha prima. Elas não são *brujas, señor*, por isso não sentem que Lucía se foi.

Olhei para a menina inocente, tranquila, sem saber que a mãe estava morta. A mágoa que ela teria que suportar me doía.

– Por que você não conta a elas?

Angelina suspirou.

– O que é melhor: saber a verdade e se sentir vazio ou viver com esperança? Afinal, ela é a única coisa que nos mantém vivos, *señor*.

Um agradável aroma cítrico encheu o ar, e um homem idoso empurrando um carrinho de madeira cheio de laranjas frescas passou por nós.

– Muito incomum, *señor*. Muito incomum. – O olhar de Angelina se deslocou entre a palma da minha mão e meu rosto. – Nunca conheci outro como o *señor* aqui na praça. O *señor* é diferente.

– Como assim? – indaguei, atento a cada palavra que ela dizia.

– Muitas vezes, posso aconselhar as pessoas e lhes dar o poder de mudar seus destinos. Mas seu caminho está fixo, Atlas. Imutável.

– O que isso significa? – perguntei, a inquietação crescendo dentro de mim.

O sorriso de Angelina de alguma forma foi bem tranquilizador.

– Significa que o *señor* fará grandes coisas. Seu nome é apropriado. Atlas é um homem que carrega o peso do mundo nos ombros, não é?

– É o que diz o mito – respondi.

Angelina estreitou os olhos.

– Mitos são exatamente o que as histórias se tornam quando não há mais uma testemunha viva dos eventos.

– Entendo – falei.

O sino da catedral tocou para marcar o meio-dia, e eu dei um pulo, assustado.

Angelina apertou minha mão com força.

– Saiba disso, Atlas. O peso do mundo só é dado a quem tem força para carregá-lo.

Ela fechou os olhos, e percebi sua expressão de desagrado quando ela aparentemente viu algo doloroso em sua mente.

– O menino na neve, que teve que fugir por causa de um crime que não cometeu...

– Você sabe tanto... – sussurrei.

Ela reabriu os olhos e me encarou.

– Sua jornada foi difícil. Mas você resistiu. Porque, apesar de tudo, muitos demonstraram bondade. Estou correta?

– Sim – respondi, minha voz falhando com a emoção que começava a me invadir.

Eu não queria chorar na frente de Angelina, então tentei me concentrar na atividade que acontecia dentro da praça. Observei dois garotos chutando uma bola de futebol um para o outro, um casal de namorados de mãos dadas perto da fonte e um homem enxotando alguns estorninhos para longe de sua loja.

Angelina prosseguiu:

– O universo está preparando você para a tarefa que está por vir.

– Tarefa? Que tarefa?

– A tarefa de criar suas filhas.

De repente, a aura mágica de Angelina se fora.

– Angelina, acho que você está enganada. Eu não tenho filha nenhuma.

Ela sorriu mais uma vez.

– Ah, tem, sim. Elas apenas ainda não chegaram à Terra. – Sua testa se franziu de repente, e ela olhou para o céu azul-claro. – Exceto... uma.

Angelina assentiu, como se confirmasse o pensamento para si mesma.

Meu coração parecia prestes a explodir.

– Por favor, seja clara.

Angelina olhou profundamente em meus olhos.

– Você já tem a primeira de suas filhas, Atlas. Ela anda nesta terra, como eu e você.

A praça começou a girar.

– Elle... – Respirei fundo. – Elle deu à luz nossa filha? Foi por isso que ela foi embora? Ela estava com medo pela segurança do bebê? Meu Deus... Meu Deus! Por que ela não me contou?!

Angelina agarrou meus ombros.

– Acalme-se, Atlas, acalme-se.

– Onde ela está? Por favor, Angelina, me diga! Eu preciso saber!

Angelina balançou a cabeça e falou com firmeza:

– Não tenho essa resposta. Tudo que sei é que você será pai de sete filhas, e a primeira já vive.

Eu não sabia se desmoronava no chão ou me levantava e dançava de felicidade.

– Isso é... isso é uma notícia maravilhosa! Então eu vou encontrar Elle? E juntos teremos mais seis filhas?

Os estorninhos que o homem havia enxotado da frente da loja pousaram nos degraus da catedral, à espera de Angelina. Ela enfiou a mão no bolso, tirou um pequeno pedaço de pão e jogou algumas migalhas para eles.

– Como eu disse – respondeu ela, finalmente –, você será pai de sete filhas.

– Isso *só pode* significar que vou encontrar Elle. Só pode ser! Ela é a única mulher que vou amar.

Angelina deu um sorriso discreto.

– Você é capaz de um amor intenso, Atlas, apesar de tudo. É isso que o torna especial.

Observei os estorninhos disputarem a oferenda que Angelina havia arremessado.

– Tenho outra pergunta para você – falei. – Há pouco, você me chamou de "o menino que teve que fugir por causa de um crime que não cometeu". Preciso saber sobre Kreeg Eszu.

Angelina inspirou profundamente.

– Seu perseguidor?

– Isso mesmo. Se Elle me deixou para proteger nosso filho de suas garras, então preciso saber se ele ainda está por aí.

Os olhos de Angelina viajaram para Isadora, que estava nos observando, sem dúvida esperando que a prima ficasse livre. Angelina deu-lhe um pequeno aceno, que Isadora retribuiu.

– Não consigo ver, Atlas. Algumas coisas são impossíveis de discernir.

Ela viu meus ombros caírem.

– Mas – continuou – prevejo que suas filhas se beneficiarão de um lugar onde haverá segurança e abrigo. Os mares delas serão tão tempestuosos quanto os seus. Elas vão precisar de...

– Um canto escondido do mundo? – eu a interrompi.

Angelina parecia impressionada.

– Exatamente.

Um arrepio percorreu meu corpo ao recordar as palavras de Agatha sobre o lago Genebra. Em sua carta, ela havia previsto que tal lugar seria necessário.

– O que devo fazer agora, Angelina?

Angelina gesticulou para a praça.

– Encontre suas filhas, Atlas.

Balancei a cabeça.

– Isso significa encontrar Elle, é claro. – Olhei para ela com expectativa. – Você consegue ver tanta coisa... não pode me dizer onde ela está?

Os estorninhos arrulharam, exigindo mais comida. Angelina obedeceu, e eu observei seu rosto atentamente. Ela franziu o cenho bem de leve e pareceu estar considerando sua resposta com muito cuidado. Depois de um tempo, ela balançou a cabeça.

– Não. Como eu lhe disse, seu caminho está predeterminado, e você o percorrerá sem necessidade da minha ajuda.

Ela olhou para mim, e nós nos encaramos por um tempo. Eu esperava que isso pudesse extrair algum detalhe adicional de Angelina, mas se provou ser uma ilusão.

– Isso completa a sua leitura, *señor*.

– Está bem. – Sem pensar, eu a abracei, em êxtase. – Obrigado, Angelina. Você me salvou!

– Foi um prazer, *señor*, mas... – Ela pareceu cautelosa. – Por favor, vá com cuidado para o mundo, com a mente e os braços abertos.

– Prometo que vou, sim. Eu me sinto como Ebenezer Scrooge na manhã de Natal! Ah, e não se preocupe. Vou parar de beber. – Pisquei para ela. – Tenho que estar na minha melhor forma para meu reencontro com Elle. E com minha filha!

Ela suspirou.

– *Señor*, eu...

Eu me pus de pé.

– Não consigo acreditar. Eu sou pai. *Pai*! Ah!

– Sim, mas eu...

– Talvez eu a chame de Angelina. Ah, do que estou falando? Elle já terá lhe dado um nome. Qual será?!

Vi Isadora se aproximando de nós. De alguma forma, ela havia arranjado um gatinho preto e branco e o estava carregando para a catedral.

– Por favor, agradeça a sua priminha. Sem ela, nunca teríamos nos conhecido. – Angelina assentiu, e eu comecei a me afastar. – Você está absolutamente certa – respondi. – Não precisa me dizer aonde ir agora. Eu sei que devo construir um espaço seguro para Elle e minha filha antes de qualquer outra coisa. Não tenha medo! Eu sei o que fazer! – Eu estava tão cheio de energia renovada que comecei a correr. – Obrigado, Angelina! Nunca vou te esquecer!

Com isso, eu me afastei, milhões de possibilidades, *ideias* e sonhos girando em minha mente.

44

1965

Estou muito orgulhoso de Atlantis. Sentado na beira do píer, assistindo ao sol dourado se pôr sobre a casa, me pego admirando meu projeto. O Sr. Kohler me apresentou a mais de uma dúzia de arquitetos antes que eu escolhesse um em quem confiasse o suficiente para contratar. Certamente, não faltou interesse – a oportunidade de construir em um trecho isolado do lago Genebra era uma perspectiva atraente para muitos. Embora vários deles tivessem visões interessantes, havia uma coisa que eu exigia do contratado acima de tudo: um vínculo de confiança.

Segurança e privacidade eram minhas exigências principais. As plantas eram ambiciosas e precisariam ser executadas com perfeição. Em primeiro lugar, eu queria que a casa parecesse ter estado ali por séculos. Estava ciente de que poderia haver um burburinho sobre o homem excêntrico que estava construindo uma enorme propriedade no lago, e a última coisa que eu queria era que ela parecesse pertencer a um dos vilões das aventuras de James Bond, do Sr. Fleming. Sendo assim, planejei a casa ao estilo de Luís XV. De fato, devo mencionar que, para qualquer um que desejar investigar o registro da propriedade, Atlantis existe desde o século XVIII. É incrível o que os homens conseguem fazer quando você lhes oferece grandes somas de dinheiro.

O registro de terras também informa a qualquer olhar indiscreto que a propriedade pertence à Icarus Holdings – uma empresa de fachada sob a administração de dois diretores: Eric Kohler e Georg Hoffman. Nos últimos quinze anos, Georg se aperfeiçoou na profissão e se tornou um excelente advogado. Conforme prometi, financiei seus estudos, e ele se formou em direito. O Sr. Kohler o contratou assim que ele concluiu a faculdade, claramente vendo no rapaz um protegido a quem ensinara desde jovem. Eric se aposentou há cinco anos, e Georg agora supervisiona os meus negócios.

Se Kreeg vier um dia farejar na Suíça, estou confiante de que tomei todas as precauções razoáveis para despistá-lo.

Um observador casual não desconfiaria que a propriedade é inteiramente nova. Fiz um grande esforço para garantir que materiais de época fossem usados, das maçanetas aos pisos de pedra. Graças a isso, Atlantis exibe uma grandeza elegante. Quatro andares, paredes rosa-pálido pontuadas por altas janelas com vários painéis, encimada por um telhado vermelho íngreme com torres em cada extremidade.

O interior da casa possui todos os luxos modernos; tapetes grossos e sofás macios adornam os doze quartos. Meu andar favorito é o último, onde especifiquei que sete quartos deveriam ser construídos. Cada um tem uma vista incrível do lago Genebra sobre as copas das árvores. Eu esperava, rezava e ingenuamente *presumia* que cada um estaria ocupado pelas filhas prometidas a mim por Angelina tantos anos antes. No entanto, eles permanecem vazios.

Ninguém suspeitaria que Atlantis guarda tantos segredos, já que me assegurei de que todos fossem completamente invisíveis a olho nu. Talvez agora esteja claro por que confiança era a qualidade mais importante em meu arquiteto. Se eu ou qualquer um dos ocupantes de Atlantis formos ameaçados por um visitante indesejado, alguém como Eszu, medidas já foram tomadas para garantir que uma fuga seja possível. Por razões óbvias, não revelarei a natureza exata dos segredos da casa, mas se alguém precisar desaparecer rapidamente da propriedade, existe uma rede de elevadores e túneis ocultos para garantir que a pessoa se movimente em segurança.

Eu queria garantir que a casa ostentasse jardins que dariam orgulho a Flora Vaughan. Atlantis agora conta com amplos gramados, que se espalham na frente da casa e continuam até a beira d'água. Plantei uma miríade de arbustos e árvores que formam caminhos ocultos e grutas secretas, criados por mais de uma década de crescimento. Na primavera, quando as flores estão desabrochando, acredito que não haja lugar mais bonito na terra.

Eu só queria ter alguém com quem compartilhar tudo isso.

Quando deixei Granada, em 1951, jurei que a página seguinte deste diário contaria meu feliz reencontro com Elle e a criança que eu sabia que havia nascido. Essa é uma promessa que estou quebrando hoje.

Após meu encontro com Angelina, viajei de volta a Genebra para iniciar o processo de construção de Atlantis. Quando a obra estava em pleno andamento, retomei minha busca pela mulher que amo e por minha filha.

Isso foi há catorze anos. Minha filha está rapidamente se aproximando da idade adulta, onde quer que esteja.

Comecei metodicamente, viajando primeiro pela França, visitando cidades e vilarejos que Elle havia mencionado enquanto estávamos juntos. Em Reims, conheci uma garçonete que me contou sobre uma mulher com um bebê que estava indo para o sul da Itália para recomeçar... então foi para lá que viajei em seguida. Persegui pistas vagas por todo o continente, até Espanha, Portugal, Alemanha e Bélgica.

Instruí que Eric Kohler me ajudasse, vasculhando registros em todas as nações atrás dos nomes Leopine, Elle, Tanit, D'Aplièse e qualquer variação em que eu pudesse pensar. Quando Eric se aposentou, esta responsabilidade também passou para Georg. Não tenho como dar ao jovem o crédito que realmente merece. Ele tem demonstrado enorme determinação para realizar o que deve ser um trabalho muito tedioso. Toda vez que ele descobre uma pista, por mais tênue que seja, eu entro em um avião e viajo para o local. Então, entrevisto meticulosamente moradores confusos, até me convencer de que não vai dar em nada. Em minha busca, visitei partes do mundo que nunca havia imaginado conhecer. Quênia, África do Sul, Índia, China...

Leitor, eu nunca parei de procurá-las. Estive em todos os cantos do mundo, convencido de que um dia, ao dobrar uma esquina ou caminhar por uma praia, veria o lindo rosto de Elle mais uma vez. Mas minha tarefa tem sido infrutífera.

Sem dúvida você está se perguntando, então, por que voltei ao meu diário. Esta manhã recebi uma carta de um velho amigo, reenviada a mim por Georg. Vou incluí-la aqui:

Caro Bo,

Espero que esta carta chegue até você através do escritório de advocacia. Quando faleceu, monsieur Landowski me passou seu contato junto com seu cinzel. "Caso vocês precisem um do outro", foi o que ele escreveu. Ele era atencioso a esse ponto.

Acha que pode me encontrar em Paris? Estou supondo, pelo endereço do advogado, que você está residindo em Genebra, então espero que a viagem não seja muito cansativa. Eu me ofereceria para ir até aí, mas meus ossos de 60 anos não permitiriam tal coisa.

Seria bom ver você, Bo, uma última vez.

Seu amigo,

Laurent Brouilly

Encarei o papel por alguns momentos. Eu havia fornecido os detalhes de contato do Sr. Kohler para todos do meu passado, de monsieur Landowski a Ralph Mackenzie, caso Elle aparecesse em suas portas. Tem sido uma das pequenas alegrias da minha vida receber ocasionalmente atualizações daqueles que significaram tanto para mim ao longo dos anos.

Monsieur Landowski morreu em 1961. Para minha eterna vergonha, não fui ao seu funeral, pois pensei que seria o local perfeito para Kreeg me emboscar. Saber que eu tenho uma filha neste mundo revigorou meu desejo de permanecer nele, e voltei a um estado de evidente cautela. Em vez disso, quando recebi a notícia através de Marcel, chorei sozinho por três dias e pedi às estrelas que cuidassem dele em sua nova vida.

Quanto a Laurent Brouilly, não o vejo desde aquele dia fatídico em Paris, quando Elle e eu fomos forçados a fugir.

* * *

Seguindo o endereço da carta de Brouilly, bati à porta de sua pitoresca casa, na tranquila avenida de paralelepípedos de Montparnasse. Ouvi um barulho e a porta foi aberta por uma jovem de avental médico azul. Ela me olhou, curiosa.

– Olá, senhora. Esta é a casa de monsieur Brouilly, não é?

Ela sorriu para mim.

– Sim, esta é a casa do professor Brouilly. Ele está à sua espera?

Refleti por um momento.

– Bem, não tenho certeza. Você poderia avisá-lo de que seu amigo Bo está aqui para vê-lo?

– É claro.

Ela deixou a porta entreaberta e voltou rapidamente.

– Ele ficou muito animado quando mencionei seu nome, monsieur Bo. Por favor, fique à vontade.

Entrei na encantadora casa de Brouilly, que era tão desorganizada quanto seu minúsculo apartamento de anos antes. Espalhados pelo corredor havia telas descartadas, lençóis empoeirados, esculturas inacabadas... Era a moradia de um verdadeiro *artiste*.

– Ele está um pouco frágil ultimamente, monsieur Bo, apesar do que pode ter lhe dito. Seja cuidadoso com ele.

Eu assenti.

– É por aqui.

Gentilmente, a jovem abriu a porta de uma sala de estar povoada por uma massa de plantas verdes. No meio de toda a folhagem, um Laurent Brouilly dolorosamente magro e envelhecido estava empoleirado em um grande sofá de veludo. Na verdade, parecia que qualquer rajada de vento da janela aberta poderia derrubá-lo no chão.

– Não lembro direito – disse ele. – Você agora fala?

Abri a boca, sem saber o que dizer.

– Estou brincando! – gritou Brouilly, dando uma risada.

Uma onda de alívio inundou meu corpo.

– Olá, Laurent.

Fui até ele e apertei sua mão, que parecia leve como uma pena.

– Infelizmente, meu aperto não é tão forte quanto costumava ser – disse ele. – Não faço mais esculturas há alguns anos. Eu pinto, no entanto. Por favor sente-se. – Laurent indicou o sofá. – Você ainda toca violino? Ou violoncelo?

– Às vezes. Consigo tocar por cerca de quinze minutos antes que meu braço comece a doer por causa de uma lesão antiga.

– Ah, sim, Landowski mencionou esse fato. – Ele olhou fixamente para mim, e fiquei animado ao notar que, apesar do cabelo grisalho fino e do corpo frágil, seus olhos não haviam mudado nem um pouco. – Obrigado, Hélène – disse ele para a jovem na porta.

– Se precisar de mim, professor Brouilly, é só me chamar.

Ela saiu do quarto.

Ergui minhas sobrancelhas para meu velho amigo.

– Professor, hein?

– Subi na hierarquia e me tornei diretor de esculturas na Escola de Belas-Artes, dá para acreditar?

– Sabe, Laurent, dá, sim. – Fiz uma pausa antes de fazer a pergunta difícil. – Você escreveu em sua carta que gostaria de me ver "uma última vez". Que diabos você quis dizer? Quantos anos você tem? Sessenta e um?

– Sessenta e dois agora, Bo. Mas você não é cego. Estou doente. Os malditos médicos me disseram que não vou me recuperar. Eles não podem prever quanto tempo ainda tenho, mas não serão mais do que alguns meses.

– Laurent... eu sinto muito.

Ele deu de ombros com um ar de coragem.

– O câncer ainda é mais fácil de aceitar do que perder Bel todos aqueles anos atrás.

Coloquei uma mão carinhosa em sua perna, e me angustiei ao sentir o osso sob a pele fina.

– Você ainda pensa nela? – perguntei.

– Cada minuto de cada dia – respondeu ele, nostálgico. – Mas... – Um sorriso brincou em seus lábios. – Apesar de tudo, vivi uma vida abençoada. Agora eu vou lhe contar uma história, que até você pode achar difícil de acreditar... – Ele fechou os olhos. – Há muitos anos, eu tinha acabado de dar uma aula sobre Donatello. Enquanto arrumava meus livros, uma aluna se aproximou de mim. Bo, assim que coloquei os olhos no rosto dela, eu soube... pois era como olhar para um espelho. Ela se apresentou como Beatriz Aires-Cabral.

Brouilly meneou a cabeça.

– Aires-Cabral? Esse não era o sobrenome de Bel?

Ele encontrou meu olhar.

– Precisamente.

Meu estado era de total descrença.

– Inacreditável.

– A garota perguntou se eu me lembrava de ter criado uma escultura da mãe dela para o pai, Gustavo, que foi enviada ao Brasil como presente de casamento. – Brouilly gargalhou. – Se ela soubesse... Diante de mim, na minha sala de aula, estava minha própria filha.

Ficamos em um silêncio emocionado por um tempo.

– Eu... não sei o que dizer...

– Imagino. Ela me contou que a mãe havia morrido quando ela tinha apenas 18 meses de idade. Houve um surto de febre amarela no Rio e... – A voz de Laurent falhou e seus olhos ficaram marejados. – Ela tinha apenas 21 anos. Depois de toda aquela turbulência e tragédia, morrer tão jovem... Me perdoe. – Uma lágrima escorreu por seu rosto pálido. – Então, perguntei sobre o *pai* dela, ou quem quer que ela pensava ser seu pai. Ela me revelou que o relacionamento deles era difícil e que ele havia mergulhado cada vez mais na bebida com o passar dos anos. Gustavo proibiu Beatriz de seguir suas paixões artísticas, mas morreu quando ela tinha 17 anos. Ela se matriculou na Escola de Belas-Artes depois da morte dele, como sabia que a mãe havia feito antes dela.

– E ela acabou na sua turma – sussurrei.

Brouilly e eu nos encaramos, antes de sorrirmos ao mesmo tempo.

– Os mistérios do universo, não é, Bo? Enfim, Beatriz passou cinco anos em Paris. Naturalmente, eu a coloquei sob minha proteção. Ela costumava visitar minha casa, aqui em Montparnasse. Até almoçávamos semanalmente no La Closerie des Lilas, onde eu costumava levar a mãe dela. – Ele riu. – Ah, que bênção! Sabe, eu até a levei ao ateliê de Landowski. Ele exibiu, todo orgulhoso, fotografias do nosso trabalho no Cristo e lhe contou histórias sobre a minha juventude.

Eu estava desesperado para fazer minha próxima pergunta.

– Você... contou a ela a verdade sobre a sua paternidade?

Brouilly baixou os olhos e balançou a cabeça.

– Que direito eu teria de dizer a ela que Gustavo não era seu verdadeiro pai? Não, monsieur, não.

Recostei-me no sofá e olhei para o teto empoeirado. Estava achando difícil manter minhas emoções sob controle. A visão de Laurent moribundo e a história de sua filha provocaram um enorme nó em minha garganta. Como alguém poderia duvidar do poder do universo após tal evento, eu não sei. Depois de alguns instantes, consegui recuperar a compostura.

– Você ainda fala com Beatriz?

– Escrevemos um para o outro todo mês! Sei tudo sobre a vida dela, Bo. Ela se casou com um bom homem, que a trata bem e a ama muito. – Brouilly suspirou. – Tragicamente, seu primeiro filho morreu. Mas ela teve um segundo bebê.

– Qual é o nome? – perguntei.

– Cristina – disse Laurent, baixinho. De repente, ele pareceu preocupado. – Pelo que Beatriz me contou, ela é uma criança muito difícil. Apesar de ter apenas 7 anos, trata muito mal a mãe.

Ele se virou para olhar pela janela, como se formulando com cuidado sua próxima frase.

– Cristina é extremamente inteligente, mas parece não ter sensibilidade ou empatia quando se trata de seus semelhantes. Isso torna quase impossível lidar com ela.

– Que tristeza para Beatriz – respondi. – Ela já passou por tanta coisa.

– Sim. – Brouilly virou-se lentamente para mim. – O que me leva ao motivo pelo qual o chamei aqui hoje.

– Por favor, continue – encorajei-o.

Brouilly inspirou e eu ouvi um leve ruído em seu peito.

– Quero dar à minha filha toda a assistência que puder, mas não vou demorar muito neste mundo, Bo. Vou deixar para ela o dinheiro que tenho, mas não é muito. Eu me pergunto se... – Sua voz falhou mais uma vez, e coloquei minha mão sobre a dele. – Gostaria de saber se você poderia dar uma olhada na família dela de vez em quando. Não posso pedir a mais ninguém, sem o risco de expor o segredo da paternidade de Beatriz, o que certamente não desejo fazer.

Eu assenti.

– Claro, Laurent. Você quer que eu entre em contato com Beatriz?

– Não. Isso só vai levantar mais perguntas. Talvez você pudesse... observar de longe e, se a família em um algum momento precisar de ajuda, seria um enorme conforto saber que alguém poderia oferecê-la.

– Compreendo, monsieur Brouilly.

Minha mente disparou com a importância da tarefa que Laurent estava depositando em minhas mãos. A família dele morava no Brasil, e eu morava na Suíça. Haveria inúmeros aspectos práticos a serem superados, sem mencionar a interferência que poderia causar em minha própria busca por Elle. Fitei os olhos suplicantes de Laurent. Seu único crime fora amar demais outra pessoa. Eu estava bem familiarizado com o fenômeno. Decidi então que não iria decepcioná-lo.

– Por favor, fique tranquilo. Vou fazer o que está me pedindo.

Seu rosto irradiou uma calorosa gratidão.

– Obrigado, Bo. Obrigado. – Ele deu um tapinha em minha mão. – Agora estou ficando cansado, mas, antes de ir, há alguma coisa que *você* queira saber?

Precisei de um momento para pensar.

– Evelyn – respondi. – Você tem notícias dela?

Laurent se retraiu no sofá.

– Sinto muito, Bo. Evelyn morreu logo depois de monsieur Landowski.

Meu coração doeu. Ela fora tão gentil comigo e, na ferocidade de minha busca para localizar Elle, não fui capaz de manter contato.

– Quando falei com ela quinze anos atrás, ela mencionou que nem conhecia a neta. Diga-me, monsieur Brouilly, isso sequer foi resolvido?

Brouilly balançou a cabeça.

– Não. Eu vi Louis no funeral. Mas não havia sinal de Giselle ou Marina.

– Marina – lembrei-me. – Era esse o nome dela. Ela deve ter uns 20 e poucos anos agora?

– Sim. É uma história triste. Como você ouviu de Evelyn, Giselle era uma força da natureza. Havia rumores de que bebia demais. O relacionamento entre ela e Louis não deu certo. Um dia, ela simplesmente pegou Marina e largou o marido. Ele me disse que, desde então, muitas vezes tentou entrar em contato com a filha, mas Giselle fez um trabalho completo de lavagem cerebral contra ele.

– Que coisa terrível.

– Realmente terrível. E, de acordo com as histórias que ouvi, Giselle teve uma briga feia com a filha e a expulsou de casa. Desde então, aparentemente...

Brouilly hesitou.

– Por favor, continue, Laurent.

– Há pouco tempo, Marcel Landowski me contou que Marina frequenta a Rue Saint-Denis.

Olhei fixamente para ele. Brouilly suspirou.

– Parece que ela está se prostituindo para se sustentar.

Cobri a boca com uma das mãos.

– Ah, Laurent. – Esfreguei as têmporas. – Preciso fazer alguma coisa para ajudá-la. Por Evelyn.

Brouilly assentiu.

– Gostaria de pensar que eu teria feito algo se estivesse em melhor posição. – Laurent inalou o ar profundamente e estremeceu ao expirar. Ele colocou a mão no peito. – Você pode chamar Hélène para mim?

– Claro, Laurent.

Eu me levantei e ele segurou minha mão.

– Você vai cumprir sua promessa, não vai? Você jura?

– Pelas estrelas, Laurent.

Ele me deu um sorriso de despedida.

– Então eu sei que você está dizendo a verdade.

45

A chuva deixava escorregadia a Rue Saint-Denis, e as luzes vermelhas piscando se refletiam no chão abaixo de mim. Homens corpulentos fumavam cigarros sob toldos caindo aos pedaços, e senti seus olhos me seguindo enquanto eu caminhava pela calçada. Não muito à frente, uma mulher de aparência glamorosa, usando um casaco de pele, estava encolhida na porta de um café decadente. Eu cerrei os dentes.

– Com licença – disse, aproximando-me dela. – Estou à procura de alguém.

– Não procure mais, monsieur. Por 100 francos você pode fazer o que quiser comigo.

Ela me deu uma piscadela.

– Não, você não entendeu, não foi isso que eu quis dizer. Estou procurando uma moça chamada Marina.

A mulher revirou os olhos.

– Para que você quer uma garotinha como ela, quando pode ter uma mulher como eu...? – provocou ela, segurando as lapelas de meu casaco.

– Não, não estou aqui para *isso*. Sou apenas um velho amigo da família dela. Foi me dito que eu poderia encontrá-la aqui. Você sabe onde ela está?

Ela franziu a testa e bufou.

– Como quiser, monsieur. – Ela apontou para mais adiante, na rua. – Marina está no Le Lézard.

– Obrigado. Agradeço muito.

A mulher deu de ombros e se virou, e eu continuei em direção ao letreiro de néon brilhante, logo à frente.

Quando tentei entrar no lugar, um homem enorme, de casaco de couro, estendeu o braço para me impedir.

– Posso ajudá-lo, monsieur?

– Estou aqui para ver alguém – respondi.

– Desculpe, senhor. É preciso marcar um horário comigo. Mas não se preocupe, sou muito receptivo.

Involuntariamente, franzi o nariz.

– Não quero nada nesse sentido, obrigado. Só quero falar com Marina.

Ele parecia cético.

– Marina?

– Sim. – O sujeito me olhou de cima a baixo. – Muito bem. Eu nem mesmo sei por que a mantenho como funcionária. Ela é exigente. E pedintes não podem ser exigentes, monsieur.

Foi preciso toda a minha força de vontade para me conter enquanto o homem falava de um ser humano desesperado com tão pouca consideração. Ele abriu a porta do clube.

– Ela está bem ali atrás.

Entrei no clube mal iluminado, escassamente povoado por homens de terno com garotas de saias curtas sobre eles. O ar úmido fedia a fumaça de cigarro e alvejante. Abri caminho até o fundo da sala, onde uma longa banqueta de couro estava posicionada contra a parede, ao lado de uma escada em caracol. Uma mulher esguia estava sentada, arrulhando sobre um bebê que não devia ter mais que 6 meses de idade.

– Shh, *chéri* – dizia ela, consolando-o. – Vai ficar tudo bem. Mamãe vai voltar logo.

– Olá – cumprimentei. – Você é Marina?

A mulher olhou para mim com medo.

– Pierre deveria me avisar quando alguém me quisesse.

Ergui as mãos.

– Por favor, não é por isso que estou aqui. Sou um velho amigo de sua avó.

Marina ficou perplexa.

– Eu não tenho avó. Meus avós morreram antes de eu nascer.

Respirei fundo, percebendo que aquela seria uma tarefa difícil.

– Bem, na verdade, Marina, isso pode não ser verdade.

Ela franziu o cenho.

– Como assim? Quem é você?

O bebê começou a chorar e uma voz masculina gritou do outro lado da sala:

– Cale essa maldita criança! Meu Deus, eu vim aqui para fugir dessa barulheira!

Marina balançou a cabeça.

– Vamos, *chéri*, não vai demorar muito agora. – Ela embalou a criança suavemente e cantarolou uma canção de ninar até que o bebê começasse a se acalmar. – Pronto, agora sim. – Ela olhou de volta para mim. – Apenas me diga o que você quer.

– Posso me sentar? – perguntei, e ela assentiu. – O bebê é seu?

– Não. É da minha amiga Celine. – Marina olhou para o relógio pendurado na parede acima dela. – Ela está ocupada no momento. Provavelmente por mais uns dez minutos.

– Entendo. – Eu me mexi, sem jeito. – Bem, como mencionei, conheci sua avó, Evelyn. Acredite ou não, ela cuidou de mim quando eu era um garotinho.

– Hum. E o que isso tem a ver com você estar aqui?

Cruzei os braços.

– Há pouco tempo, soube da situação de sua família por meio de um velho amigo meu, e queria dizer que sinto muito. Deve ser muito difícil para você.

Marina apertou os lábios.

– Eu não preciso da sua compaixão, monsieur.

– Não é compaixão. Vim apenas lhe oferecer ajuda, caso queira.

Ela me olhou nos olhos.

– Ouvi falar de homens como você, chegando e prometendo o mundo. As meninas saem com eles e são tratadas como propriedade. Estou bem onde estou, muito obrigada.

Fiquei mortificado com a resposta.

– Não, Marina. Não é nada disso. Sua avó... a mãe de seu pai... a amava muito. Ela não morreu antes de você nascer. Na verdade, ela queria muito conhecê-la, mas sua mãe não permitiu. Talvez ela tivesse ciúme.

Marina sustentou meu olhar por um tempo, antes de voltar sua atenção para o bebê.

– Nisso eu posso acreditar.

– Evelyn foi muito, muito gentil comigo quando precisei. E eu gostaria de retribuir o favor, da maneira que puder. Marina, de que você precisa? Se for dinheiro ou um ouvido atento, posso ajudar com ambos.

A jovem revirou os olhos.

– Não sou ingênua para pensar que não há exigências em uma oferta assim, monsieur. Eu definitivamente não quero o seu dinheiro.

Sem outras opções, insisti.

– Sou só um amigo, estou aqui para ajudar... e, sim, para pagar uma grande dívida que tenho.

De repente, um homem corpulento – com o rosto muito vermelho e pingando de suor – desceu as escadas, tirando o chapéu para cumprimentar Marina enquanto saía. Atrás dele, vinha uma mulher alta e esbelta, com cabelos ruivos e meias arrastão.

– Ugh, ele fedia – disse ela a Marina quando o sujeito se afastou. – Olá, meu pequenininho! Você se comportou com a tia Ma? – continuou ela, pegando o bebê do colo da amiga.

– Ele se comportou como um príncipe. Ele é adorável, Celine.

– Ele é um terror, isso sim, não é, pequenininho? – comentou ela, dando um beijo carinhoso na testa do bebê. – Tome. – Ela enfiou a mão nos bolsos e deu a Marina alguns francos. – Sua parte.

– Obrigada, Celine.

Celine olhou para mim.

– Conseguiu um cliente, não é, Ma? Você tem muita sorte, senhor. É o primeiro que ela aceita em semanas.

– Celine, por favor – retrucou Ma, timidamente.

– Não há vergonha nisso. Ma, principalmente, é a babá por aqui, não é? Algumas de nós têm filhos. Ela cuida deles enquanto ganhamos nosso dinheiro.

Eu assenti.

– Isso é muita bondade da parte dela.

Celine riu.

– Ela adora. Não sei por que você não se torna uma babá de verdade, Ma!

– Ninguém iria me querer – sussurrou Marina.

Um homem grande, usando uma jaqueta de couro, entrou no clube, se aproximou e acenou para Celine.

– Já tenho outro. – Ela gemeu. – É minha noite de sorte.

Celine devolveu o bebê para Marina e voltou para o andar de cima.

– Marina, não vou mais incomodá-la. Mas acredite em mim, estou aqui para ajudar. – Enfiei a mão no bolso. – Aqui está um cartão com informações do meu amigo Georg. Ligue para o número a qualquer momento, e ele vai colocá-la em contato comigo.

Marina assentiu, antes de dedicar sua atenção ao filho de Celine, para o qual olhava com muito carinho. Saí do Le Lézard rezando para que ela um dia me ligasse.

* * *

Ao retornar a Genebra, instruí Georg Hoffman a entrar em contato com um escritório de advocacia no Rio de Janeiro, para que eu pudesse receber atualizações regulares sobre Beatriz Aires-Cabral e sua filha. Ele ficou perplexo quando lhe fiz o pedido, mas mostrou-se prestativo como sempre quando falei com ele nos escritórios da recém-nomeada Schweikart & Hoffman, na Rue du Rhône.

– Fico feliz em providenciar isso para você, Atlas, mas me pergunto se é o uso mais eficiente de seus fundos. Sairia infinitamente mais barato você voar para o Brasil uma ou duas vezes por ano e ver as coisas pessoalmente.

– Obrigado por sua preocupação, Georg, mas fui instruído a manter distância. Além disso, não falta dinheiro, não é mesmo?

Georg riu.

– Não. Na verdade, recebi um telefonema do nosso corretor da Bolsa de Nova York esta manhã. Seus investimentos estão tendo um rendimento sem precedentes. – Ele tirou um bloco de notas da gaveta de cima da velha escrivaninha de Kohler. – Telex, Control Data, Teledyne, University Computing, Itek... a tecnologia está em expansão. Os cofres estão se enchendo cada vez mais.

Ele me passou as anotações para que eu examinasse.

– E lá estava você, Georg, tentando me convencer a investir meu dinheiro em ouro e prata.

O rosto de Georg ficou vermelho.

– Sim. Receio que meus instintos financeiros ainda não sejam tão apurados.

– Nem os meus, meu jovem amigo. Você sabe por que eu invisto em tecnologia.

Afundei na cadeira em frente a Georg. Ainda era um pouco estranho vê-lo ocupar a sala outrora habitada por Eric Kohler.

– Sim – respondeu ele. – Na esperança de que um dia ela nos ajude a encontrar Elle.

– Exatamente – concordei, apontando um dedo para ele de forma enfática. – Por mais seguro que o ouro possa ser, ele não pode me fornecer bancos de dados e equipamentos de rastreamento global. – Dei de ombros. – Mesmo que minhas ações não tenham retorno, é melhor dar meus milhões a pessoas inteligentes para que o cenário evolua logo.

– Sem dúvida. Agora, o que devo pedir a esse escritório brasileiro para procurar em relação à família Aires-Cabral?

Boa pergunta. Laurent tinha sido vago. Cruzei os braços e olhei para o lago.

– Basta que eles monitorem a saúde da família e sua situação financeira.

Ele assentiu.

– Considere feito, Atlas.

– Obrigado, Georg. Além disso, fique alerta a uma ligação de Paris. Conheci uma jovem chamada Marina. Ela é neta de Evelyn.

Georg pareceu surpreso.

– É mesmo?

– Dei a ela seu telefone. Se ela ligar, e espero que ligue, por favor, me chame em Atlantis imediatamente. Não é necessário fazer nenhuma triagem de segurança.

Devolvi o bloco de Georg e ele rabiscou alguma coisa nele.

– Como está Claudia, a propósito?

– Ainda está trabalhando na padaria. Na verdade, conheceu recentemente um jovem... um cliente... disse que é um pão... – Georg pareceu satisfeito consigo mesmo. – Sem trocadilhos – mentiu.

Eu ri.

– E como você se sente sobre isso, irmão mais velho?

Ele baixou a caneta para refletir.

– Se ela está feliz, então também estou.

– Excelente. Por favor, mande lembranças a ela. – Levantei-me para sair. – Ah, a propósito, surgiu algum outro nome na última semana?

Ele levantou um dedo e abriu outra gaveta na mesa.

– Consegui encontrar uma "Eleanor Leopold", residente em Gdansk. Pelo que sei, ela mora lá desde que nasceu, mas você bem sabe que registros podem ser alterados.

Ele me entregou o pedaço de papel com as novas informações.

– Para Gdansk, então – respondi. – Nunca estive na Polônia. Você pode me reservar um voo?

– Claro.

– Muito bom. Obrigado, Georg, acho que isso completa tudo que precisávamos discutir. Falo com você na semana que vem.

– Mas há... outra coisa.

Georg, normalmente tão calmo e comedido, parecia hesitante e nervoso. Ele abriu sua pasta e deslizou outro pedaço de papel para mim.

– O que é isso?

– Além de Elle, mantemos o controle sobre qualquer menção ao nome "Kreeg Eszu", conforme as suas instruções.

Baixei os olhos para o papel e senti o sangue sumir do meu rosto. Georg me entregou o que parecia ser o certificado de uma nova empresa, chamada Lightning Communications. Na folha, sob a palavra "Diretor", estava o nome de Eszu.

46

Maio de 1974

A investigação da Lightning Communications durou vários dias. A empresa fora constituída na Grécia, com endereço registrado em Atenas. Georg e eu tomamos medidas rápidas, contratando escritórios de advocacia e investigadores particulares, para minha irritação, mas eles descobriram pouquíssima coisa. A empresa em si estava inativa (e permaneceu assim na última década). As contas, no entanto, eram prestadas todos os anos, e não havia nenhuma receita ou despesa.

Quanto ao próprio Kreeg, as equipes estabeleceram que Eszu agora reside em um grande complexo fechado nos limites da cidade. Recebi fotos borradas das raras ocasiões em que ele foi visto saindo, e não há nenhuma dúvida de que ele é, de fato, o homem que tentou acabar com a minha vida em várias ocasiões. Durante os últimos dez anos, desde a última vez que escrevi neste diário, Kreeg não fez nenhuma tentativa de entrar em contato comigo ou, até onde pudemos apurar, de me procurar. Ele permaneceu em sua enorme propriedade, mantendo-se reservado e isolado.

Conforme os anos se passavam e minha equipe acompanhava os movimentos de Kreeg, meu pânico inicial se transformou em desconforto, que se transformou em confusão e, uma década depois, me conformei em somente saber qual era a sua exata posição no globo. Descobrimos que ele havia se casado com uma grega incrivelmente rica chamada Ira, que herdara a fortuna de um ex-marido, um magnata do petróleo. Ira Eszu morreu no ano passado, em 1973, durante o nascimento do único filho do casal. Os registros afirmam que Ira nasceu em 1927, o que significa que tinha 46 anos. Não foi surpresa, portanto, que houvesse complicações durante o parto.

No entanto, o menino sobreviveu. Ele foi registrado como Zed Eszu. Continuamos a acompanhar a situação de perto.

Talvez lhe agrade saber que a neta de Evelyn, Marina, acabou entrando em contato. Quase dois anos depois de nossa conversa em Paris, Georg encaminhou sua ligação para Atlantis. Ouvi com preocupação quando ela explicou um desentendimento que sofrera com um "cliente" agressivo no Le Lézard, o que a levou a fugir da Rue Saint-Denis. Garanti a ela que lhe enviaria dinheiro imediatamente, mas ela não aceitou. Em vez disso, perguntou se eu poderia lhe oferecer algum trabalho, para que ela pudesse sair de Paris e pagar suas despesas sem a ajuda de ninguém. Convidei-a para Atlantis e lhe dei o cargo de governanta. Era um trabalho sem dúvida tedioso, considerando que apenas eu resido aqui. Marina limpou a casa e passou roupa por um tempo, mas dava para ver que estava insatisfeita.

– Eu sinto falta das crianças, Atlas – confidenciou, uma noite, tomando uma taça de rosê provençal.

Perguntei a Georg se ele poderia ajudar Marina a conseguir algum trabalho de meio período em sua antiga escola, acrescentando que deveria oferecer uma doação minha como incentivo. Descobri que o jovem monsieur Hoffman fica extremamente afoito quando se trata de fazer qualquer coisa por Marina. Ele olha para ela como um cachorrinho olha para seu dono: com dedicação, obediência, adoração. Nem preciso dizer que Georg foi bem-sucedido em sua tentativa. Nos últimos anos, Marina administra em Genebra alguns clubes com atividades extracurriculares para crianças cujos pais trabalham até tarde. Ela é muito querida por todos que os frequentam.

Marina reside no pavilhão, aqui em Atlantis, e continua administrando a casa principal como forma de agradecimento. Ela cozinha, limpa e geralmente mantém a minha vida doméstica em funcionamento. Sua companhia passou a significar muito para mim ao longo dos anos. Não há mais nada que ela não saiba sobre a minha vida, e vice-versa. Contei a ela sobre minhas origens, minha busca por Elle e por que temo tanto Kreeg Eszu. Junto com Georg, nos tornamos uma pequena e bizarra unidade familiar, que eu prezo muito.

Falando em unidades familiares, o leitor dedicado deste diário lembrará que me foi confiada a incumbência de proteger a família Aires-Cabral, no Rio de Janeiro. Laurent Brouilly infelizmente morreu apenas algumas semanas depois de minha visita a Montparnasse. Eu estava determinado a não decepcioná-lo.

Com o passar dos anos, a neta de Laurent – Cristina – tornou-se cada vez mais problemática. Nossa equipe brasileira informou que ela fazia da vida dos pais um inferno. Na adolescência, começou a frequentar alguns dos bares mais decadentes do Rio e a andar com uma turma de baderneiros. Recebi por fax boletins de ocorrência contra ela, que terminavam com Cristina sendo devolvida aos pais bêbada e desgrenhada. Ela foi expulsa da escola e passava muito tempo nas favelas da cidade. O escritório de advocacia presumiu que ela havia se viciado em algum tipo de droga.

Depois de um tempo, a equipe no Rio informou que Cristina parara de voltar para a casa da família, optando por viver sua vida nos morros do Rio. Logo se descobriu que ela havia se apaixonado por um jovem em uma favela. Aquilo, pensei, poderia ser o fim da história. Tanto Beatriz quanto Cristina estavam livres e podiam viver suas vidas sem o fardo de causar sofrimento uma à outra. Isso até recebermos uma fotografia de Cristina, tirada com uma lente de longo alcance. Ela estava sentada em uma rua suja, acariciando um cachorro. O mais notável na imagem, porém, era o tamanho da barriga de Cristina. Ela estava nitidamente grávida.

Ontem de manhã, recebi uma ligação frenética de Georg.

– Atlas, há algo que você precisa saber.

– Diga, Georg.

– Cristina deu à luz hoje cedo. Até onde sabemos, ela nem sequer foi a um hospital. A criança nasceu na rua.

– Santo Deus. Devemos ajudá-la com urgência. Ela precisa de um lugar para ficar. Você poderia pedir ao escritório brasileiro que encontre uma propriedade adequada que possamos alugar para ela?

Georg suspirou.

– Tem mais. Soube que Cristina levou o bebê para um orfanato. Aparentemente, ela deixou a menina lá e fugiu.

Minha cabeça girou, contemplando meu próximo passo. Aquela nova vida tinha começado da forma mais cruel possível.

– Acho que devemos entrar em contato com Beatriz. Informar que ela tem uma neta. Tenho certeza de que ela ficará muito feliz.

– Não duvido, Atlas, mas é meu trabalho ser pragmático e lembrá-lo das possíveis consequências de tal curso de ação.

– Continue.

– Primeiro, Cristina é profundamente instável. Você sabe que ela teve um desentendimento com os pais. Tudo indica que roubou as joias da mãe para financiar o vício em narcóticos, o que só piorou seus problemas emocionais. Eu me preocupo que, se um dia descobrir que sua mãe levou a criança, ela pode...

– Entendi o que você quer dizer. Pode não ser seguro para o bebê. Imagine se um dia Cristina aparece e tenta reclamar a filha porque lhe convém. – Comecei a andar de um lado para outro no escritório. – Além disso, se eu entrar em contato com Beatriz, isso vai levantar questões sobre sua paternidade, algo que jurei nunca revelar.

– É uma situação delicada – concordou George em tom sério. – Posso tentar localizar uma família adequada no Brasil que possa acolhê-la. Mas não será fácil. Os orfanatos do Rio estão cheios de recém-nascidos lutando para serem adotados.

Estremeci ao pensar em Elle no Apprentis d'Auteuil, incapaz de encontrar uma família. Meu coração se partiu em pedaços novamente. Eu precisava fazer alguma coisa.

– Não, Georg, preciso assumir a responsabilidade pelo bebê. Vou encontrar alguém para ela. – Olhei para o lago, que brilhava ao sol da manhã. – Vamos trazê-la para Genebra e encontrar uma família adequada para ela. Assim como fiz com você. Quero voar esta noite.

– Vou providenciar a passagem – confirmou Georg.

– Passagens, no plural. Marina vai me acompanhar. Não sei nada sobre bebês. E faça o que for necessário para garantir que possamos buscar a criança o mais rápido possível.

Duas horas depois, Marina e eu estávamos em meu jato pessoal em direção ao novo aeroporto Charles de Gaulle, em Paris, onde embarcamos em um Jumbo para o Rio. Minha companheira de viagem ficou de queixo caído quando nos aproximamos do Boeing 747 na pista.

– Tem certeza de que essa coisa vai voar, *chéri*?! É maior que o Arco do Triunfo!

– Garanto a você, eu já voei na barriga desse pássaro muitas vezes, e ele nunca deixou de me levar inteiro ao meu destino. Além disso, vamos viajar na primeira classe. Você nem vai perceber que está no ar.

Durante o voo, contei a Marina histórias sobre a minha infância e sobre a bondade com que sua avó Evelyn e Laurent Brouilly me trataram.

– Quanto tempo você acha que a pequena bebê vai ficar conosco? – indagou Marina.

Durante todos os anos em que ela esteve a meu serviço, nunca a tinha visto tão empolgada.

– Até que eu possa encontrar um lar adequado para ela. Pode levar algumas semanas. Talvez um mês.

Ela mal conseguiu reprimir o sorriso.

Ao desembarcar, fomos recebidos por um representante da equipe jurídica que eu havia contratado no Rio de Janeiro, que nos acompanhou até o Copacabana Palace Hotel. É uma construção imponente na Avenida Atlântica, que se eleva sobre a praia mais famosa do Rio. O exterior me lembrava um pouco a Casa Branca, nos Estados Unidos. Não tive dúvidas de que o elegante saguão com ar-condicionado faria enorme contraste com a favela que iríamos visitar no dia seguinte.

– Estou muito feliz em dizer que está tudo acertado, senhor – explicou Fernando, o advogado. – Somos um escritório altamente respeitado aqui na cidade e, como tal, sua documentação, juntamente com nossa recomendação, foi suficiente para que o diretor do orfanato aceitasse rapidamente o seu pedido de acolhimento. Para ser franco, encontrar um lar é uma grande dificuldade para muitas crianças, e elas ficarão agradecidas pelo espaço. – Ele meneou a cabeça. – Enfim, o orfanato estará à sua espera amanhã, e vocês estarão livres para partir com a criança.

– Obrigado pela ajuda, Fernando. E, por favor, estenda meu apreço a toda a equipe pelo excelente trabalho que vocês fizeram me representando durante a última década.

– Pode deixar, Sr. Tanit.

Ele fez uma reverência e saiu do saguão.

Naquela tarde, Marina me guiou pelas ruas quentes e úmidas do Rio, enquanto procurava roupinhas, mamadeiras, fórmula, fraldas e tudo de que precisávamos para levar a criança para a Europa. Eu a segui sem pensar e sem opinar, apenas fornecendo os recursos para tudo o que ela decretasse ser necessário. A missão foi tão cansativa que, apesar da significativa diferença de fuso horário, dormi como um bebê naquela noite, com o som das ondas do mar da janela aberta me embalando em um sono profundo.

Na manhã seguinte, Marina e eu pegamos um táxi até a favela da Rocinha. O motorista estava reticente em levar turistas para a enorme favela urbanizada, mas eu lhe assegurei que conhecia os riscos.

– Olhe – disse ele, depois de alguns minutos dirigindo. O motorista apontou para o morro do Corcovado, em cujo topo uma familiar estátua branca se erguia, os braços abertos, abraçando a cidade. – Ali está o nosso Cristo Redentor. Talvez o senhor tenha visto fotografias dele.

Dei um sorriso e respondi:

– Sim.

Olhei para cima, para a figura pálida e elegante esculpida por Landowski, que parecia estar flutuando em meio às nuvens, como uma aparição angelical. Embora eu a tivesse visto bem de perto no *atelier* parisiense, a realidade era de tirar o fôlego. Ao ver meu velho amigo em seu lar permanente, me vi tomado por ondas de orgulho e admiração.

À medida que subíamos o morro, concreto e tijolo foram substituídos por madeira e metal corrugado. Um líquido de aparência perturbadora fluía pelas ruas estreitas, e a maior parte do lugar parecia carecer de saneamento básico. Depois de quinze minutos de carro – o suficiente para que a opulência se tornasse pobreza –, fomos recebidos do lado de fora do orfanato por uma mulher de aparência exausta. Ela tinha olheiras profundas e sua blusa estava coberta de manchas de várias cores e tamanhos.

– Bebê? Europa? – indagou ela quando nos aproximamos.

– Sim... sim – respondi.

A mulher assentiu e nos analisou de cima a baixo. Aparentemente satisfeita, ela nos convidou a entrar.

– Ok, venham.

Fomos conduzidos para dentro de um edifício muito simples. O chão e as paredes eram de concreto, e a atmosfera era escura e sombria. Na verdade, o lugar me lembrava um pouco uma prisão. Seguimos a mulher por uma segunda porta, e fiquei chocado com o que vimos. Trinta ou mais crianças de diferentes idades estavam amontoadas em um único quarto. Funcionários sobrecarregados lutavam para se manterem calmos no calor do dia, ao som de uma cacofonia de berros e choro. Pela minha breve análise, o principal problema era o fato de não haver brinquedos suficientes para todos.

– *Mon Dieu.* – Marina suspirou. – Pobres, pobres crianças.

Enquanto caminhávamos pelo cômodo, dezenas de olhos arregalados nos seguiram. Tenho vergonha de dizer que tentei não manter contato visual com aquelas crianças, com medo de que meu coração se partisse. Fazia mais de quarenta anos desde que eu colocara os pés em um orfanato. Ingênuo, eu tinha presumido que as condições seriam melhores depois de todo esse tempo. Mais dinheiro, mais recursos, mais conhecimento... mais amor. Mas ali, no meio do Rio, me entristecia imensamente ver que as coisas eram ainda piores do que no Apprentis d'Auteuil quatro décadas antes.

Marina e eu fomos levados a uma sala separada, onde havia cerca de dez bebês. A equipe era composta só por uma mulher, que estava tentando garantir que cada um estivesse adequadamente embrulhado. Fomos guiados até um berço nos fundos da sala.

– Seu bebê – disse a senhora que estávamos seguindo.

Marina e eu olhamos para dentro do berço. Fiquei espantado com a explosão de cabelos escuros na cabeça da criança e o par de olhos enormes e atentos que piscavam para os dois novos rostos que a observavam pela primeira vez.

– Ah, *bonjour*, garotinha, *bonjour*! – exclamou Marina. – Ou será que devo dizer "olá"? Veja os olhos dela, Atlas. São enormes! E tão abertos, para um bebê tão novinho.

– Ela se parece com a bisavó – comentei.

– Sério? Isso é incrível.

A senhora fez um gesto para o bebê, e Marina gentilmente a pegou nos braços.

Cruzamos novamente a sala superlotada. Quando estávamos prestes a sair, a senhora bateu uma das mãos na outra, como se se lembrasse de algo.

– Um momento, por favor! – pediu ela, voltando apressada para o interior do orfanato.

O bebê começou a chorar, e o que era um gorgolejo desconfortável logo se transformou em um choro a plenos pulmões.

– Shhh, *chérie*, tudo vai ficar bem, prometo.

– Precisa de uma mamadeira, Marina? – perguntei, procurando na bolsa de couro que eu trazia no ombro.

– Na verdade, estou me sentindo um pouco tonta – disse Marina. – O calor e a visão de todas aquelas crianças... Você se importaria de carregá-la um pouquinho?

– Ah, eu não seguro um bebê há muitos anos. Não tenho certeza...

– É muito fácil, qualquer um consegue. Assim... – Marina gentilmente me passou a criança. – Cuidado com a cabeça dela. Apoie-a na curva do seu cotovelo. Pronto.

Ela foi depressa até a única cadeira enferrujada, no canto da sala.

A bebê olhou nos meus olhos. Por algum tipo de instinto paternal primitivo, comecei a embalá-la para a frente e para trás. Para minha surpresa, a garotinha parou de chorar e seu rosto se franziu em uma expressão de contentamento.

– Olhe só você, Atlas. Você tem o dom – disse Marina com uma piscadela, e se abanando vigorosamente.

– Ela é muito linda – comentei.

A senhora voltou, segurando algo que parecia um pingente. Ela tentou entregá-lo a mim, mas, como um carregador de bebês novato, não consegui pegá-lo. Marina se levantou e foi até ela.

– O que é isto? – perguntou ela, com o pingente na mão.

Eu me virei para a mulher do orfanato, confuso.

– Para o bebê. Da mamãe – informou ela.

– Ah – respondi, entendendo. – Obrigado. – Marina deslizou o pingente para dentro do meu bolso de trás. – Estamos indo agora. Adeus.

A mulher acenou para nós novamente.

– Cuide bem. Por favor – pediu ela, juntando as mãos em um gesto de súplica.

– Vamos cuidar bem dela, eu prometo.

Nosso tempo no Rio foi muito curto e, antes que o dia terminasse, nós três estávamos de volta à cabine de primeira classe do Jumbo. Marina embalou o bebê, que dormira contente em seus braços a maior parte da tarde. Enquanto subíamos para o céu brasileiro, me dei conta de algo.

– Marina, é nossa responsabilidade escolher o nome dela?

Ela suspirou e me deu um sorriso cansado.

– Não tenho certeza. Essa coisa toda tem sido um turbilhão tão grande que eu nem sequer pensei nisso.

Cerca de uma hora depois do início do voo, quando as luzes da cabine foram apagadas para os passageiros dormirem um pouco, o bebê começou a ficar inquieto, sem dúvida por causa do desconforto da pressurização. Quando me mexi na cadeira, senti o pingente no bolso. Enfiei a mão lá dentro e o puxei.

Era uma peça simplesmente incrível. Examinei a tonalidade opalescente da pedra central, admirando seu brilho azulado, com ondulações. Eu tinha quase certeza de que era uma pedra da lua. Essas pedras tinham, segundo a sabedoria popular, uma conotação romântica, assim como a própria lua, sendo associadas ao amor e à proteção. Um nó surgiu na minha garganta ao pensar em Cristina deixando o pingente com a filha como um elo com seu passado.

Apesar de todas as tentativas de Marina – mamadeira, balançar e ninar o bebê –, o choro só ficava cada vez mais alto. Mesmo com toda a sua experiência, Ma parecia não saber mais o que fazer.

– Quer que eu tente? – ofereci.

– Por favor – respondeu ela.

Levantei-me e Ma a passou para mim.

– Calma, pequena. Está tudo bem. Também fiquei nervoso na primeira vez que voei de avião.

Saí da primeira classe e fui com ela até a cauda da aeronave. Felizmente, ela respondeu ao movimento e à mudança de cenário. Quando chegamos à traseira do 747, algumas aeromoças preparavam café em uma área da tripulação à meia-luz.

– Me perdoem. Eu não queria incomodá-las.

– Nem um pouco, senhor – disse uma jovem loura. – Ah, olhem para ela! Que gracinha!

– Ah, obrigado – respondi, retribuindo o sorriso.

– É tão bom ver um pai ajudando com um recém-nascido. A maioria apenas torce o nariz e espera até poder se afastar. – A aeromoça se inclinou para olhar o rosto do bebê. – Veja só como ela olha para você. Ela ama tanto o seu papai.

Quando a aeromoça terminou de paparicá-la, voltei para a frente da aeronave com um bebê quieto, embora muito acordado. Percebi que Marina havia se enroscado e estava dormindo em seu assento. Eu não podia culpá-la. Os últimos dois dias haviam sido exaustivos, física e mentalmente. Com cuidado, passei por cima dela e me arrastei de volta para o meu próprio assento.

– Agora vamos ficar os dois bem quietinhos, para que Marina possa dormir. Assim está bom para você? – sussurrei para o bebê, que piscou incisivamente, e eu ri. – Boa menina.

Eu tinha me dado conta da sensação de paz que segurar o bebê estava me trazendo. Aquele pacotinho representava recomeço, esperança, oportunidade... Desejei para ela uma existência cheia de amor e alegria. Ela gorgolejou para mim.

– Shh, shh, pequena – sussurrei.

Ainda tendo que enfrentar longas dez horas, olhei ao meu redor em busca de inspiração, e minha atenção foi atraída para a janela à minha esquerda. A lua estava brilhando sobre as nuvens abaixo, preenchendo o céu com uma luminescência brilhante.

– Vou lhe contar a história das estrelas, está bem, garotinha?

Gentilmente, troquei-a de braço, de modo que ela ficasse inclinada em direção à janela.

– Há mais estrelas no céu do que grãos de areia em todas as praias do mundo. Sempre achei isso impossível de acreditar, mas é verdade. Desde menino, sou fascinado pelas infinitas constelações, cada uma delas um símbolo de possibilidade. Sabe, pequena, as estrelas são doadoras de vida. Eles fornecem luz e calor no céu escuro e solitário.

O bebê começou a piscar mais lentamente, minha voz tendo o efeito calmante desejado.

– Mas há uma constelação lá fora que eu considero mais mágica do que todas as outras juntas. Ela se chama Plêiades. A história diz que havia sete irmãs. Seu pai, Atlas, com quem eu compartilho o nome, era um titã que recebeu de Zeus a ordem de sustentar a Terra. As irmãs, embora muito diferentes, viviam felizes juntas na nova terra fresca, em seus primeiros dias. Mas, depois de se encontrarem por acaso com o brutal caçador Órion, as meninas se tornaram objeto de sua perseguição implacável. Então, elas fugiram para o céu. Você pode vê-las esta noite, olhe! – Inclinei a cabeça para espiar o céu pela parte inferior da janelinha do avião e consegui ver minhas eternas companheiras. – Durante toda a minha vida, olhei para elas em busca de conforto e orientação. Elas são as minhas protetoras, as luzes que me guiam. É interessante que Maia pareça mais brilhante esta noite. Dizem que ela costumava ofuscar suas irmãs, mas então, um dia, Alcíone se tornou mais brilhante. Na verdade, Maia significa "grande" em algumas traduções. Ela até era vista pelos romanos como a deusa da primavera, e é por isso que nosso quinto mês é conhecido como "maio".

Olhei para o bebê, que havia adormecido em meus braços.

– Ah, você ficou entediada, pequena? – perguntei, rindo.

– Talvez, *chéri,* mas eu não.

Virei-me e percebi que Marina estava olhando para mim de seu assento.

– Peço desculpas, Marina. Não queria acordar você.

– Eu estava apenas cochilando. – Ela olhou para o bebê. – Minha nossa. Você realmente tem o toque mágico. Ela te ama.

Um sorriso cruzou meus lábios.

– Você acha?

– Eu sei, *chéri.* Você a salvou de uma vida difícil e triste.

– Nós dois a salvamos.

Marina sorriu.

– *Você* assumiu o dever de vigiar a família dela por anos e depois entrou em ação quando alguém estava em perigo. Não conheço ninguém que faria isso. Você é incrível, Atlas.

– Obrigado, Marina. É bondade sua dizer isso.

Ela olhou para um ponto além de mim, pela janela.

– Mais cedo, você me perguntou se era nossa responsabilidade escolher um nome para ela. Acho que você já sabe como ela se chama.

Ela apontou para fora da janela, para a paisagem enluarada.

– Maia... – constatei.

47

Agosto de 1977

Aquelas primeiras semanas foram um turbilhão de fraldas, arrotos e longas noites em claro. Insisti para que Marina se mudasse para a casa principal, para que eu pudesse ajudar durante a madrugada. Acho que aqueles eram alguns dos meus momentos favoritos – quando Maia e eu estávamos sozinhos, na calada da noite, apenas com os sons do lago como companhia. Ela me ensinou tanto, sem nunca dizer uma palavra. Por trinta anos, estive tão focado em encontrar Elle e perseguir a profecia dada a mim por Angelina que havia me fechado para os outros. Eu era egocêntrico, obstinado e obcecado. Maia abriu meus olhos. Estou me sentindo vivo de uma maneira que não sentia por muitos anos.

Marina diz que soube, no momento em que pus os olhos em Maia, que eu jamais conseguiria me separar dela. De fato, eu havia aceitado meu destino antes que o avião pousasse no Charles de Gaulle. Maia fora tão boazinha durante todo o voo e ouvira todas as histórias que eu conhecia sobre a mitologia das Sete Irmãs. Embalar um ser humano tão inocente e frágil em minhas mãos envelhecidas me fez lembrar a lição mais reconfortante deste mundo: aconteça o que acontecer, a vida prevalece.

Fiquei nervoso em contar a Marina sobre minha decisão, preocupado que ela achasse que eu não estava preparado para o papel de pai. Mas não precisava ter ficado tão tenso. Na verdade, quando finalmente contei, o rosto dela se iluminou de alegria.

– Ah, que notícia maravilhosa, *chéri*! Claro que é certo que você adote Maia legalmente. Você precisa dela tanto quanto ela precisa de você.

Eu a abracei, antes de afirmar o inevitável.

– Não posso fazer isso sozinho, Marina.

Ela riu.

– E não deve mesmo! Eu vi você tentando trocar uma fralda. Acho que um orangotango teria se saído melhor!

– Você está dizendo que vai ficar e cuidar de Maia? – perguntei, entusiasmado.

– Sim, *chéri*. É claro.

Georg finalizou os papéis da adoção. Por sugestão dele, o sobrenome de Maia foi registrado como D'Aplièse para evitar qualquer atenção indesejada que pudesse surgir como resultado de ela ser uma Tanit.

E assim, de repente, eu me tornei pai.

À medida que me aproximo dos 60 anos, percebo que é improvável que a profecia de Angelina se torne realidade. Claro, ainda faço Georg pesquisar os bancos de dados do mundo todo pelo nome de Elle, mas as viagens físicas para acompanhar pistas fracas tornaram-se menos frequentes. Sempre que estou fora, mal posso esperar para voltar a Atlantis e passar tempo com Maia. Eu amo levá-la para passear pelos jardins e pela costa, e lhe contar longas histórias de ninar sobre as minhas aventuras.

Isso não significa, é claro, que eu tenha superado a dor de saber que já tenho uma filha biológica andando pelo mundo – uma que precisa de mim tanto quanto Maia. Eu tento não pensar muito sobre isso. Por muito tempo, coloquei minha fé em estrelas e profecias. Talvez seja hora de viver no mundo real.

Um lembrete doloroso me veio essa noite, através de um telefonema. Normalmente, quando atendo, é Georg. Minhas ligações são interceptadas por sua empresa, para evitar qualquer contato indesejado de Eszu (que, aliás, tem estado muito quieto).

– Boa noite, Georg – falei, ao atender.

– Alô? – soou uma voz com sotaque norueguês.

– Horst? – perguntei.

Ele e Astrid, junto com a família Forbes e Ralph Mackenzie, são os únicos com permissão para ter uma linha direta com Atlantis.

– Boa noite, Bo. Espero não estar incomodando você.

– Não, meu caro amigo. Como você está? – perguntei, voltando ao norueguês, sem esforço, se posso me gabar.

– Ah, fisicamente estou bem, assim como Astrid.

Peguei o telefone e me sentei na cadeira de couro do escritório.

– Li sobre a última composição de Felix na revista *The Instrumentalist*. Bravo! Você deve estar muito orgulhoso.

A resposta de Horst foi sombria.

– Orgulho é a última coisa que tenho do meu neto.

– Ah – murmurei, surpreso.

– Antes de entrarmos nesse assunto, me diga, *papai*, como está a pequena Maia? – indagou ele.

– Incrivelmente bem! Obrigado por perguntar, Horst. Ainda essa manhã eu a peguei lendo *Ursinho Pooh* em voz alta para si mesma. Na verdade, não lendo *de verdade*... ela só tem 3 anos. Mas ela estava ajustando sua voz para diferentes personagens, assim como eu faço quando leio para ela... – Tive que me interromper para não parecer um pai babão.

Horst riu.

– Crianças são uma bênção.

– Ela me ensina algo novo todos os dias – comentei, enrolando, sem pensar, o fio do telefone no dedo. – Mesmo quando é apenas como tirar manchas de chocolate de uma camisa.

– Fico muito feliz em saber que vocês dois estão se dando tão bem. – Houve uma pausa na linha. – E... quanto a Elle?

– Nenhuma novidade, infelizmente, Horst. A cada dia que passa, perco mais a esperança. Como você sabe, nunca vou parar de procurá-la, mas agora preciso me concentrar em Maia.

– Sei disso.

Estava sendo difícil ouvir meu amigo na linha.

– Desculpe, Horst, está um pouco difícil ouvi-lo. Será que você pode falar um pouco mais alto?

– Hum... não, temo que não. Astrid está dormindo lá em cima, e o assunto que desejo discutir deve permanecer entre nós dois.

Empertiguei-me na cadeira.

– Está tudo bem?

Horst exalou com força.

– Francamente, meu velho amigo, não – retrucou ele. – É Felix. Ele se meteu em uma situação bastante difícil.

– Entendo. Bem, estou pronto para orientá-lo no que puder.

– Como você sabe, Felix ficou famoso aqui em Bergen. Na verdade, em toda a Noruega. As pessoas o conhecem como o órfão do grande Pip Halvorsen e sua linda esposa Karine, que morreram tão tragicamente quando o filho ainda era um bebê. Houve reportagens sobre isso, e ouso dizer que o filho pródigo começou a acreditar em seu próprio mito.

– Entendo – repeti, sem saber ao certo o que dizer.

– Tudo isso foi agravado pelo fato de ele ter recebido uma posição como professor na Universidade de Bergen. Há muitas garotas jovens lá...

Eu não gostava do rumo que a conversa estava seguindo.

– Garotas?

– Sim. Sempre que Astrid e eu o vemos, o que é raro hoje em dia, ele está com uma moça diferente. E bebe demais – acrescentou Horst, com um suspiro exausto.

Eu pensei por um momento.

– Ele é um jovem com fama e notoriedade. Acho que seria ingênuo esperar outro comportamento. – Tentei soar encorajador. – Talvez seja uma fase que ele supere com o passar dos anos.

Horst gargalhou.

– Não se ele continuar bebendo. Ele simplesmente vai se desintegrar.

Pensei em que tipo de ajuda eu poderia oferecer.

– Existem algumas clínicas de reabilitação altamente respeitáveis por toda a Europa. Como você sabe, meu amigo, não há problema quando se trata de dinheiro. Talvez você me permita financiar um plano de tratamento para Felix?

– Obrigado, Bo. Mas entendo que a chave para uma reabilitação bem-sucedida é o desejo da pessoa em ser reabilitada, o que posso confirmar enfaticamente que Felix não tem. De qualquer forma – prosseguiu Horst –, o assunto em questão é mais complexo.

Eu me levantei, ansioso.

– Por favor, me conte tudo.

– Dois dias atrás, enquanto eu estava fazendo compras em Bergen, uma jovem se aproximou de mim. Ela parecia pálida, até acinzentada, como se não dormisse havia muitas semanas. Ela disse que se chamava Martha e que estava grávida de gêmeos.

– Ah – murmurei, começando a entender.

– Desejei a ela felicidades e perguntei o que isso tinha a ver comigo. Então, ela me revelou que Felix é o pai.

– Ah, Horst.

– Ela contou que foi aluna dele e que eles estavam intensamente, loucamente apaixonados. Mas, ao que parece, meu neto não pretende responder aos seus pedidos de apoio.

Senti muito pelo homem que fora tão bom para mim.

– Esta é a última coisa de que você e Astrid precisam, Horst.

– Pois é. Mas fica pior. Quando a conheci, Martha parecia de alguma forma... perturbada. A maneira como ela falava e o olhar frenético... Então, pedi que ela não se preocupasse, peguei seu telefone e disse que entraria em contato com Felix, para ganhar um pouco de tempo. Apesar de tudo, eu estava dando ao meu neto o benefício da dúvida. Fui vê-lo em seu chalé naquela noite. Ele ficou chocado quando abriu a porta para mim e tentou desesperadamente esconder as garrafas vazias enquanto eu entrava. Contei a ele sobre a mulher no supermercado.

– Como ele reagiu?

– Ficou enfurecido. Disse que Martha olhou para ele na universidade e logo se apaixonou e ficou obcecada. Perguntei se ele tinha ido para cama com ela, e ele admitiu. Então, naturalmente, falei que ele deveria vir comigo e assumir a responsabilidade por seus atos.

– E ele?

– Recusou-se categoricamente. Disse que Martha tinha um parceiro de longa data, e fazia sentido que os bebês fossem do tal sujeito, não dele.

Esfreguei os olhos.

– Entendo.

– Felix me contou que Martha sofre de problemas mentais, tantos que nem dá para mencionar. Ele me implorou para acreditar que ela é um perigo para ele.

Eu ponderei a situação.

– E você acredita nele?

Horst suspirou.

– Depois do meu confronto com Felix, encontrei Martha em um restaurante fora da cidade. Ela descreveu detalhadamente seus encontros românticos com meu neto, incluindo datas, e me parece que não resta dúvida. Felix é o pai.

Eu não sabia como aconselhar Horst.

– Certo – foi tudo o que consegui responder.

– Mas... – Horst estava claramente achando doloroso cada segundo daquela conversa. – Acho que Felix está certo sobre Martha. Ela parece estar obcecada por ele, apesar do fato de eles terem estado juntos apenas duas vezes. Não que isso justifique a atitude de Felix, mas pelo menos entendo o ponto de vista dele sobre a saúde mental da jovem.

Fui até minha estante e peguei o sapo da sorte que Pip me dera de presente no *Hurtigruten*.

– O bebê está bem? – perguntei.

– Bebês – respondeu Horst em tom desanimado. – Como eu disse, ela está grávida de gêmeos. O ultrassom confirmou.

– Perdoe a ignorância, esse exame é aquele em que os médicos veem uma imagem do bebê? Ou bebês, nesse caso?

– Sim. – Horst levou um momento para se recompor. – É aqui que as coisas se tornam absurdas. Perguntei a Martha se ela sabia o sexo das crianças. Ela assentiu e disse que estava esperando um menino. Mas quando me informou que a outra era uma menina, ela revirou os olhos e fez uma careta.

Franzi o cenho.

– Então ela ficou feliz em saber sobre o filho, mas não sobre a filha?

– Exato. Martha afirmou que ela e Felix teriam um menino perfeito, o próximo homem brilhante da família Halvorsen. – Horst emitiu um grunhido irritado. – Quando perguntei sobre a menina, ela simplesmente deu de ombros, como se descartasse totalmente sua existência.

Agarrei o sapo da sorte com força, como se desejasse, de alguma forma, que ele melhorasse a situação.

– Bom Deus. Por quê?

– Como eu lhe disse, a jovem é muito perturbada.

– Astrid sabe alguma coisa dessa situação?

– Não. Não vou sobrecarregá-la com esse assunto até que seja necessário. E tenha certeza, vou ter que fazê-lo. São meus bisnetos... netos do meu filho amado. Não posso esconder de Astrid essa situação.

Compreendi o sentimento de Horst. Sem dúvida eu teria sentido o mesmo se estivesse no lugar dele.

– O que você planeja fazer?

Horst respirou fundo.

– Não há chance de Felix aceitar sua responsabilidade e fazer o que é certo. Tenho vergonha do comportamento dele. – Sua voz falhou um pouco. – E o pai dele também teria. – Horst pigarreou e recuperou a compostura. – Desculpe, Bo. De qualquer forma, concluí que devemos acolher Martha depois que ela der à luz. Não estou convencido de que os bebês estarão seguros de outra forma. Devo ao meu filho e a Karine a garantia de que seus descendentes fiquem bem.

A bondade daquele homem não tinha limites.

– Isso é... muito nobre de sua parte, Horst.

– Mas... Bo, eu sou um homem de 93 anos. Meus dias estão contados e são bem poucos. Astrid tem 78 anos e viverá mais, mas... quem sabe? Temos muito pouco dinheiro, a maior parte foi destinada à educação de Felix e a tirá-lo das situações complicadas em que se meteu.

– Não diga mais nada, Horst. Vou fazer um cheque...

– Obrigado, mas não é o seu dinheiro que quero lhe pedir.

– Então o que é, meu amigo?

Ouvi Horst se movendo.

– O seu amor. Sei da alegria que Maia lhe trouxe nos últimos três anos. Há uma leveza em sua voz, uma música interior que eu não ouvia desde as noites em que tocávamos juntos em minha casa. Com uma criança, acredito que Astrid e eu vamos conseguir. Mas, com duas, provavelmente não.

Meu coração disparou.

– O que você está me pedindo, Horst?

– A menininha. Você ficaria com a menina?

Afundei de volta na cadeira, em estado de choque. Como eu deveria reagir a um pedido tão importante?

– Eu... Horst...

Ele continuou seu apelo:

– Eu sei que é mais do que um homem jamais deveria pedir a outro. Mas, na verdade, não sei mais o que fazer, Bo. Martha está doente, e sua filha não receberá o amor e os cuidados que merece enquanto seu irmão gêmeo existir. – A respiração de Horst se acelerou de repente, e ele soltou um soluço. – Não tenho dúvidas de que ela entregará a menina para adoção. Astrid e eu teríamos prazer em ficar com ela, mas estamos velhos e frágeis.

Ficamos os dois em um silêncio desconfortável por um minuto ou mais.

– Não sei o que dizer – consegui, finalmente, articular.

– Não precisa dizer nada agora, Bo. Por favor, dedique o tempo que precisar para considerar minha proposta com a devida atenção. Eu decidi recorrer a você porque conheço o bom homem que é. Além disso, você é a única conexão que me resta com Pip e Karine. Sei quanto eles o admiravam e quanto ficariam orgulhosos se você cuidasse da neta deles.

A voz dele ficou embargada novamente.

– São palavras muito gentis, Horst.

Era devastador ouvi-lo tão angustiado.

– Seja como for, sempre nos arrependemos de não ter dado um irmão a Pip. Não tenho dúvidas de que a vida de Maia ficaria ainda melhor se ela tivesse uma irmãzinha com quem brincar.

– Eu vou... com certeza pensar com bastante cuidado sobre o assunto.

– Martha deve dar à luz a qualquer momento. Vou contar tudo a Astrid assim que as crianças nascerem, e Martha se mudará para nossa casa, para que possamos ficar de olho nela. – Horst se recompôs. – Astrid não precisa saber sobre a neta, seria melhor. Você sabe como ela é. Sem dúvida tentaria cuidar dos dois, e temo as consequências disso para todos os envolvidos.

Quando coloquei o fone no gancho, me servi de um copo de rosê provençal e fui me sentar na grama, à beira d'água. Era difícil assimilar a gravidade do pedido que Horst acabara de me fazer. Minha mente estava tomada por imagens de mim, Pip, Karine e Elle em Bergen, e a felicidade que experimentamos lá. Lembrei-me da maneira como Elle olhava para o pequeno Felix, com um desejo de espelhar a unidade familiar que sua melhor amiga havia construído.

Eu havia jurado que faria qualquer coisa para retribuir a gentileza da família Halvorsen.

Olhei para os céus.

– Me oriente, Pip. Fale comigo, Karine. É isso que vocês querem?

– Pa, pa, pa, pa, pa! – veio um gritinho agudo atrás de mim.

Olhei para trás e vi Maia cambaleando em minha direção a toda velocidade, seguida de perto por uma sorridente Marina.

– Olá, meu amorzinho! – Eu a peguei e a segurei no colo. – Você teve um bom dia?

– Sim! – respondeu Maia com entusiasmo.

– Nem consigo acreditar, mas ela conseguiu ler as primeiras linhas de *Madeline* para mim – relatou Ma, colocando a mão em meu ombro.

– Não acredito! Talvez tenhamos uma pequena intelectual, Marina!

– Pode ser, mesmo.

Olhei para minha filha, que estava sentada batendo palmas no meu colo.

– Maia?

– Siiim – respondeu ela.

Puxei o queixo dela para cima e a olhei nos olhos.

– Você gostaria de ter uma irmãzinha?

Senti a mão de Marina cair do meu ombro, mas o rostinho de Maia se iluminou.

– Uma irmã? Para mim?

– Isso mesmo. – Eu sorri. – Só para você.

Maia olhou de mim para Marina, e eu segui seu olhar. Marina me encarava com curiosidade, as mãos nos quadris.

– Ela vai morar na barriga de Ma?

A inteligência dela nunca deixava de me surpreender.

– Não, não vai. Ela vai chegar como mágica, enviada pelas estrelas. Assim como você. O que acha?

Os olhos de Maia se arregalaram, brilhando.

– A gente vai poder ler histórias juntas? – perguntou ela.

– Claro, querida.

– Então, sim, por favor!

Eu ri.

– Tudo bem, então. Ma e eu vamos pensar nisso.

– Sim, isso mesmo, Maia – interveio Marina depressa. – Vamos *pensar* sobre isso. Vamos, *chérie*. É hora do seu banho.

Naquela noite, convidei Georg para Atlantis, e ele, Marina e eu discutimos o assunto no terraço.

– Sei que você se sente compelido a fazer isso, Atlas, mas tem certeza de que pode assumir a responsabilidade? Uma segunda adoção certamente significará ainda menos tempo para viajar à procura de Elle – salientou Georg.

Eu balancei a cabeça.

– Duvido que essa nova chegada consiga impactar esse lado das coisas mais do que cuidar de Maia já o faz. A verdadeira questão é para você, Marina. Você poderia lidar com outra recém-nascida?

– Atlas, você poderia me dar cem bebês para alimentar e cuidar, e eu ficaria feliz. Você sabe quanto eu os amo, *chéri*. – Ela ergueu a sobrancelha, crítica. – Mas, da próxima vez, por favor, fale comigo antes de apresentar uma ideia dessas para Maia.

Ergui as mãos, assentindo.

– Peço desculpas. Eu só queria saber qual seria a reação dela. Se ela não tivesse ficado tão animada, eu não daria tamanha atenção ao pedido de Horst.

Ma assentiu.

– Eu entendo. – Ela olhou para o lago tranquilo. – Para dizer a verdade, acho que seus amigos ficariam eternamente gratos a você – comentou calmamente.

Na manhã seguinte, liguei para Horst para confirmar que faria o que ele havia pedido. Ele chorou de alegria. Mais tarde naquele dia, entrou em contato novamente para dizer que Martha ficara muito feliz com a ideia. Perguntei se poderia encontrá-la para confirmar isso por mim mesmo, mas Horst me aconselhou que seria melhor para a bebê se Martha não soubesse quem eu era, devido ao seu estado mental. Três dias depois, recebi a notícia de que Martha dera à luz, e Marina e eu pegamos o jato para Bergen.

A garotinha que levamos para Atlantis era notável pelo tufo de cabelos ruivos que adornava sua cabeça. Durante toda a viagem, notei que seus punhos estavam cerrados em uma determinação de aço em relação a alguma coisa. O quê, não tenho certeza.

A visão de Maia espiando sua nova irmãzinha no berço derreteu meu coração e confirmou que eu tinha tomado a decisão correta. Ela era tão calma e gentil em sua abordagem.

– O nome dela é Alcíone. Em homenagem à estrela – sussurrei.

– Oi, Ally – disse Maia, se esforçando para pronunciar o nome da irmã.

– Sim – sussurrei de novo. – Oi, Ally.

48

Maio de 1980

Exceto por uma nova pintura, a Livraria Arthur Morston não mudara nada nos trinta anos em que estive fora. Foi muito agradável ver Rupert Forbes outra vez. Ele me cumprimentou com um aperto de mão firme e um abraço caloroso.

– Por Júpiter, você não parece ter envelhecido nem um dia, meu amigo! – exclamou ele, com um largo sorriso no rosto.

– Só posso dizer o mesmo de você.

– Você me lisonjeia, Atlas, velhote, mas está mentindo descaradamente. – Ele apontou para as têmporas. – Olhe para este cabelo grisalho maldito. Eu pareço o meu avô!

– Bem, não sei como lhe dizer isso, Rupert, mas você é avô.

Ele sorriu.

– Poxa. Sou?! Não espalhe boatos tão cruéis!

Eu ri.

– Como estão os meninos?

– Ótimos, obrigado. Acabamos de comemorar o quinto aniversário de Orlando. Louise deu a ele as obras completas de Dickens. Eu disse que ela era louca, mas aparentemente ele já terminou de ler *Um conto de Natal*. Aos 5 anos!

– Meu Deus. Você tem um gênio na família! E como está... hum... Perdoe-me, Rupert... Owenmus?

– Não se preocupe, meu velho, eu mesmo mal consigo lembrar. Oenomaus. Pobre criança. Tentei avisar Laurence que o garoto sofreria com esse nome, mas aparentemente Vivienne estava decidida. Embora eu tenha orgulho de dizer que ele não deixou que isso o detivesse. É o capitão do time de rúgbi da escola preparatória.

Depois de tantos anos, o jeito britânico de Rupert ainda conseguia levantar meu ânimo. No entanto, minha viagem para lá carregava certa apreensão. Ele me convidara para ir a Londres e "compartilhar algumas notícias importantes", que eu presumi que estivessem relacionadas a Kreeg. Embora já estivesse aposentado, Rupert ainda mantinha conexões com a inteligência militar britânica. Ele costumava fazer a gentileza de entrar em contato com Georg se algo significativo surgisse... no entanto, tinha insistido que eu fizesse a viagem e fosse vê-lo pessoalmente daquela vez.

Rupert trancou a porta da livraria e virou a placa *fechado* para fora.

– Como está a família? Imagino que aquelas menininhas lhe deem um grande trabalho!

– Ah, é verdade. Elas têm 3 e 6 anos agora, acredita? Marina e eu passamos a chamá-las de "dupla do barulho"!

Rupert me entregou a xícara de chá que preparara no apartamento acima da livraria.

– É mesmo? Sabe, eu realmente admiro você. Quantos anos você tem agora? Sessenta?

– Sessenta e dois – confirmei.

– Uau! Sessenta e dois anos e pai adotivo de duas meninas. Não sei como você tem energia, meu velho!

– Eu sei que é clichê, mas é verdade quando digo que elas me deram um novo sopro de vida. Sinto-me mais jovem do que nunca.

– É maravilhoso ouvir isso, Atlas, sem dúvida.

Ele gesticulou para um par de cadeiras *chesterfield* de veludo, perto dos fundos da loja.

– Venha, sente-se.

Eu o segui, passando pelas prateleiras de Poesia e Filosofia.

– É muito estranho – comentei –, mas o *cheiro* aqui continua igual.

– É o cheiro de livros para você, Atlas. Confiável e imutável. Acho bizarro pensar que pode haver alguns volumes que você e Elle colocaram nas prateleiras há três décadas e que não foram vendidos.

Nós nos afundamos nas poltronas de espaldar alto.

– É por isso que estou aqui, Rupert? – perguntei, nervoso. – Você descobriu alguma coisa sobre Elle? Depois de todos esses anos, meu maior medo é saber que a encontraram e ela não está mais viva.

Rupert balançou a cabeça.

– Desculpe, velho amigo. Nada ainda quanto a isso. – Ele suspirou.

– Estou muito envergonhado por não ter tido bons resultados nessa busca. – Ele tomou um gole de chá. – Onde quer que ela esteja, está muito bem escondida.

Eu balancei a cabeça, solene.

– Eu sei. Por favor, não se culpe, Rupert. Georg contratou detetives particulares e empresas de inteligência no mundo todo para procurá-la. Ninguém encontrou nada.

Ele franziu o cenho.

– Isso é muito atípico. Normalmente, quando uma pessoa desaparece, *alguma coisa* fica para trás, uma pista que nos ajuda a encontrá-la. Mas é como se a sua Elle tivesse desaparecido no ar. Admiro você, Atlas. Está procurando por ela há quantos anos? Uns trinta? E nunca desistiu.

– Eu nunca me perdoaria se desistisse – comentei, baixinho.

– Eu sei. Quanto a essa pedra no seu sapato que dura tanto tempo, Kreeg Eszu... – Ele deu de ombros. – O homem ainda parece estar escondido naquele seu enorme complexo.

– Sim. – Olhei para a porta que dava para o apartamento onde Elle e eu nos escondemos três décadas antes. – Só posso supor que, quando perdeu a esposa, ele perdeu também a vontade de viver. Ele simplesmente... desistiu da caça.

Rupert estreitou os olhos, contemplando aquela possibilidade.

– Acho que é uma teoria coerente. Quantos anos o filho teria agora?

Levei um momento para calcular.

– Acho que mais ou menos a mesma idade da Maia. Talvez 6 ou 7?

– Pobre menino. Já é difícil perder a mãe. E ainda ter aquele psicopata como pai... Não consigo imaginar como deve ser para ele.

Eu nunca havia pensado muito naquilo.

– Tem razão, Rupert. Não invejo Kreeg Júnior.

– Não, de fato não. – Ele pousou a xícara na mesa. – Agora, vamos ao assunto em questão, se você não se importar.

– Sim, por favor, prossiga. Estou intrigado.

– Certo – começou Rupert, juntando as pontas dos dedos. – Por onde começar... Você se lembra da separação entre os Vaughans e os Forbes nos anos 1940? Quando o pai de Louise, Archie, morreu e Teddy herdou High Weald?

– Sim, lembro claramente.

– Ótimo, então. Você sabia que Teddy se casou com uma irlandesa chamada Dixie? E juntos eles tiveram Michael?

– Vagamente.

A linhagem de Teddy Vaughan dificilmente esteve em algum momento na minha lista de prioridades.

– Não se preocupe, os detalhes não são importantes. Voltando um pouco mais, você tem alguma lembrança de uma mulher chamada Tessie Smith do seu tempo em High Weald?

Eu não ouvia aquele nome havia muito tempo. Mas eu não tinha me esquecido das difíceis circunstâncias da pobre mulher.

– Lembro, sim. Ela era uma das Garotas da Terra.

Rupert pareceu satisfeito.

– Exatamente, meu amigo.

Tomei um pouco de chá enquanto tentava me lembrar da moça.

– Na verdade, Tessie era muito amiga de Elle.

Rupert assentiu.

– Imaginei que poderia ter sido esse o caso. – Ele respirou fundo. – Agora, prepare-se. Estou em posse de uma bomba da família Vaughan. Basicamente, não há uma maneira delicada de colocar isso, mas...

– Tessie engravidou de Teddy e foi financeiramente compensada por Flora – completei, desarmando rapidamente a sua bomba.

Rupert pareceu um pouco decepcionado.

– Certo, então era de conhecimento geral entre os funcionários...

Dei uma pequena risada com sua resposta indignada. Ele pareceu mortificado.

– Desculpe. Não quis ofendê-lo...

Eu ergui a mão para tranquilizá-lo.

– Você não me ofendeu – falei. – Em resposta à sua pergunta, sim, temo que todos nós sabíamos. Tessie não fez segredo.

Rupert apoiou a cabeça nas mãos e soltou uma risada forçada.

– Ai, meu Deus... Teddy era uma alma atormentada. – Ele pareceu reorganizar seus pensamentos. – Para mantê-lo atualizado, Tessie morreu há cinco anos, em 1965.

– Lamento saber disso. Você sabe se ela deu à luz o filho de Teddy?

– Sim. O nome dela é Patricia Brown.

– Brown?

– O sobrenome do homem com quem ela se casou. Também já falecido.

– Entendo.

Era um pouco difícil de acompanhar, mas eu me esforcei ao máximo.

– Bem, para ser totalmente sincero – prosseguiu Rupert –, até as últimas semanas eu não sabia nada sobre a situação que estou descrevendo. Pelo que entendi, Louise estava bem a par de tudo, mas nunca pensou em me contar, pois era um assunto pessoal de Tessie.

Eu sorri diante da lealdade de Louise. A mãe dela ficaria orgulhosa.

– Por que você está me contando tudo isso, Rupert?

Ele olhou ao redor da livraria vazia, como se procurasse algum ouvido indesejado. Não tive dúvidas de que era um hábito que ele havia adquirido em seus anos no Serviço Secreto.

– Há alguns dias, recebi um telefonema do Palácio de Buckingham.

– Palácio de Buckingham? O da família real britânica? – perguntei, atordoado.

Rupert pareceu satisfeito com minha resposta.

– Correto... embora não fosse Sua Majestade em pessoa fazendo a ligação! Era um membro da equipe de inteligência real. – Ele parou por um momento, e foi difícil não atribuir isso ao desejo de um efeito dramático. – De qualquer forma, para encurtar a história, tenho uma notícia da qual ouso dizer que você *não* sabia.

Fiquei apreensivo.

– O que é?

– A mãe de Louise, lady Flora Vaughan, nascida Flora MacNichol, era filha ilegítima do rei Eduardo VII.

Para ser justo com Rupert, sua pausa dramática foi merecida. Eu balancei a cabeça, perplexo.

– Como é que é?

Rupert abriu um sorrisão. Ele estava gostando de cada segundo daquilo.

– É a verdade, não tenho dúvidas.

Dei uma gargalhada chocada.

– Que incrível. Louise sabia *dessa* parte da história?

– De jeito nenhum, e deve continuar assim.

Rupert de repente ficou sério.

– Ela *ainda* não sabe?

– Não. Como membro do Serviço Secreto de Inteligência, meu dever de ofício é manter essas informações confidenciais, como o palácio exige.

Estendi os braços e olhei ao redor da livraria.

– Bem, Rupert, ainda bem que não estou trabalhando para os soviéticos, não é? Considerando que você não compartilhou essa informação nem com a sua esposa, por que diabos está me contando?

– Vou chegar lá em um minuto. – Ele levou um momento para formular a frase seguinte. – Quando uma pessoa é descendente direta de um monarca britânico, a família real... monitora as coisas. – Rupert se remexeu na cadeira, inquieto. – Para... você sabe... evitar qualquer *constrangimento* que possa...

– Prejudicar sua imagem? – sugeri.

– Isso mesmo – confirmou Rupert. – Como tal, o palácio tem seguido a dinastia MacNichol com interesse. E assim, eles observaram Tessie Smith, que, segundo todos os relatos, levou uma vida tranquila e, em grande parte, desinteressante.

– Então por que eles sentiram a necessidade de entrar em contato com você? – perguntei.

Rupert pigarreou.

– A filha de Tessie e Teddy, Patricia, não é do tipo tímido e reservado que o palácio aprova. Ela é uma católica ferrenha, a ponto de criar problemas.

– Como é mesmo...? – Vasculhei na cabeça a expressão inglesa correta. – Fogo e enxofre.

Rupert estalou os dedos.

– *Exatamente*. Pelo que o palácio me contou, a própria Patricia tem duas filhas. A primeira, Petula, nasceu há dezoito anos. Ela parece estar indo muito bem, e é uma estudante da minha própria *alma mater*, a Universidade de Cambridge.

Fiquei feliz em saber disso.

– Que conquista maravilhosa, considerando os desafios que ela deve ter enfrentado na vida.

– Eu não poderia concordar mais. Agora, a segunda filha... Há uma diferença de idade significativa. Na verdade, parece que Patricia acabou de dar à luz.

Eu continuava me esforçando para acompanhar toda a história.

– Você não mencionou que o marido dela havia morrido?

Rupert assentiu.

– *Exatamente.* O palácio não consegue encontrar nenhum registro do pai do novo bebê. Podemos, portanto, supor que a criança foi concebida fora do casamento, o que enojaria a comunidade católica de Patricia.

– Então, o que aconteceu com o bebê?

Rupert se levantou.

– Foi por *isso*, Atlas, que recebi um telefonema do palácio há alguns dias. Parece que a Srta. Patricia entregou seu novo bebê a um orfanato no East End, para encobrir sua vergonha.

Ele foi até a velha escrivaninha de madeira que um dia fora minha.

– Ainda não entendo por que o palácio achou por bem telefonar para você – comentei. – Se eles estão preocupados com danos à reputação, como diabos um bebê que não sabe nada de sua própria história poderia revelar aos tabloides que tem um direito distante ao trono?!

Rupert deu de ombros enquanto vasculhava alguns papéis.

– Eu fiz essa mesma pergunta. O palácio me disse que o falecido rei se preocupava muito com sua família e que eles estavam simplesmente cumprindo o seu dever ao me informar. – Ele fez uma pausa e olhou para a movimentada Kensington Church Street. – Suponho que o objetivo neste caso em particular seja que o bebê encontre um lar adequado.

Eu me levantei e fui até a mesa.

– Mas eles não informariam qualquer um, então presumo...

– Não. Você está certo nesse ponto. É porque eu já fiz parte do MI5.

– Então, o palácio está esperando que você tome alguma providência em relação ao que lhe foi informado?

Rupert não ergueu os olhos e continuou a vasculhar os documentos.

– Com certeza isso é parte da coisa, sim. – Ele se deparou com o que estava procurando. – Bem, eu tenho uma coisa aqui para você – disse ele, me entregando um envelope branco.

Estava endereçado, em uma caligrafia desordenada:

Eleanor Tanit e/ou Louise Forbes na livraria

– Algumas semanas atrás, deixaram isso aqui na caixa de correio, junto com uma carta para Louise e um bilhete do advogado de Tessie. O bilhete se desculpava pelo tempo que ele levou para descobrir quem era "Louise Forbes na livraria".

Examinei o envelope, que não estava selado.

– Você já leu isso?

– Não, meu velho. Mas li o de Louise, e imagino que o conteúdo seja semelhante.

Abri o envelope e examinei a carta.

Olá, Eleanor,

Espero que esteja bem, minha querida. Desculpe-me por não ter entrado em contato em todos esses anos. Espero que você se lembre de mim!

Eu não tenho passado muito bem ultimamente e só queria ter certeza de que escrevi para todos que foram gentis comigo naqueles dias em High Weald.

Você, em especial, sempre foi muito amiga. Como sabe, aquela época foi muito difícil, e nem todo mundo achava que eu tinha agido certo ao contar às pessoas sobre mim, Teddy e o bebê.

Mas você me disse que eu deveria defender a mim mesma e que tudo terminaria bem.

E quer saber? Você tinha razão! Tive uma linda menininha, Patricia, que me deu muita alegria ao longo dos anos. Mesmo que seja um pouco difícil de vez em quando, ela tem um bom coração. Ela e o marido também me deram uma linda neta.

No final das contas, deu tudo certo.

De qualquer forma, vou encerrar agora para me poupar mais divagações. Só queria agradecer enquanto ainda tenho fôlego nos pulmões. Mande meu amor para aquele seu companheiro também.

Com amor, de sua amiga,

Tessie

Guardei a carta de volta no envelope.

– Eu não sabia que a amizade de Elle significava tanto para ela.

– Nem eu em relação a Louise – respondeu Rupert. – Ela ficou muito emocionada depois de ler a carta. Foi muito gentil da parte de Tessie enviar isso, não foi? Diz muito sobre o caráter dela.

– Diz, sim – concordei, em voz baixa.

– Só lamento não termos conseguido entregar a carta que você acabou de ler à destinatária de Tessie.

– Eu também – sussurrei.

Um silêncio reflexivo pairou entre nós, e encarei meu velho amigo.

– Eu sei o que você vai me pedir, Rupert.

Ele assentiu lentamente.

– Antes que você diga qualquer coisa, eu já considerei todas as opções. Sou uma década mais velho que você, e Louise não fica muito atrás. Claro, pensei em pedir a Laurence e Vivienne, mas eles vêm enfrentando dificuldades para pagar a escola dos meninos, cuja mensalidade está bem acima de suas posses. Para piorar as coisas, acabaram de descobrir que o jovem Orlando é epiléptico. Eles não têm como cuidar de outra criança.

Eu respirei fundo.

– E o lado da família de Teddy? Você sabe, aqueles que vivem na enorme propriedade rural? Não há espaço suficiente para o bebê lá?

Rupert passou as mãos pelo cabelo.

– Você tem razão. Teddy e Dixie ainda moram em High Weald. O filho deles, Michael, é um homem decente. Na verdade, acabou de ter uma menina, Marguerite.

– Ela não gostaria de um companheiro de brincadeiras, Rupert? Ela é literalmente uma parente de sangue!

Rupert colocou a mão no meu ombro.

– Por favor, acredite em mim quando digo que levei isso em consideração. Mas os efeitos indiretos de compartilhar com Michael qualquer informação sobre esse caso podem perturbar o palácio.

Aquele comentário me irritou. Por que a indiscrição de um depravado deveria se tornar *meu* problema?

– Bem, não iríamos querer uma coisa dessas, não é mesmo? – comentei, afastando-me alguns passos e tentando me acalmar olhando as ilustrações expostas na seção infantil.

– Para ser muito sincero, meu velho, não. A firma pode ser bastante agressiva quando quer, pode acreditar. Há uma razão para eles existirem por tanto tempo.

Eu o ouvi tomar um gole nervoso de chá.

Olhei para os volumes perfeitamente organizados de *Alice no País das Maravilhas* que, sem dúvida, haviam sido colocados ali, com muito cuidado, por Louise. Peguei um, abri e inalei sua essência de baunilha. Virando-me, dei uma olhada na loja e fui transportado de volta aos dias inebriantes em que Elle e eu fazíamos pouco mais do que ler e reabastecer as prateleiras. Não tínhamos nada, apenas um ao outro, e éramos felizes. Nada disso teria sido possível sem a gentileza de Rupert e Louise e, antes deles, de Archie e Flora. Assim como com os Halvorsens, eu havia prometido a mim mesmo que faria qualquer coisa para retribuir à família Vaughan.

Eu já sabia qual seria minha resposta, mas queria que Rupert se estressasse um pouco mais.

– Entendi. Então não é apropriado que a família de Teddy carregue o fardo de seu "erro", mas é para mim, o Sr. Tanit, o jardineiro? – comentei, erguendo as sobrancelhas para ele.

Minha pergunta teve o efeito desejado, e o normalmente comedido Rupert parecia prestes a entrar em combustão.

– É claro que não, caro amigo. Não estou aqui para exigir ou forçar uma coisa dessas. Mas o fato é que você recentemente adotou duas garotinhas maravilhosas e deu a elas mais amor do que jamais poderiam ter sonhado, além de uma vida incrível. Quando ouvi sobre esse bebê precisando de uma família, minha mente imediatamente se voltou para você.

Assenti.

– Sim. Quando você coloca dessa forma, suponho que eu seja uma solução lógica.

Olhei para ele com firmeza, sem dar nenhuma resposta.

– E então... – Rupert parecia ansioso. – Tem espaço para mais uma princesinha naquele seu palácio mágico?

Eu me aproximei dele.

– Flora e Archie Vaughan cuidaram de mim e de Elle quando mais precisávamos. Quanto a você e Louise... sem a sua ajuda, não sei se estaria vivo hoje. – Eu abri um sorriso largo e apertei sua mão. – Seria meu privilégio retribuir o favor.

Rupert estava quase desmaiando de alívio.

Um tempo depois, naquela mesma tarde, fomos ao Metropolitan and City Foundlings Orphanage, no East End de Londres. Rupert havia feito os telefonemas necessários para garantir que a bebezinha pudesse viajar de volta para Genebra comigo já mais tarde naquela noite.

– O palácio está muito satisfeito com a solução – informou ele, em voz baixa.

– Não dou a mínima para o palácio, com toda a franqueza, Rupert. Estou fazendo isso pela sua família. – Olhei para o bebê adormecido em meus braços. – E pela minha.

49

Agosto de 1980

Um risco que se corre ao viver até a velhice é que somos obrigados a ver aqueles que amamos partirem, um por um.

Em julho, meu pequeno companheiro do RMS *Orient*, Eddie, me ligou. Ele era um membro oficial do clã Mackenzie havia mais de 25 anos, mas sua razão para entrar em contato comigo em Atlantis não era nada feliz. Com a voz trêmula, ele me informou do falecimento de seu pai, Ralph.

Passei uma hora ao telefone confortando Eddie e lembrando-o de tudo que sua família havia feito por mim. Fiquei profundamente triste com a notícia e lamentei a morte de um amigo querido que fora sempre tão confiável e inabalável.

Uma semana depois, eu estava em Alicia Hall, em Adelaide, para o memorial de Ralph. Ficou no passado o tempo em que eu teria que embarcar em uma viagem marítima épica para chegar à Austrália. Qualquer um poderia, de fato, estar do outro lado do mundo em 24 horas. Do lado de fora, os jardins do salão pareciam tão opulentos e exuberantes como sempre e, enquanto eu passava pelo portão, um jovem bem-vestido, louro, se aproximou de mim e apertou minha mão.

– Sr. Tanit? – Era Eddie Mackenzie. – Obrigado por ter vindo.

– Eddie! Meus sentimentos pelo seu pai.

Ele baixou a cabeça.

– Obrigado.

Naquele momento, Eddie era uma criança de 5 anos outra vez, e eu me senti movido a passar um braço reconfortante por seus ombros.

– Não consigo expressar quão bom é vê-lo novamente. Tenho certeza de que você não se lembra, mas o conheci quando era um garotinho. Eu estava no navio que o trouxe para cá.

Eddie sorriu.

– Foi o que meu pai me contou. Ele gostava muito do senhor. Costumava contar histórias de como o senhor salvou aqueles homens nas minas de opala.

Aquele dia dramático parecia ter sido uma vida inteira antes.

– Bem, sem o seu pai, não tenho certeza de onde estaria. Devo muito a ele.

O memorial estava lotado, com mais de cem pessoas presentes, para assistir ao padre jogando as cinzas de Ralph nos jardins de Alicia Hall. Após a cerimônia, procurei Ruth Mackenzie, que ficou muito emocionada por eu ter me esforçado para estar presente na homenagem a seu marido.

Havia, no entanto, uma pessoa com quem eu estava desesperado para me reconectar em Adelaide: Sarah. Indiscutivelmente, devo tudo que sou hoje à sua natureza altruísta. Durante o período mais sombrio da minha vida, seu otimismo e encorajamento me tiraram das profundezas do desespero. Mas não havia sinal dela.

– Você se lembra dela, Ruth? – perguntei.

– Claro que sim, Sr. Tanit! Na verdade, ela e o marido visitaram Alicia Hall em várias ocasiões ao longo dos anos. Ela se casou com um Mercer!

– É mesmo? – perguntei, meu coração se alegrando por ela.

– Sim. Ele é um homem gentil chamado Francis Abraham, filho do filho de Kitty, Charlie, com a filha de sua empregada, Alkina.

O universo realmente funciona de maneiras misteriosas. Eu jamais poderia ter previsto que Sarah, a órfã, um dia se tornaria membro de uma das famílias mais ricas do mundo. Lembrei-me de suas ambições em nossa primeira conversa: "Vou arranjar um emprego e ganhar algum dinheiro eu mesma. E encontrar um cara!"

Ruth continuou o relato:

– É uma história muito linda, na verdade. Sarah conheceu Francis na Missão Hermannsburg, quando foi fazer uma visita com Kitty. E nunca mais foi embora!

Fiquei exultante.

– Fico tão satisfeito que ela tenha tido um final feliz, Ruth. Deus sabe que ela merecia. – Percebi Ruth estremecer discretamente com minhas palavras. – Posso perguntar por que ela e Francis não estão presentes hoje?

Ruth suspirou.

– Eu sei que Eddie tentou entrar em contato com eles. Sarah significava muito para ele. Mas eles se mostraram bastante difíceis de rastrear.

– Por quê?

– O último endereço que tínhamos deles era Papunya. É uma pequena e ótima vila, cheia de pessoas muito criativas. Foi lá que Francis e Sarah tiveram sua filha, Lizzie.

– Em homenagem à rainha Elizabeth, aposto! Era a cara de Sarah – relembrei, com um sorriso caloroso.

– Isso mesmo, Atlas. Mas Lizzie é um pouco descontrolada. Ela conheceu um homem lá, um pintor. Acho que o nome dele era Toba. Um artista aborígene muito talentoso, mas infelizmente também um bêbado depravado. Sarah e Francis não deram permissão para o casamento, então Lizzie e o sujeito fugiram.

Não escapou à minha atenção que Lizzie compartilhava a personalidade obstinada da mãe.

– Entendi. Para onde eles foram?

Ruth deu um suspiro.

– Esse é o problema. Ninguém sabe. Parece que Francis e Sarah estão seguindo trilhas pelo interior, tentando encontrar a filha. É impossível falar com eles.

Pobre Sarah. Ela não merecia nada além de felicidade, e parecia que o sangue de seu sangue estava lhe negando isso.

– Eu adoraria tê-la visto – comentei com Ruth. – Por favor, quando a encontrar novamente, diga que perguntei por ela e mande meu carinho mais sincero. Eu adoraria voltar a entrar em contato depois de todos esses anos.

– Farei isso, Sr. Tanit. Obrigada novamente por ter vindo.

Passei o resto da tarde circulando por Alicia Hall, conversando com funcionários do império Mercer, que nutriam imensa admiração e respeito por seu ex-chefe. Alguns ainda trabalhavam nas minas de opala, e gostei muito de trocar histórias sobre os velhos tempos e métodos com eles. Quando o sol começou a mergulhar cada vez mais no céu ardente, despedi-me dos meus anfitriões e de Alicia Hall. Fora uma honra revisitá-lo uma última vez. Antes de eu sair, Eddie veio correndo até mim.

– Sr. Tanit, mamãe contou que o senhor estava perguntando sobre Sarah?

– Sim. Pelo que entendi, você não conseguiu contatá-la.

– Não, mas... eu tive uma ideia. Outro dia eu estava examinando alguns documentos de papai e encontrei o testamento de Kitty Mercer. Pelo que vi, ela possuía uma casa em Broome e a deixou para Sarah e Francis, para que passassem para Lizzie quando ela crescesse. Se eu tivesse mais tempo, investigaria o local, para ver se há alguma pista do paradeiro deles. Mas agora tenho os negócios para administrar e tudo está bastante turbulento.

O pobre Eddie parecia aterrorizado.

– Interessante. Broome... Onde fica?

– É uma pequena cidade mineira no noroeste do país – explicou Eddie. – É preciso pegar um avião para chegar lá. Mas é onde Kitty passava grande parte de seu tempo antigamente. Então acho que pode ser um começo. Deixe-me anotar o endereço.

– Obrigado, Eddie.

Na tarde seguinte, desembarquei do avião a hélice, no minúsculo aeroporto de Broome, depois de ter embarcado em um voo de conexão a partir de Darwin. Peguei um ônibus que seguia ao longo do porto até o centro da cidade, que era pequeno e empoeirado. A estrada principal – Dampier Terrace – ostentava um tribunal, um centro de informações turísticas precário e um museu de pérolas. Percebi que fora ali que tudo começou para os Mercers, muitos anos antes. Olhei para a estrada alaranjada e estéril e imaginei uma Kitty jovem e loura derretendo ao sol antípoda e ansiando pelo frio do vento escocês.

Dirigi-me ao centro de informações turísticas e pedi indicações.

– Você sabe como encontro esse endereço, por favor? – perguntei, entregando ao atendente o pedaço de papel que recebera de Eddie.

– Claro, companheiro, basta seguir a estrada principal para fora da cidade por cerca de um quilômetro e meio. Não dá pra não ver o lugar, a menos que decida dar uma volta no mato!

Segui as instruções do homem. Minha caminhada pela estrada levou quase uma hora, sob um calor pungente, e fiquei grato ao encontrar uma construção que, para minha surpresa, era bem modesta. A casa de Broome era o oposto completo de Alicia Hall. A fachada de madeira era velha e gasta, e as vigas que sustentavam o teto da varanda pareciam prestes a quebrar. Ao lado da casa havia um pequeno bangalô com telhado de zinco. Se tivesse que escolher um lugar para morar, ficaria em dúvida.

O lugar estava silencioso, e eu não tinha muita esperança de encontrar alguém ali. Mesmo assim, como já tinha ido, decidi bater à porta. Enquanto subia os degraus que rangiam até a varanda, notei que a porta da frente estava entreaberta. Eu a empurrei um pouco.

– Olá? Tem alguém em casa? Olá? – A casa permaneceu em silêncio. – Sarah? Você está aí, Sarah? Francis?

Dei um passo para dentro.

Cruzei o corredor e gritei de novo ao pé da escada, mas não recebi resposta, então me resignei a ir embora. Ao me encaminhar para a porta da frente, dei uma espiada na cozinha bagunçada. A torneira estava pingando, então fui fechá-la direito. Ao fazer isso, notei uma xícara de café pela metade na mesa da cozinha, com uma pequena quantidade de mofo crescendo em cima. Aquilo despertou minha curiosidade, e eu abri a geladeira. Havia um litro de leite estragado, junto com um pouco de pão e queijo velhos.

Alguém estivera ali havia pouco tempo. A julgar pelo estado dos perecíveis, talvez apenas alguns dias antes. Com esperança renovada, voltei para Broome e entrei no primeiro bar que encontrei, com a intenção de perguntar aos moradores.

O Luggers era escuro e sombrio, mas servia como um refúgio da temperatura crescente do lado de fora. Sentei-me no banco decrépito e pedi um suco de laranja. Assim que reuni coragem suficiente, perguntei ao funcionário se ele conhecia Sarah ou Francis Abraham.

Ele parou de secar os copos, pensando.

– Esses nomes não me soam familiares, companheiro. Desculpe.

Eu suspirei.

– Não tem problema. Eles são os proprietários da velha casa fora da cidade. Achei que poderiam ter estado aqui recentemente.

Um homem do outro lado do bar, que estava bebendo uma caneca alta de cerveja espumosa, falou:

– Você está falando da velha casa dos Mercers?

Eu me virei para encará-lo.

– Sim, exatamente.

O homem coçou o queixo.

– Hum. Estranho. Havia alguém na casa recentemente. Mas não o casal que você acabou de descrever.

Eu me levantei do banco e me aproximei dele.

– Posso perguntar quem era?

Ele franziu o cenho.

– Uma jovem. Ela estava de barriga, na verdade.

– Ela estava grávida?

– Isso mesmo, cara, parecia que estava prestes a parir. – Ele fungou e tomou um gole da cerveja. – Minha esposa administra a mercearia ali mais à frente. Ela entregou alguns produtos para a moça um tempo atrás.

– Isso é muito útil, obrigado.

O homem deu de ombros e voltou a atenção para sua bebida. Quem teria estado na antiga casa de Kitty? Eu estaria inclinado a pensar que era um invasor, mas tudo parecia estar em relativa ordem. Além disso, eu não conhecia muitas ladras grávidas que pediam mantimentos e preparavam café. Poderia ser...

Tomei meu suco de laranja e saí do bar, o sol forte queimando meus olhos. Voltei ao centro de informações para visitantes e pedi indicações para o hospital mais próximo. Era um tiro no escuro, mas eu esperava que a pessoa que eu quase alcançara na casa tivesse interrompido sua xícara de café porque entrara em trabalho de parto.

Devo observar, leitor, que ir ao hospital de Broome para perguntar sobre uma estranha que eu nunca conhecera foi uma das coisas mais bizarras que fiz na vida. Em quinze minutos, cheguei a um prédio que parecia pequeno e prosaico. No entanto, quando entrei, fiquei satisfeito ao saber que era igual a qualquer centro médico em Genebra.

Fui até a recepcionista.

– Com licença, estou procurando uma mulher que teve um bebê recentemente. Ou talvez esteja *tendo* um bebê neste momento.

Ela riu.

– O senhor vai precisar ser um pouco mais específico, amigo! Qual é o nome dela?

Hesitei por um momento.

– Elizabeth.

– Elizabeth de quê?

– Hum. – Coloquei as mãos na cabeça, pensando. – Mercer. Não, *Abraham*, acho. Espere, desculpe, ela se casou. Peço desculpas, não sei o sobrenome.

A mulher olhou para mim como se eu estivesse louco.

– O senhor é da família? Não permitimos a entrada de estranhos. Principalmente pessoas que nem mesmo sabem o nome do paciente...

– Não, claro que não, eu entendo perfeitamente. Não vou pedir que me deixe entrar. Só queria saber se você poderia me informar se alguém com o nome de Elizabeth deu à luz aqui recentemente.

A recepcionista parecia reticente em me fornecer quaisquer detalhes.

– Eu não deveria fazer isso.

– Obrigado. Só estou perguntando porque ela é filha de uma amiga minha e não é vista há muito tempo. Gostaria de ter certeza de que ela está bem. Depois disso, vou embora, prometo.

Ela me olhou de cima a baixo.

– É justo, companheiro. Sente-se, vou ligar para a maternidade.

Passei uma boa meia hora olhando para a parede branca e estéril da recepção, imaginando o que eu faria se Lizzie fosse confirmada como paciente. Fui arrancado de meus pensamentos por uma mulher de pele marrom-escura e olhos castanho-dourados. Ela usava uma bata azul de enfermeira.

– Foi o senhor quem perguntou sobre Elizabeth?

– Sim, eu mesmo.

A enfermeira me deu um sorriso.

– Por favor, siga-me. – Ela me conduziu por um corredor até um quarto privado, com uma cama e duas cadeiras. – Sente-se, por gentileza. Meu nome é Yindi – apresentou-se ela, estendendo a mão.

– E eu sou Atlas. Prazer em conhecê-la, Yindi.

– O senhor é amigo de Elizabeth?

Passei os dedos pelos olhos.

– Isso é um pouco complicado, na verdade. Elizabeth e eu não nos conhecemos. Mas eu sou um... parente de sua mãe, de Sarah.

Eu menti, mas sabia que, como membro da família, teria direito a mais informações.

Yindi parecia um pouco triste.

– Lizzie falou muito sobre a mãe.

– É por isso que estou na cidade, na verdade. Estou aqui para procurar Sarah. Fui à casa dela, mas a encontrei vazia. Então ouvi dizer que uma mulher grávida estava morando lá recentemente, e foi isso que me trouxe aqui.

– Tudo bem, Sr. Atlas – disse Yindi, dando-me um tapinha no braço. – Algumas semanas atrás, Lizzie veio aqui. Ela estava em trabalho de parto.

– Veio alguém com ela? O marido?

Yindi balançou a cabeça.

– Não. Ela me contou que ele a abandonara cerca de um mês antes.

– Meu Deus, pobre Lizzie.

– Sim. E seu trabalho de parto foi difícil. Quase quarenta horas. – Yindi estremeceu com a lembrança. – A bebê... ela era teimosa. Não respondia aos nossos medicamentos. Então, chamei os ancestrais.

Levantei as sobrancelhas.

– Ah, você tem herança aborígine, então?

Yindi deu uma risadinha.

– Não deu para perceber, Sr. Atlas? Pedi aos ancestrais que ajudassem o bebê. E eles ajudaram. Mas eles também me disseram... – Yindi suspirou. – Disseram que a mãe não viveria.

Minha expressão se desfez.

– Ah, não... Então Lizzie não está mais... – Yindi balançou a cabeça, e meu coração doeu por Sarah. – E o bebê?

– A garotinha é saudável e cheia de energia.

– Fico contente de ouvir isso. Posso perguntar o que aconteceu com Lizzie?

– Ela teve uma infecção pós-parto muito grave. Esforcei-me para ajudá-la a combatê-la, mas os únicos remédios que fizeram algum efeito foram os tradicionais, que não podem salvar uma vida, são apenas paliativos. Lizzie permaneceu viva por sete dias. Os ancestrais lhe concederam uma semana com sua filha antes de levá-la. Sinto muito, Sr. Atlas.

Fiquei sentado em silêncio por um tempo. Eu tinha ido a Broome para encontrar uma velha amiga, mas, em vez disso, descobri algumas notícias que sem dúvida a devastariam.

– Onde está o bebê de Lizzie? – perguntei. – Está recebendo atendimento especializado?

Yindi me deu um sorriso irônico.

– Não. O bebê de Lizzie está aqui.

– Sério? Ainda?

Yindi assentiu, com orgulho.

– Isso mesmo. Eu a mantive aqui pelo maior tempo possível. Ela é uma criança muito especial, senhor, os ancestrais me disseram. Cheia de fogo! Nós, enfermeiras, tentamos encontrar uma família para acolhê-la, mas não tivemos sorte.

Fiquei surpreso.

– Sério? Por mais triste que seja, achei que fosse mais fácil encontrar adotantes para crianças recém-nascidas.

Yindi pareceu desanimada.

– Sim. Mas a criança tem sangue aborígene. As pessoas aqui... rejeitam bebês assim.

Meu estômago se revirou.

– Meu Deus. Que tristeza.

– É por isso que me sinto particularmente protetora em relação a ela.

– Eu consigo entender. Sinto-me obrigado a lhe agradecer por cuidar dela, Yindi.

– Eu fiz o meu melhor para garantir que o bebê permanecesse sob minha supervisão durante o maior tempo possível, assim como os ancestrais me pediram. Mas ela não pode ficar aqui no hospital para sempre. – Yindi estreitou os olhos e sorriu para mim, como se compartilhássemos algum segredo cósmico. – Exatamente hoje, a papelada está sendo processada para entregá-la a um orfanato local. Que coincidência, não? *Exatamente* hoje. E então, aparece o Sr. Atlas – completou ela com uma piscadela.

– É... uma coincidência interessante.

Yindi jogou a cabeça para trás e riu.

– Os ancestrais disseram que o senhor viria. Eles parecem conhecê-lo, Sr. Atlas.

Com base no que experimentei em minha vida, eu não questionaria tais assuntos, mesmo que não os entendesse completamente.

– Eu tenho um enorme respeito pelos ancestrais. Morei aqui na Austrália há muitos anos. Um Ngangkari salvou minha vida, de mais de uma maneira.

Yindi parecia chocada.

– Ngangkari? – repetiu ela, de boca aberta.

– Isso mesmo, sim.

– Sr. Atlas... Eu sou descendente de um Ngangkari. Meus avós eram os curandeiros do povo Anangu. Foi por isso que me tornei enfermeira.

Um arrepio percorreu meu corpo.

– Meu Deus.

– O senhor conhece os dons do meu povo. Eu tento uni-los aqui com... – ela gesticulou ao redor da sala – ... penicilina e transfusões de sangue.

Foi a minha vez de rir.

– É uma combinação muito poderosa.

– Não é de admirar que os ancestrais falaram tão claramente do senhor! Estamos ligados pelo nosso passado, Sr. Atlas. O senhor encontrou uma Ngangkari mais uma vez! – Ela juntou as mãos em oração por um momento, então se levantou e foi até a porta. – Venha comigo, por favor!

Eu me levantei.

– Aonde estamos indo?

– Vou apresentá-lo à bebezinha.

Antes que eu pudesse dizer mais alguma coisa, ela agarrou minha mão e me guiou pelos corredores do hospital. Por fim, chegamos a um quarto cheio de recém-nascidos, embrulhados em mantas e deitados em berços de acrílico. Yindi entrou e empurrou o leito de um bebê que parecia um pouco maior que os outros.

– Venha. – Ela gesticulou. – Vamos nos sentar aqui.

Eu a segui até uma pequena sala próxima, com sofás, revistas e utensílios para fazer chá. Yindi tirou o bebê do berço.

– Você gostaria de segurá-la, Sr. Atlas?

– Ah, eu...

– Vamos, o senhor é um especialista. Já está criando três filhas.

– Como você sabe disso?

Yindi deu de ombros.

– Os ancestrais. Eles sabem tudo!

Afundei no velho sofá amarelo, incrédulo.

– Estou bastante inclinado a pensar que sabem mesmo.

Yindi entregou a criança para mim, e eu a embalei em meus braços. Seu olhar era curioso e penetrante.

– Você tem razão, Yindi. Ela é muito impressionante. – Olhei para a enfermeira, que parecia estar sorrindo de orelha a orelha. – Eu me sinto um idiota por não ter perguntado antes, mas Lizzie deu um nome a ela?

Yindi balançou a cabeça.

– Não, Sr. Atlas. Após o parto, ela mal ficou consciente.

– Isso é tão triste. – A bebê choramingou um pouco, e eu a ninei suavemente. – Sei que os papéis para o orfanato devem ser concluídos hoje, mas, com certeza, agora que estou aqui e consigo identificar os avós dela, ela não precisa ir para o Serviço Social.

Yindi suspirou.

– Receio que não seja bem verdade. Já ignoramos significativamente as leis estaduais ao permitir que a criança ficasse no hospital por tanto tempo.

– Tudo bem. – Pensei nas outras opções. – Se ela for para o orfanato, haveria uma maneira de garantir que ela fique até que Sarah e Francis venham buscá-la?

Yindi baixou a cabeça, em um gesto que me pareceu de exasperação.

– Isso não seria justo com a criança, porque não há absolutamente nenhuma garantia de que eles *sequer* virão.

Eu insisti.

– Tenho absoluta certeza de que eles virão imediatamente, assim que estiverem cientes da situação.

– Como pretende avisá-los? O senhor disse que estava procurando por eles. Por que tem sido tão difícil encontrá-los?

Expliquei que Sarah e Francis estavam procurando sua filha no interior.

– Sr. Atlas – respondeu Yindi, com firmeza –, tem noção do tamanho da Austrália? Francis e Sarah podem passar anos nessa missão.

– Entendo – admiti.

Yindi colocou a mão no meu ombro e fui tomado por uma sensação de calor.

– Perdoe-me por ser tão ousada, Atlas, mas acho que você já sabe que foi mais do que o acaso que o trouxe aqui hoje.

– Como assim?

– Os ancestrais dizem que você será pai de sete filhas.

Ela olhou para o bebê.

Levantei-me e coloquei o bebê de volta em seu berço.

– Yindi, por mais que eu queira ajudar, não posso levar essa criança sabendo que os avós dela ficariam muito felizes em encontrá-la.

– Eles não vão encontrá-la, Sr. Atlas.

Gentilmente apoiei a cabeça na porta e respirei fundo.

– Como você pode afirmar isso?

Yindi apontou para cima.

– Eu já lhe disse. Os ancestrais – respondeu ela, dando de ombros.

– Não posso simplesmente aceitar sua palavra sobre algo tão importante.

Yindi veio até mim e colocou a mão nas minhas costas. Tive aquela sensação de calor novamente. Percebi que sentira algo semelhante quando Yarran passou as mãos sobre minhas costelas quebradas em Coober Pedy.

– Você viu por si mesmo o poder dos ancestrais. Confie neles. Não duvide do caminho deles.

– Eu...

– Sr. Atlas, se essa criança for liberada para o orfanato hoje, como deve ser, não haverá nenhuma chance de Sarah e Francis a encontrarem. Eles podem nunca nem mesmo saber de sua existência. Mas o senhor poderia levá-la para uma vida de amor, com conforto e uma família *hoje*.

– Eu vim para a Austrália para o funeral de um velho amigo, Yindi. Isso é tudo.

– O senhor não está enxergando o plano maior. O que lhe parece uma série de coincidências incríveis foi mapeado nas estrelas muito antes de nós dois termos nascido. Não foi por acaso que voltou para a Austrália bem quando esse bebê precisava de um lar. O senhor voltou porque era o momento certo.

As palavras de Yindi ressoaram em mim. Depois de tudo que presenciei em minha vida, quem era eu para questionar a natureza onisciente do universo? Então tive uma ideia.

– E se eu ficar com a custódia temporária dela? Vou deixar os dados do meu advogado, Georg Hoffman, aqui no hospital, para que, se a busca de Sarah e Francis for infrutífera, possam entrar em contato comigo imediatamente.

Yindi riu.

– Se isso o faz se sentir melhor, tudo bem. Terei tudo anotado em nossos registros oficiais, para que entremos em contato. Mas, Atlas, eles não virão. Nunca. Os ancestrais me mostraram. Ela é sua. A filha número cinco.

– Quatro – respondi. – Talvez os ancestrais não saibam *tudo*.

Yindi parecia confusa.

– Não – respondeu ela. – Eles sabem.

50

1981

Devo aplaudir Georg por uma ideia bastante inteligente. Além de o sobrenome das meninas ser registrado como "D'Aplièse", ele me aconselhou, com razão, que deveríamos ser cautelosos com minhas filhas pequenas declarando publicamente que o nome do pai é Atlas. Meu nome é bem incomum, e descobri ao longo dos anos que não passa despercebido. A segurança de minha família é minha principal prioridade e, embora Eszu ainda esteja escondido em seu complexo ateniense, não hesitarei em tomar todas as medidas cabíveis para fortalecer nosso anonimato.

Quando Georg sugeriu que eu empregasse um nome diferente para minhas filhas usarem, testei alguns anagramas de "Atlas". Isso de alguma forma parecia melhor do que inventar um pseudônimo mais uma vez. Amo minhas filhas mais do que tudo, e a ideia de mentir para elas era horrível. Não havia nada particularmente satisfatório que surgisse apenas do meu primeiro nome, então acrescentei "Pa" (que é como as meninas me chamam) para tentar ajudar. Depois de um momento ou dois testando combinações e possibilidades, cheguei a "Pa Salt" e ri alto.

Pouco depois de Ally chegar a nossas vidas, Maia comentou, sentada no meu colo, que eu "cheirava a mar".

– Não tenho certeza se isso é um elogio, pequena! – Eu ri. – O mar não tem cheiro de peixe e algas?

– Não – respondeu ela, com firmeza. – Tem cheiro de... sal.

Eu ri.

– Bem, isso não é tão ruim, é? Talvez seja porque estou sempre viajando.

Aquilo era perfeito. A partir daí, passei a ser conhecido por todos em Atlantis como Pa Salt. Pedi a Georg e Marina que usassem o nome sempre que se dirigissem a mim perto das crianças e dos dois novos membros da equipe que recentemente se juntaram à nossa pequena família, aqui nas margens do lago Genebra.

Claudia, irmã de Georg, passou a trabalhar aqui em tempo integral como governanta e cozinheira, responsável por alimentar um número cada vez maior de bocas. Após a chegada do bebê número três, foi necessário que Marina se tornasse cuidadora das meninas em tempo integral. Claudia não veio sozinha. Ela trouxe consigo um filho, Christian. O pai do menino saíra de cena pouco depois de seu nascimento, e eu insisti que ele seria muito bem-vindo em Atlantis. Desde sua mudança, Claudia fala alemão em casa, para lembrar ao filho de sua herança, uma decisão que apoio plenamente. É bom que minhas filhas ouçam o maior número possível de línguas.

Depois de alguns dias cuidando dos gramados e regando as flores sem qualquer entusiasmo, notei Christian olhando para o barco ancorado no cais.

– Você gosta da água? – indaguei.

Ele assentiu.

– Sim, senhor.

– Já conversamos sobre isso, não há necessidade de se dirigir a mim como "senhor". Pa Salt está ótimo, acredite.

Ele assentiu.

– Você já pilotou um barco? – perguntei.

– Nunca.

– Bom. – Eu dei de ombros. – Você gostaria?

Os olhos de Christian se arregalaram.

– O lago é muito calmo por aqui. Vamos lá nos divertir um pouco.

Passamos a tarde navegando no tênder. Reconheci a alegria incomparável que o jovem experimentava na água e informei a Claudia que gostaria de empregar seu filho para administrar e manter os barcos, atuando como transporte oficial entre Atlantis e a Genebra continental. Nunca me arrependi dessa decisão. Christian é educado, trabalhador e um trunfo para minha equipe, assim como sua mãe.

Até agora, a previsão de Yindi tem se mostrado correta: não tive notícias de Sarah ou Francis. Por mais difícil que seja fazer esta afirmação, de certa forma sou grato por isso, porque Astérope e Celeno construíram um vínculo incrivelmente próximo. Talvez porque elas têm idades muito próximas, mas todos ao redor as consideram gêmeas espirituais. Só de pensar em separá-las agora é um anátema para mim.

Desde aquele dia no hospital, em Broome, não consegui esquecer a afirmação de Yindi de que Celeno seria minha quinta filha, não a quarta. Embora tenha abandonado há muito tempo a suposição de que a profecia de Angelina se tornará realidade, recentemente comecei a me perguntar se interpretei suas palavras corretamente. Talvez ela tenha querido dizer que meu destino era *adotar* sete filhas... mas, ao mesmo tempo, isso não é coerente com sua certeza de que minha *primeira* filha já estava viva em 1951.

Com o passar do tempo, as perguntas que inundavam minha mente durante a noite tornaram-se excessivas, e reservei um voo para Granada. Claro, eu não tinha como saber se Angelina ainda estava por lá e, se estivesse, eu não saberia exatamente como encontrá-la. Assim, quando desci do avião, fiz a única coisa em que pensei: voltei à praça onde a conhecera tantos anos antes, na esperança de que ela ainda estivesse lendo mãos. Eu sabia que a reconheceria. Afinal, seu rosto ficara impresso em meu subconsciente depois que ela aparecera para mim em meus sonhos.

Mesmo que o manto do outono começasse a cair em Sacromonte, o sol espanhol ainda brilhava. Comprei uma limonada fresca de um vendedor local, sentei-me em um banco à meia sombra e me resignei a esperar. A praça não havia mudado mesmo depois de trinta anos, ao contrário de grande parte do mundo moderno. O sino da catedral brilhava à luz dourada, exatamente como eu me lembrava, e a fonte crepitava e jorrava no mesmo padrão. Até apostei que algumas daquelas pesetas do fundo já estavam presentes na minha última visita.

Fiquei horas na praça e comecei a refletir sobre a tolice que fora voltar a Granada sem um planejamento. Perguntei a vários moradores locais, mas meu espanhol pobre e a descrição geral de uma Angelina mais jovem não me levaram a lugar nenhum. Então, continuei no banco, e a tarde se transformou em anoitecer. O som da água escorrendo e o calor agradável do sol poente me fizeram cair em um sono profundo.

Acordei com uma mão no meu ombro. Assustado, eu me repreendi por ter sido tão descuidado. Angelina poderia ter passado, e eu nunca saberia. Olhei com mais atenção para a estranha que me acordara.

– Olá de novo, Atlas.

O olhar gentil de Angelina encontrou o meu.

– Angelina! Meu bom Deus!

Esfreguei os olhos para confirmar que não estava sonhando. Angelina continuava presente, diante de mim. Aquilo era incrível. Trinta anos haviam se passado e, embora agora ela ostentasse um ou dois pés de galinha, mal parecia ter envelhecido um dia. Eu me levantei depressa e estendi a mão. Ela sorriu e a apertou, puxou-me para perto e me beijou nas duas bochechas.

– Angelina. – Eu estava sem palavras. – Você não mudou nada.

– Quanta gentileza, *señor*. Eu gostaria de poder dizer o mesmo. Olha só esse cabelo grisalho! Devem ser aqueles seus bebês, não?

Eu ainda não conseguira assimilar que ela realmente estava diante de mim.

– Eu... só... Angelina, como você sabia que eu viria?

Ela riu e se sentou no banco.

– Você era esperado.

Lentamente, eu me sentei de novo.

– Esperado? – Fiz um gesto para o céu e Angelina assentiu. Ficamos imóveis por um tempo, olhando um para o outro. – É muito bom vê-la novamente.

– Eu sinto o mesmo. – Angelina me deu um sorriso largo. – A última vez que o vi, o mundo que você carregava nos ombros era muito pesado. Agora, parece que está mais leve do que nunca. Estou certa... *Padre Sal*?

Soltei um suspiro exasperado, pois mais uma vez o poder de Angelina estava além da minha compreensão terrena.

– Claro que está. Não que você precise de confirmação.

Angelina sorriu.

– Nunca se sabe, Atlas. Não sou capaz de interpretar *tudo*.

Eu levei um momento para me recompor.

– Angelina – comecei –, trinta anos atrás, você me disse que eu seria pai de sete filhas. Como acho que já sabe, presumi que encontraria minha Elle e teríamos as filhas juntos.

Ela se remexeu no banco, mostrando-se um pouco desconfortável.

– Eu disse que você seria pai de sete filhas. Isso foi tudo que vi, nada mais. E, agora, você tem cinco. Minha previsão está quase completa, não é?

A afirmação que Yindi havia feito em Broome se repetia ali.

– Tenho *quatro* filhas. Não cinco.

Angelina pareceu surpresa. Ela franziu o cenho, então se aproximou.

– Posso ver a palma da sua mão?

– É claro – respondi, e estendi a mão direita.

Ela a estudou, então balançou a cabeça.

– Estou surpresa, eu... – Angelina parecia prestes a dizer alguma coisa, mas se conteve. – Às vezes, as mensagens do mundo superior podem ser confusas.

– Que pena – respondi, notando que Angelina de repente ficara estranha. Eu recolhi a mão.

– Você me revelou há trinta anos que minha primeira filha estava viva e já andava na terra, não foi?

Angelina parecia hesitante, mas fechou os olhos e assentiu.

– Eu sei que você não estava se referindo a Maia, já que ela só nasceu em 1974. O que exatamente você quis dizer? Preciso saber, Angelina.

Angelina respirou fundo e olhou para o sino da catedral enquanto formulava uma resposta.

– Eu entendo a sua frustração. Posso, só mais uma vez...? – pediu ela, gesticulando para minha mão.

Com um pouco de hesitação, estendi o braço novamente e ela assentiu, agradecida. Depois de examinar minha palma mais de perto, ela me olhou nos olhos.

– Eu não me enganei quando lhe disse que sua primeira filha estava viva.

Meu coração deu um salto.

– Não se enganou?

– Não... – Angelina parecia desconfortável. – Confesso, era minha previsão que vocês já tivessem se encontrado.

Ela baixou os olhos para o chão.

– Então ela *está* viva, mas... desaparecida da minha vida?

Angelina pensou por um momento.

– Essa é uma boa maneira de expressar. Sim. Ela é "a irmã desaparecida".

Coloquei a cabeça entre as mãos.

– Eu vim aqui hoje na esperança de que você me dissesse que tinha interpretado mal as coisas. Que, na verdade, minha primeira filha não tinha nascido há tanto tempo. – Eu funguei, enquanto as lágrimas começavam a fazer meus olhos arderem. – Procurei durante metade da minha vida e não consegui encontrá-la, nem a mãe.

– Mas – retomou Angelina, hesitante – você encontrou outras ao longo do caminho.

– Minhas filhas adotivas? – perguntei.

Ela assentiu suavemente. Recostei-me no banco e virei o rosto para o céu. As nuvens queimavam em tons de laranja no sol poente.

– Sim. Eu as amo tanto, Angelina. O universo nos uniu através de um notável conjunto de circunstâncias.

Ela contemplou minhas palavras.

– Você diz notável, eu digo inevitável.

– Como assim?

Angelina franziu os lábios.

– Os seres humanos estão ligados uns aos outros, muito antes de se encontrarem no mundo físico.

Minha boca ficou seca, e eu peguei o restinho de limonada que ficara marinando debaixo do banco. Tomei um gole do líquido quente e pegajoso e fiz uma careta.

– O tempo é uma senhora cruel, Angelina. A cada dia que passa a "irmã desaparecida" fica mais velha, e minha oportunidade de estar com ela diminui. Estou ficando velho. Pelo amor de Deus, ela deve ter mais de 30 anos agora.

Angelina tocou em meu braço.

– Atlas, acabei de examinar sua mão. Garanto a você que, com uma linha da vida como essa, posso afirmar com segurança que ainda lhe restam muitos anos nesta terra.

Um grupo de meninas apareceu na praça à nossa frente e começou a desenhar no chão de ladrilhos com giz. Aquilo me lembrou o meu primeiro dia no Apprentis d'Auteuil, quando algumas crianças brincavam de amarelinha. Alguns momentos depois, aquele pequeno valentão Jondrette tentou quebrar meu violino... mas Elle me salvou.

– Nunca vou parar a minha busca – decidi. – Não até encontrar Elle e a irmã desaparecida.

– Eu sei – respondeu Angelina, calmamente.

Eu estava nervoso em fazer minha próxima pergunta.

– Você acha que vou encontrá-la, Angelina? Tenha cuidado para não me encher de falsas esperanças, como fez antes.

– Não existe falsa esperança, Atlas. A esperança é uma escolha. Esperança significa esperar mesmo quando as coisas parecem sem esperança. *Escolha* ter esperança, e coisas incríveis podem acontecer.

Ela me deu um tapinha encorajador no joelho.

– Então, essa é a minha escolha. – Olhei para a fonte. – Talvez eu precise jogar outra peseta. – Meus olhos se desviaram para o beco onde eu havia comprado os sorvetes três décadas atrás. – Aliás, como está sua priminha? Desculpe, não consigo me lembrar do nome dela.

O olhar de Angelina perdeu o brilho.

– Isadora. Ela está com os espíritos agora.

– Sinto muito, Angelina. Sem ela, nunca teríamos nos conhecido.

Angelina passou as mãos pelos cabelos, que continuavam tão escuros e brilhantes quanto antes.

– Não sinta, *señor*. Isadora viveu uma vida cheia de amor e risadas. Casou-se com seu namorado de infância, Andrés, que conheceu aqui mesmo na praça.

– Eles foram felizes juntos?

– Nunca conheci duas pessoas que trouxessem tanta alegria uma para a outra, *señor*.

– O amor é uma coisa linda.

Angelina olhou para o céu, permitindo que o sol aquecesse seu rosto por um momento.

– É, sim. Mas o mundo superior muitas vezes tem planos estranhos. Nem mesmo eu consigo entender tudo.

– O que quer dizer?

Angelina se levantou e estendeu a mão para mim.

– Venha. Vamos dar um passeio até o Alhambra, e vou lhe contar a história deles.

Eu me levantei, e Angelina enlaçou meu braço. Juntos, atravessamos a praça em direção ao sol poente.

– Andrés e Isadora tentaram durante anos ter um filho, mas não conseguiram. Muitas vezes, eles achavam que tinham conseguido, só para o bebê morrer no útero depois de algumas semanas.

– Ah, Angelina. Que tristeza.

Saímos da praça e seguimos para o que costumava ser uma estrada de terra. Nos anos seguintes à minha viagem anterior ela havia sido asfaltada. Certamente, a viagem que fiz da estação até ali, em 1951, teria sido bem mais confortável.

– Tentei ajudar consultando os espíritos, é claro... mas nunca recebi uma resposta. – Angelina deu de ombros, triste. – Eu simplesmente pensei que não era para ser. Então, um dia, depois de vinte anos de relacionamento, ocorreu um milagre. Isadora ficou grávida.

– Uau. – Eu me virei para ela. – Parece *mesmo* um milagre.

Angelina assentiu, e seu rosto se iluminou.

– *Señor*, nunca vi tanta felicidade em um ser humano como no dia em que minha amada Isadora veio me contar que estava grávida de três meses. – Ela suspirou, melancólica. – Andrés também estava radiante. Fizemos uma festa nas grutas.

– Posso imaginar.

O impressionante Alhambra estava surgindo e parecia magnífico como sempre.

– Depois que Andrés descobriu – continuou Angelina –, ele tratou a esposa como uma preciosa boneca de porcelana. Ele trabalhava horas extras também, para poder guardar um dinheiro para quando o bebê chegasse. Mas então... – Angelina parou e fechou os olhos. – Há apenas alguns meses, Andrés morreu após cair de sua motocicleta. As estradas estavam muito escorregadias depois de uma tempestade, e a carga na motocicleta era pesada.

Ela baixou a cabeça, e eu me senti movido a envolvê-la com um braço.

– O coração de Isadora se partiu, assim como seu espírito. Depois que Andrés morreu, ela não conseguia comer nem beber. Eu disse que ela precisava se alimentar, pelo bem de seu filho, mas ela começou a minguar aos pouquinhos.

– Sinto muito, Angelina.

Ela prosseguiu, firme:

– O bebê chegou um mês antes da hora. Tentei de tudo para salvar minha prima, mas não consegui estancar o sangramento, nem os que vieram na ambulância, quando ela finalmente chegou às colinas. – Uma lágrima escorreu pelo rosto de Angelina. – Ela morreu na semana passada, apenas um dia após o nascimento da filha.

– Angelina... Não sei o que dizer. Isso é tudo muito triste.

– Isadora chamou seu bebê de Erizo. Significa, como se diz... – Ela procurou por um equivalente em minha língua. – Porco que tem espinhos.

– Um ouriço? – perguntei.

– *Sí*. Ouriço. O cabelo dela é espetado, entende? – Apesar de tudo, Angelina soltou uma risada. – Então agora nós cuidamos da pequena *erizo*, Pepe e eu.

– Pepe? – perguntei.

– Nosso tio... o irmão de Lucía, para quem você entregou a estátua no Alhambra.

– Ah, sim.

Caminhamos mais um pouco até chegarmos a uma bifurcação na estrada. Uma direção levava direto ao palácio. De onde estávamos, a cerca de 200 metros de distância, eu conseguia distinguir a figura da estátua de Landowski no centro da praça.

– Sabe – disse Angelina –, acho que vamos por aqui.

Ela começou a me puxar para a outra estrada, a que subia em direção às grutas.

– Para onde estamos indo?

– O dia está envelhecendo. Devemos ir ao encontro de Erizo. Ela ficará feliz em conhecer seu novo pai...

Eu parei imediatamente.

– O que você quer dizer, Angelina?

Ela me deu uma de suas piscadelas.

– É como eu disse, você era esperado.

Resignado ao desejo de Angelina, eu a segui até as colinas de Sacromonte.

As cavernas que eu tinha vislumbrado pela primeira vez trinta anos antes eram ainda mais notáveis de perto. Lembrei-me do meu tempo na casa subterrânea em Coober Pedy, e não havia dúvidas: o equivalente em espanhol era bem melhor. Por um lado, as cavernas ofereciam uma vista deslumbrante do mundo abaixo. Da estrada de terra do lado de fora da gruta de Angelina, observei fileiras de olivais, interrompidas apenas pelos caminhos íngremes e sinuosos que serpenteavam por entre as casas. No vale abaixo, o rio Darro corria em meio a árvores verdejantes, que começavam a mudar de verde para dourado sob o sol suave de setembro.

– Pepe? – chamou Angelina para dentro da gruta. – Ele chegou.

Eu a segui e vi um homem de bigode, cuja pele fora bem tostada e enrugada pelo calor espanhol durante vários anos. Ele estava dando mamadeira ao bebê e cantarolando uma música.

– *Hola, señor* – disse ele, assentindo.

– Pepe prefere falar espanhol, peço desculpas.

– Não precisa, estou em seu país sem conhecimento de sua língua. Eu deveria ser o único a pedir desculpas. Por favor, diga a ele que sinto muito pelas perdas que sofreu em sua vida.

Angelina assim o fez.

– *Gracias por su simpatía, señor* – disse ele, inclinando a cabeça de novo para mim.

– Bem, não há tempo a perder, como dizem. Vou começar a embalar os cobertores da Erizo. Ela tem um que sua mãe e sua avó usaram. Seria bom se ela pudesse tê-lo na viagem...

Detive Angelina antes que ela pudesse mover um músculo.

– Angelina, pare, por favor – implorei. – Sei que você é capaz de se comunicar com o "mundo superior". Mas eu não tenho o direito ou, mais importante, o desejo de tirar Erizo de vocês. Eu vim aqui apenas para outra leitura de uma velha amiga. Só isso.

Angelina suspirou.

– Você pode pensar que é só isso, mas o mundo superior trouxe você aqui no exato momento em que sua presença era necessária.

Minha pressão arterial estava começando a subir.

– Essa é apenas a sua interpretação da situação. Você não consegue entender que eu não tenho nenhuma pretensão de tirar uma criança de sua própria família?

Angelina pegou minha mão e me levou para fora da gruta novamente, para que Pepe fosse poupado da minha angústia.

– Atlas – começou ela –, sua chegada aqui não é por acaso. Pepe e eu não podemos dar a Erizo a vida que ela merece. Você, no entanto, pode.

Eu balancei a cabeça.

– Angelina... essa é uma conversa que tive muitas vezes ao longo dos anos. Famílias praticamente me imploraram para tirar seus descendentes deles. E, quando o fazem, eu me vejo no centro de um dilema moral hediondo. – Minha cabeça começou a girar. – Eu...

Antes que eu pudesse dizer outra palavra, involuntariamente me encontrei deslizando até o chão.

Angelina correu de volta para dentro.

– *¡Agua!* – gritou ela para Pepe.

Com as costas contra a rocha, olhei para o Palácio de Alhambra. O sol poente lançava um rico brilho alaranjado nas torres, que pareciam se erguer magicamente da floresta verde-escura em frente às cavernas. Angelina voltou com uma caneca de água, e eu bebi, agradecido. Ela se juntou a mim no chão rochoso.

– Angelina, temo todos os dias que as pessoas possam interpretar minhas filhas adotivas de forma... *errada*. Além disso, *eu* mesmo estou em pânico por tê-las privado da chance de crescer em sua terra nativa.

Coloquei a água ao meu lado e afundei a cabeça nos joelhos.

Angelina apertou meu ombro.

– Eu entendo, Atlas. Você não seria o homem que acredito que é se não tivesse tais preocupações. Mas o universo sorri para você por tudo que você fez.

Eu levantei a cabeça e encontrei seus olhos.

– Com todo o respeito, Angelina, durante toda a minha vida pareço ter sido guiado por um poder que eu mesmo não entendo. Você me disse que meu caminho estava escrito, que era fixo.

– E está, meu amigo. Mas você poderia ter escolhido não andar por ele. Ninguém o forçou a adotar suas filhas. Você fez isso por causa do seu desejo de ajudar os outros. Não foi?

Passei a mão pelo cabelo.

– Suponho que sim.

Angelina me deu um sorriso compreensivo.

– Você fala como se eu fosse a primeira pessoa a apresentá-lo aos poderes do universo. Mas nós dois sabemos que não sou. Quando menino, você tinha os olhos voltados para os céus. Eles o mantiveram seguro e o guiaram em uma jornada praticamente impossível.

– De fato – sussurrei.

Ficamos sentados em silêncio por um longo tempo, observando o Alhambra escurecer na luz que desaparecia. Depois de um tempo, Angelina falou novamente, dessa vez baixinho:

– Você poupou suas filhas de uma vida cheia de pobreza e sofrimento.

– Eu sei, Angelina. Mas ainda me pergunto se foi certo tirá-las de seu país natal. Eu poderia ter financiado suas vidas de longe.

– Acho que às vezes você esquece que *também* merece um pouco de felicidade, Atlas. Com uma das mãos, o universo tirou muito de você, mas com a outra lhe deu muito. Suas filhas lhe trazem mais alegria do que você jamais imaginou ser possível, não é mesmo?

– É claro.

A noite era agora pontuada pelo som dos andorinhões esvoaçando sobre as árvores. Fechei os olhos para ouvir.

Angelina prosseguiu:

– Desde que nos conhecemos, pensei em você muitas vezes e consultei o mundo superior. Você é um *bom* homem, Atlas. Especial, de verdade. Talvez não haja pessoas suficientes para lhe dizerem isso. Então eu estou dizendo. Ok? Acredite em mim.

Tentei conter minhas lágrimas.

– Obrigado.

– E... – continuou Angelina, hesitante. Ela segurou minha mão. – Atlas, você *vai* encontrar a irmã desaparecida. Eu juro.

Sentei-me mais ereto.

– O que você disse?

– Vocês dois vão se encontrar, mas... você vai precisar da ajuda de todas as suas outras filhas. Sem elas, seus caminhos nunca se cruzarão. – Ela me encarou com uma expressão séria. – São as seis meninas que vão levar você até a sétima.

– Angelina – respondi, sem fôlego –, como eu...

Ela colocou um dedo em riste na frente da boca.

– Shh. Eu não tenho mais nada a dizer. É uma mensagem do mundo superior para você, então não posso responder às suas perguntas.

Ela apertou a minha mão com força e se virou para encarar o Alhambra.

Meu pânico foi, aos poucos, substituído por euforia. Ergui meus olhos para o céu em chamas e "agradeci" ao mundo superior.

– Então, o nome dela é Erizo? – perguntei a Angelina.

Ela riu.

– Não, não é oficial. Apenas um apelido bobo. Afinal, uma pessoa não pode realmente ser chamada de "ouriço"! Imagino que, depois da garantia que recebeu dos espíritos, você partirá de Sacromonte com sua quinta filha?

Eu assenti, sorrindo de orelha a orelha.

– Bom! Este é mesmo um dia feliz. – Angelina se levantou e limpou a terra de sua roupa. – Ela será a quinta estrela em seu céu. Então você vai chamá-la de...

– Taígeta, sim.

Angelina estendeu a mão, e eu a peguei. Ela me levou para dentro da caverna mais uma vez.

– Venha vê-la.

Segui Angelina até Pepe, que me deu o mais caloroso dos sorrisos.

– Conheça seu papai, Erizo.

Pepe a ergueu para mim, e eu a peguei em meus braços.

– Olá, bebezinha – saudei.

– Ela é muito especial, *señor*.

– Eu sei.

– Na verdade, talvez não saiba. Essa garotinha tem os poderes de uma *bruja*.

– Como você? – perguntei.

Angelina assentiu.

– Exatamente. Ela é a última desta família. – Angelina me encarou, séria. – À medida que essa pequenina crescer, verá o mundo de forma diferente, e você deve prestar reverência e respeito a isso.

Eu inclinei a cabeça.

– Prometo que sim.

– Ótimo. – Ela pensou por um momento. – Ela não vai entender os caminhos da *bruja* por si mesma... – Angelina olhou para a criança. – Um dia, você deve mandá-la de volta para mim. Quando isso for feito, vou poder ajudá-la a desbloquear sua linhagem espiritual.

Olhei para uma cadeira de madeira no canto da sala e caminhei em direção a ela.

– Posso? – perguntei. Angelina assentiu e eu me sentei. – Para ser sincero, não considerei a possibilidade de contar às meninas as circunstâncias de seu nascimento e como elas se tornaram minhas filhas.

Angelina parecia um pouco surpresa.

– Não?

Olhei para aquela vida jovem e inocente. Ela tinha os olhos fechados, adormecida.

– Cada uma das meninas, de uma forma ou de outra, está diretamente ligada à minha fuga de Kreeg Eszu. Tenho medo de que, se eu contar a elas sobre seu passado, isso possa, de alguma forma, colocá-las em perigo. Tentei deliberadamente construir uma vida tão afastada e silenciosa quanto possível.

Angelina cruzou os braços e estreitou os olhos, imersa em seus pensamentos.

– Sim... eu compreendo. Porém, independentemente dessa decisão, você deve manter sua promessa. Um dia, quando for a hora certa, mande-a de volta para mim. Você jura?

Estendi a mão para Angelina.

– Juro.

Ela a apertou.

– Obrigada, Atlas. Então ela é sua.

Suavemente, Angelina acariciou o cabelo volumoso da menina. Então, começou a cantar uma canção de ninar em espanhol, e sua voz doce viajou para fora da caverna e para o vale abaixo.

51

1982

– Não consegui identificar nenhum sinal de perigo – disse Georg, tomando um gole de café preto forte sentado em seu escritório, na Rue du Rhône.

– Eles ligaram para a Livraria Arthur Morston?

– Sim, e Rupert Forbes passou meus detalhes de contato.

– Rupert não tem ideia do que ela queria?

– Não, nenhuma.

No início daquela manhã, Georg me informara sobre um telefonema de uma mulher dos Estados Unidos chamada Lashay Jones. Ela havia pedido para falar comigo, afirmando que o assunto era de grande importância. Georg disse a ela que era meu representante legal e que ela podia falar com ele em sigilo, mas Lashay se recusou. Por motivos já declarados nestas páginas, fico extremamente relutante em receber telefonemas misteriosos de estranhos.

– Ela queria mesmo falar com Atlas Tanit?

Georg assentiu.

– Cem por cento. Ela me disse que achava que você trabalhava na Livraria Arthur Morston. Mas não há nada que sugira que isso esteja relacionado a Kreeg Eszu. Tenho certeza de que seria seguro falar com a Srta. Jones.

Eu refleti sobre a questão.

– Mas o momento é incomum, você não concorda?

– Sim. Um pouco – admitiu Georg.

Um mês antes, a Lightning Communications de repente se tornara uma empresa ativa. Eles começaram a construir uma base de clientes na Grécia e prometeram às empresas uma oportunidade de transmitir "coerência, credibilidade e ética". Quando li essas palavras pela primeira vez, não pude deixar de jogar a cabeça para trás e rir. Como aquele homem podia oferecer qualquer experiência em credibilidade e ética era algo que fui incapaz de compreender. Eles também apresentaram uma logomarca – um relâmpago emergindo de uma nuvem. Parecia que Kreeg estava definindo uma abordagem. Tínhamos fotos dele fazendo apresentações, realizando almoços de negócios, além de vários artigos sobre a empresa em jornais locais.

Se Eszu estivera de luto nos últimos anos, parecia que esse tempo havia acabado e ele começara a ressurgir na sociedade.

– Você tem certeza de que isso não é uma forma de Kreeg obter minha localização exata?

Georg balançou a cabeça.

– Meus instintos me dizem que é algo completamente diferente.

Confiei no julgamento do meu advogado.

– Tudo bem, então. Vamos marcar a ligação para amanhã à tarde.

No dia seguinte, sentei-me em meu escritório e esperei que Georg pusesse Lashay em contato comigo, em Atlantis. Enquanto esperava, examinei minhas prateleiras, cheias de artefatos e bugigangas de minhas viagens pelo mundo. Eles estavam em meio a fotografias emolduradas das meninas comigo. Peguei uma das minhas favoritas: uma imagem de nós seis tomando sorvete no píer de Atlantis. Às dez em ponto, o telefone do meu escritório tocou. Larguei a foto e atendi.

– Atlas Tanit.

Uma voz suave e aveludada respondeu, com sotaque americano:

– Ah, olá, Sr. Tanit. Aqui é Lashay Jones. Imagino que o senhor esteja esperando a minha ligação?

– Oi, Lashay. Sim, embora deva admitir que não tenho a menor ideia do assunto de nossa conversa.

Ela respirou fundo.

– Peço desculpas por isso, Sr. Tanit. Estou ligando do Hale House Center, no Harlem, em Nova York.

Eu escaneei minha memória rapidamente.

– Desculpe, Srta. Jones, não conheço esse nome.

– Talvez o senhor já tenha ouvido falar de Mãe Hale? Clara Hale?

– Lamento muito, mas não.

Houve uma pausa na linha quando Lashay percebeu que a situação exigiria mais explicações do que ela havia previsto.

– Entendo que o senhor esteja na Europa, então o nome pode não ser tão importante por aí. O Hale House Center é um orfanato aqui em Nova York.

Meu coração deu um salto. Seria aquela a ligação que eu tanto temia? Um orfanato que, por algum motivo, queria uma de minhas filhas de volta? Tentei me manter calmo.

– Recebemos uma menina recém-nascida na nossa porta duas noites atrás.

Eu relaxei um pouco.

– Isso não é... comum por aí? – perguntei.

– Infelizmente é, senhor. Mas estou ligando porque encontramos algo com a criança. Especificamente, um cartão de visita com seu nome e detalhes de contato.

Eu não sabia o que dizer.

– Bem, *isso* não é comum. Não tenho família nos Estados Unidos... nem amigos.

Lashay pareceu estar procurando algo ao redor do telefone.

– Está aqui, em minhas mãos. O cartão parece antigo. Está bem rasgado e desgastado.

– Isso faz sentido. Não trabalho na livraria há mais de trinta anos. – Tentei recuperar alguma lembrança. – Imagino que vocês não tenham visto quem deixou a criança.

Lashay suspirou.

– Não, senhor. Mas conseguimos decifrar uma pequena anotação em seu antigo cartão de visita.

– Sério? – perguntei, genuinamente intrigado. – O que está escrito?

– Diz "homem gentil", senhor – respondeu Lashay. – Está escrito bem embaixo do seu nome.

Engoli em seco e afundei de volta em minha cadeira. Em um instante, minha mente foi transportada de volta para o restaurante do Waldorf Astoria, em Nova York, e para o rosto sorridente de Cecily Huntley-Morgan.

Veja! Eu até escrevi "homem gentil" no verso! Vou mantê-lo comigo para sempre, como um sinal de boa sorte.

– O senhor ainda está aí? – perguntou Lashay.

– Sim – confirmei, exasperado. – Ah, Lashay, na verdade tenho um palpite sobre a menina. Eu me pergunto... vocês sabem de *alguma* coisa sobre a situação familiar dela?

Houve uma pequena pausa na linha.

– Bem, sabemos de uma coisa. O Hale House Center não serve apenas a crianças indesejadas. – Estremeci com o termo. – Mãe Hale oferece apoio para crianças cujas mães são dependentes químicas. Lamento dizer que acreditamos que esse bebê nasceu com síndrome de abstinência neonatal, provavelmente porque a mãe usava crack.

Eu levei a mão à boca.

– Meu bom Deus!

– Muitas pessoas se chocam com isso. Mas essa é a realidade aqui, senhor. Os antros de drogas são abundantes no Harlem. Se eu fosse apostar, diria que essa criança veio da Lenox Avenue.

Lenox Avenue. Eu tinha ouvido aquele nome antes.

– Ouça, vou fazer os arranjos para voar até aí amanhã.

✺ ✺ ✺

No dia seguinte, me vi em frente ao Hale House Center – uma velha casa geminada com fachada de tijolinhos –, no Harlem. Bati à porta e fui recebido por uma mulher usando um casaco esportivo azul com um cabelo afro magnífico.

– Sr. Tanit? – perguntou ela.

– Isso mesmo.

– Eu sou Lashay Jones. Nós nos falamos por telefone.

– Olá, Srta. Jones, é um prazer conhecê-la.

Estendi a mão para cumprimentá-la.

– Nã-não, nós damos abraços por aqui – disse ela, puxando-me para perto e envolvendo-me em seus braços.

Eu dei uma risada de surpresa.

– Ah, isso é muito gentil.

– O senhor acabou de chegar da Suécia?

– Suíça, na verdade.

Ela colocou as mãos nos quadris e levantou uma sobrancelha.

– É perto da Suécia?

– Fica... no mesmo continente.

Lashay caiu na gargalhada.

– Estou brincando, estou brincando. Desculpe, manhã muito corrida. Temos muitas barrigas famintas aqui hoje.

Eu me afeiçoei de imediato a Lashay e seu charme bem-humorado.

– Entre.

Eu a segui até o Hale House Centre e fui conduzido a uma porta à esquerda do corredor.

– Ela acabou de chegar.

– Quem?

– Mãe Hale, é claro!

Lashay abriu a porta, que revelou um pequeno escritório. Atrás de uma grande escrivaninha, em frente a uma janela, estava uma senhora de cabelos grisalhos, usando um cardigã branco. Ela se virou quando entrei.

– Esse é o cavalheiro da Europa? – perguntou ela a Lashay, que assentiu.

A mulher levantou-se cautelosamente e se aproximou de mim para apertar a minha mão.

– Clara Hale.

– Atlas Tanit. É uma honra conhecê-la.

– Digo o mesmo.

– Vou deixá-los a sós – disse Lashay com um sorriso, saindo da sala.

– Por favor, queira se sentar – ofereceu a mulher mais velha, indicando um sofá de couro desgastado.

– Obrigado.

– Então... – disse Clara. – O mistério do cartão de visita. – Ela abriu uma gaveta em sua velha mesa de madeira e pegou um pequeno pedaço de papel. – Aqui está ele, Sr. Tanit.

– Obrigado. – Peguei o cartão de Clara e o examinei. – Sim, definitivamente é um dos meus – confirmei. – Mas, como disse a Lashay, não os uso há décadas, desde que administrava a livraria.

– E, no entanto, aconteceu de o cartão chegar à minha porta junto com um pequeno anjinho. Agora, eu me pergunto: como isso pode ter acontecido?

– Eu me faço a mesma pergunta, Clara. Desculpe. Srta. Hale. Mãe Hale.

Clara franziu o nariz e então, assim como Lashay fizera momentos antes, caiu na gargalhada e bateu nos joelhos.

– Clara está bom. Eu só adotei o "Mãe" porque... bem...

Ela deu de ombros e gesticulou para o que estava ao seu redor.

– É claro. Lashay me contou um pouco sobre o que você faz. É incrível.

– Incrível é um modo de descrever. O que eu faço não deveria sequer ser necessário.

– Suponho que há certas circunstâncias em que as crianças poderão ser mais bem cuidadas por outras pessoas.

Clara uniu as pontas dos dedos e ficou tamborilando uns nos outros.

– Que interessante.

– O quê? – perguntei.

– Eu cuido dos filhos dos outros há quarenta anos e nunca ouvi ninguém levantar esse ponto. Geralmente, as pessoas concordam comigo e dizem que é *horrível*.

Senti o olhar perscrutador de Clara e tentei não deixar meu nervosismo tomar conta de mim.

– Então, Sr. Tanit, a *sua* experiência é bem diferente da maioria. Por quê?

Fiquei pasmo com a inteligência e a sagacidade de Clara.

– Você é muito observadora. – Eu ri. – Na verdade, tenho cinco filhas adotivas.

Os olhos de Clara se arregalaram.

– Meu Deus, é mesmo?

Assenti.

– Ora, ora, ora. – Ela riu. – O senhor é como eu.

– Como assim? – perguntei, intrigado.

Ela deu de ombros.

– Ah, sabe como é. Tem um grande coração. Provavelmente é um pouco tolo também. Mas é preciso, para fazer o que fazemos.

– Sinceramente, Clara, acho que não é uma comparação justa. Tenho apenas cinco filhas e posso lhes dar uma vida muito confortável. Quantas crianças já passaram por suas portas?

Ela inspirou profundamente.

– Centenas. Criei quase cinquenta em minha própria casa antes de tornar a coisa oficial e obter uma licença para um lar infantil, em 1970. Mas um ou mil não faz diferença. O ato de dar amor a uma criança que não pôde ser cuidada é uma das coisas mais nobres que um ser humano pode fazer.

Seu rosto era tão... caloroso. Embora sua presença fosse intimidadora, ela irradiava bondade.

– Eu costumava pensar assim, Clara. Mas o amor que recebo de minhas filhas é dez vezes maior.

Clara riu novamente.

– Esse é o segredo, não é? – Ela se recostou na cadeira de couro. – Meu marido morreu quando eu tinha apenas 27 anos. Fiquei destruída, assim como os três filhos que tivemos juntos. Vaguei de um lado para outro feito um fantasma por um tempo e então tomei a decisão de que, não importaria o que acontecesse, eu só... continuaria... respirando. – Ela sorriu, melancólica. – Acabei trabalhando como zeladora para nos sustentar durante a Grande Depressão. Era um trabalho horrível. Mas eu adorava os rostos sorridentes das crianças. Elas me davam esperança. Então, transformei minha casa em uma creche. E de repente, um dia, descobri que não estava apenas respirando, estava *vivendo* novamente.

A história de Clara me era bem familiar.

– As crianças têm mesmo esse poder.

– Com certeza, Sr. Tanit. – Clara levantou-se da cadeira e virou-se para olhar pela janela. – Logo depois que abri a creche, comecei a sair às ruas, para ajudar crianças sem-teto. Foi então que comecei a acolher crianças em casa. Eu pegava sete ou oito de cada vez. – Ela colocou a cabeça nas mãos. – E eu cuidava de tudo sozinha. Imagine só!

– Como você conseguiu?

– Simples! Eu amava cada uma daquelas crianças como se fosse minha. Tornei-me a mãe de quem não tinha mãe.

Que ser humano extraordinário.

– Lashay mencionou que o senhor... se especializou no cuidado de crianças cujos pais eram viciados em drogas.

Clara se virou para mim, parecendo um pouco triste.

– Isso mesmo. Um dia, há cerca de uma década, Lorraine, que é minha primeira filha, trouxe para minha casa uma mãe dependente de heroína e seu filho. – Ela se apoiou na beirada de sua mesa. – Eles precisavam de um tipo especial de cuidado, entende? Foi quando consegui a licença oficial e comprei este prédio maior. Tem cinco andares, e precisamos de cada um deles, com essa coisa nova que está circulando por aí.

– Coisa nova? – perguntei.

Mãe Hale balançou a cabeça.

– O vírus da aids.

Eu tinha lido sobre aquilo nos jornais.

– Isso é um grande problema aqui?

– Pode apostar que sim. A doença se espalha através do sangue, pelo que sabemos. E quando as pessoas compartilham agulhas... bem... os bebês nascem com isso, sabe? Não que alguém pareça querer falar sobre isso. O presidente nem menciona o nome da doença. Essas pessoas precisam de ajuda, Sr. Tanit. E os poderosos não vão entender se não começarmos a discutir a droga desse vírus.

– Posso perguntar como você cuida desses pequeninos que tiveram um começo de vida tão difícil?

– É simples. Você os segura, os embala, os ama e diz a eles o quão incríveis eles são. Eu cuido deles enquanto enfrentam os sintomas de abstinência por causa do abuso de drogas da mãe. Então, quando eles ficam saudáveis... e muitos, muitos ficam... você vai à luta e encontra uma família incrível para eles. Eu pessoalmente me certifico de que cada um se encaixe bem nesse novo lar. – Clara se empertigou, parecendo orgulhosa. – Não tenho vergonha de dizer que recusei pessoas quando achei que elas não poderiam fornecer um ambiente bom o suficiente para a criança. Então – ela exalou –, essa é a minha história. – Ela se aproximou e se juntou a mim no sofá de couro. – Qual é a sua, Atlas Tanit?

Dei a Clara um breve esboço de minha vida, focando em como me tornei o pai adotivo de minhas cinco maravilhosas filhas. Também mencionei minha breve viagem a Nova York nos anos 1940 e meu encontro com Cecily Huntley-Morgan... a quem eu tinha certeza de que o cartão de visita havia pertencido.

– Cecily... Ela era negra? – indagou Clara.

– Não – respondi. – Ela era uma mulher branca britânica.

Clara pareceu surpresa.

– É uma coisa impactante que uma jovem branca tenha vindo ao Harlem para apoiar os direitos dos negros nos anos 1940. Só estou perguntando porque a suposição natural é que a garotinha que foi deixada na nossa porta há alguns dias seja descendente dessa mulher que você conheceu.

Eu assenti.

– Seria a explicação lógica.

– Talvez uma de suas filhas tenha se apaixonado por um homem negro e alguém de sua família não gostou. Quem sabe? De qualquer forma, o senhor poderia entrar em contato com ela?

Balancei a cabeça.

– Receio que não. Mandei meu advogado investigar a possibilidade, mas... ela morreu de malária em 1969.

– Hum – disse Clara, ponderando a situação. – Descobriu se ela teve filhos?

– A questão – prossegui – é que Cecily *tinha* uma filha. Ela me contou naquele almoço há tantos anos... mas ela nunca foi registrada em seu próprio nome. Ela acolhera o bebê abandonado de uma mulher queniana. Legalmente, a criança pertencia a outra pessoa, então não é possível localizá-la.

Clara começou a mexer no cabelo, absorvendo os detalhes.

– Então... – Ela olhou para mim com seus astutos olhos castanhos. – E agora?

– Como assim?

– Quero dizer, o que deseja fazer com a criança que foi deixada na minha porta, Sr. Tanit?

– Ah...

Um silêncio desconfortável se espalhou pela sala.

Clara deu um tapa no joelho e me abriu um sorriso.

– Ora, vamos lá! O senhor está realmente me dizendo que recebe uma ligação, larga tudo e voa meio mundo só para satisfazer a curiosidade sobre um cartão de visita?

A explosão de energia de Clara me pegou de surpresa.

– Eu...

Ela se aproximou de mim.

– O senhor me contou sobre essas cinco lindas filhas adotivas. Todas elas parecem ter chegado em sua vida por um misterioso acaso. Então, quando recebe uma ligação sobre uma menina recém-nascida, que tem informações suas de trinta anos atrás presas à sua cesta, está me dizendo seriamente que não veio aqui para levá-la para casa?

Ela ergueu as sobrancelhas.

– Eu não tinha realmente...

Ela me deu um empurrão amigável no ombro.

– Claro que pensou, Atlas! Posso chamá-lo de Atlas?

Assenti.

– Não há necessidade de ficar constrangido ou tímido. Não comigo. Não com o que eu faço.

– Suponho que... Sim, eu contemplei a possibilidade de que o universo está tentando me dizer alguma coisa.

– Talvez esteja, querido. E, só para você saber, eu teria feito exatamente a mesma coisa. Por trinta anos aquele seu cartão de visita sobreviveu de alguma forma. Não é incrível? Cecily pensou: *Vou ficar com essa coisa, caso um dia eu precise*. E adivinha? Um belo dia, ela precisou... Acho melhor irmos logo, para que você possa conhecer esse bebê.

Segui Mãe Hale pelas escadas da casa, que ela subiu com cuidado, mas também com determinação. Quanto mais alto chegávamos, mais alto e claro era o som de choro. Quando chegamos ao terceiro andar, Clara se virou para mim, parecendo um pouco sombria.

– Talvez você precise se preparar. Pode ser complicado para quem não está acostumado.

Ela me levou até uma sala ocupada por cerca de uma dúzia de bebês muito novinhos, deitados em berços, alguns dos quais estavam sendo atendidos por mulheres usando aventais.

– Todos parecem tão angustiados.

– Isso, meu querido, é porque eles estão. Esses são os bebês que consideramos que nasceram de mães dependentes químicas. É de partir o coração.

As crianças pareciam uivar e guinchar. Era um som que vinha de seu âmago e me deixou muito aflito.

– O choro dessas crianças... Não consigo explicar. É diferente do que estou acostumado.

Clara encontrou meu olhar.

– Eu sei. Por mais difícil que seja compreender, elas estão sofrendo pela falta do que quer que a mãe estivesse usando.

Estremeci.

Clara me conduziu até um bebê que tremia no berço. Seu corpinho minúsculo se encolhia e sacudia violentamente.

– Ela está bem, Clara? – perguntei, nervoso.

Mãe Hale tirou os óculos do bolso e espiou dentro do berço.

– Pronto, criança. – Ela colocou a mão no berço e gentilmente acariciou o cabelo do bebê. – Continue forte agora, minha garota, continue forte.

Gentilmente, ela enfiou os braços do neném de volta no pano que a envolvia e o apertou.

– Bebês que sofrem de abstinência são naturalmente irritáveis. Tentamos embrulhá-los bem para ajudar. – Ela moveu a mão para o pescoço do bebê para sentir seu pulso. Esperou por um momento antes de assentir. – Ela vai ficar bem. Estes são os momentos mais difíceis para eles. Hilary?

Clara dirigiu-se a uma das mulheres de avental, que embalava um bebê com um choro particularmente agudo.

– Como estão as convulsões de Simeon?

– Nenhuma hoje, Mãe Hale – respondeu Hilary.

O rosto dela se abriu em um largo sorriso.

– Isso é uma boa notícia. Cynthia? – Clara se dirigiu a outra mulher, que estava examinando um berço diferente. – Grace conseguiu manter a comida no estômago?

– Em quatro das cinco vezes hoje, Mãe Hale.

– Muito bom! – exclamou ela, batendo palmas com uma alegria genuína, e então olhou para mim. – Esses bebês precisam de calorias extras por causa de toda a agitação. Quando eles conseguem manter o leite no estômago, é aí que você sabe que o pior já passou. – Mãe Hale me acompanhou até o último berço da fileira. – Bem, aqui está ela – disse, apontando para a pequena ocupante.

Olhei para a garotinha que estava se contorcendo com toda a força que tinha, como se tentasse se libertar dos panos.

– Percebo que os outros bebês receberam nomes. Ela tem um, Clara?

– É claro. Nós a chamamos de Gentileza devido ao que estava escrito no cartão de visita.

– Lashay mencionou que você acredita que era... crack o que a mãe dela estava usando?

Mãe Hale deu de ombros.

– Nunca saberemos com certeza. Mas suas pupilas estão um pouco dilatadas, e seu ritmo respiratório é particularmente acelerado. São sinais que indicam isso. Há muito disso acontecendo por aqui, sinto dizer. Quando ela foi alimentada pela última vez, Hilary?

– Cerca de duas horas atrás, mãe Hale.

– Na hora certa.

Ela caminhou até um armário de madeira no canto da sala e tirou alguns sachês, despejando seu conteúdo em uma mamadeira, que me entregou.

– Aqui.

– Você quer que eu dê de mamar a ela?

Clara assentiu.

– Isso seria muito útil.

Coloquei a mamadeira no berço e fui pegar o bebê. Quando a toquei, ela começou a gritar ferozmente e, considerando que era uma recém-nascida, a se contorcer com a força de uma bebê muito mais velha.

– Tudo bem, tudo bem. Shh, shh, garotinha. – Instintivamente, comecei a embalá-la para a frente e para trás, como havia feito com minhas outras filhas. – Você se importaria de me passar a mamadeira? – pedi a Clara.

Ela estendeu o objeto para mim, e com cuidado guiei a mamadeira até a boca do bebê. Fiquei chocado com a força com que ela começou a sugá-la, como se estivesse faminta e desesperada por nutrição.

– Bem, você não estava mentindo – disse Clara. – Você já fez isso.

– Duvidou da minha história?

– Não. Só não sabia se você se dava bem com os bebês. Mas você tem o toque.

Ela bateu no nariz.

Gentileza, como ela era conhecida até o momento, era impressionante. Seus deslumbrantes olhos dourados e pele cor de ébano levariam o observador a pensar que ela era completamente saudável.

– Sei que ela está passando por esse período terrível, Clara. Mas ela parece tão cheia de vida.

Clara assentiu.

– Sim. Hil comentou algo semelhante. O que foi mesmo, Hil?

– Essa menininha tem eletricidade correndo nas veias.

Hilary riu, voltando sua atenção para outro bebê.

– Muito bem colocado – respondi.

Em poucos minutos, a mamadeira ficou vazia, e eu a devolvi a Clara.

– Então, voltando à pergunta anterior – disse ela. – E agora?

Cecily tinha escrito *homem gentil* no meu antigo cartão de visita. Eu sabia que não poderia trair aquele apelido.

– Posso levá-la de avião para casa esta noite – confirmei.

A boca de Mãe Hale se abriu, e seu nariz se enrugou mais uma vez, então eu soube o que estava por vir. Ela riu com vontade, quase se dobrando.

– Você não vai fazer nada disso, Atlas Tanit! Será que não ouviu uma palavra do que eu contei?

Fiquei mortificado.

– Me perdoe, Clara. Achei que você estava insinuando que queria que eu a levasse.

– Eu quero, eu quero! Mas levá-la embora hoje à noite? Você perdeu o juízo? Você ouviu isso, Hil? Cynthia?

As outras duas mulheres na sala começaram a rir também, e meu rosto ficou vermelho.

– Primeiro, eu não me importo se você fez isso cinco vezes antes, mas preciso realizar as verificações de antecedentes necessárias, suas e de sua família, para ter certeza de que Gentileza será transferida para um lar amoroso.

Olhei para o chão, me sentindo repreendido.

– É claro.

– Além disso... – Clara fez uma pausa. – Detesto destacar o óbvio, mas essa garotinha estaria crescendo com cinco irmãs brancas. Não quero que ela se sinta alienada por isso, de forma alguma.

– Meu Deus, não. Mas, para ser mais preciso, quatro de minhas filhas são brancas. Eu lhe contei sobre Celeno... Ceci... minha filha da Austrália?

– Sim.

– Seu pai era indígena e sua mãe também tinha sangue aborígene. Ela não é branca.

Mãe Hale parou para refletir por um momento.

– Hum... Muitas pessoas, mesmo que adotem, escolhem crianças com a mesma cor de pele. Isso não importa para você?

– Nem um pouco, não – respondi, com toda a sinceridade.

Clara assentiu, aparentemente em aprovação.

– Bom, bom. Ainda temos que ajudar Gentileza a enfrentar o período de abstinência. Ela vai precisar da nossa experiência por algumas semanas e, depois disso, precisará de atenção especial em casa.

– Posso ter os melhores médicos à minha disposição – assegurei a ela.

– Bem, fico muito feliz por você, mas vou precisar falar com eles também. Ter um diploma em medicina de uma universidade chique é muito bom, mas a maioria não tem nenhuma experiência prática para lidar com esse tipo de situação.

– Com certeza, Clara. Na verdade, eu mesmo insistiria nisso.

Coloquei o bebê contra o ombro para fazê-la arrotar. Clara sorriu.

– Tudo bem, então. Vamos colocar esse barco em curso. – Ela colocou a mão nas minhas costas. – Parabéns, papai.

52

1993

Caro leitor, se você chegou até aqui, naturalmente terá começado a questionar as imensas lacunas deste diário. Quando comecei a registrar meus pensamentos, na década de 1920, o objetivo era apenas articular meus sentimentos, já que naquela época eu não falava. O exercício foi tão bem-sucedido que dei continuidade a ele por toda a minha vida. Quando conheci Angelina em Granada, resolvi dedicar minha vida à procura por Elle e por minha primeira filha. O diário acabou esquecido em minha mesa de estudos. Eu era um homem movido por um único propósito.

Então, ao adotar Maia, senti que aquele era um momento tão significativo que, de alguma forma, devia ao leitor registrá-lo. O mesmo, é claro, vale para Ally, Estrela, Ceci, Tiggy e Electra. Não me escapou que as últimas entradas no diário serviram para narrar como conheci minhas filhas, e gostaria de pensar que um dia elas lerão estas páginas. Saiba que as lacunas foram preenchidas com amor, risos e vida familiar. Minhas filhas me deram mais do que posso expressar no papel. Sempre que eu saía de Atlantis para continuar minha busca pela irmã desaparecida, sentia no coração um profundo anseio pela presença das minhas meninas.

Por falar na irmã desaparecida, devo informar que hoje não peguei a caneta para celebrar nosso tão esperado encontro.

Perdoe-me, leitor, sei que a escrita aqui está um pouco descuidada. Mas não consigo evitar o tremor em minha mão. Hoje mais cedo, tive uma conversa com minha filha mais velha que me congelou até os ossos.

Estávamos celebrando o fim do segundo semestre de Maia na universidade, em um jantar especial com todas as meninas. Por volta das três da tarde, saí para o cais à espera da chegada de Christian e Maia pelo lago. Quando ela apareceu, não pude deixar de sentir meu coração apertar um pouco. Minha garotinha agora é uma mulher. Sem dúvida, com o tempo as visitas dela serão cada vez menos frequentes.

Quando o barco tocou a madeira no final do cais, ela praticamente pulou e correu em minha direção.

– Olá, Pa!

– Maia, minha querida! – Abracei-a com força pela primeira vez em quase três meses. – É tão bom ver você. Bem-vinda de volta.

Ela me deu um leve beijo no rosto.

– É bom ver você também. Ah, olha só, lá vêm elas!

Virei-me, olhei para a casa e vi um punhado de garotas D'Aplièse descendo a encosta para cumprimentar a irmã mais velha. Ceci estava praticamente arrastando Estrela, Tiggy saltava pelo caminho e Ally seguia atrás, de braços cruzados. Electra, é claro, liderava o pelotão em uma corrida veloz.

– MAAAAIIIIAAAA! – gritou ela.

– Olá, Electra! – disse Maia, quando a irmã mais nova lhe tirou o fôlego com um abraço. – Ah, fiquei com muita saudade.

– E nós também – continuou Electra. – Sabia que Tiggy encontrou um gato de rua, e ele mora no andar de cima com ela? Mas Ally é alérgica e Ceci disse que não era justo, então...

– Uou, ok, devagar. Mal posso esperar para ouvir todas as novidades. Venha, vamos entrar. Pode ajudar com as minhas malas?

Claudia preparou o prato favorito de Maia – chili com carne –, e a conversa no jantar se concentrou em sua empolgante nova vida. Inicialmente, mal podia esperar para saber de suas experiências longe de Atlantis. Ela cresceu e se tornou uma jovem um tanto reservada, mas sei que tem muito a oferecer. Naquele primeiro período na universidade, Maia realmente começara a florescer.

– Você sai à noite? – indagou Ceci.

– Às vezes – respondeu Maia. – Meus colegas de apartamento, Samantha e Tom, são muito mais festeiros do que eu.

Electra se empertigou na cadeira.

– Quando eu for para a universidade, vou sair *todas* as noites – afirmou ela, com orgulho.

– Aposto que vai mesmo – comentou Ally, com um sorriso malicioso.

Tiggy franziu o cenho.

– Você pode ter animais de estimação lá?

– Ah, para falar a verdade, não tenho certeza, Tigs. Conheço uma garota que tem um peixinho. Mas não sei se seu gato Bagheera seria muito bem-vindo.

Maia deu uma risadinha.

Tiggy deu de ombros.

– Bem, talvez eu não vá para a universidade, então.

– Eu vou cuidar dele para você – ofereceu Estrela, em voz baixa.

– Eca, nada disso – retrucou Ceci. – Ele não vai dormir no nosso quarto, Estrela. Ele tem um cheiro esquisito.

– Por favor, Ceci, não fale assim com sua irmã – interrompi. – Agora, eu gostaria de propor um brinde. Em primeiro lugar, à sua irmã mais velha, Maia, que vai receber um excelente resultado no fim do ano. Em segundo lugar, a Ally. – Minha segunda filha mais velha me lançou um olhar de desaprovação. – Porque, e tenho certeza de que ela não se importará se eu compartilhar isso com vocês, ela recebeu hoje uma oferta antecipada do Conservatoire de Musique de Genève para estudar flauta. Querem dar à sua irmã uma bolsa de estudos.

Ally ficou vermelha.

– Pa, hoje é dia de celebrar o retorno da Maia! – disse ela em um tom irritado.

– Ally! – repreendeu Maia, com entusiasmo genuíno. – Não seja ridícula! Que notícia incrível!

– Uau, Ally! Parabéns! – exclamou Tiggy, com um sorriso.

– Obrigada – respondeu ela, tímida.

– Estou tão orgulhoso das minhas duas filhas mais velhas quanto de todas vocês. Então, vamos levantar nossos copos e brindar uns para os outros esta noite. Somos a família mais incrível. Hip Hip...

– Hurra! – gritaram todas.

Ma começou a servir mais vinho para mim e para as duas filhas mais velhas.

– Vocês são todas tão parecidas com seu pai, cada uma do seu jeito.

– Não insulte as pobres meninas, Ma. Elas são muito mais interessantes do que eu.

– Por falar em interessante – disse Ceci –, você já tem namorado, Maia? Ma acha que sim.

– Ceci! – gritou Ma.

– O quê? Você estava falando sobre isso outro dia.

Maia ergueu as sobrancelhas.

– Estava mesmo, Ma?

– Eu... estava apenas conversando com sua irmã. – Ela encarou Ceci. – Uma conversa *particular*.

– Então, o que lhe deu essa ideia, Ma? – perguntou Maia, tomando um gole deliberadamente lento de seu vinho.

Marina corou.

– Bem, sempre que falamos ao telefone, você parece meio... feliz. Eu pensei que talvez pudesse ter um rapaz em sua vida...

Ela deu de ombros.

– Sim! E aí, você tem? – instigou Ceci.

– Ceci! – repreendeu Estrela, zangada.

Para ela a irmã sempre falava demais.

– O quê? Todos nós queremos saber! Não queremos?

Isso levou a uma série de risadinhas ao redor da mesa.

– Não tenho certeza de que *eu* quero saber, meninas! – comentei, provocando ainda mais risadas.

– Conta, Maia, conta! – implorou Tiggy.

– Sim, conta! Conta, conta! – Electra insistiu.

Maia olhou para Ally, que deu de ombros, como se dissesse *agora já era*.

– Tudo bem, tudo bem. Pa, cubra seus ouvidos.

Eu ri.

– Está tudo bem, minha querida, tenho certeza de que aguento. Desde que ele não tenha tatuagens. Ou ande de moto.

Houve uma pausa constrangedora, e Ally explodiu com uma risada.

– Ah, não – comentei, tapando os olhos e exagerando no drama. – Vamos lá, então, me dê as más notícias. Quantas tatuagens ele tem?

– Só uma, Pa. E eu acho de muito bom gosto – respondeu Maia, apreensiva.

Suspirei.

– Imagino que sim. Atrevo-me a perguntar de quê?

– É só um pequeno raio – disse Maia.

– Eu sabia! – exclamou Ceci. – Ela *tem mesmo* um namorado!

A mesa explodiu em uma cacofonia de gritos e aplausos.

Maia ergueu as mãos para conter a algazarra.

– Bem, eu não sei se ele é meu *namorado*...

– Mas vocês estão saindo juntos? – indagou Tiggy, os olhos arregalados.

– Nós estamos... nos vendo, sim – confirmou Maia, baixinho.

Ceci cruzou os braços.

– Se ele não é seu namorado, então é o quê?

– Ele é apenas... você sabe... Ele é só um cara!

Ally tentou defender a irmã mais velha.

– Vamos lá, meninas. Parem de torturá-la!

– Como ele é? – perguntou Estrela.

– Bem – continuou Maia –, ele é da Grécia. Ele é muito bonito.

– Então você conquistou um deus grego, Maia? – perguntei, tomando um gole do meu vinho. – Agora, preciso saber, quando poderemos conhecê-lo?

– Pa, não vou trazê-lo aqui para a cova dos leões. Ele não duraria nem cinco minutos com esse bando! Você nem perguntou o nome dele!

– Sim, perdoe-me, minha querida. Por favor, diga. Como se chama meu futuro genro?

Maia sorriu e olhou para seu prato, encabulada.

– Zed.

Meu estômago deu um nó.

– O que você disse? – perguntei.

– Zed – repetiu Maia.

– Como assim? Só isso? – indagou Electra.

– Acho que sim. – Maia deu uma risadinha. – O nome se soletra Z-E-D.

Fiz contato visual com Marina na extremidade oposta da mesa. Ela fez um sinal com a cabeça, como se para encorajar a pergunta que ela sabia que eu estava desesperado para fazer.

– E o sobrenome dele, Maia? – perguntei.

– É Eszu. E-S-Z-U.

Achei que fosse desmaiar.

– Maia Eszu! – disse Estrela. – Acho que é um nome muito legal.

– Mas *não* tão legal quanto D'Aplièse, né? – acrescentou Electra.

Levantei-me, ansioso para me afastar da mesa antes de perder os sentidos.

– Com licença, meninas, não estou me sentindo muito bem. Só vou me deitar um pouco.

– Você está bem, Pa? – perguntou Ally, preocupada.

– Ah, estou, sim. Tenho certeza disso. Fiquei navegando no Laser por tempo demais hoje. Acho que estou com um pouco de insolação.

– Acho que Pa não gostou de você ter um namorado, Maia! – gritou Ceci.

– Não, não é isso – respondi com firmeza. – Não é nada disso.

Saí da sala de jantar e fui direto para meu escritório, onde tranquei a porta e desabei na poltrona.

– Oh, Deus. Oh, Deus. Não pode ser. Não pode!

Meu coração estava batendo tão ferozmente que achei que pularia para fora do peito. Estava estendendo a mão para o telefone para contatar Georg quando bateram à porta.

– Desculpe, meninas, só estou descansando um pouco.

– É Marina.

Eu abri a porta.

– Entre, Ma.

Ela fechou a porta e me abraçou.

– *Courage, chéri. Courage.*

– Eu não sei o que dizer – falei, ofegante.

– Nem eu, Atlas. Deixe-me pegar uma bebida para você.

Marina pegou o decantador que continha um puro malte Macallan, importado especialmente das Terras Altas da Escócia.

– Acho que não há sentido em nos perguntarmos se é coincidência.

– Não. Pense em todas as universidades do planeta. O filho de Kreeg acaba, *sabe-se lá Deus como*, na mesma que Maia e se torna seu namorado? Não pode ser acaso. Isso foi planejado, tenho certeza.

Sentei-me de volta na cadeira e Marina me entregou o uísque.

– Saúde.

Brindamos e tomamos um gole. A bebida quente e suave me ajudou a me recompor.

– Qual é o objetivo disso, Ma? Enviar uma mensagem? Para que eu saiba que ele está me vigiando? Ou pior: e se ele pretender prejudicar as meninas? Ah, meu Deus, minha pequena Maia...

Apoiei a cabeça na mesa. Marina acariciou minhas costas.

– Por favor, tente ficar calmo, Atlas. Ainda não sabemos de tudo.

– Eu estava prestes a ligar para Georg e obter uma atualização sobre Kreeg.

Houve outra batida à porta e eu ergui a cabeça.

– Você está bem, pai? Eu só queria ver se você está bem.

Era a voz de Maia.

– Abra para ela – murmurou Marina.

Respirei fundo e dei um sorriso amarelo antes de abrir a porta.

– Oi, Maia! – exclamei, provavelmente com um entusiasmo excessivo. – Desculpe por ter que deixar a mesa na sua primeira noite de volta. Comecei a me sentir um pouco zonzo, só isso. Como eu disse, é só um pouco de insolação.

Ela entrou no escritório, e eu fechei a porta.

– Se você diz, Pa. – Ela lançou um olhar para os copos de uísque na minha mesa. – Mas todo mundo acha que é porque eu mencionei meu... namorado.

Balancei a cabeça com veemência.

– Não, Maia, absolutamente não. Eu encorajo todas vocês a encontrarem o amor. Como já lhe falei, é a única coisa que faz a vida valer a pena.

– É que... você parecia bem, então mencionei Zed e, de repente, você se levantou e saiu.

Dei-lhe um abraço, mas ela pareceu relutante.

– É apenas um mal-estar, minha querida, só isso. Estou bem, não estou, Ma?

Ma assentiu.

– Ah, sim, seu pai vai ficar novo em folha. Por favor, volte e aproveite o seu chili. Claudia fez especialmente para você.

– Tudo bem, Ma. – Ela fez menção de sair, mas virou-se para mim antes de chegar à porta. – Pode acreditar, Zed é o homem mais doce que já conheci. Ele faz tantas perguntas sobre minhas irmãs, você e Atlantis... Nunca pensei que alguém pudesse se interessar tanto pela minha vida!

Ela deu uma risadinha e saiu.

– Ai, meu Deus – foi tudo o que consegui dizer.

– Vamos, sente-se. Você está branco feito papel – disse Ma, guiando-me de volta para a cadeira, onde me sentei por um tempo, com a cabeça entre as mãos.

– Sem dúvida, Kreeg pediu que ele sondasse Maia para obter informações sobre Atlantis. Só espero que ela não tenha dado a Zed os detalhes exatos de sua localização.

– Mesmo que ela tenha, por favor, lembre-se de que você se preparou para tal evento.

– Tem razão – respondi. – Mas não verifico as rotas de fuga há mais de uma década. – Balancei a cabeça. – Achei que ele tinha me deixado em paz.

– Eu também, *chéri*.

Tamborilei os dedos na mesa.

– Não adianta ficar aqui sentado, em pânico. Em primeiro lugar, vamos inspecionar todas as áreas escondidas da casa. Preciso ter certeza de que os elevadores estão funcionando e as luzes dos túneis que levam à casa de barcos também.

Levantei-me e servi mais uísque. Ofereci para Marina, mas ela recusou.

– Farei com que Georg aumente a vigilância sobre Kreeg – continuei. – Não quero que sejamos alvos fáceis. Também vou suspender minha busca por Elle por um tempo. Deus me livre que Eszu chegue a Atlantis e eu não esteja aqui para proteger as meninas.

– Você realmente acha que ele as machucaria? Suas filhas inocentes?

– Eu não sei do que ele é capaz. Tenho medo de que nem isso fira a consciência dele.

– Então você está sendo sábio em tomar tantos cuidados. – Marina pegou minha mão. – Nós as protegeremos, Atlas. Juntos.

53

Ao longo das semanas seguintes, todos os segredos de Atlantis foram investigados e reforçados. Com a ajuda de Ma, estudei todos os cenários em que Kreeg poderia chegar à casa e como poderíamos preparar as meninas. É uma situação que me apavora. Como eu poderia explicar a elas o que estava acontecendo? Elas começariam a questionar e duvidar do próprio pai. É algo que acho muito difícil contemplar neste momento.

Na noite anterior ao retorno de Maia para a universidade, avistei Marina saindo pálida do quarto da minha filha mais velha.

– Tudo bem, Ma? – indaguei.

Ela não tinha me visto no corredor e quase deu um pulo.

– Desculpe, eu estava em outro mundo – disse ela, com a mão no peito.

– Estou vendo. Está tudo bem?

– Hum? Ah, sim, tudo bem. Está tudo bem.

Mentir não era o forte de Marina, mas eu não queria pressioná-la. Relutante, deixei-a ir.

Georg Hoffman tem sido eficiente como sempre e contratou uma equipe na Grécia para vigiar cada movimento de Eszu. Para o bem ou para o mal, nada parecia ter mudado, exceto o fato de a Lightning Communications se tornar um negócio multibilionário em dracmas, impulsionando a criação de outra empresa para atender aos demais interesses de Eszu, a Athenian Holdings. Não havia dúvidas de que o nome fora escolhido para me alfinetar. Quando éramos crianças, ele costumava zombar de minha paixão pela mitologia grega. Por que mais ele teria escolhido Atena, a deusa da guerra, se não fosse para deixar sua posição bem clara?

Georg me assegurou, no entanto, que não havia nenhuma sugestão de que ele estava prestes a fazer uma viagem a Atlantis em busca de vingança. Em vez disso, parecia querer retaliar através da próxima geração.

Sendo assim, fiz Georg investigar o próprio Zed. Descobrimos pouca coisa, o que me surpreendeu. O rapaz era arrogante, privilegiado e gastava o dinheiro do pai como se não houvesse amanhã – o contrário do que eu ensinara às minhas filhas. Todas tinham finanças privadas suficientes, fornecidas por mim, para garantir que vivessem com conforto, mas eu não permitia nenhuma extravagância absurda. Certamente não os vários Lamborghinis nos quais Zed Eszu costumava passear pelas ruas de Atenas.

Um mês depois de descobrir sobre Zed e Maia, Marina bateu à porta do meu escritório. Assim que ela entrou, percebi que algo estava errado. Seus ombros estavam curvados e ela não me olhou nos olhos.

– O que foi, Ma? – perguntei.

Ela me serviu uma enorme dose de conhaque do meu decantador.

– Santo Deus. É bastante álcool. Só pode ser uma má notícia.

– Vai ser um pouco difícil de aceitar, sim – disse ela, hesitante.

– Fale logo, por favor.

– Tenho debatido comigo mesma sobre revelar ou não essa informação a você, Atlas. Mas concluí que lhe devo a verdade. Preciso lhe contar que... – ela não conseguiu pronunciar as palavras.

Foi a minha vez de servir um conhaque para Marina. Entreguei-o a ela.

– Beba isso.

Ela tomou a bebida e prosseguiu:

– Maia está grávida.

Esvaziei meu copo de conhaque. Então, tentei permanecer o mais imóvel possível, permitindo que a onda de pavor e medo atravessasse meu corpo antes de me recompor.

– Obrigado, Ma. É uma informação muito útil.

– Atlas, eu sinto muito. Não consigo imaginar o que você está sentindo.

– Não – sussurrei, percebendo que meus punhos estavam cerrados. – Isso me leva a pensar, é claro, se *esse* também foi um ato deliberado. A humilhação final.

Ma engoliu em seco.

– Não acho que seria de todo impossível, eu admito.

Eu explodi:

– Como eles podem ser tão cruéis?!

Sem aviso, torrentes de lágrimas começaram a descer pelo meu rosto, e eu comecei a soluçar. Ma colocou um braço em volta de meu corpo curvado.

– Porque para cada anjo existe um demônio que deve ser enfrentado.

Enxuguei minhas lágrimas com um lenço.

– Obviamente era por isso que você parecia tão nervosa naquela noite, antes de Maia voltar para a universidade.

Marina assentiu.

– É verdade. Ela me confidenciou sobre seus sintomas, então nós fizemos um teste. Ah, *chéri*, quando deu positivo, eu quase morri. Mas não pude mostrar nenhuma fraqueza à nossa preciosa Maia. Eu tinha que ser forte por ela.

– Claro que sim, Ma. E não consigo expressar quanto sou grato a você por isso. – Dei-lhe um tapinha reconfortante no ombro. – Nada disso é culpa de Maia, de forma alguma. – Fechei os olhos. – Mas devemos aceitar que essas circunstâncias são particularmente preocupantes. Como está minha filha?

Ma suspirou profundamente e deu de ombros.

– Está experimentando o que qualquer adolescente que engravida experimenta, imagino eu. Medo. Vergonha. Culpa.

Meu coração doeu por ela.

– Minha pobre menina. Que coisa horrível. Eu só queria poder abraçá-la bem forte.

Ma pareceu subitamente em pânico.

– Ela não pode saber que você está ciente da situação, *chéri*! Você é muito importante para Maia, e ela acredita que, se você descobrir, sua opinião a respeito dela vai ruir. A pobrezinha não suportaria.

Eu assenti.

– Sim, Marina, e isso parte meu coração. – O nó em minha garganta retornou. – Espero que você saiba que eu não me sentiria assim em relação a nenhuma das minhas filhas. Eu só queria que houvesse algo que eu pudesse fazer para ajudar. Ela precisa de mais amor, apoio e ajuda de seu pai do que nunca. E não posso dar isso a ela.

Ma apertou minha mão.

– Zed sabe sobre o bebê?

Ela balançou a cabeça.

– Não. E Maia não quer que ele saiba, de jeito nenhum. – Ma esfregou a própria testa. – Zed magoou profundamente a nossa querida Maia. Como ele está prestes a se formar, informou a ela que o relacionamento dos dois tinha sido apenas uma aventura qualquer e que não queria mais nada com ela.

Coloquei a cabeça entre as mãos, meus pesadelos se materializando diante de mim.

– Por favor, converse com ela, Marina. Garanta a ela que, o que quer que ela decida, poderá contar com seu apoio total e incondicional.

– Vou telefonar para ela.

– Por favor, faça isso. E me informe.

Maia terminou o último semestre de seu primeiro ano de faculdade no verão de 1993. Ela voltou para Atlantis envolta em camadas de roupas para esconder a barriga, embora estivéssemos no auge do calor. Uma semana antes, eu havia sugerido a ela que, sendo a filha mais velha, deveria ficar com o pavilhão. É uma residência privada, a cerca de 200 metros da casa principal. Era ali que Marina costumava morar.

– Acho que você merece ter seu próprio espaço, minha querida – falei.

Ela parecia prestes a chorar.

– Sério, Pa? Obrigada, obrigada. Eu adoraria.

Quando ela me abraçou, notei que manteve a barriga longe do meu corpo, para que eu não sentisse o que crescia dentro dela.

Não será surpresa para o leitor saber que Maia não voltou à universidade para continuar os estudos do segundo ano. Ela me comunicou que estava passando por um terrível ataque de mononucleose e que retomaria seu curso assim que se sentisse capaz. Quanto mais sua barriga crescia, menos eu a via, e minha mágoa aumentava. Na verdade, eu desejava ir até o pavilhão, envolvê-la em meus braços e dizer a ela que tudo ia ficar bem, mas entendi que sua autonomia era a prioridade. Eu sempre reiterava a Marina que transmitisse a Maia que, se ela decidisse me contar, eu seria solidário e amoroso. Mas esse dia não chegou.

Ally devia estar ciente. A irmã mais velha de Maia passava longas horas no pavilhão com ela, e eu ficava feliz por Marina não ter que carregar o fardo sozinha.

Achei que talvez outro membro da família também tivesse percebido: Tiggy. Eu a peguei uma vez olhando para a barriga de Maia quando fui ao pavilhão levar para minha mais velha uma xícara de chá e uma fatia de bolo. Devido à sua "mononucleose", nunca nos foi permitido chegar muito perto. Mas mesmo a metros de distância, os olhos da pequena Tiggy estavam totalmente fixos na barriga da irmã.

Uma noite, quando Maia devia estar com cerca de seis meses de gestação, Marina me contou sobre a decisão de minha filha mais velha sobre o futuro.

– Ela deseja dar a criança para adoção.

Eu não soube o que responder.

– É isso que ela realmente quer? – perguntei. – Porque, se ela estiver tomando essa decisão por vergonha ou culpa, terei que me intrometer, Ma.

Ma assentiu.

– É o que ela deseja, Atlas. De todo o coração. Ela não acredita que esteja pronta para ser mãe e acha que seu bebê será mais bem cuidado por outra pessoa. Disse que pensou em sua própria mãe e em sua decisão. Por causa dessa escolha, ela acabou tendo você como pai.

Eu meneei a cabeça em descrença.

– Que tragédia. Que grande, que enorme tragédia.

Ma me abraçou.

– Eu sei, *chéri*. Mas se você tem algo a tirar de tudo isso é que deve se orgulhar muito de sua filha mais velha. Ela tem sido mais corajosa e resiliente do que eu jamais pensei ser possível. Ela é incrível.

– Ela é – concordei. – Para ser prático, como você sabe que sempre tento ser, Georg é a pessoa ideal para conversar sobre os detalhes da adoção. Espero que ele consiga até mesmo arranjar uma adoção direta, com uma família que vá amar e cuidar... do meu neto. – A palavra perfurou meu coração. – Porque, apesar de qualquer coisa, é isso que ele é. Devemos garantir que ele tenha a melhor vida possível.

– Nós faremos isso, Atlas, nós faremos.

– Vou lhe transferir alguns milhares de francos. Por favor, ofereça-se para pagar qualquer hospital ou método que Maia escolha para dar à luz. Como sempre, dinheiro não é problema.

A criança nasceu três meses depois, em um hospital particular de Genebra, e Marina esteve ao lado de Maia em todos os momentos. Sem o conhecimento de mais ninguém, trabalhei muito de perto com Georg para garantir que a família escolhida tivesse plenas condições de dar ao menino todo o amor e carinho que ele pudesse desejar. Eu esperava que Clara Hale ficasse orgulhosa.

Não vi minha filha, nem Marina, por três semanas após o parto, sob o pretexto de que estavam de férias, só mãe e filha, pois Maia finalmente se "recuperara" de seu longo surto de mononucleose. Quando ela finalmente voltou para as margens de Atlantis, eu a segurei em meus braços por um longo tempo. Eu me pergunto se ela sabia que *eu* sabia. Algo me diz que, talvez, ela soubesse.

– Melhorei o suficiente para voltar para a universidade agora, Pa. Estou me sentindo muito melhor.

– É maravilhoso ouvir isso, Maia. Mas só volte quando estiver pronta. O pavilhão estará sempre aqui para você, sempre que precisar.

– Obrigada, Pa. Eu te amo.

– Não tanto quanto eu amo você, pequena.

Titã

Junho de 2008

54

– Ele sabia o tempo todo. Ai, meu Deus! – gritou Maia, deixando que as últimas páginas do diário caíssem no chão de sua cabine.

– Sabia o quê, Maia? – perguntou Floriano, intrigado.

– O bebê que eu entreguei para adoção. O filho de Zed Eszu.

Maia percebeu que Floriano ficou desconfortável com a menção da situação. Ela não o culpava por isso. Quando lhe contara sobre seu passado, ele fora amável e compreensivo, mas os últimos dias tinham acrescentado um novo contexto ao que acontecera tantos anos antes.

– Sinto muito, meu amor.

Ele a envolveu em seus braços.

– Tudo parece idiota agora, revivendo isso da perspectiva dele. Todos aqueles meses que passei enfiada no pavilhão de Atlantis, fingindo que estava com mononucleose. É claro que ele sabia.

– Mas ele nunca mencionou isso porque amava você. Muito.

– Isso é o pior, Floriano. Eu o decepcionei. Ele era tudo para mim, e eu o decepcionei.

– Não. Não fale assim, meu amor. Você não sabia nada do passado que ele viveu com esse tal de Kreeg. Você foi um alvo. Uma vítima inocente. Ninguém jamais poderia culpá-la.

Floriano levantou-se e foi fechar as cortinas da cabine, pois a escuridão começava a descer sobre o *Titã*.

– Pa e Georg trabalharam juntos para encontrar uma família adequada. Eu poderia descobrir quem meu filho se tornou.

Floriano pegou uma cerveja no frigobar.

– É como se os ventos da coincidência estivessem girando em torno desse iate. Você quer alguma coisa? – perguntou ele a Maia.

Ela balançou a cabeça.

– Agradeço muito por você ter ficado aqui comigo nas últimas horas, Floriano. Deve ter sido chato.

– Meu amor, eu ficaria acordado ao seu lado por uma semana, se isso a fizesse se sentir mais segura. – Ele deu um beijo carinhoso na testa de Maia. – Você já tem todas as respostas que esperava?

Maia esfregou os olhos. A resposta era um definitivo "não". Ela ainda não sabia nada sobre o tempo de Pa na Rússia ou as misteriosas circunstâncias que cercaram a morte da mãe de Kreeg Eszu.

– O diário termina mais de uma década atrás, em 1993 – explicou ela.

Floriano se empoleirou ao lado dela na cama e tomou um gole de cerveja.

– Você sabe o que aconteceu com o diamante? – perguntou ele.

Em meio a tantos dramas, a localização da pedra nem passara pela cabeça de Maia.

– Ele mal é mencionado depois da década de 1950. Quem poderá saber onde foi parar?

Floriano se deitou ao lado de Maia, refletindo sobre o destino do diamante.

– Que curioso. Será que ele voltou para as mãos de Kreeg?

– Talvez nunca saibamos. De qualquer forma – Maia se levantou –, quero ver as minhas irmãs antes do jantar.

Floriano beijou a mão dela.

– Tudo bem, meu amor.

Maia começou a se afastar, mas ele a puxou para trás e lhe deu outro beijo carinhoso na barriga.

– Seus meninos estão orgulhosos de você.

As palavras de Floriano a pegaram um pouco desprevenida, e ela sentiu um nó se formar em sua garganta.

– Obrigada. Estou um pouco preocupada com Electra. O diário confirmou que ela nasceu com abstinência de crack. A mãe biológica dela era usuária.

Os olhos de Floriano se arregalaram.

– Meu Deus! Que horrível.

– Ah, e tem Ceci – continuou Maia –, cuja mãe foi abandonada pelo pai e morreu sozinha. Ou Ally, que foi separada no nascimento de seu irmão gêmeo porque sua mãe só queria um menino.

– Maia, eu...

– Ou Tiggy, cuja família profetizou a chegada de todas nós na vida de Pa.

– O queixo de Floriano estava quase no chão. – Então, sim, suponho que há muito para ser digerido.

Ela abriu a porta da cabine e, pouco antes de sair, acrescentou:

– E Ma já foi uma prostituta.

❂ ❂ ❂

Ally D'Aplièse e Georg Hoffman desceram a escada principal do *Titã*, indo para o convés inferior, onde estava localizado o escritório particular de bordo de Atlas. Ao se aproximarem da porta, Georg tirou do bolso a única chave existente.

– Se você não se importar, Ally, vou entrar sozinho. Quero ter certeza de que pelo menos alguns dos desejos de seu pai sejam respeitados.

– Tudo bem, Georg. Estarei aqui fora – disse Ally.

– Obrigado. Volto em um minuto.

Georg entrou no escritório e Ally tirou o celular do bolso. Ela ficou feliz em ver que Hans os havia ancorado ao alcance de alguma torre e que uma mensagem de texto de Jack havia chegado.

Ei, tudo bem? Você parecia um pouco estressada aquela hora. Estou aqui se precisar de mim. Bj

Apesar de tudo o que ela havia descoberto, a gentileza de Jack aliviou um pouco a pressão que sentia. Ela pensou no que responder... Não era algo que pudesse explicar em um texto curto nem Jack deveria ter conhecimento da situação antes de suas irmãs.

Desculpe, só estou um pouco exausta. Explico mais tarde. Quer me encontrar na minha cabine depois do jantar? Bj.

A resposta foi imediata:

Combinado. Bj.

Dentro do escritório, Georg inalou o cheiro dos livros encadernados em couro, que se alinhavam nas prateleiras que ele tanto associava ao seu empregador. Seus olhos percorreram a sala, olhando para várias bugigangas que Atlas havia colecionado de suas explorações pelo mundo: um chapéu Stetson do México, um disco de hóquei no gelo da Finlândia e um gato da sorte da China, que ainda acenava alegremente de sua posição na mesa. Todos eram lembretes dolorosos do fato de que, no fim das contas, Georg havia falhado com seu melhor amigo. Toda vez que ele ou sua equipe conseguiam farejar um rastro de Elle Leopine, Atlas nunca deixava de seguir a pista, por mais fraca que fosse.

Georg tirou outra chave menor do bolso da camisa. Abrindo a gaveta central da escrivaninha, pegou um envelope, algo que certamente não esperava fazer naquela viagem. Fechou os olhos e pensou na última vez em que os dois estiveram juntos naquela sala.

– As páginas finais estão completas, Georg – dissera Atlas, em voz baixa.

Sua respiração estava pesada, mais difícil a cada dia.

– Muito bem, velho amigo. Sua história está terminada.

Atlas deu uma risada ofegante.

– Bem, quase, imagino. Os médicos dizem que pode ser a qualquer momento. Eles preveem não muito mais do que três meses.

– Você passou a vida inteira desafiando a lógica, meu amigo.

– Verdade. Mas a mortalidade talvez seja um obstáculo além da minha superação. – Ele sorriu. – Em todo caso, está tudo pronto agora. As pontas soltas estão quase amarradas. Mas, Georg...

– Sim, Atlas?

– Ainda me preocupo muito com Zed Eszu. Embora eu tenha tentado fazer uma barganha, ele continuará sendo uma ameaça enquanto andar sobre a terra. Sei que minhas filhas são fortes, e serão ainda mais depois que souberem a verdade sobre o seu passado. Mesmo assim, você deve me prometer que fará o possível para mitigar a influência dele. Proteja minhas filhas dele o melhor que puder.

– Eu prometo, meu amigo.

– Obrigado, Georg. Você tem sido... exemplar. Devo muito a você.

Atlas inclinou a cabeça gentilmente.

Georg sentiu as palavras se agarrarem à sua garganta.

– Foi a maior honra da minha vida. Tudo que fiz foi em agradecimento à sua bondade.

– Você me dá muito orgulho. Assim como Claudia, é claro. Não há ninguém no universo em quem eu confie mais do que em você.

– O sentimento é mútuo, Atlas.

– Ótimo. Agora, você tem certeza de que entendeu as minhas instruções? Considerando a inesperada reviravolta dos acontecimentos, só quero repassar tudo mais uma vez. – Atlas quis se levantar, e Georg estendeu a mão para ajudá-lo. – Obrigado. – Ele cambaleou até a estante e deu uma olhada em sua coleção. – Repita o plano para mim, por favor.

Georg assentiu.

– Claro. Em primeiro lugar, devo dar à irmã desaparecida o seu diário original. Temos todas as informações de que precisamos agora. Vou encontrá-la.

Atlas ergueu uma sobrancelha, desconfiado.

– Tem certeza de que tem o desenho do anel de esmeraldas?

– Sim.

Ele continuou sua lista mental de verificação.

– E as coordenadas para Argideen House?

– Com certeza.

Atlas pegou o desenho a carvão de Elle e o encarou por um tempo.

– Minhas cartas para as meninas estão em Atlantis? Junto com as pistas físicas?

– Estão no meu escritório. Lacradas e prontas para serem entregues assim que eu voltar.

Atlas pareceu relaxar um pouco, então se lembrou de outra coisa.

– E a esfera armilar? Está tudo pronto?

– Sim. O gravador está terminando o trabalho esta tarde. Eu mesmo vou verificar se as inscrições e as coordenadas estão corretas.

– Excelente. E a surpresa?

– Tudo certo, Atlas.

Atlas abriu um sorriso fraco.

– Estou ansioso para ver a reação delas, de onde eu estiver. Obrigado, Georg.

Ele caminhou de volta para a mesa e reuniu seus papéis. Então olhou para as páginas com tristeza.

– Eu só gostaria de estar lá para guiá-las por tudo isso. – Ele balançou a cabeça. – Maia, Ally, Estrela, Ceci, Tiggy, Electra... Elas têm muito a aprender sobre suas origens.

Um olhar temeroso cruzou o rosto de Atlas.

– Eu fiz a coisa certa, Georg?

– Acredito que sim. De todo o coração.

Atlas se recostou com cuidado na cadeira e olhou pela janela do *Titã*, para o mar aberto.

– Fico me perguntando se não deveria ter contado toda a verdade a elas há muitos anos.

– É natural que você tenha dúvidas. Mas, lembre-se, se você tivesse contado tudo a elas antes, poderia ter colocado todas em perigo.

Atlas assentiu lentamente e tomou um gole d'água. Georg ficou angustiado ao ver como a mão de seu mentor tremia ao segurar o copo.

– Bem, quando eu me for, e só então, você dará isso às minhas filhas.

Atlas apontou para as páginas novas sobre a mesa, a tinta ainda secando.

– Se as meninas pensarem que eu as enganei de alguma forma – ele fez uma pausa e colocou a mão no peito –, arruinaria tudo que fiz.

Uma longa pausa pairou entre os dois homens. Atlas encarou Georg. Embora sua pele estivesse enrugada e seu cabelo branco, os olhos castanhos de Atlas continuavam inquisitivos como sempre.

– Você sabe exatamente o que me propus a fazer. Eu nunca poderia ter previsto que sobreviveria.

– Não. Nem eu poderia – concordou Georg, baixinho.

Atlas abriu uma gaveta em sua mesa e tirou dali um envelope pardo. Colocou delicadamente as novas páginas ali dentro, devolveu-as à gaveta e girou a chave na fechadura. Em seguida, ele a removeu e a entregou a Georg.

– Só quando for a hora certa. Quando eu me for.

Atlas tentou se levantar novamente, mas dessa vez foi mais difícil. Imediatamente, Georg ofereceu seu braço, e seu velho amigo se apoiou nele para ficar de pé. Então, ele o abraçou, um gesto que trouxe lágrimas aos olhos dos dois homens.

– Estou feliz por termos tido esse tempo extra, velho amigo – comentou Atlas. – Isso me dá a oportunidade de dizer algo que eu não disse no outro dia.

– O quê? – perguntou Georg.

Atlas sorriu.

– Você vai finalmente contar a ela?

– Desculpe – respondeu Georg, intrigado. – Não sei se entendi o que você quer dizer.

Seu empregador revirou os olhos.

– Pelo amor de Deus, meu bom homem, estou falando de *Marina*.

O rosto de Georg imediatamente adquiriu um tom brilhante de vermelho.

– Ah.

– Você a amou pelos últimos trinta anos. Deixe que eu seja a prova de que é preciso viver o presente, monsieur Hoffman.

Aquela fora a última vez que Georg vira Atlas Tanit. Agora ele tirou um lenço do bolso e secou os olhos. Colocando o envelope debaixo do braço, trancou a gaveta da mesa e deixou o escritório vazio.

– Essas são as páginas? – indagou Ally, guardando o celular e apontando para o envelope.

Georg assentiu.

– Vou fazer cópias, assim como fizemos com o diário original.

– Ótimo. Contaremos a elas no jantar. Então todas poderão ler.

– Ally... – Georg se remexeu, nervoso. – Preciso dizer que estou com medo. Não faço ideia de como suas irmãs vão reagir. Se elas se sentirem como você, vão querer me estrangular. E a Marina também. Quero ter certeza de que ela seja protegida.

– Calma aí, Georg. Sim, as meninas vão ficar perturbadas, como eu fiquei. Mas você sabe muito bem que é uma dor que pode ser facilmente remediada. Imagino que tenha informado o capitão Hans, certo?

– Sim. Ele fez os ajustes de navegação necessários.

– Ótimo. Certo. – Ally respirou fundo. – Vejo você no jantar.

❁ ❁ ❁

Naquela noite, as Sete Irmãs e seus companheiros se reuniram no convés superior do *Titã*, além, como sempre, de Ma e Georg Hoffman. Todos tinham feito um esforço especial para se arrumarem para a ocasião. Naquela noite tinham a intenção de honrar a vida de Pa Salt contando histórias favoritas de suas infâncias.

– Ah, minhas queridas! – exclamou Ma em um tom orgulhoso. – Vocês estão tão lindas. É raro estarmos todas juntas ultimamente. Essa é uma noite a ser valorizada, apesar das circunstâncias.

As meninas fizeram questão de cobrir Ma de amor e apoio depois do que lhes fora revelado pelo diário. Ela não precisava ter se preocupado nem por um instante que suas protegidas a julgassem pelo que ela fora no passado.

– O que eu quero saber, Ma, é se você já se reconciliou com seu pai, Louis? – perguntou Estrela.

– Sim, minha querida. – Ma assentiu, feliz, ao se lembrar do pai. – Seu pai e, claro, Georg foram muito úteis para facilitar um reencontro. Atlas me levou para os Estados Unidos, e meu pai me encontrou no aeroporto. Ele estava tão nervoso. Como você deve ter lido, minha mãe, Giselle, era uma força da natureza e tentou manter meu pai afastado de mim. Mas tivemos uma semana maravilhosa em Detroit e nos visitamos pelo menos uma vez por ano até sua morte, em 1987. Eu fiz o discurso em seu funeral.

– Isso é incrível, Ma. Tenho certeza de que ele estaria muito orgulhoso de você – respondeu Estrela.

– Espero que sim, *chérie*. Só lamento não ter conhecido minha avó Evelyn.

– Ela parecia ser uma pessoa maravilhosa, Ma – acrescentou Electra. – De verdade.

– Ela cuidou de Pa como se fosse a mãe dele – concordou Maia.

– Ele sempre falou com muito carinho dela, sim – continuou Ma. – Então, de certa forma, eu sinto como se a conhecesse. Todos os anos, no aniversário de sua morte, nós acendíamos uma vela.

Maia estava fazendo um esforço significativo para mostrar a todos que estava se sentindo bem, depois de suas irmãs lerem, em detalhes, sobre o filho que ela entregara para adoção. Ela liderou a conversa e foi efervescente em suas respostas.

– Para ser sincera – disse ela à mesa –, estou mais preocupada com o projeto "Atlas" de Zed. Ele vai ser mundialmente famoso.

– Com aquele canalha, tudo sempre envolveu ter algum poder sobre nós, não é? – apontou Electra. – Que filho da puta. – Ela olhou para Marina, se desculpando. – Desculpe, Ma.

– Acho que, neste caso, não tenho escolha a não ser concordar, *chérie*.

– Foi estranho ler sobre a mãe dele – refletiu Tiggy. – Lembro que Zed comentou que ela era muito mais jovem do que o pai. E que ela morreu quando ele ainda era adolescente.

– Ele me contou a mesma coisa – concordou Maia.

Marina suspirou e deu de ombros.

– Meras fantasias, ao que parece. Suponho que esse é o único ponto pelo qual ele não pode ser culpado. A perda de um dos pais é um evento traumático, e ter aquele *blaireau* como pai... Não é de admirar que tenha desejado uma mãe jovem, que tenha ficado ao seu lado até quase a idade adulta.

– Há algo que possamos fazer em relação a Zed do ponto de vista legal, Georg? – perguntou Tiggy. – Sei que não dá para registrar como marca o nome de um ser humano, mas, se pudéssemos provar de alguma forma que foi um ato malicioso... sei lá. O que você acha?

Georg estava olhando para baixo e não respondeu.

– Georg?

– Hum? – murmurou ele. – Desculpe, Tiggy, eu estava a um milhão de quilômetros de distância.

– Tudo bem. – Ela riu. – Posso esperar até outro dia.

– Na verdade, tenho uma pergunta, Georg – disse Estrela. – Mas estou com certo receio da resposta.

– Sem problemas, Estrela. Por favor, pergunte.

– Bem, quando fui adotada, papai não sabia sobre a minha mãe biológica, sabia? Sylvia... que me deixou com a mãe dela?

Georg balançou a cabeça.

– Claro que não, Estrela. O palácio havia informado a Rupert que um bebê havia sido entregue a um orfanato por Patricia Brown. A revelação de que você não era filha dela, mas na verdade sua neta, só surgiu durante a sua própria investigação. Seu pai não fazia ideia.

– Ok, só para ter certeza – disse Estrela, claramente um pouco aliviada.

– Provavelmente teria tirado o brilho de sua adoção milagrosa se Atlas soubesse que você tinha uma mãe que a amava e que não queria desistir de você – interveio Mouse.

Estrela o encarou, séria, e ele lhe devolveu um olhar culpado.

– Acho que tenho uma pergunta semelhante – disse Ceci.

– Por favor, pergunte – pediu Georg.

– Pa deixou mesmo seus dados no hospital em Broome? Para que, caso Sarah ou Francis chegassem até lá, pudessem entrar em contato?

– Sem dúvida. Eu até telefonei para o Broome Hospital várias vezes ao longo dos anos, para verificar se alguém havia perguntado sobre você.

– É bom saber, obrigada, Georg – respondeu Ceci, tranquilizada.

– E minha avó, Stella? – perguntou Electra. – Sei que ela e Pa se encontraram. Na verdade, foi ele que acabou contando a ela metade da minha história.

– Isso mesmo, Electra. Minha equipe e eu descobrimos que Cecily passou a ser professora em uma escola do Harlem, criada com o objetivo de ajudar crianças negras carentes a entrarem nas faculdades mais prestigiadas do país. Como você pode imaginar, ela era a única professora branca. Era famosa. As pessoas realmente se lembravam dela.

– Aposto que sim.

Georg continuou.

– Finalmente, conseguimos entrar em contato com Rosalind, a amiga de Cecily que havia sido *legalmente* registrada como mãe de Stella. Ela nos contou tudo sobre sua avó... a Universidade de Colúmbia, a organização de direitos civis, a carreira na ONU... sem falar da filha, Rosa.

– Minha mãe – confirmou Electra, para todos à mesa.

– Isso. Seu pai contou a Rosalind sobre o cartão de visita que encontraram com a criança na casa de Mãe Hale. Rosalind mal pôde acreditar. Ela revelou que Cecily guardou o cartão como sinal de boa sorte por muitos anos e o passou para Stella quando ela voltou para o Quênia. Stella provavelmente o entregou a Rosa.

– Meu cérebro está começando a doer – comentou Chrissie, rindo.

– Sim, isso daria um ótimo filme – soltou Mary-Kate, tomando um gole de seu rosê.

– Quando perguntamos o que havia acontecido com Rosa, Rosalind confirmou que ela morrera de overdose.

Electra baixou os olhos. Tiggy passou um braço em volta da irmã.

– Mandei alguns contatos em Nova York investigarem isso. Eles encontraram a...

– Boca de fumo – interveio Electra, poupando Georg do constrangimento.

– Sim, *aquele lugar* que Rosa frequentava. Disseram que alguém a havia sequestrado quando você estava chorando, para que não chamasse atenção e acabasse atraindo a polícia. Parece que, em um ato de desespero, sua mãe empurrou o cartão de Pa na mão do agressor. Ele deve tê-lo deixado na cesta com você. Pensando bem, ela a salvou.

Todos ao redor da mesa levaram um momento para refletir sobre o peso da decisão de Rosa. O silêncio foi quebrado pelo primeiro tripulante que surgiu no salão e perguntou se sua equipe poderia retirar os pratos do jantar.

– Sim, obrigada – confirmou Ma.

Quando a melhor louça do *Titã* foi recolhida, Maia podia jurar que notou a mão de Jack se movendo sutilmente até o joelho de Ally sob a toalha da mesa. Ela olhou para a irmã e ergueu uma sobrancelha. O rubor de Ally confirmou sua suspeita. Maia sorriu.

– Alguém quer mais vinho? – indagou Charlie, recebendo vários acenos. – Ótimo. Vou completar as taças de vinho tinto. Você se importaria de servir o branco, Miles?

Miles se levantou para atendê-lo e Charlie arregalou os olhos.

– Puxa, desculpe. Você não bebe, não é? Floriano, você poderia...

Miles levantou a mão para acalmá-lo.

– Não se preocupe, doutor. Felizmente, ser abstêmio não me impede de servir álcool aos outros.

Charlie riu, nervoso.

Enquanto a dupla dava a volta na mesa com as garrafas, Ceci franziu a testa.

– O diário termina de forma muito estranha, não?

Houve concordância geral das irmãs.

– Sim – disse Estrela. – Georg, por que o diário parou em 1993?

Georg parecia nervoso.

– Seu pai pretendia que se tornasse um registro definitivo de como cada uma de vocês entrou na vida dele. E, claro, como uma explicação para algumas das estranhas circunstâncias que vocês enfrentaram enquanto cresciam.

– Um brinde a isso! – propôs Ceci, erguendo o copo cheio.

– Você sabe o que aconteceu com o diamante? – perguntou Tiggy. – A primeira metade do diário o mencionou com frequência. Mas, assim que se estabeleceu em Atlantis, Pa parou de falar sobre a pedra.

– Bem lembrado, Tigs. Ele foi devolvido aos Eszus? – perguntou Electra.

– Seu pai manteve muito sigilo sobre a localização do diamante, até mesmo comigo. Ele odiava falar sobre isso, vendo-o como um símbolo de tudo o que ele havia perdido na vida. Quanto à sua localização atual... – Georg apenas deu de ombros.

– Talvez ele o tenha... jogado no mar? – ponderou Estrela, dando um gole em seu vinho branco.

O silêncio caiu novamente, e cada membro da extensa família D'Aplièse especulava sobre o destino do misterioso diamante.

Merry o rompeu em seguida:

– Ele continuou a procurar minha mãe depois de 1993? – perguntou ela. – Ele continuou viajando quando você lhe trazia uma nova pista, Georg?

– Sim, Merry. Ele nunca, jamais, desistiu, até que sua saúde debilitada o impediu de fazer tantos voos, no início dos anos 2000. É somente por causa dos incansáveis esforços de Atlas que você está sentada aqui hoje.

– Mas, só para confirmar, ele nunca localizou Elle com sucesso? – indagou Maia.

Georg engoliu em seco.

– Seu pai nunca a encontrou.

Merry deu um grande suspiro.

– Eu me pergunto o que aconteceu com ela.

– Uma coisa que ainda não entendo é como você encontrou as coordenadas que nos levaram a Merry – refletiu Ceci. – Isso não faz sentido. Você deve ter recebido alguma informação nova há um ano e as gravou na esfera armilar.

Georg assentiu.

– Isso é verdade.

Estrela se inclinou.

– Então chega de mistério, Georg. Qual foi a informação?

Ele hesitou e levou um momento para enxugar a testa com o lenço.

– Tem algo a ver com Zed? – pressionou Maia. – Já que as coordenadas levam a uma casa de propriedade da família dele?

– Não. Não tinha nada a ver com Zed. Meninas... – Georg respirou fundo. – Tenho certeza de que há uma maneira melhor de fazer isso. Mas, dessa vez, eu me encontro um pouco despreparado. Como vocês sabem, o diário de seu pai termina em 1993. Ele não voltou a escrever principalmente porque sua vida se acalmou. Eu realmente acredito que as duas últimas décadas de sua existência foram as mais felizes.

– Tem algum "mas"? – sugeriu Electra.

Georg continuou:

– Depois daquela primeira consulta com o médico, quando soubemos que sua saúde estava se deteriorando, perguntei se ele queria escrever a história de seus primeiros anos, antes do início do diário, em Paris. – Georg fez uma pausa para tomar um gole d'água. – Ele me disse que, embora tivesse pensado nisso muitas vezes, as memórias sobre a Rússia lhe causavam muita dor. No entanto, ele garantiu que eu estivesse pronto para preencher quaisquer lacunas e responder às perguntas que vocês pudessem fazer.

– Isso é bom, porque ainda sinto que tem muita coisa que não sabemos – lamentou Estrela. – Não temos sequer um relato do que aconteceu entre Pa e Kreeg quando crianças.

Electra cruzou os braços.

– Ok, Georg. Conte-nos sobre a Rússia.

– Essa era a minha intenção. Mas, do jeito que as coisas aconteceram, ele poderá lhes contar com suas próprias palavras.

Ele se levantou e desapareceu brevemente dentro do salão.

Maia virou-se para Ally.

– Você sabe o que está acontecendo? Merry e eu vimos que você estava discutindo com Georg no corredor.

O tom de Ally foi sério e determinado:

– Depois de vermos Zed na televisão mais cedo, vi Georg tendo um acesso de raiva no deque, do lado de fora. Para encurtar a história, exigi saber por quê.

– Espera, é por isso que você queria que todas nós terminássemos o diário antes do jantar esta noite? – perguntou Electra.

Ally assentiu.

Georg voltou com uma grande pilha de papel, que começou a distribuir entre as irmãs.

– O que é isso? Páginas extras do diário? – perguntou Tiggy.

– Não exatamente – explicou Ally.

Estrela examinava o papel.

– Parece a caligrafia de Pa. Não é nem de longe tão boa. Ele tinha artrite nos pulsos devido à navegação em seus últimos anos – teorizou ela. – Portanto... isso foi escrito mais recentemente. Estou certa, não estou, Georg?

O advogado assentiu, sério.

– Quando ele escreveu isso? Pouco antes de morrer? – perguntou Merry.

Georg não respondeu. Em vez disso, levou um momento para se recompor e separar seus sentimentos de seu dever.

– O que vocês têm em mãos é a verdadeira história dos últimos dias de seu pai e como esses dias se relacionam aos primeiros. Devo avisá-las que, assim que começarem a ler, vão se deparar com informações *diferentes* do relato que eu e Marina lhes demos.

– Ma? – perguntou Tiggy, parecendo magoada.

– Por favor, *chérie*, ouça o Georg.

– Gostaria que vocês soubessem que Ma e eu nunca tivemos a intenção de enganá-las. Tudo o que fizemos no ano passado foi planejado por seu pai, e Marina e eu apenas executamos o plano dele.

– Ah, meu Deus – murmurou Electra.

A tensão na mesa era palpável. Georg continuou, resoluto:

– Todas vocês leram o diário dele e sabem que Marina e eu devemos nossa vida a ele. Ele inspirou em nós uma... – Georg considerou suas próximas palavras – ... lealdade sem limites. Como vocês lerão, tudo o que fizemos foi uma tentativa de garantir a sua segurança.

– É uma reviravolta atrás da outra – sussurrou Maia, balançando a cabeça.

– Eu sei, *chérie*, eu sei – comentou Ma, com lágrimas nos olhos. – Mas é isso. A verdade está nessas últimas páginas.

Georg exalou profundamente.

– Devo dizer a vocês que recebi instruções estritas de seu pai para não lhe apresentar estas páginas finais até... determinado momento... mas, depois de conversar com Ally, decidi que seria melhor fazer isso agora.

Estrela parecia nervosa.

– Georg... o que vamos descobrir? – indagou.

Georg simplesmente balançou a cabeça.

– Ally? – tentou Estrela.

– Eu não li. Só tenho uma ideia geral, que Georg me revelou – respondeu ela.

Jack passou o braço em volta dela, em uma demonstração de proteção.

Georg uniu as mãos atrás das costas e tentou organizar os pensamentos.

– Como agora vocês sabem, o coração de seu pai começou a falhar em meados dos seus 80 anos, um fato que antes desconheciam. A última coisa que ele queria era causar dor a qualquer uma de vocês. – A mesa inteira parecia em suspenso, prestando atenção em cada palavra dele. – Depois de ler o diário, vocês também vão entender a ameaça que Kreeg Eszu representou e que... – Georg abaixou a cabeça – parece ter continuado ao longo das gerações. Quando seu pai percebeu que seu tempo estava acabando e que não estaria mais na terra para protegê-las, ele elaborou um plano para evitar que suas filhas fossem perseguidas pelo próprio Kreeg ou por seu filho, Zed.

– Qual era o plano, Georg? – indagou Tiggy, com nervosismo.

– Confrontá-lo.

– Meu Deus – murmurou Merry.

– Eles morreram no mesmo dia... – Maia respirou fundo. – Ally, quando você viu o *Titã* naquele dia, você disse que alguém havia mencionado que o *Olimpo* estava por perto, não foi?

Ally assentiu.

– Então... ele não morreu em Atlantis, como você disse? – perguntou Ceci, afoita.

– Não, Ceci.

– Puta merda, Georg! E suponho que você também soubesse disso, Ma? Como vocês puderam nos trair assim? – gritou Electra.

– Eu sei que é doloroso – disse Ally –, mas você não pode culpá-los. Há muito mais na história.

– Kreeg o matou? *Ele* matou Kreeg? Meu Deus! – exclamou Ceci.

– Por favor, meninas, apenas leiam – implorou Georg.

– Não podemos só ficar sentadas aqui lendo, isso é ridículo – reclamou Ceci. – Estrela – ela se voltou para a irmã –, você poderia ler estas páginas em voz alta para todos nós? Como tem feito para mim?

– Ah. Vocês querem que eu faça isso?

Houve uma concordância geral.

Estrela parecia muito nervosa ao receber tal responsabilidade. Mouse colocou uma mão gentil em suas costas. Ela respirou fundo e engoliu em seco.

– Tudo bem, então – concordou.

– Vocês preferem ficar sozinhas? – perguntou Chrissie. – É melhor deixarmos vocês em família?

– Não, fiquem. Todos vocês – decidiu Maia, certificando-se de olhar para Mary-Kate e Jack também. – Todos aqui fazem parte dessa história, de uma forma ou de outra. Acho que todos nós devemos estar presentes para entender como tudo acaba.

– Concordo – disse Ally, deitando a cabeça no ombro de Jack.

Em meio ao redemoinho de informações e sensações, os outros não tiveram energia mental para comentar aquela novidade específica.

– Antes de começarmos – disse Electra. – Miles, você pode, por favor, pegar mais algumas garrafas de vinho lá embaixo?

– Prefiro tomar um gim-tônica – acrescentou Tiggy. – Acho que é o que Pa teria escolhido neste momento.

– Eu também – disse Ceci.

– Boa ideia – assentiu Estrela.

– Certo – disse Mouse, levantando-se –, vou fazer uma rodada de gim--tônica bem forte. Vamos, Miles!

As sete irmãs começaram a se preparar para o que estava por vir. A seu próprio modo, todas tinham suspeitas sobre as circunstâncias que envolviam a morte do pai. Aquele homem que se importava tanto com todas elas realmente roubaria das filhas a oportunidade de se despedir? Aquilo nunca fizera nenhum sentido.

Depois que as bebidas foram servidas e todos os assentos ao redor da mesa foram ocupados novamente, Estrela pigarreou.

– Prontos?

– Sim, Estrela – garantiu Ally. – Estamos todos prontos.

Estrela voltou sua atenção para os papéis à sua frente.

– Então, aqui vamos nós. "Minhas filhas. Minhas filhas tão preciosas..."

Páginas finais de Pa

Titã

Junho de 2007

55

Minhas filhas. Minhas filhas tão preciosas. Se estão lendo isso, Georg cumpriu seu dever. A esta altura, vocês já devem saber que realmente parti e estão prontas para conhecer todas as circunstâncias de minha partida desta terra. Tenham certeza de que estou olhando por vocês do que quer que haja além, algo em que, como vocês sabem, acredito de todo o coração.

Se Georg seguiu minhas instruções, então todas vocês terão feito uma grande jornada recentemente, descobrindo seu passado e como vim a adotá-las. Imagino que, em parte, isso tenha sido doloroso, mas espero que tenha lhes trazido muita alegria também. Sem dúvida, vocês já devem ter lido o meu diário, e todas as lacunas das histórias de como todos nós nos conhecemos foram preenchidas por ele.

Preciso ser claro com vocês. As páginas a seguir não faziam parte do meu plano original. Como espero ser capaz de explicar, o curso dos eventos que previ não se desenrolaram como esperado. Longe disso.

Como meu diário revelou, toda a minha existência foi assombrada por outra pessoa. Kreeg Eszu acredita que eu, Atlas Tanit, tenha matado sua mãe e roubado um diamante inestimável de seu corpo quando estávamos morrendo de fome na Sibéria, na década de 1920. Por essa razão, como vocês também sabem, ele me perseguiu durante toda a minha vida.

No outono de 2005, sofri um pequeno infarto, com o qual não queria preocupá-las desnecessariamente. No entanto, quando os médicos de Genebra investigaram, recebi a notícia de que o órgão mais importante de meu corpo estava falhando e que, embora não pudessem afirmar, eu teria sorte se passasse do meu nonagésimo aniversário. A notícia não foi nem um pouco devastadora para mim. Eu vivi muito, muito tempo – mais do que esperava. Foi o maior privilégio da minha vida ver cada uma de vocês crescer e se tornar um ser humano extraordinário, e agradeço às minhas estrelas da sorte por terem me permitido viver o tempo que vivo aqui na Terra.

No entanto, a notícia de minha saúde debilitada exigiu que eu tomasse medidas urgentes. Sem a minha presença protetora, temi que vocês ficassem vulneráveis à perseguição de Kreeg ou seu filho, Zed. Assim, trabalhando ao lado de Georg e Ma (algo que foi uma honra para mim durante a maior parte da minha vida), criei um cenário que acreditava que impediria que Kreeg e seu filho batessem à sua porta novamente.

Como vocês devem ter percebido, a justiça que Kreeg Eszu busca acima de tudo é uma vingança. É a desforra por um ato que, certamente não preciso frisar, eu não cometi. No entanto, calculei que, se eu permitisse que Kreeg finalmente realizasse tal vingança, algo que buscou por oitenta anos, tirando a minha vida, então poderíamos fazer um acordo para garantir que vocês fossem deixadas em paz. Na primavera de 2007, entrei em contato com Eszu por meio de uma carta enviada à Lightning Communications. Nela, contei ao meu inimigo sobre o arrependimento que nutria por tudo que havia acontecido entre nós e disse que desejava dar a ele a oportunidade de "consertar as coisas".

Não me surpreendeu que, em 24 horas, Georg tenha recebido um telefonema do secretário particular de Kreeg, e um destino para nosso encontro foi definido – uma enseada isolada perto da costa de Delos, no mar Egeu.

Para protegê-las da terrível verdade da situação, sabendo que eu estava a caminho da morte, providenciei que vocês fossem informadas de que eu havia sofrido um infarto final e fatal. Pedi a Ma que informasse que meu corpo fora removido imediatamente, colocado em um caixão de chumbo e levado para o mar no *Titã*, onde um funeral privado ocorreu.

Sem dúvida, essa parte do meu plano foi a mais difícil de percorrer. Estou ciente da dor e da confusão que tal atitude deve ter causado a vocês e, por isso e muito mais, lamento profundamente. Mas espero que vocês consigam entender que essa foi a única coisa em que pude pensar para evitar que vocês descobrissem que Kreeg Eszu havia me matado.

Em 19 de junho, tomei o controle do *Titã* das mãos de Hans Gaia, no porto de Nice, informando que ele deveria buscá-lo na enseada de Delos dentro de quatro dias. Hans fez o possível para me convencer dos perigos e até mesmo das leis contra tripular o iate sozinho, mas eu me mantive firme e, como proprietário, ordenei que os engenheiros e oficiais saltassem do barco.

Apesar de tudo, meu cruzeiro para Delos foi uma experiência pacífica, repleta de lembranças de nossas vidas juntos. Garanto-lhes que não senti nada além de tranquilidade naquela que, eu tinha certeza, seria minha jornada final.

No terceiro dia de viagem, naveguei cuidadosamente com o *Titã* até a baía onde havíamos combinado de nos encontrar e vi que o *Olimpo* estava esperando por mim. Em sua proa havia uma figura solitária. Virei o iate para que os barcos ficassem paralelos, soltei a âncora e saí para o convés da ponte.

À minha frente, estava o rosto que assombrava meus pesadelos havia oitenta anos. O rosto que eu tinha visto no pior dia da minha vida, na Sibéria, em um café em Leipzig e do lado de fora da Livraria Arthur Morston, em Londres. Por um tempo, não dissemos nada, simplesmente absorvendo a presença um do outro, antecipando o que viria a seguir.

– Olá, Kreeg.

– Olá, Atlas. Estou esperando há muito tempo para encontrá-lo.

– Eu sei. Posso subir a bordo?

Kreeg sorriu e pegou uma prancha de metal de seu convés. Ele a estendeu sobre nossos iates.

– Obrigado.

Cautelosamente, subi e passei, com certa dificuldade, do *Titã* para o *Olimpo*.

– Vejo que você perdeu um pouco da velocidade – zombou Kreeg.

– Nunca tive muita, para começar. Lembro que você sempre foi mais rápido quando jogávamos futebol na neve.

– Eu era infalível. – Ele riu. – Você passava tempo demais com a cara enterrada nos livros.

Desci até o convés.

– Talvez. Posso perguntar se estamos sozinhos?

Kreeg assentiu.

– Estamos. – Ele estendeu a mão para trás lentamente. Eu sabia o que estava por vir. Eszu pegou uma pequena pistola de metal e apontou para a minha barriga. – Você reconhece isso, Atlas? – perguntou.

Eu balancei a cabeça e respondi calmamente:

– Receio que não.

– É uma pistola Korovin.

Ergui as sobrancelhas.

– É claro. A primeira pistola automática soviética, se não me engano? Todos os guardas tinham quando éramos crianças. Os bolcheviques também.

– Fico satisfeito por sua memória ainda estar intacta. – Kreeg se aproximou lentamente, até ficar a apenas alguns centímetros de distância. Ele apontou o cano para o meu abdômen. – Eu guardei esta aqui comigo. Tirei-a do corpo de um soldado morto. Eu a carreguei comigo por todos esses anos na esperança de que pudéssemos nos reunir.

– Antes de me matar, Kreeg, você gostaria de saber a verdade?

– Verdade? – repetiu Kreeg, antes de explodir em uma risada profunda e gutural. – Uma palavra tão interessante. Não se preocupe, Atlas. Eu não esperei tanto tempo para atirar em você à primeira vista. Há algumas coisas que eu também gostaria de compartilhar com você. Agora, vire-se. – Eu segui suas instruções. – Levante as mãos.

– Como quiser, Kreeg.

Ele enfiou a pistola nas minhas costas.

– Caminhe até o convés da popa. Coloquei uma mesa e duas cadeiras para que possamos ter nossa conversa final.

Caminhamos lentamente ao longo do *Olimpo* até chegarmos à traseira do iate. Uma mesa de mogno fora colocada entre duas cadeiras de jantar e Kreeg ordenou que eu me sentasse.

Puxei uma cadeira, assim como Kreeg. Ainda segurando a arma com força, ele colocou o pulso na mesa entre nós, de maneira que a pistola ficasse apontada diretamente para o meu peito.

– Você tem um lindo iate, Kreeg.

– Não tão grande quanto o seu – devolveu ele rispidamente.

Olhamos nos olhos um do outro. Os dele estavam cheios de raiva. Tentei acalmá-lo.

– Então, aqui estou eu, desarmado e sentado na sua frente depois de todos esses anos fugindo. Espero que você extraia o que sempre acreditou ser uma vingança legítima. Só lhe peço uma coisa, Kreeg. Que depois que eu morrer, você considere a questão encerrada. E peço a você, e ao seu filho, que deixem minhas filhas em paz.

Kreeg me deu outro sorriso, dessa vez revelando dentes branqueados e um aspecto ameaçador.

– Para mim, Atlas, já acabou há muitos anos.

– Acabou? – perguntei.

Eszu deu de ombros.

– Você acredita mesmo que eu não poderia ter batido à sua porta em nenhum momento durante os últimos quarenta anos? Atlantis. Um palácio pessoal, nomeado com sua pompa característica.

– Você sabia onde eu estava o tempo todo?

– É claro que sabia. Desde os anos 1970.

– Então por que não foi atrás de mim?

Kreeg sorriu novamente.

– Tudo tem a sua hora.

– Foi porque você estava usando seu filho para atacar as minhas filhas?

– Suas meninas obviamente são... atrativas para ele. – Kreeg engatilhou a pistola. – Agora me conte, o que você tem a me dizer antes de morrer?

Eu balancei a cabeça.

– Estou começando a me perguntar qual seria o objetivo. Eu lhe disse a verdade há mais de oitenta anos, quando estávamos juntos diante do corpo de sua mãe. – Kreeg retesou o maxilar e estreitou os olhos. – Nós dois éramos irmãos, Kreeg. Você não acreditou em mim naquela época. Por que acreditaria agora?

– O que há para *acreditar*, Atlas? Jamais vou me esquecer de você parado ali, com a imagem de madeira que ela tanto amava na mão. A imagem coberta com o sangue dela. Você a usou para espancá-la até a morte. A bolsinha de couro contendo o diamante pendurada em seu corpo só confirmou seus motivos.

Estremeci com a lembrança.

– Eu contei a você o que aconteceu. Como sabe, sua mãe estava dormindo com um oficial sênior do Exército Vermelho para colocar comida em nossa mesa. Juro, nem imaginava que ela tinha um diamante. Ela só me contou que tinha algo de grande valor e que implorou ao oficial para vendê-lo em seu nome, para que pudéssemos comer, Kreeg. Você não se lembra da fome? Do frio...

– CHEGA! – gritou Kreeg, batendo com o punho livre na mesa.

– Apenas ouça. Naquela noite, eu tentei dar a você uma prova de que sua mãe percebeu seu erro e me pediu que levasse uma "coisa de valor" para um parente de vocês em Tobolsk, por segurança. Para que, se os bolcheviques revistassem a casa, o objeto não estivesse lá. Eu tinha uma carta em minhas mãos, de sua mãe. Ela a escreveu para que eu pudesse passar para a pessoa. Mas, quando você viu a cena, nem leu.

– Não era preciso – rosnou ele.

– Você apenas a amassou e a enfiou na minha boca...

– Você estava MENTINDO para salvar a própria pele. Você *sabia* do diamante! Não me diga que não! Você o queria. Então, esperou até que ela estivesse vulnerável e...

Kreeg vacilou e seus olhos se encheram de lágrimas.

Eu falei friamente, mas com firmeza:

– Eu não sabia do diamante até aquela noite, quando saí correndo de casa porque você tentou me matar. Mas que importância tem isso agora? Você nunca aceitará minha palavra. Por favor, eu imploro, coloque em prática a vingança com a qual você sempre sonhou.

Kreeg começou a respirar pesadamente. Mantendo contato visual, ele enfiou a mão no bolso e pegou um comprimido. Engoliu-o sem água e estremeceu.

– Tenho certeza de que você já ouviu falar do meu diagnóstico – disse ele. – Já foi noticiado.

Eu assenti.

– Ouvi, sim. Lamento saber disso. O câncer é a mais cruel das doenças.

Ele deu de ombros.

– O câncer não é nada comparado ao que você tirou de mim naquele dia.

Eu suspirei.

– Eu não tirei nada de você, juro. Mas se você quer dizer que é cruel nunca conhecer o amor de uma mãe, então está correto.

Kreeg zombou.

– Excelente observação, Atlas. Você não apenas matou a *minha* mãe. Você matou a sua, anos antes!

Aquelas palavras me causaram uma dor visceral.

– Eu sei – concordei. – Pensei nisso muitas vezes e desejei que o universo tivesse me levado, e não a ela, no dia em que nasci.

Ele se recostou um pouco na cadeira, apreciando minha dor.

– Por uma ironia do destino, você não estaria vivo sem a minha mãe. Foi ela quem fez o parto quando você nasceu.

– Eu sei. Ela me contou isso muitas vezes, e espero ter conseguido recompensá-la agindo como uma criança obediente, principalmente depois que meu pai foi embora.

Kreeg sustentou meu olhar.

– Essa carta de que você fala. A da minha mãe. É uma pena que você não a tenha mais, Atlas.

– Eu tenho.

– O quê?

– Eu me agarrei a ela por toda a minha vida. Gostaria de lê-la? – Kreeg assentiu lentamente, então perguntei: – Posso enfiar a mão no bolso?

– Devagar.

Cuidadosamente, retirei a carta do bolso e a coloquei sobre a mesa.

– Aqui está. Ainda amassada e coberta com as marcas dos dentes, desde aquele dia terrível.

Kreeg olhou para o envelope.

– Está endereçada a Gustav Melin.

– Primo de sua mãe – confirmei, assentindo.

– Abra você, Atlas. Se você acha que vou soltar esta arma, está enganado.

– Como quiser.

Peguei o envelope e gentilmente removi o pedaço de papel antigo de dentro, antes de deslizá-lo de volta para Kreeg. Ele leu:

Caro Gustav,

Espero que você e Alyona estejam bem. Lamento não fazer contato com a frequência de que gostaria. As coisas têm sido difíceis desde que Cronus morreu.

Como você sabe, o Exército Vermelho está nos monitorando de perto. Por isso, eu me pergunto se poderia lhe pedir um favor.

Se você está lendo isso, então o jovem Atlas está diante de você. Ele é um mensageiro de confiança e carrega consigo um pacote de valor inestimável.

Gustav, você é a única família que me resta. Devo lhe pedir que mantenha o pacote seguro até que as tensões tenham diminuído e não estejamos mais sob tanto escrutínio.

Peço a você que não desembrulhe o pacote, mas, se o fizer, sei que será tentador vender o item em benefício próprio. Por favor, Gustav, por mais tentado que se sinta, lembre-se de que tenho dois meninos famintos sob meus cuidados. Quando puder, venderei o item e recompensarei você com uma bela comissão.

Estou lhe pedindo isso porque cometi um erro. Contei a um soldado bol-

chevique sobre a existência desse item. Estou preocupada que esse homem venha atrás dele.

Por favor, confirme com Atlas que você aceita ficar com a encomenda e ele irá transferir o pacote para as suas mãos.

Obrigada, Gustav. Acredito que você se mostrará um primo leal.

Com amor,

Rhea Eszu

– Será que você ainda é capaz de reconhecer a caligrafia de sua mãe? – perguntei, assim que Kreeg terminou de ler.

Ele assentiu.

– Consigo. Não duvido que a carta seja dela. Mas isso não o absolve de forma alguma. Isso não muda nada.

– Espero que a carta forneça contexto à verdade do que aconteceu naquele dia. Naquela manhã, sua mãe me entregou a carta e depois uma bolsa de couro, que pendurou em meu pescoço. Juro, Kreeg, eu não sabia o que havia dentro.

– Que absurdo! Por que minha mãe confiaria a você uma tarefa tão importante? Como você já admitiu, eu era fisicamente mais forte. E era sangue de seu sangue.

– Foi precisamente por isso que ela me escolheu. Era uma jornada de mais de 30 quilômetros sob um frio extremo. Não havia garantia de que eu sobreviveria à viagem. Ela estava protegendo você.

Kreeg estreitou os olhos.

– Uma desculpa conveniente.

– Apenas a verdade. Como deve se lembrar, você estava fora de casa naqueles dias, de qualquer maneira, recebendo seu ensino acadêmico na aldeia vizinha, algo que foi permitido a apenas um de nós. Se isso não garante que sua mãe estava pensando no melhor para você, não sei o que poderá fazê-lo.

Ele ergueu a arma a alguns centímetros da mesa.

– Continue a sua história.

Engoli em seco.

– Lembro que abri a porta da casa para começar minha jornada. O vento praticamente me empurrou de volta para dentro. Mas consegui sair com dificuldade e fechar a porta atrás de mim. Eu provavelmente estava a uns 10 metros da casa quando os vi.

– Quem?

– Os bolcheviques. Havia cinco deles. Eu sabia que a presença deles significava problemas. Eu estava assustado, então corri para o depósito de carvão e me escondi lá. Conforme eles se aproximaram da casa, vi que eram liderados pelo homem com quem sua mãe estava se relacionando. Eles bateram à porta, mas sua mãe não atendeu. Então, eles atiraram na fechadura e forçaram a entrada. Eu a ouvi gritar... – Tive que parar por um momento e me recompor, com o grito da mãe de Kreeg ainda ecoando na mente. – Então eles saquearam a casa. Quebraram vasos, lâmpadas, desarrumaram as camas... você se lembra da destruição.

Kreeg ficou em silêncio por um momento.

– Eu me lembro.

– Eu tive a sensação de que a busca deles durou muito tempo. Mas não conseguiram encontrar o que procuravam, porque estava pendurado no meu pescoço. Os homens ficaram enfurecidos quando não conseguiram o que queriam. Começaram a gritar com seu líder, chamando-o de mentiroso, amaldiçoando-o por levá-los todos ali. Isso o fez se voltar contra a sua mãe. Ela protestou vigorosamente sua inocência, mas ele não aceitou. Eu a ouvi implorando... Ela disse que tinha um filho, que ele ficaria órfão...

Lágrimas brotaram de meus olhos ao reviver aquela cena.

– Ouvi uma série de barulhos, e os gritos de sua mãe foram ficando cada vez mais fracos, até que houve um silêncio. Então os homens partiram, voltando pela neve de onde tinham vindo.

Interrompi o relato para respirar fundo, não querendo deixar nenhum detalhe de fora.

– Depois de um tempo, ousei sair do depósito de carvão. Eu estava tão assustado... Entrei e vi tudo o que eles tinham feito. Destruíram a nossa casa. Chamei por sua mãe, mas nenhuma parte de mim esperava que ela respondesse. Eu a encontrei ensanguentada, ao lado do objeto de madeira, a imagem que o czaréviche dera a seu pai em reconhecimento por seus leais serviços. Foi aquilo que os homens usaram para matá-la, sem dúvida como uma mensagem final para expressar seu ódio pelo czar e seus associados.

Kreeg tamborilou os dedos na mesa.

– Você estava com ele quando entrei na sala.

– Sim. Eu peguei a imagem para tirá-la de perto dela. Isso foi tudo, juro pela vida das minhas filhas.

Kreeg ousou desviar o olhar de mim e fitar o horizonte.

– Eu sabia que alguma coisa estava errada quando me aproximei da casa, porque a porta estava aberta – disse ele. – Entrei o mais silenciosamente que pude, sem saber quem iria encontrar. Mas era só você. – Ele se virou e me encarou. – Você se lembra do que me disse, Atlas?

Engoli em seco.

– "Eu sinto muito" – sussurrei.

– Não achei que você estivesse sentindo muito pelo que fez. Achei que estivesse se lamentando por ter sido pego.

– Você se lançou sobre mim, Kreeg, sem pensar. Lembro até hoje da força com que você arrancou o ícone da minha mão. Você era muito forte.

– Mas você lutou de volta...

– E você me derrubou no chão.

– Durante a luta, sua camisa rasgou – lembrou Kreeg. – Foi quando eu vi a bolsa de couro. Eu a tinha visto muitas vezes no pescoço da minha mãe. Foi então que eu entendi o que você tinha feito. Você a matou para roubá-lo.

– A diferença entre nós, Kreeg, é que você sabia exatamente o que a bolsa continha. Eu não.

– É o que você diz, Atlas. Sim, eu sabia do diamante. Eu também a ouvi falar sobre ele, em termos menos velados do que você afirma. Era a minha saída. Minha passagem para a salvação. E você o tirou de mim. Você tirou tudo de mim.

Kreeg meneou a cabeça devagar.

– Foi naquele momento que consegui enfiar a mão no bolso e pegar a carta. E você tentou me sufocar com ela – falei.

– Quase funcionou.

– Sim. Se eu não tivesse conseguido pegar o ícone...

– E me atacar com ele.

– E me *defender* com ele... eu estaria morto.

Kreeg se irritou.

– Vamos remediar isso em breve, Atlas.

– Nós dois sabemos o que aconteceu em seguida. Enquanto você estava desorientado, eu corri para a neve. Já estava preparado para a longa viagem. – Eu dei de ombros. – Mal sabia eu quanto tempo duraria aquela jornada...

– Quando recuperei os sentidos, segui você até a porta.

– E as palavras que você gritou me assombram desde então.

– "Eu vou te encontrar, Atlas Tanit, onde quer que você se esconda. E eu vou te matar" – repetiu Kreeg.

Eu assenti.

– Eu corri o máximo que pude. Por fim, desmaiei em um celeiro abandonado. – As memórias eram tão claras em minha mente. Era como se eu estivesse mesmo revivendo cada um daqueles momentos dolorosos. – Eu estava apavorado, Kreeg. Não tinha ninguém. Então, resolvi fazer a única coisa em que pude pensar: tentar encontrar meu pai.

Kreeg coçou o queixo.

– Foi o que calculei que você faria. Achei que talvez o inverno siberiano fosse riscá-lo do mapa... mas você sobreviveu. Nunca tive a oportunidade de perguntar como.

Ele me observou, curioso.

– Também não sei, Kreeg. Minha jornada pela Rússia levou dezoito meses. Eu sabia que a Suíça ficava diretamente a oeste de Tobolsk, então foi por lá que caminhei.

– Como você sabia em que direção estava viajando?

Apontei para o céu.

– As estrelas. Meu pai costumava passar horas me ensinando sobre as Sete Irmãs. Foi assim que eu me orientei.

Kreeg emitiu um grunhido de zombaria.

– Muito bem, mas como você se livrou do frio e da fome?

Fechei os olhos.

– Acredito que as estrelas me mantiveram em segurança. Todas as vezes que eu me sentia mais fraco, encontrava uma cabana vazia ou algum estranho bondoso que sentia pena de mim. Mas tenho vergonha de dizer que fui forçado a realizar atos dos quais ninguém se orgulharia.

– Você roubou?

Assenti.

– Roubei. Menti. Manipulei as pessoas. Mas sobrevivi.

Kreeg me examinou com atenção.

– Ninguém acreditaria que um menino de 8 anos pudesse sobreviver a uma viagem de dezoito meses pela vastidão russa.

Eu estendi as mãos para expressar minha descrença um pouco rápido demais, e Kreeg apertou a pistola com mais força.

– Experimentei coisas na minha vida que confirmaram que o reino físico é apenas parte da história humana – falei. – Não consigo explicar como sobrevivi. Mas sobrevivi.

Kreeg bufou, não satisfeito com a resposta.

– No final, acabei passando direto pela Suíça. Terminei debaixo de um arbusto em um jardim de Paris, onde finalmente desmaiei.

Meu inimigo continuou se agarrando à própria narrativa, apesar da verdade da situação.

– Então você estava tentando encontrar seu pai para lhe dar o diamante. Ele sabia de sua existência e instruiu você a roubá-lo! Vocês dois conspiraram juntos.

Eu refutei aquela afirmação.

– Eu não o culpo, Kreeg, mas você não enxerga o óbvio. Juro pela vida das minhas filhas que não sabia do diamante. Eu não sabia dele até estar naquele celeiro e olhar dentro da bolsa de couro que sua mãe me dera. E, mesmo assim, eu acreditava que era feito de ônix ou alguma pedra semipreciosa, pois sua mãe o havia untado com graxa preta e envernizado com a cola que ela usava para suas esculturas em osso. Somente quando a graxa começou a deixar marcas nos dedos é que peguei um pano para limpá-lo e percebi o que estava escondido ali embaixo. Veja.

Lentamente, desabotoei dois botões da camisa e tirei a surrada bolsinha de couro do pescoço.

– O que é isso? – perguntou ele.

– O que você acha, Kreeg? Eu gostaria que tivesse me dado uma chance de devolvê-lo oitenta anos atrás, mas você pretendia me matar primeiro e, naquela época, eu não queria morrer. Nem nas outras ocasiões em que você me perseguiu, e eu mais uma vez tive que fugir para salvar minha vida. Em Leipzig, quando você incendiou o prédio do meu alojamento ou na livraria em Londres... No entanto, eu mantive a pedra em segurança por todos esses anos. Esperava que, se fosse o caso, pudesse devolvê-lo a você em troca da minha vida e da segurança das minhas filhas.

Kreeg pegou a bolsinha e tentou desfazer o nó com uma das mãos, o que provou ser impossível.

– Não precisa manter a pistola apontada para mim, Kreeg. Tenho 89 anos. Mesmo que quisesse, eu não poderia correr. Lembre-se, estou aqui por vontade própria.

Kreeg pensou e, depois de um momento, colocou lentamente a arma na mesa. Então, desfez o nó e removeu o conteúdo com cuidado. Examinou a pedra de perto e começou a esfregar a graxa nas calças. Tendo feito isso, ergueu o diamante contra a luz e ele brilhou, com toda a sua magnificência, ao sol do Mediterrâneo.

Kreeg parecia genuinamente perplexo.

– Por que você não o vendeu?

– Ele nunca me pertenceu.

– Então você reconhece que o roubou!

– Não. Eu reconheço que, devido a circunstâncias fora do meu controle, ele veio parar em minhas mãos.

Kreeg fez uma pausa e, pela primeira vez, vi uma pequena centelha de dúvida atravessar seu rosto.

– Então, você manteve o diamante. Mas nunca poderá devolver minha mãe.

– Não posso, irmão, não posso. Mas se não fosse pelo diamante, por favor, me diga por que eu teria desejado que ela morresse? Ela era tudo o que nós tínhamos. Acredite em mim quando eu digo que a amava.

Kreeg rolou o diamante na palma da mão.

– Você amava mais a ideia de comida no estômago.

Eu apoiei a cabeça entre as mãos.

– Quem pode provar seu amor por outra pessoa? O amor existe na alma e é baseado na confiança. Se você confiasse em mim do jeito que eu acreditava que confiava, saberia que eu jamais seria capaz de machucá-la.

– Belas palavras, Atlas. Você sempre foi bom nisso.

– E um belo diamante, que... agora... devolvi a você.

Fechei os olhos. O ar fresco e salgado do mar encheu meus pulmões e senti o calor do sol em meu rosto. Involuntariamente, estiquei os braços acima da cabeça, e uma paz celestial desceu sobre mim.

– Kreeg... eu não carrego mais o peso do mundo em meus ombros. Sou grato a você por me dar a oportunidade de contar a verdade sobre o que aconteceu, quer você acredite em mim ou não. E agora... estou livre. Pegue a pistola, irmão. Eu me rendi e estou feliz por morrer.

Kreeg hesitou.

– Existe alguma coisa que você gostaria de me perguntar antes de morrer?

Pensei por um momento.

– Sim, na verdade, existe. Você acredita veementemente que eu sabia da existência do diamante. Você mencionou agora há pouco que acredita que meu pai me contou sobre ele. Kreeg, isso nunca aconteceu. Então, por favor, me fale o que você quis dizer.

Eszu assentiu.

– Como quiser, Atlas. Você me contou a sua história. E agora, eu vou lhe contar a minha. Deixe-me começar com o seu nascimento.

56

Tyumen, Sibéria, 1918

O reinado do czar Nicolau II foi caracterizado por um crescente descontentamento entre seu povo, que ele próprio não foi capaz de aliviar ou reprimir. Em grande parte, a revolta fora causada pela má distribuição de terras no país, a maior parte pertencente à aristocracia.

A maioria das pessoas profundamente religiosas da Rússia frequentava a igreja semanalmente, onde se pregava que Nicolau havia sido escolhido como czar por Deus. Mas, com as barrigas dia após dia vazias, as congregações aos poucos começaram a questionar por que seu governante divino exigia tanta terra e poder para exercer seus deveres, quando suas próprias famílias tinham tão pouco. Assim, o movimento social revolucionário começou a ganhar força. Tudo isso culminou em fevereiro de 1917, quando vários dias de protestos e confrontos violentos deram ao czar Nicolau II pouca escolha, a não ser renunciar ao trono. Ele passou o czarismo para seu irmão, o grão-duque Michael Alexandrovich. Mas o duque viu para que lado o vento soprava e se recusou a aceitar, afirmando que só o faria se justificado por uma ação democrática.

Como tal, um governo provisório, liderado por Alexander Kerensky, foi criado. A solução inicial para o problema dos monarcas sem propósito parecia ser o exílio. Depois de fevereiro, as oportunidades de asilo pareciam relativamente promissoras. Mas, após meses de debate, a Grã-Bretanha e a França retiraram suas ofertas, já que a esposa do czar, Alexandra, era considerada pró-Alemanha.

A questão sobre o que fazer com a família, portanto, persistia, mas, durante o governo de Kerensky, os Romanovs viveram em relativa segurança. Após a Revolução, a família real foi escoltada para a Mansão do Governador, em Tobolsk, onde vivia com conforto, graças a um significativo subsídio do governo fornecido para financiar sua existência. Além disso, vários membros da casa real também foram autorizados a viajar para Tobolsk junto com os

Romanovs. Assim, o czar e a czarina escolheram seus companheiros mais confiáveis para ir com eles.

Alguns meses depois, veio a Revolução de Outubro. As pessoas estavam descontentes com o envolvimento contínuo da Rússia na Primeira Guerra Mundial e com a maneira como Kerensky governava com punho de ferro. Assim, o Exército Vermelho Bolchevique derrubou o governo provisório e tomou o poder. Eles promoveram seu líder talismânico, Vladimir Lenin, a primeiro-ministro.

Subitamente, a situação da família real russa ficou mais sombria, com seu destino ferozmente debatido entre os bolcheviques. Alguns eram a favor da extradição. Outros desejavam que a família enfrentasse a prisão perpétua. Muitos queriam uma execução direta, para eliminar o que acreditavam ser o câncer que impedia a verdadeira igualdade entre o povo russo.

Depois que Lenin assumiu o cargo, o tempo que os Romanovs eram autorizados a passar fora da Mansão do Governador passou a ser vigiado. A família chegou a ser impedida de ir à igreja aos domingos. O subsídio concedido pelo governo de Kerensky foi cortado, e itens de luxo como manteiga e café desapareceram da noite para o dia.

Os líderes do partido finalmente concordaram que o melhor curso de ação para o czar Nicolau II era um julgamento teatral em Moscou, para que os bolcheviques pudessem demonstrar seu poder. E, para que isso acontecesse, eles precisavam do czar vivo.

Mas aquilo não era nenhuma garantia. Entre os escalões mais baixos, o descontentamento com o destino do czar estava aumentando e, em março de 1918, facções rivais dos bolcheviques desceram sobre Tobolsk. Os temores pela segurança da família real cresceram, e o governo nomeou um comissário especial para mover a família para a cidade de Ecaterimburgo, a quase 600 quilômetros de distância.

O comissário Vasily Yakovlev e seus homens decidiram começar a perigosa jornada na calada da noite. Nicolau, Alexandra e sua filha mais velha, Olga, foram arrancados da cama às duas da manhã, junto com vários membros da casa real. O grupo foi obrigado a cruzar rios, trocar de carruagens e assistir ao fracasso de várias tentativas de assassinato. Após cerca de 250 quilômetros de uma viagem perigosa, a família e sua comitiva chegaram à cidade de Tyumen, onde Yakovlev requisitou um trem para levá-los a Ecaterimburgo.

– Embarquem! – vociferou ele para o ex-czar.

– Está bem – respondeu Nicolau, pegando Olga pela mão.

Alexandra seguiu logo atrás.

Lapetus Tanit, astrólogo pessoal do czar e professor do czaréviche e de suas irmãs, abraçou sua esposa, Clymene, ela mesma dama de companhia da czarina. Clymene estava grávida e Lapetus passou toda a jornada preocupado com o bem-estar dela. No entanto, eles não tiveram escolha a não ser seguir as ordens do comissário Yakovlev. Se tivessem permanecido em Tobolsk, os Guardas Vermelhos teriam acabado com eles.

Clymene foi atrás de Alexandra, mas fez uma careta de dor depois de um único passo.

Lapetus segurou seu braço com força.

– Você está bem, minha querida?

– Sim – ela conseguiu dizer. – Ele está muito ativo hoje.

– Ah, estamos chamando o bebê de *ele* agora, não é? – disse Lapetus, conseguindo dar um sorriso.

– Parem! – berrou Yakovlev quando o casal se aproximou do trem. – Apenas a família.

– O que o senhor quer que façamos? – perguntou Lapetus.

– Vocês vão nesse aqui – disse Yakovlev, apontando para um vagão separado do trem, sem locomotiva.

– Sua... Sua Majestade sabe disso?

Yakovlev riu.

– Não importa se sabe ou não. Agora – disse ele, erguendo a arma –, entrem naquele vagão.

Lapetus permaneceu firme.

– É realmente necessário apontar uma arma para uma mulher grávida?

– Com certeza. Como você, ela serve cegamente a um autocrata perverso.

Lapetus sentiu uma mão em seu ombro.

– Vamos, meu amigo. Vamos lá.

Cronus Eszu era um conde prussiano, membro fiel da casa real desde a ascensão do pai de Nicolau II. Ele era responsável por ensinar idiomas e culturas estrangeiras às crianças da família real. Como Lapetus era responsável pela música e pelos clássicos, suas aulas muitas vezes compartilhavam temas, e Cronus e Lapetus se tornaram grandes amigos ao longo dos anos.

Cronus era casado com Rhea – que também era dama de companhia de Alexandra – e juntos tinham um filho de 4 anos, Kreeg.

Muitos especulavam que o czar Nicolau II não gostava tanto de Cronus quanto seu pai, mas decidiu que ele permanecesse na casa real após a Revolução devido a seu filho, a quem não desejava que fosse condenado à morte.

– Você tem razão, Cronus – concordou Lapetus. – Que escolha nós temos?

Ele ajudou a esposa a subir no vagão vizinho, que era escuro, úmido e estava em péssimas condições. Lapetus pegou Kreeg dos braços de Cronus e o ergueu para dentro.

– Lá vamos nós, rapazinho. – Lapetus examinou os arredores. – Meu Deus, está um frio cortante aqui, não está?

– Sim. De alguma forma, está pior dentro do que fora – observou Clymene.

Ao todo, sete membros da casa real foram alojados no vagão, incluindo a costureira de Alexandra e duas outras damas de companhia. Assim que o último membro do grupo entrou, um dos guardas fechou a porta com força.

Do lado de fora, Yakovlev gritou:

– Vamos!

A locomotiva sibilou quando o vapor começou. Tanto os Tanits quanto os Eszus observaram pela janela quando as grandes rodas começaram a girar e os Romanovs foram removidos da estação de Tyumen.

– Você acha mesmo que eles estão indo para Ecaterimburgo? – perguntou Rhea.

– Quem sabe, minha querida? – respondeu Cronus. – Estão todos ocupados demais brigando e discordando entre si.

– Vamos vê-los novamente, Lapetus? – perguntou Clymene ao marido, uma lágrima surgindo em seu olho.

– Temo que não, meu amor. Temo que não.

Ele segurou a mão da esposa.

– Aquelas pobres crianças inocentes, Lapetus. Não consigo compreender.

De repente, os ocupantes do vagão foram atirados ao chão, quando uma grande força os atingiu por trás.

– O que está acontecendo? – gritou Rhea.

– Eles estão nos desviando! – respondeu Cronus, em voz alta.

Depois de alguns minutos desconfortáveis, o vagão parou contra um batente de segurança e a porta foi aberta por um soldado.

– Vocês vão ficar aqui – disse ele.

– Existe alguma chance de conseguir um pouco de comida para minha esposa? – pediu Lapetus. – Ou um cobertor? Como você pode ver, ela está grávida. Você pode não aprovar nossa associação com o czar, mas não há como culpar um bebê que ainda nem nasceu.

O soldado revirou os olhos, mas voltou momentos depois com algumas mantas de lã grossa e alguns pedaços de pão.

– Obrigado – disse Lapetus, com sinceridade.

Depois de algumas horas sem mais instruções dos bolcheviques, os ocupantes do vagão resolveram dormir um pouco. Todos estavam exaustos após aquela jornada. Eles se amontoaram em um canto do vagão e se apertaram uns contra os outros para se aquecerem.

Em pouco tempo, os Eszus começaram a roncar, como costumavam fazer.

– Lapetus? – sussurrou Clymene. – Você está acordado?

– Claro, meu amor. Você está bem?

Ele segurou a mão da esposa.

– Sim. Mas eu tenho algo para lhe dizer. Você acha que todo mundo está dormindo?

Lapetus esticou a cabeça para conferir Cronus e Rhea, cujos peitos continuavam subindo e descendo lentamente. Para ter certeza, ele deu um assobio baixo, que não obteve nenhuma reação.

– Sim. Pode falar sem preocupações.

– Está bem. Na noite anterior à nossa partida de Tobolsk, a czarina me deu uma tarefa. É uma missão que agora estou com medo de não ser capaz de cumprir.

– Diga-me.

Clymene respirou fundo.

– Ela sabia que Yakovlev iria nos transferir naquela noite. Perguntei se havia algo que ela desejasse levar para lembrá-la de seu passado e de sua posição como governante. Ela foi até a cômoda, tirou uma pequena caixa da gaveta e a destrancou. Então... – Clymene foi interrompida por um grunhido de Cronus, que voltou a roncar alguns instantes depois. – Então ela me mostrou o maior diamante que eu já vi na vida. Ela me disse que ele estava na família real havia gerações e que era a sua peça predileta. Disse que não poderia transportá-lo sozinha, pois muito provavelmente cairia nas mãos dos bolcheviques. Então ela...

– ... o entregou a você – completou Lapetus.

– Sim.

– Onde ele está agora?

– Costurado em segurança no forro da minha saia.

Lapetus suspirou.

– Só posso rezar para que você tenha a oportunidade de devolvê-lo a ela.

– Ninguém pode saber dele.

– Entendo, meu amor. – Lapetus apertou a mão da esposa com mais força. – E ninguém vai descobrir.

A exaustão alcançou os Tanits, e Lapetus e Clymene caíram no sono.

Clymene acordou com uma dor aguda na barriga. Era como se alguém tivesse acesso às suas entranhas e as estivesse puxando e arranhando. Ela gemeu em agonia.

Lapetus sentou-se ereto.

– Meu amor, o que está acontecendo?

– É o bebê.

Com suavidade, ele colocou a mão na barriga da esposa.

– Está tudo bem?

– Não sei. Dói muito...

Outra pontada de dor passou por seu abdômen e ela gritou mais uma vez.

– O que está acontecendo? – perguntou Cronus, a visão embaçada.

– O bebê – respondeu Lapetus, ciente de que sua própria roupa ficara molhada. – Meu amor, acho que o bebê está chegando.

Clymene pareceu entrar em pânico.

– Mas ele só é esperado para daqui a um mês!

– Acho que a sua bolsa estourou. Cronus, poderia trazer uma lamparina a óleo?

– Claro, tem uma na porta.

O vagão inteiro estava agora acordado e sentado. Clymene gritou novamente.

– Vai ficar tudo bem, meu amor, você vai ver. Estou aqui – confortou-a Lapetus.

Cronus trouxe a lamparina e, depois de vasculhar os bolsos em busca de um fósforo, entregou-a a Lapetus. Quando ele puxou os próprios cobertores e voltou sua atenção para os de Clymene, viu com horror que o líquido que os molhara não era claro, mas vermelho.

Clymene viu a expressão de choque no rosto do marido.

– O que há de errado?

– Nada, meu amor, nada – mentiu Lapetus, nervoso.

– Rhea! – gritou Cronus.

Rhea afastou os cobertores e foi até Clymene. Lapetus apontou para o sangue, e a esposa de Cronus assentiu.

– Vera, Galina! – gritou ela para as outras duas damas de companhia. – Preciso de ajuda.

As mulheres a atenderam.

– Mamãe? – veio uma voz aguda. – O que está acontecendo?

– Está tudo bem, Kreeg – disse Cronus, pegando o filho no colo. – Venha comigo. Vamos jogar cartas.

– Estou com sono – respondeu Kreeg.

– Eu sei. Mas não vai demorar.

– Lapetus, junte o máximo de cobertores que puder. Vamos precisar deles para o sangue. Vera, também preciso de água.

– Mas mal temos o suficiente para beber...

– Ora, Vera, você não percebe o que está acontecendo ao nosso redor? – disparou Rhea. – Encontre um jeito de derreter um pouco de neve.

Vera saiu correndo do vagão.

Rhea tateou sob a saia de Clymene, verificando se havia algum sinal do bebê. O que ela encontrou a assustou.

– Clymene, você vai ficar bem. Seu bebê está vindo, mas na posição errada. Ele virá com os pés primeiro. – Ela inalou profundamente. – Isso não vai ser fácil, mas todos nós vamos ajudá-la, está bem?

– É por isso que há tanto sangue? – perguntou Galina, preocupada.

Rhea assentiu.

– Os pés a rasgaram.

Lapetus voltou com uma trouxa de cobertores.

– O que eu posso fazer? – indagou ele.

Rhea virou a cabeça para que só ele pudesse ouvi-la.

– Segure a mão dela. Acaricie o cabelo dela. Reze.

Lapetus assentiu e assumiu sua posição.

O trabalho de parto foi longo e doloroso. Muitas vezes, Rhea ficou convencida de que Clymene iria desmaiar, o que significaria o fim para ela e seu filho. Mas, contra todas as probabilidades, sempre que parecia que estava prestes a desistir, Clymene encontrava outra onda de energia dentro de si.

– Tudo bem, Clymene. Mais um empurrão e seu bebê estará aqui. Mas vai ter que ser um empurrão bem forte. Use toda a força que tiver.

Clymene assentiu, ofegante.

– Ótimo. – Rhea se virou para Lapetus. – Quando a cabeça aparecer, o cordão estará em volta do pescoço. Quando eu puxar a criança para fora, aja o mais rápido possível e o desenrole. Entendeu?

Um Lapetus atordoado fez o possível para assentir.

– Então, estamos prontos – concluiu Rhea. – Vamos, Clymene. Preparada?

– Sim – Clymene conseguiu responder.

– Três, dois, um, empurre!

Os gritos de Clymene pareceram perfurar a alma de seu marido. De repente, o bebê foi impulsionado para a frente, mas manipulado com habilidade por Rhea. Lapetus ficou em estado de choque, olhando para o bebê cinza-azulado que acabara de chegar ao mundo.

– Lapetus! – gritou Rhea. – Agora!

Seguindo a orientação de Rhea, Lapetus não hesitou. Agarrou o cordão fibroso emaranhado no pescoço de seu filho.

– Não precisa ser gentil. Apenas livre-o disso, rápido.

Contra seus próprios instintos, Lapetus desenrolou o bebê rapidamente até que ele estivesse livre.

– Por que ele... não está... chorando? – gaguejou Clymene.

Lapetus e Rhea olharam para o corpinho do bebê, que ainda não havia respirado.

– Meu Deus... por favor... isso não – sussurrou Lapetus.

Rhea agarrou o bebê pela perna como se este fosse um bezerro recém-nascido e lhe deu um tapa firme no traseiro. De repente, a criança pareceu gaguejar e ganhar vida e, quando a primeira luz irrompeu em Tyumen, o choro de um bebê recém-nascido foi ouvido no vagão da ferrovia.

Rhea entregou a criança a Clymene.

– Pronto. Muito bem, Clymene. Você foi espetacular.

Clymene olhou para seu bebê, o marido ao seu lado.

– Olá, menininho.

– Você sabia que seria um menino, Clymene – disse Lapetus. Ele sentiu os próprios olhos se encherem de lágrimas. – Estou tão orgulhoso de você.

A esposa sorriu para ele, como havia feito quando seus olhares se cruzaram pela primeira vez no salão de baile do Palácio de Alexandre.

– Você também não foi tão ruim. Eu não teria conseguido sem você.

– Você fez uma coisa tão perfeita, Clymene.

– *Nós* fizemos.

– Não. Ele é perfeito porque veio de você.

Cronus se aproximou, carregando Kreeg nos braços.

– Parabéns, meus amigos. Quanto mais gente neste vagão, melhor. E boas notícias, Lapetus... – Ele apontou para um guarda-volumes. – Nossos compatriotas não nos decepcionaram. Há uma garrafa de vodca ilícita escondida ali. Vou buscar um copo para brindarmos a chegada do bebê!

– Não faça nada disso, Cronus Eszu! Traga a garrafa aqui agora. Clymene precisa que suas feridas sejam esterilizadas. E isso é exatamente do que precisamos – afirmou Rhea.

Cronus riu.

– Bem, Lapetus. Eu tentei!

Enquanto o sol siberiano se elevava no céu, um profundo silêncio desceu sobre o vagão. Todos, exceto os novos pais, desmaiaram devido à exaustão das cinco horas anteriores, e o bebê mamava contente no seio de Clymene.

– Ele está sendo tão bonzinho – sussurrou Lapetus.

– Ele está com fome – disse Clymene, com um sorriso.

– Sei que não nos permitimos um momento para discutir nomes, por medo do que o destino pudesse nos reservar – comentou Lapetus. – Mas agora que ele está aqui, como vamos chamá-lo?

– Você não prometeu à sua mãe que daria o nome dela ao primeiro neto? – Clymene deu uma risadinha.

– É verdade, prometi. Mas não acho que nosso filho tenha cara de *Agatha*.

– Augustus? – perguntou Clymene.

– Um pouco pomposo, não acha? – respondeu Lapetus. – Augustus Tanit. Não sei...

Ele estalou o pescoço, pensando em nomes em potencial.

– Seria bom começar com a letra "A". Alexei? Alexandre, em homenagem ao antigo czar?

Lapetus olhou para a esposa.

– Você quer que ele receba uma sentença de morte?

Clymene balançou a cabeça.

– Só estou brincando com você, meu amor.

De repente, ela estremeceu.

– Ai.

– O que houve?

– Estou tão dolorida...

Clymene abaixou a mão para sentir a origem daquela dor. Quando a tirou de debaixo da saia, ela estava coberta de sangue.

A expressão de Lapetus se desfez.

– Você ainda está sangrando...

Clymene engoliu em seco.

– Sim.

– O que eu devo fazer, Clymene?

Ela encarou o marido e colocou uma mão carinhosa em seu rosto.

– Eu te amo, Lapetus. Com todo o meu coração. É a única coisa de que tive certeza em toda a minha vida.

– E eu te amo, Clymene.

– Agora – disse ela –, estou tão cansada. Tão... cansada.

Clymene fechou os olhos e seu marido começou a acariciar seus cabelos.

– Descanse agora, minha querida. Você está bem, nosso bebê está bem, e estamos aqui juntos.

Logo depois, mãe, pai e bebê caíram em um sono ininterrupto.

Eles foram acordados aos gritos.

– Todos de pé!

A nova família piscou contra a luz brilhante que fluía da porta aberta e se concentrou no guarda bolchevique, com um rifle balançando à sua frente.

Não demorou muito para que os ocupantes do vagão obedecessem às ordens, todos menos Clymene, que parecia mortalmente pálida.

– Querida? – chamou Lapetus.

Clymene piscou lentamente.

– Eu mandei se levantar, por ordem do Exército Vermelho!

A criança recém-nascida começou a chorar.

– Por favor, minha esposa está doente. Ela deu à luz ontem à noite. Se você tiver alguma compaixão, por favor, busque um médico – implorou Lapetus.

O guarda aproximou-se lentamente dele.

– Compaixão? Onde estava a compaixão do czar enquanto seu povo passava fome nos campos? – sibilou ele, baixinho. – Ela. Vai. Se. Levantar.

– Está... tudo bem – disse Clymene, em um sussurro. – Aqui, Lapetus, segure o bebê.

O marido obedeceu e Rhea Eszu correu para ajudá-la a ficar de pé.

– Tenho uma lista de nomes – vociferou o guarda. – Os que forem chamados, me acompanhem: Vera Orlova. Galina Nikolaeva. Clymene Tanit.

– O que você quer com as damas de companhia? – perguntou Cronus. – Elas vão se reunir com a czarina?

O guarda sorriu lentamente.

– Pode-se dizer que sim.

Vera e Galina se abraçaram e começaram a soluçar.

Uma descarga elétrica correu pelas veias de Lapetus.

– Senhor, como eu disse, minha esposa deu à luz nosso filho ontem à noite. O bebê precisa da mãe.

O guarda olhou para Clymene e assentiu.

– A criança pode vir também.

– Não! – gritou Clymene. – Não!

Lapetus caiu de joelhos.

– Por favor, permita que ela fique aqui. Que mal podemos fazer neste vagão? Eu imploro. Não separe nossa família.

– Seu precioso Nicolau não se importava com as famílias, e eu também não me importo. Ela tem que vir.

– Leve-me no lugar dela.

O guarda começou a rir ruidosamente.

– Não, acho que não. Os homens não ficariam muito satisfeitos.

Os músculos de Lapetus se contraíram.

– Por favor. Ela está doente.

– Está vendo este rosto? – perguntou o guarda apontando para si mesmo. – Dê uma boa olhada nele. É o rosto de um homem que não se importa. – Ele se moveu em direção à porta. – A escolha é simples: ou ela vem agora ou vai levar bala.

Lapetus voltou a se levantar e abraçou Clymene. Lágrimas desesperadas começaram a correr pelo seu rosto.

– Clymene...

– Está tudo bem, Lapetus – sussurrou ela. – Está tudo bem.

– Isso não pode acontecer. – Ele soluçou. – Chegamos tão longe, meu amor. Até aqui...

Ele a agarrou com força.

– Você e eu sabemos que não vou ficar muito tempo neste mundo, de qualquer maneira. Não consigo estancar o sangramento.

– Se pudéssemos levá-la a um médico...

– Há tanta chance de isso acontecer quanto de nosso filho se levantar e andar hoje. Para essas pessoas, somos a personificação de tudo que elas odeiam. – Reunindo todas as forças de que foi capaz, ela agarrou a cabeça do marido e o beijou. – Preciso ir agora, Lapetus. Seja corajoso. Pelo nosso filho.

– Serei – sussurrou Lapetus.

– Proteja-o.

– Sempre. Eu te amo, Clymene.

– E eu te amo, Lapetus. Agora, pequenino. – Ela concentrou a atenção em seu bebê. – Nós nos conhecemos há pouco tempo. Sinto muito por isso, por nós dois. Sua mãe te ama mais do que tudo. – Uma única lágrima caiu no rosto do filho. – Só tenho tempo para um único ensinamento. Seja um bom homem, meu pequenino. Esse é o segredo da felicidade.

Ela deu um beijo suave na cabeça do filho.

Então, Clymene Tanit respirou fundo e cambaleou em direção à porta. Ela e as outras duas mulheres foram levadas para fora e colocadas em uma carruagem. Lapetus assistiu, segurando o filho nos braços e chorando, desolado. O cocheiro chicoteou o garanhão e a carruagem se afastou, levando Clymene e as outras mulheres embora.

Lapetus olhou para o filho, que choramingava baixinho em seus braços.

– Sinto muito, meu filho. Sinto muito mesmo.

Então, pela primeira vez, o bebê abriu os olhos, revelando duas profundas poças cor de mel.

– Você carrega o peso do mundo em seus ombros, meu menino. Vou chamá-lo de Atlas.

57

Durante o dia, os Eszus fizeram tudo o que podiam para confortar Lapetus, que havia entrado em completo desespero.

– Como vou alimentar Atlas? Oh, Deus, eu não posso perdê-lo também.

– Eu vi cabras com filhotes ontem – disse Rhea. – Talvez a 2 ou 3 quilômetros de distância. Cronus pode trazer a mãe. O leite dela servirá.

– Para onde todos foram, papai? – indagou Kreeg.

– Foram dar uma voltinha, só isso – respondeu Cronus. – Como a caminhada que estou prestes a fazer, para me tornar amigo de uma cabra.

Lapetus segurou o braço do amigo.

– Cronus, pode ser perigoso. Não sei para onde os guardas foram, mas se eles o encontrarem...

– Então terão me encontrado – respondeu Cronus, com tranquilidade. – Seu filho precisa de sustento, Lapetus. Assim como todos nós. Não temos ideia de quanto tempo vamos ficar aqui. Isso tem que ser feito.

– Pelo menos me deixe ir com você – pediu Lapetus.

– Você mesmo disse: se eu for descoberto, é quase certo que serei baleado. O jovem Atlas não merece perder o pai e a mãe no mesmo dia.

Ele colocou uma mão reconfortante no ombro de Lapetus.

– Eu vou ficar bem. Agora, ajude-me a rasgar um dos cobertores. Vou precisar de uma coleira.

Fiel à sua palavra, Cronus voltou duas horas depois, com não apenas uma cabra, mas também um grande macho e filhotes a reboque.

– Aparentemente a família não quis se separar – explicou ele, sorrindo.

Rhea ordenhou a cabra e ensinou a Lapetus o meticuloso processo de alimentar Atlas, mergulhando o polegar no leite e colocando-o na boca do filho, que o bebia com sofreguidão.

No final do dia, a pobre cabra já não tinha mais leite, mas os cinco ocupantes do vagão estavam com as barrigas mais cheias do que se lembravam em muito tempo.

Quando o sol estava começando a se pôr, o som distante de cascos de cavalos chegou ao vagão.

– Eles estão voltando – disse Rhea, se agarrando a Kreeg com força.

O trote ficou cada vez mais próximo e, finalmente, a porta do vagão foi aberta novamente, revelando um soldado que os ocupantes não tinham visto antes.

– Vocês estão livres para partir – decretou ele.

Houve um silêncio atordoado.

– Como assim? – perguntou Cronus.

– Vocês não são motivo de preocupação para nós. Podem ir.

Cronus pareceu intrigado.

– Posso perguntar o que causou essa mudança?

O guarda suspirou.

– O Exército Branco está enviando reforços para esta área, para nos enfrentar. Vocês são o menor dos nossos problemas.

– Para onde acha que devemos ir? – perguntou Rhea. – Vocês tomaram nossos documentos.

O guarda deu de ombros.

– Isso é problema seu, não meu.

Ele se virou para ir embora.

– Espere – disse Lapetus. – Os trens voltarão a circular nesta linha? Podemos usar a estação?

– A ferrovia Transiberiana foi requisitada pelo Exército Branco. Como você acha que eles estão enviando reforços? Estão viajando para cá neste exato momento.

– Por favor, diga-me, onde está minha esposa? – implorou Lapetus.

O guarda olhou para ele por um tempo, mas não disse uma única palavra. Então, simplesmente se virou e saiu.

– Não posso acreditar – sussurrou Cronus. – Nem eles mesmos parecem saber quem está no comando agora.

– O que vamos fazer? – perguntou Rhea.

– Não temos muita escolha – respondeu Cronus. – Sem quaisquer documentos oficiais, teremos problemas. O Exército Branco presumirá que somos guardas vermelhos, e vice-versa.

– Acho que eles querem que fiquemos aqui – argumentou Lapetus. – É esse o objetivo de tudo isso. Eles sabem muito bem que não podemos ir a lugar nenhum.

– Temo que você esteja certo, Lapetus – disse Cronus. – Graças a Deus pelas cabras. E... – Ele foi até o guarda-volumes e pegou algo – ... pela vodca.

O mês seguinte foi difícil, mas uma rotina se formou. A cabra era ordenhada pela manhã e Cronus saía para caçar. Embora ele raramente fosse bem-sucedido, nas poucas ocasiões em que uma de suas armadilhas rendia um coelho ou, lamentavelmente, um roedor, os ocupantes do vagão devoravam a carne. Lapetus conseguiu até extrair combustível de um automóvel abandonado, então fazer fogo não era problema.

Após quatro semanas, um guarda vermelho bateu na porta do vagão e entregou alguns documentos a Cronus.

– O que é isso? – perguntou ele.

– Documentos.

Um Cronus chocado começou a vasculhar o que lhe havia sido entregue.

– Há apenas um conjunto aqui. Certamente precisamos de cinco conjuntos individuais?

– É um conjunto autorizado para cinco. – O guarda deu de ombros. – Vocês vão ter que viajar juntos.

O guarda partiu tão rapidamente quanto havia chegado.

Naquela noite, eles discutiram o próximo passo.

– É intencional – afirmou Lapetus. – Eles querem que fiquemos juntos, então será mais fácil nos rastrear.

Cronus assentiu.

– Para onde vamos?

Lapetus suspirou.

– Tobolsk. É o assentamento mais próximo.

– E quando chegarmos, o que vai acontecer? Pode soar estranho, mas pelo menos aqui temos abrigo e podemos conseguir comida – sugeriu Rhea.

– As oportunidades serão melhores em Tobolsk. Todos nós teremos chance de ganhar dinheiro. Quanto ao resto, vamos ter que levar qualquer coisa que pudermos.

A viagem para Tobolsk foi difícil, como eles haviam previsto. Os cinco indivíduos se enrolaram em camadas de cobertores, e Lapetus conseguiu fazer um suporte improvisado para Atlas, carregando-o sob o casaco de pele, na frente do corpo. Cronus levava também a cabra mãe, que era ordenhada várias vezes para manter o bebê alimentado. Quanto ao macho e aos filhotes, infelizmente precisaram ser sacrificados para alimentar os outros durante a viagem. Depois de uma penosa semana de caminhada pela neve, os viajantes, exaustos, chegaram aos arredores do povoado quando o sol já começava a se pôr.

– Procurem as casas sem luz interna – aconselhou Lapetus.

Depois de horas de busca, eles se depararam com um pequeno barraco que parecia, definitivamente, desocupado. Dizer que estava em mau estado seria um eufemismo. As janelas estavam quebradas; a alvenaria, em ruínas, e uma porta havia sido arrombada.

Mas teria que servir.

Nas semanas seguintes, os homens fizeram melhorias graduais, vedando as janelas com tábuas e consertando a porta. Então, voltaram a atenção para as finanças. Depois que Lapetus e Cronus discutiram por mais de uma hora sobre quem abordar na cidade, Rhea sugeriu uma alternativa.

– Vocês sabem que tenho talento para esculpir ossos. Poderíamos tentar vender meu trabalho no mercado – sugeriu. – Embora eu duvide que presas de morsa sejam fáceis de encontrar por aqui.

– Não – admitiu Lapetus. – Você poderia trabalhar com ossos da perna de cervos-almiscarados? A floresta está cheia deles.

– E cães-guaxinins – acrescentou Cronus. – Os crânios serviriam?

Rhea assentiu, e o trio levou um momento para se perguntar como eles podiam ter saído da Sala do Trono no Palácio de Alexandre para uma situação onde teriam que vasculhar ossos de animais para sobreviver.

E, assim, Cronus e Lapetus caçavam animais para Rhea trabalhar, o que tinha o duplo benefício de fornecer sustento para a família. Depois que uma coleção de peças se acumulou, a família formada por conveniência desceu ao mercado de Tobolsk no fim de semana para vender seus produtos. Numa dessas ocasiões, um violinista estava tocando no meio da praça. Lapetus observou-o por cerca de uma hora e ansiou profundamente pela vida que tinha antes. O homem era talentoso, mas seu posicionamento estava errado, e isso incomodava o ex-professor que havia nele. Em um momento de ousadia, Lapetus se aproximou do violinista solitário.

– Perdão, amigo – disse ele. – Vejo que você é altamente qualificado, mas, se melhorar o ângulo do cotovelo, verá que é muito mais fácil alcançar as notas difíceis. Posso?

O músico permitiu, com cautela, que Lapetus ajustasse seu braço antes de tocar novamente.

– Meu Deus, assim é de fato muito melhor. Obrigado.

– Foi um prazer.

Lapetus sorriu para ele e voltou para sua barraca.

– Você dá aulas? – perguntou o violinista. – Não sou tão arrogante a ponto de presumir que minhas habilidades não possam ser aprimoradas.

– Atrevo-me a dizer que sim. – Lapetus suspirou. – Eu era professor. Mas não mais.

– Que pena. – O violinista deu de ombros. – Eu bem que gostaria de ter algumas aulas particulares. Não tenho como pagar muito, mas poderia lhe oferecer um terço do que eu ganhar nos dias de mercado.

Lapetus abriu seu maior sorriso em muitos meses.

Em semanas, a notícia da habilidade de Lapetus se espalhou por Tobolsk. Ele começou a dar aulas de música a quem lhe pagasse. Assim, juntos, os cinco conseguiram ganhar a vida e continuaram nessa rotina por nada menos que cinco anos.

Durante esse tempo, os Tanits e os Eszus fizeram o possível para se misturarem discretamente àquela sociedade. A incerteza sobre quem estava no comando do país – e, portanto, sobre a segurança do grupo – dominava sua existência. Muitas vezes, foram discutidos planos de fugir da Rússia, com o objetivo de serem repatriados para seus países de origem – Suíça, no caso dos Tanits, e Prússia, no dos Eszus. No entanto, qualquer estratégia em que conseguissem pensar parecia muito perigosa, principalmente levando em consideração os dois meninos pequenos.

À medida que o jovem Atlas crescia, seu pai passava muitas horas, durante os longos e gelados invernos, ensinando o filho a tocar um violino surrado, que ele havia ganhado de um cliente. Atlas demonstrou ter um talento inacreditável, e Lapetus sempre ficava emocionado ao ouvi-lo tocar.

– Acredite, Rhea – exclamou Lapetus, após uma dessas lições. – Nunca vi uma criança tão naturalmente talentosa em todos os meus anos como professor. Ele poderia ser um virtuoso! Clymene ficaria muito orgulhosa.

Rhea fungou.

– Seria melhor para todos se ele saísse com Cronus e Kreeg e aprendesse a caçar. *Essa* seria uma habilidade útil para todos nós.

Atlas tentou não se ofender com o comentário de Rhea.

– Sabe, eu ficaria feliz em ensinar Kreeg. Afinal, Atlas recebe aulas de idiomas de Cronus. Talvez seja preciso apenas encontrar o instrumento *certo* para ele...

Rhea revirou os olhos.

De fato, apesar dos melhores esforços de Lapetus, Kreeg mostrava pouco interesse em musicalidade ou em aprender um idioma com o pai. Lapetus achava isso um pouco triste. Ele reconhecia o brilho nos olhos de Cronus quando se sentava com Atlas e lhe ensinava o básico de francês, inglês e alemão. Era uma pequena prova de sua vida anterior. Em vez disso, a única atividade de pai e filho na qual Kreeg parecia estar envolvido era, como Rhea havia declarado, a caça.

Assim que foi capaz de formular frases, Atlas começou a perguntar sobre sua mãe e onde ela estava. Era o momento que Lapetus temia, mas ele estava preparado. Pegou o filho nos braços e o carregou para fora, para admirar o brilhante céu noturno.

– Ela está entre as estrelas, Atlas.

– Por quê? – perguntou o menino.

– Porque é para lá que as pessoas vão quando deixam seus corpos. Elas se tornam... poeira estelar.

O filho olhou para o vasto céu, os olhos arregalados de admiração.

– Posso ver a mamãe?

– Talvez, se você procurar bem. – Lapetus apontou para cima. – Acho que você pode vê-la entre as Sete Irmãs das Plêiades.

– Sete irmãs? – indagou Atlas.

– Isso mesmo. Está vendo aquelas estrelas ali, que são um pouco mais brilhantes do que as outras? – Atlas assentiu e o pai sorriu. – Vou lhe contar a história delas...

A partir daquele momento, Atlas Tanit foi cativado pelos céus e suas estrelas. Seu pai esgotou todo o conhecimento que tinha dos mitos e lendas gregas que muitos acreditavam ter levado à formação dos corpos celestes, bem como da astronomia física por trás daquelas maravilhas brilhantes.

– Você nunca vai se perder enquanto puder ver as estrelas, Atlas.

– Sério?

– Sim. A Estrela do Norte se move em um pequeno círculo ao redor do polo celeste. Como ela parece estar parada no céu noturno, você sempre será capaz de encontrar seu caminho.

Ele mostrou ao filho gráficos e mapas, que comprava com desconto de seus amigos no mercado. O fascínio de Atlas pelo globo em tão tenra idade era notável. Lapetus amava seu filho mais do que a própria vida e dedicava cada hora livre que tinha a suas paixões e ao seu desenvolvimento.

Essas horas aumentaram em 1922, quando teve início a Grande Fome. Os mercados se esvaziaram e, de repente, ninguém tinha dinheiro extra para comprar esculturas em ossos ou pagar por aulas de música. As coisas ficaram cada vez mais difíceis na casa. Cronus, em particular, começou a se enfraquecer, muitas vezes renunciando às refeições para que os outros pudessem comer mais. Agora, era responsabilidade exclusiva de Kreeg preparar as armadilhas.

Lapetus Tanit pensou no diamante que sua esposa havia escondido no forro de sua saia. Como o destino deles poderia ter sido diferente se ele tivesse permanecido em sua posse... A única chance que eles tinham de escapar do horror da Rússia havia partido junto com sua Clymene, e agora estava quase certamente nas mãos dos bolcheviques.

No inverno de 1923, a situação havia se tornado insuportável. Atlas agora tinha 5 anos e Kreeg, 9. E, conforme eles cresciam, cresciam seus estômagos.

– Essa situação está insustentável, Lapetus. Nós vamos morrer aqui – disse Cronus ao amigo, depois de desabar em uma cadeira.

– Eu não vou deixar isso acontecer, Cronus. Já chegamos longe demais.

– Precisamos de um plano para os meninos. Em breve estaremos fracos demais para alimentá-los. Precisamos agir agora.

– O que você sugere, Cronus?

– Você me contou sobre sua família rica.

– É verdade, meus pais têm dinheiro. Mas eles estão na Suíça. Escrevi para eles várias vezes para dizer que estou vivo e contar que eles têm um neto. Nem sei se as cartas chegaram até lá.

Cronus assentiu, então olhou para o amigo. Ele tinha uma expressão grave.

– Eu acho, Lapetus... que você precisa ir.

– Ir?

– Você precisa ir para a Suíça. Conseguir ajuda. É a única maneira de todos nós sobrevivermos.

Lapetus foi pego de surpresa.

– Meu amigo, não há nada que eu não faria para melhorar nossas chances. Mas você não concorda que eu morreria na viagem?

Cronus levou a mão frágil à testa.

– Admito que a probabilidade de sucesso é... limitada. Mas que todos nós vamos morrer aqui se não fizermos nada é uma *certeza*. Seu filho. Kreeg, Rhea... precisamos fazer tudo o que estiver ao nosso alcance para salvá-los.

Lapetus olhou para o fogo queimando na grade de ferro.

– É claro – concordou ele.

– Eu gostaria de poder acompanhá-lo. Mas não acredito que tenha a força necessária.

– Não – disse Lapetus. – Eu sou o único que poderia tentar essa viagem. – Lágrimas surgiram em seus olhos. – Por favor, cuide de Atlas. Ele é uma criança muito especial.

– Faremos isso, Lapetus. Nós faremos isso. – Cronus se levantou e abraçou o velho amigo. – Acredite que você o verá novamente.

Na manhã seguinte, ao raiar do dia, Lapetus acordou o filho e lhe explicou que estava saindo em busca de ajuda.

– Por quê, papai? – indagou Atlas, com uma expressão de puro medo.

– Meu filho... temo que chegou o momento em que não tenho escolha entre ficar ou partir. Nossa situação é insustentável. Preciso encontrar alguma ajuda.

O coração de Atlas afundou, e ele foi consumido por uma ansiedade urgente.

– Por favor, papai. Você não pode ir. O que faremos sem você?

– Você é forte, meu filho. Talvez não em seu corpo, mas em sua mente. É isso que o manterá seguro enquanto eu estiver fora.

Atlas se jogou nos braços do pai, sentindo seu calor pelo que acabaria sendo a última vez.

– Quanto tempo você vai demorar? – ele conseguiu perguntar, em meio a soluços cada vez mais intensos.

– Não sei. Muitos meses.

– Não vamos sobreviver sem você.

– É aí que você se engana. Se eu não for embora, acho que nenhum de nós terá futuro. Prometo pela vida de sua amada mãe que voltarei para buscá-lo... Reze por mim, espere por mim.

O menino assentiu, obediente.

– Lembre-se das palavras de Lao Zi: "Se você não mudar de direção, pode acabar exatamente aonde está indo."

– Por favor, volte – sussurrou Atlas.

– Meu querido menino, eu ensinei você a navegar usando as estrelas. Se precisar me encontrar, use as Sete Irmãs das Plêiades como suas guias. Maia, Alcíone, Astérope, Celeno, Taígeta e Electra irão protegê-lo. E, claro, Mérope, cuja estrela é especial, já que você só pode vê-la de vez em quando. Quando a vir, saberá que está a caminho de casa.

58

Tobolsk, 1926

Kreeg Eszu moveu seu cavalo para a posição F3.

– Xeque-mate – declarou ele, sorrindo.

– O quê? – respondeu Atlas, perplexo. – Como você conseguiu isso?!

– Esse movimento se chama Defesa Hipopótamo. Ele permite que você ganhe em seis jogadas. – Ele deu de ombros. – Sinto muito.

– Você pode me ensinar como se faz isso? – pediu Atlas.

– Ora, por que eu iria lhe contar todos os meus segredos? – zombou Kreeg. – Qual é a graça de jogar xadrez contra você se eu não puder vencer?

– Por favor, Kreeg! Eu quero saber!

– Vou pensar... Talvez, se você for cortar a lenha para mim...

Atlas revirou os olhos.

– Está bem.

– Meninos – chamou Rhea, cambaleando para a sala de estar. – Maxim vem aqui em meia hora. Vocês precisam guardar o jogo de xadrez. Já sabem que ele não gosta de bagunça.

Kreeg lançou um olhar furioso para a mãe.

– Maxim tem que vir hoje? Ele está sempre aqui agora.

– Precisa, sim, se você quiser comer – respondeu Rhea, baixinho.

– O quê? – perguntou Kreeg.

– Nada. Sim, Maxim tem que vir. Talvez vocês dois possam sair um pouco. Você não visita seu pai há algum tempo, Kreeg. Vá prestar suas homenagens.

O mais velho dos meninos parecia abatido.

– Mas isso me deixa triste.

– Bem, Atlas vai animá-lo. Ele é muito bom nisso, não é? – Ela se aproximou do menino e bagunçou seu cabelo. – Pegue seu violino ou algo assim, Atlas – sugeriu ela, tomando um gole da garrafa de vodca quase vazia em sua mão.

Cronus Eszu morreu aproximadamente quatro meses depois que Lapetus Tanit iniciou sua jornada para a Suíça. Desnutrido e fraco, ele desmaiou na neve enquanto verificava uma das armadilhas para coelhos ou ratos. Fora Atlas quem o encontrara. Ele jamais se esqueceria do grito estridente de Kreeg quando voltou correndo para casa, para pedir ajuda.

Quanto a Lapetus, não havia notícias dele desde o dia em que saíra em meio à neve, em 1923. Atlas sentia muita falta dele. Embora os três que permaneceram na Sibéria falassem como se ele pudesse voltar a qualquer dia, no fundo sabiam qual fora o destino que se abatera sobre ele.

Não muito tempo depois da morte de Cronus, as perspectivas melhoraram, pois Rhea havia conhecido um amante bolchevique chamado Maxim, que fornecia comida (embora escassa) e, mais importante, a vodca da qual Rhea passara a depender para conseguir atravessar os dias.

Kreeg e Atlas calçaram suas botas de pele, cachecóis, chapéus e luvas e começaram a subir a colina onde haviam enterrado o pai de Kreeg.

Atlas sabia o quão difícil seu irmão postiço considerava aquelas visitas, e tentou puxar conversa.

– O que você acha que vai ser quando crescer, Kreeg? – perguntou.

Kreeg fungou.

– Não me importo com o que vou fazer, desde que eu ganhe muito, muito dinheiro. Quero uma casa grande e quentinha, e que todos os meus armários estejam cheios de comida.

– Isso seria bom – respondeu Atlas. – Acho que eu gostaria de ser capitão de um navio. Poderíamos viajar pelo mundo todo.

– Pensei que você queria ser músico.

– Eu quero! – Atlas se entusiasmou. – Talvez eu possa ser as duas coisas!

Isso fez Kreeg dar uma risadinha, o que agradou ao menino mais novo.

– Talvez você possa. Dizem que quando o *Titanic* estava afundando, o quarteto de cordas continuou tocando. Então, quando seu navio afundar, você pode tocar uma música para os passageiros.

– Meu navio nunca vai afundar – afirmou um orgulhoso Atlas.

– Isso era o que eles diziam sobre o *Titanic*...

– Sim, mas eu vou ser muito mais cuidadoso do que o capitão Smith.

– Se você diz, Atlas.

Os meninos continuaram andando e finalmente chegaram ao túmulo de Cronus, que Kreeg havia marcado com um grande pedaço de madeira que tinha encontrado. Eles ficaram em silêncio por algum tempo, Kreeg arrastando os pés, desconfortável.

– Eu nunca sei o que dizer – admitiu o menino.

– Você sente falta dele? – perguntou Atlas.

– Claro – respondeu Kreeg.

– Bem, apenas diga isso, então.

Kreeg tossiu.

– Sinto sua falta, papai. – Ele se virou para Atlas. – Sabe, eu ouvi você falando com o seu pai fora de casa – continuou ele, calmamente. – Às vezes, parece que você está conversando com ele.

– Eu sinto que estou.

Kreeg assentiu.

– Sorte a sua. Enfim, vamos embora.

Ele começou a descer a colina.

Atlas correu para alcançá-lo.

– Pensei que você odiasse o Maxim.

– Sim, mas é melhor do que ficar aqui.

– Você sabe que sua mãe não o ama, não é? – esclareceu Atlas, e Kreeg deu de ombros. – Ela só faz isso para que possamos comer.

– Gostaria que a comida fosse melhor, então – comentou Kreeg, com um sorriso.

Quando os meninos voltaram para casa, Maxim mantinha Rhea contra a parede e a estava beijando com força.

– Meninos, pensei ter dito para vocês saírem – disse Rhea, alisando a saia.

– Nós moramos aqui – respondeu Kreeg. – Você não pode nos obrigar a sair.

– Você acabou de desrespeitar sua mãe? – perguntou Maxim, voltando-se para Kreeg.

– Eu nunca faria isso. Só não gosto das companhias que ela tem.

– Kreeg... – implorou Rhea.

Maxim atravessou lentamente a cozinha, até ficar cara a cara com o menino.

– Agora me diga, criança. Por quê?

– Porque eles são como javalis em volta de um poço.

Depois de uma pausa tensa, Maxim jogou a cabeça para trás e deu uma grande gargalhada.

– Eu sou um javali?! Você ouviu, Rhea? Seu filho me chamou de porco!

Então, rápido como um raio, Maxim deu um tapa no rosto de Kreeg com tanta força que o menino caiu no chão.

– Kreeg! – gritou Rhea.

– Ora, ora, Rhea, as crianças precisam aprender que devem respeitar os mais velhos. – Ele se virou para encará-la. – Não precisam?

– Sim, Maxim – disse Rhea, baixando os olhos. – Kreeg. Tome conta de Atlas. Agora, rapazes, vão para a cama.

Atlas correu até Kreeg e o ajudou a se levantar. Lágrimas escorriam pelo rosto do amigo, algo que não era comum. Atlas só tinha visto isso uma vez, no dia em que o pai dele morrera. Os meninos correram para seu quarto compartilhado, que antes havia sido uma despensa. Maxim havia adquirido um antigo colchão de casal para eles dormirem. Kreeg se jogou nele e continuou a chorar baixinho.

Atlas empoleirou-se na outra extremidade do colchão e se abraçou aos próprios joelhos.

– Você está bem, Kreeg? Aquilo foi muito forte.

– Estou bem – respondeu ele.

– Você foi tão corajoso. Na verdade – disse Atlas –, acho que nunca vi alguém ser tão corajoso assim.

Kreeg rolou para um lado.

– Sério?

– Sim! Você chamou o Maxim de javali! – exclamou Atlas, sorrindo.

Kreeg limpou o nariz na manga da camisa.

– Chamei, não foi?

– Foi incrível!

O garoto mais velho deu de ombros.

– Não foi nada.

– Eu acho – disse Atlas, com cautela – que seu pai ficaria muito orgulhoso de você.

Kreeg baixou os olhos e ficou quieto por um tempo.

– Talvez eu te ensine a Defesa Hipopótamo amanhã.

– Isso seria incrível!

– Tudo bem. Enfim, estou cansado. Vamos dormir um pouco.

Os meninos pegaram seus cobertores no pequeno espaço que havia na ponta do colchão e deitaram a cabeça nos travesseiros.

Quando Kreeg acordou, sua boca estava seca e sua língua parecia grossa. Enquanto se espreguiçava, ocorreu-lhe que não bebia água desde antes do jogo de xadrez com Atlas e que estava morrendo de sede. Kreeg bocejou e resolveu ir até a jarra guardada na cozinha improvisada. O minúsculo quarto dos meninos estava escuro como breu, mas Kreeg se guiou por um lampejo de luz que passava através da porta. Ele se levantou e manobrou suavemente o corpo sobre Atlas, tomando cuidado para não acordá-lo. Quando estava prestes a girar a maçaneta, ouviu a voz abafada de sua mãe. Kreeg franziu a testa. Ele não iria arriscar outro encontro com Maxim. Em vez disso, encostou o ouvido na madeira e escutou.

– Então você faria isso por mim, Maxim?

A voz de Rhea estava mais arrastada do que Kreeg jamais ouvira. Claramente, estava muito bêbada.

– Explique mais uma vez. Você quer que eu venda alguma coisa?

A fala de Maxim também era pesada e engrolada. Ambos deviam estar bebendo desde que os meninos foram para a cama.

– Um diamante Romanov, Maxim. Maior do que qualquer outro que eu já vi!

– Ué, venda você mesma.

– Você sabe que não posso. Se eu tentar vendê-lo em Tobolsk, vai parecer que tenho conexão com os Brancos. Eles saberão da minha conexão com os Romanovs. Mas se você vendê-lo, sendo um guarda vermelho, eles simplesmente... vão supor que você o roubou.

– Diga-me, Rhea, como você conseguiu um diamante Romanov?

– Vi uma oportunidade e a agarrei.

– Explique.

– Quando o czar e a czarina foram levados, eles deixaram alguns dos membros da casa real para trás, para apodrecer em um vagão, inclusive uma mulher grávida. Naquela noite, ela entrou em trabalho de parto e eu ajudei a criança a vir ao mundo: Atlas.

Maxim pareceu soltar um arroto.

– Prossiga.

– Durante o parto senti uma protuberância dura no forro da saia da mãe dele. Peguei, vi o que era e coloquei no bolso.

– Você roubou o diamante?

Rhea suspirou.

– Sim.

– E não teve medo das consequências?

– Eu moro na Rússia. Temo as consequências de qualquer coisa. Eu só estava fazendo o que achava que precisava fazer para sobreviver. Além disso, a mãe estava sangrando muito. Ela ia morrer.

– O que aconteceu com o pai do menino?

– Eu já lhe contei, ele nos deixou para procurar ajuda. Ele tinha família na Suíça.

– Uma missão tola. Ele não deve ter durado três dias lá fora.

Rhea prosseguiu:

– Eu pensei em devolver o diamante para Lapetus. Mas contei com o fato de que, se Clymene tivesse revelado ao marido sobre isso, ele presumiria que a pedra estava com a esposa quando ela foi levada do vagão, na noite após o parto.

– Se você devolvesse, ele saberia que você o roubou.

– Sim.

– Então, onde ele está?

– Esse segredo só será revelado quando você concordar em vendê-lo para mim. Claro, eu vou lhe dar uma bela comissão. Além disso, todos os... extras que você desejar.

– Me mostre.

– Maxim, eu não posso simplesmente...

– Me diga onde está, Rhea.

– Você não acredita em mim?

– Eu só gostaria de vê-lo.

– Ele não está aqui.

– Não?

– Não. Guardei-o em outro lugar, por segurança.

– Que pena. Eu teria gostado de ver. Enfim, está tarde. Preciso ir.

Kreeg o ouviu se levantar.

– Maxim... isso fica entre nós, certo? Você não vai contar a ninguém sobre o diamante, vai?

– Claro que não. Vejo você em breve.

Houve o som de alguns passos e então a porta da casa foi fechada com firmeza.

Desistindo do copo d'água, Kreeg voltou para a cama, a cabeça girando com o que acabara de descobrir. De repente, ele percebeu que escapar daquela vida era possível e, de fato, provável, se o que sua mãe estava dizendo fosse verdade. Ele olhou para o rosto do menino adormecido, o garoto que ele considerava seu irmão mais novo, cujo peito subia e descia lenta e ritmicamente.

Embora os pensamentos disparassem em sua cabeça como ratos em um ninho, uma coisa estava clara para ele, acima de tudo.

Sob nenhuma circunstância Atlas poderia descobrir o que Rhea havia feito.

59

Olimpo, junho de 2007

Quando Kreeg terminou sua história, nós dois ficamos sentados em silêncio, olhando para o mar Egeu azul que batia em silêncio contra o casco do *Olimpo*.

– Meu pai sempre me disse que minha mãe morreu ao me dar à luz – finalmente consegui dizer.

– Ele mentiu para você – confirmou Kreeg.

– Para me proteger. – Senti-me sufocado. – Você se lembra do momento em que os bolcheviques a levaram embora?

Kreeg assentiu.

– Ela estava com medo?

Ele hesitou.

– Você não estaria?

– Sim – sussurrei. Houve outra longa pausa e meus olhos se desviaram para a enorme pedra que jazia sobre a mesa. – Todos esses anos eu tive o diamante em mãos, acreditando ser de Rhea. Mas... pertencia à minha mãe o tempo todo.

– Pertencia à *czarina*.

– Mas foi entregue a ela voluntariamente. E depois levado sorrateiramente por sua mãe.

– E depois arrancado dela por você – retrucou Kreeg.

– Você ainda tem coragem de afirmar que meu pai sabia que Rhea havia tirado o diamante de minha mãe e de me acusar de roubá-lo de volta?!

– Sim.

– *Se* ele soubesse que Rhea o havia pegado da saia de minha mãe durante o parto, ele o teria roubado de volta de sua mãe muito antes.

Kreeg franziu a testa e meneou a cabeça.

– É uma questão de lógica... Foi tudo há muito tempo. Depois daquela noite em que ouvi minha mãe falar sobre o diamante, perguntei a ela sobre o assunto quando você não estava por perto. Ela me disse que o estava guardando para o nosso futuro, para o dia em que deixássemos a Rússia. Ela não podia vendê-lo em Tobolsk. Eu...

Durante a recontagem de sua história, um lampejo de incerteza surgiu em seu rosto em vários momentos.

– Kreeg – falei, com calma. – Tenho um pedido. Você me concederia uma última refeição, talvez a bordo do *Titã*? Podemos comer juntos, como costumávamos fazer. Não tenho chef, pois vim aqui sozinho, mas na geladeira há caviar, que ambos sonhávamos comer, e na despensa uma garrafa da melhor vodca.

Eszu refletiu.

– Por que não? Como você diz, crescemos como irmãos e compartilhávamos o pão juntos todas as noites... quando o tínhamos! – Kreeg soltou uma risada sombria. – Você pode me contar sobre a sua vida e como foi que acabou buscando suas filhas nos quatro cantos da Terra... como se colecionasse selos.

As palavras dele não conseguiram me ferir.

– Posso me levantar? E conduzi-lo a bordo do *Titã*?

Eszu assentiu. Levantei-me e caminhei lentamente até a prancha de desembarque que Kreeg colocara entre os dois superiates. Avancei engatinhando, antes de alcançar o convés do *Titã*. Kreeg, no entanto, hesitou, sem saber o que fazer com a pistola.

– Aqui. Passe para mim – ofereci.

– Você deve achar que sou louco! – respondeu Kreeg.

– Se você não quer passá-la para mim, deixe-a a bordo do *Olimpo*. Juro que não sou uma ameaça para você. Nunca fui e continuo não sendo.

Kreeg me encarou e colocou a arma com cuidado no bolso de trás. Então, se içou para a prancha de desembarque, deixando bem óbvio que a tarefa lhe exigia muito fisicamente. Enquanto rastejava pelo espaço entre os iates, suas mãos começaram a tremer, talvez devido à pressão que estava exercendo sobre elas, fazendo a prancha balançar. Kreeg perdeu o equilíbrio. Sem pensar, ele estendeu a mão, mas descobriu que não havia nada para segurar. Rápido como um raio, eu o agarrei e o puxei em direção ao *Titã*.

– Você está bem? – perguntei, enquanto o ajudava a descer no convés.

– Tudo bem – respondeu ele, afastando a mão e se endireitando. – Você tem um belo barco. A decoração é talvez um pouco... antiquada para o meu gosto, mas combina com você.

Coloquei as mãos nos bolsos e dei de ombros, indiferente.

– Tentei fundir o passado e o presente.

– Exatamente o que eu quis dizer.

Dei uma pequena risada.

– Por favor, siga-me.

Levei Kreeg à mesa de jantar do convés principal, na popa do *Titã*.

– Por favor, sente-se. Vou trazer um pouco de comida.

Fui até a cozinha e, em uma bandeja, arrumei uma seleção de caviar, salmão defumado, queijos e carnes curadas, junto com uma garrafa de vodca Russo-Baltique, que eu havia guardado para a ocasião. Quando voltei para a mesa, a pistola estava mais uma vez ao lado de Kreeg.

– Vejo que você desenvolveu um gosto por coisas caras – brincou Kreeg.

– Acabamos de sair do *seu* iate multimilionário.

Kreeg nos serviu uma dose da vodca.

– *Vashee zda-ró-vye* – brindou ele, erguendo o copo.

– *Vashee zda-ró-vye* – repeti.

Kreeg ficou parado, observando-me esvaziar meu copo antes de fazer o mesmo.

– Kreeg, se eu fosse tentar te envenenar, pode ter certeza de que a vodca que eu usaria seria muito mais barata.

Ele riu.

– Um homem que pensa como eu.

Juntos, saboreamos o caviar e lentamente começamos a esvaziar a garrafa entre nós.

– Diga-me, Atlas – começou Kreeg. – Você disse que certos eventos em sua vida o fizeram questionar a simplicidade da realidade ao nosso redor. Por favor, explique.

Engoli meu caviar e limpei os lábios com um dos guardanapos de linho branco do *Titã*.

– Nas minhas viagens pela Terra, enquanto fugia de você, eu estive em Granada, na Espanha. Na época eu estava acabado... a ponto de desistir. Lá, na grande praça em frente à catedral, conheci Angelina, uma jovem *gitana*, que leu minha mão e me contou meu futuro. Ela era... surpreendente. Mencionou coisas sobre a minha vida que não teria como saber. Angelina sabia sobre você e sua busca incansável por mim ao redor do mundo. Então, ela me disse que um dia eu seria pai de sete filhas... e que uma delas já estava esperando que eu a encontrasse. Eu... – Minha voz falhou. – Mas chega disso.

Kreeg serviu outra dose para nós dois, que logo bebemos.

– Você encontrou seu pai? – perguntou ele.

Eu balancei a cabeça.

– Não... embora tenha passado muitos anos procurando por ele. Acabei sendo informado de que morreu em sua jornada para casa. Ele chegou até a Geórgia. No entanto, tive notícias de minha avó na Suíça. Quando ela morreu, me deixou tudo o que tinha, inclusive o terreno às margens do lago Genebra onde Atlantis foi construída. A partir daí, acumulei minha fortuna. – Atlas sorriu com tristeza. – Tudo o que eu tocava parecia virar ouro, mas não significava nada para mim.

Kreeg terminou de mergulhar um *blini* no cream cheese e colocou delicadamente a faca sobre a mesa.

– E eu tive que ficar parado vendo você fazer isso.

Eu me remexi, desconfortável.

– Enfim, conte-me sobre a sua esposa.

Kreeg fez uma pausa.

– Você quer dizer Ira?

– Quem mais? – respondi.

– Nós nos conhecemos logo após o funeral do marido dela. Ela estava de luto. Eu estava por perto. O que mais há para dizer?

Ele enfiou o *blini* com salmão defumado na boca.

– Você se casou com ela por dinheiro?

Kreeg engoliu em seco e balançou a cabeça.

– Não. Eu a amava.

– Então, sinto muito, muito mesmo. Você suportou a dor mais dura que um ser humano pode tolerar.

Ele se serviu de outra dose de vodca.

– Talvez. Mas a morte de minha mãe me forneceu um escudo que me protegeu da maioria das dores da vida. Acho que devo agradecer a você por isso. De qualquer forma, estou divagando. Diga-me, como encontrou suas filhas?

Nas duas horas seguintes, contei a Kreeg tudo o que levara à adoção das meninas, desde ser encontrado por Bel sob a cerca viva de Landowski até o cartão de visita que Cecily Huntley-Morgan guardou como um símbolo de boa sorte.

– Embora você tenha me perseguido durante toda a minha vida, percebo agora que toda aquela fuga me deu o meu maior presente: minhas filhas. E devo agradecer a você por isso.

Ergui minha taça e brindei a Kreeg, mas ele não retribuiu o gesto. Por alguma razão, a história de como encontrei minhas filhas parecia tê-lo perturbado. Se eu não o conhecesse melhor, teria dito que meu antigo irmão estava... abalado.

– Só tenho um desgosto – continuei.

– Qual? – perguntou ele, devagar.

– Nunca encontrei minha sétima filha. Sangue do meu sangue. Não sei... – refleti, com tristeza. – Talvez Angelina estivesse errada, e a menina nunca tenha vindo ao mundo.

Kreeg permaneceu em silêncio, lentamente enchendo seu copo e me encarando.

– Conheci minha adorada Elle em Paris – prossegui –, quando éramos apenas crianças. Você deve lembrar que a viu uma vez, quando estávamos bebendo com amigos em um café em Leipzig. Você entrou, e eu sempre soube que tinha me reconhecido. Eu disse a Elle que deveríamos partir imediatamente, mas, como você sabe, não foi o que fizemos, e você incendiou o meu alojamento. Tive que pular pela janela para escapar. Quebrei o braço e nunca mais toquei meu amado violoncelo.

– Peço desculpas – disse Kreeg. – Você era muito talentoso com um arco. Mas não importa, afinal, você conseguiu escapar.

A vodca havia me deixado ousado, então continuei:

– Claro, eu sabia que seu pai era prussiano, mas o choque que senti ao vê-lo em um uniforme da SS... Meu velho amigo, meu irmão... um nazista!

– A pobreza e a fome alimentadas pela amargura podem remover o coração do corpo, Atlas.

Eu olhei para ele.

– Não removeram o meu.

Kreeg cruzou os braços.

– Elle era muito bonita.

– Nisso nós dois concordamos. – Tomei um gole da minha vodca. – Como você escapou da Alemanha depois da guerra?

– Eu vi o que ia acontecer em 1943 e escapei para o único lugar onde as mãos poderosas de Hitler não podiam me alcançar: Londres. Eu me fiz passar por um imigrante russo. Meus anos crescendo na corte me deram o disfarce perfeito. Por sorte, conheci uma princesa Branca que também havia fugido para lá em 1917. Ela era velha e rica, e eu massageava o seu ego. Mudei-me para o apartamento dela, que cheirava aos muitos gatos que ela mimava como se fossem seus filhos. Não demorou muito para que ela me levasse para a cama. Eu escapava para os bares do Soho sempre que podia, e foi nesse momento que comecei a conversar com um sujeito horroroso chamado Teddy. Você pode imaginar minha surpresa quando o nome "Tanit" surgiu na conversa.

– E nossos caminhos se cruzaram mais uma vez.

– Nunca vou esquecer o medo em seus olhos quando você me viu do outro lado da rua. – Kreeg me deu o mais hipócrita dos sorrisos. – Isso me deu muito prazer.

– Depois de sua aparição na livraria, tomamos a decisão de deixar a costa da Europa para sempre e iniciar uma nova vida juntos, do outro lado do mundo. Desaparecer na vastidão da Austrália com o resto dos imigrantes. Queríamos... precisávamos... de paz.

Kreeg bufou e tomou outro gole de vodca.

– *Você* precisava de paz quando me negou a minha?

Eu continuei:

– Tínhamos comprado nossa passagem para o navio a vapor, e concordamos em nos encontrar a bordo. Mas... ela nunca apareceu. Quando revistei o navio e descobri que ela não estava lá, nós já havíamos zarpado. – A energia de repente deixou meu corpo. – De todos os meus tempos sombrios, aquela viagem para a Austrália foi o ponto mais baixo da minha vida. Nem mesmo a longa viagem da Sibéria a Paris pode se comparar à desolação que senti. Eu... tinha finalmente perdido a esperança.

Kreeg permaneceu em silêncio, mas seu olhar se tornou mais intenso.

– E, ainda assim, minha vida foi novamente salva por uma jovem órfã. Ela me fez lembrar da bondade inata da humanidade. Se não fosse pela gentileza de estranhos, não estaríamos sentados aqui agora, saboreando nossa última ceia juntos.

– Eu perdi a fé na natureza humana há muito tempo... – disse Kreeg.

– E eu tive minha própria fé *restaurada* pelas pessoas... mas nós dois sempre fomos muito diferentes.

– Ah, é claro! – Kreeg de repente bateu o copo de vodca com força na mesa. – Você, o filho perfeito e gentil. Eu, sangue do sangue da minha mãe, o encrenqueiro. O garoto zangado. Era óbvio desde o início que ela amava mais você... o menino quieto, inteligente e doce... Ela se preocupava com você, deu a você o melhor de tudo o que podia encontrar para comer... até confiou em você, acima do próprio filho, para ser o mensageiro que levaria o diamante para Gustav!

Fiquei genuinamente chocado com a interpretação que Kreeg fizera do passado.

– Sua percepção da realidade está distorcida. O que você acabou de dizer não é verdade. Já expliquei que Rhea me escolheu como mensageiro para protegê-lo. Pelo amor de Deus, você que foi enviado para ter aulas!

– Para que ela pudesse passar mais tempo com você!

Kreeg pegou a garrafa de vodca e deu cinco goles enormes. Pela primeira vez, enxerguei qual era a verdadeira mágoa que remontava à nossa infância. Ele realmente se ressentia de mim.

– Éramos diferentes, Kreeg, só isso. Um não era melhor que o outro.

– Eu odiei você por sua crença infalível na bondade da humanidade. Naquela época... e agora.

Balancei a cabeça.

– Essa é a única coisa que você jamais poderia tirar de mim. Isso e a minha amada Elle. Admito que teria matado você antes de permitir que algo de ruim acontecesse a ela.

Kreeg murmurou algo dentro do copo de vodca.

– O que você disse?

Kreeg me encarou, o olhar repleto de malícia. Estava obviamente muito bêbado.

– Eu disse que a tirei também.

– O quê?

Ele levou um momento para organizar os pensamentos. Quando voltou a falar, sua voz estava mais profunda, um rosnado.

– Eu a tirei, Atlas. De você.

Meu coração disparou, e lutei para me manter calmo.

– Me diga o que isso quer dizer. Agora.

– Ela não se juntou a você no navio para a Austrália porque eu a sequestrei.

Tentei responder, mas me descobri incapaz de falar.

– Eu o segui da livraria até o porto. Você não deveria ter saído do lado dela, Atlas. Esse foi o seu erro.

Coloquei a mão sobre meu coração acelerado.

– Você está... você está... mentindo.

Kreeg ergueu o dedo, lembrando-se de algo.

– Gostaria de ver uma foto nossa no dia do nosso casamento? Acho que tenho uma em algum lugar...

– Por favor, não. Por favor. Meu Deus, não...

Kreeg enfiou a mão no bolso e tirou da carteira uma fotografia em preto e branco desbotada. Havia um jovem e sisudo Kreeg e... com certeza, o rosto que eu não via fazia sessenta anos. Para minha total descrença e devastação, ela estava usando um vestido de noiva. Achei que fosse desmaiar.

– Como?! Minha Elle sabia quem você era, o que você tinha feito comigo... Ela nunca concordaria em se casar com você. Eu...

Kreeg se inclinou para mim e falou baixinho:

– Eu expliquei a ela que, se não concordasse em vir comigo, eu subiria a bordo do navio e atiraria em você onde quer que você estivesse. Eu sabia tudo sobre a sua partida planejada...

60

Porto de Tilbury, Essex, Inglaterra, 1949

Tinha sido uma longa noite para Kreeg Eszu. Tendo seguido o carro de Rupert Forbes desde Londres, ele observou discretamente enquanto Atlas Tanit e sua linda namorada faziam o check-in no hotel Voyager e, em seguida, desfrutavam de uma viagem de compras pela cidade. Ele observou o casal sentado no cais e observou Atlas puxar, com carinho, a garota para perto de si, embriagado de amor. Depois os dois voltaram para o hotel, e Kreeg se posicionou em um banco à beira-mar, a pouco mais de 150 metros da entrada do Voyager.

Ele passou a noite inteira sentado lá.

Estava claro que a dupla planejava ir para a Austrália quando o RMS *Orient* partisse, em algumas horas. A longa noite dera a Eszu tempo para considerar suas opções. Na verdade, ele não esperava encontrar Tanit tão facilmente. Para começar, seu inimigo não se preocupara em usar um pseudônimo – algo estranhamente descuidado da parte dele.

Na verdade, Kreeg nem estava procurando ativamente por Atlas; em vez disso, dedicava seu tempo a cortejar a princesa Branca e se misturar à nova cidade. Mas o destino fez o seu papel – como sempre parecia acontecer quando se tratava de Atlas –, e seus caminhos se cruzaram novamente muito antes que ele esperasse.

Por muitos anos, Kreeg sonhara em ver a luz deixar os olhos de Atlas, com seu próprio rosto refletido neles. Porém, durante a guerra, ele testemunhara muitas mortes. Vida após vida se extinguindo diante dele, homens tombando como dominós. Às vezes, ele tinha inveja daqueles que pereciam. Pelo menos estavam livres da devastação que os cercava.

Kreeg concluiu que, para Atlas, a morte não seria suficiente. Para Tanit, o castigo tinha que ser em *vida*.

Ele agora ansiava que seu irmão experimentasse a devastação que ele mesmo sofrera quando aquele traidor matara sua amada mãe. A dor fora... *era*... excruciante. E ele queria que Atlas sentisse exatamente aquilo.

Ele só queria ter a chance de se vingar antes que Tanit e sua esposa embarcassem no RMS *Orient*... caso contrário, ele também seria forçado a entrar no navio e segui-los até a Austrália. Ele estremeceu só de pensar na possibilidade.

O porto de Tilbury começou a ficar movimentado por volta das nove da manhã, momento em que Kreeg saiu do banco, comprou um jornal e se posicionou em uma esquina paralela ao hotel. Seu coração começou a bater um pouco mais rápido, imaginando como as coisas iam se desenrolar, e ele tentou se acalmar. Só era necessário um momento em que estivessem separados. Sim... era tudo de que precisava. Às 9h25, Kreeg avistou a figura alta de Atlas saindo do hotel, carregando sua mala. Ficou observando e, para sua alegria, a mulher loura não o seguiu imediatamente. Tanit subiu a prancha e embarcou no navio.

Cinco minutos depois, a mulher apareceu com uma mala e um saco de papel azul-claro. Era a sua chance. Kreeg avançou na direção dela rapidamente. Usando o jornal como escudo, enfiou a mão no bolso do sobretudo e tirou sua pistola Korovin. Com a arma firme nas mãos, Kreeg reequilibrou o jornal dobrado para que ela ficasse perfeitamente escondida. Ele se aproximou cada vez mais, até que a mulher loura estivesse ao alcance de um toque.

Kreeg tivera a noite inteira para planejar seus movimentos e executou seu plano com precisão. Ele agarrou o ombro da mulher e enfiou a pistola em suas costas. Ela se sobressaltou.

– Grite e eu atiro em você – sussurrou ele ao seu ouvido. A mulher assentiu. – Faça o que eu mandar. – Kreeg a girou e encarou seus aterrorizados olhos azuis. – Olá, minha querida! – disse ele. – É um prazer vê-la aqui.

Então, ele a abraçou, mantendo a arma apontada para o peito dela.

– Por favor, não faça isso – disse Elle, baixinho.

– Tarde demais – sussurrou Kreeg. Ele a virou mais uma vez, de modo que ela ficasse de frente para o navio, mantendo um aperto firme em seu braço. – Você vai vir comigo.

– Para onde, Kreeg?

– Vou explicar mais tarde.

– E se eu gritar agora? Estamos no meio de uma multidão.

– Isso seria imprudente. Antes que termine de gritar, eu terei subido naquela prancha e colocado uma bala na cabeça de Atlas. Sem falar na bala que vou enfiar no meio das suas costas.

– E se eu me recusar a acompanhá-lo?

– Vou subir a bordo do navio e atirar nele, onde quer que ele esteja.

– Aonde quer que você planeje me levar, ele o encontrará. Tenho certeza.

– Vamos deixá-lo tentar. Agora venha, minha querida.

– Espere. Deixe-me escrever um bilhete para ele.

Kreeg zombou.

– Um bilhete?! Para explicar o que aconteceu com você? Por acaso ele disse a você que sou idiota? Eu não me surpreenderia.

– Não. Você deseja lhe causar dor, não é? Esse é o propósito de me impedir de embarcar naquele navio.

Kreeg ergueu uma sobrancelha.

– Muito esperto da sua parte.

– O que poderia ser mais doloroso para ele do que acreditar que eu o deixei por escolha própria? Vou escrever um bilhete de despedida. Então, pelo menos, eu terei uma conclusão... e a agonia do meu noivo será duplicada.

Kreeg refletiu sobre a proposta dela.

– Considere esse meu último pedido.

– Você acha que vou te matar?

– Você está com uma arma nas minhas costas.

Kreeg deu uma risada sombria.

– Escreva seu maldito bilhete.

Elle se abaixou para abrir a bolsa e tirou um pedaço de papel que trouxera do hotel, junto com uma caneta. Kreeg observou-a escrever cada palavra.

– Pronto. Está satisfeita? – disse ele.

Kreeg leu o bilhete.

Karma foi o que me deu você, e esse foi o maior presente que tive.

Relaxe finalmente sem o fardo de ter que me manter segura.

Eu serei para sempre sua,

Elle

(Garanta que sua vida seja muito bem aproveitada; é o que farei com a minha.)

Ele assentiu.

– Ótimo, agora precisamos encontrar alguém para entregá-lo a ele – avisou ela.

– O quê? Não. Nada disso. Vamos sair agora. De qualquer forma, foi uma ideia sem sentido.

Ele agarrou o braço dela com mais força e começou a puxá-la.

– Ai!

Elle deixou cair o saco de papel azul-claro com o vestido de cetim, mas não sem antes colocar dentro dele seu bilhete.

Enquanto Eszu a puxava para longe da multidão, Elle olhou para o navio. Lá, ela teve um vislumbre final do homem que amava, e que olhava ansiosamente para o porto abaixo.

– Adeus, meu amor – sussurrou ela. – Me encontre.

Kreeg a conduziu por algumas ruas, então a forçou a entrar em um Rolls-Royce preto.

– Sente-se na frente comigo.

Elle seguiu suas instruções e, assim que fechou a porta, Kreeg tirou o jornal de cima da pistola.

– Se você tentar fugir, eu atiro em você.

A mulher respirava com dificuldade, mas tinha uma expressão decidida.

– Posso perguntar para onde estamos indo agora?

Kreeg riu.

– Você ficaria surpresa ao saber que não planejei tão longe?

– Na verdade, ficaria – respondeu ela.

Kreeg ligou o carro e começou a dirigir, a pistola sempre no colo.

– Ele não fez o que você pensa que fez, Kreeg. Ele é um bom homem. O melhor que já conheci.

Kreeg a encarou.

– Ah, então ele lhe contou quem eu sou e por que o estou perseguindo?

– É claro. Nós nos conhecemos desde crianças.

– Sério? – exclamou Kreeg. – Então você também sabe como ele era um garotinho arrogante e ardiloso.

A mulher teve uma ideia.

– Você sabe que ele ainda tem o diamante. Ele quer devolvê-lo a você. Se parar o carro, podemos ir buscá-lo agora.

Kreeg ergueu uma sobrancelha.

– O diamante ainda está com ele?

– Juro pela minha vida.

Kreeg pareceu vacilar por um momento, então apertou ainda mais o volante.

– O fato de ele não ter vendido o diamante não o livra do crime de homicídio.

– Ele não assassinou sua mãe, Kreeg, foram os soldados bolcheviques...

– Cale a boca! – rosnou Kreeg. – Vejo que ele a corrompeu com suas mentiras. Atlas Tanit é tão inocente quanto você é feia.

– O que vai fazer comigo?

Kreeg permaneceu em silêncio.

– Se for me matar, por favor, que seja rápido.

Eszu balançou a cabeça.

– Eu já vi mortes suficientes. Não faz sentido matar sem necessidade.

– Então qual é o seu plano?

– Você mencionou anteriormente que meu objetivo é causar o máximo de sofrimento possível a Atlas.

– Sim?

– Eu não vou te matar. Eu vou ficar com você.

61

Titã, junho de 2007

Não tenho vergonha de admitir que estava soluçando abertamente.

– Kreeg, você teve sucesso no objetivo da sua vida. Você tirou tudo de mim.

– Eu sei – concordou ele, com frieza.

– Ela não viu que, ao ir com você, estava me matando da mesma forma?

– Talvez. Mas a escolha era dela. Jurei que, se ela se casasse comigo, não iria mais persegui-lo. Eu mantive minha palavra, como você bem sabe.

– Mas não o seu filho! – explodi, com raiva. – Ele perseguiu as minhas filhas como se estivesse caçando perdizes... – Um pensamento horrível passou pela minha cabeça. – Meu Deus! Por favor, me diga que seu filho não tem o meu sangue.

– Não. Zed é filho de Ira.

Minha cabeça estava girando, descontrolada.

– O bilhete de Elle... Sempre o guardei comigo.

Com as mãos trêmulas, enfiei a mão no bolso e tirei o pedaço de papel.

Kreeg pareceu surpreso.

– O quê? Como você conseguiu isso? Elle o deixou cair no cais.

– Eu reconheci o saco de papel azul-claro. Um menino o jogou a bordo do navio antes que ele partisse.

Kreeg tirou o bilhete de minhas mãos e o examinou, seus olhos se estreitando sob a luz do dia que ia se esvaindo. Depois de alguns instantes, seus lábios finos se curvaram em um sorriso.

– Acho que dei muito crédito a você ao longo dos anos, Atlas. O bilhete é uma mensagem. Karma, Relaxe, Eu, Elle, Garanta... Pegue a primeira letra de cada frase e você terá...

Meu estômago se revirou.

– Kreeg.

Ele assentiu.

– Mas isso significa... Ela enviou uma carta para Horst e Astrid. Ela também estava codificada? Ah, Deus, o que mais deixei passar durante todo esse tempo? – Cerrei os punhos e os bati nos joelhos. – Estou implorando, conte-me o que aconteceu com Elle.

Kreeg recostou-se na cadeira.

– Ela morreu cerca de três anos depois de nos casarmos.

Uma dor profunda perfurou meu coração.

– Como?! – gritei. – Conte-me tudo. Eu preciso saber.

Kreeg deu um sorriso sem humor.

– Ela nunca mais foi a mesma depois... do parto. Ficou muito fraca. No final, foi a gripe que a levou. O médico disse que uma pessoa doente precisa ter *vontade* de se recuperar. Algo que ela não tinha.

– O parto? Então vocês *tiveram* um filho juntos? Ah, não. – Eu coloquei a cabeça entre as mãos. – Isso é um pesadelo.

Kreeg estava totalmente imóvel.

– Não. Nós não tivemos um filho juntos.

Eu o encarei.

– O quê? Então... isso quer dizer...

– Sim. Logo depois que sequestrei Elle, ela descobriu que estava esperando um filho seu. A tal cigana estava certa.

Eu prestei atenção em cada palavra de Kreeg.

– O que aconteceu com nosso bebê?

– Elle acreditava que a criança tinha morrido no parto. Foi um caso confuso. Ela foi operada no hospital e não sabia de nada. Enquanto isso, elaborei um plano. Você deve compreender, eu não queria que seu bebê bastardo fosse empurrado para cima de mim.

– Você matou meu filho também? Com as próprias mãos?! Meu Deus, meu Deus! Que tipo de animal você é?

– Por favor, Atlas, eu tenho um mínimo de compaixão. Jamais mataria uma criança a sangue-frio. Deixei-a na porta de um padre da região. Eu a entreguei ao seu precioso Deus para protegê-la.

– Era "ela"? Uma menina?

– Sim.

– A irmã desaparecida. Minha querida Mérope...

– Também encontrei uma maneira de atingir você. Coloquei o anel que você comprou para Elle na cesta com a criança, esperando que um dia você a encontrasse de alguma forma... e percebesse tudo o que perdeu.

– O anel de esmeralda de Elle? Com sete pontos?

– Esse mesmo.

Movendo-me o mais rápido que pude, peguei a arma na ponta da mesa perto de Kreeg e me levantei. Eu a apontei para a cabeça dele. Não tenho vergonha de dizer que naquele momento minha fúria não conhecia limites.

– Diga-me onde ficava a casa desse padre ou juro que vou atirar em você agora.

Kreeg levantou as mãos. Seus olhos de repente se encheram de medo quando ele percebeu seu erro.

– Não me lembro... eu...

Engatilhei a arma, pronto para atirar.

– Irlanda – gaguejou Kreeg. – West Cork. Foi para lá que levei Elle depois que saímos do porto de Tilbury.

– Por que Irlanda? Por que levá-la até lá? RESPONDA!

Ele jogou os braços para cima em um gesto displicente.

– Eu queria um lugar isolado e remoto. Um lugar onde você nunca pensaria em ir farejar. E onde melhor do que a borda da Europa? West Cork nos anos 1950 era o mais rural possível, Atlas. Não tínhamos nem eletricidade. Era perfeito.

– Perfeito... – sussurrei, enquanto segurava a arma com força.

– Comprei uma casa caindo aos pedaços no meio do nada, usando o dinheiro que roubei da princesa Branca.

– Onde era a casa?

– Perto de uma cidade chamada Clonakilty.

– O nome?

– Argideen House.

– Você tirou tudo... *tudo* que eu tinha!

Kreeg pôs-se de pé e olhou para mim.

– Você matou minha mãe!

– Você sabe em seu coração que não matei ninguém. Você apenas usou isso como pretexto, porque me odiava desde o início. Você acreditou que eu tinha roubado a atenção que deveria ter sido sua.

Os olhos de Eszu ficaram vermelhos.

– Todo mundo amava você – disse Kreeg. – A criança perfeita.

– Eu amava *você*, irmão. Eu o admirava, o protegia quando se metia em apuros, levava a culpa por você...

Agora, era Kreeg quem soluçava.

– Atlas, o herói! Atlas, o forte! Atlas, o bravo! E Atlas, o bom...

– Não. – Eu balancei a cabeça, sentindo-me exausto. – Você destruiu o Atlas que eu era. Você me deixou carregar o peso do mundo em meus ombros. Você me puniu por tudo que sou. Ainda não está satisfeito?

– Nunca estarei satisfeito até que não respiremos mais o mesmo ar. Você está com a arma agora. Atire em mim e acabe com isso! – Kreeg começou a tremer. – Posso ver agora que você tem todos os motivos para me matar. Nem mesmo *você* pode perdoar o que eu lhe contei hoje.

Pesei minhas opções.

– Estou me segurando muito para não fazer isso. Sim. Eu admito.

– Então ATIRE! – gritou Kreeg. – Seja humano pelo menos uma vez! Puna aqueles que te feriram, que tentaram destruí-lo... Aperte o gatilho!

Eu apontei a pistola para a cabeça de Kreeg por um tempo, antes que minha mão começasse a tremer, e então a deixei cair de volta na mesa.

– Não. Nunca.

– O quê? Não entendo...

– Você não vai me fazer mudar. Nós não somos iguais. – Eu apoiei a cabeça nas mãos por um momento e respirei fundo várias vezes. – Acabou, Kreeg.

– Acabou?

– Sim. Eu... eu perdoo você. Agora, vou para a cama. Sou um homem velho e estou muito, muito cansado.

– O que você está fazendo? – rosnou Kreeg.

Eu me virei e caminhei lentamente em direção ao salão.

– Volte, Atlas! Isso acaba esta noite, de um jeito ou de outro!

– *Acabou*, Kreeg. Acabou. Está tudo acabado.

Desci as escadas e desabei na cama.

62

Fui acordado pelo nascer do sol grego queimando intensamente meu rosto. Rolando na cama, percebi que tinha sido capaz de dormir ainda vestido, coisa que não fazia desde pequeno. Sentei-me, hesitante, sentindo uma tensão familiar no peito. Eu me castiguei por ter adormecido, pois agora, em Atlantis, meu plano estaria em pleno andamento. Marina estaria telefonando para as meninas para contar que eu havia morrido de um infarto.

Kreeg deveria ter tirado a minha vida.

Mas ali estava eu. Respirando. Eu sabia que precisava entrar em contato com Georg o mais rápido possível. Levantei-me, saí da cabine e comecei a subir o lance principal de escadas. Cheguei ao convés, mas não vi sinal de meu inimigo.

– Kreeg? – gritei. – Olá?

Caminhei da proa à popa e, ao fazê-lo, absorvi o glorioso sol que pairava no horizonte. Eventualmente, cheguei à prancha que ligava o *Titã* ao *Olimpo*. Satisfeito por ele não estar a bordo do meu barco, rastejei até o outro lado, apesar da dor crescente em meu peito.

– Ei, Kreeg? É Atlas. Olá?

Não havia sinal dele. Desci as acomodações do iate, continuando a chamar por ele. Procurei nas cabines, escritórios, alojamentos dos funcionários e na cozinha. Todos estavam vazios. Por fim, subi até a ponte, de onde o iate era comandado. Enquanto eu examinava a sala, algo chamou minha atenção. Em cima do painel de controle havia uma conhecida sacolinha de couro. Eu me aproximei. Ao lado dela, havia um envelope branco onde estava escrito *Atlas*.

Afrouxei os cordões da sacolinha e, para minha surpresa, o diamante ainda estava ali dentro. Mais do que um pouco apreensivo, abri o envelope, que continha um cartão da escrivaninha de Kreeg, em que se lia:

VOCÊ VENCEU, ATLAS. EU PARTI, ENTREGUE AO MAR. FINALMENTE ACABOU.

Coloquei lentamente o cartão no bolso da camisa e pendurei o diamante no pescoço. Tendo acabado de fazer uma busca minuciosa no *Olimpo*, eu sabia que Kreeg não estava no iate. *Entregue ao mar...* Ele se jogara ao mar? Subi no convés da ponte e olhei para o mar lá embaixo. Não vi nenhum corpo, nem nada incomum. Seria aquilo algum tipo de estratagema?

Algo me dizia que não.

Kreeg havia deixado o diamante. Se ele tivesse fugido, certamente o teria levado consigo.

– Adeus, Kreeg. Espero que você encontre a paz, apesar de tudo – sussurrei.

O que eu deveria fazer, então? Obviamente, era meu dever entrar em contato com a Guarda Costeira da Grécia. No entanto, eu não podia arriscar que me encontrassem ali, com uma arma, em algum lugar a bordo. Enquanto o pânico crescia dentro de mim, tive uma ideia. Voltei ao painel de controle e liguei a frequência apropriada no rádio.

– Guarda Costeira, aqui é o iate a motor *Olimpo*. Nossa posição é latitude 37,4 Norte e longitude 25,3 Leste. Temos um homem suspeito ao mar. Câmbio.

Houve uma breve pausa antes que a resposta viesse:

– Iate a motor *Olimpo*, mensagem recebida, confirma sua localização como Delos?

– Confirmo – respondi.

– Você consegue ver o homem no mar?

– Negativo. O iate tem um passageiro a menos.

– Confirmado, *Olimpo*. A ajuda está a caminho – disse a voz, em meio a zumbidos.

Coloquei o rádio de volta no suporte e voltei para o *Titã* o mais rápido possível, levando a prancha comigo. Eu não poderia arriscar que as autoridades acreditassem que outro barco estivera ali. Uma vez em segurança de volta a meu próprio iate, corri para a proa e icei a âncora. O esforço cobrou muito de meu coração, que agora doía no peito. No entanto, me esforcei ao máximo para mover-me apressadamente até a ponte do *Titã*, onde liguei os motores e comecei o processo de virar o iate para enfrentar o mar aberto. Inesperadamente, ouvi o toque de uma buzina vindo de estibordo. Coloquei o acelerador em marcha lenta e corri para a janela. Para meu pavor, vi um pequeno catamarã, cheio de jovens, fazendo o possível para sair do meu caminho. Acenei um pedido de desculpas, mas não havia tempo a perder. Engatei a marcha do *Titã* mais uma vez. O catamarã se afastou, sem dúvida amaldiçoando o malvado superiate que não respeitava os outros marinheiros.

Enquanto o *Titã* seguia em direção a águas abertas, eu me perguntava para onde deveria levá-lo. Eu precisava de um lugar tranquilo para atracar enquanto me recompunha e elaborava um novo plano. Infelizmente, um superiate multimilionário não permite fugas discretas. Enquanto eu estava imerso em pensamentos, o rádio estalou em estática.

– Chamando o *Titã*. *Titã*, está me ouvindo?

Meu sangue congelou. Como a Guarda Costeira sabia que meu iate estava nas proximidades? Eu me perguntei se deveria simplesmente desligar os motores e pular no mar, como Kreeg havia feito.

– Chamando o *Titã*. Aqui é o iate a motor *Netuno.* Por favor, responda.

– *Netuno*... – sussurrei para mim mesmo. – Quem é você?

Peguei meus binóculos e examinei meu bombordo, estibordo e proa. Não vi nada, então saí da ponte por um momento para observar a popa. Com certeza, havia uma mancha branca atrás de mim. Levantando meus binóculos, vi um pequeno iate Sunseeker, que parecia estar vindo em minha direção com alguma velocidade.

Voltando para a ponte, acelerei o *Titã* ao máximo, sabendo que a incrível potência do Benetti não seria páreo para a embarcação que estava me seguindo. Mas quem eram eles?

– Repito, *Titã*, responda. O *Netuno* tem uma carga preciosa a bordo!

– Carga preciosa? – perguntei a mim mesmo.

– Confirmando – disse a voz no rádio –, temos sua filha, Ally, a bordo. Ela quer saber se você gostaria de parar para um chá.

Quase caí duro ali mesmo.

– Ally? O que diabos ela está fazendo aqui? Não, não, não, não... – Tudo o que eu tinha trabalhado tanto para planejar estava desmoronando. – Vamos, *Titã*, vamos – sussurrei, encorajando meu iate a se afastar rapidamente.

O rádio tocou mais uma vez.

– Pa? É Ally! Estamos vendo você! Gostaria de um encontro no Egeu? Câmbio.

A voz de Ally provou ser um elixir e um veneno. Ouvi-la me deu um grande conforto, mas também uma dor profunda por saber que eu não poderia responder.

Meu bolso vibrou e peguei meu celular. A tela exibia um número desconhecido. Sabendo que muito provavelmente a ligação era de Ally a bordo do *Netuno*, ignorei a chamada. Alguns momentos depois, o telefone tocou novamente, informando que eu tinha uma mensagem de voz. Logo acessei a caixa postal e ouvi a voz da minha filha mais uma vez.

– Ei, Pa! É Ally. Ouça, você não vai acreditar, mas estou bem atrás de você. Estou com um... amigo... e imaginei se você não gostaria de parar. Talvez possamos nos encontrar para almoçar? De qualquer forma, me avise qualquer coisa. Eu te amo. Tchau.

– Eu também te amo, Ally – sussurrei.

Encerrei a ligação com os olhos marejados. Na verdade, não havia nada que eu desejasse fazer mais do que parar o *Titã*, dar um abraço enorme em Ally e contar tudo para ela. Mas eu sabia, no fundo do meu coração, o quão tolo seria. Eu esperava que, naquele dia, eu estivesse morto e Kreeg, vivo. Agora, a realidade era exatamente o oposto. Para proteger minhas filhas, elas *tinham* que acreditar que eu havia morrido. Se Zed soubesse da minha presença ali... estremeci ao pensar nas consequências que aquilo poderia trazer para minhas filhas.

Pisei fundo no acelerador por quase uma hora e o Sunseeker de Ally ficou bem fora de vista. Reduzindo a velocidade do Benetti, tirei meu telefone do bolso e liguei para o único homem em quem podia confiar. Em quem sempre pude confiar: Georg Hoffman.

– Atlas?! – respondeu ele, sem fôlego. – Você está vivo?

– Sim, Georg. Estou vivo. E, como você sabe, isso é um grande problema.

– Qual é a situação de Kreeg?

– Morto. Precisamos passar para o plano B. Imediatamente.

– Entendido, Atlas.

✹ ✹ ✹

Minhas meninas. É aqui que minha história realmente termina. Com a ajuda de Georg, Ma, Claudia, Hans Gaia e muitos da minha "equipe", o *Titã* retornou a Nice. Vocês foram informadas sobre o meu infarto, meu funeral privado e receberam suas cartas, bem como suas coordenadas na esfera armilar.

Sem dúvida, sua pergunta mais premente é: "Mas para onde você foi, Pa?"

Voltei para a ilha de Delos, para viver meus últimos dias em paz, em meio à beleza da costa grega. Com a ajuda de Georg, comprei uma pequena casa caiada, com uma vista magnífica para o mar, e vou esperar aqui até minha hora chegar. Tenham certeza de que meus últimos dias serão repletos de lembranças felizes de nossas vidas juntos nas costas mágicas de Atlantis.

Agora vocês sabem de tudo.

A história de Atlas.

A história de Pa Salt.

Suas próprias histórias.

Os maiores presentes do tempo extra que recebi na terra foram as comunicações que recebi de Georg, detalhando o seu progresso conforme cada uma partia em suas próprias aventuras, para descobrir sobre suas famílias biológicas. Saibam disso: eu não poderia estar mais orgulhoso. Embora nenhuma de vocês carregue meu próprio sangue, sinto-me honrado por terem herdado a minha paixão por viagens, o meu espírito de aventura e, acima de tudo, o meu profundo amor pela humanidade e a crença em sua bondade inata. Sinto muito por ter sido obrigado a mentir para vocês. Conhecendo todas as circunstâncias da minha situação, como vocês conhecem agora, acredito que vão me conceder o seu perdão.

Espero, acima de tudo, que Georg tenha conseguido encontrar a irmã desaparecida. Sei que ele tem trabalhado incansavelmente para localizá-la depois que dei a ele o nome de Argideen House e um desenho do anel que um dia presenteei à mãe dela.

Tenho a sensação, porém, de que ele vai precisar da ajuda de vocês. Quando a encontrarem, minhas meninas, mostrem-lhe bondade. Digam a ela quanto eu a amo. Quanto eu ansiava por encontrá-la. Digam a ela que eu nunca desisti de procurá-la. Digam a ela como me sinto honrado por ser o pai dela, assim como me sinto em relação a cada uma de vocês.

Não há mais nada a dizer que já não tenha sido dito. Mas saibam que todas vocês fizeram a minha vida valer a pena. Embora eu tenha sofrido tragédias e dores, vocês me deram mais esperança e felicidade do que eu jamais poderia imaginar desfrutar. Se a leitura da minha história puder lhes ensinar alguma coisa, espero que sigam o conselho que lhes dei ao longo de suas vidas:

Aproveitem o dia de hoje!

Vivam o presente!

Apreciem cada segundo da vida – até mesmo os momentos mais difíceis.

Com amor,

Seu Pa (Salt)

Titã

Junho de 2008

63

Estrela deixou cair a última página na mesa e olhou ao redor. Quase todas as irmãs estavam chorando copiosamente e sendo consoladas por seus parceiros. Ela sentiu a mão de Mouse em suas costas.

– Eu... não sei o que dizer – gaguejou Ally.

– Aquele desgraçado. – Electra inspirou. – Ele afastou Elle de Pa. Por nada.

– Merry... você está bem? – perguntou Miles, parecendo preocupado.

Ela engoliu em seco.

– Acho que sim... – Sua voz falhou e ela soltou um soluço. – Ai, meu Deus, me desculpem – pediu ela, colocando a mão no rosto.

– Mamãe, venha aqui – disse Mary-Kate, levantando-se e abraçando-a.

– Sinto muito, Merry. Que horror ouvir o que fizeram com sua mãe – acrescentou Tiggy.

– E pobre Pa... Saber de tudo isso bem no fim da vida... – lamentou Maia, engolindo um soluço.

– Não consigo nem imaginar – afirmou Ally, choramingando. – Não acredito que cheguei tão perto dele. Se ao menos o barco de Theo fosse um pouco mais rápido.

– Ele estava nos protegendo, até o último minuto – concluiu Estrela. – Quis sacrificar a própria vida para garantir a nossa segurança. É claro que seria o que Pa faria.

– Vocês agora entendem por que ele teve que "permanecer morto"? – indagou Georg a todas. – Ele tinha medo de que, se Zed descobrisse que seu pai estava presente no momento da morte de Kreeg, decidisse causar algum problema para vocês.

Todas as meninas assentiram.

– Quando ele morreu, Georg? De verdade? – perguntou Electra.

– Sim. Quanto tempo depois de chegar a Delos ele... partiu? – questionou Ceci, em meio a soluços.

Georg hesitou.

– Eu o vi pela última vez três dias depois. Eu o ajudei a proteger a propriedade. Como vocês devem saber, a ilha é muito pequena e de grande significado mitológico. Há apenas uma ou duas casas. Oferecemos ao proprietário o quádruplo do que ela valia, e ele e suas cabras se mudaram de lá quase imediatamente.

– Isso não responde à minha pergunta, Georg. Quando papai morreu? – indagou Electra, com firmeza.

Georg balançou a cabeça, com um olhar de súplica para Ally, que se virou para Ma.

A governanta se levantou e respirou fundo.

– Minhas crianças, é hora de vocês serem corajosas. Seu pai ainda não morreu.

O convés ficou em silêncio.

Os olhos de Tiggy se arregalaram.

– Eu sabia...

Electra ofegou.

– Não... não pode ser... você está dizendo que Pa Salt está vivo? Agora?

– Sim – afirmou Ma.

O vento do oceano soprou sobre a mesa.

– Você escondeu isso de nós... – Estrela mal parecia conseguir respirar. – Como pôde ser tão cruel?

– *Chérie*, eu...

– Ele ainda está em Delos? – perguntou Maia.

Georg assentiu.

– Sim, Maia. Mas ele está muito fraco.

– Os telefonemas... – sussurrou Ceci. – Você andou conversando com ele, Georg?

– Não exatamente. Claudia esteve com ele nas últimas semanas. É por isso que ela não estava em Atlantis. Ela me atualiza com frequência. O estado dele vem piorando rapidamente.

– Meu Deus! – exclamou Ceci.

– Tudo faz sentido agora... – afirmou Estrela.

– Não havia como prever que ele sobreviveria por tanto tempo, meninas.

Presumimos que ele ficaria poucas semanas em Delos. Mas ele sobreviveu ao prognóstico de todos os médicos.

– Como sempre aconteceu com Pa – disse Ally pensando em voz alta.

Georg prosseguiu:

– Ele recusou toda e qualquer intervenção médica. Não toma remédios nem concorda com nenhum exame. Não está sequer usando alimentação intravenosa.

– Como ele continua vivo? – inquiriu Electra.

Georg olhou para Ma, que sorriu para Merry.

– Eu acho... Não, eu *sei* que a ideia de encontrar a irmã desaparecida o manteve na terra.

– O poder da fé – comentou Tiggy, assentindo em compreensão.

Estrela olhou para Ally.

– Há quanto tempo você sabe de tudo isso?

– Desde a tarde de hoje. Insisti para que Georg contasse a todas e fornecesse as páginas finais de Pa, que seriam retidas até depois de sua morte.

As mãos de Georg tremiam quando ele ergueu seu copo para tomar um gole d'água.

– Acreditem em mim, meninas, eu ansiava por compartilhar a verdade. Mas vocês sabem de tudo o que seu pai fez por mim. Jurei ser leal a ele até o meu último suspiro.

– Há uma diferença entre lealdade e crueldade, Georg – protestou Ceci.

O advogado assentiu.

– Em meu coração, eu sabia que deveria contar a verdade a vocês – admitiu Georg, em meio a lágrimas. – E quanto significaria para ele ver todas vocês antes do fim.

Ninguém sabia o que dizer.

– Por que diabos não estamos nos movendo? – questionou Electra. – Se ele está morrendo, não há tempo a perder. Chame o capitão Hans. Não vou esperar até de manhã se existe uma chance de vê-lo novamente. Todas concordam?

– Sim. Com certeza – disse Maia, levantando-se. – Temos duas escolhas agora. A primeira é guardarmos raiva e ressentimento. Essa é a escolha fácil. A segunda é aceitarmos tudo o que aconteceu como aconteceu. Seguirmos em frente com amor e bondade, apesar dos erros que achamos que foram cometidos em relação a nós. Agora – perguntou Maia, olhando para as irmãs – qual dessa opções Pa escolheria?

Ela estendeu a mão para Tiggy, que a segurou. Então, Tiggy estendeu a mão para Ally, até que as sete irmãs estivessem unidas como uma só.

– Georg – disse Ally. – Você ouviu o que Electra disse. Chame Hans. Vamos ver Pa. Agora.

Georg saiu apressado.

Todos na mesa de jantar estavam em choque. Os parceiros, em particular, não emitiram um ruído sequer. Nada que eles pudessem dizer amenizaria o furacão de emoções que as irmãs estavam experimentando naquele momento. Depois de algum tempo, foi Ally quem falou:

– Alguém lembra que pensei ter ouvido Pa ao telefone quando atendi uma ligação em seu escritório? – perguntou ela. – Bem, talvez eu realmente tivesse.

Aquilo trouxe uma lembrança a Electra.

– Ma? – perguntou ela. – Quando eu encontrei Christian em Paris, ele estava executando alguma tarefa para Pa?

Ela assentiu.

– Sim, *chérie*. Estava procurando Manon Landowski, a neta de Paul.

– Por quê?

– Ele apenas queria agradecer, uma última vez antes de sua morte, à família que o salvou no início de sua vida. Para que aquele ato de bondade não fosse esquecido com o passar das gerações.

– Christian a encontrou?

Ma assentiu.

– Sim. Ela é cantora e compositora! Christian entregou a ela a carta, e ela revelou que seu pai, Marcel, costumava falar com carinho sobre o "menino mudo".

– Com carinho!? – exclamou Maia. – Quem diria?

O ronco dos motores do *Titã* preencheu o ar, e Georg retornou logo depois.

– Hans estima que chegaremos a Delos ao nascer do sol. Vou ligar para Claudia e informá-la de nossa chegada. – Ele fez uma pausa. – Meninas... estamos fazendo a coisa certa?

O homem que fora a principal fonte de segurança para as irmãs durante o ano anterior parecia totalmente abalado.

– Com certeza, Georg – afirmou Estrela.

– Podemos falar com ele ao telefone agora? Para o caso de acontecer alguma coisa? – perguntou Ally.

Georg balançou a cabeça, triste.

– Seria muito debilitante para ele falar ao telefone. Ele quase não tem mais forças. Na verdade, para poupar seu coração, acho melhor que Claudia não o informe sobre nossa chegada iminente.

– Ah, Deus. E se ele não sobreviver a essa noite? – questionou Estrela.

– Ele vai, Estrela. Ele vai – prometeu Tiggy.

64

Quando o *Titã* se aproximou de Delos, a pequena ilha ainda estava banhada apenas pelo crepúsculo do sol que estava por nascer. O local era coberto de pedras, com trechos de grama verde e amarela que se erguiam em direção ao pico. Isso, combinado aos antigos pilares gregos que adornavam a terra, recriava a atmosfera deslumbrante da Antiguidade.

Não havia como levar o Benetti até o pequeno porto, então Hans Gaia lançou a âncora o mais perto que pôde e organizou uma embarcação para levar as irmãs à costa. Enquanto Ally guiava o pequeno barco – que também levava Georg e Ma – em direção ao cais, uma figura familiar apareceu. Uma a uma, Claudia ajudou as meninas a saírem do tênder e as abraçou. Guardou o abraço mais longo para seu irmão, Georg. A governanta normalmente reservada desmoronou nos braços dele.

– Meninas – ela soluçou –, seu pai é um anjo da guarda.

– Leve-nos até ele, Claudia – pediu Maia.

A governanta conduziu o grupo por um caminho de terra do porto até o sopé de uma grande colina verde, onde a passagem se tornava tão estreita que as irmãs tiveram que andar em fila indiana. Quando se aproximaram do topo, um bangalô isolado e caiado de branco surgiu. O lugar era tão magnífico quanto Pa havia descrito, oferecendo vistas panorâmicas da ilha e do mar que a cercava.

– Como ele está, Claudia? – perguntou Ally.

– Nem ele é invencível. Na semana passada, teve outro infarto. Pensando que era seu último dia, eu disse a ele que Merry finalmente havia sido encontrada e que todas vocês estavam vindo para colocar uma coroa de flores e lhes prestar homenagem. Isso o fez resistir. Ele se recusou a desistir por toda a sua vida... mas agora... – Claudia se virou para Merry e segurou sua mão. – Minha querida, talvez seja melhor você deixar que as meninas o preparem para a sua chegada. Ele está muito fraco.

Merry assentiu.

– É claro.

– Ma, você poderia entrar primeiro e dizer a ele que estamos todas aqui? – perguntou Maia.

– Algo me diz que ele já sabe – sussurrou Tiggy.

– Claro, *chérie*. – Ma sorriu com tristeza. – Vou vê-lo primeiro.

Claudia conduziu Marina pela porta da frente da casa fresca e sombria e pelo corredor, até um quarto nos fundos.

– Você está pronta? – perguntou Claudia.

Ma assentiu e abriu a porta.

Em uma cama de casal no canto do quarto, Atlas cochilava, apoiado em meia dúzia de travesseiros brancos. Com a aproximação de Marina, ele lentamente abriu os olhos e se virou para encará-la. Sua pele estava cinzenta e seus olhos, fundos. Mas as pupilas continham o mesmo brilho marrom de sempre.

– *Bonjour, chéri* – disse ela baixinho, segurando a mão frágil dele. – Sou eu, Marina.

Atlas abriu um sorriso.

– Olá, Ma.

Ela o envolveu em um abraço gentil, agoniada com a magreza dele. Então, puxou uma cadeira de madeira e se sentou ao lado do grande amigo.

– Marina... eu... eu sinto muito. Sinto muito. Por tudo – sussurrou ele.

– Shh, *chéri*. – Marina o confortou. – Não há por que se desculpar.

– As meninas... Elas estão bem?

– Estão ótimas, Atlas.

A notícia o acalmou.

– Elas sabem que estou vivo?

– Sim, Atlas, elas sabem. E estão lá fora, esperando para vê-lo.

Os ombros de Atlas pareceram afundar nos travesseiros.

– As meninas estão aqui? Por mim?

– Sim. *Todas* elas.

– Você quer dizer...

Marina assentiu.

– Ela... – A voz de Atlas falhou. – Ela está aqui? Minha primogênita?

– Sim.

Atlas tentou se recompor, lutando para respirar.

– Elas sabem que estou à beira da morte?

– Não seja ridículo, *chéri*. Como se você pudesse fazer algo tão banal quanto *morrer*!

– Ma – disse ele, apertando um pouco mais a mão dela. – Está tudo bem. Elas sabem?

Marina conteve as lágrimas. Atlas estava protegendo as filhas até o fim.

– Sim. Elas querem se despedir. Assim como eu, meu amado amigo. – Ela acariciou a cabeça dele com suavidade. – Quantos problemas você enfrentou...

– Problemas, Marina? – Atlas conseguiu balançar a cabeça. – Não. Apenas a vida e a humanidade... o bem e o mal... que se desenrolaram ao longo de noventa anos.

– Antes que as meninas entrem, eu preciso lhe agradecer por confiar em mim para ajudar a criá-las. Por me contratar quando eu não tinha qualificações relevantes...

– Minha querida Marina. – Ele sorriu. – Eu vi como você cuidava daquelas crianças em Paris. Eu vi quanto amor existia, e existe, dentro de você.

– Eu fiz algumas coisas terríveis também... coisas das quais tenho tanta vergonha...

Ele deu um tapinha na mão dela.

– Como já disse às meninas tantas vezes, nunca julgue os outros pelo que *fazem*, mas por quem *são*. Georg está aqui? – Ma assentiu, e Atlas suspirou. – Você já se perguntou por que ele nunca sentiu que poderia confessar seu amor por você, quando o que ele sente sempre foi tão óbvio durante todos esses anos?

Ma deu uma risada leve.

– Eu estaria mentindo se dissesse que não. Mas há muitas coisas que ele não sabe sobre a minha vida. Eu me preocupo que ele tenha... *vergonha* de mim.

– Imploro a você que converse com ele. Vocês dois precisam deixar o passado para trás. Por favor, Marina, a vida é tão curta... Prometa-me que vai tentar.

Ele encarou sua velha amiga com um olhar de súplica.

– Eu prometo. – Marina levou um momento para se recompor. – E agora, você tem energia para ver suas meninas?

O sorriso voltou ao rosto dele.

– Se eu não tiver, vou encontrar. Elas vão ficar bem?

– Ah, sim. Nós criamos mulheres fortes. – Marina se levantou, pegou a mão de Atlas novamente e a beijou. – Vou mandá-las entrar.

Atlas recostou-se em seus travesseiros e conjurou a última gota de força que possuía. Aproveitou o momento para fechar os olhos e endereçar uma oração aos céus.

– Obrigado por enviá-las.

Então, a porta de seu quarto se abriu mais uma vez, e lágrimas rolaram por seu rosto ao cumprimentar suas seis filhas. Tomou cada uma em seus braços e beijou levemente o topo de suas cabeças, como fazia quando eram pequenas. Embora todas estivessem chorando, eram lágrimas de alegria, não de dor. Embora tivessem tentado separar a família, o universo os unira pela última vez.

As irmãs se acomodaram ao redor da cama do pai, e era notória a felicidade dele por estar rodeado pelas pessoas que mais amava no mundo.

– Minhas corajosas, brilhantes e lindas meninas. Tudo que fiz foi para mantê-las em segurança.

– Nós sabemos, Pa, nós sabemos – confortou-o Estrela.

– Estamos tão... tão felizes em vê-lo novamente. – Ally ainda chorava.

Atlas ergueu os olhos para o teto.

– A história é longa. Eu não esperava viver... – Ele se voltou para as irmãs. – Mas anotei tudo e entreguei a Georg. Vocês vão saber toda a verdade.

– Nós já sabemos, Pa – disse Electra, suavemente. – Georg nos entregou as páginas antes de chegarmos aqui.

– Ah, ele fez isso? – indagou Atlas, erguendo uma sobrancelha. – Por favor, lembrem-me de demiti-lo.

Risadas abafadas pontuaram as lágrimas das meninas.

– Por falar nele – Atlas respirou fundo –, onde ele está?

– Lá fora – disse Ceci. – Devo buscá-lo?

Atlas sorriu.

– Sim, obrigado, Ceci.

Maia inclinou-se para o pai.

– Pa, através da sua "morte", nós crescemos e nos encontramos. Somos todas adultas agora... somos as mulheres que você queria que nos tornássemos.

Atlas assentiu, sem forças.

– Estou tão orgulhoso de vocês... Georg me contou que descobriram sobre suas famílias biológicas.

– Sim – confirmou Maia, com ternura. – E o mais importante: nós encontramos o nosso futuro. E felicidade.

– Então esse – Atlas suspirou – é o melhor presente que eu poderia ter dado a vocês.

– Pa, só uma pergunta – disse Ally. – No ano passado, todas nós ao mesmo tempo pensamos que tínhamos ouvido ou visto você.

– Ou até mesmo sentido o seu cheiro – sussurrou Electra.

– Você alguma vez voltou para Atlantis? – indagou Ally.

– Ou ficou sempre em Bergen? – acrescentou Estrela. – Achei que tinha visto você no concerto de Ally.

Pa sorriu.

– Infelizmente não. Embora eu tenha acompanhado o seu progresso. Vocês podem dizer que eu estava ao seu lado em espírito, como sempre estarei... Basta olhar para as Sete Irmãs das Plêiades e eu estarei lá também. Atlas... seu pai, cuidando de todas vocês.

– Você sempre será *Pa Salt* para nós – disse Tiggy, soluçando.

Ele sorriu.

– É claro. Ainda tenho cheiro de mar, Maia, minha pequena?

As meninas riram novamente. Ele estava sendo tão forte por elas.

Houve uma leve batida à porta do quarto e Georg Hoffman entrou.

– Olá, Atlas – disse seu velho amigo.

– Olá novamente, Georg. É bom que você esteja aqui para se despedir de mim pela terceira vez. – Ele deu uma piscadela gentil. – Agora, com licença, meninas, vocês poderiam apenas abrir um pouco de espaço?

Maia e Ally se moveram para que Georg pudesse alcançar a cama. Ele estendeu a mão para pegar a de Atlas, mas foi delicadamente puxado para um abraço. As irmãs viram quando ele sussurrou algo para Georg, que assentiu com fervor antes de se levantar.

– Obrigado, meu amigo, por trazer todas até mim. É o melhor presente que você poderia ter me dado.

– Falando em presentes... – disse Georg. – Ally? Bear chegou.

– Pa... você gostaria de conhecer seu neto?

– Seu filho, Ally? Ele está aqui em Delos?

Ela assentiu.

– O capitão Hans acabou de trazê-lo do *Titã*.

Os olhos de Atlas brilharam.

– Por favor, traga-o aqui...

Ally saiu por um momento e voltou com o bebê nos braços.

– Pa, este é o Bear. Bear, conheça o seu vovô.

– Olá, menino lindo. Posso segurá-lo?

Ally hesitou por um momento.

– Nunca deixei nenhuma de vocês cair. Não pretendo começar agora!

Ally riu e gentilmente colocou o filho nos braços do pai.

– Bear... que nome incrível. Meu Deus, Ally. – Ele olhou para a filha. – Ele se parece tanto com você.

As mulheres observaram o pai paparicar o bebê que, de alguma forma, pareceu renovar a energia de Atlas, como se ele tirasse forças daquela jovem vida – e do futuro – que embalava nos braços. Com vigor renovado, Atlas conseguiu perguntar às filhas sobre os parceiros românticos delas e ouvir de seus próprios lábios o destino das famílias que ele conhecera havia tanto tempo.

Quando pareceu que era o momento certo, Maia fez contato visual com cada uma das irmãs. Todas entenderam que chegara a hora.

– Pai – disse Maia. – Há mais alguém aqui para vê-lo. Ela está esperando lá fora.

A respiração de Atlas se acelerou. Tiggy segurou sua mão.

– Não tenha medo. É a recompensa que o universo está lhe oferecendo.

Suas filhas se levantaram, e ele mandou um beijo para cada uma delas enquanto saíam do quarto.

Então, muito lentamente, a porta se abriu de novo e Merry entrou.

– Olá, Pa – disse ela, com um sorriso.

Ela caminhou até ele e lhe deu um beijo suave na testa.

Os olhos de Atlas se arregalaram.

– Elle... – sussurrou ele.

Merry balançou a cabeça.

– Receio que não. Mary foi o nome que minha família me deu na Irlanda. Mas todos me chamavam de Merry porque eu parecia estar sempre feliz. Suas meninas me contaram que você me chamaria de Mérope se tivesse me encontrado antes.

– Mérope... Merry. – Atlas abriu um enorme sorriso com a coincidência e olhou para a filha, maravilhado. – É você mesmo?

– Sou eu. Sangue do seu sangue.

Atlas estava comovido demais para falar, lágrimas escorrendo pelo rosto. Ele estendeu a mão e Merry a segurou com força. Logo, ela estava chorando também. Os dois ficaram assim, em silêncio, por um longo tempo, pai e filha, olhando um para o outro pela primeira vez.

– Você se parece com sua mãe – Atlas conseguiu dizer. – Merry, ela era tão bonita. Está vendo? Lá está ela – disse Atlas, apontando para o desenho a carvão de Elle, que agora estava pendurado ao lado de sua cama.

– Eu vi a cópia que Georg tem – respondeu Merry. – As meninas disseram que me reconheceram no momento em que pisei a bordo do *Titã*. – Ela acenou com a cabeça em direção ao desenho. – Todo mundo estava se perguntando por onde andava o desenho original.

– Pedi a Claudia para trazê-lo. É tudo o que me resta dela. Eu... – Atlas olhou para a filha, sua voz embargada. – Agora que você está aqui, uma parte dela está comigo. É um milagre. Perdoe-me, minha querida, por não ter conseguido protegê-la. Procurei por você durante tantos anos, em todo o mundo. Nunca imaginei que você estivesse na Irlanda, eu...

Merry podia ver que Atlas estava ficando aflito.

– Calma, está tudo bem, Pa. Está tudo bem agora. Então, me conte sobre ela... Elle. Conte-me sobre minha mãe.

– Seria uma honra – respondeu Atlas, abrindo um enorme sorriso.

Ele segurou a mão de Merry e contou a ela tudo o que conseguiu se lembrar. Sua filha mais velha observou a luz dançar em seus olhos enquanto o pai se recordava do amor de sua vida e de tudo o que ela significava para ele. Depois de algum tempo, Atlas ficou cansado, e Merry observou-o cochilar, sua mão ainda segurando a dela. Lentamente, o aperto começou a diminuir, e Merry sentiu o pai flutuando para longe. Ela logo se levantou e foi buscar as outras para se despedirem.

Cada uma delas beijou o pai e depois se sentaram ao redor de sua cama, abraçadas umas às outras e chorando.

Quando o sol terminou de nascer sobre Delos, a luz pousou no rosto de Atlas. Ele abriu os olhos e deu um sorriso que irradiava calor e amor.

– Eu consigo vê-la. Elle está esperando por mim...

Então, depois de uma vida de beleza, dor e bondade imensuráveis, Atlas Tanit fechou os olhos pela última vez.

Epílogo

Atlantis
Um ano depois

Apesar de um pouco apertadas, as irmãs conseguiram se espremer no pequeno barco de Christian, que sempre fazia o transporte entre Atlantis e o continente.

– Você tem certeza de que está familiarizada com os controles, Ally? – perguntou ele.

– Sim, obrigada – garantiu ela, posicionando-se ao leme.

– Ok, Ma, estamos prontas – avisou Maia, virando-se para ficar de frente para o cais.

Ela estendeu as mãos.

– *Oui, chérie.*

Ma entregou a ela a urna de bronze ornamentada que continha as cinzas de Atlas. Quando ela recuou da borda, Georg colocou as mãos em seus ombros, abrindo um sorriso afetuoso.

– Vocês têm certeza de que não querem vir conosco? Christian não levaria muito tempo para preparar um segundo barco – sugeriu Electra.

– Obrigada, minha querida, mas não. É justo que vocês sete o depositem em seu lugar de descanso – declarou Ma.

– Estaremos aqui, esperando por vocês – disse Georg.

Ally assentiu para Christian, que soltou a corda do cais. Ela engatou a marcha e navegou lentamente até o centro do lago. Era um dia de junho seco e claro, e a luz do sol quente brilhava em sua superfície vítrea. Assegurando-se de que o local escolhido fosse isolado, Ally desligou os motores e as mulheres pararam para desfrutar da deslumbrante serenidade da água e das montanhas.

Curiosamente, nenhuma delas sentiu qualquer sinal de tristeza. Pelo contrário, todas estavam repletas de tranquilidade por poderem dar ao pai a despedida que inicialmente lhe fora negada. O barco balançou em silêncio na água por um tempo.

– Ally, você poderia...? – Maia finalmente conseguiu dizer.

A irmã assentiu e pegou, debaixo de um dos bancos, um estojo contendo sua flauta. Ela segurou o instrumento, levou o porta-lábio à boca e começou a tocar. A peça que as meninas haviam escolhido fora "Júpiter", de *Os planetas*, de Gustav Holst, uma das favoritas de Pa.

Ally tocou com elegância, como sempre fazia, e as notas fluíram para o outro lado do lago, até Atlantis. As irmãs fecharam os olhos e conversaram em particular com o pai. Agradeceram a ele por salvá-las das vidas que poderiam ter tido e pelo amor incondicional que havia lhes proporcionado.

– Obrigada, Ally – disse Estrela, quando a irmã terminou de tocar.

– Certo – disse Maia, abrindo a urna com cuidado. Ela pegou um punhado de cinzas e gentilmente as espalhou pelo lago. – Adeus, Pa – despediu-se ela, em um tom determinado.

A urna passou por seis dos sete pares de mãos. Algumas falaram por muito tempo, outras não disseram nada. Finalmente, as cinzas foram entregues a Merry.

– Obrigada. – Ela sorriu e respirou fundo. – Pa, apesar de mal conhecê-lo, tenho muito orgulho de ser sua filha.

Ela espalhou o último punhado de cinzas pela água.

Depois de um tempo, Ally reiniciou o motor do barco e transportou suas irmãs de volta à terra. Na grama além do cais, uma verdadeira multidão de familiares e amigos estava reunida para brindar à vida extraordinária de Atlas Tanit. Depois de amarrar a corda, Christian estendeu a mão para Maia, e ela desceu para o cais de madeira. Valentina correu e a abraçou. Floriano a seguiu, embalando Bel, a filha de 3 meses, que gorgolejou ao ser colocada nos braços da mãe.

– Olá, meu amor – disse Maia. – Vamos, vamos abrir caminho para que todas possam sair.

As irmãs voltaram para a terra firme e para os braços acolhedores de seus entes queridos. Aquele foi um dia realmente auspicioso, com famílias se encontrando com outras famílias, e os quatro cantos do globo se reunindo em Atlantis.

– Venha aqui, Al – disse Jack, erguendo sua parceira nos braços musculosos.

Após a morte (oficial) de Atlas, Jack tinha sido uma rocha para Ally. Nunca em sua vida ela se sentira tão bem cuidada. Quando a poeira baixou depois daquele dia em Delos e todos se reuniram em Atlantis, Merry foi quem ofereceu um brinde ao casal:

– Enquanto temos uma taça de champanhe em nossas mãos, eu adoraria parabenizar Jack e Ally! Vocês... *emergiram* nos últimos dias, e é maravilhoso ver os dois tão felizes.

– Saúde, saúde!

Mary-Kate aplaudiu e houve uma rodada de gritinhos das irmãs. O rosto de Ally ficou completamente vermelho.

Jack lhe deu um beijo carinhoso.

– Nós ouvimos você tocando daqui. Foi lindo.

– É claro que você ia dizer isso – comentou Ally, com uma risadinha.

– Não, ele está dizendo a verdade. Você foi magnífica. Foi perfeito – disse o irmão gêmeo de Ally, Thom, abraçando-a.

– Ele está falando sério – confirmou Felix, que estava bebendo suco de laranja, e não Veuve Clicquot. – Thom nunca deixa de me avisar quando erro uma nota. – Ele riu. – Foi incrível mesmo. Você deixou seu Pa Salt muito orgulhoso.

– Obrigada, Felix.

– Ma-ma! – gritou Bear, cambaleando em direção a Ally, segurado por Marina em uma das mãos e por Georg na outra.

– Você é rápido demais para sua avó, *chéri*! – exclamou ela.

– E seu avô também, pelo que parece – acrescentou Ally, sorrindo para Georg. – Olá, Bear.

Ela pegou o filho no colo.

– Ele está tentando acompanhar o ritmo de seu novo amigo, Rory – disse Jack, rindo. – O menino está correndo por aí!

– Posso pegar uma taça de champanhe para você, Ally? – ofereceu Thom.

Ela hesitou e olhou para Jack.

– Na verdade, acho que vou ficar como Felix, no suco de laranja.

– Já estou indo – disse Thom, caminhando na direção da casa.

Mais acima, na beira da grama, Orlando Forbes estava maravilhado com a notável construção que era Atlantis.

– É primoroso! – Ele sorriu. – Muito requintado! E tudo isso foi construído na década de 1960?! Não consigo acreditar, Srta. Estrela. Eu tenho olho para essas coisas, e teria imaginado que era do século XVIII, com certeza. – Ele apoiou as mãos nos quadris. – É uma obra-prima arquitetônica.

– Pa ficaria muito feliz em saber que tem a sua aprovação, Orlando – comentou Estrela. – Claro, ele nunca teria conseguido sem os seus avós.

– O bom e velho vovô Rupes, hein? – respondeu Orlando.

– Claramente, bravura e decência estão no sangue dos Forbes – brincou Mouse.

– Sim. Que pena que pulou uma geração quando se trata de vocês dois – brincou Estrela.

– Ah! Você me feriu até o âmago, Srta. Estrela! – gritou Orlando, levando a mão ao peito dramaticamente.

– Olha, se você se comportar, posso até permitir que examine as bibliotecas do Pa – sugeriu Estrela.

– Como ousa insinuar que *algum dia* eu me comportei mal? – retrucou Orlando.

– Nenhuma insinuação é necessária quando se trata de você, querido irmão – comentou Mouse, dando um gole em seu champanhe.

Estrela olhou para trás, para sua mais nova irmã.

– Acabo de ter uma ideia, Orlando. Você já conheceu Merry?

Merry se virou ao ouvir seu nome.

– Minhas orelhas estão queimando? – indagou ela, aproximando-se. – Ora, ora, ora – ela riu –, se não é o próprio visconde! Como está a sua coluna sobre vinhos hoje em dia?

Orlando pareceu se encolher fisicamente.

– Ah, Merry, minhas mais humildes desculpas pelo meu pequeno ardil. No entanto, você precisa concordar que eu tinha o bem maior em mente...

Ele se curvou e estendeu a mão, que Merry apertou.

Mary-Kate juntou-se à mãe no círculo.

– Ai, meu Deus, você é Orlando? O cara que fingiu ser um visconde? Você é uma lenda em nossa família!

– Ah, sou mesmo? – indagou Orlando, cheio de si.

– Sim! Nós rimos disso o tempo todo. Se alguém conta uma mentira, dizemos que está “dando uma de Orlando”!

Mouse explodiu em gargalhadas ao ver o irmão murchando como um balão.

– Desculpe interromper – disse Georg. – Acaba de me ocorrer que preciso de uma assinatura em alguns documentos de herança. Você pode vir comigo rapidinho, Merry?

– Claro, Georg!

Merry deu um pequeno aceno para o grupo e o seguiu para dentro da casa.

– Estou muito feliz por você finalmente ter feito sua viagem de volta ao mundo, Merry.

Ela riu.

– Eu também, Georg. Embora dificilmente fosse o caminho que eu esperava fazer! Cheguei de Granada ontem à noite!

– Fiquei sabendo. Achei incrível você ter decidido visitar todos os lugares onde seu pai esteve ao longo da vida.

Merry assentiu.

– Eu só queria ver tudo por mim mesma. A história dele foi a coisa mais incrível que já li.

– E você conseguiu visitar todos?

– Ah, sim – respondeu Merry, orgulhosa. – Estive na estação ferroviária em Tyumen, no antigo ateliê de Landowski, no porto de Bergen, em Coober Pedy... a lista continua. Eu me sinto muito mais próxima dele agora.

Georg passou um braço pelas costas dela.

– Tenho certeza de que ele está com você. Falando nisso... ouvi de Ally e Jack que monsieur Peter a acompanhou a alguns dos destinos europeus.

Ele ergueu uma sobrancelha, e Merry fez uma careta.

– Você vai me fazer corar, Georg.

– Me desculpe. Mas fico feliz em ouvir isso – comentou ele, com sinceridade.

– Sinto o mesmo sobre você e Marina!

Um sorriso apareceu no rosto de Georg.

– Nós nos amamos há mais de trinta anos. Durante esse tempo, observei sua bondade, sua beleza, sua paciência... mas nunca tive coragem de me declarar. Acontece que ela também não...

Georg conduziu Merry ao escritório de Atlas. Ela só havia entrado ali uma vez antes e estremeceu ao sentir a essência física e material de seu pai. Embora o conjunto de computadores e telas de vídeo fosse impressionante, seus olhos pousaram nos tesouros pessoais alinhados aleatoriamente nas prateleiras atrás da mesa. Ela sorriu ao notar vários dos "sapos da sorte" de Grieg, um velho violino surrado e um fragmento de opala, ainda envolto na rocha que o cercava.

Merry seguiu Georg até a mesa, e ele lhe mostrou um documento.

– É só assinar onde indiquei e você estará oficialmente incorporada à herança de Atlas, como ele pretendia.

– É muito gentil da parte das meninas permitir isso. Eu nunca tive nenhuma expectativa de...

Georg a interrompeu:

– Como você sabe, as seis *insistem* que você seja tratada como igual.

Merry assentiu e tirou a tampa da caneta.

– A propósito, você já vai nos deixar esta noite, Merry? Todos sentiremos sua falta.

Ela suspirou.

– Receio que precise mesmo ir. Mas sou só eu que vou embora. Mary-Kate vai ficar com Jack e Ally. Prometi que iria a Dublin para ver Ambrose. – Merry pareceu desanimada de repente. – A saúde dele está realmente piorando. Ele fez tanto por mim ao longo dos anos que preciso estar ao seu lado agora.

Georg assentiu, compreensivo.

– Eu sei que todo mundo vai entender.

– Além disso... – Merry terminou de assinar e sentou-se na poltrona de couro de Atlas, perto da janela.

– Sim, Merry?

– Você lembra que, no diário do meu pai, ele menciona o irmão de Elle... meu tio. Ele relatou que o menino foi adotado quando bebê e levado para algum lugar da Europa.

– Lembro, sim – respondeu Georg, apoiando-se na mesa.

– Estou tentando descobrir o que aconteceu com ele. Fazendo algumas pesquisas, coisas desse tipo.

Um sorriso brincou nos lábios de Georg.

– Você descobriu alguma coisa?

Merry deu de ombros.

– Eu tenho uma ou duas pequenas pistas. Comecei a investigar com Ambrose, apenas para manter a mente dele ocupada. Mas agora quero desesperadamente descobrir o que aconteceu com ele. É improvável, claro, mas... – Os olhos de Merry brilharam. – Pode ser que ele ainda esteja vivo.

Georg assentiu.

– Vejo que a maçã não cai longe da árvore, Merry. Nem é necessário dizer, mas se você precisar de meus serviços, será uma honra ajudar. – Ele olhou para fora, para o grupo de pessoas que eles haviam deixado alguns momentos antes. – Eu também imagino que Orlando Forbes seja muito útil quando se trata desse tipo de atividade.

Merry riu.

– É mesmo?

Georg assentiu. A conversa foi interrompida pelas vozes de Ceci e Chrissie, que passaram pela porta aberta do escritório.

– Ei, quero conhecer todos os túneis secretos desse lugar! – exclamou Chrissie.

– Na verdade, estamos mandando fechá-los – respondeu Ceci. – É hora de um novo começo. – Ela notou Georg e Merry sentados ali. – Ei, vocês dois. Imagino que não tenham visto o vovô Francis por aí, não é?

Georg acenou com a cabeça para fora da janela.

– Ele está no terraço, Ceci.

– Maravilha, obrigada!

Ela e Chrissie seguiram para a cozinha e atravessaram a enorme porta de correr de vidro para o terraço. Localizaram Francis Abraham sentado à mesa de jardim, de bronze antigo, e puxaram algumas cadeiras.

– Ah, meninas! – exclamou ele. – Eu estava começando a me perguntar onde vocês estavam. Eu só queria agradecer novamente por me convidarem. É uma honra conhecer a sua casa e celebrar a vida de seu pai, Ceci.

– Eu que agradeço por fazer a viagem, Francis! Estou muito feliz por tê-lo aqui.

Ela segurou a mão do avô e a apertou com força.

– Eu adoraria pintar o lago. Você acha que isso seria possível? – perguntou ele.

– É claro que sim! Tenho telas e paletas lá em cima. Vamos resolver isso mais tarde.

Do outro lado da mesa, Zara, a filha de Charlie, estava ocupada elogiando Atlantis.

– Será que a gente pode morar aqui, pessoal?! É *maneiro* demais!

Ela se sentou, e Charlie e Tiggy fizeram o mesmo.

– Ah, não sei se você ia gostar tanto assim – respondeu Tiggy. – Toda vez que quiser ir a uma festa, vai ter que entrar em um barco.

Zara riu.

– Bem, é só fazermos as festas aqui!

– Não sei bem se a pobre Claudia conseguiria lidar com uma de suas famosas reuniões – comentou Charlie, despenteando o cabelo da filha.

– Pare com isso, pai – retrucou a garota.

– Sim, pare com isso, Charlie – respondeu Tiggy, erguendo a mão para despentear vigorosamente os cabelos ruivos ondulados do namorado.

– Tudo bem, tudo bem, já entendi. – Então um pensamento cruzou sua mente. – Na verdade, as duas poderiam me dar licença por dez minutos ou mais? Prometi ter uma conversa rápida com Ally. Você consegue lembrar onde coloquei minha sacola grande, Tigs?

– Está na cozinha, acho.

– Beleza. Volto logo – disse Charlie, levantando-se e entrando na casa.

Zara olhou intrigada para Tiggy, que deu de ombros e sorriu.

Em outro lugar, a pedido de Stella Jackson, Electra estava caminhando com ela por um dos jardins murados de Pa, ladeada por Miles, que ouvia cada palavra.

– Lembro-me dele falando sobre suas flores quando me encontrou para jantar – disse Stella. – Falava tão cheio de orgulho. Agora posso ver por quê!

– Ele tinha tantos talentos... – acrescentou Electra.

– Impressionante. Todas essas pessoas reunidas por um único homem – comentou Stella, sorrindo. – É um tributo e tanto.

– De fato – concordou Electra. – Embora, surpreendentemente, a maioria dos convidados que estão aqui hoje nunca o tenha conhecido! Você é uma das poucas, vovó.

Stella levou a mão ao coração.

– Realmente foi uma honra. Ele era tão caloroso, havia uma inefável... decência nele. É difícil explicar.

– E, no entanto, eu sei exatamente o que você quer dizer – concordou Electra.

– O que acha que vai acontecer com este lugar? – perguntou Miles, apontando para a casa.

– Atlantis? Nós vamos mantê-la. Para todo o sempre. Toda vez que a vida ficar complicada, teremos um porto seguro para onde voltar.

– É um sentimento muito bonito. – Stella sorriu. – Exatamente do que ele gostaria.

Miles, sempre pragmático, continuou seu interrogatório.

– E quanto a Ma, Claudia e Christian? O que acontecerá com eles depois de hoje?

– Ally e Maia conversaram com eles. Todos querem ficar. Atlantis é a casa deles tanto quanto é a nossa. Além disso, com Ma e Georg agora formando um... seja lá o que eles forem... não vou precisar me preocupar com a possibilidade de ela se sentir sozinha quando não estivermos aqui.

* * *

Dentro da casa, Georg e Merry ouviram uma batida à porta do escritório.

– Entre! – respondeu o advogado. Maia colocou a cabeça para dentro. – Desculpem, não estou interrompendo, estou?

– De jeito nenhum, querida – disse Merry.

– Eu só estava pensando se poderia pegar Georg emprestado por um momento.

– Claro que pode! – exclamou Merry. – Estou pronta para outra taça de champanhe, de qualquer forma. Continuamos nossa conversa mais tarde, Georg. – Ela cruzou a sala e deu um beijo gentil no rosto de Maia. – Vejo você daqui a pouco.

– Obrigada, Merry – disse Maia, fechando a porta com delicadeza atrás de si. – Então... – Ela alisou o vestido. – Houve algum progresso?

Georg assentiu.

– Eu ia falar com você mais tarde. Sei que este é um dia emocionalmente pesado...

– Tudo bem, Georg. Quais as novidades?

– Recebi uma resposta dos pais. Fico feliz em dizer que é o que você esperava: eles contaram ao filho, *seu* filho, que ele foi adotado.

Uma onda de nervosismo revirou o estômago de Maia.

– Certo.

– Mas – prosseguiu Georg – eles me confessaram que preferem que ele decida se quer conhecer todos os detalhes por ocasião de seu aniversário de 18 anos ou depois disso. Ele ainda não demonstrou nenhum interesse pela mãe biológica, e eles, sabiamente, não querem incomodá-lo.

Maia assentiu.

– Isso me parece uma postura bem sensata mesmo.

Georg pousou a mão no ombro de Maia.

– Você está sendo tão sagaz e cautelosa quanto Atlas sempre foi. Seu pai estaria muito orgulhoso.

Os olhos de Maia brilharam.

– Espero que sim, Georg. Decidi que vou escrever uma carta para ele quando ele fizer 18 anos e dar a ele a escolha de querer ou não saber sobre seu passado. Assim como Pa fez por todas nós.

– E fique tranquila: quando chegar o momento, eu serei o seu fiel mensageiro.

– Obrigada, Georg – disse ela, abraçando-o.

Dois andares acima, no quarto da infância de Ally, o Dr. Charlie Kinnaird olhou para o pequeno dispositivo que trouxera do consultório, a pedido de Ally.

– Tudo pronto – confirmou ele.

Jack sentou-se com Ally na cama, apertando a mão dela com força.

– Então? O que você acha, doutor?

Charlie sorriu.

– Só preciso de um momento para ter certeza.

Ally apoiou a cabeça no ombro de Jack.

– Como vai aquele seu veado branco, Charlie? – indagou ela.

– Raramente o vemos, mas quando o vemos... é sempre arrepiante. Nosso jardineiro, Cal, queria colocar um rastreador nele, mas... – Charlie deu de ombros – ... achei que acabaria um pouco com a magia. – O médico percebeu o olhar nervoso do casal. Era algo que ele havia testemunhado muitas vezes antes. – Como estão as uvas, Jack?

– Tivemos um rendimento muito bom este ano – respondeu ele. – Devemos viajar de volta no mês que vem para dar uma olhada nos novos brotos.

Charlie sorriu.

– Uma vida dividida entre a Noruega e a Nova Zelândia... Que inveja!

– Temos que agradecer a Mary-Kate, na verdade – explicou Ally. – Ela faz um trabalho maravilhoso supervisionando as coisas durante o inverno.

Ela olhou para Charlie, ansiosa. O médico levou o aparelho até a janela para confirmar o resultado na luz.

– Bem, é oficial. Parabéns para vocês dois – declarou ele.

Jack e Ally começaram a rir e se abraçaram.

– Ah, obrigada, Charlie! Obrigada!

Ally se levantou para abraçá-lo.

– Não precisa me agradecer! É uma notícia maravilhosa. Sei que todos lá embaixo ficarão muito felizes.

– Espero que sim. Eu me pergunto se...

A frase de Ally foi interrompida quando o som de um motor de popa se aproximou do lago, lá fora.

Charlie se virou para olhar.

– Parece que temos um visitante – atestou ele.

– Quem é aquele? – perguntou Ally, observando o pequeno barco se aproximar do cais.

Jack se juntou a eles na janela. No gramado abaixo, todos se reuniam para saudar a misteriosa chegada. Quando o barco atracou, o piloto apareceu.

– Ah, não – sussurrou Ally.

Do lado de fora, Tiggy olhou para o cais.

– Não pode ser... – murmurou, ofegante.

– Sinto muito, Tiggy – disse Electra, aparecendo ao lado dela. – Mas eu acho que é ele, sim.

Com um elegante terno cinza, óculos de aviador e o cabelo cheio de óleo penteado para trás, Zed Eszu amarrou seu barco e andou lentamente em direção à casa.

– Maldição! – exclamou Miles, que imediatamente foi até lá, acompanhado por Floriano e Mouse.

– Você vai ficar aí, camarada – disse o irmão mais velho dos Forbes.

– Quem lhe deu permissão para estar aqui? Isso é invasão! – gritou Marina, do terraço.

– Que boas-vindas calorosas! – respondeu Zed com um sorriso forçado. – Só passei para ver minhas irmãs favoritas e prestar meus respeitos ao pai delas. Vi nas redes sociais de um amigo em comum que vocês estariam espalhando as cinzas dele hoje.

Maia corajosamente abriu caminho no meio da multidão para enfrentar Eszu. Quando ela falou, não houve nenhum sinal de medo em sua voz:

– Vá embora, Zed. Não há nada para você aqui. Você veio para nos intimidar. Mas isso não vai mais funcionar.

– Intimidar vocês? Logo eu? Como um ex-namorado poderia fazer uma coisa dessas, docinho?

Os punhos de Floriano se fecharam.

– Eu só queria ter certeza de que você estava bem depois de um período tão... traumático.

– Estávamos esperando notícias suas – sibilou Electra. – Mas, curiosamente, você tem estado muito quieto desde que seu projeto Atlas fracassou. Segundo a última notícia que li nos jornais, a Lightning Communications está prestes a enfrentar um processo de insolvência.

Zed se eriçou.

– É verdade que reimaginar a infraestrutura global da internet durante a crise financeira não foi o melhor dos meus feitos. – Ele estalou a língua. – Especialmente porque fomos financiados por... Berners.

– Que faliu – lembrou-o Estrela, com prazer.

– Sim. Claramente eu não possuo a inteligência empresarial de meu pai.

– Não temos mais medo de você – disse Tiggy, segurando a mão de Maia.

– Não têm? – respondeu Zed, olhando intensamente para ela.

– Não. Você não tem poder sobre nós, Zed – afirmou Maia. – Agora saia de Atlantis e nunca mais volte.

– Como quiser, minha querida. – Zed se virou para sair, mas deu meia-volta. – Ah, vou compartilhar uma informação que vocês não devem ter lido nos jornais. – Seu sorriso tornou-se ameaçador como o de uma serpente. – Imaginem só, eu tive muita sorte quando meu sócio, David Rutter, morreu.

– Sorte com uma morte? – comentou Merry, balançando a cabeça.

– Isso mesmo. Não gostaria que vocês se preocupassem com a possibilidade de Zed Eszu ficar arruinado, só isso.

Ceci franziu a testa.

– David Rutter... *juro* que conheço esse nome.

Zed soltou um grunhido de desdém.

– Talvez porque você seja um ser humano vivo, que respira. Todo mundo já ouviu falar dele. David era o CEO do banco Berners.

– Meu Deus, sim... – disse Ceci para si mesma. – Ele morreu?

Zed assentiu.

– Morreu. Teve um derrame fatal não faz muito tempo. Foi a coisa mais estranha. O homem era perfeitamente saudável. Ele tinha um personal trainer, uma nutricionista e, um dia... *bum,* se foi.

– Igualzinho ao império Eszu – acrescentou Ally, que havia saído da casa.

– Não exatamente, querida. Porque o bom e velho David me deixou uma coisinha em seu testamento.

Zed enfiou a mão no bolso.

De alguma forma, Ceci já sabia o que ele estava prestes a tirar dali.

Zed ergueu a maior pérola que já tinham visto. Seu tom rosa-pálido brilhava ao sol.

– Vocês sabem quanto vale esta belezinha? – perguntou ele.

Ceci engoliu em seco.

– Bem mais de 1 milhão de euros – revelou ela, tendo dificuldade em disfarçar a descrença que sentia.

– Talvez você não seja tão estúpida quanto pensei, Ceci! Você está certíssima. Pois esta não é uma pérola qualquer. É a famosa Pérola Rosada.

À menção daquele nome, algumas das irmãs se entreolharam, os olhos arregalados.

– Ela estava perdida na Austrália por muitos anos, mas a equipe de David a encontrou. E ele a deixou para mim quando morreu! Vocês acreditam?! Eu sempre pensei que o velho bastardo me odiava. Ele culpou o projeto Atlas pelo colapso de seu banco.

– Uau. Que ótimo amigo – murmurou Ceci.

– De fato! Assim, longe de me tornar um miserável, continuarei milionário. – Ele olhou carinhosamente para a pérola. – Vou me reerguer, isso eu garanto. O projeto Atlas seguirá em frente. Em homenagem ao meu pai.

– É hora de ir, Zed – anunciou Maia, dando um passo à frente.

Zed fez uma cara triste.

– Tem certeza de que não posso ficar nem para uma taça de champanhe, Maia? Pelos velhos tempos?

Ele deu uma piscadela. Em um segundo, o punho de Floriano já estava na cara de Zed, produzindo um agradável som de impacto, que pareceu ecoar pelo lago.

– Você ouviu o que ela disse. Saia! – gritou ele.

Zed cambaleou para trás, segurando o nariz que sangrava.

– Eu vou processar você por lesão corporal grave!

– Como advogado, posso garantir que invadir a propriedade de outra pessoa e se recusar a sair significa que meu amigo aqui agiu em legítima defesa. Agora volta para aquele maldito barco – ordenou Miles.

Um Zed furioso voltou pelo gramado até o cais e entrou no barco. Então acelerou e foi embora.

– Estão todas bem? – perguntou Ally. – Maia?

– Perfeitamente bem – disse ela, correndo até Floriano. – Meu herói!

– Meu punho parece que vai explodir – confessou ele, com uma pequena risada. – Eu nunca bati em ninguém.

– Floriano, obrigada por fazer o que todas queríamos fazer com esse cara há anos – disse Electra. – É inacreditável que ele tenha vindo aqui.

– A pérola... – Ceci gaguejou. – Ele tem a pérola...

Tiggy pôs a mão nas costas da irmã.

– Você está bem, Ce?

– Ela é amaldiçoada, Tigs. É o que as pessoas dizem... Vocês devem se lembrar...

– Ai, meu *Deus* – disse Estrela à irmã. – A pérola amaldiçoada de que você falou? Da Australia? É *essa*?

– Sim. Não posso acreditar... – comentou Ceci, gaguejando.

– *Se* ele se reerguer... tentar algo contra nós... – disse Maia – ... podemos nos proteger. Certo?

– Sim – confirmou Ally. – Podemos.

– Vocês não terão que se preocupar em vê-lo novamente... – sussurrou Ceci.

Tiggy olhou para a água.

– Não, Ce. Você tem razão. Não teremos.

– Ouçam – disse Ally. – Já que estamos todas aqui, juntas... – Ela olhou para Jack, que assentiu. – Querem saber de uma novidade?

Ela estendeu a mão para Jack.

– Talvez você precise se preparar para isso, mãe – disse Jack a Merry.

Ally se dirigiu à multidão de rostos ansiosos.

– Jack e eu conversamos com Charlie mais cedo, e ele confirmou que vou ter outro bebê.

Uma cacofonia de gritos e aplausos encheu o ar, e Ally e Jack foram abraçados por todos, liderados por uma Merry em êxtase.

– Parabéns, parabéns, parabéns! Meu Deus, vou ser vovó – disse ela, com os olhos marejados. – Se ao menos seu pai estivesse aqui para ver isso. Ele teria ficado tão feliz por você! Merry olhou nos olhos de Ally. – Os dois vovôs ficariam.

– Oh, *mon dieu, chérie*! – gritou Ma. – Você sabe o que isso significa, não sabe?

Ally assentiu.

– Sim, Ma.

– A linhagem de Pa e Elle continua – disse Maia, com o mais largo dos sorrisos. – Não poderia ser mais apropriado.

– Vou abrir mais champanhe! – gritou Cláudia. – Não que Ally possa beber... – acrescentou ela, correndo para dentro da casa.

– Que notícia maravilhosa. Simplesmente maravilhosa! – exclamou Georg. – E, acredito, o momento perfeito para conduzir uma última parte do negócio... Posso pegar as sete irmãs emprestadas por apenas um momento?

As mulheres se entreolharam e seguiram Georg, que já havia começado a atravessar o gramado. O grupo passou pela lateral da casa e finalmente chegou à coleção de teixos perfeitamente aparados que indicavam a entrada do jardim secreto de Pa. Eles passaram e foram recebidos pelo doce aroma de lavanda que emanava dos bem-cuidados canteiros de flores. Ao entrarem, elas se lembraram de suas infâncias. Seus olhos foram atraídos para o conjunto de degraus que levavam a uma enseada coberta por seixos, em cujas águas claras e frescas costumavam nadar no verão.

O jardim estava particularmente deslumbrante naquele dia. Dava direto para o lago, com uma vista espetacular ininterrupta do sol, que já pensava em ir descansar, descendo por entre as montanhas. Não era de admirar que aquele tivesse sido o lugar favorito de Pa.

– Então – disse Georg –, dois anos depois, aqui estamos nós de novo.

A esfera armilar brilhava intensamente diante deles. As faixas intrincadas e delgadas se sobrepunham e protegiam a pequena bola dourada no centro da estrutura – que era, na verdade, um globo atravessado por uma haste de metal fina com uma flecha na ponta.

– Tenho que mostrar uma coisa a vocês. – Georg caminhou lentamente em direção à esfera armilar. – Recebi instruções precisas de seu pai quanto ao desenho da escultura.

Ele estendeu a mão entre as faixas e agarrou o globo dourado central. Começou a torcê-lo com firmeza, até que seu pulso começasse a tremer. As meninas testemunharam em choque quando o globo começou a se soltar. Georg continuou a torcer, até que a metade superior saiu em sua mão.

E ali, dentro da esfera, estava um enorme diamante, refletindo feixes de luz que dançaram pelo jardim. As meninas ficaram em silêncio. Todas sabiam exatamente o que estavam admirando.

– Uau... – suspirou Maia, depois de algum tempo.

– É incrível – disse Ally.

– Como vocês agora sabem – disse Georg –, seu pai carregou este diamante com ele por todos os lugares por onde passou, durante anos. Mesmo quando estava morrendo de fome. Ele poderia tê-lo vendido, mas nunca o fez.

– Nós nos perguntamos onde ele poderia ter ido parar – disse Tiggy, rindo. – Eu apenas presumi que, depois do confronto de Pa com Kreeg, ele estivesse no fundo do mar Egeu.

– Eu também – concordou Estrela.

– Mas estava aqui o tempo todo... – sussurrou Merry.

– Isso mesmo – prosseguiu Georg. – Quando estive com Atlas no que terminou sendo nosso penúltimo encontro, ele o deixou sob minha proteção e me instruiu a guardá-lo em segurança dentro da esfera armilar. Ele me pediu que o entregasse a vocês quando parecesse a hora certa. Achei que essa hora era hoje.

– Um toque final... – comentou Maia.

– Então, o que fazemos com isso? – perguntou Ally.

Georg pensou por um momento.

– Seu pai deixou a decisão para as filhas. Ele confiava na integridade de cada uma de vocês.

– Quanto vale isso, Georg? – indagou Ceci.

– Um diamante perdido da última czarina da Rússia? – Ele riu. – Não sou especialista, mas, assim que for avaliado, eu diria... e estou sendo conservador... uns 10 milhões de euros.

– Poderíamos mudar vidas com esse dinheiro... – observou Maia.

Ally olhou para a irmã.

– Muitas vidas – concordou ela.

– Talvez isso seja bobo – disse Estrela –, mas, quando éramos crianças, Ceci e eu costumávamos conversar sobre como iríamos começar uma instituição de caridade. Você se lembra, Ce?

Ceci sorriu.

– Você quer dizer a instituição As Sete Irmãs?

– Isso mesmo! – Estrela riu. – Nós... tínhamos o desejo de ajudar cada órfão a encontrar uma família tão perfeita quanto a nossa, não importava onde estivesse no mundo.

As meninas refletiram sobre a ideia, cada uma sabendo com certeza que era *exatamente* o que queriam fazer.

– A instituição das Sete Irmãs. Acho isso lindo – disse Maia. – Aqui.

Ela pegou a mão de Ally, que pegou a de Estrela, que pegou a de Ceci, até que as mulheres cercassem a esfera. Lenta e silenciosamente, Georg escapuliu e saiu do jardim.

As irmãs ficaram juntas ao redor da esfera armilar por algum tempo, seguras na companhia umas das outras. Muito lentamente, o círculo começou a se mover, até que começou a girar, e o jardim se encheu de gargalhadas.

❋ ❋ ❋

Merry pegou a mão de Christian e subiu no barco.

– Vejo vocês em breve, pessoal! – gritou ela, quando começaram a se afastar do cais onde estava a sua família recém-descoberta.

Ela retribuiu os acenos entusiásticos e jogou beijos para todos. Quando Christian puxou o barco para o lago e passou a contornar a península em direção ao porto de Genebra, as irmãs de Merry e Atlantis desapareceram de vista.

Ela se permitiu relaxar nas almofadas de couro macio da lancha, fechando os olhos e sentindo o vento morno no rosto. Quando os abriu novamente, seu olhar caiu sobre um afloramento rochoso. Claro como o dia, ela viu uma figura alta de camisa branca acenando para ela. Sem pensar, devolveu o aceno e deu um largo sorriso. Ao olhar para o homem por algum tempo, ela percebeu que conhecia o rosto.

Então uma linda mulher de cabelos louros apareceu ao lado dele e pegou sua mão.

– Mãe... – sussurrou Merry, atordoada. – Christian! Pare o barco! Pare! – Sem hesitar, Christian desligou o motor. – Está tudo bem, Merry?

– Por favor, leve-nos até ali... – Merry apontou para o casal, que ainda acenava para ela.

– Claro – respondeu Christian, e começou a se aproximar lentamente do afloramento.

– Eu te amo! – gritou o homem.

– Eu também te amo – sussurrou Merry.

Christian dirigiu o barco o mais próximo que pôde das rochas. Merry manteve o olhar em seus pais o máximo que pôde, mas a imagem começou a desvanecer.

E ela entendeu que eles tinham partido.

Agradecimentos

Após a morte de Lucinda, nós nos deparamos com a pressão imediata dos leitores em relação ao destino do prometido oitavo livro. Minha mãe havia pedido que eu terminasse a série, mas não havia garantia de que teríamos um resultado aceitável para seus editores, tanto em nosso país quanto no exterior.

Felizmente, meu primeiro encontro com Jeremy Trevathan e Lucy Hale, da Pan Macmillan, me garantiu que eles tinham confiança no plano, e o resto do mundo seguiu o exemplo deles. Sou particularmente grato à brilhante Lucy, que continuou a me apoiar imensamente durante todo o processo. Na verdade, toda a equipe da Macmillan foi fenomenal. Agradeço, em particular, a Jayne Osborne, Samantha Fletcher, Lorraine Green e Becky Lloyd.

Para os editores de Lucinda em todo o mundo... o que posso dizer? Minha mãe estava na posição privilegiada de ser grande amiga de todos vocês, e sei que ela gostaria de expressar sua gratidão pela contribuição incrível que cada um deu para o legado de As Sete Irmãs. Muitos de vocês começaram este projeto com ela, há uma década, e *Atlas* representa o fim de uma notável jornada juntos. Obrigado a quem me enviou mensagens de encorajamento durante o processo de escrita, especificamente Claudia Negele, Grusche Juncker, Fernando Mercadante e Sander Knol. E ainda a Knut Gørvell, que admitiu abertamente que tinha pouca confiança em mim, mas foi o mais entusiasmado de todos depois de ler o manuscrito! Gostaria de prestar uma homenagem aos brilhantes tradutores, que trabalharam tão diligentemente na série As Sete Irmãs ao longo dos anos. Seu papel é, muitas vezes, pouco reconhecido, mas nunca por Lucinda ou por mim.

Eu sabia que precisava de um excelente editor, e Susan Opie tem sido exatamente isso. Descobri que a vida de um romancista pode ser solitária, ainda mais na minha situação, e as ideias, reflexões e percepções de Susan foram inestimáveis. Eu não teria conseguido sem você!

Atlas está longe de ser o fim do universo de As Sete Irmãs, que está de fato em constante expansão. O último ano provou ser um enorme aprendizado no mundo das telas, e quero agradecer a Sean Gascoine, Benjamina Mirnik--Voges, Faye Ward e Caroline Harvey por sua paciência e experiência.

Obrigado a Jacquelyn Heslop, Nathan Moore, Charles Deane, Matthew Stallworthy, James Gamblin, Ellie Brennan, David Dunning, Cathal e Mags Dineen, Kerrie Scot, Kirsty Kennedy, Tory Hardy, Anna Evans, Martyn Weston e Richard Staples, que me ofereceram apoio durante o último ano.

O período de junho de 2021 a junho de 2022 provou ser um *annus horribilis*, em que minha família sofreu mais duas mortes inesperadas. Minha avó (mãe de minha mãe), Janet Edmonds, faleceu em janeiro de 2022. Vovó era doce e exuberante e nos proporcionou incalculáveis risadas ao longo dos anos. E, em maio de 2022, perdemos minha meia-irmã Olivia. Muito mais do que apenas uma irmã maravilhosa, Olivia atuou como assistente pessoal e coordenadora editorial da Lucinda Riley Ltd. por muitos anos. Ela foi o primeiro contato com os leitores e envolveu-se com eles com brilhantismo. Além disso, ela dirigia o escritório com enorme eficiência e tranquilidade. Seria impróprio de minha parte não mencionar a enorme contribuição que ela ofereceu em todas as áreas dos bastidores, inclusive no caso deste livro. Obrigado, Livi.

Devo um agradecimento especial ao meu padrasto, Stephen, que atua como agente e se responsabiliza por aspectos do negócio com os quais eu não sou capaz de lidar. Ele assumiu muitas atribuições práticas nas circunstâncias mais difíceis, e não sei o que faria sem ele. Estendo os agradecimentos a Jess Kearton, que aprendeu bem depressa todos os meandros de seu amplo papel na Lucinda Riley Ltd. e é completamente confiável em tudo o que faz.

Agradeço incessantemente à minha companheira, Lily, que tem sido um pilar estoico nos últimos dezoito meses (peço desculpas por você ter que lidar com minhas crises artísticas por cinco anos). Obrigado à minha gatinha, Tiggy, por convencer esse fã de cachorros de que sua espécie também sabe ser amorosa. Finalmente, obrigado ao meu irmão e irmãs – Isabella, por seu excelente trabalho de pesquisa; Leonora, por seu entusiasmo genuíno com o livro; e Kit, por me fazer rir como ninguém. Mamãe estaria indescritivelmente orgulhosa de todos vocês.

As últimas palavras devem ser de Lucinda Riley. Espero que ela não se importe que eu as retire dos agradecimentos da série As Sete Irmãs ao longo dos anos:

Por último, agradeço a VOCÊS, os leitores, cujo amor e apoio me inspiram e me tornam humilde, enquanto viajo para os quatro cantos da Terra e ouço suas histórias. Escrever uma série de sete livros parecia uma ideia louca em 2012 – nunca imaginei que minhas irmãs emocionariam tantas pessoas ao redor do mundo. Vocês as acolheram em seus corações, riram, amaram e choraram com elas, como eu fiz enquanto escrevia suas histórias.

Se aprendi alguma coisa no ano passado foi que o presente é mesmo tudo o que temos. Tentem, se puder, saboreá-lo, em qualquer circunstância em que se encontrarem, e nunca percam a esperança – ela é a chama fundamental que mantém os seres humanos vivos.

A garota italiana

Aos 11 anos, Rosanna Menici vê sua vida transformada quando conhece Roberto Rossini, um jovem cantor de ópera.

Depois desse encontro, ela embarca numa viagem que a leva de uma vida simples em Nápoles para os palcos das mais famosas óperas do mundo.

Então, seu caminho cruza novamente com o de Roberto. Arrebatados pela paixão, eles passam a dividir os holofotes e a encantar as plateias.

No entanto, segredos do passado ameaçam a felicidade do casal e seu relacionamento começa a afetar a carreira de Rosanna e a vida de todos à sua volta.

A garota italiana narra uma jornada de autodescoberta e dedicação à arte e nos lembra que o amor não faz desistir dos sonhos.

A árvore dos anjos

Trinta anos se passaram desde que Greta deixou de morar no solar Marchmont, na região rural do País de Gales. A convite de seu amigo David, ela decide retornar ao lugar para comemorar o Natal. Porém, devido a um acidente de carro, Greta não tem mais lembranças da época em que vivia na propriedade, assim como de boa parte do passado.

Durante uma caminhada pela paisagem invernal de Marchmont, ela encontra uma sepultura no bosque, e a inscrição na lápide a ajuda a recuperar a memória.

Contudo, relembrar o passado também significa reviver segredos dolorosos, como o motivo para Greta ter fugido do solar, quem ela era antes do acidente e o que aconteceu com sua filha, Cheska.

O segredo de Helena

Helena nunca esqueceu o verão que passou em Pandora, a casa de seu padrinho no Chipre, onde ela se apaixonou pela primeira vez, aos 15 anos.

Mais de duas décadas depois, tendo herdado a propriedade, ela retorna a Pandora para mais um verão, dessa vez em companhia do marido e dos filhos. No entanto, Helena sabe que voltar àquele lugar pode trazer à tona segredos que ela preferia esconder.

Um desses segredos envolve Alex, seu filho mais velho, fruto de uma relação anterior a seu casamento. Ele vive a difícil transição para a vida adulta e está determinado a descobrir a identidade do verdadeiro pai.

Pandora parece pronta a revelar os mistérios que ocultou por tantos anos e que, uma vez descobertos, farão com que a vida de Helena, e de sua família, nunca mais seja a mesma.

A casa das orquídeas

Quando criança, Julia viveu na propriedade de Wharton Park, na Inglaterra, ao lado de seus avós.

Décadas mais tarde, agora uma pianista famosa, ela é obrigada a retornar ao local de infância na pacata Norfolk após uma tragédia familiar. Abalada e frágil, Julia terá que reconstruir sua vida.

Durante sua recuperação, ela conhece Kit Crawford, herdeiro de Wharton Park, que também carrega marcas do passado. Ele lhe entrega um diário que trará à tona um grande mistério, antes guardado a sete chaves pela avó dela.

Ao mergulhar em suas páginas, Julia descobre a história de amor que provocou a ruína da propriedade: separados pela Segunda Guerra Mundial, Olivia e Harry Crawford acabaram influenciando o destino e a felicidade das gerações futuras.

A carta secreta

Quando sir James Harrison, um dos maiores atores de sua geração, morre aos 95 anos, deixa para trás não apenas uma família arrasada, mas também um segredo que seria capaz de abalar o governo britânico.

Joanna Haslam, uma jovem e ambiciosa jornalista, é designada para cobrir o funeral, no qual estão presentes algumas das maiores celebridades do mundo. Mas ela se depara com algo sombrio: a menção a uma carta que Harrison deixou, cujo conteúdo algumas pessoas escondem há setenta anos.

Joanna percebe que forças poderosas tentam impedi-la de descobrir a verdade. E elas não vão se deixar deter por nada para chegar à carta antes dela.

Neste livro, Lucinda Riley apresenta um suspense surpreendente, sem deixar de lado o romance e a minuciosa reconstituição histórica que sempre encantam seus leitores.

A garota do penhasco

Tentando superar um coração partido, Grania Ryan deixa Nova York e volta para a casa dos pais, na costa da Irlanda. Lá, ela conhece Aurora Lisle, uma garotinha de 8 anos que mudará sua vida.

Apesar dos avisos da mãe para ter cuidado com os Lisles, Grania e Aurora ficam cada vez mais próximas, e ela passa a cuidar da menina sempre que Alexander, o belo e misterioso pai, precisa viajar a trabalho. O que Grania ainda não sabe é que há mais de cem anos o destino das famílias Ryan e Lisle se entrelaçam, nunca com um final feliz.

Através de cartas antigas, Grania descobre a história de Mary, sua bisavó, e começa a perceber como as duas famílias estão conectadas. Os horrores da guerra, o destino de uma criança, a atração irresistível pelo balé e amores trágicos vão deixando sua marca através das gerações. E agora Grania precisa escolher entre seguir em frente ou repetir o passado.

A sala das borboletas

Posy Montague está prestes a completar 70 anos. Ela ainda vive na Admiral House, a mansão da família onde passou a infância com o pai e onde criou os próprios filhos. Porém, a casa está caindo aos pedaços e Posy sabe que chegou a hora de vendê-la.

Além disso, ela precisa lidar com os dois filhos, tão diferentes entre si. Sam é um fracasso nos negócios e, a cada empresa falida, se torna um homem mais amargo. Já Nick, o mais novo, retorna de repente à Inglaterra depois de dez anos morando na Austrália, fugido de uma decepção amorosa.

Para completar, Posy reencontra Freddie, seu primeiro amor, que deseja explicar por que a abandonou cinquenta anos atrás. Ela reluta em acreditar nessa súbita afeição, percebendo que ele tem um segredo devastador para revelar.

A sala das borboletas mais uma vez mostra a habilidade de Lucinda para criar uma saga familiar inesquecível.

A rosa da meia-noite

Anahita nutre uma forte amizade com a princesa Indira, filha do marajá. Escolhida para ser sua acompanhante oficial, ela vai para a Inglaterra com a amiga logo antes do início da Primeira Guerra. Lá, conhece Donald Astbury, herdeiro de uma magnífica propriedade, e sua mãe manipuladora.

Noventa anos depois, Rebecca Bradley é uma estrela de cinema americana reverenciada por todos. Quando seu relacionamento com o namorado famoso toma um rumo inesperado, ela fica aliviada por poder se refugiar em Dartmoor, uma remota região britânica, para gravar seu novo filme.

Logo após o início do trabalho no casarão de Astbury Hall, chega Ari Malik, bisneto de Anahita, investigando o passado de sua família. É então que ele e Rebecca começam a desvendar os segredos sombrios que há tempos assombram a dinastia de Astbury...

A luz através da janela

Na Londres de 1943, Constance Carruthers é recrutada como espiã e chega à Paris ocupada pelos nazistas no auge da guerra, mas seu contato é preso pela Gestapo. Com isso, a jovem é acolhida no seio da família La Martinières e se envolve numa rede de segredos e mentiras.

No fim dos anos 1990, Émilie de la Martinières se vê sozinha após a morte da mãe. Ela nunca lidou bem com as próprias origens aristocráticas, mas se torna a única herdeira do lar de seus avós no sul da França.

Ao explorar a mansão, ela começa a desvendar tudo que aconteceu com a família durante a guerra e descobre uma conexão muito forte com Constance. A partir daí, percebe que o lugar pode lhe dar pistas sobre o próprio passado difícil e embarca em uma jornada de autodescoberta.

Morte no internato

A morte repentina de um estudante na Escola St. Stephen é um acontecimento chocante que seu diretor faz questão de encarar como um acidente infeliz.

Porém, a polícia local não descarta a possibilidade de um crime, e o caso traz de volta à ativa a inspetora Jazmine Hunter.

Ao analisar a morte de Charlie Cavendish, ela descobre que o garoto fazia bullying e que alguns alunos tiveram o motivo e a oportunidade de trocar os comprimidos que ele tomava diariamente.

Para complicar, outro estudante some e um acadêmico morre na St. Stephen. Os novos acontecimentos trazem pistas para o caso, mas, quando um dos suspeitos desaparece, Jazz se vê ainda mais enredada em mistérios.

A inspetora percebe que aquela investigação é a mais desafiadora de sua carreira. O internato esconde segredos mais sombrios do que Jazz jamais poderia ter imaginado...

CONHEÇA OS LIVROS DE LUCINDA RILEY

A garota italiana
A árvore dos anjos
O segredo de Helena
A casa das orquídeas
A carta secreta
A garota do penhasco
A sala das borboletas
A rosa da meia-noite
A luz através da janela
Morte no internato

Série As Sete Irmãs

As Sete Irmãs
A irmã da tempestade
A irmã da sombra
A irmã da pérola
A irmã da lua
A irmã do sol
A irmã desaparecida
Atlas

Para descobrir a inspiração por trás da série e ler sobre as histórias, lugares e pessoas reais deste livro, consulte www.lucindariley.com.